老乔家的那些事儿

付 饶 著

黑龙江教育出版社

图书在版编目（CIP）数据

老乔家的那些事儿 / 付饶著. -- 哈尔滨 ： 黑龙江
教育出版社， 2021.12
ISBN 978-7-5709-2795-1

Ⅰ.①老… Ⅱ.①付… Ⅲ.①长篇小说—中国—当代
Ⅳ.①I247.5

中国版本图书馆CIP数据核字（2021）第262447号

老乔家的那些事儿
LAOQIAOJIA DE NAXIE SHIR

付 饶 著

策　　划　北京一书万象文化传媒
责任编辑　王海燕
特约编辑　刁小菊

出版发行　黑龙江教育出版社
地址邮编　哈尔滨市道里区群力第六大道1305号（150070）
印　　刷　三河市百福春印刷有限公司
开　　本　710mm×1230mm　1/16
字　　数　510千字
印　　张　34.5
版　　次　2021年12月第1版
印　　次　2021年12月第1次印刷
标准书号　ISBN 978-7-5709-2795-1
定　　价　98.00元

故事梗概

本书以波澜壮阔的历史画面展现了东北牡丹江某工具厂乔师傅一家从二十世纪七十年代至今，三代人的情感与生活变迁的故事，浓缩了四十年中国社会的巨变，人物性格鲜明，故事情节跌宕起伏，感人肺腑，催人泪下。

二十世纪七十年代，冬日的一个黄昏。

一座普通的二层职工宿舍小楼顶正冒着袅袅炊烟，乔师傅和大儿子乔志文分别荣获省劳动模范和市先进标兵的荣誉称号，乔师傅的老伴儿刘淑珍和大女儿乔小莲正在厨房热火朝天地准备着庆功宴，不想，小女儿乔小娇却"砰"的一声撞开门，对刘淑珍大声宣布自己怀孕了！

誓不打掉孩子的乔小娇被乔师傅锁进了滴水成冰的小棚子里，眼看着就要被冻死。乔志文以死相逼要乔师傅和刘淑珍交出棚子钥匙，当乔志文跌跌撞撞地跑到棚子门口时，却惊奇地发现，乔小娇已经被对象朱大军救走，两人私奔了。

乔志文一直在与厂化验室的许丽丽处对象，不承想，弟弟志武竟暗中和许丽丽好了起来，志文只好忍痛割爱为他们送上祝福。

乔小娇和朱大军跑到宁安农场一废弃的窝棚内过起了小日子。朱大军凭着聪明的头脑很快在砖场谋到一份活儿，不料，小娇却因劳碌颠簸意外流产且险些丧命，朱大军发誓，一定让小娇过上好日子。

厂医务所护士杨秀梅对志文心仪已久，无奈自知其貌不扬的她，当初见志文和许丽丽打得火热，只好退避三舍，许丽丽的背叛却再度激起了杨秀梅对志文的希望，在父亲厂劳资科长杨树森的支持下，她大胆给志文写了一封情书，却没得到志文的只字回复。受到伤害的杨秀梅只得放弃。

乔师傅的大女儿乔小莲因气质高雅、容貌出众，在一次歌唱比赛中被公安局长初显民的儿子初自强看中，在初自强的软磨硬泡、耍尽伎俩后，她终没有经得起诱惑，与初自强珠胎暗结，岂料，初显民夫妇根本就不同意这门婚事，在他们眼中，初自强娶一个工厂的女工是有失体面且十分可笑的事情。

一九七七年恢复高考，志文报了名。为了赢得更多与志文相匹配的条件，杨秀梅也参加了高考，志文考上了吉林大学，杨秀梅考上了哈尔滨医科大学。

为了和小莲在一起，初自强与父母翻脸并辞去了工作，初显民夫妇绞尽脑汁，终得一计，骗回了初自强，挺着大肚子的小莲在临时借住的房子里从此竟再也没有等回初自强。

无颜回家见父母的小莲在郊区一个小偏厦子内生下了她和初自强的儿子小宝，而极具讽刺意味的是，就在同一天，初自强和检察长尤振国的女儿尤梅结了婚。

在小莲借住的民房旁边，有一个无赖，见小莲势单力薄，在一个风雪交加的夜晚欲对小莲图谋不轨，幸好乔师傅意外赶来救了小莲，从此，刘淑珍再也不让小莲独自生活。

受到惊吓的小宝高烧不退，打了庆大霉素后竟中毒导致耳聋。

志文和杨秀梅双双大学毕业，当杨秀梅得知志文还是孤身一人时，喜不自禁。不承想才高兴没两天，却得知和志文一同分来了一个女大学生，名叫方云娜，长得极其漂亮，果然不久，即传出志文和方云娜处对象的消息。深受打击的杨秀梅，精神恍惚，被杨树森连夜带往北京去散心。

深爱着方云娜的志文正甜蜜地计划着婚事，一个爆炸性新闻传来，在方云娜住的宿舍内，方云娜和一男子被厂保卫科长捉奸在床，被送去了派出所。万分震惊的志文不敢相信，便去派出所询问，却得到了方云娜的亲口证实，从派出所出来的方云娜也随即失踪，留下谜团。

怀揣着一万个疑惑的志文，多方查找方云娜无果，却收到了方云娜冷酷无情的信，信中大意是说，她从小就是个不安分的人，她对乔志文从未认真过，只是志文太傻，过于痴情……

万念俱灰的志文终于心死，杨秀梅趁此机会为志文送去无限的温暖与关怀，且大胆示爱，杨树森夫妇也登门求亲，跟谁结婚已经无所谓的志文同意了和杨秀梅的婚事。

小娇和朱大军南下去了广州，从投机倒把到个体户、摆地摊儿，历经坎坷，在二十世纪八十年代末就拥有了自己的服装加工厂。

乔志武虽没有大哥志文的技术与学识，但凭着聪明灵活的头脑和圆滑的为人处世方法，一路从班长、车间主任、副厂长升到了工具厂的一把手，杨秀梅开始抱怨志文的木讷。

二十世纪九十年代，国有企业遭遇市场寒冰，工具厂已半年没发工资，乔志武见大势已去，扔下破烂摊儿先一步下海经商，乔志文却在这时力排众议当上了工具厂的厂长，开始了一系列大胆的改革，但效果并不显著并同时招来许多不满。

下海经商的乔志武因外形酷似社交名媛苏婉的前男友而被苏婉一见钟情，生性顽劣的乔志武抛弃了许丽丽母子，和苏婉去了上海。

此时，朱大军在广州已是身家几千万的大老板了，而小娇的不孕也成了他最大的心事。

随着事业越做越大，朱大军也在不断膨胀，内心的空虚令他对小娇厌倦，与小娇的争执不断，终于在一次激烈的争吵后，朱大军出轨了。

小娇得知此事后，再也不能原谅朱大军。

小莲历尽艰辛把小宝培养成了优秀的少年画家，个人情感却完全封闭。小娇为小莲介绍了一个曾在东北当过知青现在广州做文化产业的男人——关静堂，关静堂对小莲一见倾心，也非常欣赏小宝的画作，而关静堂的关心体贴、对小莲母子的细心呵护也使小莲僵死的心慢慢复苏，她同关静堂一起来到广州，关静堂由于经营画廊多年，对推出小宝的画作有着一系列的设想，并逐步实施。苦尽甘来的小莲原本以为生活就此改变，不料，由于关静堂的父亲从祖辈那里就开始经营画廊等文化产业，在广州已形成关氏家族的产业化集团，作为关家长子的关静堂在业界有着良好的口碑和威望，已八十一岁高龄的关老爷子打算将关氏产业交由关静堂继承，关静堂因此成了其侄儿关纵横的心腹之患，为了争夺家产，关纵横开车将关静堂与小宝一同撞死！

小莲疯了！

朱大军帮助小娇处理了小宝和关静堂的后事，又花高价雇了私人侦探王李木调查杀害关静堂和小宝的真凶，最终得以将关纵横绳之以法。

看到朱大军如此卖力地为乔家的事跑前跑后，小娇暂时放下了对朱大军的恨。

小娇把小莲送回了牡丹江，也许只有在乔师傅和刘淑珍身边，疯癫的小莲才是最安全的。

小宝死后，刘淑珍和乔师傅身魂俱碎。

从知道朱大军出轨那一刻，小娇便打算为自己留条后路了。

在公司集团化之后，小娇争取到了百分之五十一的股权，当朱大军旧病复发，与阿香再次厮混到了一起后，乔小娇决定报复朱大军。

乔志文上任后，显现出了超常的魄力，他的改革和创新力度令某些人胆寒，却令更多人惊叹，就在工具厂改制成"求索创研股份有限公司"时，一个重要人物——方云娜出现了。

方云娜此时的身份是外资公司的中方代表，她入驻求索创研股份有限公司的大本营，负责产品的研发与财务监督，而多年以前那个谜团也在此时揭开……

由于志文事业的成功，本就自卑且怀疑志文行为不轨的杨秀梅在方云娜出现后，精神几近崩溃。

一个风雨交加的夜晚，杨秀梅跳楼自尽。

背着杨秀梅自杀的沉重心理负担，事业有成的乔志文对方云娜纵有千般爱也已不能再往前迈一步。

有仇必报的小娇得知朱大军和阿香有了孩子后，毅然与朱大军离婚，并将朱大军逐出公司董事会。

疯癫的小莲和年迈的乔师傅、刘淑珍生活在一起，尽管志文为他们安排了优越的生活环境，却无法平复小莲千疮百孔的心，疯癫的她没事儿就到处乱跑，一次险些被市长初自强的专车撞到，遭到司机的呵斥，闭目养神的初自强不知道被司机呵斥的痴女人就是被他无情抛弃的初恋情人。

志武在上海遭到苏婉情人孟慎行之子的追杀，险些丧命，而苏婉从此不知所踪，一无所有的志武又回到了牡丹江。

大度的许丽丽面对悔过的志武向他张开了宽容的怀抱。

朱大军浪子回头，为小娇建造了如同当年宁安窝棚童话般意境的小屋。他们的情感还能回到过去吗？

这时候志文的儿子乔天放与志武的儿子乔其剑也已成长起来，在二十一世纪，他们的思想理念与其父辈又有着什么样的区别与鸿沟？身为企业家的志文最后的感情归宿又在哪里？

乔师傅八十寿辰，窗外飘着大片大片的雪花，乔师傅一家人坐在窗前，感怀过去，遥想未来，一同回忆走过的日子和畅想着即将迎来的温暖而美好的岁月……

主要人物关系表

乔师傅：新中国成立前曾做过学徒工，新中国成立后成为工具厂的"三朝元老"。他没有文化，但为人忠厚、踏实能干、故一辈子坚守在他所挚爱的车间。他是多年的厂先进、市标兵，还是省劳模，心里永远装着工厂，念念不忘工厂里的老伙伴儿，对工厂有着深厚的感情，在厂里有着极高的威望。他关心工厂的发展、工人的前途，认为到任何时候都得指着工厂吃饭，对工厂里的一砖一瓦的情感都已融入他的血脉中。

刘淑珍：乔师傅的老伴儿，年轻时是出了名的"铁姑娘"，创造过多项生产纪录，和乔师傅一样，一生坚守在车间岗位，性格泼辣，思想既保守又开明，虽与敦厚老实的乔师傅在性格上有着巨大的反差，但她与老伴儿一生恩恩爱爱、相濡以沫。

乔志文：乔师傅的大儿子，吉林大学的高才生。满腹才学，技术精湛，却因性格内敛遭遇初恋情人的背叛，他热恋的女友方云娜也突然神秘失踪，最后他与苦苦追求他的杨秀梅结婚。婚后与世无争的他一次又一次地错失了提升的机会，被身为厂医务所所长的妻子杨秀梅从内心里有些瞧不起。但才华横溢、文质彬彬又禀性善良的乔志文却一直是厂里许多年轻姑娘暗恋的对象，于是杨秀梅感到了前所未有的危机。当二十世纪九十年代工具厂因种种原因濒临倒闭而乔志武辞去厂长职务下海经商之时，乔志文毅然担起了工具厂厂长的重任，使工具厂走出了困境，乔志文也因此赢得了属于自己的一片天地。

乔志武：乔师傅的二儿子，他没有大哥乔志文的才学，却聪明圆滑，善于投机，抢走了大哥的对象许丽丽，凭着自己的聪明圆滑，最终成为工具厂的厂长，但在二十世纪九十年代后期，由于他思想僵化、管理不善等多种原因，致使工厂濒临倒闭，而他自己却先行一步下海经商，结识名媛后，背信弃义，抛妻弃子，最终惨遭失败。

乔小莲：乔师傅的大女儿，是工具厂的"厂花"之一，两条齐腰的大辫子不知迷倒了多少男青年的心。但她自视甚高，拒绝了工厂众多小伙子的追求。在一次全市歌唱比赛中她结识了公安局长的儿子初自强，两人一见钟情，后因初自强的父母反对而没能终成眷属，却生下了儿子小宝初怀强，因初家不认孙子，小莲一直独立抚养小宝长大成人，而小宝因一次发高烧，打了庆大霉素后中毒导致耳聋，造成终身残疾。小莲历尽艰辛把儿子培养成才，儿子却意外身亡，她尝尽人间冷暖。

乔小娇：乔师傅的小女儿，二十世纪七十年代的豪放女，从不在乎别人的闲言碎语，作风大胆，未婚先孕，跟着待业青年朱大军躲到乡下，因劳碌导致流产，此后再无生育能力。乔小娇受尽白眼和磨难，却始终对朱大军痴心不改。改革开放以后，朱大军从倒卖服装的个体户最终成为腰缠万贯的大款，却由于小娇不能生育，开始对其感到厌倦，直至出轨，令乔小娇伤心不已。她设计接管公司，最终将朱大军杀得落花流水，弃他而去。

杨秀梅：乔志文的妻子，父亲是工具厂的劳资科长，当初在乔志文众多爱慕者中之所以最终能够成为乔志文的妻子，主要原因是她对乔志文执着的追求。婚后，她性格中的自私与虚荣便逐步显露出来，乔志文的发展没有像她开始想象得那样顺利，眼看着乔志文错失了很多提升的机会，她原有的温婉贤良不见了，取而代之的是尖酸刻薄和无休止的挑剔，最终使她和乔志文的婚姻走到了尽头，而她也因为对志文偏执的爱走上了绝路。

许丽丽：乔志武的妻子，曾和乔志文有过一段恋情，后被乔志武的聪明灵活所吸引，最后选择了乔志武，但内心一直对乔志文怀有愧疚。她爱乔志武，但是，当乔志武结识了名媛苏婉后，却将她无情地抛弃。善良仁慈的她，经常生活在矛盾挣扎的痛苦中。后来乔志武浪子回头，她宽容地接纳了他。

初自强：乔小莲的初恋情人，公安局长初显民的儿子，大学毕业分配在统计局工作，对乔小莲一见钟情，但遭到父母的激烈反对，在乔小莲怀孕后，初自强与父母翻脸，并辞去工作。初显民夫妇用计骗回了初自强。初自强从此与乔小莲断绝了来往，后来娶了检察院检察长尤振国的女儿尤梅。

朱大军：乔小娇的丈夫，出身工人家庭，生性叛逆顽劣，虽没有较高的文化，却头脑灵活，敢想敢做。和乔小娇私奔后，一心想让小娇过上衣食无忧的日子，以赢得在乔家的尊严。从投机倒把到摆地摊儿再到成立自己的服装公司，由于事业的成功，许多年轻的女孩儿对其崇拜，他也因小娇不能生育等多种原因，开始对小娇疏远冷落，使得他与小娇的婚姻以失败告终，伤透了小娇的心。当他重新认识到彼此之间那段珍贵的感情时，不知小娇是否还能与他破镜重圆。

目 录

一、连夜私奔

初冬的黄昏。

零零散散的雪花漫不经心地飘洒在牡丹江这座不大不小的北方城市的上空。不久，房顶、树梢和窗台上便笼罩了一层淡淡的灰白色，远山远树浸染在一片雾霭蒙蒙之中。

低矮的建筑，高低不齐的烟囱，大道两旁一排排的围墙上随处可见"一家只生一个孩儿"的大字标语，不多见的二层红砖小楼，在众多的平房面前显得尤为气派和尊贵……远远望去，这景致宛如一幅二十世纪七十年代那弥漫着温暖，带着久远的工业气息及浓浓的人情味儿的泼墨大写意。

此刻，乔师傅家住的工具厂职工宿舍二层小楼正亮着星星点点的灯光，在大道两旁稀疏的路灯照射下，隐隐可见楼顶冒着的袅袅炊烟。

乔师傅家今天双喜临门，乔师傅和大儿子乔志文分别获得了省劳动模范和市先进标兵的荣誉称号。乔师傅的老伴儿刘淑珍和大姑娘乔小莲正在厨房的灶台前热火朝天地忙活着。

灶台上已然摆好了冒着喷香热气的炸花生米、炒木耳、氽白肉和炒黄花菜……她们知道戴着大红花的乔师傅和乔志文只要一进门，屁股后面准跟着一堆来"借光"的工友。

突然大门被"砰"的一声撞开了，乔师傅最小的姑娘乔小娇顶着一头刚烫不久的"大花卷儿"走了进来。

没结婚的大姑娘可真没有像乔小娇这么敢打扮的，尤其是她还敢烫头！因为烫头不知挨了刘淑珍多少回毒打，她愣是死性不改！这乔小娇，一张瓜子儿脸上两只妩媚上挑的丹凤眼荡漾着一汪春水，两条浓密黑亮的眉毛一上挑便生发出无限风情，笔直坚挺的鼻梁透露着一股子刚烈不服软的劲儿，那皮肤妥妥的就似一块白玉，发着亮透着光，时而娇艳欲滴，时而红润粉嫩，一抹朱唇，内含榴齿，指如削葱根，发如香雾云……这美绝不含蓄内敛，而是带着大东北的火辣野性，呼啦啦铺天盖地而来，以不可方物之势力压一切小家碧玉、文静贤淑之辈。

十八岁的大姑娘家，长得美艳妖娆老实待会儿也就罢了，偏偏她不守本分，烫了一个"鸡窝"不说，还把火柴棍烧焦画了眉毛和眼线，眼睛本来就大，这一画就成了《画皮》里那个勾魂的女鬼了，男人见了无不触电般瞬间就被掏空了心脏。那大红嘴唇更是画得像"吃了死孩子"似的，手指甲留得长长尖尖的，用了两管红油笔的油，愣是变成了《黑三角》里女特务的红指甲，脚上还蹬了一双白色的高跟儿鞋，据说这鞋是小学一男同学为讨好她特意让亲戚从香港捎回来的，好像是乔小娇收了鞋一脚就把人家给踹了。

穿上这双高跟儿鞋，乔小娇那细腰肥臀、性感婀娜的身段儿更像蛇一样毒性了，走起路来一扭一扭的，恰到好处地把她那纤细的腰肢和充满诱惑力的胯骨展露无遗。

乔小娇就这么每天招摇地走在工具厂的大院儿和车间里，厂里的男人们，正在干活儿的和没在干活儿的，心都不约而同地跳起来，不老实的干脆抻长了脖子直勾勾地毫不掩饰地盯着，老实点儿的就装作很认真地在机床前忙活着，黑眼仁儿却已偏离了手里的活儿。厂里的大姑娘们最爱背地里嚼乔小娇的舌根，什么"不正经"啊，什么"不要脸"啊，什么"小马子"啊，怎么难听怎么解气就怎么说！

乔小娇也是太招人恨了，她愣是一个人把所有男人的心都给霸占了，愣是让厂里几百号姑娘没人搭理，因为她的存在，全工具厂就是她的天下了。

可恨归恨，她们心里是多么渴望自己一觉醒来一下就变成了乔小娇！乔小娇那丹凤眼，那浓浓的黑眉毛，活脱脱和香港长城影业公司的大公主夏梦一个模子刻出来的一样。那头发烫的大波浪，怎么就那么好看！也有冒着被父母打残的危险效仿的，比如卫生院的杨秀梅，表面上好像和乔小娇很近乎，实际心里最恨她。她烫了头后不但没赢得赞叹，反而被大家讥讽成"像个四十岁的老娘儿们"，从那以后，杨秀梅就天天盼着乔小娇出事儿……

乔小娇虽然在厂里没什么同性朋友，可厂里的大姑娘小伙子们心里明镜儿似的，乔小娇实际就是工具厂的明星，小伙子们表面上不敢亲近和说她一个好字儿，可背地里多希望乔小娇的媚眼儿就是冲自己抛的，梦里梦见的都是乔小娇说"咱俩处对象吧"之类的暧昧话。

乔小娇进来后，直奔刘淑珍而来，走到刘淑珍跟前，站住了，一对野性的大眼睛直直地瞅着刘淑珍。

"我怀孕了。"她清晰地说。

刘淑珍正往花生米上撒盐，听到乔小娇的话愣了一下。

"啥?"她本能地一问。

乔小莲这时已经放下了手里正在剥的蒜瓣儿，她把乔小娇的话听了个清清楚楚。

"我、怀、孕、了!"怕刘淑珍听不清，乔小娇特意一字一顿无比清晰地重复了一遍，并且摆出一副听之任之的模样儿。

"啥?!"刘淑珍刹那间出了一身冷汗，"你说啥? 你再给我说一遍?!"

乔小娇不耐烦地说:"哎呀，我说我怀孕了，孩子是朱大军的!"

屋里有三秒钟的死寂，接着只听"咣当"一声盐罐儿从刘淑珍的手里摔了下去，盐撒了一地!

乔小娇的姿态好像怀孕这事儿就像吃了一顿饭、散了一圈儿步那样无关痛痒。

刘淑珍张大嘴足有三秒钟，当她确认自己没有听错后浑身便哆嗦起来，她开始疯狂踢踹扑打乔小娇:"我打死你，我今天，我今天就打死你! 省得你给我出去丢人! 你怎么这么不要脸? 打死你! 打死你……"

乔小娇站在那里不动，任凭刘淑珍劈头盖脸地打，就像铁人一样伫立在那儿，仿佛她干了一件惊天动地又异常伟大的事儿，这事儿足以让她高昂着头颅傲立三百年，对于那些不理解她的人，那些认为这事儿是伤天害理的人，她只能充满鄙视和不屑。

门再度被"砰"的一声撞开了，乔志文、乔师傅领着一大帮"借光"的工友吆五喝六地回来了，一见眼前的情景，众人都愣了。

刘淑珍仍然疯了似的踢踹撕扯扭打着乔小娇，根本就没听见和看见乔师傅他们！乔志文和几个小青年连忙上前拉开了刘淑珍，刘淑珍一屁股坐在了地上，号啕大哭起来。

乔志文赶紧好言把乔家以外的人劝走了。

刘淑珍仿佛天塌了一样坐在那里昏天暗地地哭着……乔志文不知云里雾里地看看这个，又瞅瞅那个，乔小莲手足无措地站在那里，乔小娇披头散发，昂首挺胸一脸决绝地挺立着，就像即将要慷慨赴死的英雄。

刚刚满脸喜气戴着大红花的乔师傅此刻已是一脸怒气。

"这到底是咋的啦?!"他大吼了一句，浓浓的眉毛竖了起来。

乔小莲用力咽了口唾沫，润了一下嗓子，嗫嚅地吐出几个字："小，小，小娇怀孕了。"

刹那间，屋里一片死寂。

死寂中几乎每个人都能听到彼此的心跳！

当听到"小娇怀孕了"这几个字后，志文倒抽了一口冷气，他本能地望向乔师傅，乔师傅脸上的肌肉明显痉挛了一下，浓浓的眉毛瞬间紧紧虬结在了一起，眼神一下变得极其凶恶，重重的呼吸使他鼻孔底下的热气迅速冲出又急骤地散去，他额上的青筋一跳一跳的，一只大手握紧了拳头，志文几乎能听到他手上的骨骼在"咔咔"作响，志文再深吸了口气，感觉心脏马上就要跳出口腔。

刘淑珍"腾"的一下站了起来，她使劲儿抹了一把脸上的眼泪，走到乔师傅面前："你是一家之主，你看着办吧!"说完，她狠狠地像是要把乔小娇吃了一样再看了她一眼，走进屋去。

"谁的?"乔师傅问。

乔小娇直立在那儿没吱声，小莲偷偷地望着乔师傅，刚想张嘴，乔师傅旋即暴怒地把房盖儿都差点儿震碎地大吼了一句："是谁的?!"

乔小莲吓得浑身一哆嗦，乔志文身子也震动了一下，两眼直盯盯地看着乔师傅。

"朱大军的!"乔小娇竟毫无惧色，一动不动，清清楚楚地说，乔师傅的暴吼根本没对她产生任何威胁。

屋里再度安静下来，志文清楚地听见里屋小闹钟"嘀嗒嘀嗒"的走动声。

乔小莲又望向父亲，她感到后背一阵阵的凉意顺着四肢爬向心脏再蔓延到了全身……

夜幕降临，零零散散的雪花已变成了大片大片的鹅毛状，"呼呼"的北风吹响了疯狂的号角，下午有些温吞吞的寒冷到了夜晚已换上了滴水成冰的狰狞面孔，北风呼啸着像一个发疯的魔鬼要把整个世界吞没。

乔小娇被乔师傅锁在了楼下的棚子里。

棚子的大门一锁，伸手不见五指。刺骨的寒风透过密封不严的木头门和墙缝儿肆无忌惮地钻进来，棚子里堆放着柴火、煤、自行车、咸菜罐子等杂物。乔小娇穿的一件薄薄的花棉袄已被风打透，可她仍直直地且梗着脖子站在靠墙的一个角落。黑暗中，她闪亮的眸子里透出的仍是绝不屈服的光芒，尽管乔师傅已经下了死令：如果她不肯打掉孩子，就让她在这儿冻死或饿死，老乔家的人绝不会掉一滴眼泪。

为了防止她跑掉或有人搭救，乔师傅第二天一大早专门给棚子换上了一扇厚重的大铁门，"咣当"一声，大铁门再次把乔小娇打入了伸手不见五指的黑暗中。

眼看一天又要过去了，乔小娇就那么站着，墙缝儿里钻进的寒风将她的"大波浪"吹起，她被冻得惨白的脸竟在此刻绽放出一种夺人的美丽，她的毫不妥协，她的固执坚守，她的一往无前，她的宁死不屈，都让人由心底生出了一种酸楚的感动。

她的誓死抗争证明了她心底的那份毫不动摇的爱与信赖。她的脸，她的嘴唇虽然在慢慢失去血色，但这绝不影响她整个人所焕发出的一种绝美。

与乔小娇的决绝相比，乔志文这个当大哥的显然已经沉不住气了，知道恳求父母无望，猜想小娇一定已撑不住了，乔志文、乔小莲和老二乔志武在小屋里商量对策。

乔志武坐在桌上，手里摆弄着小时候玩的弹弓，伸着两条大长腿："没好嘚瑟！我就知道她没好嘚瑟！你看看一天打扮得像个女特务似的，上班儿不穿工作服，没事儿就穿个高跟儿鞋上院儿里晃荡，不知咋嘚瑟了！出事儿了吧？你说她找个谁不行，偏找朱大军！连个爹妈，连个家都没有！还是个大集体，那小子一看就满肚子鬼点子。"他愤愤地一挥手，"爱咋咋的，我不管，也该治治她了，活该！"

乔志文皱着眉头，正色地望着乔志武："现在是说这个的时候吗？"

乔小莲白了乔志武一眼："就是，说这些还有啥用？"

"你能眼看着小娇真就给饿死或冻死？更何况，她肚子里还有孩子呢！"乔志文说。

"你小时候偷鸡蛋吃，还不是小娇替你顶的罪？明明是你偷的，小娇说是她偷的，那次都被咱爸打成啥样儿了，她也没把你交代出来，你在那还一声不吭。"乔小莲说着眼圈儿一下红了，"你，你都忘了？"

乔小莲这么一说，志武不吱声了。

兄妹三人一时都沉默了，担忧和悲伤的气氛开始弥漫……

乔志文把心一横："我再去求求咱妈，估计她咋也不能真就想让小娇死，她要是真想让小娇死，我——也不活了！"

乔志文走了出去。

乔小莲和乔志武对望了一眼，都不再作声。

乔小娇没有妥协的意思，乔师傅和刘淑珍表面上看也没有心软的迹象。志文好话说尽，跪地求情，发动厂里乔师傅的老伙计、老邻居劝说均无效，事情完全陷入了僵局。

志文他们想了各种办法要拆掉大铁门，可铁门就像天上的门神一样屹立不倒，也曾想过用切割机切，但声音太大，乔师傅听见了事情就败露了！

窗外的雪一直在下，棚子外面的积雪已近一尺，乔志文他们不知道小娇在小棚子里的情形，是死是活？是站着的还是趴下了？

可这一扇门生生就把他们隔成了两个世界！

终于，志文拿着一把菜刀横在脖子上，声泪俱下，以死相逼，刘淑珍才"啪"的一声把大铁门的钥匙扔在了志文脚下。

当志文连滚带爬、深一脚浅一脚地来到大铁门前时，他被眼前的情景惊呆了！

大铁门像一个落败的将军横倒在地上，铁门周身没有任何伤痕！倒是销轴两头被挤出，就等于说是把整个门卸了下来，完全没用什么锯、拉的笨方法！小棚子里早已没了小娇的身影，只有一只老鼠看见志文"嗖"的一下钻进了菜窖里。

志文手里的菜刀和钥匙同时掉在了地上，他向四周望去，空空荡荡，只有北风依然在耳边狂啸……

兄妹三个面面相觑，志文长舒一口气的同时，更强烈地佩服朱大军对于大铁门的智取！

一天一夜，乔小娇都以同一种姿态站立着，不知是什么强大的力量始终在支撑着她没有倒下去，她心中一直涌动着一股热血，她脑中一直坚守着一个信念，当她听到铁门外终于有了那熟悉的脚步声，当那热烈的一声"娇儿，我来啦！"响起时，乔小娇那久绷着的泪霁时拉开了闸门，"哗"的一下就冲垮了防线。

阵阵北风突然就变成了天籁之曲，它让乔小娇浑身充满力量的同时更感到从未有过的幸福……像是经历了一个世纪那么长久，大铁门最终应声倒下，朱大军的身影出现在门口的一刹那，小娇所有的支撑秒崩，她倒了下去，倒在了朱大军的怀里。

朱大军抱着小娇轻如羽翼的身体心如刀绞，乔小娇却看着朱大军笑了，她轻声地说了一句："我知道，你肯定能，能来……"

这句话说完，乔小娇就昏了过去，朱大军抱起她艰难地向前走去……

乔小娇怀孕并和朱大军私奔的消息在工具厂炸开了锅，这消息无疑给文化生活极其匮乏的人们增添了一道耐嚼的大餐，人们干活儿的时候在说，午休时拿着饭盒满嘴喷着馒头渣子或窝窝头渣子的时候在说，晚上躺在被窝里两口子"办事儿"的时候也在说……乔小娇再次成为工具厂的首席明星，若有互联网相信乔小娇的名字肯定排在热搜榜第一。

与此同时，老乔家变得更加"风光无限"，尤其是乔师傅的死对头邓师傅，这回可有话了，他闲着没事儿的时候总是背着手溜达到乔师傅跟前，向乔师傅竖起大拇指："高，老乔你实在是高，真是老子英雄儿好汉，你们家小娇真给你长脸，能干出这么惊天动地的大事儿真不是一般炮儿，佩服佩服！我寻思这就是我老邓一辈子没当上劳模的原因吧，没生一个像小娇一样能为我争光的姑娘！"

邓师傅当年和乔师傅一同进的厂，在一起摸爬滚打了一辈子。乔师傅因为为人忠厚，脚踏实地，多年来一直是厂先进、市标兵，这一次又当上了省劳模，邓师傅心里这个恨啊，他就想不通，一样是干活儿，自己咋就干不过老乔呢？这一次，乔师傅总算摊上了一件丢人甚至让他一辈子都抬不起头的事儿，邓师傅心里这个乐呀，就差没放一挂鞭以示庆贺了！

邓师傅私下里想，你老乔就算一辈子风光，一辈子压在我老邓头上，就这一件事儿足以把你一辈子的荣光全部抹杀，我老邓尽管没当过什么狗屁劳模，但这回我在你老乔面前就是一座高山，以后的岁月里我再也不会对你老乔仰视或平视了，而是俯视，像看一只蚂蚱一样地俯视，你老乔这回在全工具厂人的眼里都不如一只蚂蚱，你就是一坨屎，一坨令人作呕的屎！

事实也的确如此。

自从小娇出了这败坏门风的事儿，乔师傅和刘淑珍从最初的愤怒、担忧到如今已经是恨了。以前小娇疯一点儿，爱打扮一点儿，都不算大毛病，可这次，乔师傅知道他老乔家在工具厂一辈子的好名声都给毁了！人们见他表面上虽是恭恭敬敬，但在那恭敬背后已然多了一份异样和疏远，乔师傅以前高昂的头颅，挺直的腰板儿这回总不自觉地往回缩，走在厂院儿里，像是头上顶着什么，压得他抬不起头，喘不过气，当了省劳模的喜气儿早已一扫而空，除了强颜欢笑就是望天兴叹。

那些得不到小娇的小伙子们都有些幸灾乐祸，反正乔小娇也看不上咱，还不如让她出点儿事儿。

其实最窃喜的还是厂里那些大姑娘们，总算走了一个眼中钉，有乔小娇在，她们根本就尝不到"姑娘十八一朵花"的美妙滋味儿，男人们那火辣辣的眼神儿和被惦记的感觉上哪儿去找？这回好了，乔小娇走了，工具厂也该恢复点儿"常态"了。也有好多小伙子私底下愤愤不平，那朱大军有啥好？连个父母连个家都没有，不知是哪儿跑来的狗杂种，一看就不是个安分守己的家伙，虽然长得人模狗样儿的，可谁知道他肚子里揣的什么肠子？看着吧，那大着肚子的乔小娇跟着他不会有好果子吃的，弄不好大着肚子或生个孽子以后还得回来，还得老乔家养……总之，乔小娇的事儿一出，众说纷纭，一石激起千层浪，一时间工具厂因为这个话题而显得分外热闹。

热闹归热闹，喧嚣了一阵，日子自是要过下去的。恨小娇的，在梦里惦念小娇的，都不会因为乔小娇的事儿而有什么改变，嚼了一阵舌头后，无聊的感觉便会油然而生。想想，她乔小娇出了事儿，将来会是个什么样儿都她自己带着，于己何干？这样，生活真就恢复了常态，乔师傅家表面上也恢复了宁静，只是在这宁静背后，总像是藏着一双无形的眼睛，随时随地瞪着他们，提醒他们老乔家和别人家不一样。

实际上，老乔家的确在工具厂与众不同。

乔小娇没和朱大军私奔之前以万种风情搅了一池春水，她走了以后，乔师傅剩下的三个孩子志文、志武和小莲，也是各有各的"猛料"。

二、横刀夺爱

志文的性格更多地继承了父亲的忠厚老实，但他显然没有父亲的火爆脾气，他为人谦逊温和而彬彬有礼，深沉内敛、善良斯文，吸引了不知多少姑娘的心。他的文化程度在厂里的年轻人当中也是首屈一指的，他深邃的眸子里像是藏着无数心事，这双深不见底的眸子激起了无数姑娘想一探究竟的欲望，这其中最强烈的就是卫生院的杨秀梅。但落花有意，流水无情，在志文初入厂时，即和化验室的许丽丽一见钟情，两人早已成双人对儿地去公园划船，去电影院看电影了。

杨秀梅自认容貌不敢和许丽丽比，但对志文的渴望却让她从未放弃任何机会。当然，她的优势也很明显，她的父亲杨树森是厂劳资科科长，她本人的文化程度也比其他姑娘高，论水平，论家庭背景，她绝对比许丽丽略高一筹，因此，虽然她面如平镜，却心藏猛虎，时刻警惕，伺机而动，不到最后时刻，绝不放弃。

可是谁也不知道，一场酝酿已久的情变正在悄然发生。

这天，志文拿着两张《生活的颤音》的电影票下了班后推着自行车在厂门口等着许丽丽，许丽丽推着自行车出来后，志文忙迎上前去。

"出来了？"志文问。他的语气总是那么真诚，表情又总是透着一股腼腆，相处这么长时间以来，他和许丽丽之间最多也就是拉拉手，而这一切在许丽丽看来绝不是乔志文的优点，这也正是让她内心起了巨大变化的原因。

许丽丽"啊"了一声，便推着自行车快步向前走去。

志文见状也推着自行车快步追了上去。

许丽丽骑上了车，志文也骑上车跟了上去。

志文望着许丽丽没有笑容的脸庞，试探地问："有心事？"

许丽丽也不回答，快蹬几步把志文甩在了身后。

眼看着许丽丽骑着自行车消失无踪，志文停下了，他怅然若失地望着手里的两张电影票，煞是费解。

十一月的东北，四点钟的光景，黑夜的幕布就已拉开。六点钟，刘淑珍把饭菜摆上了桌，炖了一锅土豆白菜，一大盆端上来，汤上面漂着鱼肝油大小的几颗油星儿，每人盛了一碗汤就着干粮吃起来。饭桌上出奇的安静，自从"小娇事件"发生后，家里的气氛就异常沉闷与紧张，乔师傅每日阴沉着脸，那脸上的阴云和褶皱就是拿熨斗都熨不开，像一直没放晴的天一样，以至于吃饭的时候谁都不敢发出太大声响，连平日里有吧唧嘴儿习惯的志武，这一段仿佛也收敛了不少。

每个人就这么无声地闷头吃饭，偶尔乔师傅发出几声剧烈的咳嗽，更多的时间是众人混合在一起的小心翼翼的、轻微的咀嚼声。

志武今天看上去心事重重，他极其谨慎且食不甘味地嚼着嘴里的饭菜，不时抬头瞅一眼志文，几分钟后他就完成了晚饭任务，推开饭碗走了出去。

其实饭桌上的每个人都在猜测小娇的去向，只是没有人敢张嘴提一句。

志文也很快吃完了饭，他也走了出去。

志文回屋，琢磨着今天许丽丽对自己的态度，他从怀里掏出那两张电影票，皱着眉头看着，志武推开门走了进来。

志文连忙收起电影票，这个动作却被志武看得清清楚楚，但他好像并不惊讶。

志文看看志武，掩饰着又有些不好意思地说："也不知道小娇现在在哪儿？"

志武摇摇头，对这个话题不感兴趣，抬头瞅了瞅志文，又连忙把眼光移开。

志文奇怪地看着他说："咋的啦？"

志武再抬起头瞅着志文，终于像是鼓足了勇气一样："大哥，成全了我和丽丽吧！"

啥？志文有些懵，但随即他像是明白了什么，顿时仿佛有一颗炸弹在乔志文眼前炸开！他张大了嘴，好像不知道志武在说些什么，又好像知道。

志武看着志文，一不做二不休地说："我，我俩已经好了挺、挺长时间了……"

志武说完，再也无法在这屋里待下去，他满脸涨红、逃命般地往外走去。

志文仍站在原地，他当然已经完全明白了志武的意思，他的表情由最初的懵懂到震惊再到现在，已变成了一片惨然。

志武还没走到门口，"呼啦"一下门就开了，小莲惨白着脸不顾一切走到志武面前，大声质问着："二哥，你咋能做出这种伤天害理的事儿？你，你咋这么不要脸?!"

志武无地自容地想走出去，却被小莲拦住了。

"你跟大哥说清楚，为啥要这么做?!"

志武站在那里不作声。

"你说呀!"小莲大声地喊着，"好意思干咋不好意思说?!"

志文沉默不语地走到小莲身边，示意小莲不要再说了。

"别让爸妈知道。"他轻声说。回身望着志武，非常奇怪，他的表情竟很快平静下来，他郑重地看着志武："将来好好和丽丽过日子。"

说完，志文转身就走了出去。

"大哥!"小莲想追志文，又站住了，她狠狠地瞪着志武，气得简直不知说什么好。"你，你咋这么不是人啊?!"她大声骂道。

志武站在那里一动不动，小莲一跺脚跑了出去。

天已经一片漆黑，沉寂的大道两旁路灯大多是坏的，只偶尔有一两盏还眨着疲惫的眼睛。静静的大道远远地传来小莲急促而又带着愤怒的脚步声，伴随着空旷的回响。她浑身被怒火燃烧着径直向前走着。

工具厂此刻也是万籁俱寂，除了仍在生产的车间，就只有化验室还亮着黯淡昏黄的灯光。

许丽丽从进厂以来一直是三班倒儿，今天正好又是零点夜班儿。站在操作台前哈欠连天的她刚要趴桌上睡会儿，"咣当"一声化验室的门被一脚踹开了！许丽丽刚要大声质问，一抬头看见了怒气冲冲的小莲，她一下把要说的话咽了回去。

小莲走到许丽丽跟前，上下打量着她，嘲讽地说："真行啊，说变心就变心啊，我大哥哪儿配不上你？哪儿对不起你?!"

许丽丽语塞地站在那里。

"我问你呢!"小莲大声地说。

许丽丽一声不吭，好半天吭哧出一句："志文哪儿都好，对我也好，就是，就是性格太闷了，不像，不像志武……"

"不像志武有那么多甜言蜜语，有那么多鬼心眼儿哄你高兴是吗？"小莲打断许丽丽。

许丽丽不言语了，她低着头，脸红红的，心虚地用手指在桌上无意识地划拉着。

小莲上下打量着许丽丽说："这么说你是铁了心当负心人了？"

许丽丽继续不语。

"我告诉你，我们家心眼儿最不正的就是我二哥，你还挺美呢？！他是不是天天说你是工具厂最漂亮的？哎呀，你都漂亮得赛过牡丹花了？"

许丽丽继续无地自容地站在那儿。

小莲冷哼一声："现在被他花言巧语的那点儿小手段糊弄得滴溜儿转，早晚有你后悔的一天，不信，我把话撂在这儿！"

小莲说完，再狠狠地看了许丽丽一眼，使劲儿往地上啐了一口唾沫！许丽丽吓了一跳，以为她要往自己脸上吐，她本能地用手一挡，小莲已经转身大步地走了出去。

许丽丽站在那儿，脸上浮现出矛盾、痛苦与挣扎的表情。

夜，黑得像是哪个神灵不经意地往地上甩了一滴墨。

在这一片黑暗中坐久了，居然还能分辨出夜空是那种黯淡的灰，天的灰与地的黑间掺杂着一点儿模糊不清的白，那便是雪了。乔师傅家住的二层小楼紧挨着大道边儿，再往里约有六七趟平房，都是工具厂的家属宿舍，最里面那趟平房挨着一片大地，平房与大地之间有一面草坡，此刻，你可以看见草坡上有一簇流动的亮光，忽上忽下、忽左忽右地在空中飞舞，那是志文手上的一枚烟蒂。

志文一直静静地坐在这草坡上，阵阵刺骨的寒风也抵不上他心头的冰冷。他就那么坐着，根本感觉不到屁股下面的冰冻。奇怪，在零下二十几度的严寒下，他竟然不知道什么是冷。志武的话一字一句反复敲击在他心头，如果说心不流血，那是假的，如果说眼中没有泪，那也是假的，他就那么一直坐着，一任眼里的潮湿积聚成水，他能清晰地感到这一大颗泪迅速从眼里滑落又从脸上摔下落在不知是衣服还是地上的什么地方，泪水滑过的脸颊被彻骨的寒风深深刺痛。

他深吸了口气，告诉自己，许丽丽曾经在你心里住了很久，她的每一寸肌肤，每一个触角都连着你的大动脉，要将她从心里拔去，你会疼痛无比，但对于已经不愿在你体内多待一分钟的细胞，你必须忍痛割去，就像割一个肿瘤一样，死死地缠住已经变异的细胞，那绝不是他乔志文的性格，绝不是！

他熄灭了手里的烟，站起身，迈开大步离开了草坡，那烟蒂还在兀自冒着最后的烟火。

三、死里逃生

这里是宁安农场一个废弃的窝棚，据说原来是一个老"跑腿子"在此种西瓜时盖的，用来看瓜，后来那"跑腿子"不知是走了还是死了，反正就是不在这儿了，这窝棚就一直废弃于此，再也没有人管过。

现在这里就是小娇和朱大军的家了。

朱大军尽量把窝棚收拾得像个家样儿。刚来时这里还是空空的，只有老"跑腿子"留下的一双破棉乌拉，几天工夫朱大军就盘起了炕，砌了一个炉子，从农场乡亲家借来了一张木桌，两把椅子，还买了煤，原来黑黑的墙壁也用从乡亲家要来的年画贴上了，屋里立时亮堂了起来。朱大军还用身上仅有的钱为小娇买了一面小镜子、一把梳子、一瓶雪花膏和一盒紫罗兰粉，望着这寒舍，再看看小娇日渐隆起的肚子，朱大军一阵心酸。

为了不让小娇肚子里的孩子挨饿，朱大军用自己的真诚打动了附近一家砖厂的厂长，厂长同意他在砖厂干活儿，每个月给二十五块钱。每天早晨安顿好小娇，把家烧得暖暖的，朱大军走出门去，回头望望那在一片荒野中孤零零立着的小房，就忍不住两眼含泪。想那小娇在工具厂是集万千宠爱于一身的骄傲公主，在家里又是最小的，上有父母照顾，下有哥姐维护，偏偏为了他这么个一文不名的连个爹娘连个家都没有的穷小子，背负着万人唾骂的千古罪名，带着她和他的"种子"来到这穷乡僻壤，荒郊野外，一切都是为了啥？还不是和他有情有爱吗？每次朱大军走出门去，偷偷望一眼小娇那略显臃肿却依然灵巧的身影，都暗自咬牙发誓，将来若不能让小娇和孩子过上好日子，他朱大军就改姓！

这一天，朱大军带着对小娇、未出生孩子的一份憧憬希望和牵挂出门了，可他万万没想到一场噩梦正悄悄降临。

朱大军走后不一会儿，小娇就感觉肚子疼，其实这种疼不是一天两天了，从她和朱大军一路颠簸跑到这荒凉地儿开始，她的肚子就总有一种下坠般的疼痛。

一路的奔波，背弃父母亲人的不安，加上忍饥挨冻的折磨，使肚子里的小生命有了撤退的想法。最初小娇没当回事儿，以为是累的，可是随着时间的推移，这种疼痛越发强烈，并且下身开始流一些咖啡色的东西，尤以今天为甚。不久，小娇感觉下体的液体流得更加凶猛，而肚子的疼痛也在加剧，她忍不住跪在炕沿边儿死死地捂紧了肚子。村儿里的邢奶奶恰巧来了，一见小娇这情况吓得赶紧把正在砖厂干活的朱大军找了回来。

那时漫天的大雪已经连续下了三天，地上的积雪很厚，朱大军从乡亲家借来了雪爬犁，拉着小娇举步维艰地向县医院走去。坐在爬犁上的小娇眼看着血顺着裤管儿淌下来，一滴、两滴、三滴……热热的血滴到冰冷的雪上随即洇红了一片……

小娇的心也在滴血，她心中那充满着瑰丽色彩的画面在慢慢变灰、变暗，失去色彩。

汗珠子像雨一样从朱大军的额上、脸颊、下巴上滑落……他终于放弃了雪爬犁，背起了意识渐失的小娇拼命地、不顾一切地向前跑去……

当浑身被汗水湿透的朱大军把小娇送进县医院的急救室时，小娇已经面如白纸地失去了意识，大夫严厉地告诉朱大军，要做好"办后事"的思想准备。

听到"后事"二字,朱大军脑袋"嗡"的一下,好像有无数个炸雷同时引爆!他傻愣愣地张大了嘴站在那儿,大脑一片空白。

不知过了多长时间,反正外面的天空由蓝变灰,又由灰变黑,风裹挟着细碎的雪吹开了医院走廊的窗子,刺耳的风声就像谁在耳边吹响的哨子。

朱大军走出门去,他需要在雪中冷静一下,心脏跳动的节奏早已乱成了一团,看着漫天飞舞的雪花,他一遍又一遍在心中念叨:"娇儿,你要活着,你要活着……你是我这世界上唯一的亲人!"他仰头望天,雪花飘进了眼里、嘴里,他蹲到地上,使劲儿抱住了脑袋!当他从臂弯里抬起头时,看到了一张熟悉的面孔!那个人竟然是志文!

志文奇怪地看着他,意识到了什么,惶恐地问:"朱大军,这是咋的啦?"

来不及问志文怎么会在这儿,朱大军颤抖地说:"娇儿流产了!流产了!"

"啥?!"志文不顾一切地冲进医院大门,朱大军也跟着跑了进去!

当他们一脚迈进走廊的瞬间,竟一眼看见亮着昏黄灯光的抢救室的门开了,与此同时大夫正把一块白布蒙在了小娇的头上!

小娇死了?小娇死了?!

一个鬼哭狼嚎的叫声顷刻间炸响在整个医院,那声音是从朱大军嘴里发出的。

朱大军魂不附体地狂叫着小娇的名字冲到蒙着白布的担架前,他发疯般地一把掀开白布!

"哎,你干啥?"抬着担架的大夫和护士同时叫道。

"小娇!"朱大军叫着,"小娇你不能死,不能死……"

"小娇?!"那名男大夫皱紧了眉头,"什么小娇?是乔小娇吗?她已经做完手术,推进病房了!"

"啊?"朱大军傻瓜一样地问了一句,随即"扑通"一声跪下,给大夫磕了一个重重的响头,转身撒腿像无头苍蝇一样开始每间病房找起来。

志文和朱大军终于找到小娇的病房!

一看见小娇两眼无神地躺在床上，朱大军连滚带爬地跑了过去，一把捧起小娇的脑袋，双手颤抖着唯恐失掉一样语无伦次地说："娇儿，你没事儿吧？你好好的吧？孩子没了，没事儿，咱们不要了，以后有的是时间要，你是好好的吧？是吧……"

朱大军满脸的汗和泪混在一起，捧着、摸着、亲着小娇的脸，有些癫狂地不断重复着："别怕啊，我在这儿，孩子以后咱们再要，以后再要……"

朱大军捧着同样满脸是泪的乔小娇不断地摸着、亲着、说着……

志文站在门口，忽然眼窝一热。

雪停了，夜空之上居然挂出了一盘丰盈的月亮，暖暖的月光把窝棚前缀满树挂的树枝照射得异常透亮好看，门前落满白雪的一片空地，更像是铺了一层银白华丽的地毯，辉映着犹如圣诞树般的树挂，使眼前的景象充满了童话般的美丽幻境……

炉膛里散发出烤地瓜的香味儿，小娇躺在炕上，身上盖着厚厚的棉被。

屋里生上了暖暖的炉子，煤和柴火在炉膛里发出"噼里啪啦"好听的协奏曲，志文守在炉边，暖着双手。

朱大军端着一碗红糖水走到小娇身边一勺儿一勺儿喂着她。

"等明天我去借几个鸡蛋回来。"朱大军说。

小娇摇摇头，无力地说："你上哪儿去借呀？"

"你别管了。"朱大军说，"你就老实儿在炕上躺着，啥也别想，啥也不用你管。"朱大军用嘴轻轻地吹着勺儿里的红糖水，再小心地送到小娇嘴边："你流了这么多的血，咋我也得给你补回来！还有红糖，我已经托……"

朱大军的话还没说完，一下停住了，因为大颗大颗的眼泪正从小娇的眼里滚落。朱大军连忙放下了手里的碗，用衣袖给小娇擦泪，柔声地说："你看，咋又哭了？咱不哭，啊，以后想生几个就生几个，咱认罚了，啊，不哭，啊……"

志文连忙走了出去。

志文站在门口，望着清朗的夜空和圆圆的月亮，深深地呼出一口气。他回头透过用塑料布钉着的窗户往里再看，朱大军仍不断安抚着小娇，一股暖流再次从他心头掠过。他望望眼前这在雪中的小屋，望望天，再望望树，心里想，有谁说小娇为朱大军付出的一切不值得？有谁说不值得？

今天志文本来是来看同学的母亲，没想到竟然碰到了朱大军，虽然小娇的孩子没了，但不管咋说他好歹知道了小娇跟着朱大军没受委屈，这就够了！

再深吸了口气，一层淡淡的失落袭上了心头，他不由自主地叹了口气。

朱大军炖了酸菜和肉，肉是砖厂厂长为了犒劳大伙儿杀了一头猪，炒了花生米，然后郑重地为志文斟上一盅儿酒。

"大哥，"朱大军站起身，双手端着那盅儿酒，"这酒我敬你和爸妈还有全家，算是我赔罪了。"朱大军目光灼灼，语气坚定地说："回家告诉爹妈，娇儿跟着我不会让她受罪，我朱大军就是豁出命去将来也要让娇儿享福，我话搁到这儿，若不能让娇儿吃香的喝辣的，这辈子我都不回去认爹娘！"朱大军再发狠地看了志文一眼，仰脖儿把酒喝干了，嘴角随即抿出了一丝倔强与坚韧。

志文坐在桌前，一直温和而有一丝感动地望着朱大军，他笑了笑，也端起酒盅儿："这杯我敬你和小娇，吃不吃香，喝不喝辣倒没啥，只要你们互敬互爱，凡事有商有量，有福同享，有难同当，安安稳稳地过日子，这才是硬道理，才是人生之根本。"

志文说完，回头微笑地瞅了一眼躺在炕上的小娇，也喝干了自己的酒杯。

朱大军为志文夹了一筷子肉："我不懂什么人生之根本，我只知道娇儿为了我，家都不要了，父母都不要了！和我这要家没家，要钱没钱，要文化没文化的穷小子跑到这兔子不拉屎的地方遭这么大的罪，就冲这一点，我就得对她好，对她好，就得让她享福，就得让她吃上山珍海味，穿上绫罗绸缎，住楼房，不让她干活儿，让她保养得白白胖胖的……"

朱大军又为自己斟满了一盅儿酒，冲着志文举起："让小娇过上好日子，就是我朱大军一辈子的心愿！"

朱大军又一仰脖儿喝干了酒盅儿，再为志文倒上。

志文笑了笑，笑得意味深长，他缓缓地拿起酒盅儿说："祝你和小娇白头偕老。"

朱大军和志文你一盅儿我一盅儿地喝着，把屋里的气氛搅得热热的，烤地瓜的香味儿透过封闭不严的木门飘出很远，天上的月亮仿佛也被感染了，和他们一起享受雪后这难得的清朗与安详。两个男人的谈笑不时穿窗而出，阵阵朗朗的笑声和着酒香在甘洌的空气中回荡……

终于，志文要走了，朱大军执意要为他带上烤地瓜，志文走到炕前，似乎有千言万语要对小娇说，但最终化成了一声轻叹。

朱大军识趣儿地走出门去，站在门前的一棵松树前。

志文摸了摸小娇的头发说："娇儿，你也不小了，我相信你对自己的生活和未来会有一个理智的权衡，这次见到朱大军，我多少有点儿放心了。"

小娇点着头，经历了私奔与流产，她整个人沉郁了许多，原来身上的野性与骄狂好像也被磨掉了不少，她很懂事地点点头。

志文仔细看了看她，向门口瞅了一眼，轻声地说："你跟大哥说句实话，和他这么跑出来，离开家到底后不后悔？"

小娇很坚决地摇了摇头说："不后悔。"

"那好。"志文说着笑了，再用力地拍了小娇的肩膀一下，"保重身体，有时间我会再来看你。"

小娇望着志文的眼神有些复杂："大哥，帮我照顾好爸妈，劝劝爸妈，让他们别想我，不用惦记我，但是你别告诉他们我在哪儿，就说我一切都挺好的就行了。"

"我知道。"志文说着向门口走去。

小娇望着志文，突然又叫住了他："大哥！"

志文站住了，回过头去望着小娇。

"和许丽丽要是处得差不多了，就赶紧结婚吧！"

志文愣了一下，随即像是不经意地应承："啊，再说吧。"

小娇看出志文表情的异样，追问着："咋的啦？你们处得不好吗？"

"啊，"志文低下头，敷衍地回道，"还行。"

志文向小娇挥了挥手："我走了，记着别让风吹着。"

志文走了出去。

志文的身影一消失在门口，小娇的眼泪就下来了，这眼泪包含着背弃父母的愧疚，痛失孩子的悲伤，还有流落异地的无奈……

朱大军进屋来，搂住小娇："真傻，总哭啥？你得想咱的好日子在后头呢！"

"啪"的一声，朱大军的身上掉下了一本《毛主席语录》，两人都很奇怪地对望着。

"这哪儿来的呀？"小娇奇怪地说。

"不知道啊！"朱大军疑惑地翻开书，几张粮票和五张一元面值的钱从里面掉了出来。

朱大军捡起来，和小娇都顿悟地互望着。

小娇拿过粮票和钱，轻声地说："在家的时候，大哥就最疼我。"

四、叔嫂联姻

志文从小娇处回来后没几天，志武就向全家人宣布了他和许丽丽的事儿。乔师傅和刘淑珍这次的震惊不亚于上次的"小娇事件"。但这次志武却没有遭到像小娇一样的"待遇"，一来虽然这事儿做得挺不道德，但还不至于像小娇未婚先孕那样毁了乔家的名声；二来，乔师傅和刘淑珍明白了一个道理，即使像上次惩罚小娇一样把他锁起来，让他饿死或冻死也未必能扭转局面，能改变他的想法。自从"小娇事件"发生后，乔师傅和刘淑珍都有一种疲惫和心灰的同感，所以，当志武说出此事后，他们当时虽然愤怒，尤其是从小器重志文的乔师傅还狠狠地打了志武，但冷静下来后，他们深知这又是一桩他们管不了的烂事，特别是志武那一句"不管你们怎么看我和丽丽，你们同意也好，不同意也好，我都娶定了她"使乔师傅和刘淑珍彻底断了要搅黄志武和许丽丽的念头。而志文居然也说他其实早就和许丽丽黄了，是黄了以后志武才和许丽丽好的。

盛怒之后的乔师傅曾大半夜起来问志文说的是否是真话。志文说是。乔师傅表面上点了点头，却在肚子里冷笑了一声，他再明白不过志文的大度和善良，还有男人的面子。在家中排行老大的志文，在某种程度上也是乔师傅的依靠，身为长子，志文有长兄的仁义和厚道，更有长子的体恤与分担。那些年，当乔师傅和刘淑珍忙得没日没夜赶工的时候，才八九岁的志文就担起了照顾弟弟妹妹和家庭的全部重担，做饭、劈柴、买煤，每天早晨天不亮就去捡煤核，好吃好喝的都留给了弟弟妹妹，在最需要长身体的时候他却常常吃不饱，食不果腹的是他，忍辱负重的是他，从不抱怨的也是他。

许是老天看不过眼吧，即使这样，仍然没有阻挡他长成一个漂亮标致且才华横溢的小伙子，在四个孩子中志文的文化程度最高，五官俊秀，斯文内敛，文质彬彬，生活的清苦与负重没有在他身上留下丝毫印迹，相反倒使他越发优秀出众。

就是这样一个好儿子，好兄长，却让亲弟弟横刀夺爱，这不能不使乔师傅痛彻心扉。尽管志文表面上看不出什么，可了解他的乔师傅心里再清楚不过，他的大儿子就是背地里难受死也绝不会流露出半点儿恨意或去声讨什么。

半夜，乔师傅叹着气和刘淑珍说这就是志文的性格啊，说好也好，说不好也不好啊，一味地容忍，一味地谦让，把自己的终身大事都给让出去了。刘淑珍说不成也不见得是坏事儿，这要是结了婚再发现过不到一块堆儿去更麻烦，乔师傅却唉声叹气个没完没了。

终究，乔师傅又下了一道死令：志武如果和许丽丽结婚，就逐出家门，永远不要再踏入乔家门槛儿半步！

志武自觉理亏，没敢和乔师傅争辩一句，收拾了包裹就要走出门去，却被志文叫到了里屋，他从炕琴的底部摸出一个信封交给志武。

"钱不多，但够买两个箱子和打一个炕琴的。"他说。

"我，我不要……"志武推脱着。

志文把信封摔地上："如果不要，咱俩的情分就算尽了。"

志武怔怔地看着志文，只好收了起来。

志武撬了许丽丽的事儿又开始在工具厂疯传起来。

邓师傅这回又有了到乔师傅身边溜达的理由，他总变着法儿把一件事儿放在多种场合用各种方式讲出来，目的就是羞辱乔师傅。乔师傅禀性老实厚道且思想封建保守，他本身也认为志武做的事儿既不道德也不光彩，而自己又血招儿没有，因此，当邓师傅像阴魂不散的鬼一样逢人就说，见人就掰扯时，乔师傅无地自容，恨不得有个地缝儿都能钻进去，但他心里就是再窝火，再憋气，也从没有过一点儿反抗的行为。这越发刺激了邓师傅羞辱的欲望，他变本加厉，甚至添油加醋地把乔家近来的丑事夸大宣扬。

他夸大也好，宣扬也好，唯有乔师傅和刘淑珍窝火，却绝不影响也无法阻止志武要娶回许丽丽的决心。

也可能是怕夜长梦多，不多久，志武就在外面找同学借了个平房和许丽丽搬到了一起，没办一桌喜酒，没发一块喜糖，两人就这么着过起了日子。

许丽丽的父母也曾上门与乔师傅和刘淑珍讨说法，遭到的却是嘲讽和白眼儿，想着姑娘没过门儿就让婆家如此"拿把儿"，许丽丽的父母心里很不是滋味儿，无奈许丽丽却拗得很，说这辈子跟定了志武，不管享福还是遭罪。眼见姑娘傻得可以，两口子也只好作罢，由她去了。

五、一厢情愿

志武和未来的嫂子结了婚，害了志文，伤了全家，却有两个人在背地里窃喜不已，那便是卫生院的杨秀梅和她的父亲——身为工具厂的劳资科长杨树森。

从志文一进厂，杨树森就盯上了这个长相俊雅、谈吐得体、仁义朴实、为人正派又颇内秀的小伙子。可惜，杨秀梅其貌不扬，志文连正眼儿都没瞅过她。虽然杨秀梅嘴上不说，但心思却早已被杨树森看得透透的。碍着志文已经成了许丽丽的人，杨树森和杨秀梅也只能强压下心里的念想儿，不料，事情竟突然有了转机，半路杀出个程咬金，谁也没料到许丽丽竟背着志文和志武好到了一块儿，这对杨树森父女而言可真是天赐良机，时不我待。

杨秀梅是杨树森夫妇年近四旬才生的，是家里的独苗儿，因此，被杨树森视为掌上明珠，真恨不得将天上的月亮都摘下来给她当房子住。杨秀梅呢，自恃是劳资科长的独女，本身又在卫生院当护士，虽容貌平庸，却也心高气傲，骨子里透着一股居高临下的优越感，对身边几个才不出众、貌不惊人却穷追猛打的寒碜小子嗤之以鼻，充满了不屑，用她的话说就是："你们没资格！"

杨秀梅长相的平庸与她表面沉稳温柔实则嚣张势利的个性形成了强烈的反差。她对志文一见钟情，除了看好志文漂亮的外表，还有志文比其他人有文化，她坚信，有文化的人将来必有大出息！所以，志文在她心中是几近完美理想的化身，是她心中不二的人选。当许丽丽先一步将志文抢走时，杨秀梅真恨不得杀了她，她甚至做了一个极像许丽丽的布娃娃，经常背着父母在大半夜用针刺，用锥扎，写上咒语，期望有朝一日自己的诅咒能感动老天爷，赐许丽丽以厄运。她还专门找到住在深山老林人称"徐瞎子"的半仙儿算了命，"徐瞎子"居然说她未来的丈夫是个大学生，不戴眼镜儿，人长得蛮端正，是个美男子！杨秀梅听后大喜，更坚定是自己诅咒许丽丽感动了老天爷，可能会让她早死或出什么"横事"。

可是，许丽丽并没有出什么"横事"，也没早死，却甩了志文，投靠了志武。杨秀梅不管许丽丽死没死，总之，她没有最终夺走志文，这就使她心中燃起了新的希望。

对杨秀梅明察秋毫的杨树森看出了她的急不可耐。这晚，吃过晚饭，在杨秀梅的屋里，杨树森亲自送给了她一本诗集，名字叫《爱情啊，我有追求你的权利》。

杨树森拍拍杨秀梅含蓄地说："好好看看，或许对你有帮助。"

杨秀梅接过父亲递过的书，一看书名，顿时明白了杨树森的用意。她的脸一下红了，思想颇为开放、读过许多西洋文学的杨树森微笑地望着杨秀梅说："人人都有追求美好爱情和生活的权利，只要你大胆去争取，就会得到你想要的一切。"

有了杨树森的鼓励，再加上那本诗集里朦朦胧胧爱情诗的表白，使杨秀梅一下子热血沸腾起来，她怀着忐忑不安的心情，颤抖着手给志文写了一封情书：

乔志文同志：

你好。

也许在广阔的天地，

我没有玫瑰的艳丽；

也许于你目光的清澈，

更寻不到对我一星半点儿的情波。

但，

玫瑰的艳丽可能刺伤了你的执着，

再娇美的花朵褪去了深情，

也只剩伤情的颜色。

24

看看吧，

就在那默默无闻的角落，

正有一束清新的百合，

等待着你，

等待着春天的暖风，

吹遍旷野和山坡！

此致

敬礼

一个期待与你共度一生的人

杨秀梅

当杨秀梅写上自己的名字时，她的心脏几乎要从胸膛里跳出来。她拿起信，满脸涨红、双手颤抖地从头到尾读了一遍，突然发现自己竟然很有文采，读着那热辣辣的诗句，她真的就感觉脸像被火烤着了一样，心像有个人拿把铁锤在"砰砰"敲打。她合上信，斟酌再三，终于装进了信封，贴上了邮票。当她再一次审视信封上亲笔写的"乔志文同志收"时，又被自己即将要付诸的行为惊出了一身冷汗。

信寄出后，杨秀梅每天都在惶恐不安中度过，她害怕志文瞧不起她，担心志文对她冷嘲热讽，她不知道志文收到信后会怎么看她，她害怕碰到志文，又渴望见到志文，就在这患得患失、惴惴不安中过去了一个月，这一个月竟然什么都没有发生。

当杨秀梅清醒地意识到一个月已经过去了，乔志文居然什么反应也没有时，心情不禁一下子充满了无限的沮丧与失落。

这天，全厂召开职工大会，杨秀梅特意选了一个靠大门的座位坐下来。她想，凡是开会的人都要从这扇门走进，乔志文当然也不例外，到时她一定要大着胆子瞅他一眼，这一眼，就能让她看出乔志文是什么意思。

杨秀梅那天特意画了眉眼，稍稍涂了口红，早早儿就在门口的座位上坐下，生怕错过了志文进门的时间。

当厂子里的人陆续到了，杨秀梅的心跳得更加剧烈，她知道志文马上就会出现在门口，一会儿工夫，志文果然来了，杨秀梅抑制住狂跳的心脏对着志文看过去……志文却只顾往里瞅，似乎在寻找合适的位置，他看了一圈儿，眼光向杨秀梅这边移来，杨秀梅屏住呼吸，她怀疑自己会不会心脏脱落，她等待着志文与她四目交汇的那一刻……可是，乔志文的眼光却只在她身上停留了一刹那便轻飘飘地掠过去了，那目光是如此轻慢，如此不经意，如此不带任何感情色彩，完全就像没看到她一样，杨秀梅的心一下就沉到了谷底。

对于志文的视而不见，杨秀梅感到从未有过的羞辱。如果志文不同意，可以直接告诉她或用另一种委婉的方式转达，但竟然毫无反应不说，彼此见了面居然也没有丝毫表示，这使杨秀梅的自尊受到了重大打击，她认为志文是从内心深处就瞧不起她，否则不会有那么不敬的表现。

杨秀梅的心情一落千丈，她开始后悔自己的行为，痛恨自己为什么那么冲动，那么不假思索，最主要的是，她太在乎自己在志文心目中的形象了！现在好了，在志文心中她显然成了一个小丑，她恨死自己了！

杨树森对杨秀梅心情上的变化一目了然，但他却不愠不火。

这时又传来了一个振奋人心的大消息，全国恢复高考！而且杨树森已得知志文正在夜以继日地全力复习，准备考大学！这消息像一股春风惹得杨树森和杨秀梅的心痒痒的，给他们注入了强心剂！

杨树森和杨秀梅彻夜长谈，他鼓励女儿不要气馁，更不能落在志文后面，让她重新捡起书本，争取和志文一起考上大学，只有这样，才能争取到更多与志文平等的机会，也才有将来和志文结合的可能。

听了杨树森的话，杨秀梅像濒死中抓住了一根救命稻草，她握紧拳头，很快抛开了自怨自艾的灰色情绪，开始投入到没日没夜的奋斗与希冀中。乔志文考大学是为了理想，杨秀梅考大学则是为了爱情。

六、天降孽恋

许丽丽嫁给了乔志武，不但没有期盼已久的"永久"牌自行车，"蝴蝶"牌缝纫机，"海燕"牌收音机和"钻石"牌手表，还整个变成了一个罪人，连车间里的姐妹现在对她说话的声调也阴阳怪气的，尤其是见到志文的时候，总像被谁突然在脚下挖了个洞，顿时矮了半截儿，也像是被人卡住了喉咙，发不出声音，那份尴尬，那份不自然，别提多难受了！而心里更泛着一种隐隐的痛，整个心脏像被谁猛地攥了一下。

倒是志文竟是一派坦然，在许丽丽面前，他永远是面带微笑，且掺杂着犹如长兄般的宽厚与温和。从不见他有犀利的棱角和尖刻的眼神，他始终像一缕阳光，用善良、仁厚、宽爱照耀着许丽丽的心，让她在想起姐妹们那冷嘲热讽的嘴脸和厂里其他人冷漠的态度时，心里感到一热，眼里就会涌上一股泪潮，也可能她从心底还是分外眷恋志文的温柔吧。甚至面对志武，她时常会产生自己是否错了的想法。

志武每天都在开解她挺起胸膛，说进得了乔家门槛儿还是进不了乔家门槛儿都无所谓，既然我乔志武娶了你，你就是乔家堂堂正正的儿媳妇儿，不要畏畏缩缩、唯唯诺诺，见人矮三分，不要管别人背后怎么嚼舌根，你都要安之若素，高高兴兴地做我乔志武的媳妇儿，哪怕全世界都戳你的脊梁骨，只要有我在，将来就能让你过上好日子。"永久"牌自行车、"蝴蝶"牌缝纫机、"海燕"牌收音机和"钻石"牌手表一样不少地补给你。听了志武雄赳赳、气昂昂的话，许丽丽也顿时觉得腰杆子直了不少，反正，她想，有志武在，他就是自己的全世界！别人咋看待自己有啥了不起！于是，她反而坦然了，尤其是在那些给她脸色的人面前故意挺胸昂头的，仿佛在对着全天下宣布，我就是乔志武的媳妇儿，咋的?！

这天晚上，有一件盛事将在工人文化宫举行，那就是全市职工文艺会演。

人们早早地吃完了饭，三五成群，仨一帮俩一伙儿地结伴来到文化宫，早早地找好了座位，怀着无比激动喜悦的心情期待着那紫红色的大幕徐徐拉开，还不到开演时间，不但座位上坐满了人，连过道上都挤满了人，此刻，有一个人更为紧张，那就是乔小莲，因为她要代表工具厂演唱一首《边疆的泉水清又纯》。

乔小莲在工具厂是有名的金嗓子，人称"小李谷一"。如果说乔小娇是娇艳的玫瑰，乔小莲就是圣洁的清荷；乔小娇充满了风骚和妩媚，乔小莲则充满了大气与高贵；乔小娇是热烈的红，乔小莲就是高雅的白；如果说乔小娇充满了狂傲让人捉摸不定，那么乔小莲就更是渗透着冷傲让人可望不可即。事实上，乔小娇是名声在外，惯于张扬，在男人心目中真正的女神是乔小莲。她那犹如大理石般清澈透白的脸庞，那欲说还休深情的眼眸，那长及腰肢的两条乌黑的大辫子，还有那高高的个儿，一笑唇边两个忽隐忽现的酒窝儿，还有她的笑声，真真像银铃般那么清脆好听，像泉水一样流过人们的心窝。她的一颦一笑，一举手一投足，无不像踩着一段优美的旋律，在她身上，时时刻刻都流淌着一支歌儿……

坐在台下的人许多是冲着乔小莲来的，都是为了一睹其芳容。一个又一个节目过去了，眼看着会演已经进行了一个多小时，仍不见乔小莲的身影，有的人已经不耐烦地抻长了脖子，更有迫不及待地想去后台看看何时轮到乔小莲。

大幕徐徐拉开，报幕员拖着两条大辫儿缓缓走上台，她微笑地扫视了一圈儿会场，用像是含着一汪清泉般的嗓音播报道："下一个节目，女声独唱，《边疆的泉水清又纯》，演唱者，工具厂乔小莲。"

掌声雷动！

乔小莲以优美的姿态走上台来，她今天穿了一条洁白的连衣裙，两条大辫儿散开了，用同样洁白的手绢儿在脑后结结实实地扎了一个漂亮的蝴蝶结，她落落大方地一颔首，台下再次响起热烈的掌声……

音乐响起，乔小莲双手扣在胸前，身体与音乐的节奏一起有韵律地晃动着，她的歌声使观众深深陶醉，也使台下一个坐在前排位置的人，在看到她第一眼时，就怦然心动。

这个人白净脸儿，高高且挺直的鼻梁上架着一副看上去很轻巧的眼镜儿，细长的眼睛，不太浓密却轮廓清晰的眉毛，薄薄的嘴唇紧紧地抿着，穿着一件灰色的中山装，里面是一件白色的针织衬衫，一看就是上海货。他端正地坐在那儿，一条腿搭在了另一条腿上，清晰可见熨得笔直的裤线和锃亮的黑色牛皮鞋。

他虽然表情安静，但镜片后面那细长的眼睛里却分明闪烁着一种不同寻常的惊喜与热烈渴望的光芒。他一动不动地坐着，目不转睛地停留在乔小莲的脸上。他的一只手搭在腿上，不自觉地随着唱曲的旋律打着节拍，他的专注使他一直保持同一姿态坐在那里。

一曲终了，台下爆发出惊人的欢呼雀跃，人们高喊着："乔小莲，再来一个！乔小莲，再来一个……"

那名男子虽然没有加入狂热的呐喊，但从他追随的目光中依然可以看出他有着同样的期盼。

报幕员微笑着把乔小莲重新请上台说："下面，我们请乔小莲再为大家演唱一首《乡恋》。"

乔小莲的声音一响起，台下即刻又响起了雷鸣般的掌声。

那名男子的眼神发亮，流露出一种由衷的欣赏。

会演在群情激奋中圆满落幕。

乔小莲应观众的要求三次谢幕，台下的观众才渐渐散去。那名男子一直坐在那里，等观众全部散去，才站起身，向后台走去。

小莲正在和车间里的几个姐妹说笑着，那名男子径直走向小莲，一个工作人员拦住他问："哎，同志，你找谁？"

男子指了指乔小莲，乔小莲诧异地望着他。

男子走到乔小莲身边，向乔小莲伸出手，激动地说："乔小莲同志，你唱得真是太好了！"

乔小莲更加奇怪地望着他，男子连忙解释说："我叫初自强，在统计局工作，你的歌声实在是太美了！所以，我想和你交个朋友。"

此言一出，几个姐妹窃笑着冲乔小莲做着鬼脸，纷纷走下后台。

乔小莲的脸一下红了，她看了看初自强，一时不知该说什么好。

初自强倒落落大方地微笑着说："天黑了，我送你回家吧！"

乔小莲立刻防备起来，她又看了初自强一眼说："噢，不用，我一个人走就行。"

没等初自强再说什么，乔小莲一低头，匆匆走下了后台。

初自强站在那里，看着乔小莲离去的身影，没有被拒绝的失落，脸上倒充满了一种胜券在握的自信，他一直看着小莲的身影消失，才把眼光移开，望了望已经空了的后台，脸上再次露出发现新大陆般的喜悦光彩。

那晚小莲回家后彻夜难眠，一是演出的兴奋情绪还未褪去；二是那个叫初自强的人的突然降临。

这个初自强显然和厂里的那些毛头小子不同，虽然也很年轻，但他身上却散发着与众不同的气质，一种自信与成熟，而且这个人很有"派"，穿着打扮也很讲究，言谈之中带着一股霸气，好像能够得到他夸赞的女人就应该受宠若惊似的。

小莲望着窗外灰色的夜空，轻轻地撇了撇嘴，有什么了不起！她想，不过就是在统计局工作嘛，也不多条胳膊，多条腿儿。

"天黑了，我送你回家吧！"这声音没有试探，反而带着命令，她不禁又撇了撇嘴，"你说送我回家我就让你送啊？"想到这儿，她把厚厚的被子使劲儿地捂在脑袋上，睡觉！她对自己说，无非就是个不相干的人。

可谁知这个不相干的人竟在第二天小莲下班后来到厂门口等她。小莲推着自行车远远就看见了他，但走近时她佯装没看见，推着车径直向前走去。

看见小莲推车只顾自己走，初自强也不气恼，他暗自笑了笑，追上前去。

"乔小莲同志！"他喊着，走到小莲身边笑着说，"昨天刚见面，今天就不认识了？"

小莲回头瞅了他一眼，淡然地说："你找我有事儿吗？"

初自强又笑了笑："没什么事儿，就是想和你随便聊聊。"

"我还有事儿呢！"小莲甩下一句，上了车飞快地向前骑去。

"哎……"初自强还想叫住小莲，但她已经转眼没了踪影，留下初自强兀自傻傻地站在那里。他回头望去，那天在后台的两个姑娘代青和张春香又在偷偷抿嘴笑。

初自强也忍不住笑了笑。

虽然一而再地受到小莲的冷落，但初自强并不灰心沮丧，不管刮风还是下雪，他仍然坚持每天下班后守在工具厂门前，只为能见上小莲一面，说上几句话，听小莲不咸不淡地应几句，逢上小莲的自行车掉了链子，他就义务帮忙修好。小莲表面上依然冷淡，但内心已开始慢慢习惯每天初自强的等待，心灵深处那层防护和骨子里的那份冷傲也开始逐渐解冻，冷漠变成了淡淡的微笑，原本的敷衍式的只言片语变成了娓娓道来的轻言细语，原本的排斥变成了接纳甚至期盼，覆盖在血液表面上的那层外壳开始变软，直至彻底被融解……

小莲发现自己变得快乐起来，在机床前都忍不住要哼几句《边疆的泉水清又纯》……

代青和张春香在旁边看着又忍不住一阵耳语，小莲察觉到了她们的行为，拿起一块肥皂对着她们扔过去，三个姑娘的笑声一下淹没了隆隆的机器声……

可是，正当小莲想起初自强心就不由自主地"怦怦"乱跳，耳朵和脸也一阵一阵地发烧，想起他开的玩笑就难掩唇边的笑意时，初自强却突然不见了。

一连几日，小莲怀着满腔的喜悦走出厂大门时，都迎风扑了个空。每次她都以为是自己看错了，可是再定睛向四下望去，没错儿，四野空空，没有初自强的身影，她的心就忍不住一凉，只好一个人孤零零地骑车往前走，走到半路，她以为也许会迎面碰上来接她的初自强，可是没有，一连几日都是这样。

她不仅心生疑惑，这个初自强为什么突然不来了？是有事儿还是有别的原因？这天下班后，小莲走出厂大门，放眼望去，眼前仍是空空荡荡，她不禁突然担心起来，一个念头一下蹦进了她的脑海：初自强是不是病了？这样一想，她的心就猛地一揪，这一揪，她被自己吓了一跳，怎么回事儿？我怎么会这样？魂不守舍的她缓慢地向前走着，不小心差点儿被脚底下的一块石头绊倒，她心烦地一跺脚，刚要骑上车，却见一个瘦瘦的小伙子向自己走来。

"你是乔小莲同志吧？"小伙子问。

"啊，"小莲奇怪地看着那人，"你是……"

"我是初自强单位的。"小伙子说。

一听是初自强单位的，小莲一下站住了。

"初自强他咋的啦？"她紧张地问。

"你先别担心，"小伙子笑了笑，"他病了，怕你担心，让我过来告诉你一声。"

"他病了？"小莲的心一下提了起来，关切地问，"他得了什么病？你快告诉我！"

小伙子显得挺为难的样子，好半天才吭哧出一句："他发高烧起不来了，本来他不让我说，你看我……"

"他现在在哪儿？"小莲一把抓住那小伙子，又觉得不妥，立时把手拿开了，"快告诉我他现在在哪儿？"

小伙子继续为难地瞅着她："他不让我告诉你。"

"你看你这个人怎么这么……"小莲急了，差点儿说出难听的话。

那小伙子像是很仗义地一甩头，拽过小莲的自行车："上来吧，车子好使吧？"

小莲"噌"的一下跳上车后座："好使，'永久'的！"

小伙子飞快地带着小莲向前骑去，很快消失在大路尽头。

小伙子带着小莲停在统计局门前，从统计局后面绕过去，看见一座二层小楼，小伙子前面带路，小莲后面跟着来到二楼一间宿舍前。小伙子对暗号似的有节奏地敲了三下，又敲了六下，门开了，一脸胡茬、憔悴万分的初自强出现在了小莲面前。一见小莲，初自强立刻怪罪地看了小伙子一眼，小伙子连忙解释着："我本来没想告诉她，可她非问，我就……"

初自强瞪了小伙子一眼，小伙子看了看小莲，又看了看初自强，识趣儿地走了。

初自强把门开大，小莲走了进来。

初自强脸色阴沉，一言不发地坐在那里。

小莲坐下来，看了看初自强阴沉的脸，感到浑身不自在。她不知道初自强为什么阴沉着脸，又为什么一言不发，是因为生了病，还是咋的了？但无论如何，她出于好心来看他，他总不应该是这种态度吧？

小莲轻咳了一声说："听说你有病了，我来看看你。"

"嗯。"初自强应了一声，又不再言语了，而脸色却更加阴沉。

小莲被这沉闷、尴尬的气氛弄得手脚不知该往哪儿放，她突然感到很委屈，实在搞不懂初自强为什么用这种态度对待她，再也坐不住了，她"腾"的一下站起来，简短而生气地说："好了，我来看过你了，该走了！"

说完，小莲快步向门口走去。初自强却仍坐在那里没有一点儿反应，小莲的眼中一热，眼泪差点儿掉下来，她迅速走到门口，刚要拉开房门，初自强却出其不意地从后面死死地抱住了她。小莲一惊，本能地要挣脱他。

"你干什么？你要干什么？！"小莲喊着，一面用力要脱离初自强的两臂。

可是初自强的胳膊像铁钳一样钳住了小莲，使她完全动弹不得。初自强急促地说着："小莲，你别走，这些日子以来，我每时每刻每分每秒都在想着你，这么长时间了，你一直对我不冷不热、不远不近的，我心里一上火，就病了，本来我不想告诉你，可又怕你担心，小莲，答应我吧，你要是不答应我，我就活不了啦，小莲……"

"你放开我！放开我……"小莲用尽全身力气也挣脱不开初自强的怀抱，初自强疯了一样把小莲死死箍在怀里，嘴里不断地说着："小莲，答应我，我会一辈子对你好的，一辈子……"

初自强的脸上泪汗交加，他不顾一切地把嘴唇对着小莲盖过来，小莲的力气完全逃不出初自强的怀抱，起初她奋力抗拒着，后来，她完全失去了力气，由默许变成了迎合……

窗外不知何时又飘起了雪花，漫天飞扬的雪花洋洋洒洒地在天空跳舞，天地之间荡漾起了一首好听的歌儿……

七、暗结珠胎

乔小莲有一个在统计局工作的对象的消息迅速疯传开来。

乔师傅和刘淑珍当然也知道了，这天吃完晚饭后，刘淑珍把小莲叫到里屋，问了关于初自强的事情，从小莲言语当中刘淑珍能够充分感受到她对初自强的依恋和那种身处热恋中的姑娘的甜蜜与幸福。刘淑珍还是第一次从小莲眼里感受到了一种深深的迷恋与沉醉，看到事情已经发展到了这一步，刘淑珍同意她把初自强带回来看一看。

登门那天，小莲和初自强都分外紧张，初自强很拘谨，但不久，他就变得非常放松了，吃饭的时候不断地给乔师傅斟酒，言谈也大方自然了许多。乔师傅和刘淑珍看他的眼神也由审视变成了欣赏，刘淑珍的眼底眉梢不时荡漾着发自内心的喜欢。小莲和初自强都以为可以顺利地通过这一关了，没想到初自强的一句话让事情出现了急转直下的变化。

酒过三巡，菜过五味，刘淑珍一下想起聊了半天，还不知道初自强的父母是做什么的，于是，她问起了初自强的父亲。一听问起自己的父亲，初自强的脸上掠过一抹难以掩饰的自豪，他微笑地说，他的父亲就是市公安局长初显民，话音刚落，屋子里的气氛一下就冷了下来。

初自强和小莲脸上本都带着笑意，可他们再一看刘淑珍和乔师傅，那脸就像晴朗的天空"忽"地被一大片乌云遮住一样，阴冷阴冷的，这才感觉到了事情不妙。

听到初自强的父亲是公安局长以后，乔师傅和刘淑珍竟再也未发一言。乔师傅勉强喝了酒盅儿里的酒，让初自强慢慢吃着，自己先进屋了。刘淑珍坐了一小会儿，说还要再给乔师傅做条棉裤，也进屋了。留下小莲和初自强大眼儿瞪小眼儿，丈二和尚摸不着头脑地傻望着。

"我说错话了？"初自强问。

"没有哇！"小莲皱着眉头不解地说。

两人都不再说话，屋里弥漫着不安的气氛。

初自强走后，乔师傅和刘淑珍郑重地告诉小莲，他们不同意她和初自强的事儿，小莲问为什么。

刘淑珍叹着气说："傻姑娘，初自强这小伙子是挺好，可他父亲是公安局长，我们只是一个普通工人家庭，高攀不起！"

小莲对刘淑珍的话不以为然，她觉得这种门第观念简直太可笑了。

乔师傅坐在炕头儿，敲一敲旱烟袋，语重心长地说："小莲啊，咱们老乔家多少辈儿都是手艺人和做工的，祖宗八代跟那当官儿的也没个缘，中国人历来讲究门当户对，咱们和他初家是门不当户不对，我和你妈也希望你能嫁个好人家，能嫁个有文化的，可小莲，你自己也就是个工人，整天和机床打交道，咱们不是说初自强对你不好，现在的问题是，就是初自强同意，我和你妈都同意，初自强的父母也不会答应的。"

"谁说的？"小莲不服气地、理直气壮地说，"我都去过自强家了，他爸妈对我可好了！"

乔师傅笑了，笑得很是耐人寻味。好半天，他又叹了口气："小莲，当官儿的和咱这工人他想的不一样，咱们丁是丁，卯是卯儿，人家可都会绕弯儿……"

"就是，你爸和你一两句话也说不清，你还太年轻，太天真，我和你爸这都过一辈子了，再咋说，吃的咸盐也比你多。"刘淑珍说。

小莲不语，但她脸上的表情说明她对乔师傅和刘淑珍的话是极为不屑理会的。

刘淑珍坐在炕沿儿上，担忧地说："初自强这小伙子看着倒是挺不错，对你好像也挺用心，可人家那爸不是一般的官儿啊，就算他爸是个开明人儿，他妈呢？他妈能没有意见？"

乔师傅猛劲儿地吸了几大口烟，皱着眉头下命令说："爸妈替你做回主，这门亲事咱不能答应，将来你就是过了门儿，进了他们初家，那日子也不能好过了，更何况，他们家还说不上是什么态度呢！"乔师傅郑重地望着小莲，清晰地说："晚断不如早断，也省得日后麻烦！"

乔师傅说完，咳嗽了一声，走下地，出了屋。

小莲眼睛直直地盯着乔师傅走出去的大门，一双大眼睛里浸满了泪水。

刘淑珍抬眼看了看小莲，小莲一扭身跑了出去。

"你看这孩子……"刘淑珍想叫住小莲，最终无奈地叹了口气。

乔小莲表面上没有激烈地反抗乔师傅和刘淑珍提出的要求，但背地里依旧和初自强痴缠在一起，天真的她一直以为初自强的父母并不反对他们，只要她再好好和父母商量商量，他们是会同意的。然而，她哪里知道，为了他们的事情，初自强也一直在不懈地做着父母的工作，而身为公安局长的初显民则数次与儿子推心置腹地长谈，希望他能理智地对待和乔小莲之间的感情，初自强的母亲纪慧如更是晓之以理、动之以情地要儿子为父母、为前途放弃被美貌冲昏头脑的一时冲动轻率的感情，但初自强却像吃了秤砣一样铁了心，任他们怎么说，都丝毫没有动摇他要娶小莲的决心和信心。

初自强是初显民的独子，初显民第一次领教了儿子在对待感情上的坚定与执着，他毕竟经过风雨，见过世面，深谙策略之道，事已至此，他不想像某些父亲一样因为干涉儿子的婚姻而致父子关系破裂，那不是他初显民的行事风格，他也不愿和初自强闹到那一步。于是，他回避了，不再硬碰硬地和初自强权衡利弊，否定乔小莲。当初自强主动提出这些事情的时候，他也只是嗯嗯啊啊敷衍了事。

私下里，他把一个老战友的女儿，刚从德国深造音乐归国的杨云请到家来，并找种种理由留初自强在家。

初自强和杨云相处得倒很愉快，两人在一起时经常能听到开心的笑声从房间里传出来。初显民和纪慧如看在眼里，喜在心头，纪慧如暗赞初显民这着棋走得好，他们甚至已经开始憧憬初杨两家联姻后，如何互利互惠，各取所需了……

正当夫妻二人为打的如意算盘暗自窃喜时，事情不但没有顺利地按照他们铺设的轨道运行，反而一场始料不及的变故骤然降临。

那天杨云没来，吃过晚饭后，初显民就感到空气有些异常，他回到自己房间刚坐下，初自强就敲门进来了，

"有事儿吗？"初显民问。

初自强瞅了瞅初显民，一副豁出去的模样。

"爸，别想把我和杨云撮合到一块儿。"他开门见山地说，"那不可能。第一是我已经有了小莲，即使没有小莲也不可能；第二是杨云也根本没那意思。"

初显民瞅了瞅初自强没作声，好半天他问："你什么意思，说吧。"

"我要和小莲结婚。"初自强清晰而有力地说。

"那不可能。"初显民更加铿锵有力地说。

"为什么？！"初自强激愤地喊道。

"还用我说为什么吗？"初显民尽量压低着声音，但他已经被气得青筋暴露了，他嘴边的肌肉也在不自禁地痉挛，他用力敲打着桌子，咬牙切齿地说："你是我的儿子，知道吗？你不要太天真好不好？"

"我是你儿子怎么了？我是你的儿子就不能娶乔小莲？"初自强愤怒地喊道。

"对！"初显民暴怒地吼道！

初自强被初显民的暴怒吓了一跳，他用一种极其意外和陌生的眼光看着初显民，摇了摇头："想不到你这么势利，这么……"

"对！"没等初自强说完，初显民再次大吼道。他完全被不识好歹的初自强激怒了。这些日子以来，他为了阻止这桩"有失身份"的婚事费尽了心机，绞尽了脑汁，没想到到头来仍然是无济于事！他没想到他初显民的

儿子会如此感情用事，会如此单纯天真，没有头脑，为了那么一个女工，一个会唱歌儿的女工，他居然完全失去了理智，失去了最起码的利益重心！如此没出息，这简直荒唐可笑至极！

"对！"他又重重地吼了一句，"你说的没错儿，我现在只给你两条路走，要么离开乔小莲，要么离开统计局，离开这个家，走到哪儿都别说是我初显民的儿子！"

"走就走！"初自强也大吼着，"我什么都可以不要！"

初自强大步向门口走去，走着走着，悲从中来，他像是说给自己听，也像是说给初显民听的低语了一句："小莲已经怀孕了……"

这句话把初显民惊出了一身冷汗。

"什么?！"他脸色骤变地问。

初自强已经走了出去。

"你说什么?！"初显民追问了一句，但初自强已经没了踪影。

初显民坐在那里，一头冷汗地回味着初自强刚才的话。

八、自取其辱

当晚，初显民就和纪慧如说了乔小莲怀孕的事儿。

纪慧如的第一个反应是这姑娘既不要脸又阴险，她的目的就是想用生米煮成熟饭的手段嫁进初家，越是这样，他们越不能答应。夫妇俩商量，不管采用何种措施，一定要阻止乔小莲嫁进初家。

盛怒之下的初自强不但真的向统计局组织递交了辞职书，还搬离了初家。

初自强一系列的举动让初显民夫妇措手不及，他们完全没料到初自强会为了工具厂一个普通女工如此大动干戈，不但同生养他二十八载的父母决裂，甚至连工作都扔了！纪慧如被初自强气得差点儿心脏病发作，初显民反倒冷静了，他安抚纪慧如不要太激动，少安毋躁，说初自强现在只是头脑发热，人在发高烧的时候脑筋是不清醒的，任你说什么他都听不进去，等烧退了，头脑清醒了，他自是要回来的。纪慧如说可那乔小莲的肚子一天天大起来，马上就会露馅儿的，初显民说这倒是个问题，容他想一想。

乔小莲怀孕后，很快乔家人也都知道了，乔师傅和刘淑珍问小莲是否就决定嫁给初自强了。小莲那时依然蒙在鼓里，对初自强与家里决裂的事儿一无所知，她很肯定地说是的，乔师傅大手一挥说那就去吧，只要初家人不反对，是猫命是狗命由你去吧！

乔师傅和刘淑珍没想到小娇的事儿像一片阴云在他们心头还未散去，小莲又紧接着步其妹的后尘，接二连三发生这样的事儿，使老两口真是有些力不从心了，他们想事已至此，他们的意见在儿女的婚姻大事上又基本没什么分量，那就由她去吧，好歹也算嫁个正经人家，赶紧把事儿办了，小莲的肚子也就能瞒天过海地"顺溜"过去，也算了了一桩心事，毕竟，女大不由娘。

乔师傅和刘淑珍就一心一意地等着会亲家，可一天天过去了，眼见小莲的肚子已初见山水，可初家那边儿居然连点儿动静都没有，而小莲回家后的脸色却是一日比一日难看，问话也不说，乔师傅和刘淑珍感到了事情的不妙。

这天在刘淑珍的逼问下，小莲终于崩溃地大喊："自强的父母不同意我，不同意我！这回你们知道了吧?！"

小莲捂着嘴跑进了屋。

刘淑珍和乔师傅站在那儿，刘淑珍只感到一阵天旋地转。

经过一番费神的思量后，乔师傅和刘淑珍达成共识，既然初家不同意小莲进门，别无他法，赶紧趁着肚子里的孩子还不算太大打掉，就当吃了一回哑巴亏，却没想到小莲坚决不同意，说如果打掉孩子，她也不活了。

家里所有的人都来劝说小莲，让她趁事情没败露之前把孩子做掉，给自己留条后路，可小莲却像一棵铁树扎根在了地下，任谁也动摇不了她。

随着时间的推移，小莲的肚皮终于撑不住局面了，被婆家拒绝的风声再次传遍所有熟知乔家人的耳朵里。

小莲无法再在厂里和家里待下去，在一个清晨，她收拾了简单的衣物离开了家。

乔师傅和刘淑珍是又气又无奈，他们知道，初自强现在暂时借住在他同学的房子，小莲一定搬去和他同住了。

乔师傅和刘淑珍活了大半辈子，两人年轻时都以勤劳朴实、人好能干而闻名，刘淑珍当年也是出了名的"铁姑娘"，在工具厂，在他们居住的大庆街一带老乔家都是响当当的、备受尊重的大户人家，没想到，老了老了，被儿女们的婚姻大事给拖累得"晚节不保""臭名远扬"，面对这样一种结局，面对离经叛道的小娇，放荡不羁的志武和作茧自缚的小莲，他们真真感到老了，束手无策了，有心无力了。

自从当了省劳模后，乔师傅被一件又一件儿女的丑事弄得抬不起头来，小莲的事儿一出，他居然有了一种麻木的感觉，索性不管了！而刘淑珍这个当妈的，却做不到像乔师傅那样"潇洒"。

小莲的事儿让她整宿整宿睡不着觉，小娇不管怎么说还是跟着愿意和她在一起的人走了，是猫命是狗命由她去吧！小莲呢？有初自强的父母在那横着，她要想进初家门看来希望渺茫，而初自强究竟是个什么样的人，是个真正的男子汉，还是个软骨头？他对小莲是发自真心的喜欢，还是一时冲动被狂热冲昏了头脑？这一切都没个定数，偏偏，这个小莲，死性到家，认准了的事儿一千头驴都拉不回来，轴得很，一旦有一天，初自强架不住父母的劝说，架不住更多东西的诱惑，或者本来就对小莲没有那么深的感情，腻了、厌了，一脚把小莲踹了，她和肚子里的孩子怎么办？

刘淑珍越想就越睡不着觉，不行，她必须得为小莲将来的生活做一把努力，豁出这张老脸，她要去一趟初家，看看初显民夫妇到底是一副什么嘴脸。

刘淑珍去的那天谁都没有告诉，这当然不是什么光彩的事儿，当她临行前对着镜子看着自己那张老脸时，心里满是酸楚与无奈，有谁能理解和明白一个母亲的心呢？乔师傅知道了一定会骂她没有骨气，小莲知道了说不定还会嫌她多事，其他儿女又会怎么看她呢？如果让外人知道了，她刘淑珍一辈子的骨气都没了，脸也没了。

对着镜子，她在心里无声地叹了口气，只感到眼眶一热，泪珠子差点儿就掉下来了。

那天刘淑珍精心地把压箱底儿的一套毛料衣服拿了出来，这套衣服从做好了就再没舍得穿，没想到却在这个时候派上了用场，想到这儿，刘淑珍再次在心底无声地叹了口气，要这么些个要账鬼干什么？就她和乔师傅两个轱辘棒子多省心？

当刘淑珍最后一次站在初显民家门外整了整装束，犹豫片刻，忐忑不安地敲响了初显民家的房门时，初显民正坐在沙发上看报纸，一听纪慧如在门口说是乔小莲的母亲，他立刻给纪慧如使了个眼色，自己躲到了另一个房间。

纪慧如脸上露出了不屑的一抹笑，她停顿片刻，给刘淑珍打开了房门，很客气地把刘淑珍让了进来。

刘淑珍见到纪慧如的一刹那，立刻对自己的决定后悔了。毕竟活了大半辈子，看人看事儿还是异常敏锐的，纪慧如虽面带微笑且礼貌客气，但刘淑珍已分明从她眼里看出一种深入骨髓的势利与高傲，她嘴角漾出的笑意带着明显的嘲讽与不屑。

但刘淑珍还是硬着头皮坐了下来。

纪慧如为刘淑珍沏了杯茶，放到她面前的茶几上，然后就坐在对面上下打量着刘淑珍。刘淑珍顿感浑身不自在起来，她意识到，在纪慧如这样的人眼里，她无疑是渺小的，是微不足道的，但她既然已经来了，就要为小莲未来的生活做最后一搏，并且，不管结果如何，她都打算在这个女人面前挺起自己的腰板，凭什么呢？没有什么理由让我这个当年的"铁姑娘"矮人半截儿。

这样想着，刘淑珍便克服了自卑心理，用力地挺了挺腰杆。

纪慧如笑了，慢条斯理地说："哎呀，看得出来，小莲真是遗传了你身上的优秀基因，娘儿俩都漂亮。"

"漂亮什么，都一把老骨头了。"刘淑珍说，她越发觉出纪慧如与生俱来的势利与虚伪，再挺直地坐了坐，她打算直入主题，不再耽误时间。

刘淑珍咽了口唾沫，看着纪慧如："我今天来是想和你们说一说小莲和初自强的事儿。"

纪慧如端起茶杯，轻轻地把漂在上面的一片茶叶儿弹出，慢吞吞地吹着茶水里的热气，不语。

刘淑珍本是希望抛出这句话，纪慧如能接下来有个态度，不想，她却故意拿起茶杯做些不相干的事儿，愣是一言不发。

刘淑珍干咳了一声，只好继续说下去："其实开始我们就不同意小莲和初自强交往，因为门不当户不对的……"

纪慧如突然笑了一下，慢悠悠地把茶杯放下，微笑地望着刘淑珍说："看来，你们乔家的确是名不虚传，老一辈儿的就是比小一辈儿的明事理，当初，自强回来和我说他处了一个工厂的女工，我真是被吓了一跳！"纪慧如低垂着眼睑，用余光扫了刘淑珍一眼，轻笑了一下说："自强那孩子倒是小，脑袋瓜子天真得不得了！"

刘淑珍望着纪慧如，一下语塞了，她没想到纪慧如能这么直白、这么露骨地去发表她对这件事情的看法，并且直接就把在她心中的等级观念暴露出来了，而完全不顾及坐在她面前的这个人的想法，这个女人，简直太不把工人阶级放在眼里了！刘淑珍愤愤地想，看来，她远比自己想象得更差劲，更难对付！刘淑珍坐在那里，一时不知该说什么了。

纪慧如不露声色地看了刘淑珍一眼，知道自己尖锐的言辞使刘淑珍乱了阵脚，她在心里冷笑了一声，就是要堵住你的嘴，什么办法都别想打动我，我们初家的门就那么好进吗？

纪慧如微笑地把茶杯端给刘淑珍："喝茶。"

刘淑珍很不自在地接过来，机械地抿了一口。

纪慧如继续慢吞吞地说道："我说这话可能不好听，但这却是事实啊！说到小莲这孩子，其实我从内心还真是挺喜欢，那个脸呀，俊俏得简直就像一朵白莲花儿，摸上一把都能摸出水来，别看你们乔家整日做些粗活儿，这孩子倒长得挺细粉儿的，整个牡丹江也找不出这么好看的姑娘！小莲这孩子呢也单纯，没那么多歪心眼子，按说和我们自强倒挺相配，可就是，唉……"

纪慧如叹了口气把后面要说的话留给刘淑珍自己去想，接下来，她话锋一转："其实，前一阵子自强他爸老战友的女儿刚从德国进修音乐回来，他们两个在一起相处得可融洽了，整天都有说不完的话，我们家自强喜欢音乐，你别说，留洋回来的孩子真是见过大世面，那浑身上下的气派就是不一样，我看自强对那孩子也是从心里往外的喜欢，而我们两家说起来也是世交了，所以，我和他爸这不正在商量，近期就想把他们的婚事给办了……"

听到这话，刘淑珍再也坐不住了，她知道小莲要想进初家门看来是无望了，面前的这个女人真是势利难缠得可以，但自己绝不能几句话就让她打发走了，小莲现在已经有孕在身，若要走，也得给个说法。

纪慧如暗自瞅了刘淑珍一眼，故作客套地把茶杯重新端起："你看，你倒是喝茶呀，这可是上等的毛尖，是自强他爸的部下专门从上海捎回来的……"

"不必了！"刘淑珍不客气地打断了纪慧如，"咱们长话短说，现在小莲因为和初自强在一起，已经怀孕了，我不管你们说的什么老战友的女儿也好，还是别的什么，我只想问问你们，对小莲现在的情况到底是个什么态度？"

纪慧如仍然不疾不徐地说："噢，我的观点其实刚才已经说了，小莲是个招人喜欢的孩子，可她和自强不合适。"

刘淑珍"忽"的一下站了起来，愤怒地说："你的意思就是说，我们小莲跟初自强就是白搭了一场？小莲怀了你们初家的骨肉，你们就不管不顾，是吗？"

"你看，"纪慧如笑着，"你别那么激动，你说孩子们在一起的事儿，我们当大人的有时候也插不上手不是……"

"插不上手？当初两人在一起的时候插不上手，现在怀了孕了，想一推了之就能插上手了？"刘淑珍打断纪慧如不客气地说。

"你看，"纪慧如仍面带微笑，"你这是说的哪儿话？我们不是插手，是自强和你们小莲在一起的时候我们压根儿不知道。"纪慧如瞅了瞅刘淑珍话里有话地说："再者，感情这事儿，在一起谁也不可能勉强谁，是不是？"

"你的意思是说，我们小莲活该，是自己送上门儿的？是……"

纪慧如貌似无辜地摊了摊手："我还能怎么说？这不明摆着吗？年纪轻轻的姑娘家，还没和男方谈婚论嫁呢，就能轻易委身？这要是将来过了门儿，谁能担保她就一定能守妇道……"

"啥也别说了！"刘淑珍一挥手，"说来说去，你们就是不想让小莲进你们初家门儿，小莲可是怀了你们初家的骨肉啊，你们怎么能这么没有人性啊？"

"你说这话我可不爱听了，什么叫没有人性呢？"纪慧如的脸色一下也变了，"她和我们自强在一起可没人勉强她，她是自愿的，如果我们自强当时强迫了她，她现在怀孕了，我们初家绝不推卸责任，该是我们负的责任一定负，可情况不是这样，而她和自强又不合适，想把她强行塞进我们家，这对自强，对我们初家都是不公平的……"

"什么叫强行塞进？"刘淑珍愤怒地大喊，"难道小莲怀孕跟初自强一点儿关系没有吗？难道小莲怀的是别人的孩子？难道当初小莲和初自强在一起是她强迫了初自强？"

"这个嘛……也不好说……"纪慧如打鼻子哼着。

"你，你说什么……"刘淑珍气得浑身哆嗦起来，她简直不敢相信纪慧如竟能说出这么无耻的话来！她语塞地望着纪慧如，感觉任浑身再有力量也无法再和这个女人较量了，她认输了！她真的不能再和一个摆明了不想讲理的人去费什么口舌了，她头脑一阵眩晕，眼前直冒金星，站在那里她的身体不由自主地就要往前栽。

她稍微稳定了一下情绪，等眼前的视物不再那么模糊，她用衣袖擦去额上的冷汗，对纪慧如笑了笑："我对今天的主动登门一点儿也不后悔，因为它让我认清了一些人可耻的嘴脸，我们家小莲幸亏没有嫁进你们初家，这反过头来说，也是小莲的福气！"

刘淑珍勉强克制着狂跳的心脏和浑身忍不住的颤抖，脚步坚定地向外走去。

纪慧如本来被刘淑珍那句"认清了一些人可耻的嘴脸"激怒了，刚想回应几句，但见刘淑珍已向外走去，她一下压制住了满腔的怒火，转而冷笑了一下，反正目的已达到，而自觉理亏的她也就不想与刘淑珍有太多的纠缠与计较了，只想赶紧把她打发走，让她们乔家死了这份心，把儿子立马拉回来，风平浪静，万事大吉，她和初显民就算大功告成。何况，刘淑珍这样身份的人在她心里是不值一文的，她内心深处那种根深蒂固的等级观念让她一再告诫自己，不要和这种人吵，有失身份。

于是，她再度冷笑了一下，从齿缝里迸出几个字："恕不远送。"

刘淑珍打开初家大门，"咣当"一声摔上，愤怒地向前走去……

刘淑珍一气儿走出很远，从初家出来，她就像一只无头的苍蝇带着一身的悲哀和愤怒乱冲乱撞，她为自己去初家的行为感到无比悔恨，她更为小莲今后的命运而担忧悲哀，她感觉有生以来从没受到过这样巨大的屈辱，她一把年纪了，辛苦了一辈子了，到头来还要为了女儿和她肚子里的孩子争取应有的归宿而奔走相求，这到底都是为了啥？

她真想躲到一个没人的地方大哭一场，可这没人的地方不是在你紧急需要的时候就能立刻出现的，她一任眼泪就含在眼圈儿，北风呼呼地像刀子一样割在脸上，她真是不知道自己究竟作了什么孽，老天要这样惩罚她。此刻，如果小莲就在跟前，她真恨不得抽她八百个大嘴巴，她刘淑珍的孩子怎么就这么不争气？这么糊涂呢？

九、作茧自缚

刘淑珍直接找到了小莲和初自强的暂住地，疯了一般不由分说拉着小莲让她去做流产，小莲却像根钉子一样扎在地上说啥也不动地方。刘淑珍不知从哪儿来了一股势不可当的力量，她一句话也不说，一味地死拽住小莲像拖条死狗一样把她愣是拖到了大门口，见刘淑珍如此强硬，小莲连哭带喊地用脚尖儿死杵在地上，不肯挪动半步。但刘淑珍的力量却超乎寻常，她咬着牙喊："我今天如果不能把你弄走，我就不是你妈，我就不姓刘，我就不叫铁姑娘……"

小莲哭喊着却较不过刘淑珍的劲儿，眼看着就被拖出了房门口十几米，突然传来了一声怒吼，初自强三步并作两步地冲了过来，他一把拽开了刘淑珍，大喊着："婶儿，你这是干什么?!"

小莲哭着站起来，抽泣着用衣袖擦泪。

刘淑珍站住了，汗水顺着她的额头、脸颊一直淌到了下巴上，她斜着身子望着初自强和小莲，好半天，一句话也没有。

"婶儿，小莲可是怀着孩子呢!"初自强又喊了一句。

刘淑珍冷笑了一下，身子不自禁地晃了晃，她望着小莲，缓缓地吐出几个字："这个孩子你是留定了?!"

小莲满眼满脸是泪却分外坚定地点点头。

刘淑珍又笑了笑，慢吞吞地吐出一句："我再问你一句，是要初自强和你肚子里的孩子，还是要你这个妈?"

小莲哭着为难地望着刘淑珍："妈……"

刘淑珍再笑了笑，仿佛答案她已明了："你打算一个人把孩子养大?"

小莲摇摇头，把身子紧紧地依在了初自强的身边，回身望着初自强，意思说是她和初自强一起养大孩子。

初自强也紧紧地揽住小莲的肩膀，目光决绝地看着刘淑珍："婶儿，你放心，只要有我在，我就不能让小莲和孩子受委屈。"

刘淑珍哭笑不得而又满脸疑问地望着初自强，仿佛是在问你拿什么不让小莲和孩子受委屈？但最终却把这份疑问化成了一个冷笑和一声叹息，她长出了一口气，似乎一下子就丧失了最后的希望，她郑重地瞅着小莲："妈最后再问你一句，你这辈子就跟定了这个人?"

小莲用力点了点头。

刘淑珍一字一句地说:"可初家人不认你和你肚子里的孩子,不让你进他们家门啊!"

小莲一下无语了。

初自强看了看小莲又看了看刘淑珍,他上前一步:"婶儿,你放心,只要有我在,就不会让小莲和孩子受委屈!"

刘淑珍怀疑地望着初自强,意思在问你能做到吗?但最终她没有说出来,一滴泪从刘淑珍眼里迅速滑落掉到地上,她缓缓地点了点头,瞅着初自强,郑重地说:"初自强,但愿你能是条汉子,对得起小莲和她肚子里的孩子!"

刘淑珍说完,迈着极其缓慢的步子走了。

小莲和初自强都愣愣地站着,眼看着刘淑珍一步步走远,小莲望着刘淑珍的背影,突然一下子觉得母亲的背影竟是那么苍老,那么无力,眼泪顷刻间像开了闸门的水一样涌出了眼眶,初自强安抚地揽紧了小莲的肩膀,把小莲拉进怀里⋯⋯

刘淑珍回家后跟谁也没有提起去初家的事儿,而是把这份屈辱深深地埋在了心底。从那天回家后,她就在心里发毒誓,以后小莲的事儿她绝不再想,绝不再管,今后她是能跟着初自强享受荣华富贵,还是被始乱终弃,孤儿寡母,沦落街头,都不再与她有关,作为一个母亲,她已经尽了她所有的力量,她不可能用手铐或铁链把她拴在家里,她已经仁至义尽,无能为力了。

乔师傅虽然嘴上不说,但实际心里对小娇和小莲还是非常挂念的,只不过碍于面子他从不在家人面前主动提起小娇和小莲的事儿。那段时间志文正忙着参加高考复习,无暇顾及其他的事情,志武则忙在厂里,何况他对除了自己以外的事情本就从不关心,而许丽丽对小莲的事儿虽想探个究竟,但她在乔家人心目当中的特殊地位也使得她从不敢多言多语,因此,乔家的生活表面上看还是那么自然,那么平静,一切按部就班⋯⋯

乔家那边儿仿佛是很平静了,也再没有什么人找上门儿来,初显民夫妇却有点儿坐不住板凳了，因为儿子是既辞了职，又离了家，盛怒而去之后再也不见了踪影。当然，初显民早就打听好了初自强的下落，并不担心他的人身安全，他们担心的是这样一天天地下去，等到乔小莲真把初自强的孩子生下来，他们初家可就不好收场了，抛开这个不说，假若初自强就是横下一条心非要娶乔小莲，他们也真就束手无策。一时间，身为公安局长的初显民也失去了方寸，没了主意。

读过一些书的初显民当然不会就这么由着儿子，善罢甘休，从书中学到的知人善用，以弱胜强，人无完人，金无足赤的道理可不是白学的，如果不能学以致用，那也只能算是空读死书，套用古书中的人无完人，金无足赤的道理，他举一反三，人无完人，是人必有其弱，对于自己的儿子，他再清楚不过，初自强从小爱读《三字经》《孝经》，常把"首孝悌，次见闻，知某数，识某文……"挂于嘴边，且懂得："身体发肤，受之父母，不敢毁伤，孝至始也，立身行道，扬名于后世，以显父母，孝之终也……"是做人之根本，所以，初显民料定，初自强是不会做出有悖于孝的事情的，他相信，只要攻其弱，最后的胜利仍然是属于他和纪慧如的。

经过一番深思熟虑，初显民夫妇决定以柔克刚，以弱制强，当然，初自强并不知道父母在他离家后是如何绞尽脑汁，费尽心机地想让其回心转意，以达到拆散他和小莲的目的的。他正和小莲在从同学那借来的房子里正儿八经地过上了小日子，每天生炉子，劈柴火，两人一起坐在炉前烤土豆，那香喷喷的味道老远儿都能闻到。

这天，初自强买了一车煤回来，倒在院子里。小莲拿着手巾出来给初自强擦汗，看见初自强一头大汗脸上抹得黑一块白一块的样子，小莲一下跑回了屋。

初自强跟着进了屋，看见小莲坐在炕沿儿擦泪，他走到小莲身边，拿起手巾帮她擦泪："你看你怎么这么傻？哭什么？"

更多的眼泪从小莲眼里滚落："看你造的……"她一下哽咽了。

初自强把小莲揽在怀里，用手轻抚着小莲的头发："看你这个傻样儿，买个煤算个什么？再说你都六个月了，可得保护好了，什么都不能再干了。"

"你工作怎么办?"

"这个不用你担心,我就是去烧锅炉也得给你们娘儿俩伺候得好好的,要是连这点儿志气都没有,你不白跟我遭罪了吗?"初自强眼睛里迸发出一种闪亮的神采:"你就什么也别想,外面的事儿都不用你操心,你安心在家待着,别动了胎气比什么都强。"

小莲听后紧紧地依偎在初自强肩上。

就在这时,门"砰"的一声被撞开了,初自强和小莲都被吓了一跳。

进来的是初显民的秘书小田,他看上去神情凝重,脸绷得紧紧的,一副大难临头的样子。

"田秘书?"初自强疑惑地站了起来。

小田看了小莲的肚子一眼,突然又显得有些犹豫。

"怎么了?你倒是说话呀!"看到小田的表情,初自强似乎预感到有些不对。

小田想了一下,再看了小莲一眼,咬了咬嘴唇,语速极快地说:"你赶紧回家看看吧,你妈病得不轻!"

说完这句话,还没等初自强再开口,小田已匆匆走了出去。

"哎……"初自强想叫住他,可人已经走了。

初自强的眉头一下纠结在一起,他回头望着小莲,担忧地说:"我得回去一趟!"

"那你赶紧回去看看吧!"小莲也很担心。

初自强从墙上拿下外衣:"你就待着,什么都别干,我一会儿就回来。"他叮嘱着。

"我知道了。"小莲说。

初自强快步向外走去,走到门口,又折了回来,在小莲脸上亲了一下。

"哎呀,你快去吧!"小莲推了初自强一下。

"我一会儿就回来,啊!"初自强走了出去。

小莲倚在门口,看着初自强走出很远,直到变成了一个小黑点儿,她还在抻长了脖子不断张望着……

天已经黑了，阵阵寒风吹来，吹起了她的长发，突然一种莫名的不安及酸楚涌上心头……

十、始乱终弃

那一晚，初自强很久都没有回来。

小莲一直坐在饭桌前等着他，可时间一分一秒地过去，始终没有听到初自强的脚步声，小莲一次又一次走到门口去张望，却只有一阵冷似一阵的寒风迎接着她。

整整一夜，初自强都没有回来，小莲也整整一夜没有睡觉。

她惶恐不安，她不断在猜测，难道初自强的妈妈真的不好吗？会不会已经……还是有别的原因呢？

不会是初自强在回家的路上出了什么事儿吧？这样一想，她顿时冒了一身的冷汗，但随即又安慰自己，不会的，老天爷不会那么对待她和肚子里的孩子的，一定是初自强的妈妈病得不轻。

在极度的不安与猜测中，天边有了亮色，她急切地盼望天亮以后初自强能回来。

可是，从早晨到下午，从下午再到晚上，初自强依然没有任何音信。

小莲再也坐不住了，不管初自强的父母怎么看她，不让她进门也好，对她冷言冷语也好，她都要去一趟初家，她必须要知道，初自强是安全的。

当她一路迎着风雪到达初家敲了半天大门无人应答时，她的心一下沉到了谷底，一定是出了大事儿了，不是初自强的妈妈不在了，就是初自强出事儿了，她想，可是，这么晚了，她又能干什么呢？她只能回去等，说不定初自强现在已经回去了。

抱着一线希望回到家，仍是一屋子的冷寂，她又是一夜无眠。

第二天一早，她再次来到初家，和昨晚的情形一样，初家大门紧闭，无人回应。

万般无奈之下，小莲来到了公安局的收发室，向看收发的大爷打听初局长家最近出没出什么事儿，大爷上下打量着小莲，有些不解，有些怀疑，也有些防备地说："你这姑娘，好端端的别胡说，初局长好着呢。"

当听说"初局长好着呢"这句话后，小莲的心突然像是被什么东西撞了一下，她像是猛地意识到了什么，转身向外走去。

回去的路上，小莲一直感到脚底下轻飘飘的，她不愿相信刚才脑中一闪而过的那个念头，可她怎么像被谁掏空了心脏一样？

坐在屋里的炕上，小莲刚才有些杂乱的意识开始慢慢变得清晰。

是啊，她太天真了，看来这事儿远不像她想象的那么简单，现在看来，初家什么大事儿也没有发生，那么初自强为什么不回来了？这在小莲心里画了一个大大的问号。

她虚眯着眼睛，反复回想那天田秘书来时的情景，反复回想他看她的眼神，他急迫的语气，急匆匆出门的样子……

是啊，她想的太天真了。

"啪"的一声，一阵急风吹开了窗子，她吓了一跳，走过去关严了窗子。

当她返回到炕上时，她只感到浑身发冷，心脏也因为初自强不归带来的寒冷而在一阵阵地紧缩。

她不相信，她不敢相信，难道她脑中那一闪的念头是真的？是真的?!

初自强一去无踪。

小莲曾经数次挺着大肚子去初家找，可每次只有那一道铁门冷冰冰地横在眼前；她也曾数次去公安局大门口等，希望能够看到初显民，哪怕只问他一句，初自强在哪里，可是，不知是有意还是无意，她从来没有看到过初显民的身影。

这是初家人在躲着她，当她逐渐意识到这一点的时候，她整个人犹如掉进了冰窟窿里。

她并不知道，每次在寒风中挺着大肚子等在公安局门口的时候，她想找的人就近在咫尺地站在窗前望着她。

当初显民站在办公室窗前看到她时，心里也总会涌上一股酸涩的怜悯，可仅仅一刹那，这怜悯随即消失，他会让田秘书为他沏上一杯毛尖，一边饮茶，一边默默地等着小莲走。

小田总会装作没看见，从办公室出来，却无声地叹息。

小莲每次来或走，都会引来收发室大爷在她身后一阵摇头叹息。

"可怜的姑娘……"他每次都这么自言自语地说。

望着小莲在凛冽的寒风中挪动着笨重的脚步渐行渐远，老人的眼泪就含在眼眶："作孽呀！真是作孽呀……"

后来，小莲哪儿都不去了，她就坐在炕沿儿上等初自强，她不相信初自强会这么残忍，这么无情地丢下她不管，她不相信，她怎么能相信?!

和初自强相识的点点滴滴涌上心头，初自强的话依然在耳畔响彻："……我就是去烧锅炉也得给你们娘儿俩伺候得好好的，要是连这点儿志气都没有，你不白跟我遭罪了吗?"

小莲笑了，眼泪无声地顺着眼角滑落，一切仿佛就在昨天，就在昨天啊！

远远近近地，一阵脚步声传来，小莲呼的一下站起来，她第一个反应就是，初自强回来了!

她的心一下狂跳起来，连忙擦干了眼泪，慌乱地整理了一下头发，真是，她在心里责怪自己，还怕他丢下你不管，你怎么这么傻?!

她急切地走到门口，"呼啦"一下打开门!

寒风裹着雪花猛地灌进来，差点儿将小莲灌了一个趔趄，门外站着的是披了一身雪花的田秘书。

小莲一下愣住了，她怔怔地站在那里，张着嘴。

田秘书似乎不敢直视小莲，他迈着大步走进屋，把一个厚厚的信封放到桌上。

小莲站在原地没有动，看见田秘书的瞬间，她什么都明白了。

田秘书转身走到小莲身边，咳嗽了一声，艰难地从嘴里吐出几个字："小莲姑娘你——孩子能打掉还是打掉吧，你——自己保重吧！"

田秘书转身向外走去。

小莲依然怔怔地站在那里，她的眼睛睁得大大的，眼珠好像马上就要从眼眶里掉出来一样。

"你给我站住！！"一个炸雷般的声音把房梁都震颤了，小莲都不知道那声音是从自己嘴里发出的。

田秘书站住了。

小莲慢慢地走到田秘书跟前。

"初、自、强、呢？"她一个字一个字地问。

"他——我不太清楚。"田秘书含含糊糊地说。

小莲脸上浮现出一个像哭又像笑的表情："你不太清楚？"她慢慢地说："那么是谁让你来的？"

"小莲姑娘，你，你别为难我了，我只是初局长的一个秘书，你就自己保重吧！"

田秘书逃命似的向外走去。

"你站住！"小莲狂吼着。

她旋风般地来到那厚厚的信封前，撕开信封，从里面拿出那摞厚厚的钱，冲到田秘书身边，对着田秘书的脸狠狠砸去！

"让初自强和他爸的臭钱一起去死吧！去死！去死……"

小莲满脸是泪、披头散发地哭号着。

田秘书夺门逃走。

小莲一下跪倒在地上，瘫坐在那堆钱上，撕心裂肺地痛哭……

我们如果每天只盯着澄澈的天空看，会感觉日子都是在平静中度过的，可人世间每天在上演着多少悲剧，我们却无从知晓。

太阳升起又落下，月亮来了又消失，日子如水般流过。

有的人在短短的时间内经历了人世间的大喜大悲，大起大落，一下从天堂掉进了地狱，一下从万人迷恋的少女变成了无人问津的弃妇，人生的一个偶然，一个刹那，往往决定了一个人一生的命运。

初自强再也没有出现过，他就像流星一样划过小莲的梦境，像一杯甜蜜的毒酒，渗入小莲的血液中，吞噬着她的细胞，摧残着她的灵魂。

小莲搬离了他们借住的房子，她想一个人躲起来，她害怕见到任何一个熟知她的人，她要远离这一切，她要远离伤痛、噩梦，她要一个人带着肚子里的小生命，逃离、逃离、永远逃离……

世界上的事情有时是那么美丽动人，让你感动得泪花奔流，就像初自强对小莲说过的话："……我就是去烧锅炉也得给你们娘儿俩伺候得好好的，要是连这点儿志气都没有，你不白跟我遭罪了吗？"

可有的时候它又残酷得让人难以置信，一个曾经说出如此感天动地之话的人，居然能置腹中怀着自己骨肉的女人于不顾，从此消失得无影无踪，就当什么都没有发生过，这不能不让人在"佩服"他的勇气的同时，鄙视他的可笑可悲可叹和可恨！

几个月后，小莲一个人在偏远郊区的一个小偏厦子里生下了她和初自强的儿子小宝初怀强，而极具讽刺意味的是，在同一天，初自强和检察院检察长尤振国的女儿尤梅结了婚。

两个权倾一方的家庭政治联姻，在当时的牡丹江引起了很是不小的轰动。

十一、又入虎口

刘淑珍虽然曾经在心里发毒誓，将来小莲的一切她都不再管，可时间长了，心里的那份惦念，那份牵挂，那份骨血之情，还是如潮水般涌上心头。

而作为大哥，禀性善良宽厚、对弟弟妹妹极富责任感的乔志文，对小莲更是异常担忧，他曾数次前往当初小莲和初自强借住的房屋，可一直不见小莲和初自强的身影，他去统计局找，局里的人只说初自强辞职了，人现在具体在哪儿不知道。

这已经让他有了一种不祥之感。

无奈之下，他只好对乔师傅和刘淑珍撒谎说小莲和初自强在一起生活得很好，然后背着他们去公安局找初显民问个究竟。

当志文找到初显民办公室时，早有准备的初显民打发小田前来周旋，并交代小田一定要把事情说得婉转、清楚、圆满，自己则顺着后门溜了。

乔志文终于从小田嘴里获知了那个最令他担心的结果。一刹那间，向来斯文含蓄，不愠不火、极有修养的志文，抢起墙角的一把铁锹，把初显民的办公室砸了个稀巴烂，而小田就站在那里一动不动，他嘴上不说，心里在想，砸吧，放火烧了才好呢，正好也解解他的心头之恨。

志文回到家，一直不敢把实情告诉刘淑珍和乔师傅，他一方面极力寻找小莲，一方面想如何应付万一刘淑珍提出要他领着去看小莲的计策。

小莲住的这个偏远的郊区叫莲花湖，坐落在牡丹江的东山脚下，依山傍水，空气清新，秀丽怡人，倒也是生活的绝佳之地。她原本想领着小宝过安详隐居的生活，种点儿地，养点儿鸡，把儿子养大成人，够过日子就行，这辈子，她谁也不想见了，她的心已经死了，初自强用最美丽的、最真挚的谎言毒药让她中了毒，她现在要慢慢疗伤……

虽然夜深人静时，想起乔师傅、刘淑珍和乔志文他们，想起工具厂的二层职工宿舍小楼那温暖的灯光，饭桌上飘着的白菜的清香，家里烧得暖暖和和的火炕和那种特有的"家"的味道……她都会默默流泪，直到天亮，可她仍然坚定信念，如果乔师傅他们找不到她，就当她死了吧，她宁愿他们当她死了！

偏偏，在她居住的小偏厦子旁边住着一个游手好闲的、年过四十仍未娶妻的光棍汉，人称赖皮缠。这个赖皮缠，可真是名副其实的赖皮缠。当他第一次看见小莲时，立时惊为天人，他的心差点儿没蹦出来，眼珠子差点儿没从眼眶里掉出来，他长到四十好几，从来没见过这么水嫩粉白，这么落落大方，像一朵莲花儿一样绽放得亭亭玉立的漂亮女人，毫不夸张地说，他就那么入了定一般的张着嘴望着小莲，直到口水沿着下巴流到地上……这个丑陋下作肮脏，比癞蛤蟆还恶心的男人，从见到小莲的第一眼起，就在心里暗暗发誓，他就是死，也要得到小莲。

这可真是他活了四十多年，第一次在心里立下如此宏大志向，这宏大的理想一直鼓动着他，使他兴奋，使他本来无聊、黯淡的生活一下充满了活力与激情，他开始打扮自己，对着镜子吹口哨，有事儿没事儿地就往小莲家跑，见到小莲就眉飞色舞，滔滔不绝地讲他在公社如何威风，那些社员见到他如何闻风丧胆，走到哪儿都得敬他三分，连大队长见到他都得点头哈腰……

小莲只是微笑不语，面对这样一个龌龊男人，她深知自己的处境，她不敢对他做出任何不敬的表情或言辞，他说什么，她只管听着，既不发表看法，也没有任何表示，见自己的显摆在小莲面前毫无市场，赖皮缠不免有些怏怏然，但小莲的不冷不热更激起了他的雄心壮志，他对小莲强烈的欲望已经到了不可抑制的地步，他在心里暗下决心，就在今天，这样一个风雪交加的夜里，他要实现他的"伟大理想"。

那一年，牡丹江的雪大得惊人，经常是如茉莉花瓣儿大小的雪花从天而降，洋洋洒洒地飘上三天，天与地之间笼罩在一片白雾茫茫中，在哈一口气都能结冰的季节，取暖成了人们首要的大事儿。

下午，赖皮缠很是殷勤地要帮小莲劈柴，小莲执意不让，赖皮缠却坚持要劈，当然他这是为晚上的"伟大理想"打基础，小莲似乎预感到了什么，她疯了般抢下赖皮缠的斧头，说自己要回娘家。赖皮缠看着被小莲抢下扔在地上的斧头，那一刻，他再次横下了一条心，你乔小莲不是瞧不上我吗？今天，我就是豁出命去也要得到你！

他笑了笑，转身走了。

看到他的笑容，小莲不自禁地打了个冷战，她的心一沉。

下午三点多钟，小莲早早把门插好，制造出回了娘家的假象，她就躲在屋里，给小宝熬粥，给他唱歌，抱着小宝来回在地上走着，她其实是在排遣内心的不安，她紧紧地搂着小宝，就像小宝能给她带来安全，能保护她一样。小家伙仿佛也懂得妈妈的心事，用他那绵软、柔嫩的小胳膊缠着妈妈，用忽闪的大眼睛看着妈妈，好像在说，妈妈不怕，有宝宝在。

看着孩子那双清澈透明的大眼睛，感受着他身上那温暖香甜的气息，那小脸的粉嫩，小莲的眼泪哗哗地流下来，那一刻，她感到自己和孩子是这世界上最可怜的人，无依无靠，被丢弃在这荒凉地带……

看着妈妈的眼泪，小宝竟然伸出胖胖的小手为小莲擦去了脸上的泪痕，一霎间，小莲惊讶地看着小宝，她挂着泪笑了，见妈妈笑了，小宝居然咯咯地发出了清脆的笑声。

在小宝的笑声中，小莲笑得更开心了，笑着笑着，眼泪又流了下来……

可怜的好孩子，好宝贝，妈妈就是再艰难，也要让你幸福，让你快乐，让你什么都不缺，让你在妈妈臂膀的呵护下，健康成长，永远幸福、快乐，永远……

小莲在心里对自己说着，更紧地搂住了小宝。

突然之间，一声巨雷"咣"地炸响在窗外，小莲回头惊望，只见一个大大火球儿从窗前滚过，冬天打雷着实少有，她一下搂紧了小宝，与此同时，小宝被吓得哇哇大哭，小莲的心也狂跳着，她一下预感到了什么，还没来得及哄拍小宝，另一个巨大的响声传来，大门被什么东西"咣当"一声撞开了！

小莲死死地搂住了怀中大哭的小宝，她知道该来的还是来了！

她睁大了眼睛向门口望去——一身酒气，满眼红血丝的赖皮缠已经跟跟跄跄、摇摇晃晃地走进来了。

"你，你干什么?!"小莲颤抖着声音问。

赖皮缠瞪着一双血红的眼睛，含着醉醺醺的笑意，目不转睛地盯着小莲，他双脚像踩在棉花上一样一步步向小莲逼近。

"干什么?"他口齿不清地说，"你说我——要干什么?"

小宝的哭声更大了，他仿佛知道妈妈即将遭遇的噩运，他不安烦躁地在小莲怀里扭动大哭。

面对着一步步向自己逼近的赖皮缠，小莲的脸上突然涌上了一个妖媚的微笑。

"大哥，明天行吗？小宝发烧呢！"她说。

"明，明天？"赖皮缠被小莲突然变化的态度一下弄愣了，但随即他就明白了小莲的用意，他冷笑了一下，心想，想玩儿我？没那么容易，我赖皮缠是吃过几两干饭的，他阴森森地喷着满嘴的酒气和臭气走到小莲面前，用手轻轻地撩起小莲的一缕儿头发："明天，你可能真回娘家了！"

小莲挤出一个比哭还难看的笑："大哥，我，我说话算话，明天，我一定……"

赖皮缠仍醉眼蒙眬地望着小莲，笑着："你看我还能等到明天吗？"

话音未落，赖皮缠伸手就解开了小莲上衣最上面的扣子。

小莲已经无法再装了，她知道，今天不是她死就是赖皮缠亡，但她怕吓着小宝，为了小宝，她必须做最后一把努力。

"大哥，"她一下护住了自己的衣服，声泪俱下地，"大哥，你看在这十个月大的孩子面儿上，放过我吧！我一个人带着孩子，日子多难啊，大哥，你也是人，人心都是肉长的，你，你也有父母，有家人，你就行行好，放过俺们娘儿俩吧，我这辈子当牛做马也记得你，记得你的大恩大德……大哥！"小莲扑通一声，跪在了赖皮缠的脚下，泣不成声……

小宝缩在妈妈怀里，放声大哭。

赖皮缠摇摇晃晃地站在那里，低头望着跪在他面前的小莲，此刻，他已经变成了魔鬼，小莲的乞求不但没有让他产生丝毫怜悯，反而愈发使他亢奋，让他有一种征服的快感。他第一次发现，自己居然有如此大的威力，能让这么漂亮的女人跪倒在脚下，他简直比玉皇大帝都能耐！他眼里闪耀出犹如恶狼一般的绿光，他一言不发地猛地把小莲摁倒在炕上！

小莲死死地抱紧小宝，小宝发出撕心的哭声……

赖皮缠突然从小莲手里夺下小宝，像抓一只小鸡一样把小宝高高举起，凶狠地就要向地下掷去。

小莲狂叫一声，拼死冲到赖皮缠面前，一把抱住了赖皮缠的大腿，声嘶力竭地哭喊："大哥！大哥！我答应你，答应你！答应你！"

小莲不断地在地上磕头，磕头，磕头……直到满头流血。

赖皮缠停住了，他把小宝一下扔到了小莲怀里，小莲浑身颤抖地抱过小宝，用沾满血和泪的脸紧紧地贴在小宝脸上，小宝似乎已经哭得背过了气。

赖皮缠冷漠地站在那里，他的醉意已消，他现在只等着小莲兑现她的承诺。

小莲抱着小宝哭得肝肠寸断……

赖皮缠再次抓起小宝，放在了炕上。

赖皮缠伸手解开了小莲的衣服，小莲脸上呈现出一片惨然。

小宝躺在炕上，惊天动地地哭着……

窗外冬雷阵阵，北风呼啸，似痛哭，似悲鸣，似在为这幕人间的悲剧而哀泣！

小莲笔直地躺在那里，她忽然像是什么也听不见了，什么也看不见了，她只感到眼前一片漆黑，她仿佛被置身于通往天国的暗道之中，什么都没有了，没有了小宝的哭声，没有了恐惧，羞辱，没有了，什么都没有了，她笑了，她只想笑，放声大笑，笑这叫天天不应，叫地地不灵的冬夜，笑啊，真可笑……

又一声巨响传来，小莲仍一动不动地闭着眼睛躺在那里，雷呀，你拼命地打吧，你怎么不长长眼睛，把眼前这个禽兽劈死！她想，怎么不天塌地陷呢？老天爷怎么不下他五百年大雨，把这世界的肮脏、丑恶全部洗刷掉呢？这世界怎么不毁灭呢？这样想着，她又笑了，疯狂地笑了，笑得浑身乱颤，笑得张狂疯癫。

可是，为什么这么安静？赖皮缠为什么还不动手？她睁眼望去，一刹那间，她的目光定住了，赖皮缠不见了，站在她面前的人正一动不动地望着她。

十二、虎口脱险

站在小莲面前的不是别人，是那让小莲的泪水一下如山洪暴发，如大河决堤，奔涌狂泻而出的乔师傅。

乔师傅手里握着一把铁锹，就像握着一把钢枪，如巨人一样，他凛然霸气地站在那里，而赖皮缠已经倒在了他的脚下！

看来那声巨响正是乔师傅一铁锹下去的结果。

乔师傅望着小莲，嘴角紧紧地抿着，脸绷得紧紧的，他还没有从刚才的盛怒中恢复，他在极力地掩饰着内心巨大的悲伤，他握着铁锹的手开始颤抖，嘴角亦在控制不住地痉挛。

小莲腾地从炕上站起，不顾一切地冲到小宝面前，一把抱起了小宝，将孩子的小脸蛋儿紧紧地贴在脸上。

"小宝儿！小宝儿！妈妈的小宝儿……"小莲披头散发满脸是泪是血颤抖地抚摸、亲吻着小宝儿，声音嘶哑地哭叫着孩子。

乔师傅站在那里，望着这一幕，眼泪夺眶而出。

他把自己身上的羊皮袄披在小莲母子身上，声音颤抖且粗声粗气地说了一句："回家！"

他转过身，用力擦去脸上的泪痕，带头向外走去。

小莲望着乔师傅那既威严又亲切，既冷峻又慈爱的身影，眼泪像断了线的珍珠一样滚下……

终于回家了！

终于回家了！！

远远地，小莲就望见了工具厂宿舍那亮着温暖灯光的二层小楼，望见了那房顶上飘着的袅袅炊烟，她像是离开了很久，其实这不过才几个月的光景，她仿佛一下就闻到了那炖大白菜的清香，仿佛一下就看见了母亲刘淑珍在灶台前忙碌的身影，还有大哥志文那宽厚的微笑……她只感到心里一暖，眼泪又下来了，她像是从地狱又回到了人间，又能看到人间的景象，闻到人间的味道了。

一路上，乔师傅和小莲都沉默着，小莲也没有问乔师傅是怎么找到她的，她觉得张不开嘴。

到了家门口，乔师傅回转身，看了小莲一眼，这一眼，有沉痛，有无奈，有疼惜，有说不尽的复杂情感，他无声地轻叹了一声，伸手抱过了小宝。

乔师傅推开门走了进去。

小莲在门口整理了一下凌乱的头发，打扫了一下衣服上沾的乱七八糟的东西，她闭了闭眼睛，鼓起勇气推开了那扇推了二十几年的家门。

刘淑珍正在厨房的炉前捅着火，听见开门声，她扭过脸去，这一看不要紧，她一下子就把手里的炉钩子扔到了地上，她张着嘴，不相信地望着乔师傅手里抱着的孩子和随即走进门的乔小莲。

刘淑珍几步跑到乔师傅跟前儿，顾不得看上小莲一眼，她颤抖着手轻轻掀开了盖在小宝头上的棉被。

由于惊吓和长时间的哭泣，小宝累了，睡着了，小脸儿红扑扑的，可脸上分明还有未干的泪痕，睡梦中仍不时有轻微的抽泣声。

刘淑珍充满复杂情感地看着小宝，她的手颤抖着，轻抚了小宝的脸蛋儿一下，嘴角也在不自禁地哆嗦着，她从乔师傅手里接过小宝，无限怜爱地看着，眼圈儿红了。

"你是怎么……"刘淑珍刚要张嘴问乔师傅是怎么找到小莲的，乔师傅却问："小屋的炕烧了吧？"

"烧了。"刘淑珍说。

"赶紧收拾收拾，把被铺上，都累了。"乔师傅说完，没等刘淑珍再问什么，转身进了屋。

刘淑珍这回开始回头仔细打量着小莲，当她看见仅仅几个月的时间，小莲已经憔悴不堪、备受摧残的面容，她似乎一下全明白了。

小莲望着母亲，望着这个她最亲最近的，曾经无数次力劝她回头的人，她的泪啊，就那么止不住地往下流，是自责，是悔恨，更有太多太多无以言表的悲凉啊！

刘淑珍的泪也顺着眼角不断淌下来，虽然她早已预知到了今天，可当小莲抱着那么一个幼小的生命，娘儿俩出现在她面前时，她还是忍不住那心底巨大的悲伤，多可怜的娘儿俩啊，如果没有娘家，就真得落个沦落街头的地步了！

那小小的孩儿，那温热绵软的身体蜷缩在姥姥怀里，睡得是那么沉香，那么安详、安心，他好像也知道了，到家了，这回真到家了。

这样想着，刘淑珍忍不住上前一把搂过小莲，一家三代娘仨儿抱成了一团，刘淑珍和小莲再也忍不住地放声大哭。

哭声引来了志文，他披衣走出来，看见小莲的一刹那，他惊讶地张大了嘴："小莲！"

刘淑珍松开了小莲，小莲满脸挂泪地叫了一声："大哥！"

志文满脸欣慰地连声说："回来就好！回来就好！"

志文走到小宝跟前儿，无限爱怜地看着，又忙不迭地向小屋奔去："我赶紧把被给你们铺上，早点儿焐着！"

刘淑珍擦擦脸上的泪，望着小莲，哽咽地："这回回家了，哪儿都不许去了！"

小莲点了点头，喉咙早已发不出任何声音。

那么乔师傅是如何知道小莲在莲花湖的呢？原来乔师傅虽然嘴上不说，但对小莲的牵挂日夜在折磨着他，他对于小莲，和对小娇的感觉毕竟不一样，从小到大，小莲对父母的话都是言听计从，她不像小娇虽然一身反骨，充满狂野和张扬，却凡事心里自有算计，她绝不像表面上看起来那么粗枝大叶，她其实是绝顶聪明的，更何况，她从小就是个招引男人的胚子，她阅人无数，经验丰富，所以，她能和朱大军私奔，自有私奔的道理，因此，乔师傅和刘淑珍对于她的未来还不是十分担心。而小莲则不同，她柔顺得像水，没有攻击性和防范性，她漂亮又见识浅，没有小娇的聪明狡黠和泼辣勇敢，她就像一张白纸，一杯清水，一弯挂在天上的皎洁月亮，那么纯洁透亮，不染世俗，二十几年来她的生活都是平静如水的，令乔师傅和刘淑珍没想到是，却恰恰在自己的婚姻大事上，她竟突然奋起反抗，把二十几年的柔顺全部转化成了反叛，而这反叛无疑是带着不谙世事的天真与浪漫的，年少的单纯，加之被对方的狂热冲昏了头脑，会有今天的结局早已在乔师傅和刘淑珍的意料之中，因而，乔师傅怎么能对这样一个傻气十足却中了邪似的女儿弃之不管呢？

他曾数次前往初家，知道初显民夫妇仍在躲避，他就豁出时间每天去初家蹲坑，终于有一天，他和初显民面对面地站在了一起，当得知初自强已经结婚，小莲却不知去向时，乔师傅狠狠地扇了初显民一记耳光！堂堂的公安局长被一个老工人打了耳雷子，初显民却不敢发威，不敢声张，为了儿子，他只能忍下这口气。乔师傅往地上狠狠地啐了一口，走了！

初显民站在那里，他暗自在心里发狠，这一耳光就算我初显民代表初自强还了你们乔家，从今往后，你们乔家要是再敢来找麻烦，可别怪我初显民翻脸不认人！

这样想着，初显民就感觉脸上如针刺般的疼痛一下没了，取而代之的是一派心安理得，一派自在坦然。

自此，乔师傅开始疯狂地满牡丹江寻找小莲，说来也巧，厂里同一个车间的门师傅的女儿嫁到了莲花湖，有一天他去会亲家，看见了小莲，回来就把这事儿告诉了乔师傅，乔师傅二话不说，起身就去了莲花湖，赶到时正好看到了那让他一辈子都心酸心悸的场面。

事后，乔师傅曾想，如果当时不是自己及时赶到，小莲现在在不在人世已经不好说了。

十三、噩运连连

多日阴沉的天，终于放晴了。

少有的太阳暖洋洋地照着牡丹江的大街小巷，黄昏时分，夕阳映红了山川房顶，有的人家已经开始张罗晚饭，虽然没有大鱼大肉，但饭菜的香味儿仍老远儿就能闻到，偶尔，要是谁家炖了点儿肉，那几乎全二层小楼都会飘着肉香，因为每家都能摊上一两块儿，因此，劳累了一天的人们感到晚上饭口这个时间，就是最快乐的时光了。

可是，小莲却高兴不起来，自从回家后，小宝就一直在发高烧，虽然吃了退烧药，打了针，可体温仍然居高不下。

刘淑珍、乔师傅、志文和许丽丽都围在小宝周围忙里忙外地帮助喂药、搓酒、拍哄，看到这情景，小莲的心里除了担忧以外又增加了一层不安，想到由于自己的一意孤行，铸成大错，最后却让家里人跟着分担、操心，她真是充满了愧疚。

而就在这时，却传来了志文考上吉林大学的好消息。

全家人没有心情庆祝，在亦喜亦忧中度过了两个星期，小宝终于恢复了正常体温，小莲长长地出了一口气，可紧接着，一个更加可怕的噩运降临了！

那天，志文回家，给小宝买了一个晃铃，小宝正背对着志文，在炕上玩着一个毛线团儿，志文就在他身后摇起了晃铃，叮叮当当的铃声煞是清脆好听，可小宝仍专注地摆弄着手里的毛线团儿，志文和小莲都笑了，以为这孩子玩得过于专注了，以至于听不到别的声音了。于是，志文更加响亮地摇起了晃铃，可小宝完全没有反应，一味地把玩儿着毛线团儿。

志文怔住了，小莲脸上的笑容也不见了，他们互相瞅了一眼，志文又试着近距离摇着晃铃，小宝依然毫无反应。

志文异常不安地瞅着小莲，小莲急了，一把抢过晃铃，杵到小宝耳朵底下拼命摇晃，小宝却玩着手里的毛线团"咯咯"地笑着，对那耳朵根子底下的铃声根本就没有听到。

志文和小莲再互相瞅瞅，两个人的表情都变了，小莲走到小宝身后，在他脑袋后面大喊一声："小宝！"

小宝把手里的毛线团向上扔一下，摔在炕上，拿起，再向上扔一下，又摔在炕上，他就那么玩着，发出开心的笑声，对小莲的喊声完全没有听到！

小莲一下瘫坐在了地上！

志文安抚了小莲一下，他也走到小宝身后，在其耳根底下大叫："小宝！小宝……"

小宝依然故我。

小莲坐在那里，心在往下沉，往下沉，一直往下沉……

志文又试着对着小宝大吼大叫，依然没有任何起色。

小莲无力地冲志文挥了挥手："别喊了，他听不见，肯定是听不见了！是发烧烧坏了耳朵，肯定是！"

"还愣着干什么？"志文拽起包小宝的棉被，开始包小宝，"赶紧去医院！"

小莲一下从地上坐起，抱起小宝，和志文出了门。

检查结果是小宝因为发烧期间，注射了庆大霉素导致中毒性耳聋，而这种药物性耳聋几乎不可逆转。

听着每一个犹如刀子般的字眼从大夫嘴里吐出，小莲头脑一片轰然，像是有无数蚂蚁，又像是有无数黑蜂对着她铺天盖地般袭来，大夫的话在她耳中变幻成了轰隆隆的火车汽笛声，乱七八糟的嗡嗡声，机器突然陷入程序混乱状态的不知所以声……这些巨大的声音像一只怪兽，把她掀翻在地，她只觉得眼前一黑，倒了下去。

小莲醒来时，已经躺在了烧得热乎乎的炕上，小宝就在她身边安静地睡着。

她睁开眼睛的那一刻，大夫的话又清晰地响起。

她闭上了眼睛，泪水沿着眼角滑落到了枕巾上。

刘淑珍拿着一条毛巾，为她擦去了眼角的泪。

"这都是命啊！"刘淑珍说完，转身向外走去。

刘淑珍来到厨房，用毛巾堵上了嘴，极力隐忍着哭声。

小莲坐起身，望着睡梦中露出甜美微笑的小宝，心如刀绞。

人生的路虽然漫长，但紧要处常常只有那么几步，如果那天晚上小莲没有参加文化宫的歌唱比赛，没有让初自强看到她，那么这一切的悲剧就都不会发生了，如果小莲在初自强对他示爱以后能够在关键时刻坚持那么一点点，那么也就不会有今天如此悲惨的结局了，甚至于，即便前面的这些如果都不成立，小莲在被初自强抛弃生下小宝时脸皮能够厚那么一点儿，直接投奔娘家，小宝也就不会发高烧，最重要的是如果小莲不那么轴，不坚持生下孩子，这一切的一切也都不会发生了……而今，面对这样一个长着大眼睛，胖嘟嘟小脸蛋儿，一脸天真无邪的小宝贝，看着他仍不知自己将来要永远活在一个无声世界的可爱模样，怎么能不心酸心碎呢？这一切该怪谁呢？怪小莲的轻易委身，不听劝阻，阅历太浅却还倔强执拗？怪初自强的薄情寡义？还是怪初显民夫妇的阴险势利？

太阳温暖地照着大地，小莲领着已会撒欢奔跑的小宝漫步的时候，她总会仰头望天，希望老天能给她一个答案，然而回答她的，只有自己的一声叹息……

无论人世间的个体经历了怎样的磨难，时间总在无声无息地滑过，任何人任何事都不会因为你正在经历着悲剧而停下脚步。

十四、大难不死

正如乔师傅对乔小娇的总结一样，乔小娇固然张扬狂野，固然风骚妖媚，可她一点儿都不傻，尤其是在对待男人方面，在那样一个保守闭塞的年代，她能用自己的万种风情把玩男人于股掌之上，可见她不是瞎疯玩，她有自己的见解和思想，对男人，她一眼望去，即知七分，比如朱大军，他绝不是一般意义上的待业小青年儿，虽然他没有父母，没有家，甚至连个国营指标都没有，就是个大集体，可他最可贵之处就在于脑瓜儿灵活，用老百姓的话说就是什么东西都能给你琢磨出点儿道道儿来。别看他没文化，可他绝不傻大憨粗，来到宁安这么一个兔子不拉屎的地儿，几天时间，就把砖厂厂长打发得喜笑颜开，心花怒放，两个人在一起称兄道弟，不亦乐乎，而每个月朱大军都能比别人多拿几块钱回去，不是给小娇买盒紫罗兰粉，就是买点儿鸡蛋什么的哄小娇高兴，家里的活儿也不用小娇动一个手指头，他早早起来，整个小屋收拾一遍，屋里亮亮堂堂的，看着就招人待见。

这天照例，吃过早饭，朱大军去砖厂干活了，却没想到，他前脚刚走，后脚小娇就出事儿了。

朱大军和小娇住的这个地方就在西山脚下，每到半夜，都能远远地听到阵阵狼嚎，令人毛骨悚然。前一阵儿，有天半夜，邢奶奶家的院儿里就出现过一只狼，邢奶奶当时吓坏了，一直盯着那狼看，狼在院儿里徘徊半天，最终离去，邢奶奶吓得去牡丹江的姑娘家住了好长一段时间才回来。

好在，小娇家，朱大军在门上安了三道大铁锁，到晚上，窗户上也牢牢地装上了窗户板，加之，有朱大军厚实的肩膀，小娇从未担心会被什么野兽袭击，再说，大早晨的，她压根儿也没想到会有狼在这个时候闯进家门。

朱大军出门后，小娇兴冲冲地拿出朱大军不知从哪儿借来的一个录音机，从褥子底下掏出一盘录音带，这录音带也是有一天朱大军不知从哪儿淘换来的，晚上，和小娇躺在炕上，他从上衣兜里掏出这盘录音带，神秘兮兮地对小娇说："我给你听点儿好东西。"

小娇见是录音带，没往心里去，没想到，当朱大军把录音机的按钮往下一按，从未听过的美妙迷人的歌声一下子充满在了这个破旧的小屋里。

小娇还是第一次听到如此缠绵悱恻，温柔甜美，美妙动人的歌声：

好花不常开，

好景不常在，

愁堆解笑眉，

泪洒相思带。

今宵离别后，

何日君再来？

喝完了这杯，

请进点儿小菜，

人生难得几回醉，

不欢更何待。

来来来，喝完了这杯再说吧！

今宵离别后，

何日君再来……

这歌声一下把小娇带入了二十世纪三十年代老电影里旧上海的繁华情境中，她可是从内心往外羡慕那种奢靡生活的。

她和朱大军趴在被窝里，听了整整半宿。

"你看人家香港那边儿多好啊！"小娇由衷地感叹道，"你说那女明星个个儿都那么漂亮，唱得又这么好！"

"她是台湾的，叫邓丽君。"朱大军纠正道。

"唉！"小娇不由艳羡地叹了口气，"啥时候能上趟香港就好了。"

朱大军"噌"的一下从炕上翻到地下，冲着小娇发誓，"这辈子我肯定让你去上！"

"吹吧！"小娇撇了撇嘴。

自从那晚听了这靡靡之音，小娇便一发不可收拾，每天等朱大军一走，她第一项任务就是拿出录音带听歌儿，幻想着自己就是香港明星。

今天，她仍如往常一样把带插到录音机里，开始跟着邓丽君一起哼唱起她最中意的那首《香港之夜》："夜幕低垂红灯绿灯霓虹多耀眼，那钟楼轻轻回响迎接好夜晚……"

她的眼前闪现出香港的繁华夜景，她闭着眼睛，仿佛自己正置身于那片灯红酒绿之中。正当她摇头晃脑自我陶醉之时，突然感觉有什么东西在慢慢向自己靠近……

她停止了哼唱，脊背一阵莫明其妙地发凉，她慢慢地回过头去——一只长约一米三的狼就站在离小娇不足两米的地方望着她。

小娇的呼吸好像一下停止了，血液瞬间变得冰冷，头发一下直立起来，浑身开始不由自主地剧烈地哆嗦起来，这种颤抖是人本身完全控制不了的，她的上牙和下牙在无法抑制地互相撞击，手指也在不停颤动。

太大意了，小娇当时这个悔呀，怎么天一亮就好像什么都不怕了呢？怎么就不知道锁上门呢！她真恨不得把自己脑袋敲碎。

这显然是一只饿狼，千里冰封、万里雪飘的季节山上早已找不到什么食物，狼只有饿极了，才逼不得已下山觅食。

小娇一动不敢动，甚至眨眼睛。

那只狼也站在原地，一动不动地望着小娇。

小娇屏住呼吸，大气不敢喘，但由于太过紧张，致使她呼吸反而更加急促起来。

那只狼仍站在那儿，一步不挪地盯着小娇。

它在观察小娇。

小娇就扭转着身子和狼对峙……

时间一分一秒在过去，小娇能够清楚地听到自己的心跳声，她开始理顺已经完全混乱的思绪，只要自己不动，狼也许不会很快袭击她，她想，只要能把时间一分一秒地靠过去，就有希望等到中午朱大军回家……

可是，那只狼开始慢慢向小娇逼近，小娇只感到身体在那狼挪动脚步的一刻已经整个僵掉了，完了！她脑中紧绷的弦"啪"的一声断了，她只感到大脑"嗡"的一声炸响了，在这巨大的声响中，她唯一能抓住的思想是，没想到她乔小娇最终的命运会是被一只饿狼吃掉，这样想着，一阵悲凉的同时，她突然怒从心头起，恶向胆边生！一股从来没有过的强大力量紧紧抓住了她。她慢慢地握紧了拳头，与其被狼活活吃掉，不如最后拼死一搏!

狼在一步步向小娇逼近，它也在观察小娇的动向，它的眼睛由于白天光照较强已经变成了一条缝儿，眼珠儿就藏在这条缝中，小娇根本无法看清它。

一步、两步、三步，近了，更近了，狼距离小娇只有一米之遥了。小娇的呼吸把所有的声音都盖住了，冷汗顺着脸往下淌，她另一只手握紧了录音机的拎手，只要狼扑过来，她就先用这个录音机砸它的脑袋，此刻没有第二个办法能让她躲过狼的第一扑。

狼仍在一步步向小娇迫近，小娇尽管看不到它的眼珠儿，但能感到它眼中冒着的凶残的光，那伸出的长长的舌头充分显示了它的饥渴难耐，它恨不得一口就将小娇吞进肚里……

在距离小娇不足半米的地方，狼一下停了下来。

它敏锐地把头转向一边儿，小娇顺着它脑袋的方向望去，啊，那是朱大军前两天和砖场的工人们去山里打狍子，各自分到的一小块狍子肉，小娇的心更紧地提到了嗓子眼儿，快去吃狍子肉吧，谢天谢地，如果这块狍子肉能让她得到一个逃生的机会，她会告诉朱大军一辈子不准打狍子!

果然，狼迅速向那块狍子肉奔去。

说时迟，那时快，小娇像离弦的箭一样向门口蹿去，可就在她的腿还没来得及迈开第二步时，狼一下将她扑翻在地!

在力大无穷、凶残无比的饿狼面前，小娇根本没有回手余地，她被狼叼着衣领往回拖，她试图挣脱，可就是用不上力气，怎么都不能脱离狼的掌握，她想抓住点儿什么，却什么都没有，刚才想用的录音机，在逃跑的时候早就忘了，但求生的本能让她拼尽身体里最后的能量，她一下站了起来，再次向门口跑去，并大声呼救，狼再一次将其扑倒，这一次比上次还凶猛，它开始对着小娇撕咬起来!

小娇现在唯一能做的是用双手护住脑袋和脸，她尽管拼尽了全身的力气，可就是不能让自己重新获得一次逃离的机会，她只觉得脑袋一凉，血已经顺着额头流到了脸上，她想哭，可哭不出来，她使出浑身解数和狼做着搏斗，但最终她还是慢慢地失去了意识，浑身瘫软，在意识仅存的最后一刻，她的眼前浮现出了乔师傅、刘淑珍、乔志文、小莲和朱大军……

她的泪水流了下来。

可是万万没想到的一幕发生了，那只狼居然突然倒地，一阵痉挛后，死了。

但是它死的时候小娇已经人事不省了，她就像一只待宰的羔羊一样躺在那里任狼摆布，任狼宰割了，在她意识尚存的那一刻，她的脑中闪现出那些至亲的身影，她以为生命就此终结，等朱大军再见到她时肯定是一具面目全非的尸体了，她觉得对不起父母，对不起爱她的每一个人，她是满含着悲凉和无限的不甘昏死过去的。

至于那只狼为什么会突然倒地死亡，到现在还是个谜，我们猜测大概是吃了什么有毒的东西。

当朱大军中午回家看到眼前这一幕，抱起血肉模糊的小娇时，他整个人都吓呆了。

再一次，就像当初背着怀孕的小娇一样，朱大军连滚带爬、狼狈万分地把小娇背到了医院。

经过二十四小时的抢救后，小娇仍没有脱离生命危险。

朱大军站在走廊里，"砰砰"地打着自己的脑袋，对小娇充满了万分愧疚，如果不是为了他，小娇哪有这一连串倒霉的事儿啊？他发誓，一定要带着小娇离开这里，让小娇过上太平日子。

住了一个月的院，回到家里又静养了半个月，小娇总算恢复了原来的精气神儿，可惜在她倾国倾城的右半边脸上，永远地留下了一道疤痕，虽然这并不影响她整体的美丽，却让她每每看到这条疤痕，都会想起那令她不寒而栗的一幕，在她心里留下了挥之不去的阴影。

小娇好了以后，朱大军领着她离开了宁安农场，南下去了广州。

十五、艰难处境

自从小宝被确诊为药物性耳聋后，乔师傅家陷入了无边黑暗，全家吃饭的时候，经常能听到乔师傅或刘淑珍一声发自心底的叹息，志文试图把空气调和得欢快一些，他总是讲一些笑话，可每个人听完后也只是干笑两声，算是对他好心的一种礼貌回报，其余更多的时间则是无声。尤其是看到小宝那张漂亮的小脸蛋儿时，能够明显感觉到家里气氛的压抑与紧张。

乔志武从来都是风卷残云般地把饭吃完，便忙活自己的事儿去了，他都忙些什么，没人知道。许丽丽因为在乔家二老心目中的地位，自认为没有话语权，也尽量不声张。就剩下志文和小莲，而小莲在经历了一系列重大变故后，原本眼啾啾的性格，便更加沉默了，在乔家，她就像一个罪人，总是小心翼翼地抢着干活儿，生怕做错了什么，她在赎罪，在内心，她始终认为，是由于自己一味愚昧的坚持，近乎于痴傻的笃信，才造成了今天这样不可挽回的结局，她的悲剧，小宝的悲剧都是她一手造成的，是她咎由自取，可她却把这些苦果拿回来让家人跟着一起品尝，她不是罪人是什么？她凭什么让劳累了一辈子的父母到老了还得跟着她操心，不得安生？不能够让父母安心，是作为儿女最大的不孝。于是，除了本就千疮百孔的心以外，她又背负了沉重的精神负担，现在这个家，对她而言，早已不是饿了掀开锅盖就吃，困了倒炕上就睡的那个家了，仅仅一年多一点儿的时间，她已经被整个世界抛弃，只有夜晚搂着小宝那热乎乎的小身体时，她才能感到一丝温暖和安慰。

其实，小心翼翼地又岂止是小莲，乔师傅和刘淑珍包括志文，对于重新归来的、现在的小莲，都分外怜惜，生怕有一点儿闪失怠慢，伤害了她，她越是那样畏首畏尾的，小心赔罪的、担惊受怕的，就越使得乔师傅他们心里不安，刘淑珍曾经多次和小莲说，这是自己家，放开手脚，想吃就吃，想哭就哭，想发脾气就发脾气，别难为自己，小莲虽然表面应承，可在行为上仍然拘谨紧张，一家人对小宝越是疼爱有加，小莲内心的愧疚就越深重。她暗暗在心里发誓，总有一天，她终归还是要离开这里，一个人领着小宝过安安静静的日子。

因为乔家在工具厂属大户人家，那个年代的人还都讲究个情分，乔师傅上厂长那儿说句话也好使，小莲就又回到了工具厂车间，重新开始了工作，有了一份稳定的收入。

这回在工厂及车间里，小莲可没有了以往的待遇。

那些原来嫉妒她的，就在那里冷眼看她的笑话，那些当初想追她却没得到的，也多少带着一点儿冷嘲热讽，当然，也有很大一部分反而比以前对她热情了，那是出于同情和怜悯，小莲心里再清楚不过自己的处境，她几乎不跟厂里的人交流，每天就独自干着活儿，下了班儿就一个人骑上车走，撇开那些三五成群，没事儿爱嚼舌根的人，就当什么都没看见。

邓师傅现在看见乔师傅总是眼睛眯成了一条缝儿地笑着，笑得很是意味深长。

"哎呀，你家小莲不容易呀，自己带着那么个聋子！"他有时连啧嘴儿带叹气地对乔师傅说，"还有你们老两口，老了老了，还得帮她一起伺候这个人家不认的聋孙子。"

"哎呀，你也别说，你家小莲也挺能耐，能给人家公安局长生个孙子，那一般人哪能行啊？是吧？"他有的时候又这么说，"你说这要是个健全孩子，那公安局长不得乐开花儿了？咋也得想法儿要回去，那么一大孙子呢！"

终于，邓师傅的最后这句话换回了乔师傅隐忍了几年的一顿闷拳，在家休了半个月的病假。

十六、冤家路窄

病刚好，准备上班儿，却传来一个不幸的消息。

邓师傅的小儿子邓韬奋一直在厂里当临时工，早在小莲没和初自强之前，就已经对小莲心仪已久，无奈碍于自己才不惊人，貌不出众，还是个临时工，从不敢正眼儿看小莲，再加之父亲和乔师傅的关系，他始终把对小莲的爱压在心底，这回好了，小莲回来了，成了被人抛弃的可怜小媳妇儿，这一下激起了邓韬奋心里埋藏已久的爱，他同时也意识到，小莲的不幸恰恰弥补了自己曾经和她不般配的条件，小莲孤儿寡母，他一大小伙子，怎么着配小莲也蛮可以了，于是，在车间里，他开始大着胆子对小莲示好，公开帮她干活，中午带点儿好吃的硬往小莲饭盒里塞，帮小莲擦车子，谁要是敢和小莲过不去，他第一个冲出来替她解围，给她护驾，弄得车间里那些女人看着小莲又红了眼，心说，美人儿就是美人儿，总是和别人的待遇不一样，落魄到这种程度了也有人惦记，这世界真不公平。

小莲对于邓韬奋，是完全的拒绝，她的心门早已封死，再也不对任何人敞开，别说邓韬奋，就是再来一个比初自强条件好上几万倍的，她也全当作眼睛瞎了，看不见，现如今，她的人生就是一片死海，再也激不起一点儿微澜。邓韬奋的所作所为，在她看来可笑至极，她明确地告诉邓韬奋，不要在她身上下工夫，她永远不会也不可能接受邓韬奋，让他把时间花在别的姑娘身上，别浪费了宝贵青春。

邓韬奋却越挫越勇，面对小莲的无视和冷漠，他一点儿也不以为意，相反却越发对小莲好起来，小莲亦很无奈，也就听之任之，随他去了，反正该说的也说了，该做的也做了，他非要死追到底，她又不能绑住他的手脚，只好由他去了。

当邓师傅一听说邓韬奋每天给小莲擦车子，把好吃的都给了小莲，缠着小莲要给小宝当后爸以后，差点没气得脑浆子迸出来！他万万没想到，和乔师傅这个死对头别扭了一辈子，刚刚还被他打得休了半个月的病假，本来心里就窝火得要命，没想到，这个逆子竟然如此不争气，背着他去上赶着死对头的姑娘，偏偏还是那么个被人抛弃的烂货！邓师傅气得七窍生烟，回想他就在不久前，还拿着小莲被人抛弃的话柄嘲笑乔师傅，却没想到转眼，你的亲儿子就上赶子给人家当后爹，这不是打脸吗?！这是什么世道啊，啊？他老乔家上辈子积了什么德，儿女一个个的干出如此伤风败俗的事儿，他老乔却总还能挺个胸脯，在厂里威信照样没减几分，而就有这样不争气，不知寒碜的，还舔个脸去主动要他那下贱货的姑娘！这个人却恰恰是他老邓的儿子，我宰了你个瘪犊子！邓师傅越想越气，他真恨不得现在就到车间里把邓韬奋揪出来，拿着铁锹把他拍扁，他宁愿打死他，不要他，也不能让他这么糟践自己！但转念一想，不行，他不能让车间的人看笑话，他就等着邓韬奋回来，抽他的筋，剥他的皮，告诉他，要是再敢靠近那个破鞋一步，就把他宰了！

邓师傅铆足了一股劲儿，甚至准备好了皮带，就等着邓韬奋回来修理他，没想到，邓韬奋回来后根本不买他的账，甚至比他还理直气壮，振振有词，说他这辈子谁也看不上，就看好小莲了，要是小莲不嫁给他，他就不娶，说他自己的事儿轮不到别人做主，就是亲爹也不行！

听到邓韬奋如此强硬，邓师傅气得肺都炸了，他操起皮带对着邓韬奋的脸就挥了过去，不承想，皮带反而一把被邓韬奋拽了过来，邓韬奋说，这不是封建社会了，家长专制，国家都恢复高考了，年轻人都自由恋爱了，他有权决定自己的生活，凭什么邓师傅还管他？你虽然是我爸，可你不是我的主宰。

邓师傅气得大吼说，跟谁都行，就是不能跟老乔家的人！邓韬奋摇头叹息地说："爸呀，你跟人家乔师傅一辈子不对付，错儿都在你，人家乔师傅什么时候招你惹你了？人家老老实实、本本分分地干活，从不投机取巧，不使歪心眼子，怎么就碍你眼了？你无非就是看着人家是劳模，眼气，眼馋，那你有能耐自己也当一回呀！"

这话一下捅到了邓师傅的痛处，他拿起桌上的茶杯对着邓韬奋砸去，不偏不倚，正好砸中了邓韬奋的脑门，血流如注，邓师傅一下又慌了手脚，赶紧把邓韬奋送到了厂卫生院，缝了三针。

事后，邓师傅对邓韬奋的事儿再不管了，他也无力管了，只好由着他去了。

不过，在车间里见到乔师傅，那些绞尽脑汁琢磨出的难听损话邓师傅便再也不说了。

这回又换成了他，整天耷拉着脑袋，见谁都爱理不理，抬不起头来。

人生如戏，捉弄的就是你！你耻笑什么，就会被什么反噬！

有人的地方就有江湖，就有纷争，就有说也说不清，道也道不明的酸甜苦辣。

而某种意义上，每个人的悲剧都是自己造成的，今天的一切都在为昨天的自己买单。

十七、锒铛入狱

小娇和朱大军离开了宁安，离开了黑龙江，南下来到了广州，一是想见见世面，二是一心向往南国的朱大军，那时已经初步累积了经商的脑力资本，都说南方的钱好挣，他既然在心里立下了要让小娇吃香喝辣的宏图大志，就要尽一切可能寻找机会，原以为从广州回来会发笔财，没想到，回来没多久，却出事儿了。

一直生活在东北的小娇和朱大军，对于广州，是既新鲜又充满了无限的向往，初来乍到，一下子被广州的南国气息和异国情调所吸引，二十世纪七十年代末的广州虽然汇集了中国将产生巨变的一些前兆，已经折射出了嬗变的内在情态，但，还远没有二十世纪八十年代改革开放以后的生龙活虎，因为，禁忌犹存，余悸还在。

但毕竟，相对于东北，四季如春的广州还是活色生香，到处充满了令人跃跃欲试的机会与野心。

朱大军就从邓丽君入手，第一次到广州，他弄了一批邓丽君的歌曲和索尼空白录音带回来，他相信，只要他和小娇喜欢听，别人也一样，而且好多有录音机的家庭对空白带也有非常大的需求，那个时候广播里开始陆续有港台歌曲崭露头角，所以对空白带的需求相当了得，有需求就有钱赚。

朱大军把这批录音带小心翼翼地带回了牡丹江，在离市里不远的地方又找了一处房子，和小娇住了下来。

朱大军开始满大街溜达，逢人就小声问想不想听邓丽君的歌儿，人家要说想听，他就把磁带拿出来，其实朱大军上的都是盗版带，一两块钱的成本价，卖四五块钱，一般情况下，买了邓丽君磁带的，都捎带着买盒空带，回家录给亲友听。

就这么满大街一遛，没承想，一个月下来，朱大军净赚了一千多！

朱大军和小娇躺在被窝里，做梦似的数着钱，那种兴奋和喜悦让他们脸上都像是绽放出了一朵大菊花。

朱大军摩拳擦掌，准备马上南下广州，再大干他一场，两人计划着，憧憬着，脸上堆着笑，心里乐开了花。

就在这当口，一阵急促的砸门声传来，朱大军和小娇对望了一眼，这么晚了，会是谁呀？

朱大军披衣下炕，一边问："谁呀？"

"开门！开门！"对方还挺横，好像不止一个人。

朱大军满腹狐疑地打开门，门外几个穿公安制服的人走了进来。

"你是叫朱大军吧？"其中一个问。

朱大军点点头，奇怪地瞅着他们："啊，咋的了……"

还没等朱大军再说第二句，那人再次开了口："你犯了投机倒把罪，被逮捕了，跟我们走吧！"

"啥?"小娇一下从炕上冲下来,"啥投机倒把……"

几个人对小娇的话像没听见似的,推着朱大军就往外走。

"不是,同志,我咋犯投机倒把罪了,我咋就……"由不得朱大军说什么,几个人连推带搡地把朱大军带走了。

"哎,哎……"小娇叫着追到门口。

朱大军已经被押上了一辆绿色吉普车,临进车门时,他还回头大喊了一句:"好好在家待着,哪儿也别去,我没事儿,啊!"

车转眼就消失了踪影。

看着没了影儿的吉普车,小娇一下子瘫坐在了门槛儿上。

没几天,朱大军就被以"投机倒把罪"判了一年徒刑。

小娇这个气呀,一个人在家想起来就哭,可到探视的时间看见后悔无比的朱大军时,又反过头来安慰他,告诉他,不就三百六十五天吗?一天一眨眼就过去了,三百六十五天眨三百六十五下眼就过去了!

朱大军万万没想到,一千块钱换来一年徒刑,面对小娇的宽慰,看到小娇消瘦的双颊,他沉默了,再说什么都没用了,唯有好好改造,出来后,把失去的加倍还给小娇,才是他朱大军,一个顶天立地的男人该做的!这话他是在心里对自己说的。

小娇踏出监狱的大门,忍不住望着天,想想和朱大军这一年多的遭遇,她真有说不出的心酸,说不出的感慨,想想朱大军,从小失去了母爱,父亲也是有名无实,等于一个人在这世上艰难跋涉,他吃了多少苦?咽了多少泪?可能只有他自己知道,唯一能让他感到温暖的,就是小娇,却偏偏不能得到乔师傅和刘淑珍的认可,不能正正当当地把她娶过门,他那么要强,那么把小娇捧在心尖儿上,他一直在努力,在拼尽身上所有的力量,想让她高兴,哄她开心,只要在目前条件允许下,能做的他都做了,他一个人啊,始终就是一个人在打拼,在争取别人对他的尊敬,他多难呀!刚刚以为可以多挣点儿钱,美好的生活就在前面向他和小娇招手,却出了这么一档子事儿,他难道真的就注定了奔波劳碌、命运多舛吗?

想到这儿,小娇眼泪下来了。

她在心里发誓，以后跟着朱大军无论贫穷富贵、健康残疾她都会永远站在他身后，鼓励他，温暖他，爱着他，让他知道她乔小娇心里有数，他对她的好，对她的爱，都埋藏在心底，生生世世，永远不忘。

十八、失魂落魄

志文考上了吉林大学，杨秀梅考上了哈尔滨医科大学，拿到录取通知书的那一刻，杨秀梅高兴得心差点儿没蹦出来，她想，自己又有了一个和志文相匹配的硬性条件了，一个吉大，一个哈医大，虽然哈医大稍逊色于吉大，不过已经算是黑龙江省的头牌大学了，她坚信，只要坚持不懈地朝着既定目标努力奋斗，她总有一天会得到志文的青睐，"徐瞎子"不是已经说过吗？她未来的丈夫是一个大学生，不戴眼镜儿，人长得蛮端正，这不恰恰和志文的特点相吻合吗？那天晚上，杨秀梅做了一个梦，梦见她和志文都穿着一身笔挺的毛料儿，胸前各自戴着一朵新郎新娘的红花，为前来参加婚礼的客人发喜糖，志文剥开一块儿奶糖塞到了她嘴里，那浓浓的奶香和甜滋滋的味道一下浸满了全身，杨秀梅笑了，笑得是那么开心幸福甜蜜……笑着笑着，仿佛有什么东西一下哽住了喉咙，她被呛得一阵咳嗽，把自己咳醒了。

原来是一场梦啊！醒来的杨秀梅无限失落地坐起身，不由得长长叹了一口气。

她坐到桌前，拿起桌上的小镜子，望着镜中的自己，又浓又黑的眉毛毫无章法地挂在一双小且无神的眼睛上，塌陷的鼻梁，像被谁闷了一拳，单薄的两片嘴唇横向地以下坡路的姿态被安排在鼻子下面，两只大扇风耳无论用头发怎么遮也总是像贼一样探头探脑、若隐若现地支棱在那儿，好像生怕别人发现不了它们的丑陋一样，偏偏头发既稀疏又枯黄，和脸色倒蛮搭配……

她心烦得"啪"地把镜子倒扣过去。也不知道父母生她的时候笑话了哪家的丑八怪，却报应在自己身上，让她尝尽了单恋的相思之苦，她真恨不得画一张像《画皮》里一样漂亮的女鬼脸，直接戴在脸上。

刚刚因为考上大学的兴奋转眼变成了自怨自艾的郁闷，自己瞎高兴什么呀？她在心里骂着，人家乔志文考上了吉林大学，那吉林大学的漂亮姑娘不多的是？到时候还不由着乔志文挑？临到志文大学毕业的时候，早领着校花回家去见爹娘了，还轮得到你杨秀梅的份儿？这样一想，她的心情就万分沮丧起来，她用力地揪了几下头发，跑到炕上捂住了脑袋。

转眼间，志文已经大学毕业了，杨秀梅也从哈医大毕业了，在这期间，杨秀梅利用假期，曾偷偷地前往吉林大学通过一个也在读吉大的小学同学打探志文的在校情况，当得知志文每天只是安心读书，并没有任何红颜知己时，她心里的一块石头"啪"的一声落了地。

回到工具厂，她喜滋滋地等待着志文上班的日子，好像志文一上班就会来迎娶她似的。

正当她背地里一个人对着镜子想象志文迎娶她的情景时，却传来一个消息，和志文一起还分来了一个同校的女大学生，叫方云娜。

听到方云娜三个字，杨秀梅心里"咯噔"一下，她虽然没有见过这个所谓的方云娜，可凭直觉，她一定是个漂亮人儿。

杨秀梅想问问父亲方云娜长得什么样儿，因为来厂里的新人都得先通过劳资科才能安排具体工作，可又不好意思张嘴，她抓心挠肝地等到了方云娜报到那天，故意装作去劳资科问事儿，恰巧方云娜正在办手续。

杨秀梅看到方云娜的第一眼，她所有的憧憬和幻想顿时化成了泡影。

这个方云娜肤色就像一只刚熟透的水蜜桃儿，白里透红，一捏仿佛都能捏出水来，一双丹凤眼上面镶嵌着一排长长密密的睫毛，在上面横放一根铅笔都不过分，一个欧式鼻挺直端正地立在那张精致得无可挑剔的脸上，仿佛要和谁挑战，一张嘴小巧却不单薄，丰润又形态娇俏，而她的头发居然不是传统意义上的乌黑，竟是极富光泽的棕色，带着一点儿自然的卷曲，她也不像一般姑娘那样在脑后扎个马尾，她就那么披在肩上，走起路来，风一吹啊，婀娜多姿，妖娆妩媚任谁都不自觉地想多看上两眼。

杨秀梅的心彻底沉了下去，完了！志文这次肯定逃不出她的手掌心，说不定，两个人已经有了某种暧昧的情愫，只是她现在尚且不知而已。

回到家里，杨秀梅当晚嗓子就肿了起来，火上大发了。

她没想到，好不容易盼到了志文大学毕业，又回了厂子，刚刚打探完他现在还算"清白"，结果，没出两日就蹦出个方云娜，那个方云娜，连她这个女人看了都心里一动，更何况像志文这样优秀的男人？看来，她今生注定和志文无缘了，现在想想，她给志文写的那首诗，她真恨不得有个地缝儿钻进去，人家根本就没把你瞧上眼儿，天下美女多的是，你是劳资科长的女儿怎么样？你是大学生又怎么样？现在跳出来一个才貌双全的方云娜，你根本连竞争的资格都没有，和方云娜比，你杨秀梅没有任何优势，你的条件再优越，一张脸就足以把你毁灭！

整整一宿，杨秀梅躺在炕上翻来覆去，难以入眠，她无法想象志文和别的女人结婚她会怎么样，她不敢想，也不愿想，真有那么一天，她说不定去死，这个念头一出，她自己都被吓了一跳，可这想法却是真实存在的，她真恨不得让天下所有在志文眼前晃荡的漂亮女人都死光光，就剩下她一个人，到那时，志文看她就漂亮了。

转过头来，她又想，你说她在这儿瞎吃哪门子的醋？你是志文的什么人？志文又何曾把她当作自己的什么人？就算没方云娜，也不能说明人家志文就能对她怎么样，原来没有方云娜的时候，志文不也照样回绝了她吗？回过头来说，即使没有方云娜，可能还会出现李云娜、赵云娜……说一千道一万，乔志文从来都没正眼瞅过她，她又何必在这儿吃醋上火熬心费神呢？这不纯粹是没事儿找事儿，自我折磨吗？

话虽这么说，可火还得照样上，在这几年当中，杨秀梅早已一厢情愿地把自己的未来拴在志文身上了，如果不能按照自己的意愿最终成事儿，她都不敢面对自己今后的人生，不敢想象会有一种怎样的结局。

第二天坐在饭桌前，看到气色极差的杨秀梅，杨树森忍不住问这是怎么回事儿。谁知话音未落，杨秀梅就扔下饭碗坐在那里大哭起来，任杨树森夫妇怎么逼问也问不出个所以然来。

当然了，杨秀梅不可能把心里的苦楚和盘托出，她一个大姑娘家，怎么好意思说出这种难以启齿的痛苦呢？

推开饭碗，杨秀梅就骑着自行车上班去了。

看着女儿落寞的身影，杨树森一下恍然大悟。

向来善于察言观色的杨树森，在杨秀梅转过身骑着自行车走的那一刻，一下就悟到了杨秀梅的心事。

这几年以来，实际上把追求志文当作一项事业来做的不止杨秀梅，还有和她并肩作战的父亲杨树森，她深深了解女儿，体谅女儿，设身处地地站在女儿的角度，他也认为志文是不二的人选，这么好的小伙子，杨秀梅已经为了他考上了大学，挨过了四年的大学时光，眼看着就要有机会进阶了，"啪"一下来了一个什么方云娜，想夺去女儿一生的幸福，那怎么可以！他这个做父亲的绝对不允许！

于是，这天晚上，杨树森又到杨秀梅的房里和她来了一番开诚布公的恳谈，最后父女形成统一阵线联盟，即，兵来将挡，水来土掩，只要乔志文一天未娶，她杨秀梅就还有机会，她不能轻言放弃，她要想尽办法，坚持到底，就是胜利！

作为劳资科长的杨树森，当然会发挥自己的最大权限，将应该和志文一个车间的方云娜安排到了别的车间，将本来可以直接安排工作变为半年的实习期，这样一来，如果实习期间，方云娜表现不好，杨树森完全可以找到厂长，将方云娜踢出去，让她离志文的视线远远的。杨树森按照计划好的，实施了这一切，他以为，此举是一把双刃剑，如果方云娜对组织安排不满，说不定直接去找别的接洽单位了，这样一来，岂不一举两得？

走完这步棋，杨树森很是兴奋了一阵，他希望方云娜能够要要大学生的清高，或闹点儿小情绪，结果，等了好长一段时间，一切安然无恙。

通过观察，杨树森不得不承认，方云娜看上去是一个明理懂事、识大体有教养的姑娘，她气质清新大方，待人接物低调有礼，在车间实习没几天，已经赢得了众人的首肯与喜爱，走到哪儿都能成为焦点，这让杨树森和杨秀梅感到非常恼火不安，杨树森再一次行使了手中的权力，把方云娜调到全厂最脏最累几乎全是男人干活的车间。虽说方云娜不用像男人们那样干活，却是三班儿倒，说是因为方云娜表现优秀，应该把最优秀的同志安排到最需要的地方，杨树森以为这一次方云娜肯定翻脸，露出本来面目，他喜滋滋地等着看方云娜的反应，心想，这回让你志文看看，方云娜并不像她表面装得那么有教养，可方云娜不但没恼羞成怒，反而坦然接受了安排，临走的时候还对杨树森说了句谢谢。

杨树森有些纳闷了，这孩子是真精明，还是真傻气？更令他万万没想到的是，方云娜的三班倒儿竟然成了志文接近方云娜最好的理由，那时候因为厂里后面的仓库还没来得及改建，没有给分来的大学生安排宿舍，方云娜一个女孩子，天天半夜骑个自行车到厂里上夜班儿，很是危险，好多人看到每到半夜都是志文骑着自行车送方云娜来，一直看着方云娜进了车间，才放心离去。

听到这些消息，杨树森和杨秀梅心里凉透了，既然已经能送方云娜上班了，志文和她到了一个什么程度可想而知。

再说厂里对志文和方云娜的事儿早已传得沸沸扬扬了，所有善良的人都异常羡慕赞同志文和方云娜在一起，认为他们是天造地设的一对儿，好像就等着喝他们的喜酒了。

杨树森见大势已去，他们就是在这边急死也只是自寻烦恼，他反过头来安慰起了杨秀梅，怎知杨秀梅却是对志文一往情深，早已深陷迷恋的泥潭，不能自拔，她每天晚上痴痴地呆望着天花板，想象着志文的每一个微笑，每一个眼神，她在挖空心思地琢磨，也许志文事前是对她颇有深意的，只是志文太含蓄了，而她又太大意了，没发现，人家志文只好另觅芳踪；或者是，当初志文收到她那封信，给她回了信，并表达了好感，只是因为某种原因她没有收到，志文以为她又改了主意，从而使他打了退堂鼓；还或者，她给志文的信让某个邮递员给弄丢了，当初志文根本没收到她的信，即使心里对她有那个意思，但由于性格太过内向而羞于表达，使两个有情人就这样错过了，让方云娜捡了便宜。

能产生这种种想法，说明杨秀梅已经接近精神错乱的边缘了。

杨树森看着杨秀梅痴痴傻傻的样子，心一下提了起来，这孩子该不会傻到因此而得了精神病吧？

一刻不敢怠慢，杨树森跟厂里请了假，带着杨秀梅去了北京散心，希望以此分散她的注意力，化解她几近崩溃的情绪，让她重新站起来，他杨树森的女儿怎么能这么没有出息？难道除了乔志文，这世上就没有好男人了？再怎么说，他也是一个大厂的劳资科长，手里把握着人事和工资大权，自己的女儿不嫁乔志文，还不活了？他还就不信了。

十九、一吻定情

那么志文和方云娜真像杨秀梅猜测的是已经暗生情愫了吗？答案是肯定的。

志文和方云娜在上大学的时候其实还很"清白"，俩人心里各自有了不一样的东西是在方云娜到了工具厂以后。作为校友，在方云娜报到那天，志文去车间看望她，在学校的时候，因为不在一个班，志文对方云娜并不了解，也从没注意过她。

那天，在车间里和方云娜闲聊了一会儿，志文感觉方云娜谈吐不俗，学识和修养非一般女孩子所能及，而且她的开朗健谈也让性格内敛的志文感觉舒服放松，让不太善于表达的他有了一种交流的酣畅淋漓，志文头一次发现自己居然也能说那么多话，在方云娜面前，他语言幽默，一扫往日的拘谨与束缚，当他讲到吉林大学一则尽人皆知的趣闻时，方云娜忍不住大笑起来，志文也笑起来，这是他和许丽丽分手后，第一次有了发自真心的笑容，笑着笑着，志文蓦然发现方云娜的笑容是那么美丽，笑声是如此动人，笑容慢慢从志文脸上消失，取而代之的是一种深情的凝望和若有所思。方云娜开始笑得无比开心，毫无顾忌，突然之间，她发现了志文的特殊眼神，笑容也一下从她脸上消失了，她有些不自然地说要干活了，志文也有些尴尬地说，你忙吧，有什么困难可以找我，我会尽所能地帮你解决，方云娜答应着，连忙走开了。

望着方云娜远去的身影，志文脸上的表情更加若有所思。

逃开志文的视线，方云娜长长地舒了一口气，她的心脏"怦怦"跳个不停，脸也莫明其妙地发烫，她坐在椅子上，好半天才恢复正常。

当晚，志文一夜无眠。

他的脑袋里不断闪现方云娜的动人笑容，方云娜远去的婀娜身影，方云娜优雅的谈吐，颇有教养的学识和风度……

他干脆坐了起来，点燃一支烟，深深吸一口，又吐出来。

他感觉有点儿烦躁，从午夜一直坐到凌晨，抽去了大半包烟。

那次之后，方云娜就很怕见到志文，偶尔碰面，也有些不自然，原来的大方坦然，消失得无影无踪。

事情到了这一步，杨树森却给提供了一个契机。

把方云娜分到了那个脏乱差累的车间后的一个半夜，志文所在车间的机器坏了，他修机器修到很晚，到了半夜，只差一个零件，这个零件只有方云娜所在的车间有，于是，志文来到了方云娜的车间。

此刻，万籁俱寂，天上挂着几颗在打瞌睡的星星，阵阵清凉的晚风吹来，院子里丁香花的香味儿弥漫在整个厂区，静悄悄的林荫路上，只有志文的脚步声在轻轻回响。

走在花香中的志文，突然产生了强烈的渴望，想立刻见到方云娜，这渴望催促着他加快了脚步，仿佛有什么东西在指引召唤着他，当他来到方云娜车间门口时，他被眼前的景象惊呆了。

一阵美妙的歌声传来，只见一台录音机放在台阶上，录音机里传来李谷一柔美的歌声：

你的声音，你的歌声，

永远印在，我的心中，

昨天虽已消逝，

分别难相逢，

怎能忘记，你的一片深情……

方云娜穿着一条白色纱裙，在忘情跳舞，她的舞姿轻盈，身段儿柔美，在翩翩起舞、一招一式中与天地浑然一体，远远望去，如一只白色的蝴蝶，更像月宫里的嫦娥，她的每一个动作都浸透着那样一股远离世俗的风韵，柔媚中带着刚劲，刚劲中带着清高，清高中带着风骨，步步生风，招招有力。

能把李谷一的《乡恋》跳得柔美不失刚劲，刚柔并济，优雅而不落俗套，的确是一种功力。

志文站在那里，带着眩惑，带着惊艳的感动与欣赏被方云娜的舞姿深深陶醉与吸引，一曲终了，他忍不住"啪啪"鼓起掌来。

这掌声显然吓到了方云娜，在这静静的夜晚，她哪里会想到还有除了她以外的人在欣赏她的舞蹈。

她站住了，惊望过去，发现是志文，她的脸瞬间红了，心又开始不规律地跳起来。

志文走到方云娜面前，由衷地、深深地望着她，发自内心地说："跳得真好！"

方云娜没答言，她赶紧弯下腰拎起地上的录音机，擦了一下额头的汗，向里面走去，一边走一边抛下一句："有事儿吗？怎么这么晚了还没下班？"

"噢，机器坏了，"志文说，跟着走进来，"我来借一个机床上的零件儿，李师傅在吗？"

"在是在，但是他睡着了。"方云娜说，"你需要什么，我给你拿吧。"

"一个铀管儿。"志文说。

方云娜从库里拿来了一个铀管儿，递到志文手里。

接下来她就坐在一个机器盖子上，细长的手指无意识地在上面划拉着，两条修长的腿也在下意识地前后摇晃。

整个车间静极了，他们都能听到彼此的心跳，志文看了方云娜一眼，方云娜也正好抬头看他，两人四目交汇，方云娜连忙把视线移到了别的地方。

志文走到方云娜身边，他目不转睛地望着方云娜，方云娜在志文咄咄的目光中已经无从遁形，她只好迎合着志文的目光，志文走到方云娜身边，方云娜能感觉到他热热的呼吸，方云娜只感到心快要跳出来了。

"你……"方云娜刚要说什么，志文突然伸出手，把她发梢的一片柳叶摘了下来。

方云娜的心跳得更快了。

志文笑了一下："跳得太投入了。"他说，声音低沉，极富磁性。

方云娜第一次明确感到志文的声音很男人。

"啊，是。"她不好意思地说，伸手整理了一下头发，就在一刹那，志文出其不意地抓住了她的手。

时间一下停滞了，方云娜感觉心脏也停止了跳动，她挣扎了一下，但随即就不动了。

志文目光咄咄地望着她，方云娜也睁大了眼睛看着他，两人就保持着刚才的姿势一动不动。

"跟我说句实话，想我吗?"志文问。

方云娜笑了，不语。

"问你呢，想我吗?"志文再问。

方云娜又笑了，还是不说话。

"我问你话呢，你没听见吗……"志文猛然把方云娜拽到了怀里，嘴唇对着方云娜盖了过去……

二十、晴天霹雳

志文没想到他和方云娜的感情会发展得这么快，和许丽丽在一起相处了那么长时间，连手都没拉过，而和方云娜真正认识不足两个月，这一切便自然而然地发生了，发生得那么强烈，那么激动人心，那么销魂忘我……

失去的笑容重又回到了志文脸上，他每天下了班就去方云娜借住的小屋，两人一起做饭、吃饭，十一点多再送方云娜去上班，后来，厂里把后面的仓库腾了出来，简单收拾收拾就成了方云娜和其他几个大学生的宿舍，志文下了班后就不走了，一直陪方云娜到上班的时间再愉快地哼着小曲儿恋恋不舍地回家。

和方云娜在一起的时光总是快乐而短暂的，志文计划着尽快和方云娜结婚，但一提到婚事，方云娜就显得有些避讳，志文以为方云娜可能认为时机还不成熟，于是他就耐心地等待，可是，时间一天天过去，方云娜仍绝口不提结婚的事儿，而且和志文在一起的时候也显得心事重重，这让志文很是有些不解，正当他想找个机会和方云娜好好谈谈时，一个爆炸性的新闻让他整个美好的世界顷刻间坍塌，把他美好的愿望全部炸得粉碎！

早晨，阳光暖洋洋地穿过窗户照在摆放着月季及水仙花的窗台上，志文起来后，一路吹着口哨骑着自行车来到厂子，当他经过收发室时，看收发的钱师傅很是怪异地瞅着他，志文没在意，骑着自行车兴奋地向厂子里骑去，半路上，迎面碰到了从车间里出来的邓韬奋，邓韬奋平日里对志文分外崇拜，总跟在他屁股后面学技术，再加上爱屋及乌，对志文就更加仰视，但今天，他看到志文的头一眼，眼神儿也非常奇怪，还没等志文问他怎么回事儿，他便一把将志文拉到了一边。

"大哥，昨晚的事儿你知道吗？"他问。

"什么事儿啊？"志文奇怪地看着他，心想干吗这么神秘兮兮，大惊小怪的。

"你真不知道啊？"邓韬奋的表情很复杂。

"真不知道，什么事儿啊？"志文更加奇怪了。

邓韬奋望着志文，像是难以启齿，但又好像非说不可。

"哎呀，"他终于说，"昨天晚上保卫科长刘双印在后面的宿舍把方云娜抓着了！"

"抓着了？"志文皱着眉头，更加不解，"什么抓着了？云娜她怎么了？"

看着志文懵懂的样子，邓韬奋终于按捺不住："哎呀，昨天晚上十点多，方云娜和一个陌生男人在她的宿舍干那个事儿……"

志文的眼睛一下睁大了，他本能地问了一句："干什么事儿？"

邓韬奋为难地："干，干那个事儿呗！"

"什么事儿啊？"志文还是没明白。

邓韬奋一字一句地："昨天晚上十点多钟，方云娜在她的宿舍里和一个男人——"看着志文仍不太懂的样子，邓韬奋一下急了，"哎呀，这么跟你说吧，刘双印抓到方云娜和那个男人的时候，两人都没穿衣服，光着呢！"

志文的脑袋"嗡"的一下，脸色瞬间惨白："你说什么？"他问了一句。

"我说的话你还没听懂吗？"邓韬奋说，"当时，不只是刘双印在场，保卫干事小江也在，昨晚儿，方云娜和那个男人就被带到派出所了。"

"这……怎么可能？"志文喃喃地，他感觉腿轻飘飘的，像踩在棉花上，"不可能，怎么可能呢，你确定是云娜吗？"

"怎么不是呢？方云娜谁不认识啊？还能有错儿？"

志文嘴张得大大的，他一下进入不了情况，脑筋在飞快地转着，他仍怀疑是自己听错了，或邓韬奋说错了，或这中间有什么误会，绝不可能像邓韬奋所说的那样，绝不可能！可邓韬奋说的每一个字又如此清晰地反映在大脑里。

"你再跟我说一遍，你刚才说的话是完全属实的？"他加重语气地问。

"大哥，你怎么还不信呢？"邓韬奋不可思议地望着志文，"你要是不相信，等一会儿，墙上就能贴出来一张告示，到时候，你自己看吧！"

志文站在那儿，好半天，他的头脑昏沉，怎么可能？他不断地在心里自问着，昨天晚上九点钟他还和方云娜在一起，十点钟，她就和另外一个男人……还被刘双印抓走了？！

邓韬奋同情地望着志文，他一时也不知应该说点儿什么，好半天，他叹了口气："大哥，要了解一个人还真得一段时间。"

他现在也只能说这些，更多的话也不能说。

"她现在在哪个派出所？"志文问。

"说是大庆派出所，好像是。"邓韬奋说。

志文上了自行车风一般地骑走了。

看着志文消失的身影，邓韬奋纳闷儿地摇摇头："这个方云娜是咋回事儿呢？"

一边走邓韬奋还一边摇头："志文，你这么好的人怎么总摊上不顺当的事儿呢？"

志文飞快地骑着车，如果邓韬奋说的是事实的话，他只想亲口问问方云娜，这是为什么？她为什么要这么干？！

他现在脑袋里什么都没有，只想马上、立刻见到方云娜，让她亲口对她说，她都干了什么，为什么要这么干？！

一股怒火"腾"地冲上了大脑，脚下的车轮就像上了发条，极速运转，十分钟，志文就到了大庆派出所。

可派出所的民警却说什么都不让见，志文只好找来一个认识所长的同学给说了句话，才让他见了方云娜。

不过几个小时没见，方云娜看上去憔悴不堪，看见志文的第一眼，眼泪就含在眼圈儿里。

"到底是怎么回事儿？"志文问。

方云娜不语，更多的眼泪纷纷从她眼里滚落。

志文虚眯着眼睛望着她。

"你只要告诉我，他们说的是不是真的。"志文又说。

方云娜点点头。

这一点头，志文只觉得心像被谁用刀狠狠地剜了一下，他咬牙望着方云娜，一动不动地望着她，希望从她脸上看出答案。

可是，方云娜却哽咽地甩下一句："你忘了我吧。"转身就走进了派出所里面。

志文站在那里，大脑一片空白。

志文后来怎么来到那片草坡上的，他自己都没有记忆了。

他只记得在那片草坡上他坐了很久，好像什么都没想，又好像想了很多很多……

当他意识到一阵阵凉意袭来时，抬头望望天，已经是繁星满天了。

整整一夜，志文无语地仰望苍穹，一遍遍在心里自问这是为什么。和方云娜在一起的一幕幕像电影镜头般闪过，那些心心相印，那些恩爱缠绵……想着方云娜那张皎洁无瑕的脸，想着她的每一句话，每一声呢喃低语，柔媚浅笑……越想越觉得不对，不会的，方云娜不会欺骗玩弄他的感情的，这里面一定有问题，是不是方云娜有什么难言之隐？想起近一个时期每每提到婚事她都刻意躲避的态度，志文越发感觉这里面绝不像他们所说的那么简单。

一夜未眠的志文天一亮就直奔派出所而去，这一次他一定要问个明白。

可是，派出所却说方云娜和那男人已经被放走了，原因是他们彼此承认是恋爱关系，既然是恋爱关系人家有点儿亲热行为也正常，他们派出所干涉不着。

志文当即回到厂里方云娜的宿舍，宿舍的门却锁得严严实实，不见方云娜的踪影。

志文一直等到半夜，方云娜仍是踪影皆无，由于方云娜的父母都在长春，在牡丹江没有任何亲人，志文无处寻找她，只好在其宿舍前死守，方云娜或许早有准备，有意躲避志文，她一直没有露面。

三天后，志文得到了一个消息，方云娜已经把工作关系调走了。

至此，方云娜消失得无影无踪。

方云娜和一个陌生男人奸宿的事儿在工具厂传得沸沸扬扬，满城风雨，走在厂里，志文真切地体会到了如芒在背的感觉。

他百思不得其解，方云娜为什么要这样做，她究竟又是出于怎样的苦衷非要这样做？

但是，志文所谓的如芒在背并不是怕大家在背后说什么，怎么看他，而仅仅只是出于一种不解后的尴尬，其实在他的性格当中，是从不在乎别人怎么看自己的，他活得坦荡自然，无愧于心，对于中肯的意见，他会虚心接受，而恶意中伤，他从来只是付之一笑，许多人私下议论，他被欺骗了、被愚弄了等等，这并不是他最关心的，他最在意的还是方云娜，午夜梦回，闲暇之余，甚至每分每秒，他都要问一句，这一切到底是为了什么？

至今，他仍然相信，方云娜对他的感情，他从未怀疑这份感情里有任何虚假，可今天的结局又让他如何面对？如何解释？他真的不知道了。

二十一、永闭心门

最初的一些日子，志文仍抱有某种幻想，希望这一切都是假的，是一场误会，方云娜有迫不得已的苦衷在当时必须要那么做，等事情解决了，风头过去了，她还会回到他身边，向他说明前因后果，来龙去脉，可是，随着星移斗转，日升日沉，志文心底的那份渺茫的希望在逐步破裂、瓦解，直至一个阴雨绵绵的日子，他收到了一封没有地址的信，这封信，彻底毁灭了他最后那点儿可怜的希望。

信是方云娜的亲笔，志文以最快的速度打开了信纸，内容如下：

乔志文同志：

你好。

今天能够给你写这封信是经过了很长时间矛盾挣扎后做出的

决定。首先请你原谅，我的不辞而别，此刻，你也许正在恼火，恨不得从世界的某个角落里一把将我揪出来，问个明白，但现在不用了，看完了这封信，你就什么都明白了……

志文瞪大了眼睛，迫不及待地看下去：

你可能一直在猜想，我肯定有逼不得已的原因才会做出那样的事儿，或者这根本就是个误会，大家跟你开了一个玩笑，总之，真实情况绝不会是他们看到的那样，但我遗憾地告诉你，这一切都是真的，千真万确，没有任何值得你同情的原因，我没被谁逼迫，没有难言之隐，之所以会那样做，完全是出于我的喜欢和自愿，你不相信，是因为对我太不了解。

志文的心往下沉去，他接着看下去：

我是一个非常早熟的人，十四岁开始就喜欢和邻居的男孩子或男同学单独出去看电影，因为我长得漂亮，身边从没缺过男孩儿，他们总像跟屁虫一样跟在我后面，而我也特别喜欢被前呼后拥的感觉，因为那样可以气我不喜欢的女生，从十四岁到现在，我的对象换得就像走马灯，不会讨我欢心的就一脚给端了，会哄我高兴的就多给他点儿好脸色，因为恋爱过早，我连蹲了两年级，你一定奇怪，我怎么会考上大学？老天爷就这么不公平，给了我漂亮的容貌，又给了我一个聪明的头脑，我爸看我总在社会上跟一些不三不四的人来往，再这么下去，我这个待业青年真得待业一辈子，就逼着我自学，我是被逼无奈才捡起课本的，其实拿到录取通知书的时候，我曾经发誓，脱胎换骨，做一个有教养、有学识、明事理的人，大学毕业后，我遇见了你。

我第一次遇见如你一样深沉内敛、不事张扬、善良斯文又才华横溢的人，从来没有哪个男人像你一样真正吸引我，见到你的那一刻，你浑身上下散发的男人味儿，你的每一个眼神、微笑，对我都充满了难以抗拒的吸引力，那天从车间回家后，我就在心里发誓，为了你，我一定要改变自己，做一个你希冀的识大体、有修养的好姑娘。

你一定不知道那天晚上在我们车间门口所谓的巧合，是我有意安排的吧？那我现在就告诉你，从见到你的第一眼开始，我就在期待着这一天，就在精心策划着这一天。你想想，如果不是算准了你在那个时间一定会来，我怎么会大半夜的在厂区里放录音跳舞？怎么会有这么巧的事儿？

乔志文同志，请允许我这么称呼你，如果我的所作所为伤害了你，我只能发自内心地说一声对不起！我是一匹野马，没有谁能够驯服束缚我，我不可能将一辈子拴在一个人身上，长痛不如短痛，我不忍心让善良的你把青春耗费在一个不值得你爱的人身上，对不起，真的对不起，如果你不曾认真，我会得以宽慰；如果不幸你付出了真心，也请你忘了我，并原谅我的一时疏忽，就当我是一阵风，一场雪，风吹散了，雪消融了，一切都烟消云散了，忘了我，你会有新的生活，新的幸福。

直到读完最后一个字，志文仍死死地盯着信纸，好半天，他就呆站在那里，片刻后，他缓缓地拿起信纸，一下，两下，三下……信纸在他面前纷飞，幻化成片片零碎的雪花，就像他已破碎的心……

他真不相信这字字句句出自方云娜之手，但是又有什么理由让他不相信呢？或者有什么更好的解释？难道真的仅凭他们这短暂却如火般的恋情，就能证明方云娜绝非她信中所说的品性？

那天，志文到文化宫附近的一家饭馆儿，就着一盘花生米，喝了一斤玉泉大曲，生平第一次，他将自己喝得酩酊大醉，喝完了酒，迈着醉步，走在寂静无人的街道，他感到从未有过的畅快淋漓，从未有过的喜悦兴奋，他忍不住对着空寂的街道放声高歌：

送战友，踏征程，

默默无语两眼泪，

耳边响起驼铃声……

他豪情万丈，激情满怀，从未感到如此开怀惬意，如此豪迈洒脱，真舒服啊，真痛快啊！一曲歌毕，他对着夜空大喊："啊！"他对着远方大喊："啊！"他对着山川大喊："啊……"

一个骑自行车的男人莫明其妙地瞅了他一眼，赶紧从他身边骑了过去。

阵阵凉爽的风吹来，吹起了他的头发，他迈着狐步满面笑容地走着，看着谁都想打招呼，这世界太可爱了！

他一直走一直走，一直走到了东山脚下。

夜出奇的静，他走累了，找个地方，席地而坐。

"……如果你不曾认真，我心会得以宽慰；如果不幸你付出了真心，也请求你忘了我，并原谅我的一时疏忽，就当我是一阵风，一场雪，风吹散了，雪消融了，一切都烟消云散了，忘了我，你会有新的生活，新的幸福。"

字字句句，如针如刺，笔笔似刀，刀刀见血！

志文笑了，笑得眼泪都出来了。

生活恐怕就是这样吧，总在你春风得意、被幸福冲昏头脑、兴致勃勃计划美好未来的时候，"哗"兜头给你泼一瓢冷水，"咣"给你来个猝不及防，"啪"砸你个晴天霹雳。

自此，志文消沉了，无论在家里还是在车间，他都很少说话，实在不得已，就"嗯嗯啊啊"应付了事，他变得非常节省语言，从不浪费半个字。

他把全部精力放在了工作上，白天黑天地忙在车间里，他的脸上几乎没有笑容，谁也不知道他在想什么，乔师傅曾经几次试图和他好好谈一谈，可都被他以种种理由拒绝了。

他紧紧封闭了心门，与外界零交流。

其实谁都能看得出，方云娜的背叛对志文的打击是致命的，他实在找不到一个更好的解脱和发泄的方式，他唯有工作工作再工作，把所有的愤懑屈辱失落伤心敲击在机器上，挥洒在汗水里。

二十二、天赐良机

杨秀梅和杨树森从北京回来后，就听说了关于方云娜的那个爆炸性新闻，杨秀梅和杨树森当即意识到，真正的机会来了。

杨树森告诉杨秀梅，这对她来讲是一个千载难逢的好机会，在志文越是痛苦越是失落的时候越要给他以关爱，以温暖，在他脆弱不堪一击的心灵上抹上慰藉的良药，做他的心理医生，修整他破碎的心灵，你就是他最贴心的人，比你硬生生地主动出击要自然而然得多，到时候一定是水到渠成的结果，而谈不上谁上赶子追谁。

杨秀梅兴奋得多日难以入眠，她由衷地感谢方云娜制造出的这个爆炸性新闻，但现在面临的问题是，她如何接近志文，让彼此有一个相处的前提。

说来也巧，长时间的郁闷，使志文干活的时候心神恍惚，这天，他比往日显得更加烦躁，方云娜信里那些绝情残酷的话，周而复始地在耳边轰鸣，像一列列火车在他的大脑里横冲直撞，呼啸奔腾，他心绪难平，只觉得胸口像塞了一团棉花，堵得他喘不过气来！

他的眼前又不断浮现方云娜在厂区里跳舞的情景……

所有所有的一切如一团乱麻交织缠绕在一起将他包裹围绕，一股热血直冲天门，他抡起拳头对着机器打去，"砰"的一声，机器安然无恙，志文的手却一下冒出血来。

邓韬奋大叫一声，冲过来拉着志文就来到了厂卫生所。

当班的正好是杨秀梅，一见志文的手血流如注，她连忙进行处置，止血、消毒、上药，并扶志文躺在床上，细心地帮他包扎。

"以后可要小心点儿啊，机器是公家的，手可是自己的。"杨秀梅微笑地望着志文，她自己都感觉今天的声音比往日温柔许多。

志文躺在床上，闭着眼睛，似有无限痛苦在困扰着他，对杨秀梅的话不知是没听见还是根本没想搭讪，他没做任何回应。

杨秀梅心里有些悻悻然，但这丝毫没影响她勇往直前的决心和信念，她用纤细的手指灵活而温柔地替志文包扎着，一面轻声地问："疼吗？这样可以吗？疼的话你就吱声……"

志文一直摇着头。

"不疼就好。"杨秀梅一边说，一边儿用眼角不经意地瞥向志文。

志文眉头轻蹙，额上有细微的汗渗出，他高高的眉骨和紧闭的双目及挺直的鼻梁使他看上去五官是那么完美，杨秀梅的心再一次剧烈地、毫无规律地悸动起来。

"没关系，再有一小会儿就好了，能坚持吗？"她用几乎能滴出水的、出奇温柔的声音问。

如果不看脸蛋儿，这声音足以把人迷死。

"能坚持。"志文说。

"马上就好。"杨秀梅说，一面用白药布轻轻擦拭志文额上的汗。

包扎好了，杨秀梅扶志文坐起，仍然满面桃花地望着志文："现在感觉怎么样？"

志文点点头："还行。"勉强冲杨秀梅笑了一下。

杨秀梅回身给志文倒了杯温水，递给志文："喝点儿水吧！"

"不用了。"志文站起身就向外走去，一面甩下一句："谢谢。"

"哎！"杨秀梅叫住了志文，"记住，别碰着，别沾水，不能吃辣的，明天准时来换药。"

"好好。"志文答应着，头也不回地走了。

望着志文远去的身影，一种怅然若失的感觉袭上杨秀梅心头，志文对她是那么不在意，甚至都不曾多看她一眼，在他面前，她就像地上的一棵小草般微不足道。

虽然微不足道，但只要有一线希望就要尽十分努力，杨秀梅处心积虑地计划着明天的"送温暖"活动，她前一天晚上特意炖了骨头汤，精心挑选了几块肉多的骨头，还包了饺子，一早装到饭盒里，到厂子后送到水房的热饭箱里。

一个上午，杨秀梅都惴惴不安，志文没有来换药，这倒正合她意，她不知道中午打着为他换药的旗号趁机给他送上可口的饭菜，他会是什么样的表现，会怎样对待自己，会不会又一次被拒千里之外，或吃个软刀子，或被在场的其他人笑话。她心里没有一点儿谱，但既然决定这么做了，无论结果如何，被拒绝也好，被别人当成笑柄也好，她都不管了，她一定要努力一把。

中午，从热饭箱里取出热气腾腾的饭盒，闻着从饭盒缝里飘出的香味儿，杨秀梅挺了挺胸，干吗这么没有自信？干吗这么畏畏缩缩的？每个人都有追求爱情的权利，不是吗？我杨秀梅差什么呀？我可是哈医大的高才生！

这样一想，她就更加挺直了胸膛，昂起头，她迈着大步向志文车间走去。

推开车间大门，杨秀梅一眼看见志文还蹲在机床前忙活着，邓韬奋和其他几个小青年儿围坐在一起有说有笑地吃着饭。

看到他们几个，杨秀梅不由得怯懦了，志文如果不给面子，车间里只有一两个人倒还好说，这四五个小伙子本来平时就爱嘻嘻哈哈地开大姑娘的玩笑，大中午的，她一进来，肯定扎眼。

但门已经推开了，车间里的目光已经"唰"的一下子全部对准了自己，这个时候总不能说走错门了吧。

杨秀梅扬了扬脑袋，既来之则安之，她镇定自若地径直向志文走去，对那几个好奇的目光全当作没看见。

她走到志文面前，微笑地瞅着志文："今天怎么没去换药？"她问。

志文抬起头来，一看是她，愣了一下，随即说："噢，我感觉问题不大，而且这阵活儿又挺忙，就没去。"

志文有些疑惑地望着她："你这是……"

"啊，"杨秀梅很自然地说，"我来给你换药，正好昨天我妈炖了骨头汤，对愈合伤口有好处，我就给你带了点儿来。"

以邓韬奋为首的几个小青年都抻长了脖子，瞪大了眼睛，互相挤眉弄眼儿地看着杨秀梅和志文这边。

志文望着杨秀梅，他显然感到有些突然和意外了。

"杨护士你太客气了，我没去换药，你还亲自来，真是不好意思。我感觉恢复得还行，换药就不必了。"志文说，低下头继续忙活着。

杨秀梅站在那儿，一时不知该何去何从，邓韬奋他们几个笑得更加放肆，好像就在等着看好戏。

杨秀梅有些沉不住气了。

"药是必须得换的，这几天勤换着点儿，伤口好得快，再说，现在已经是吃饭时间了，你也该休息休息了，来，我给你换上吧。"她说。

志文看了看杨秀梅，盛情难却，只好停下手里的活儿，对杨秀梅说："我去洗一下手。"

"记着坏的那只别碰着水。"杨秀梅赶紧说。

志文向洗手的地方走去。

杨秀梅把饭盒放到桌上，站在那里。

邓韬奋他们几个直勾勾地看着杨秀梅，杨秀梅站在那里，感到手脚没有地方放。

邓韬奋忍不住大笑起来。

杨秀梅回过头去，使劲儿瞪了邓韬奋一眼。

邓韬奋他们几个笑得更欢了。

志文回来，杨秀梅开始用心给他换药，重新包扎上。

"谢谢你，杨护士。"志文说。

"别客气，你要是嫌麻烦，以后我就每天过来给你换，反正，中午我也有时间。"杨秀梅轻声细语地说。

"那就不用了，我手愈合得快，估计再有两天怎么也好了。"志文说。

"看情况再说吧，好吗？"杨秀梅温柔地说，把饭盒打开，递到志文面前，"我妈昨天炖的骨头汤，喝点儿吧，对你的手愈合很有好处。"

邓韬奋他们几个瞪大了眼睛盯盯地瞅着。

志文犹豫了一下，他好像一下就看穿了杨秀梅的用意。

"我吃完饭了。"志文说，开始摆弄机床。

杨秀梅站在那里，有些尴尬。

"多少喝点儿吧，我的一点儿心意。"她说，口气里竟然多少有点儿乞求的味道了。

志文停住了，似乎是很认真地看了看杨秀梅，如果杨秀梅记得不错的话，这是志文第一次认真看她，但这眼神带着一丝研判，一丝忌讳，一丝躲避，一丝戒备，这让杨秀梅的心一下凉了半截儿。

"好吧。"他坐下了，有点儿勉为其难地接过杨秀梅递过来的勺子，象征性地喝了两口。

"挺好。"喝完，他很有分寸，很有礼貌地回了一句。

杨秀梅打开另一个饭盒，递过去："尝尝这骨头，可香了！"她说。

"不尝了，谢谢你啊，杨护士。"志文再次礼貌地说，话里已经带出了逐客的意思。

"不用客气。"杨秀梅收起了饭盒，"那你忙吧，我明天中午再来给你换。"

"不用了，如果需要换明天我会去卫生院，不麻烦你了，杨护士。"志文说。

"你看你总是这么客气。"杨秀梅说，心里失望到了极点，但她仍然和颜悦色地说，"明天的事儿明天再说，我先走了。"

"好。"志文简短地说，居然一点儿留她再坐会儿的意思都没有。

杨秀梅端着饭盒，走出志文的车间，她的后背"嗖嗖"地冒着凉气，走出车间大门，她好像都能感到后面那几双嘲讽和讥笑的眼睛，志文虽没有让她下不了台，但明显也是一种礼貌的疏远，这让她心里冰冰凉的。

杨秀梅猜得没错儿，她刚一迈出车间大门，以邓韬奋为首的几个小子就嘻嘻哈哈地走到志文面前。

邓韬奋学着杨秀梅的口气说："多少喝点儿吧，我的一点儿心意。"他哈哈大笑起来，敲着饭盒冲志文挑挑眉说："大哥，对你有意思啊……"

志文的面容一下严肃起来，他正色地望着邓韬奋："别胡说啊，人家杨护士只是比较负责任而已，这种事儿怎么能张嘴就来呢？"

邓韬奋一看志文板着的脸，立刻堆了一脸的笑："我这不是开玩笑嘛。"

旁边的小宋瞪了邓韬奋一眼："就是，再说，那杨护士也不配咱们大哥呀，是吧？"

"什么配不配的？你们几个能不能别在这儿胡言乱语？该干什么干什么去啊，有时间多干点儿正经事儿。"志文说着，放下手里的活儿，走了出去。

看着志文走出去，小宋指着邓韬奋："你那张嘴呀，看不出来，大哥这些日子心情不好，他哪有心思跟咱们开玩笑。"

邓韬奋若有所思地感慨道："可能还想着方云娜呢！"

志文坐在车间外面的花坛边，点燃一支烟，深深地吸了一口，又吐了出来，在虚无缥缈的烟雾中，他的神情带着一点儿深思，带着一点儿感伤。

二十三、趁热打铁

杨秀梅琢磨用这种生硬的方式接近志文，她的希望仍很渺茫，但一时又想不出更好的办法，于是，不管志文怎么看自己，邓韬奋他们怎么带着满脸的嘲讽坏笑，她都不在乎了，她豁出去了！她相信，他乔志文就是再铁石心肠，也终有被她感化的一天。

她每天都精心准备有利于伤口愈合的饭菜，准时给志文送来，虽然志文起初仍出于一种礼貌，微笑面对，后来便是哼哼哈哈，不冷不热，但她仍然风雨无阻，笑脸相对，尽管有时出了车间的门儿，想起志文的冷淡，眼泪就含在眼圈儿，但她心里一直坚定一个信念，乔志文这座山头终有被她攻下的一天。

看着姑娘每天绞尽脑汁却赢不回志文的一个微笑，杨树森是看在眼里，疼在心头。忍耐了一段时间，见杨秀梅的付出不但没有半点儿回报，反而引发了全厂人背后的讥笑，甚至有人说杨秀梅是一块牛粪插在鲜花上，想得美！听到这些刺激性的话，杨树森勉强压制住心里的怒火，表面仍和颜悦色，但心里这个气呀！暗骂，你乔志文有什么了不起？不就是个大学生长得斯文点儿吗？要论家庭背景，你就是普通工人家庭，父母没知识没文化的，能比得上我们家吗？就算杨秀梅长得稍微差一点儿，可她也是大学生，有思想有文化有知识，怎么就配不上你了？你让她在全厂面前下不了台，那么个大姑娘家，正当青春年华，她怎么受得了这个？杨树森火了，但这火只是默默地在心里发，总不好因为人家不接受杨秀梅就恼羞成怒，那样岂不显得更没身份，更有失体面？

思来想去，杨树森觉得与其这样耗着，不如来个直截了当，反倒干净利落，他索性和杨秀梅的母亲买了几块上好的毛料，一些糕点和两瓶酒亲自上门去提亲。

一见杨树森夫妇提着东西来了，乔师傅和刘淑珍很是意外，杨秀梅主动追志文的事儿他们早有耳闻，刘淑珍几次试探志文，志文都矢口否认，并态度坚决地说他目前不考虑找对象的事儿。私下里，刘淑珍和乔师傅也对杨秀梅有个权衡，刘淑珍认为杨秀梅虽然模样儿不济，但看上去很是大方得体，毕竟是大学生，像个温柔贤良之人。乔师傅也觉得志文经历了与许丽丽和方云娜的感情纠葛，不想再让他找漂亮的，而志文年龄也不小了，早就该找个贤惠能干，持家过日子的本分姑娘成家了，因此，有这么一个前提，对于杨树森夫妇主动登门求亲，乔师傅和刘淑珍都有些受宠若惊和过意不去，他们为杨树森夫妇做了一桌丰盛的菜，刘淑珍还对杨秀梅夸奖了一番，临了，答应一定尽力将这门亲事促成。

没想到，乔师傅和刘淑珍前脚刚答应，送杨树森夫妇出门时，恰巧碰到下班回来的志文，志文一见这场面，心里一下明白了，他礼貌但冷漠地冲杨树森夫妇打了声招呼，就进屋了。

杨树森的妻子钟桂玲是第一次见到志文，她惊讶于志文的斯文与俊秀，走出门来，钟桂玲由衷地对杨树森说："我姑娘的眼光就是比一般人强，这个乔志文可真是一表人才呀，我可告诉你，老杨，咱姑娘要是嫁不了这个乔志文，我心里都难受！"

杨树森没说话，志文的态度让他心里没有一点儿谱，就算乔师傅和刘淑珍从心里往外看好杨秀梅，可他们的话在志文那里是否会起作用，这就很难说了。现在都讲究自由恋爱，乔志文前面的两个对象，一个赛一个的漂亮，况且还不知道他有没有从失去方云娜的痛苦中走出来。杨秀梅的长相简直和许丽丽及方云娜没法儿比，就算他和杨秀梅最终结合，乔志文能否压下心里的念想而真正对杨秀梅好。这都是问题呀！想到这儿，看着一脸兴奋的钟桂玲，他不免叹了一口气。

"我看还是不要强求为好，我们做父母的，只能尽心到此，至于她和乔志文到底能不能成好事，就看你姑娘的造化和他们的缘分了，咱们操再多的心也没用。"他说。

"是，我也这么想。"钟桂玲说，"咱姑娘哪儿都好，就是这张脸太不给她争气了。"

回家后，表面上不动声色的杨树森，一心盼着乔师傅能给他带来好消息，可是，一天天过去了，老乔家始终没有回音，杨树森的心又悬了起来。

有几次，在厂院儿里碰见了乔师傅，可是，乔师傅看到他堆了一脸的笑，却对亲事只字不提，杨树森又不好张嘴问，两人分开后，杨树森其实已明白了八九分。

想想，杨秀梅那么主动地对志文示好，煞费苦心地讨他的欢心，他都丝毫不为所动，难道他们夫妇提着东西主动登门就能使他来个一百八十度的大转弯了？那根本就不可能。

杨树森为自己欠考虑的行为感到有些后悔，为了这唯一的姑娘，他真是已经放下身份和架子了，只想让她幸福，可这事儿他真是心有余而力不足了。

晚上，坐在饭桌前，杨树森不敢抬头看杨秀梅，真怕看到她忧郁的眼神。

这些天来，杨秀梅是愈挫愈勇，反正志文也不冷不热惯了，反正全厂都知道她在倒追乔志文，她索性摆出一副死猪不怕开水烫的姿态来。

但回到家后，她脸上的那种落寞、忧伤，杨树森夫妇却是清晰地看在眼里。

经过长久而痛苦的思索，杨树森决定，不管用什么方法，一定要说服杨秀梅，豁达一点儿，强扭的瓜不甜，不就一个乔志文吗？难不成还让他折磨死了？天地之大，好小伙子遍地都是，说不定将来找个比他乔志文好上几十倍的。

正当杨树森摩拳擦掌准备彻底说服杨秀梅的时候，一个让他万分惊喜的消息却不期而至——志文同意了和杨秀梅的婚事。

二十四、乘隙上位

志文怎么会突然改变了主意？事情怎么会有如此巨大的变化？

一切还得从方云娜说起。

方云娜的背叛与离去对志文的确产生了巨大的打击，从他读完方云娜那封信的最后一个字起，他的心就彻彻底底地碎了，碎成了千万块小碎片，永远都无法拼凑起来的小碎片，可长久以来，对方云娜刻骨铭心的思念却无时无刻不在折磨着他，他想尽各种办法让自己忘掉她，他反复回想她信中恶毒残酷的字句，以此刺激自己；他想着厂里的人如何背后讥笑他的无能，他的天真，以此让自己断了对这个负心浪荡女人的念想……他每天埋头在工作中，把全部的精力放在机器上，可方云娜就像个阴魂不散的幽灵一样徘徊在他左右，驱之不散……好多次，他一个人跑到东山上，站在山顶对着天空疯狂地大喊，冲到雨里从城市的东边一直走到西边，他尝试了各种办法，可依然忘不了方云娜。

这种滋味太难受了！

他的心空寂而落寞，他恨透了自己，为了一个根本不爱你的轻佻又放荡的姑娘，怎么能如此自暴自弃？可他就像被施了魔法，点了迷魂穴，不能掌控自己的意志，邓韬奋他们为了让他重新振作起来，下了班就拉着他去看电影，请他下馆子，都无济于事。

这天下班后，车间的人都走光了，志文一个人呆坐在机床前，他不想回家，也不想上任何地方，只想一个人安安静静地坐会儿，他要理一理纷乱的思绪，他想自己不能再这样下去了，长期的消沉在这个时候又迸发出了某种唤醒意识，他告诫自己，他要重新来过，他乔志文就算再笨，也绝不会为了一个不值得爱的人去耗费青春。

就在他冷静地梳理这一段时间以来的所有经历时，杨秀梅来了。

她悄无声息地走到志文跟前，微笑地望着他。

当志文抬起头来看着她的一刹那，他突然有些恍惚，站在他面前的不是方云娜吗？一股热血"呼"地就涌上大脑，可仅仅一刹那，他的意识回复了，他清醒地知道，眼前是杨秀梅而不是方云娜。

可今天杨秀梅的微笑在他看来并不像往日那样惹人厌烦，他猛然发现，杨秀梅也自有一种别人没有的美，那美是发自真心的一种诚挚，一种让人宽慰的、柔和的温暖，看着微笑的杨秀梅，他一时竟有些眩惑。

"想什么呢？眼睛都直了？"杨秀梅问。

"噢，没什么。"志文意识到了自己的失态。

杨秀梅仔细看了他一眼："怎么还不回家？"她又问。

"想一个人待一会儿。"他说。

"那我——"杨秀梅瞅瞅他，有些胆怯，有些试探口吻地问，"我陪你坐一会儿行吗？"

看着杨秀梅胆怯的样子，志文想起这一段时间以来，杨秀梅的体贴与关怀，想起她那热气腾腾的骨头汤，香味儿四溢的饺子，还有用她纤细灵活的手指为他包扎时的细心与温柔……

一股热流淌过志文的心田，他仔细地看了杨秀梅一眼，杨秀梅被看得有些不好意思，她不自然地笑了一下，这一笑有些不自信，有些胆胆突突，还有些说不清的复杂含义。

对于杨秀梅对自己的良苦用心，志文当然心知肚明。

他轻叹了一声，一下觉得对眼前这个女孩儿有一丝愧疚，有一丝歉意，还有一丝怜悯。

"杨护士，"他说，"对不起啊，这段时间心情有些不好，有的时候对你的态度——你要见谅啊！"

谁知志文这么一说，杨秀梅的眼泪"呼"的一下就涌了出来，这些日子以来所有的委屈、失落、尴尬齐涌心头，在这一刻同时爆发，泪闸一开，来势汹汹，大有势不可当的架势，一看杨秀梅哭了，志文有些不知所措了。

"你看，别哭啊，我不是都道歉了吗？"志文说，到处找着可以给杨秀梅擦泪的东西。

志文这么一说，杨秀梅哭得更凶了，志文一时不知该怎么办，只能一遍又一遍地说："杨护士，你别哭啊，真别哭啊，我不是对你有什么意见，也不是故意冷落你，我就是最近心情不好，你别见怪啊……快别哭了，别哭了……"

志文语无伦次地安慰着杨秀梅，这时一件意想不到的事情发生了。

杨秀梅一下扑到了志文怀里！

志文手足无措且震惊地看着杨秀梅。

"杨护士，你——别这样……"志文想推开杨秀梅，可杨秀梅竟然死死地搂住了志文的脖子，哭得更加凄惨。

志文尴尬地僵在那里，几次试图推开杨秀梅，可杨秀梅却像一根藤蔓一样死死缠住了他，无奈之下，志文只好尴尬地任凭其搂着。

好半天，杨秀梅仍啜泣不止，志文轻轻地推开她。

"杨护士，如果我确实做错了什么，或说错了什么，请你原谅。"他说。

"如果你真心想让我原谅，就——娶我。"杨秀梅说。

志文震惊地望着杨秀梅，他笑了一下，把头转到一边，逃避地说："你别开玩笑，杨护士。"说着，志文站起来，用抹布擦着机床上的灰。

杨秀梅跟着走到志文面前："你明知道我不是开玩笑。"她清晰地说。

志文笑笑，没接话，继续擦着机床。

杨秀梅一不做二不休的样子："乔志文，你明明知道我中意你不是一天两天了，你敢说你没收到我的信吗？"

志文沉默着。

半晌，他抬起头来，正色地望着杨秀梅："杨护士，我们俩不合适。"

"怎么不合适？"杨秀梅喊着，眼泪又下来了，"你的意思是说，我配不上你？"

"不，我没有这个意思。"志文忙说，"是——我觉得我配不上你。"

"你就是觉得我配不上你！"眼泪像断了线的珍珠一样从杨秀梅的眼里滚落，长期以来对志文的执念与渴望、心理折磨，已经让她几近崩溃，在这一刻，全部爆发，"可是你知道吗？为了你，我什么都做了，如果不是为了能和你有平等相处的机会，我不会点灯熬油地去考大学，我每天想着你，念着你，就希望你能看我一眼，哪怕就一眼！你上大学走了，我还是想着你，念着你，整天提心吊胆，就怕你看上别人，终于熬到了你大学毕业的日子，我高兴得都要跳起来，可是，却来了一个方云娜，我知道在方云娜面前我是微不足道的，我是拿不上台面的，我知趣儿，我退却了，但是老天爷成全我，让我又有机会接近你，为了你的手早点儿好，我费尽心机给你熬汤，给你做好吃的，我忍着邓韬奋他们的嘲笑，我告诉自己，就是再铁石心肠的人也能被我感化，可是你呢？你根本无视我的存在，打发我就像打发一个不相关的叫花子，在邓韬奋他们面前让我下不了台，你说，你的人心呢？"

听着杨秀梅痛彻心扉的控诉，志文一下哑然了。

他虽然知道杨秀梅一直对自己有好感，但她背地里费了这么多心思，并且自己无意识的行为已经伤害了她，这一切还是让他感到震撼了。

"不是，杨护士，你听我说，我真没有故意让你下不了台的意思，可能，我疏忽了，没太在意……"

"你这句话说对了！"杨秀梅打断志文，"你就是根本不在意我才能在伤害了人的时候还没有感觉！"杨秀梅喊着，倒好像她暗恋志文，全是志文的错。

"对不起，"志文发自真心地说，"如果我真的哪里做错了，我今天一并向你道歉，对不起了！"

"对不起就完了？"杨秀梅不依不饶地问。

"那——"志文笑了，"我请你下馆子。"

杨秀梅擦了擦脸上的泪，张大眼睛望着志文："你要是真的诚心道歉——就娶我。"她说，大胆地望着志文。

志文沉默了，他认真地望着杨秀梅，他当然知道杨秀梅说的是真话，但是，他从来没想过要娶杨秀梅，她并不是他心目中理想的姑娘，可是，面对杨秀梅声泪俱下的控诉和逼婚，善良的他实在没有勇气在这个时候拒绝。

"婚姻大事不能冲动，你要想好了。"他只好说。

"我当然想好了，我想了不是一天两天了。"杨秀梅说，事已至此，她什么都不顾了，她甚至怀疑自己哪来的这么大的勇气，敢于这么直白地向志文表白自己长期以来的心迹。

"可是，"志文终于说，"我——还没想好。"

"说来说去，你还是觉得我配不上你！"杨秀梅的眼泪又下来了。

"不是，我——只是觉得太突然了，太意外了……"

"太意外？"杨秀梅问，"你敢说太意外？你没收到过我的信吗？"

"是，不过，你总得给我时间，让我好好想想啊！"志文说。

"还有什么好想的？"杨秀梅说，她再清楚不过，这不过是志文的托词，只要她松了口，这事儿就泡汤了，她今天一不做二不休，不攻下他心理最后的防线，誓不罢休！她也了解志文的软肋，那就是心地善良，如果不在这个时候攻下他，让他亲口答应娶她，那么她也许将永远不再有机会了。

"可是，"志文有些哭笑不得，"婚姻是个大事儿啊，不是张嘴就来的。我们虽然在一个厂，可是你了解我吗？你知道我有哪些不良嗜好？我的性格又有哪些缺陷？我对你是否真的合适，这都是问题呀!"志文终于找到点儿回击的力量了。

"我不管!"杨秀梅坚决地说，"就是全世界人的缺点都集中在你一个人身上，我也跟定了你，要是你不答应——"杨秀梅抬起头，目光中猛地闪过一丝冷光，她咄咄逼人地望着志文，一字一句地从牙缝里迸出，"我就去死!"

杨秀梅说话时发狠的表情、坚定的口吻以及咬牙切齿的样子，让志文打了个冷战，他从杨秀梅眼里看到了一种不同寻常的光，这光冒着阴森的杀气，让人不寒而栗。

"你别这样，杨护士，我——真的承受不起。"他说。

转而，杨秀梅又换上了一副楚楚可怜的表情，泪眼蒙眬地望着志文："你怎么能忍心伤害一个对你这么好的姑娘，你怎么能忍心?"

"我……"志文实在不知该说什么了。

"算了，我也不逼你了，"杨秀梅凄惨地一笑，"看来你是不想答应我了?"

"我……"

杨秀梅摆摆手，冷笑了："别难为了，我走了。"她缓缓地向外走去，走了几步，回过头来，清晰地说，"明天这个时候，请你代我父母上牡丹江里替我收尸!"

她说完，举步向外走去。

"杨护士!"志文叫住了她。

杨秀梅回过头来，满眼满脸泪地望着他，带着热切的期盼。

"对不起!"志文清楚地说出三个字!

杨秀梅站在那里，直直地望着志文，浑身开始像犯了伤寒病一样哆嗦起来。

"乔志文，我再问你最后一遍，同不同意?!"她从牙缝里一字一字地挤道。

"实在抱歉，杨护士，我不能同意!"志文说完，郑重地看着杨秀梅。

杨秀梅闭上眼睛，一任泪水长流，她喃喃地从嘴里道出几个字："我活着还有什么意思?!"

话音一落，她像一头呼啸而来的火车一样一头撞向机床，瞬间她的脑袋血流如注！

志文赶紧飞奔过去抱住血流满面的杨秀梅："杨护士，你……"

志文用工作服捂住杨秀梅的伤口，防止继续流血，杨秀梅倒在志文身上，一只手死死拽住志文的胳膊，无力地说："答应我！"

志文无奈地看着满头是血的杨秀梅，突然之间，他动摇了！也有种仿佛是豁然开朗，又仿佛是瞬间放下了一切的感觉，因为除了方云娜，他和谁结婚还不是一样？既然和谁都不是方云娜，那就是都一样！莫不如找一个死心塌地愿意和他共度人生的人！

志文郑重地望着她："你想好了吗？真要嫁给我？"

杨秀梅再度仰天冷笑了，眼泪纷纷坠落："事到如今，你怎么还能问出这么可笑的问题？那你说呢？"

志文沉吟良久："那好吧，"他说，"我答应你。"说完，他长出了一口气！

杨秀梅不相信地张大嘴，瞪大了眼睛看着志文，眼泪呀就像镜泊湖的瀑布一样往下倾泻……

二十五、倒逼成婚

这就是志文答应娶杨秀梅的全过程。

完全是杨秀梅逼婚的结果。

当晚，志文回到家就后悔了，后悔一时的冲动和心软，可想着杨秀梅的话，想着她近乎疯狂的表现，他心底的善又占了主导地位，现在这种情况，他已无法再反悔，一旦反悔，说不定真要替杨树森夫妇到牡丹江里收杨秀梅的尸体了，他怎能承受这种罪孽？

一夜无眠，乔志文寄望于杨秀梅能顿悟感情不是强迫的道理，或杨树森以过来人的经验去开导杨秀梅，全当什么都没发生，可是，没过几天，他却盼来了杨氏夫妇的第二次登门——会亲家。

志文知道事已至此，他必须为自己一时心软草率的决定而负责了，必须对杨秀梅的一生负责任，他已经无从逃避了。

实际这完全是对感情的彻底绝望的一种条件反射，"方云娜事件"发生后，乔志文结不结婚或跟谁结婚已经变得毫无意义了，杨秀梅也好，赵秀梅也罢，都只是一个符号，一个婚姻形式而已，所以，这也就促成了他答应娶杨秀梅的承诺，如果说没有绝望和负气，就不会有杨秀梅的上位以及后面发生的一切。

三个月后，志文和杨秀梅结了婚。

婚礼办得在当时来讲也算很隆重，乔杨两个在工具厂颇有分量的家族联姻，全厂的人几乎都去了，人们在送着各种祝福的同时也在暗中思忖，看来，这男人说到底有时还是心软，这乔志文最终还是被杨秀梅感化了。

杨秀梅如愿以偿地嫁给了乔志文，终于应了"徐瞎子"的卦相，可婚姻对于人生来讲还仅仅是另一个开端，能够得偿所愿地嫁给自己爱的人固然是福分，但能否幸福地走到老，"徐瞎子"可就说了不算了。

二十六、兄弟迥然

我们接下来要说说乔志武。

乔志武在乔家众多孩子里应该是个异类。

这里所谓的异类不是指他性格古怪或较之其他的孩子有什么特殊癖好，

而单指他的品性。

您想，志文那么一个从小忍辱负重，对弟弟妹妹呵护有加、仁慈宽厚的兄长，任谁也不忍心去做伤害他的事儿，可人家乔志武愣是做到了，且脸不红心不跳，坦坦荡荡，仿佛他压根儿就没错，要怪只能怪志文没能耐，他这种超级厚脸皮的功力想必没有个十年八年的修行恐怕也是难成道行。且不说他当年横刀夺爱，再看看如今的乔志武，靠着机灵的头脑，靠着投机钻营，本没什么文化的他，竟一路顺风顺水地升到了车间主任的位置，他是一个绝对忠于自己的人，旁人的事儿从不会打动他，他也绝不会分哪怕一丝精力给别人，他所要做的就是为自己服务，为自己的理想信念而服务。乔小娇被关在棚子里要被冻死了，他不动一点儿恻隐之心；乔小莲被始乱终弃，小宝又烧成了聋儿，他也没付出过半点儿同情；他每天都在绞尽脑汁地琢磨如何升迁，如何讨领导欢心，如何扫除障碍……

如此这般费尽心机，自是要有回报的，车间主任的官衔儿对他就是最大的回报。

相对于事业蒸蒸日上的志武，志文则很是沉寂，他只是一门心思地钻研技术，不会溜须拍马、阿谀奉承那一套，尽管他技术水平在全厂无人能及，文凭更是最高的，但他却一直蜷缩在车间岗位，没得到任何升迁的机会，和志武比起来，显得有些碌碌无为，可他好像并不眼热别人的升迁，依旧迈着一贯的风轻云淡的步伐，不温不火地做着该做的一切。

他不急可有人急呀，那就是杨秀梅。

杨秀梅嫁到乔家，起初是小心翼翼，战战兢兢的，自知是逼婚而来，不敢有丝毫怠慢，生怕志文哪日翻脸，一脚把她踹回娘家。但基于对志文的了解，她也明知志文是不会那么干的，加之志文的厚道仁义，平日对她虽没有她所渴望的激情，倒也分外体贴尊重，时间长了，她就慢慢放下了心里的负担。生了儿子乔天放后，杨秀梅自认在乔家的地位稳固且呈上升趋势，她虚荣浮躁、尖酸刻薄的自私本性便逐步暴露出来。

随着时间的过去，志文没有如她想象的那样当上车间主任或科长，看着志武没事儿在眼前晃来晃去，她心里这个郁闷啊，这个心焦啊，再回头看看志文一副不以为然、四平八稳的样子，怒气便在心里郁结积攒。

好多次，厂里人事变动，杨秀梅让志文抓住时机到厂长家走动走动，志文却嘻嘻哈哈的不往心里去，逼急了就说这事儿哪有自己主动争取的，领导心里还能没数？

实践证明领导心里还真没数。

多次意愿落空后，杨秀梅开始重新审视志文，原来志文身上的优点现在变成缺点了，原来所谓的斯文现在变成了木讷，所谓的有文化，现在变成了迂腐，她回家向杨树森和钟桂玲抱怨志文不懂人际关系，只知道闷头傻干，还顽固得要命，说再这样下去，他恐怕一辈子只能当个破技术员了。

对志文的不满，日子久了便体现在了言行上。

志文在班上累了一天回到家，杨秀梅却有意无意地敲边鼓，甚至露出了当初看走眼一类的刺心话，开始志文并不计较，也不反驳，可时间长了，这种抱怨、唠叨、不满形成了习惯，使志文的自尊大受打击，终于在淤积已久后形成了一次火山喷发。

那次杨秀梅如往常一样数落志文不懂投机，不会看领导眼色行事，一次次错失机会等等，总之，对志文的不满似乎已达极致，志文却猛然冒出一句："我这样没出息的人不能强迫你跟我在一起，而且我还要郑重声明，我就是我，绝不会为了达到某种目的而改变自己，现在看来，我可能真得在车间里当一辈子技术员了，如果你觉得你不能忍受我的卑微，你还年轻，现在我们分开，你还来得及找到更有前途有发展能当上官儿的男人，真的！"

志文此话一出，杨秀梅张口结舌，她万万没料到，一贯温文尔雅的志文竟句句说到针尖儿上，而且更为可怕的是，他说这话时的表情是认真而严肃的，他并没有发火，而是认认真真地在给杨秀梅指明道路，这让杨秀梅看出这么多年以来，志文对她仍然没有什么感情，即使分开，他也不会有一点儿留恋与伤心，而且，似乎这对他来讲更是不可多得的离开她的大好机会，她不由打了个冷战。

从内心讲，杨秀梅还是深爱着志文的，只不过爱慕虚荣的她认为找了个优秀的丈夫，现在又有了宝贝儿子，如果志文能在官运上再好那么一点儿，她杨秀梅就完美无缺了，她就是科长夫人或主任夫人，走到哪儿人家都得高看一眼，可现在，美好的愿望一步步落空了不说，多激励志文几句，反倒让他暴露了对她的心迹。

杨秀梅一下子无语了，无语之后便是委屈。

这么多年以来，她一心一意地跟着志文过日子，又给他生了一个大儿子，没有功劳还有苦劳吧？数落他几句，就弄出这么个结果，她能不委屈吗？

从那以后，杨秀梅不敢轻易再点拨志文，可志文对她却疏远冷漠了许多。

二十七、姐妹相异

时间悄悄流逝。

二十世纪八十年代中期，乔师傅家已经从工具厂的二层宿舍小楼搬到了北安街一栋更加敞亮的楼房，是工具厂分的房子，整栋楼住的都是科长级别的，唯独乔师傅不是，是厂长为了奖励辛苦了一辈子的乔师傅而特批的，同时也是送给乔师傅的退休礼物。

邓韬奋追求小莲多年未果，直到现在也没有结婚，邓师傅全当自己是聋子瞎子，对他的事情不闻不问，因为他知道问就等于惹气，不如装聋作哑，倒也图个清静。

小莲仍是一个人带着小宝，几次从乔师傅家搬出去，又被刘淑珍强拽了回来，她实在不放心小莲和小宝孤儿寡母地独自在外面，她说只要还有一口气儿就要看着小宝健康成长。

小宝已经十岁了，长得剑眉大眼，十分英俊，说来也怪，这孩子虽聋哑，却聪明过人，什么事情一看就会，心灵手巧，一个男孩儿，织衣缝被刺绣，无所不能，样样精通，最难得的是他天生画得一手好画，两三岁便拿着蜡笔到处涂鸦，家里的墙愣是成了一幅天然的大画布，从锅碗瓢盆到山水树木，都成了他绘画的对象，只要两笔一勾，一幅栩栩如生的画作便跃然墙上，到过乔师傅家的人无不对小宝的天才啧啧称叹，小莲从这一幅幅蜡笔画、水彩画、铅笔画中看到了新的希望。

这些年来，小莲仍旧不肯接纳任何男人，刘淑珍和厂里的同事们没少给她张罗，但她从来都是两耳一关，两眼一闭，任其磨破了嘴也不肯再动一点儿心，她不止一次地对刘淑珍重申，她这辈子再也不想和任何男人有瓜葛，她甚至看到男人就讨厌，她最恨的就是男人。如果为了她好，就让她一个人带着小宝过吧，她全部的希望和爱就是小宝，就算再难，她也无怨无悔，心甘情愿。

而小宝在绘画上的天分让小莲晦暗的心一下又燃起了希望，她要牢牢抓住这一线希望，哪怕有一点儿可能，她也要付出百倍的努力去把小宝培养成才。

小莲通过志文的一个同学联系上了当时在北京的国画大师刘九山，她领着小宝，拿着画作，连夜坐火车赶往北京。

坐在火车上的小莲，看着坐在对面，望着车窗外一派风景好奇又兴致勃勃的小宝，心里酸酸的。

一股香味儿飘来，小宝不由得扭过头去，原来在旁边卧铺上有一个男孩儿正拿着一个烧鸡腿在大口大口地嚼着。

小莲瞅了瞅小宝比画着问："想吃吗?"

小宝摇了摇头，却明显咽了一口口水。

卖烧鸡的大声吆喝着走来，小莲掏出钱买了一只烧鸡，给小宝撕下一只烧鸡腿儿，小宝迫不及待地接过来，刚要往嘴里塞，一下又把鸡腿儿杵到了妈妈面前比画着："妈妈吃!"

小莲眼睛一热，微笑着拿过烧鸡腿塞到了小宝嘴里。

看着小宝大口大口、狼吞虎咽地嚼着鸡腿儿，小莲的眼泪却在一刹那间，夺眶而出，多少酸甜苦辣齐涌心头! 她连忙扭过身子，匆匆走到了两节车厢相连处。

小莲捂住嘴，大颗大颗的眼泪掉下来，多少往事，多少心酸啊，涌上心头……

北京之行并不顺利，那名国画大师对小宝的画作并不欣赏，且以种种理由拒绝了收小宝为徒的请求。

回来的路上，小宝不再有去时的兴奋与热望，他一直呆呆地望着窗外，失落在一个十岁的孩子脸上尽显。

小莲强掩心中的挫败，一路上用手语给小宝讲着各种足以逗人开心的小故事，却未能激起小宝的喜悦。

回家后，乔师傅、刘淑珍和志文都极力安慰小宝和小莲，刘淑珍说不是这块料就不是又怎么的？志文说不能因为一个人的否定就失去信心，他虽被尊为国画大师，但每个人的艺术造诣和追求不同，也许小宝的风格不符合他心中的审美标准，他就予以否定，一个真正的大师是不会轻易否定一个才十岁的孩子的作品的，且不说小宝究竟画得如何，单从挫伤孩子自尊方面，这位大师也绝对欠妥。

志文还专门请全家人下了馆子，说是给小宝庆祝，不管怎样去了北京，见了大师，这就是良好的开端。

全家人吃完饭，回到家，天已经黑了。

可能是旅途疲劳，小宝躺到炕上就睡着了。

看着小宝熟睡的小脸儿，小莲心里很是难受，一个聋哑孩子，没有父爱，本就可怜，他把生活中的残缺全部寄托在了绘画上，没想到千里迢迢去北京，非但没有拜成师，还遭到人家否定，孩子能不失落吗？

小莲轻叹了一声，走出门去。

一轮明月高悬，在淡灰色的夜空之上显得有些清冷，小莲仰天，不由得长叹一声，乔师傅家住的楼坐落在一条蜿蜒的小河旁，这河不是什么河的支流，而是从山上冲下来的水，缓缓地沿着堤坝向西流去，就在不远处，一个戴着蛤蟆镜，穿着蝙蝠衫和体形裤的女子正慢慢地摘下眼镜，一动不动地望着她。

望着她的不是别人，正是乔小娇。

当乔小娇摘下眼镜看着小莲的一刹那，她突然有些恍惚，这还是她的姐姐乔小莲吗？还是那个像一朵出水的荷花般娇艳欲滴、清灵水嫩的乔小莲吗？一时间，她以为眼花了，或看错了人，可当她再次定睛望去时，她确定了，眼前不是别人，真真切切就是自己的亲姐姐乔小莲！

可是，十一年的时间能让一个人有如此巨大的变化吗？乔小莲变化的不止容颜，最重要的是她的神情状态，她满脸沧桑与憔悴，皮肤晦暗，皱纹横生，原来一头乌黑的秀发，现在已然掺杂了过多的银丝，她看上去也不屑于打理了，只随意地在脑后扎了个马尾，穿着肥大的灰色工作服，一个人正凄凄哀哀、百无聊赖地漫步在堤坝上。

当她发现有人在关注自己时，起初并不在意，她真的不在乎别人怎么看她了，一副万事皆与我何干的神情，但是，当她与小娇四目相对时，她的眼睛一亮，随即瞪大了，她张着嘴，呼吸一下急促起来。

"小娇?!"她喊道。

听到这一声熟悉的、热切的、带着久远的温暖的声音，小娇的眼泪一下就冲出了眼眶，多少思念啊，被这一声"小娇"牵扯得肝肠寸断！这么说她没有看错，眼前的人就是小莲，是姐姐！

十一年了，她离开这温暖的、亲切的、带着浓浓的大白菜香味儿的家已经整整十一年了！

她奔过去，奔到小莲面前，一把抓住了小莲的胳膊："姐!"

当那一声姐从嘴里迸出时，小娇的声音哽咽了。

她哽咽的不只是乡愁，不只是那永远割不断的血肉亲情，还有，小莲，那曾经一笑倾城的姐姐，怎么会一下子如此苍老？仿佛一个行动迟缓的老人，独守着自己的暮年，她究竟怎么了？她都经历了什么？难道十一年就能把一个美若婵娟的女子变成现在这个样子吗？

小莲的眼泪也顷刻间如开闸的洪水般狂泻而出，多年的磨难，生活的艰辛、屈辱都在这一刻化成了滚滚泪潮……

"你怎么这么多年也不回家呀，这么多年不回家呀……"小莲哭着说。

"我这不是回来了吗?"小娇擦着眼泪说。

站在一边的朱大军，正感慨地望着她们。

他也同样惊奇地发现，十一年，能让两个同样美貌的姐妹产生如此悬殊的差距，小娇穿戴时髦，比十一年前更成熟美艳，而小莲则完全不修边幅，比实际年龄要苍老许多！这不是生活的磨难又是什么？小莲的变化显然已超出了他的想象。

岁月果真是一面镜子，你所有的一切都会反射到这面镜子里，每个人的悲剧都是自己造成的，你必须明白，今天的一切都在为昨天的自己买单，没有例外。

小娇回过头去，对小莲指了指朱大军："姐，朱大军……"

小莲这时才发现小娇旁边站着的朱大军，她惊奇地望着朱大军，这哪里还是当年那个面黄肌瘦、毫无福相、穿戴邋遢的朱大军？如今的他，比以前壮实了许多，头发吹得有板有眼，笔挺的西服，拎着一个皮箱，简直就像《上海滩》里的许文强，气派得不得了。

"姐！"朱大军叫了一声。

"啊，"小莲有些尴尬地拢了拢头，可能也意识到自己的形象不佳，"你看你们俩都这么讲究，我……你看……"

小娇关心而忧虑地看着小莲："姐，你这是——怎么了……"

小莲把头扭过去，装作没听见小娇的话，她接过朱大军手里的皮箱："回家吧，走，回家！"

小莲径自回身，向前走去。

小娇和朱大军都疑惑地互相瞅了一眼，跟着小莲走去。

二十八、荣归故里

刘淑珍正把过冬的白菜一棵棵摆起来，话说这天要冷"唰"的一下就冷起来了，在东北，过冬不储存白菜，那哪叫过日子？

门开了，她没在意，以为是小莲回来了。

"小宝这是累了，躺炕上就着了。"她头不抬眼不睁地说。

小娇没作声，她目不转睛地望着刘淑珍，刘淑珍已是满头白发，没有前些年硬朗了，老了，也瘦了，身板儿也不直了，老态已明显地在她身上体现了出来。

小娇的眼眶一热，她本不想哭，可看见刘淑珍这一刻，却无论如何都控制不住眼里的泪潮，她轻轻地叫了一声："妈！"

刘淑珍"猛"地抬起头来，她的眼睛有点儿花了，乍一见小娇，她以为看错了，她极力虚眯着眼睛，用手揉了揉，当她确认就是小娇后，愣怔在那儿。

"是——娇儿吗？"她不太把握地问。

"妈，是我！"小娇说。

"你看我这眼睛，我还以为看错了……"没等说完，刘淑珍一下哽住了。

小娇扑上去，紧紧地搂住刘淑珍："妈……"

小莲和朱大军站在小娇身后，看着这一幕。

刘淑珍松开小娇后，仔仔细细、上上下下打量着小娇，眼泪涌出。

"这，这些年不在妈身边，过得还行吗？"

小娇使劲儿点头，擦干脸上的泪。

朱大军上前一步，有些忐忑地冲着刘淑珍叫了一声："妈！"

刘淑珍擦了擦脸上的泪，认真地看着朱大军："这朱大军怎么也变样儿了？变好看了？"

朱大军笑了笑，看到刘淑珍对自己的态度，他心里的一块石头落地了。

刘淑珍四下找寻着："孩子呢？"她问。

小娇和朱大军一下都沉默了。

"孩子呢？"刘淑珍奇怪地望着他们："啊？"

"没了。"朱大军说。

"没了?"刘淑珍瞪大了眼睛,望着小娇:"咋回事儿?"

小娇把脸扭到一边儿。

"咋回事儿?你们倒是说呀!"刘淑珍喊着。

朱大军看看小娇,瞅着刘淑珍说:"那年娇儿不是怀着孩子跟我走的吗?到宁安没住几天就——流产了。"

"那,这些年咋不要呢?"刘淑珍问。

"要了,一直没有。"朱大军说。

刘淑珍怔怔地望着小娇:"咋能这样呢?你没看看吗?"

"看了,人家大夫说有好多像我这种情况,第一个没保住,以后就再也没有了。"

"那到底是啥原因哪?"刘淑珍痛心地问。

小娇茫然地摇摇头:"都看遍了……"

一时间,几个人都无语了。

好半天,小娇勉强振作起来,看着朱大军:"还不快把买的东西拿出来?"

"啊,对了,对了……"有些发憷的朱大军赶紧打开随身带着的大皮包、小皮箱,从里面拿出各样礼物,有衬衫、西服,都是正宗港货,还有澳洲汽水,巴黎香水、体形裤……

"姐,"小娇抖落开一条体形裤,"这是给你买的脚蹬裤,穿上可显体形了!"

"是吗?"小莲勉强笑了笑,"我现在……"她欲言又止,最终化成了一句叹息:"嗨……"

"这是给爸买的,这是大哥志文的,妈,这是你的,这是大嫂的……"小娇兴致勃勃地拿出一件又一件东西。

朱大军最后从里面抽出两盒软包的三五香烟:"这也是给爸的。"

"软包的,一般人还买不着呢。"小娇说。

"你爸也不爱抽这个。"刘淑珍笑着说,看着小娇,"挺贵吧?"

"那可不……"朱大军刚要说,被小娇给杵一边儿去了。

"多少钱也不多，"小娇瞅着朱大军，"他第一次正式登门拜见丈母娘，还不得好好表示表示？"

"啊，可不，就是。"朱大军笑着说。

看着朱大军和小娇忙活着和刘淑珍有说有笑的样子，小莲的眼睛又模糊了。

一声剧烈的咳嗽声传来，所有的人都不约而同地停住了，一起回头望去，只见乔师傅正从里屋走出。

小娇和朱大军都立刻站直了望着乔师傅。

"爸！"朱大军有些胆怯地叫了一声。

乔师傅没作声，他看了看众人，转身走了进去。

朱大军和小娇互望一眼，都有些不安。

东北的天气说冷就"唰"的一下冷起来了，入冬以后的第一场雪就在这冷空气来临之际，不期而至。

窗外飘着轻雾一般的雪花，窗里乔师傅家却是欢声笑语，热气腾腾。

老乔家大大小小十二口人，围坐在炕上，一桌丰盛的酒菜满屋飘香。

乔师傅坐在正中间，酒菜摆齐了，大家都不约而同地望向乔师傅，等着他说话。

乔师傅满桌扫视了一圈儿，他的眼睛在朱大军身上停了两秒钟。

"十一年了，这是第一次全家老少十二口人坐在一起吃饭……"乔师傅说，有些感慨，有些无奈，也有些悲凉。

此话一出，刘淑珍竟突然捂嘴哭起来。

乔小娇握住刘淑珍的手，轻声地说："妈。"

乔师傅看了刘淑珍一眼，无限感慨地："儿女大了，看看这围了一桌子，屋都挤不下了，我和你妈——"再望望众人："高兴。"

志文望着乔师傅，在这一刻，乔师傅没有了往日与儿女的距离，他是那样一个温和的慈父，一个有些力不从心的老人，看着父亲，志文第一次惊奇地发现，乔师傅老了，真的老了。

"小娇离家十一年了，"乔师傅望着小娇，"今天终于回来了，要是再晚几年，说不定看见的就是我和你妈的照片儿了。"

"爸，你咋这么说！"小娇说，眼圈儿红了。

乔师傅举起酒盅儿，冲着朱大军："看着你们小两口这日子过得不错，我——挺高兴，这一杯，敬你，朱大军，谢谢你能把小娇照顾得这么好。"

朱大军站起来，他眼中泪光闪闪："爸！"他实实在在地喊了一声，激动地说："我说把小娇带走就带走了，那时候也，也不懂事儿，小娇跟着我没少遭罪，现在是一天比一天好了，我也就敢回来面对你们了，您二老想怎么罚我都行，我都愿意！这一杯，我干了，算是我向您和我妈谢罪！"

朱大军一仰脖儿干了。

乔师傅微笑地望着朱大军点点头，眼中多了几分欣赏。

"没把俺们娇儿给弄丢了，俺们就谢天谢地了。"刘淑珍说。

大家都笑了。

那一天，所有的人都兴奋得不得了，杨秀梅和许丽丽围着小娇问这问那，小娇一个劲儿地给小宝夹菜，疼惜怜爱之情溢于言表，最为兴奋的要数朱大军，压在心头多年的一块心病，今天终于解除了，他朱大军已经用行动向乔家人证明了当初小娇的选择没有错，他为自己洗脱了罪名，打了一个漂亮的翻身仗，这是他十一年来最高兴的一天，他和每个人碰杯，不和别人喝时就自斟自饮。

"朱大军，说说你在广州到底干什么？"志武冷不丁冒出一句。

朱大军放下酒杯，笑了，他醉意盎然地从旁边拎起一条体形裤："现在是造原子弹的不如卖茶叶蛋的！这体形裤，我一天就能批出去几万条，这蛤蟆镜、萝卜裤都是几万几万件地走哇！"

"上货多钱？"志武问。

"上货？"朱大军笑了，自豪地，"要光靠上货还了得？我们有自己的加工厂。"

"是吗？"杨秀梅凑上前，"那你们现在肯定是万元户了吧？"

"万元户？"朱大军又笑了，他意味深长地说，"不止。"

"是吗？"杨秀梅瞪大了眼睛，随即对着志武，"比你这当厂长的挣得都多。"

"二哥当厂长了?"朱大军问。

"副厂长,管生产的。"志武说。

"那也行啊!"朱大军说,下意识地瞅瞅志文,"大哥呢?"

"啊,我还在车间。"志文说。

"你大哥当主任呢。"刘淑珍说。

"哎,"朱大军奇怪地看着志文,"大哥,论你的才学和技术怎么也应该当个厂长啥的……"朱大军的话没说完,小娇用力打了他一下,朱大军一下感到失言了,连忙说:"啊,那个,我敬大哥一杯,能当上车间主任那也得有两把刷子,不是谁都能当上的。"

志文笑笑,举起酒盅儿和朱大军干了。

杨秀梅的脸色却一下难看起来。

"你看你和小娇现在多好,哈?"许丽丽转移话题说。

"再咋的,也是个体户。"刘淑珍说了一句,"也不如在厂子上班儿,有个国营指标好。"

"个体户咋的?妈,人家现在都转变观念了。"杨秀梅说,"在厂子干,能干出个样儿行,干不出样儿还不如个体户呢。"

"我觉着我这两儿子干得都挺像样儿,啊,还都得当一把手啊?哪有那么多一把手在那等着,再说了,一把手找媳妇儿还得有一把手的标准不是?"刘淑珍毫不客气地反驳杨秀梅。

杨秀梅一下被噎住了,她张了一下嘴,随即反应过来这种场合不适宜再说什么,于是闭了嘴,但心里却窝了一股子火。

"哎,对了,小娇,你们没要孩子?"许丽丽问。

小娇的脸色一下黯淡了,她摇摇头。

小莲捅捅许丽丽,对她轻轻摇了摇头。

许丽丽有些莫名地瞅瞅小娇,不再作声。

喝到兴处,朱大军感慨万千地对志文说:"大哥,这你知道,娇儿跟我没少遭罪,"他数着手指,"不说那个了,跟我住窝棚;差点儿没被吞到狼肚子里，险些毁容；我投机倒把蹲了一年多，她等着我；跟着我跑广州，在火车上打地铺；风里来雨里去地摆地摊儿，被人家欺负，我被人打了，她就跟人家拼命，到现在我这脑子里还总像过电影似的能想起来她拿着一把大铁锹追着人家打，和人家撕巴到一块儿的情景……"朱大军强调着，"就一直到现在，还总想……"

朱大军说着，眼前模糊了。

志文拍拍朱大军肩膀，递过来一块毛巾："有点儿喝多了，现在不是都好了吗？苦尽甘来，实践证明，娇儿跟着你不还是吃香的喝辣的，穿金戴银享福吗？"

"是！"朱大军抽搭着鼻子，"现在好了，我就是让娇儿穿金戴银，我有钱，对不对？咱就穿，咱就戴！"

志文笑了，拍拍朱大军。

志文端起酒盅儿："来，咱们共同敬爸妈一杯吧，也祝咱们老乔家越来越兴旺，日子越过越好！"

所有人的杯子"咣"的一声撞在一起，有啤酒，有汽水，有白酒……

伴随着阵阵欢快的笑声，溢出的酒水在灯光下像喷泉般四溅开来，格外耀眼好看。

唯有一个人悄悄离开了这热闹的场面，那就是——小莲。

二十九、花自飘零

小莲一个人走出家门，沿着堤坝缓缓地走着。

碎碎的雪花无声地飘落在她的头顶，前方雾霭茫茫，就像她遥不可测的未来。

她感到冷，从血液、骨髓往外渗透着冷，她不自禁地抱紧了肩膀。

堤坝上不知谁家的一块镜子碎了，孤零零地躺在那里。

小莲站住了，她虚眯着眼睛望着镜中的自己，那灰白的头发，有几根直立地竖在头顶，风吹来，便在那里翩翩起舞，好像生怕别人看不见它们的丑陋，耷拉的眼角，过早突出的眼袋，眼角横生的皱纹，像绽放的菊花，仿佛在嘲笑她难看，衰老，她木然地看着镜子里的那个人，这还是自己吗？她脑中闪现当年在台上演唱《边疆的泉水清又纯》时的情景，想着那美好的画面，她陶醉地笑了……

一个陌生女子从她身边匆匆走过，看着对着镜子兀自傻笑的她，吓了一跳，赶紧快步离去。

再看看镜子里那个苍老无力、黯然没有一丝光彩的女人，小莲再次笑了，笑得上气儿不接下气儿，浑身乱颤，泪水横流……

镜子里出现了另一个人的脸，小莲一下止住了笑，她慌忙擦干眼泪，尴尬地望着小娇。

"姐，"小娇无比担忧地望着她，"你到底是怎么了？"

"我，我没事儿，"小莲用力擦着泪痕，"屋里太热了，我出来走走，走吧，回去吧！"

小莲向前走去。

小娇呆望着小莲的身影，疑虑更重了。

后来，小娇从刘淑珍嘴里知道了小莲的事儿。

小娇临回广州前，执意要将小莲母子带走，说是到那边小莲能挣得比现在多好几倍，并且她也能很好地照顾小莲和小宝。

可小莲却说什么都不去，说她已经适应了东北的生活，何况她又没什么特长和技术，去了也是给小娇添麻烦，而且，小宝要在这边学绘画。

小娇说在广州，她可以给小宝找到更好的老师，可无论怎么劝说，小莲都只是摇头，无奈之下，小娇只好说等下次回来再说。

在火车站，小娇把小莲拉到一边，郑重地对小莲说："姐，你还年轻，不能为了一个狼心狗肺的人而把一辈子毁了，他毁了你的青春，可他毁不了你的一生啊，命运还不是掌握在自己手里？你怎么能这么自暴自弃呢？

看看你的脸，看看你的状态，你哪里像个三十多岁的人呀？"

小莲不说话，好半天她叹了口气："你根本就不懂……"

"我有什么不懂的？你的事儿妈都跟我说了，不就是人家不要你了吗？噢，因为他不要你，你就不再对自己好了？这不是傻子吗？他不要你，说明他不是人，是禽兽，是瞎子！我反而得做给他看看，没有他，我乔小莲照样活得有滋有味儿，照样把小宝培养成才，让他后悔，后悔当初背叛你，让他把肠子都悔青！你懂吗？"小娇激动地说，随即她死盯着小莲，"你是不还想他呀？"

"你说什么呢？"小莲说。

"你肯定还指望他哪天回心转意了，再来娶你吧？"小娇问。

"你瞎说什么？我怎么那么贱……"

"你肯定想让他回来娶你，肯定！"小娇说。

"小娇，你怎么能这么说……"小莲有点儿生气了。

"不然，你怎么这么虐待自己？"小娇说，长叹一声，语重心长地说，"姐，咱不能因为错了一次就将错就错，为了小宝，你也得好好活呀！难道这世上除了那个姓初的不要脸的货，就没别的男人了？"

小莲不吱声。

小娇又长叹一声："唉，我这一走，那边忙得要命，也不知啥时候再能回来，我最不放心的就是你！"

"有啥不放心的，我能好好的，你放心吧！"小莲勉强说着。

"大哥二哥，都有自己的家，就你，唉……"小娇把后面的话又化成了一声叹息。

"不行，找个好男人嫁了吧，姐，总不能这样一个人过一辈子啊？"转而她又说。

小莲摇头："你不用管我，我现在领着小宝过挺好，真的，挺好。"

小娇无奈地望着小莲："你说你咋那么倔呢！"

小娇走了，当她隔着车窗向外看时，看见了乔师傅和刘淑珍略显佝偻的身影，看见了姐姐小莲和小宝相依的孤苦无助的身影，看见了大哥志文那一如既往的和善的笑容……她的眼泪又下来了，人们说故土难离，实际说的就是骨肉相连那份难以割舍的亲情，在漫长的岁月长河里，人的一生，有如流星划过夜空般短暂，而与亲人真正团聚的日子又有几次？人们为了生存，背井离乡，当满载着成功的喜悦再回故乡时，却发现，最亲的人已经不在了，永远地离开了我们！这就是人生之悲凉。

三十、临危受命

二十世纪九十年代，已经习惯了计划经济的国有企业，被推向了市场，一下子面临着产品老套、管理僵化、营销不对路、人员散漫等诸多问题，许多曾经红极一时的老企业在很短的时间内宣布破产、倒闭，工具厂也毫无例外，大量积压产品堆在仓库，无人问津，职工已经半年多没发工资，此时已升为一把手的乔志武虽然使尽十八般武艺，却没见一点儿起色，企业的生存难以维系，甚至到了交不起电费的尴尬境地。

曾经一度辉煌的东北重工业在几年时间内纷纷受挫，陆续陷入困境，职工长期放假，不放假的硬挺也是不发工资，有能耐的办了停薪留职或长期病假，另谋出路，没能耐的在厂里干靠，整天打扑克混日子，怨天尤人……在牡丹江素有"工业一条街"之称的大庆街，在企业最红火的时候，曾经是那么热闹喧嚣、人声鼎沸，而转眼之间，满地落叶，一眼望去，几百米不见人的踪影，一派萧条凄凉之景……

看样子短时间内是无法挽回颓势了。

精明的乔志武看到了这一点，他要为自己找条后路，不能留在这里死守，他要趁早抽身，甩掉这个费力不讨好的烂摊子，找一条更轻松的捷径，人不为己，天诛地灭呀，他相信，凭着他乔志武的聪明才干，肯定能闯出一片新世界！

于是，在企业最困难的时候，全厂五六百号人等着吃饭的时候，大家都盼着一把手能带领着走出困境的时候，乔志武走了，向局里递交了辞呈，一推六二五，走人！

一时间，本就举步维艰的工具厂，陷入了风雨飘摇的境地。

正在大家猜测会有谁接下这烫手的山芋时，有个人站了出来，这个人不是别人，却是时为生产科长的乔志文。

一时间，工具厂议论纷纷，有人说乔志文就是傻，打娘胎儿里就没他弟弟精灵，在厂子好的时候，人家乔志武坐享其成，要啥有啥，不用说出差、下饭店、看病全报销，恨不得买根冰棍儿都开收据，就说乔志武利用公出去了多少地方吧，什么北京、上海、天津的都不在话下，人家连香港、美国都去了，那会儿你乔志文在干吗？你整天待在车间里和工人吃睡在一块儿，天天守在生产第一线，什么学习、考察的好机会都没你的份儿，你就整天地研究你那破工艺技术，写可行性研究报告，递交到乔志武那儿，乔志武连看都不看，还不识时务，仍旧一次次地递交，一次次地被打回，可真不愧是个书呆子！

现在好了，企业完蛋了，产品堆在仓库里只能当废铜烂铁卖，电业局连电都给拉了，五六百号人眼巴巴地守在这空旷的厂区，听着东北风嗷嗷地狂叫，职工连热饭的煤都烧不起了。他乔志武见没什么好处可捞了，一扭腚滚蛋了！嘿，你乔志文倒来劲了，你图的是什么？是念手足之情，怕引起公愤，给乔志武擦屁股？还是为了过官瘾，觉得这是一个好机会？或是你真有本事能把这死马医过来？

众说纷纭。

还有的说，其实别看这厂子现在马上要黄摊儿了，可也有一百八十双眼睛盯着呢，就算是个破大家，也得有个当家的不是？人家乔志文并不笨，也不傻，人家是算准了这里面有利可图，才接手的，真正的高人不是乔志武，是一直闷头干事儿，不言不语的乔志文！

更有人说，其实局里对乔志武的表现早就不满了，把这么红火的企业弄到现在这副惨样儿，早就有意换掉他，只不过觉得他好歹也是一把手，不能撸得太难看，就说是他自己辞职不干了，要另谋高就，何况，论文化有文化，论技术有技术的乔志文可能早就嫉妒弟弟的官运了，说不定，此次就是他暗箱操作的结果！老乔家这兄弟俩没一个是白给的！

反正，云里雾里，说什么的都有。

乔家更是反对声一片，以乔师傅为首的，他多次找到志文谈，说现在抽身还来得及，一旦要是接了，想反悔都不行了。说志武的脑子灵不灵？他一身的鬼点子，副厂长、厂长的干了这么多年，在外面那么多的关系，他都认输了，都卷铺盖走人了，你却在这当口这么不识相地接手，不是找毛病是什么？怎么想的？是少了个心眼儿，还是脑子短路了？而且，你的确是懂技术，懂工艺，可现在不是你懂工艺技术就行的，要想产品销出去，那里面的学问大了，得有关系，你一直在一门心思地钻研技术，对外面的世界了解多少？知道什么呀？你一贯挺稳重的，怎么单单在这么重要的事情上犯糊涂呢？你一旦干不好，几天就给你撸下来，到时你连现在的生产科长都保不住，还在那琢磨啥呢？

杨秀梅、刘淑珍包括乔志武都极力反对，这一次乔志武倒是发了善心，一再劝志文不要冲动，说不是一两个企业的问题，是全国企业都疲软，市场都不景气，直接影响到产品的销路，本来有适销对路的产品，可原来的老客户根本无力支付货款，有的拿货顶账，有的干脆要钱没有，要命一条，你去要账，关系单位好吃好喝好招待，可就是一分钱不出，为此厂子不是特意筛选了十个霸气十足，不要命的，成立了销售分公司吗？专门负责清欠企业呆死账，百分之十甚至十五提成，差旅费全部自理，结果怎么样？这批人杀出去，到年底一算账，整个清欠回来五千六百五十块钱，可怜不可怜啊？对于整个国有企业来说，现在都在渡难关，求生存，求发展，我们产品卖出去了，可没有回款，没有回款就预示着没有周转资金，无钱购买原材料，生产车间停产，就形成了恶性循环……

"有人说我没有责任心，看企业不行了，就拍屁股走人了，"志武很冤屈地说，"我是想尽了办法了，实在逼不得已了，才出此下策呀！你也知道，咱们成立了三产，寻思另辟蹊径，说不定能柳暗花明又一村了，结果浪费了大量的人力物力财力后，人家根本不认，你看看我这头发白的，我总算逃出来了，你怎么反倒要往这个火坑里跳……"乔志武百思不得其解。

任你什么人磨破了嘴皮子，乔志文这回都像是耳朵里塞了团棉花，听不进去了。

他是铆足了劲儿，攒足了精神要当这个厂长了。

杨秀梅这个气呀，她没想到乔志文不但木讷，还有点儿二百五，这么多年，在企业最红火的时候，那么多次错失机会，现如今，整个工具厂成了一个谁都不敢管的烂摊子，他却在这个时候站出来了，是学雷锋学入了魔还是想当官想疯了？

杨秀梅天天和他权衡利弊，却是无济于事。

当然，厂里还有一大部分人认同志文，他们认为以乔志文的能力水平和管理生产的经验，他完全可以胜任一把手，只是这么多年，他为人过于实在，一门钻研技术，没走后门儿，才导致现在仍然还只是个主管生产的科长，这对他来讲，其实恰恰是一个绝好的机会。

于是，就在这乱七八糟的质疑、反对及赞同声中，乔志文走马上任了。

上任伊始，乔志文既不开会，也不研究产销对策，既不调整班子结构，也不开发新产品，却带领职工开始了全厂上下的大劳动、大扫除，无论是副厂长还是工人，都必须参加，从厂子门前的几棵大树，到厂后院废弃的机器，该规整的规整，该卖掉的卖掉，该清理的清理……

整整半个月，工具厂被重新洗礼，乔志文早晨五点即到，晚上十点钟回家，见厂长这么积极，其他人也不敢怠慢，都跟着起早贪黑地干，半个月下来，坐惯了办公室的一些副厂长、主任、科长之类的开始怨声载道。

他们不明白乔志文这是干什么。把厂区弄得再干净，再漂亮，没订单，没回头钱那不也是白扯吗？

下面的工人也说乔志文真就是个白面书生，净弄些纸上谈兵的事儿，这么大扫除对企业发展有什么帮助啊？

倒是一进厂院看着那洁净的小道，被修剪得分外整齐的灌木丛，那透亮的窗子，纤尘不染的门，还有飘荡在空气中的丁香花的味道，让人感觉惬意了不少，眼前一亮，心里的压抑好像也随之减轻了，变得爱往厂子里走了，不像以前，脚往厂院门一迈就郁闷得要命。

乔志文上任以来的第一次全厂职工大会就在此时召开。

那一天，工具厂在岗的人一个不差地全到了，他们也想看看，这乔志文究竟对厂子的未来有一个什么打算，他是怎样发表就职演说的。

乔志文往台上一坐，坐在台下的杨秀梅顿感其气度不凡，虽然她并不看好乔志文当这个厂长，但，当他真往台上那么一坐，她的心里还是"怦"地动了一下，乔志文的形象立时高大起来，杨秀梅竟自觉不自觉地感到腰杆一下直了，周围人看她的眼色都变得暧昧起来，以前冷脸的现在都变成了笑脸，以前不哼不哈的，现在都主动热情得要命，杨秀梅坐在台下，突然内心产生一种沾沾自喜的情绪，不管怎么说，她现在是管着五六百号人的厂长夫人了，管他是破大家也好，穷大家也罢，至少这五六百号人都得听乔志文的，而乔志文虽然不听她的，但好歹她也是他的夫人，这样一想，她脸上不知不觉地就浮现出了一抹傲气，看人的眼色也变了。

乔志文看了看台下的五六百号人，清了清嗓子，微笑地看着大家。

"今天我坐在这里，看着整洁的厂区，窗明几净的办公室，心里一下豁亮起来，大家是不是跟我的感觉一样啊？"他问。

底下有人大声应和："是！"

乔志文笑了，他的眼睛炯炯有神，他的声音极富磁性，他坐在那里，穿着白衬衫，斯文儒雅，亲和从容："工厂也是一个大家庭，把家收拾得干净整洁，过日子就有精神头儿，人心就会往一处使，中国有句古语叫人心齐，泰山移，现在厂子面临诸多困难，货款无法回笼，没有周转资金，不能正常生产，库存积压严重，直接导致我们职工的生活水平直线下降。"志文停顿了一下，深有感触地说，"我从小在工具厂的大院儿长大，对这里的一草一木都有着深入的了解和特殊的感情，我深知，半年多没开工资对大家意味着什么，我们都是指着工厂吃饭的呀，工厂这座大山一旦倒塌，等于我们的饭碗就没了，怎么办？"

志文目光炯炯地望着大家："从来没有什么救世主，我们不能期望奇迹发生，更不能找客观理由认为这是大势所趋，全国的企业都疲软，我们这样也在情理之中，也是理所当然，就随着大流走吧，走到哪天算哪天，如果大家有这种想法就大错特错了！"志文郑重而严肃地说。

"原来在计划经济体制下，企业就像母亲怀抱中的孩子，有奶吃，就像温室中的花朵，没经受过任何风吹雨打，如今不同了，是骡子是马都得拉出来遛遛，我们的企业，在变幻莫测的市场风云中，根本就是一只不会飞的小鸟，连飞都不会飞如何与对手搏击？如何在浩瀚的市场大潮中赢得一席之地？我想，这是我们每一个职工都应该深思的问题。说来说去，我们要在自身找症结，找差距。"

志文说完，又扫视了一圈儿会场，台下安静异常，每个人都在思考乔志文的话，也仿佛第一次正视企业的现状，第一次开始思索目前所处的窘境以及每个人的切身利益。

杨秀梅第一次发现，乔志文在众人面前居然有如此敏捷的思维与口才，在一起生活这么多年，她一直认为他是一个木讷的人，这种错误认识在今天得以验证，是因为她和志文之间很少有深入的交流，面对台上侃侃而谈的志文，杨秀梅悲哀地意识到，她始终未能真正走进乔志文的心，否则，她不会对他今天的表现感到惊讶，感到出人意料。

杨秀梅虚眯着眼睛望着志文，真的，这么多年，她其实对他又了解几分？他对她又何曾付出过心灵深处她最渴望的那份真情？她虽然是他正大光明娶进门的媳妇儿，可他对她何曾有过那种激动人心的渴念？那种男人对深爱着的女人发自心底的欲望？甚至在他们最为亲密的那一刻，她都能发自骨髓地感觉到他心底的那份淡然与冷漠，他其实对她真的是仅限于一种礼貌，一种疏远得让人心寒的礼貌，她说不出他哪里有不尊重她的地方，而恰恰，就是这种无可挑剔的尊重，让她深刻地明白，在他心中，于他的一生，她只是一个符号，一个代码，一个称谓。

这是多么悲凉的觉醒啊！

杨秀梅在心底冷笑了。

"从今天起，我们每一个人都要从自身做起，都要去思考这样一个问题，我在工作中是否真正尽责？是否为自己想得多，为企业想得少？为企业，我还能再做点儿什么？我乔志文敢于走上这个舞台，是因为有着在座的你们这个强大的后盾在支撑我，我才斗胆坐在这里，失去了你们的支持，我是溃不成军的。从现在起，我们对内，要在自身挖潜力，降消耗，保增长，上水平，积极开发新产品，挖掘人才，共渡难关；对外，要多学习，多考察，多交流，找能人，师夷长技以制夷，把人家好的东西拿过来为我所用，内外并举，双管齐下，才能盘活资源，绝地反弹。"

乔志文的这番话令坐在身边的党支部书记刘振海频频点头。

志文目光炯炯地再次扫视了会场一圈儿："一个企业，就像一盘棋，任何一个棋子不走道儿或走错道儿，都将影响全局的胜败。"志文停住了，紧接着加重语气，"一招不胜，满盘皆输，在座的各位，你们有很多是我的长辈，我的同辈，你们是看着工具厂一步步走到了今天，从二十世纪五十年代建厂到现在，它关系到了千家万户的切身利益，关系到我们的明天，我们的未来甚至我们的子孙，我们不能因为一时的颓势，就失去信心，失去斗志，人生没有一帆风顺的，同样也没有永远过不去的关，我们决不希望，一个具有悠久历史、灿烂辉煌的企业，就这样葬送在我们手里，你们要记住，万事皆有沉浮，在最低谷的时候，往往预示着新一轮的崛起，不在沉默中死亡，就在沉默中爆发！"

志文说最后两句话时，赢得了全厂雷鸣般的掌声。

这话仿佛也是在说他自己，沉默了这么多年，终于迎来了大显身手的时机。

杨秀梅更加虚眯着眼睛望着志文，台上的志文对她来讲是那么陌生，她真的是第一次发现他竟有如此清晰的逻辑思辨性，他面对大家的那份大方得体、从容镇定，让她开始重新认识他，与此同时，另一份隐忧竟悄悄由心底升腾。

"机遇对每个人都是公平的，俯拾皆是，就看你能不能抓住。"志文最后说，"在新的发展时期，为适应市场机制，我们的企业，从管理、用人等诸多方面，都有待变革。"志文目光咄咄地望着大家："市场经济是残酷的，是没有人情味儿的，没有叫得硬的产品，谁都不行，同样，一个人，如果他对企业没有任何贡献，仍然想用过去那一套混日子，那么，对不起，请你走人。"

志文说这话时，台下鸦雀无声，大家被志文的咄咄气势所震慑，他们没想到，平日温文尔雅的乔志文，发起狠来竟也十分可怕。

"当然，我不愿看到在座中的任何一位出现这种结局，我希望每一个人都能尽最大可能地发挥你们的作用，人的潜能是无限的，一个人的智慧和十个人、一百个人的智慧是无法抗衡的，我希望大家能为企业献计献策，为我们共同的饭碗，共同的明天而努力奋斗，我相信，只要我们团结一心，坚持不懈，迎难而上，用百倍的信心和力量去创造价值，就没有过不去的坎儿，工具厂的明天就会更加灿烂辉煌！"

志文话音一落，掌声雷动。

散会后，许多人对志文的讲话啧啧称叹，说不愧是念过大学的，讲起话来不用照稿都能如此流畅，且思路明晰，很是振奋人心；也有人说，光纸上谈兵没用，夸夸其谈谁都会，挖潜力、降消耗、保增长、上水平，说得简单，怎么个挖法儿？怎么个保法儿？啊，还降消耗？电都没了，想消都没处消去，关键得真能把厂子效益搞上去，把欠的工资发出来，那才叫真本事；还有人说看来乔志文可不像表面上那么和善，这回要下狠茬子，动真格的了，谁不服管就得给弄回家去，好戏在后面儿呢！也有不以为然的，嗨，新官上任三把火，谁刚一上来不得放点狠话？也就那么一说，真到时候，都是厂子的老人了，都扯着骨头连着筋，他好意思把谁弄回家去？

众说纷纭，只有杨秀梅不关心这个，因为她突然发现一个问题，厂子里这些女人们现在看乔志文的眼神儿怎么都不对了？

真的，绝不是她杨秀梅神经过敏，在当天的会场，她的确有一个重大发现，那就是坐在台下的好多女人都用非常欣赏的，甚至是暧昧的眼神在看乔志文。

说来也怪，别看乔志文当年惨遭许丽丽和方云娜的抛弃，可他一直颇受女人们的青睐，他含蓄深沉，斯文俊朗，为人谦和，待人宽厚，做事讲究分寸，礼貌谦让，从不开粗俗的玩笑，即使原来在车间当工人的时候，他也和其他人不一样，他带着与生俱来的高贵与良好的修养，如果把工厂形形色色的人等比作一桌宴席，他则是这桌席中的上品甚至极品，即使当年他没有青云直上，也丝毫没有掩盖他的光芒。

那天在会场，这一重大发现，让杨秀梅的心"咯噔"一下，她隐隐地感到，从结婚到现在，自己一直担心的问题怕是在不远的将来就要出现了。

三十一、初露锋芒

乔志文上任后，前面空着的一趟厂房租了出去，后面一片闲置的仓库卖了出去，拿着这些钱，交上了电费，但仍旧没有恢复生产，让厂办把人员组织起来，由刚分配来的大学生天天给大家讲课，讲规章制度，讲一些先进企业的管理方法，讲人生观、价值观……他则和新成立的研发小组，一头扎进了后面的车间，几个人不知在鼓捣些什么，没日没夜的。

一天六小时的学习，枯燥乏味，许多职工，表面上不敢说什么，背地里都牢骚满腹，说这个乔厂长，净整些没用的，给我们讲什么管理方法，什么人生观、价值观的，有什么用？赶紧恢复生产，我们老老实实干活，给我们把工资发了，我们就心满意足了，还人生观、价值观的，都这么大岁数了，人生观早就形成了，现在再改还来得及吗？更有人说，看着吧，又一个败家的来了，把仓库都卖了，再过几天说不定把厂都卖了咱都不知道，到时候他一拍屁股走人了，坑的还是咱们！

还有说，卖了钱怎么不生产啊？天天开发什么新产品，能行吗？当初开大会的时候说得倒挺好，现在呢？一点儿实事儿不干。

想必对职工们的微词志文肯定也是知道的，但他就像没听见一样，除了学习还是学习，除了研发还是研发。

一个月后，学习结束，正当大家松了一口气时，一场考试却不期而至。

事先没有通知说学习完了还要考试，所有的人都没有思想准备，考场又不让互相抄，成绩一出来，一塌糊涂。

看着这一张张乱七八糟的试卷儿，志文笑了，说就知道会是这种结果。

又一次召开全厂大会，志文在会上郑重声明，接下来的时间还要学习，一个月后，还要考试，考试成绩要排大榜，成绩不合格的给三次补考机会，再不合格，回家待岗。

一石激起千层浪，这下职工意见可大了，说我们给共产党干了一辈子了，以前也没让我们学习，噢，你乔志文来了，因为你是大学生，就得要求这些人都是大学生的水平？那要都是大学生的水平还要我们这些工人干什么？都来当干部，都坐办公室就得了！我们本来就文化程度低，你冷不丁让我们学习我们就得学，考试不及格就没饭碗了，有这样的道理吗？你乔志文也不是为了厂子好，为了工人好哇？你这不是整人吗？

意见再大，也得硬着头皮学，学不进去，也得支棱着耳朵听。

有人说了，瞧你们这实心眼子，乔厂长是真考试吗？那是在给你们机会，送礼的当然考试合格，不送礼的考试肯定不合格啊！

噢，原来是这么回事儿，看来，老乔家就数这乔志文黑呀！

于是，还真有人信这话，提着东西去送礼，偏偏赶上杨秀梅在家，杨秀梅当仁不让，毫不客气地就收下了，她自是想体会一下当官太太的滋味儿。

谁知，志文知道后，第二天就派人把东西送了回去。

有句老话说官儿还不打送礼的呢，这乔志文可真够损的，不但不收礼，还打发别人给送回去，不但让送礼的达不到目的，还失了面子，这小子怎么这么损呢？乔师傅那人多好啊，怎么能生出这么个犊子玩意儿？

这些议论当然都是在背地里说的，表面上谁都不敢造次。

也有不听邪的，考就考，不合格我看他给我弄家里去一个试试？我天天上他家吃饭去！

说这话的人本身就叫"不听邪"，是厂子里有名的"刺儿头"，平日说旷工就旷工，奸懒馋滑占全了，仗着这种无赖品质，好多人不愿跟他一般见识，他也正好抓住了人们这一心理，得偷懒就偷懒，混一天赚一天。

没承想，你不听邪，还有更不听邪的，三次补考后，乔志文就拿"不听邪"开了刀，厂劳资科通知他在家待岗，什么时候有空岗了再回来。

"不听邪"一听傻眼了，一股怒火随即"腾"地涌上脑门，他二话不说，闯进乔志文办公室，指着乔志文的鼻子："姓乔的，从明天开始我就上你家吃饭了！"

志文微笑点头："好啊，不过我家伙食你可得凑合点儿，没有肉。"

"不听邪"到院儿里拣了数块砖头，把乔志文办公室的窗户砸了个稀巴烂，被保卫科给扭送到了派出所。

当晚，志文回到家，被乔师傅叫到了屋里。

"最近我听说厂里对你反映挺大啊！"乔师傅不无忧虑地说。

"我知道。"志文说。

"办事儿得讲究个方式方法，你刚上来，不能干得罪人的事儿啊，都在一个厂里，这么多年了，老二干的时候也没得罪过人，原来厂里这些老人儿对你印象都挺好，都指望着你上来能给开点儿工资啥的，这可倒好，先拿人开上刀了。"

"爸，"志文坐下来，"现在是市场经济了，原来吃大锅饭那一套已经不行了，要想开工资，就得适应市场需要，生产不出适销对路的产品，就没有市场，没有市场就没有钱呀，而一个企业，要想在市场大潮中生存发展，靠的是什么？"

乔师傅有些懵懂地看着志文。

"靠的是人啊！假如，我对职工，还像过去那样儿，得过且过，耍奸偷懒的、不思进取的和工作积极肯干的、为厂献计出力的待遇都一样，那不就等于说干好干坏都一样吗？还怎么调动职工积极性，职工积极性调动不起来，没人玩儿活，我这个厂长还怎么当？拿什么给职工们开支？"

乔师傅不说话了。

"半年多没开工资了，我现在首先要考虑的是职工吃饭的问题，人心散得像一盘沙，在这个时候如果再不加强管理，那这个企业就完了，不拿一两个人开刀，不足以震慑人心啊！"志文望着乔师傅，发自内心地说。

乔师傅皱着眉头点点头。

"你是想杀一儆百。"他说。

"一个企业的发展，靠的是人，当今市场经济，优胜劣汰，不学习，跟不上形势就要下课，如果我们的职工都像'不听邪'那样，耍奸偷懒，无组织无纪律，那将来要下课的不是他们，是我！"志文说，"但是，我这么做，绝不是为我自己，在这种特殊时期，我能鼓起勇气上来，是因为我相信我有能力把这个厂救活，五六百号人，指着这地儿吃饭哪，能说黄摊儿就黄摊儿吗？对这些捣蛋分子的心慈手软，就是对广大职工的不负责任！一切的前提是要服从市场经济的运行规则。"志文认真地看着乔师傅。

"考试题并不难，"他接下去说，"都是些日常工作中应该掌握的最基本技能，连这都不懂，说明你的能力胜任不了本职工作，不能因为你一个人而拖了全厂的后腿呀，您说对不对？"

乔师傅叹了口气："原来也没这么多说道儿，工人每天就知道闷头干活儿，厂子也挺好，过年过节的都半扇猪半扇猪地分，大米白面都给分到家门口，现在可倒好，连工资都开不出来了，还得整天学习，学不好就给弄家去，你说能没意见吗？唉！"

志文拍拍乔师傅，笑了："此一时彼一时，一个企业要想管理好，说到底，就是先把人管好，只有管好人，用好人，才能一步步往前走。"

志文向外走去，临走甩下一句："这仅仅是个开始，以后还要实行末位淘汰，厂子的人事机制、班子结构——"他沉吟了一下，"都要大换血。"

志文走了出去，乔师傅看着志文关上的门，想着志文刚才的话，突然发现，自己的儿子，要想真正了解，也得有个过程。

三十二、道长且阻

初上任，乔志文的出位做法，即给许多想混日子的人迎头浇了一瓢冷水。好多人把他的学习、待岗看作是整人，说没想到，老乔家最狠的是这个看上去文质彬彬的乔志文啊，真是人不可貌相，海水不可斗量呀，有文化的人整人的招数都阴损得很呢。副厂长赵得贵趁此机会也在暗地里煽动是非，因为他看出再这样下去，厂长的权力无限膨胀，他的地位每况愈下，将来很有可能自己的乌纱帽都不保，于是勾结个别人联名串通给局里写了一封反映职工对乔志文种种不满的信，想以此把志文弄下去。

信写了好长一段时间，局里没有任何回音儿，乔志文却没有因为部分人的利益受损而停下改革的脚步。

几个月后，一种全新的用于高端产品的研磨材料——化砂细研发成功，首批投产，厂子面向社会招聘此专业的大学生，针对化砂细这一新产品，把单位骨干召集到一起，专门成立了化砂细销售科和宣传科，投入了大量的人力物力财力。可更多的人则是持观望态度，认为在如此疲软的市场境况下，老客户都保不住了，新产品能有人认吗？

果不其然，第一批化砂细成品产出，即遭遇了市场寒流，志文亲自带队出马，新客户、老客户都实地走访、推销，印制了大量宣传册，细数化砂细的种种优良性能，请人家吃饭，甚至提出了高额的回扣，却没人买账，只有个别嘴上答应要两批货，回去后却没了下文。看着仓库里崭新的化砂细，志文嘴上起泡了。

看笑话的人说了，花这么大人力物力财力，却弄出一堆废品，放到那儿还嫌占地方呢，投入的钱都打了水漂，这乔志文不是败家子是什么？有那钱还不如给我们发点儿工资呢，照这么干下去，他也快辞职了！

可志文并不甘心，他不相信辛苦研发出的新产品，质量和性能都比老产品强百倍，价格虽然高点儿，却节能降耗，总体来说，用这样的产品最后还是省钱，怎么就没人认呢？

志文和销售科、宣传科的主要人员天天开会，研究对策，最后决定，这批产品无偿送给关系单位试用，全当打广告了。

此决定一出，厂里上下又是一阵议论纷纷，有的人已经彻底绝望，认为乔志文根本救不了工具厂，更有甚者认为乔志文就是糟践人来了，也有人趁机跟着起哄，说厂里马上就要长期放假了，只留一个看收发的，该干吗干吗去吧。更糟糕的是因为再次拖欠电费，电业局把电闸又给拉了。

时值那年冬天的第一场雪，夜晚，乔志文走在洒满雪花的小路上，看着黑乎乎没有一点光亮的车间厂房，原想这批新产品卖出去，能给职工们开一个月的工资，还有两个多月就过年了，没承想……仰头望望纷纷扬扬从天而降的雪片，他心情沉重，甚至突然感到有些迷茫，他不知道自己究竟是对了，还是错了。

三十三、内外交困

志文这边愁着产品的出路，那边杨秀梅却早早开始愁乔志文变心怎么办。

她最近发现，卫生所的那个陈菲，看志文的眼神儿不同寻常。"这个臭不要脸的！"杨秀梅暗骂，"仗着有几分姿色，看志文当上厂长了，想往上贴呀？"

杨秀梅想着想着，"呸"地吐了一口，正在桌前做作业的儿子乔天放吓了一跳。

"妈，你干什么呀？"他问。

"不干什么，写你的作业！写作业的时候怎么总是不专心致志？别人干什么你都能听见？你这是在学习吗？怪不得考试回回倒数呢！"杨秀梅正愁没地方撒气，这会儿一股脑儿全撒到了儿子身上，"生你这么个不争气的东西，我算倒了八辈子霉了！"

乔天放见妈妈气儿不顺，小声嘟囔了一句，继续闷头写作业。

杨秀梅坐下来，心思又飘到了乔志文身上。而且，最近乔志文总是早出晚归的，是，单位忙，又搞什么产品开发，又开会的，但，他难道不会利用这机会干点儿别的什么吗？想到这儿，杨秀梅的心猛地跳了一下，莫明其妙地出了一身冷汗。

她拿起镜子，仔细望着镜中的自己，才刚刚四十出头，鬓角就衰草萋萋，白雾迷离了，干裂的皮肤上可笑地满是沟沟壑壑，仿佛刚被铲完的地垄沟，嘴唇怎么竟然也开始干瘪了？有点儿太早了吧？眉毛散乱、毫无生气地呆立在那儿，像霜打的茄子……杨秀梅把镜子倒扣过去，乔志文的耐力看来也是数一数二的了，她自我解嘲地想，越这么想，心里的那份担忧越深重。

晚上，志文回家，一头钻进里面的小屋，坐在桌前也不知在写些什么。

杨秀梅沏了一杯龙井，放到志文桌前，趁机偷眼看了看志文的表情，志文完全没注意杨秀梅在看他，他专心致志地写着关于化砂细的质量性能分析报告。

杨秀梅看着志文专心的样子，转身走了出去。

想了想，她又折了回来。

"哎，跟你说个事儿。"她说。

"嗯。"志文头不抬眼不睁地忙着。

"我们卫生所的陈菲，对工人态度可差了，人家去领药，她不是摔摔打打，就是头不抬眼不睁地，工人反映老大了。"

"嗯……"志文还在写着，好像没听见。

"哎，跟你说话呢。"

"啊，啊？"志文抬头看着杨秀梅。

"我说，"杨秀梅耐着性子，"我们卫生所的陈菲，对工人态度可差了，人家去领药，她总是摔摔打打的。"

"是吗？"志文有些意外地看着杨秀梅，"我怎么没听说啊？"

"你没听说不等于没有。"杨秀梅一听就来气了，"我天天在卫生所还不知道？"

"噢。"志文噢了一声，继续自己的报告。

杨秀梅看了看志文，本来期待着他能有个态度，不承想自己是白说了。

她的心往下沉去，莫不是……

停了一会儿，她又说："哎，现在卫生所也用不了那么多人，再说，她又不是学这个专业的，不行，让她上车间吧。"

志文抬起头，认真地望着杨秀梅："干得好好的，我怎么能说让上车间就上车间？"

"噢，天天对工人摔摔打打的，那叫干得好好的？"

志文放下笔，奇怪地说："我没听到对她反映啊，我去开过几次药，感觉她对人还是挺热情周到的。"

"那是对你吧？"杨秀梅脱口而出，"你以为对别人也那样儿吗？"

"即使她在个别时候有态度不周，也不能一下子就弄车间去。"志文说。

"照你这么说……"

"好了好了，"志文不耐烦地打断杨秀梅，"现在不是考虑人事的时候，将来整个厂，从班子到中层到车间，肯定要有一次大的人事变动，但不是现在。"

杨秀梅还想说什么，张了张嘴，又闭上了。

她走了出去。

她其实并不是真想把陈菲弄到车间，她想以此试探一下志文的态度，没想到志文竟真的是挺护着她的。

杨秀梅坐到床上，想着陈菲那张美丽的笑脸，牙恨得痒痒的。

乔志文上任几个月来，车间没恢复生产，新产品全部无偿供给关系单位使用，投入的钱一分没收回，回家待岗八人，新招大学生五人，清欠回来七千零五十元整，阵阵刺骨的寒风刮来，厂子里一片萧条凄凉……

主管局长谢广渠不得不在一天下班后，敲开了志文办公室的大门。

谢广渠是一个没有官架子，待人宽厚、和蔼可亲的人，他在局里多年，原来又是乔家的老邻居，对乔师傅、志文都极为熟悉了解，志文小的时候，他就非常喜欢志文，他是听到了太多的反映，了解目前工具厂的所处窘境后，才决定和志文好好谈一谈的。

他特意买了两个菜，拿了一瓶牡丹江大曲，和志文在办公室热火朝天地聊了起来。

"志文哪。"谢广渠拿过志文的杯子，要给志文倒酒，志文抢过酒瓶，给谢广渠先倒上。

"谁倒都一样。"谢广渠笑着说。

志文又给自己满上。

谢广渠仔细看了志文一眼："我比你能大十岁？"

"差不多吧。"志文说。

"那我也算是看着你成长的。"谢广渠微笑地说，"那时候就经常看见你拿着本书，在后趟房那儿坐着，一看就是一天，当时我就想，这小子将来肯定错不了，是块材料儿！"

志文笑笑摇摇头。

"哎呀，果然，现在都当上厂长了。"谢广渠向志文举起杯，"不管怎么说，工具厂有你挑头儿，是个好事儿。"

志文没有应谢广渠举过来的杯子。

"但是……"志文想说什么，谢广渠打断："先别说，喝一口。"谢广渠向志文举举杯，喝了一口，给志文夹了口菜。

志文也喝了一口，但喝得很不舒服。

"且不论现在工具厂的现状，先从人说起。'为政以德'，这是儒家学说的重要管理思想，孔子的意思是说，管理者要讲求道德，以之作为自己的治理方针，这样就可以取得无为而治的效果。这就像把德放在北极星的位置上，其他的都是为围绕着它而旋转的。你首先具备了德的品质，所以，你就具备了管理企业的先决条件，这一条件是任何优势都不能替代的。"

志文摇摇头："不是那么简单的。就拿化砂细来说吧，它的性能要比强化磨好上十几倍，可客户就是不认，我原以为这批货出厂，能给职工们开一个月的工资，得让大家过年啊，现在可倒好……"

谢广渠做了一个阻止的手势："我还是跟你说儒家学说，儒字怎么写？"

"人字旁加个需字。"志文说。

"人字旁一个需字。这说明先贤们早就已经懂得了市场经济呀，谁说他们保守，封建？他们比谁都开明啊！人的需要即为市场经济呀！"谢广渠笑着说。

志文也笑了："其实他们再高瞻远瞩，当时也未必能够想得这么远。"

"差矣，儒家学说为芸芸众生答疑解惑，也是人的需要，人需即为儒，说明他们是懂得的。"

"也许吧。"

谢广渠认真地看着志文："任何一项新的产品，人们对它的认知都要有一个过程，你不能指望一出产，就有大批订单，客户蜂拥而至，只要你认定客户对它是有需求的，坚信这是一种好产品，这就够了。"

"但现在看效果并不理想。"志文皱着眉说。

"为什么大千世界，芸芸众生，能成就一番大事业的却凤毛麟角，寥寥无几？"谢广渠加重语气，"耐力。"他望着志文："许多人因为耐力不够，没有坚持到底，本来曙光就在前方了，却放弃了，半途而废了，常常只是就差那么零点零一毫米，很是可惜呀！做一件事情，不但要有耐力，更要有恒心，要相信自己，我，选择的路是对的，就要走下去，任何困难、任何人都不能动摇我的决心，勇往直前，义无反顾地往前冲，终有云开见日的一天！"谢广渠向志文举起杯："相信自己，相信我的眼光——不会错！"

志文和谢广渠碰了杯子，两人都喝了一大口。

"这几天心里堵得要命，自己也在反思，是不是错了？错在哪儿？"志文说，"上来几个月了，大家眼巴巴地盼着能开点儿工资，我也是信心满怀，现在……唉！"

"我理解你现在的心情，能不急吗？"谢广渠放下酒杯，"但是，我还真得告诉你，急不来，急能来订单吗？急能解决问题吗？既然到了这个位置，首先要练就的是心理承受能力，再大的风浪，都要经得起，所谓笑看风云，宠辱不惊啊，你要能进，能退，客观正确对待荣辱、是非，练就处变不惊的修养，"谢广渠对志文竖起大拇指，"方为大丈夫。"

"你的言行，你的意志力，直接影响到职工的情绪和积极性。"谢广渠又说，"一个一身正气，意志坚定的人带出的队伍势必风清气正，具有极强的凝聚力和坚强的意志力，你是太阳啊，星星都围绕你转啊，几百双眼睛都盯着你呢！"

志文点点头，向谢广渠举起杯，发自内心地说道："谢谢您的鼓励，能在这种时候和我推心置腹地交谈，真的很感激。其实我并不为某些一时的抨击、不满所左右，我从来不在意这个，我心里一直有个信念，那就是不能眼看着一个具有如此悠久历史和辉煌的、许多人赖以生存的这么一个老厂就这样垮掉，我总感觉我有这个能力，有这份责任，把它救活。"

谢广渠向志文伸出手："这就对了，这话我愿意听。在工具厂，你当过工人、技术员、车间主任、主管生产的科长，几乎每个重要部门，重要环节你都熟悉了解呀，你懂工艺，懂技术，懂管理，除了你，没有第二个人比你更适合当厂长。这批货不是已经无偿送给关系单位了吗？他们会有一个评价的，是好，是坏，好在哪里，坏又在何处？如何改进？你这块试金石投出去，现在就要耐心等待了。"

志文给谢广渠夹菜："我相信他们一定会认可的。"

"这不就完了嘛。"谢广渠说，"只要认可，就不愁销路，你还担心什么？"

谢广渠向志文举杯："不要为一城一池的得失而举步不前，那不是干大事的风范。"

志文向谢广渠举杯："这杯我干了！您的良苦用心我都知道，就冲您今天的这些话，"志文气势逼人地望着谢广渠，一字一句地说，"我不干出个样儿来，誓不罢休！"

志文一仰脖干了。

谢广渠欣赏地看着志文，点点头，也一饮而尽。

"班子里有人对你意见很大，给局里写了封信。"谢广渠说。

志文抬头望着谢广渠。

"说你挺霸道，眼里没有党支部，没有书记，行事不顾全大局，我行我素，不团结协作，职工反映都很大……反正一大堆罪状。"谢广渠摆摆手，"不要在乎这些，这是有些人一贯的作风，写信上告的，实事儿一件不抓，整些见不得光的勾当，局里对这种人太了解了，不会当回事儿的，你放心，"谢广渠放下筷子，目光坚定地看着志文，"大着胆子往前走，只要能救活企业，不惜一切代价！我这话搁到这儿，谁要成为阻碍企业发展前进的绊脚石，就将谁踢出去！"

"咣"的一声，志文和谢广渠的杯子再次碰到了一起。

志文这边横下一条心准备大干一场时，却不料一件让他万分尴尬的事儿却在这时发生了。

三十四、祸从口出

事儿起在杨秀梅身上。

那天杨秀梅和志文提出想把陈菲弄到车间，没能如愿后，对陈菲更加耿耿于怀，她怀疑莫不是志文对陈菲也有好感？要不然她一再说明陈菲工作态度不好，他怎么还袒护她？

从那天起，在所里，杨秀梅一看到陈菲就气不打一处来，尤其是看见她那张化得白里透红的脸，那涂着口红的小巧精致的嘴儿，那走起路来一扭一扭恰到好处的腰肢，那漂亮的摆臀，还有那脆生生的、像泉水般清澈透亮的声音，说起话来伶牙俐齿，得理不让人的架势，还有，来所里开药打针的男人无一例外地看见她都笑逐颜开，她办公室门前整天笑语喧哗，热闹非凡，所里其他几个护士，小张、小马、小胡，虽然都是女的，也都围着她转，心甘情愿地给她当配角儿。几个人叽叽喳喳的，像树上的麻雀吵得要命，相对比起来，身为所长的杨秀梅，则是门庭冷落车马稀了，估计厂里的男人们也是不爱看她那张不太得意人又冷冰冰的脸，陈菲多好啊，嫩得都能捏出水来，笑得让人浑身酥痒，看着那张漂亮的脸，晚上做梦都是甜的。

其实杨秀梅的内心深处，是无比寂寞与失落的，她也渴望和所有人都打成一片，但可能一方面她是所长，另一方面她的确长得没有人缘儿，她就像一本被遗弃的旧体线装书，被束之高阁，无人问津，常年生活在阴暗的角落，她内心的孤寂谁人能知？有时候她坐在办公室窗前，望着窗外被风吹得沙沙作响的大树，不断自问。表面上看着让某些人羡慕的婚姻也只有她自己知道，乔志文根本没把她放在心上，她只是摆在那里供人知晓罢了。

杨秀梅心灵深处强大的自卑让她表面变得更加冷傲，也许她只能以此伪装内心的脆弱和极度的不平衡，要让所有的人知道，不是他们冷落我，是我不愿意和他们打交道，与他们为伍，从志文当上厂长后，她便利用起这一优势，她要让所有的人知道这一点，我是厂长夫人，跟这些人不在一个层次上，所以，他们只能敬着我，而不敢靠近我。她的这种近似阿Q般的自我精神抚慰，让她多少找到点儿心理平衡，然而，随着时间的过去，她的敏感和多疑，让她的性情变得无比尖刻，甚至异常。

近些日子，她总是想尽各种办法给陈菲穿小鞋儿。比如，在给患者开药方的时候，她故意将数目写得不清不楚，本来是一联，陈菲误给拿了两联，招来她的一顿训斥，当着许多人的面儿，杨秀梅毫不留情地说："你是怎么干工作的？脑袋想什么呢？都像你这样给拿药，那卫生所不用干了，两天就黄摊儿了，厂子现在本来就困难，你这不是故意雪上加霜吗？你是不是整天就想着怎么跟那些男的打情骂俏？告诉你，这是单位，不是你搞乱七八糟关系的地方，想假公济私，用公家的东西买人情，没那好事儿！

干这么多年了，不认字儿吗？连一和二都分不清吗？还想不想干了？不想干，车间有的是地方！"

陈菲被杨秀梅骂懵了，她没想到就多拿了一联药，竟然引来她近乎疯狂的训斥，她这是干什么？摆明了要在众人面让她难堪？她什么意思啊？陈菲的大脑迅速地转着。她刚想张嘴说，我拿错药了，怎么能和搞什么乱七八糟关系扯上？还什么整天就想着跟那些男的打情骂俏，这是什么话？有这么说话的吗？有这么当领导的吗？有这么贬人的吗？真是太可笑了！但是，想了想，她还是忍住了，毕竟她是有错在先，何况杨秀梅到底还是所长，管着她，和她把关系搞僵了，对以后的工作不利。

咽下了这口气，陈菲却怎么都不是个心思，凭什么呀？不就多拿了一联药吗？何至于她当着那么多人的面儿让她下不来台？她这不是有意的吗？回想近一段时间以来，杨秀梅对她板着脸的样子，动辄鸡蛋里挑骨头，陈菲的热血就涌上了心头。有什么了不起的呀？不就当个破所长吗？真是不但人长得难看，嘴还损，陈菲思来想去，最后总结，杨秀梅之所以这么大脾气，是因为他们家乔志文当了一把手，她跟着官升脾气长了。

想到这儿，陈菲不由得再次想到杨秀梅那张脸，丑得人堆儿里找不出来！她愤愤地说，真奇怪了，当初乔志文怎么凑合的！

带着这样一股情绪，第二天上班时，陈菲难免要找个机会发泄一下，当然，她是不敢直接对杨秀梅怎么样的，但是，她可以私下里说呀，有的是和她有共同语言的。

吃完午饭，陈菲把门关严，和小胡一边织毛衣，一边闲聊，话题自然就扯到了杨秀梅身上。

"哎，你说，当初乔厂长怎么要了她呢？"陈菲问，"什么欣赏水平啊？"

小胡摇摇头："命呗！我听别人说，那时候，乔厂长和一个叫方云娜的刚黄，心情正不好，她天天给人家送饺子，炖骨头汤的，就这么愣黏糊上的。"

杨秀梅此刻正坐在桌前，一个上午忙着给患者开药、开诊断，这会儿消停了，吃完饭，她本打算在沙发上眯一会儿，但是，她一下听见了药局陈菲那屋关门的声音，清清楚楚地关上了门，又在里面锁上了。

她冷哼了一声，知道陈菲和小胡肯定又躲在屋里织毛衣，扯闲话了。

但是，今天，她变得比往日更加敏感，因为昨天才把陈菲好顿训，隐隐地，她感到她们俩关在屋里说的话题肯定与她有关，她想了一会儿，站起了身。

她倒要听听，这个骚货在背地里都说她什么。

于是，她轻轻地打开了办公室的门，悄无声息地来到陈菲所在的药局门口。

今天小马请假了，小张的孩子病了回家看孩子去了，卫生所中午只有她们三人，这两个臭味相投的，只要在一起，不到上班时间是不会出门的。

她就放心大胆地把耳朵贴在了门上。

"真不知道乔厂长怎么忍受她那副尊容的。"陈菲说，"我要是男的，看着她都恶心，更别提还……那个了……"

此话一出，被杨秀梅听了个清清楚楚，她的心一下沉到了地底下，她最怕听到的话今天听到了，尽管她相貌配不上志文，这是人尽皆知的事实，但是大家都表面上装作没事儿似的，谁也不捅破这层窗户纸，她也就全当作人家认为他们很般配，今天这话让她亲耳听到了，捅到了她心底最脆弱最敏感的那根神经，她只感到大脑"嗡"的一下，以往所有的自欺欺人的幻想顷刻间破灭！她不由自主地握紧了拳头，长长的指甲深深地陷进了肉里，她身上的血液瞬间变得冰冷，她站在那儿，感觉身体一下僵了。

小胡笑着打了陈菲一下："人家乔厂长可能习惯了呗！说不定看长得漂亮的反而难看了呢！"

"我就不信，看着我这样的乔厂长能不心动？"陈菲开玩笑地说。

"哎，你别说，"小胡压低了声音，"那天，乔厂长上咱们这儿来检查卫生，我真看他看你的眼神儿不对。"小胡冲陈菲挑挑眉毛。

杨秀梅的心一下绷紧了，她在心里冷哼，果不其然，不是她一个人觉得乔志文和陈菲之间有问题，连别人都看出来了。

她觉得牙齿间嗖嗖地冒着凉气，脚底下也冰凉冰凉的，她全身的肌肉都绷紧了，只等着下面陈菲怎么说。

"你别瞎扯了！"陈菲打了小胡一下，"跟你开个玩笑你还在这儿来劲儿了！人家乔厂长那么正派一个人，怎么能……你可真能胡扯你！"

"这跟正不正派有什么关系？"小胡说，"我说的是真的。你应该这么想，乔厂长，那么有文化，有技术，有能力的一个人，和方云娜处过对象，他能发自真心地看上杨所长吗？当时，我猜啊，乔厂长肯定是受刺激了，跟谁结婚都不在乎了，才要的杨所长，不信，你放到今天，她就是再送汤送水送骨头，她就是送一座金山，乔厂长也铁定不要她！"

"那倒是。"陈菲说。

"对不对？"小胡振振有词地继续说道，"我说那天，他看你眼神儿不对，没有别的意思，那你不是长得漂亮吗？你想，乔厂长这么多年，跟杨所长他……能有那欲望吗？他也是人，是个男人，他见了漂亮女人能不多看两眼吗？这不太正常了吗？"

杨秀梅的腿开始无法控制地哆嗦，脸上的肌肉也在不自禁地痉挛，感觉胸口闷得厉害，她把手压在胸口上，不能喘气太粗，她怕屋里的人发现，她死死地咬紧牙根，她真恨不得冲进屋去跟这两个人拼个你死我活，把她们俩撕烂！撕烂！

"哎，我一说乔厂长看你眼神儿不对，你心惊什么呀？"小胡笑着说。

"谁心惊了？"陈菲也笑着说。

"你不会是对人家乔厂长有啥想法吧？"小胡大笑着说。

杨秀梅像雕塑一样站在那儿，她调动耳部所有细胞神经，以超出常人十倍的听力在侧耳倾听。

"就是有啥想法还能咋的？"没想到陈菲竟挑衅地说，"连脚趾甲都比那个人好看十倍！"

杨秀梅直着眼睛低头一看，手指甲真的插进了肉里，鲜血正从肉里沁出。

"哎呀，说你胖还喘上了……"小胡扑打陈菲的声音，两人笑成一团。

够了，她听到的已经足够了！杨秀梅笔直地向自己办公室走去，打开门，走了进去，把门反锁上，她现在谁都不想见，不想见。

她直直地倒在椅子里，心脏"怦怦"地跳个不停，她总算知道人们背地里对她和乔志文的关系真实的评价了。

她笑了一下，把脑袋仰在椅背上，闭上了眼睛。

以前她总以为这些后来的，会认为虽然她长得不及志文，但有才学，有能力，所以也配得上乔志文，或者还有人会认为自己年轻时肯定长得也不错，现在是老了，没想到，谁人心里都明镜儿似的，陈菲和小胡的对话彻底毁灭了她的幻想。

那一字一句像满天的飞蛾，满天的蝙蝠对着她扑棱棱没头没脸地飞来，她猛地揪住头发，疯了般拼命撕扯、狂拽着，眼看着就拽下一大缕头发。她把手伸到眼前，只见手里的头发和刚才被指甲插坏的肉皮渗出的血融在了一起，她从抽屉里拿出一面镜子，看着镜子里那个披头散发的鬼一样的女人，笑了。

第二天，杨秀梅以查库为名，检查了药局的所有药品，最后得出一个结论，本月上了一百联土霉素，开出去七十三联，应剩二十七联，现在却只剩十七联，有十联对不上，让陈菲把这事儿说清楚。

陈菲说有十联对不上？那可真怪了，我都是按照你的药方付的药啊，杨秀梅"啪"的一声把所有药方单子拍在陈菲桌上说："这是所有的底单，一份不差，你自己看看吧！"

陈菲从头到尾看了一遍，是的，按照这上面显示的，的确开出了七十三联，应该剩二十七联，那么那十联哪去了？她越想越理不出头绪，作为药局的负责人，她每次都是按照杨秀梅的药方支付药品，怎么会差了十联呢？而且，好端端的，杨秀梅怎么就想起查库了呢？她略一深思，知道是杨秀梅故意找碴儿，她的火也"腾"的一下上来了。

身为所长，杨秀梅要想整她，简直易如反掌，就说这药方吧，她是每次也留底子，但杨秀梅每个房间的钥匙都有，趁着下班，所里没人，她可以轻而易举地打开药局的门，找到陈菲留存的底子，抽出十联数量的底单，再把自己的底联抽出同样相等的数量，不就完了？这简直太容易了！而她又怎么能记住一个月下来，她到底付了多少药？现在杨秀梅拿着这做了手脚的单子，要查库，和她对数，要整她，她就是一个哑巴吃黄连，有苦说不出啊！

想到这儿，陈菲笑了。

"杨所长，"她直言不讳地说，"我到底哪儿得罪你了？"

杨秀梅好像愣了一下，随即说道："得罪？我不明白你什么意思？我这是在检查工作，和得罪不得罪有什么关系？"

陈菲又笑了："你以前也不查库啊，怎么冷不丁想起来查库了呢？"

"这有什么奇怪的吗？"杨秀梅问，"厂子以后都要规范化管理，要节能降耗，要从各个方面降低成本，不像过去了，把公家的东西偷偷摸摸拿走送人情都没人管，以后不行了。"

"你这是什么意思啊？"陈菲想，既然你杨秀梅想整我，我也就不跟你客气了，撕破脸皮就撕破，不能让她这么欺负了，"你的意思是说，那十联土霉素是我私自拿走送了人情？"

杨秀梅摊开两手："我不管你是拿走了还是弄丢了，我只要和我的底单能对上，现在对不上，怎么解释啊？"

"那我怎么知道？"陈菲明知道杨秀梅要整她，而现在她又实在说不清楚，因此，气坏了。

这时候，小胡和许多患者都围了过来。

"你不知道？"杨秀梅笑了，她看看大家，故意大声地，"陈菲，这是你的职责啊，你不知道？"她一字一句地："我这个月进了一百联土霉素，开出去七十三联，应该剩二十七联，可现在库里只有十七联，我不问你问谁呀？你是药局的负责人呀，我所有的底联都在这儿呢，现在瞪眼对不上，你得给我个说法儿啊！"杨秀梅瞅瞅大家，"如果我每次开出去的药总是莫名其妙地有十联甚至几十联对不上，那这个卫生所我看干脆关门大吉，不干算了，陈菲，厂子是公家的，不是个人的，说白了，这里的一草一木都是大家的，不是你陈菲的，你想怎么样就怎么样，随便拿着公家的东西就送人，这是不允许的！"

"我，我送人？"陈菲气得语无伦次。

看见陈菲气急败坏的样子，杨秀梅心里产生了极大的报复快感，她又笑了："这不是明摆着吗？开出去七十三联，现在却只剩十七联了，那十联究竟哪去了？难不成是让鬼给吃了？"

"说不定真让鬼给吃了呢！"陈菲终于抓住了一条可以回击的线索，她推开门想走出去，她不想在不清不楚的情况下让杨秀梅趁机诬蔑自己，她要先躲开这个场面，把问题弄清楚了回头再说。

但是，杨秀梅却不可能让她离开。

"你站住！"她大喝一声，"今天这十联药的去向不说清楚，你不能走！"她阴险地望着陈菲。

陈菲回过头来，站住了，她望着杨秀梅，两人对视长达十秒钟，她从杨秀梅眼里看到了不置她于死地誓不罢休的阴沉目光，她在心里暗笑了一声，那么好吧，既然如此，我也奉陪到底！

她摘下套袖，缓缓走到杨秀梅跟前。

她望着杨秀梅，笑容在脸上积聚，突然之间，她抬手狠狠地扇向了杨秀梅那张笑脸，一个耳光"啪"的一声落地，镜头定格在杨秀梅傻了一般的惊愕的脸上！

不但杨秀梅傻了，周围的人都傻了！

他们完全不相信地看着陈菲，没想到她这么大胆，敢打厂长夫人，又是直接主管自己的领导！

小胡上前一把拉开陈菲，叫道："陈菲！"

杨秀梅捂住了脸，她瞪大了眼睛看着陈菲，眼珠好像马上就要从眼眶里掉出来一样，她的头发被陈菲打得散乱开来，她就那么目瞪口呆地看着陈菲。

陈菲一把甩开小胡，爆发地喊："你别拉我！她这是想整我！太欺负人了！大不了我不干了！"

杨秀梅看着陈菲，她突然也像发了疯的老虎一样扑向陈菲，两人厮打到一块儿，陈菲到底年轻，她抓住杨秀梅的头发使杨秀梅动弹不得，她对着杨秀梅的脸一顿猛扇，杨秀梅也不甘示弱，用脚拼命踹陈菲的小腿和肚子，小胡及众人混合其间，被两人推来搡去，一时间场面极其混乱不堪。

"臭不要脸的骚货！"杨秀梅完全失去了理智，不顾形象地破口大骂，"谁你都想往上黏糊啊？你个大破鞋！大破鞋！"

此话一出，一下暴露了杨秀梅的心迹，陈菲愣了一下，随即她笑了，噢，原来你杨秀梅是怕这个呀！

她索性站到了那里，一不做二不休，完全失去理智，口不择言地说道："我是骚货？我有骚的本钱呀！你骚一个我看看！谁要你呀！也就乔厂长吧，心眼儿好收留你个没人要的，也不自己照照镜子，是个男人都会躲远远的！我想往上黏糊我想黏糊谁呀？你是不是怕我黏糊乔厂长？我还就告诉你，我不用黏糊，乔厂长就是爱看我，你能把我怎么着吧，气死你，气死你！你个丑八怪！"

话说得简直没天理了！

小胡冲着陈菲大喊："陈菲，你胡说些什么?！你别说了！"

"我就说，"多日以来的积怨在此刻全部爆发，陈菲豁出去了，"查库，她就是为了要整我，挑我毛病，她不是一天两天了，我一直忍着，忍到现在，我忍无可忍了！她看见长得好看的就气不打一处来，心理变态的丑八怪，丑八怪！"

杨秀梅站在那里，被众人拉着上前不得，她被陈菲句句见血的话气得肺都快炸了，她嘴唇哆嗦，在像驾着机关枪一样突突突向自己扫射的陈菲面前，她居然毫无招架之力，而陈菲却还在那儿骂个不停，招招见血，句句恶毒："长得难看就老实儿待着点儿得了，不但人长得丑，心肠还比谁都歹毒，坏透腔了，坏到骨子里了，坏得流脓，我看你还能坏到什么时候，什么时候把自己坏得浑身长蛆你就离死不远了！你不是怕乔厂长变心吗？就你这样的，早早晚晚，我还就告诉你，乔厂长他就是爱看我了，你就干瞅着，干瞅着……"

"砰"的一声巨响，一个洗脸盆不偏不倚地砸中了陈菲的脑袋，血瞬间顺着额头淌了下来，陈菲一下倒了下去。

众人冲过去，围住了陈菲。

只有杨秀梅笔直地站在那里。

三十五、算盘落空

陈菲的脑袋被缝了八针。

此事在工具厂引起了极大的轰动，造成了极坏的影响，志文完全没想到会发生这样的事儿，这边为了恢复正常生产，不得不去电业局同人家斡旋，求人家网开一面，给推上电，争取尽早补交电费，还要联系化砂细的销路，征询反馈意见……一大堆的事儿已经弄得他焦头烂额了，没想到，杨秀梅却能没头脑地在这个时候捅出这么一码子事儿。

为了严明纪律，也为了彰显公正，给予杨秀梅和陈菲全厂通报批评，并细化卫生所管理制度，严格按规章制度执行。

陈菲在医院里躺了一个星期，志文请支部书记刘振海去看望了她。

受了巨大委屈的杨秀梅原本以为能得到志文的安慰，没想到志文竟把所有的责任都归咎到了她身上。

当然，杨秀梅没有泄露自己是有意在找陈菲的麻烦，只说要查查库，对对数，少了十联问陈菲是怎么回事儿，从而引发了和她的争执，说陈菲就是贪污了十联药。

志文说："不管怎么样，身为所长的你和下属发生这样激烈的冲突，甚至动手，完全不顾及形象和影响，责任首先全在你身上。对于工作中出现的问题，应该冷静对待，有技巧地处理，而不应和下属对骂，甚至到了动手的地步，这不是你身在这种职位上的人应该做的，不但有失身份，更给全厂职工带来了不良的影响，至于，少了十联药，没有任何证据说明是陈菲贪污，只能说明你的内部管理不到位，要追究也得先追究你所长的责任……"自然，志文也是听到了当时杨秀梅和陈菲对骂的一些细节以及陈菲最后说的那些话，他没提，也是为了避免伤害杨秀梅的自尊，但在心里对杨秀梅的多疑也产生了想法，尽管杨秀梅不会真正进入他的内心深处，但他也绝不会做出有悖于伦理道德的事儿，在一起生活了这么多年，他对杨秀梅的性格还是了解几分的，他明白是杨秀梅带着对陈菲的怀疑和不满，对其刻意找碴儿才有了后来的冲突，完全是子虚乌有的事，他不想去说，更没有解释的必要，以免造成更大的麻烦。至于陈菲说的那些过激的话，他也只当作是其年轻气盛的一时而为罢了，他没有那么多的精力去处理一些鸡毛蒜皮的小事，但站在他的角度，他必须公正对待，全厂几百双眼睛盯着，他的每一个行为，都会写进他们的心里。

没想到志文非但没有半句安慰，反而历数了她的种种不是，杨秀梅窝火到了极点，她向志文提出把陈菲弄到车间或幼儿园，说如果还让她在卫生所干，她今后的工作就无法开展，她在卫生所的威信就会扫地。

面对杨秀梅近乎天真愚蠢的想法，志文笑了，他说："我刚才已经和你讲得很明白，这件事儿本来已经产生了极坏的影响，在这种时候，我怎么能把陈菲调到车间或幼儿园呢？让别人怎么看我？替你公报私仇吗？"

"那以后陈菲会更扬扬得意了，你让我在卫生所还怎么干？"杨秀梅问。

"威信不是靠你手中的权力树立起来的，你的脑中要时刻有这样的思想，你是所长，下面的人都以你的言行为标杆，你做事讲究分寸，正直大气，严于律己，人家才会敬重你、推崇你，而不是你仗着手中的权力，没事儿挑挑刺儿，看谁不顺眼给谁小鞋穿穿，就表明你是领导，你换一个角度想一想，谁会发自真心地去尊敬这样一个人呢？即使表面上对你非常恭敬，那也无非是迫于你的位置在那儿，背地里也会憎恨你的，懂吗？"志文苦口婆心地说。

"我给谁小鞋儿穿了？"她问。

志文认真地看着她："还用我说吗？"

再看了杨秀梅一眼，志文走了出去。

他有时真不明白，杨秀梅好歹也读了大学，在所长的位置上也干了好多年了，非但没有任何进步，反而怎么连最基本的道理都不懂了！

杨秀梅坐在那里，回想着当时和陈菲争吵的场面，越想越气，她真恨不得拿刀杀了她。

"……我还就告诉你，乔厂长他就是爱看我了，你就干瞅着，干瞅着……"

杨秀梅无处发泄地顺手抓起一本书，撕了个粉碎。

她眯起眼睛，又想起了志文刚才的话："……在这种时候，我怎么能把陈菲调到车间或幼儿园呢？让别人怎么看我？替你公报私仇吗？"

"……而不是你仗着手中的权力，没事儿挑挑刺儿，看谁不顺眼给谁小鞋穿穿，就表明你是领导，你换一个角度想一想，谁会发自真心地去尊敬这样一个人呢？"

杨秀梅冷哼了一声，打心眼儿里认为乔志文就是看好陈菲了，就是想袒护她，要不然的话，她受了这么大的委屈，他怎么能置之不理？

她现在最后悔的是不应该说与药无关的那几句话："谁你都想往上黏糊啊？你个大破鞋！大破鞋！"

她失败就失败在这几句话上，本来表面上事起工作，结果她几句话就暴露了她恨陈菲的真正原因，从而把整个事件引到了自己完全没理的地步。

她真恨自己，恨不得打自己十个大耳光，怎么就那么没有控制力呢？就事儿论事儿，只说这十联药，就问陈菲哪儿去了，她会哑口无言的，到最后说不定还会弄个处分什么的。

这下好了，不但没达到整治陈菲的目的，反而助长了她的威风，别人更会瞧不起她了，背后肯定得说，还厂长夫人呢，一点儿用没有，陈菲那么对待她，和她对着骂，结果把人家陈菲怎么样了？拿人家陈菲一点儿办法也没有。

今后，说不定小胡、小马和小张她们也会效仿陈菲，到时候几个人联合起来和她对抗，就有好戏看了。

她站起身，浑身无力。

作为女人，她是失败的。

她再清楚不过，乔志文从来没有真正爱过她，她现在开始反思，当时那么狂热地追求乔志文是否是个错误？一个男人，如果他不爱你，即使他十分尊重你，他骨子里的那种冷漠、疏远也会时不时地渗透于言行中。志文从来不会对杨秀梅有任何亲密的举动，就算是在夫妻生活上，他也是过于规矩与保守了。

杨秀梅再傻，她也知道，他的这种规矩与保守意味着什么，意味着她根本激不起他的欲望，真正的夫妻之间是不会这样礼貌和客套的，他在她面前不开放肆的玩笑，没有男人情欲的表现……

她为自己感到悲哀，也为乔志文感到悲哀，被不爱的人爱和没有人爱都是痛苦的，这一点毋庸置疑。

而在事业上，她虽然有一定的医学水平，但人际关系始终不好，在厂里，她没有一个知心朋友，哪怕能说说心里话，能让她发泄一下心里的酸楚与郁闷也好。

她现在感觉，世界上最亲的人唯有父母和儿子乔天放了。

她看不到明天，不知道未来的路在哪里。

三十六、几近崩溃

在志文的再三斡旋下，厂子终于又恢复了供电，同时，一个特大喜讯传来。

一家关系单位的日本客户——藤野株式会社，在走访时偶尔发现了化砂细这个产品，他们觉得非常适合应用于其公司的陶瓷制品，遂通过关系单位联系到志文，表示想要一批货，货发出不久，藤野株式会社便发函要来工具厂考察、订货，志文听到此消息欣喜若狂，当即邀请其社长——伊藤佐木及随行来厂考察。

伊藤佐木一行到达后，其翻译由于水土不服，上吐下泻，得了肠胃炎，在医院里休息，不能完成翻译工作，无奈之下，志文只好让副厂长赵得贵等人帮着找一位会日语的翻译，结果赵得贵推荐了陈菲。

陈菲的丈夫是日本遗孤，虽然在饮食起居等方面已经完全汉化了，但因为婆婆在世时，他们始终生活在一起，因此没有丢掉母语，陈菲跟其耳濡目染，日语的会话水平相当高。

起初杨秀梅并不知道，陈菲已经被临时调去当了志文的翻译，由于事关与藤野株式会社能否合作成功，情况比较急，赵得贵找到陈菲，直接让他跟着去了志文办公室，没来得及和杨秀梅打招呼，所以，她事先并不知道。

晚上下班的时候，杨秀梅走出卫生所大门，一抬眼就看见了陈菲和志文及伊藤一行人上了厂里的捷达车。

杨秀梅当时愣了，以为自己看花了眼，再定睛望去，没错儿，陈菲已经换了一身得体的套装，高高挽起了发髻，画着淡淡的职业妆，脸上洋溢着温婉大方的笑容，完全没有了和她打架时的剽悍泼妇气势，倒像个受过高等教育的知性女子。

杨秀梅傻愣愣地站在那儿，直到捷达车从她身边"呼"的一下开过去，她眼看着坐在车里的陈菲就紧紧地依靠在志文身边，像是说着什么有趣的事儿，几个人笑得分外开心。

杨秀梅僵直地站在那里。

她不明白是怎么回事儿，难道志文已经敢公然把陈菲带出去陪客人了？

站在寒风中，她一时醒不过味儿来，再怎么样，总不至于和她这个所长连声招呼都不打吧，她又想。

这一切被站在卫生所门口也准备回家的小胡看到了，她是知道陈菲被临时借去当翻译的，可是当她看到杨秀梅傻傻地立在那里看着志文他们上车走时，她一下就明白了杨秀梅的心思。

不知为什么，身为女人，小胡在那一刻突然感到杨秀梅很可怜，她走过去："杨所长！杨所长！"她叫了两声。

杨秀梅像入了定般对小胡的话没有丝毫反应。

小胡拽拽杨秀梅："杨所长！"

"啊！"杨秀梅被吓了一跳，她愣愣地瞅着小胡。

小胡笑了："那个日本客户的翻译水土不服拉肚子，乔厂长没办法，临时把陈菲叫去给当翻译，她不是会日语嘛。"

"噢，是吗？"杨秀梅说一句，也许是为了掩盖她的失态，或想让小胡以为她根本没拿这事儿当回事儿，她又加了一句："不是挺好嘛。"

杨秀梅向厂子大门口走去。

小胡跟着杨秀梅走到门口，她觉得有必要安慰杨秀梅几句："杨所长，别跟陈菲生气，她那个人就那样儿，嘴巴不让人，其实吧，人也不坏，她说那些话，也是气话，你就当放屁听响了！"

杨秀梅看看小胡，心想，难道你和她背地里说我的那些话我也全当放屁听响？

她脸上浮起了一个似笑非笑的表情，转身走了。

原以为杨秀梅能点点头或真心地和她说几句，谁知，杨秀梅瞅了她一眼，竟一个人走了。

小胡尴尬地站在那里，看着杨秀梅走远的身影，翻了一下眼睛："这种性格谁能稀罕呢？"

从车棚里推出自行车，小胡也骑上走了。

其实，自从杨秀梅那天听到了小胡和陈菲背后对她的评价，她就对小胡的印象来了个一百八十度大转弯，一方面她并不想听这样一个背后嚼自己舌头的人说话；另一方面，她已经无心再听什么了，看到陈菲打扮得体地和志文一起去陪日本人，她什么心情都没有了，她已经快被气疯了。

回到家，坐在沙发上，她脑中不断回想在卫生所门口看到的那一幕，陈菲像个趾高气扬的公关小姐一样陪在志文身旁，看她那样子，好像就要做给全厂人看，看，乔厂长多器重我，多看中我，她杨秀梅在乔厂长眼里都不如一堆屎！肯定还得风光无限地出入宾馆、饭店吧？

看了看墙上的落地钟，六点整，现在肯定在饭店，她想着陈菲有可能不失时机地施展她的魅力向志文发射，有可能装作喝多了就趁机靠在志文身上，还有可能志文喝多了，就……还有，还有，陈菲不是也说过吗，乔厂长他就是爱看我了，你就干瞅着，干瞅着……今天总算能看个够了！

哈，她现在真想笑，想大笑，你乔志文这回顺应着陈菲的话来了，我就爱看陈菲，不但爱看，还要重用！

她打鼻子里冷哼一声，太多的假想让她越发感觉一定就是事实，你乔志文多好啊，多会往我脸上贴金啊，你让全厂的人都看着，陈菲刚和我大打一仗之后反而得到了重用，你是什么意思？你是想让我在全厂人面前抬不起头？你是成心想让我难堪？想让大家知道我在你心中根本没有一点儿地位？还是告诉大家，我和谁有矛盾，都和你乔志文没关系，因为你乔志文从来没把我当成你的妻子，我只是一摆设而已？

杨秀梅一直没有睡觉，就坐在床前等着乔志文。

墙角的落地钟发出"当"的一声巨响，杨秀梅吓了一跳，她张大眼睛回身望着那旋即沉默的钟摆，十二点整了，杨秀梅回过头来，嘴角隐现一丝浅笑，日本客人不需要休息吗？还是送走了日本人，乔志文就单独和陈菲在一起了？

她的牙齿咬得紧紧的，她能清晰地听见心脏的咚咚巨响，她做好了准备，今天乔志文回来，他必须给她一个说法！必须！

楼道里隐约有了脚步声。

杨秀梅一动不动地坐在那里，浑身竖起了备战的旗号。

三十七、雪上加霜

开门的声音，关门的声音……

志文走了进来。

一股酒气扑面而来。

坐在黑暗中的杨秀梅又笑了，喝得梦里不知今夕何夕了吧？她想。

志文走进来，看见黑暗中坐着一个人，吓了一跳，赶紧打开灯，看见杨秀梅笔直地坐在那里。

他长出一口气："怎么还没睡呢？"

杨秀梅目不转睛地望着志文，一字一句地："乔志文，你什么意思？"

"怎么了？"志文奇怪地看着杨秀梅。

"成心让我难堪是吧？"杨秀梅问。

"我不懂你什么意思？"志文脱掉外衣。

"不懂？"杨秀梅虚眯着眼睛看着志文："你是真不懂还是装糊涂啊？"

志文停住了，他认真地看了杨秀梅一眼，坐在她身边："有什么话直说好吗？"

"好啊！"杨秀梅直视着志文："我刚和陈菲大打了一仗，为什么，今天让她去给你当翻译？"

志文笑了，站起来："我以为什么事儿呢，这不是日本客户带来的翻译病了吗，好不容易盼来这么一个大客户，不能因为没有翻译就失去了机会呀，正好，陈菲不是会日语吗？就……"

"不能外请吗？你怎么就看好她了？"没等志文说完，杨秀梅打断问。

"这不是现成人选吗？外请一时找不着不说，不是还得花钱吗？"

杨秀梅冷哼了一声："我看你就是想给我难堪，让别人看看，陈菲刚跟我打完仗，不但没受到一点儿处罚，还得到了重用！乔志文，你可真行啊！"

志文坐下，望着杨秀梅："思想能不能别这么狭隘？别人不会像你那么想的，我的一切出发点都是为了厂子，这有什么错吗？"

"我不管你是什么出发点，你用陈菲就不对，就不行！"杨秀梅暴怒地喊着。

志文意外而惊讶地看了杨秀梅一眼说："我很累了，不想和你吵架，这里没有行与不行，对与不对，我要对全厂职工负责，我知道，对于现在的工具厂，一个出口订单有多么重要。"

志文说完，向外走去。

"是看陈菲累的吧。"杨秀梅阴阳怪气地说。

志文站住了："什么意思?"

"什么意思不懂吗?"杨秀梅直视着他，"你不是最爱看陈菲那张漂亮脸蛋儿吗? 要不然怎么能一点儿都不顾及我的感受，让她陪着你和那些小日本儿去饭店，去宾馆?!"

志文望着不可理喻的杨秀梅："你有点儿无聊。"

"是我无聊还是你无耻?"杨秀梅失控地大声问。

"你说什么?"志文不相信地望着杨秀梅。

杨秀梅迎视着志文，再一次清晰地重复："我说，是我无聊还是你无耻?"

"我怎么无耻了? 难道仅仅因为我用了陈菲当翻译我就无耻了?"志文的声音也抬高了。

"对!"杨秀梅声音变调儿地大喊，"你就是看好她了，看她长得漂亮!"

志文不可思议地看着杨秀梅好一会儿，他点点头："好，你愿意那么想我也拦不住。"

志文再一次向外走去，一天下来，他真的很累了，要陪着日本客户吃好喝好玩好，想办法多签点儿订单，过年了，怎么也得给职工开两个月的工资啊!

他身上的担子够重了，他实在没有精力去和杨秀梅解释、争论，而且，他感觉近一个时期以来，杨秀梅的性格变得越发不可理喻，他不想在这种时候和她吵。

"这么说，你是真看好陈菲了?"杨秀梅纠缠不放地问。

志文一言不发地向外走去，他觉得杨秀梅已经无聊到了极点。

杨秀梅坐在那里，点点头，眼泪从她眼里流了出来。

呆坐了一会儿，她站起来，走进客厅里。

志文正坐在客厅的沙发上抽烟。

杨秀梅走过去，坐到志文身边，抬眼望着志文。

"你跟我说句实话，在一起生活了这么多年，你是不是从来没把我放在心里？"她问。

志文不语，他用力抽了两口烟，忍耐地拍拍杨秀梅："我看你今天情绪不太好，早点儿睡吧。"

他站起来。

"乔志文，回答我的问题。"

志文停顿了一下，他沉吟片刻，再次拍拍杨秀梅："睡觉吧，啊！"

志文走了出去。

听着志文关门的声音，杨秀梅捂嘴哭了。

她知道志文最后那一停顿的真正含义。

志文走出门去，沿着江边缓缓地走着。

志文家已从原来的老房子搬到了现在的这栋暖气楼，二十世纪九十年代初，能住上暖气楼已经是相当高水准的生活了，楼的南端即是浩荡的牡丹江。

十二月正是冰冻三尺的季节，午夜的风吹得尤其凛冽。

志文沿着江堤漫无目的地走着，彻骨的寒风已经将酒后的燥热完全吹散了。

他在江桥的栏杆前站定，点燃一支烟，深深地吸了一口又吐了出来。

他目光迷离地望着渺不可测的前方，夜，静谧异常，唯有耳边的风在兀自狂啸，江面一片白雾茫茫，风扫过，带起些许轻雪，风再裹挟着这轻雪呼啸着吹向远方。远景在夜色中变得模糊不清，城市中的一切都在沉睡……

杨秀梅的话问到了他心中的隐痛。

是的，必须承认，他和杨秀梅分别成为他们这场婚姻的牺牲品，在婚后的许多个日日夜夜里，他曾不止一次地自问，为什么，当时为什么他就能头脑发热地答应了杨秀梅其实在他看来是非常荒唐的请求，并且在已经预示到会有今天这样一种结果的情况下一错再错，是他太过心慈善良，还是从根本上讲他就是一个不负责任的混蛋？

他后来总结，他其实就是一个不负责任的混蛋！再也没有人比他更了解自己当时的心境，他在受了方云娜背叛的强烈刺激下，变得心灰意冷，自暴自弃，在他眼里，已经容不下除了方云娜以外的任何女人，即使方云娜写出了那么绝情的信，说出了那么残酷得近乎无耻的话，他还是忘不了她！这就是他，乔志文，一个没有是非观念，没有志气的下贱的人！这是他给自己的定论。而当杨秀梅给予他种种关爱与温暖时，他的内心其实没有任何波澜，他无视杨秀梅所付出的一切，因为他的心永远不可能再去承载除了方云娜以外的任何感情，从头到尾，杨秀梅就是把整个人付出他也不会为其所动，可偏偏，他就鬼使神差地应允了这门婚事，说到底，他就是想急于逃避方云娜带给他的伤害，急于找一个可以避风、疗伤的港湾，而杨秀梅恰恰在此时向他敞开了一扇门。

就是这样，当他意识到他真的娶了杨秀梅也不会幸福时，杨秀梅却已处在欣喜若狂的边缘，看到这种景象，他所谓的善又起了主导作用，千错万错就错在他没有横下一条心，当机立断，快刀斩乱麻，留下了这一世的罗烂，上演了这样一出婚姻悲剧。

这些年来，他曾试图让自己接受杨秀梅，试着去发现她身上的优点，可屡屡失败，当他清醒地意识到，他一时的优柔寡断，断送了他们彼此一生的幸福时，痛苦便如潮水般涌来。

他这一生，永远都无法享受身为一个男人的销魂与激情，这，难道不是他的人生悲剧吗？

随着时间的过去，一直在伪装、在隐忍的表面上看似平淡无奇的婚姻，问题逐渐凸显，杨秀梅悲哀地领悟到，她得到了志文的身，却一辈子不可能得到志文的心，那种无以言表的绝望，那种深入骨髓的失落，当没有外力的引诱与撩拨时，它还隐藏着，而一旦有哪怕一点儿甚至于都称不上问题的问题出现时，这种绝望、失落，便一下幻化成敏感、狂躁与不安，那种即将要面临失去对方和末日已到的恐慌就演变成了病态，它潜藏在体内，犹如一颗炸弹，随时引爆。

杨秀梅现在就处在这种情绪中。

志文原想，这一生没有真爱，罢了，认了，可当杨秀梅变得极其多疑时，志文发现，自己对她的忍耐已经到了无法自控的脆弱程度，这可能也是积蓄了多年而势必要发生的结果。

当一个女人，她从来不曾在男人心中活过，如果她像挂在墙上的一块方毯般静止或沉默也还算了，男人只管当其不存在，而一旦她要从墙上走下来，要产生一些影响或带来一些麻烦，男人此刻是相当没有耐心的。接下来这个女人可能就会沦落到自讨没趣或自取其辱的地步。

杨秀梅问志文，是不是从来没把她放在心里？志文没有正面回答，他不回答是不想伤害杨秀梅，而杨秀梅明知答案却偏要问个明白，这也是其愚蠢和不高明之处。

志文深思了很久，他会尽量做到不伤害杨秀梅，尊重她，宽容地对待她，毕竟夫妻这么多年，他能理解杨秀梅太在乎他的心情，他要尽最大可能维护一个家庭的和睦。

但是一场更大的风暴正在等着他。

三十八、疯癫成疾

和藤野株式会社签了第一批合同订单后，车间便加班加点地生产，直到第一批货发出，日方如期将货款打到了工具厂账面上，志文总算长出了一口气，职工年前的工资有着落了。

不久，伊藤佐木正式向志文发出邀请，请他去藤野株式会社考察，并进一步研究双方其他合作意向，但在邀请函的结尾处特别提出，请他带上陈菲，因为伊藤佐木对陈菲上次的翻译工作非常满意。

结尾处的这句话让志文为难了，他知道如果真带上陈菲，杨秀梅肯定又要大闹一场，可藤野株式会社，这么一个大客户，他必须牢牢抓住，这关系到工具厂今后的发展，初次合作他不想给对方留下不好的印象，怎么办呢？

思来想去，志文想出了一个两全的办法，他找到陈菲，直言不讳地坦承杨秀梅多疑的性格，为了避免麻烦，让陈菲以其他名义请半个月假，不要和任何人说去日本，这样不但日方满意，也会瞒过杨秀梅，风平浪静。

陈菲听从志文的意见以去上海探亲为名向杨秀梅请了半个月假，和志文飞赴日本。

在日本期间，志文考察了藤野株式会社的多个出口项目以及先进的企业理念和管理方法，签订了包括化砂细、全无氯漂白纸浆生产食品包装纸等五个意向性协议，整个考察过程相当顺利圆满，当志文满载而归，以为对杨秀梅瞒天过海相安无事时，没想到，日本之行被踢爆！

杨秀梅每个月去医药公司进药，都要拿着票子到财务科去报销，这天，一如往常，她先拿着票子请财务科长签了字，再到财务科找邢会计报账，正赶上月末，邢会计桌上堆了好多票子，杨秀梅进去后，邢会计让她等一会儿，说她把手头的票子粘好，再来答对杨秀梅。

杨秀梅无意识地伸头看了一眼桌上的票据，这一看不要紧，陈菲二字"唰"的一下蹦进了她的眼里，她愣了一下，心想，难不成陈菲去探亲，厂子也给报销？稍一沉吟，邢会计就要拿走桌上的票子，杨秀梅闪电般拽过那张贴着机票的差旅费票子，上面清清楚楚地写着"日本考察"四个大字，杨秀梅的脑袋"嗡"的一下，她只感到头部一阵眩晕，她稳了稳神儿，瞅着邢会计："怎么，陈菲去日本了？"

"啊，你不知道啊？"邢会计奇怪地看了杨秀梅一眼，意思是说，你是陈菲的直接领导怎么会不知道这事儿啊？她走，不是也得先通过你吗？

听到邢会计的话，杨秀梅瞬间浑身冰冷，她把陈菲那张票子"啪"地拍在桌上，一言不发地向外走去。

"哎，你的票子呢？报不报了？"邢会计在她身后喊着。

杨秀梅像没听见似的兀自走了出去。

邢会计奇怪地坐在那里，忽然之间，她想到了什么。

她想起了那次杨秀梅和陈菲因为乔厂长而大打出手，陈菲还说，乔厂长他就是爱看我了，你就干瞅着……再想起刚才杨秀梅的表情，邢会计一下明白了，噢，乔厂长和陈菲是偷着去了日本，杨秀梅根本不知道，要不怎么会是这种表现呢？

想到这儿，邢会计又隐隐地感到了一层不安，毕竟，杨秀梅是从她这里知道了陈菲和乔厂长去日本的事儿，别到时候乔厂长再给自己小鞋穿啥的……

这么一想，邢会计又自怨自艾起来，怎么这么不注意呀，什么事儿都得经一下大脑再说话呀！

转而，又想到了乔厂长和陈菲，邢会计是一个五十多岁的老女人，她最恨男人在外面不正经，二十世纪九十年代初还不是十分盛行"婚外恋""第三者"等词儿，一般都用"不正经"代替，她猜想，杨秀梅出了这个屋，肯定就去扇陈菲大耳雷子去了，"扇死才好呢！"她暗自咬牙，"把那些个不要脸的，不正经的都扇死才好呢，给她撕个稀巴烂！看她还敢不敢出洋贱！反正我也不是故意说出来的！"

这么一想，邢会计反而高兴起来，她好像立马就看到杨秀梅怎么把陈菲摁到地上猛踹、猛撕巴的情景了。

你说这个乔志文，原来多好一人啊，怎么当了厂长就变了？这事儿也让她非常想不通。

杨秀梅出了厂办公室，真奔卫生所而来。

一路上，她咬紧牙关，脚下呼呼生风，她只有一个信念，扇死那个陈菲！把她那张脸用剪刀豁烂，用火烧焦，用水烫熟，恨不得把她的脑袋都踩下来！

这不明摆着乔志文和陈菲暗度陈仓了吗？这不明摆着他们关系不正常了吗？要是正常的，正大光明的，陈菲和她撒什么谎？乔志文和她撒什么谎？！

乔志文，真有你的！真有你的！

杨秀梅把牙齿咬得嘎嘣作响，她打开卫生所外面的大门，直奔陈菲的药局，"砰"的一脚踹开了大门。

陈菲正在和小胡聊得火热，一见杨秀梅这架势，吓了一跳，还没来得及反应，杨秀梅已经风一样卷到了她面前。

杨秀梅面部痉挛，冲陈菲挤出一个比哭还难看的笑。

"陈菲，去上海探亲探得怎么样啊？"她声音颤抖地问。

陈菲和小胡完全被杨秀梅的表情吓到了。

"还行啊。"陈菲从嗓子眼儿里咕噜出一句，不安地看了她一眼，还没等再反应什么，说时迟那时快，杨秀梅以迅雷不及掩耳之势，冲着陈菲的脸挥去，一个干净利落的大耳光狠狠地落在了陈菲脸上。

"我让你再撒谎！"杨秀梅同时喊出。

陈菲一下被杨秀梅打傻了，随即，反应机灵的她立刻知道了是怎么回事儿，但是，她本能地喊了一句："你干什么？！"

"你说我干什么？干什么？我今天就撕你这张脸，你不是就用这张脸勾搭乔志文吗？我这回让你勾搭，我让你勾搭……"杨秀梅疯了般扑向陈菲，对着陈菲的眼睛、鼻子、嘴劈头盖脸地抓来，她来势凶猛，力大无穷，长长的指甲对着陈菲的脸没头没脸地抓挠，由于她动作犀利且突然，陈菲只有招架之功而无还手之力，杨秀梅扯住陈菲的头发对着墙撞去，小胡扑过去拉扯杨秀梅，一边喊着："杨所长！杨所长，你冷静点儿你……"

"你给我滚到一边儿去！"杨秀梅喊着，"你也不是什么好饼，以为背地里说我的那些话我不知道，我告诉你，我还没来得及收拾你呢！"

小胡一下愣了。

"姓陈的，"杨秀梅又冲着陈菲，"你和乔志文偷偷摸摸去了日本，还骗我说去上海探亲，我让你们这对狗男女不得好死，不得好死……"

听到了杨秀梅的话，小胡愕然地望着陈菲，因为当初陈菲对她说的也是去上海探亲。

"你们这两个臭不要脸的！臭不要脸的……"杨秀梅哭喊着，她完全失去了理智，任凭陈菲怎么挣扎，小胡如何拉架，都无法真正起到保护陈菲的作用，血顺着陈菲的额头淌了下来。

这时外面的小马、小张和许多来开药的职工也冲了进来，她们拼命拉开杨秀梅，杨秀梅还在那里跺脚、歇斯底里地哭喊："你们都看看，就是陈菲这个臭不要脸的，前一阵儿和我请假说去上海探亲，结果跟着乔志文偷偷摸摸去了日本，我呸！"杨秀梅一口唾沫吐到了陈菲脸上："我要不是在财务科看着了她要报销的票子，我还蒙在鼓里呢！我呸！呸！……"又是两口唾沫吐到了陈菲脸上。

众人都愕然地看着坐在那里满脸是血的陈菲。

"你给我等着，我一会儿回来再跟你算账！"杨秀梅说完，推开药局的门大步向外走去。

陈菲完全傻了，她呆呆地坐在那里，从杨秀梅冲进来到现在，她除了那句"还行啊"，再也没来得及说上第二句话，就被杨秀梅暴风骤雨般地扑打、痛骂给掀翻在地，此刻，望望周围用各种异样的眼光在看着自己的人们，她张了张嘴，想解释，却又突然不知道怎么说。

"我，我告诉你们，不，不，不是像她说得那样的，不，不是，你们相信我，我，我怎么会是偷偷摸摸和人家乔厂长走的呢，不，不是，真的不是……"她结结巴巴地说着这两句话，却说不出更多可以代表她清白的解释，突然之间，她趴在桌上，放声大哭！

杨秀梅从卫生所出来，一刻不停，奔着志文办公室而来。

这一刻，她的心中只有恨，她恨透了这个男人，她恨不得拿刀把他剁成肉馅！

一路冲到志文办公室门口，一推门，锁着。

她一脚踹在门上，"咣咣"的用拳头砸了好几下，引得其他几个办公室的人都纷纷伸出脑袋想看个究竟。

杨秀梅顾不得别人对她惊愕的眼神，一路冲到会议室。

志文正和班子成员在研究节前的一些注意事项及工资福利等事宜。

杨秀梅一把推开会议室的门，冲到志文面前，二话不说，上去就是一个耳光！

开会的人都傻了，几个人冲上去赶紧拉开杨秀梅。

"杨所长，你这是干什么？"有人问。

志文更傻了，他睁大了眼睛瞅着杨秀梅："你干什么?!"他厉声质问。

"干什么?!"杨秀梅大喊，"你说我干什么？你和陈菲那个臭不要脸的骚狐狸背着我偷偷摸摸去了日本，你以为我不知道啊，啊?!"

志文咬咬牙，极尽忍耐地指指大门，清晰地呵斥道："出去，我们正在开会，有什么话回家再说。"

"回家？"杨秀梅疯了般掀翻志文桌上的所有东西，大喊，"你和陈菲就是一对狗男女！大破鞋……"

志文不可思议地看着杨秀梅，从齿缝里迸出几个字："你疯了？"

"我是疯了！疯了！"杨秀梅狂叫着。

保卫科的人也来了，志文闭了闭眼睛，对保卫干事说："把她请出去。"

保卫干事上前欲拉杨秀梅，杨秀梅一甩胳膊："用不着你们拽，我自己会走！"

暴怒的杨秀梅再随手扯起桌上的一沓纸，对着志文的脑袋砸去，志文脑袋一偏，躲了过去。

他睁大了眼睛，忍无可忍地看着杨秀梅。

杨秀梅回身恶狠狠地瞪着志文，狠狠地啐了一口，转身走出了会议室，"砰"的一声摔上大门，大门上的玻璃哗啦啦掉下来，摔了个粉碎。

众人赶紧跑上前处理地上的玻璃碎片。

志文坐回到椅子上，痛苦地闭上了眼睛。

片刻后，他努力调整好自己的情绪，面向众人："开会。"

杨秀梅走出厂办公室，到车棚取出自行车，箭一样向厂外冲去。

办公室和卫生所窗前站着许多引颈探头的人，大家都在议论纷纷。

财务科的邢会计和出纳小齐也在窗前张望着。

"看来杨所长气坏了。"小齐说。

"放到你身上，你不生气？"邢会计说，看着杨秀梅骑车出了厂子大门，两人坐回到办公桌前。

小齐端起桌上泡着的茶水，皱了皱眉："你说，能吗？"

"啥能吗?"

"乔厂长和陈菲呀。"

"怎么就不能?"邢会计翻了翻眼睛,"我告诉你吧,小齐,男人没一个好东西,我是结婚了没办法,我要是年轻,非得一个人过一辈子不可,落个清静。"

"我总感觉乔厂长不像那样的人呀!"小齐深思着说。

"是不是那样人写在脸上了?"邢会计逼到小齐脸跟前,"既然杨所长这么作他,肯定有作的道理。以前乔志文是没当上厂长,手里没权,现在可不一样了,人家是厂长了,像陈菲那样儿的还不赶紧往上贴乎?"

"我听他们说,杨所长刚在卫生所把陈菲给揍了。"小齐说。

"早猜着了,能便宜得了她吗?"邢会计说,"活该!"

"能吗?他们俩?"小齐仍是半信半疑。

"要不说你年轻呢,"邢会计说,"你也不想想,要是没问题,那乔厂长为啥要瞒着杨所长?这不明摆着吗?两人利用去日本的工作机会,一起出去玩儿去了,反正都是公家报销,你可真是个傻孩子,太天真了。"

小齐坐在那里仍是一副琢磨不透的表情。

"反正陈菲是长得挺漂亮的,哈?"她又说。

"漂亮啥呀,"邢会计打鼻子里哼了一句,"就是能美呗,能化呗,你看她要是不抹,那脸肯定也黄巴拉叽的。"

"谁说的,有一次洗完澡出来,她脸上啥也没抹,看着也挺白。"小齐认真地说。

"白,"邢会计再哼一声,"你看着白,白去吧!"邢会计站起身,向外走去,关门的声音比往日大了不少。

小齐看着关上的门,撇了撇嘴:"就是嫉妒。"

杨秀梅骑在自行车上,双腿像踩着风火轮似的急速前进,她一直瞪着眼睛,大口喘着气,整个人像被充了气的玩偶,稍一触碰就会爆炸。

十分钟,她就骑到了乔师傅家楼下,把自行车往地上一推,她就奔着楼上去了。

乔师傅正和刘淑珍从酸菜缸里往外捞酸菜，今年温度没掌握好，缸放到屋里，酸菜都烂了。

刘淑珍正一边往外捞，一边嘟囔："白瞎了，这酸菜，今年白菜可好了，都烂了，啧!"

"以后就把缸放到走廊，不冷不热最适宜。"乔师傅说。

一阵剧烈而急促的敲门声传来，乔师傅和刘淑珍对望一眼。

"谁呀这是?"刘淑珍赶紧到门口打开了门。

杨秀梅一头扑了进来。

"这是咋的了?"刘淑珍问。

杨秀梅坐到床边儿，放声大哭。

乔师傅奇怪地瞅瞅刘淑珍，再瞅瞅杨秀梅。

刘淑珍赶紧走到杨秀梅跟前："咋的了这是，啊? 咋的了?"

"乔志文和卫生所的陈菲好上了!"杨秀梅大哭着说。

刘淑珍瞅着杨秀梅，半天没反应过味儿来："啥?"她问，"我没听明白，你再说清楚点儿，怎么回事儿?"

乔师傅倒听明白了："根本不可能。"他说了一句，瞅了瞅杨秀梅，打开门走了。

"我说，"杨秀梅大声地嚷嚷道，"乔志文和卫生所的陈菲好到一块儿了! 臭不要脸，不正经!"

杨秀梅哭得更惨了。

刘淑珍站在那儿，回味着杨秀梅的话，才明白。

"噢，你是说，志文和什么陈菲俩人……"

"对! 对!"杨秀梅站起来，激动地继续说，"前一阵儿志文上日本，陈菲和我撒谎说要去上海探亲，结果，回来以后，我在财务科看着陈菲报的票子上写得清清楚楚，日本考察! 我心里还寻思呢，怪不得和志文一个时间走，一个时间回来!"

杨秀梅再度捂脸哭起来。

"不能吧，"刘淑珍皱着眉头说，"志文他也不是那样的孩子啊！"

"不能？哼！"杨秀梅冷哼着，"我原来就发现志文瞅陈菲的眼神儿不对，陈菲瞅志文的眼神儿也不对，上次，我跟那个陈菲打仗的时候，她自己都说出来了，说乔厂长就爱看我了，你就干瞅着，干瞅着，气死你！这是她亲口对我说的，我撒一个字儿的谎让天打雷劈了我！前几天，她跟我说要请半个月假去上海探亲，结果回来以后，我在财务科发现了她报账的票子，写的就是日本考察！要是没事儿，她平白无故跟我撒谎干什么？妈，你说她跟我撒谎干什么？！"杨秀梅声音变调地喊着。

"你先别哭，秀梅，"刘淑珍拿了个毛巾递给杨秀梅，"我估计这里面肯定有误会，你没弄清楚，等志文回来，我问他，到底是怎么回事儿！"

"有什么误会呀！这不明摆着吗？怎么还有误会呢？噢，非得让我把他们俩捉奸在床，就没有误会了？"

"那怎么能呢？"

"你的儿子，你当然向着他说话了，还没等我说几句呢，张嘴就志文他也不是那样的孩子啊！"杨秀梅把毛巾一扔，"算了，跟你们说也是白说，谁不向着自己儿子啊！"

杨秀梅蹭蹭向外走去。

"你看，我也没说一定不是志文的错儿，我不是说了吗，等他回来我问他，到底是怎么回事儿，要是真有这事儿，我打断他腿！"

"哎呀，行了行了，你老太太我还不知道吗？可会做人了，当着我面儿这么说，等你儿子一回来就不是你了，行了行了，我也是贱，跑这儿来跟你说什么呢！"杨秀梅说着话，人已经走了出去。

"哎……"刘淑珍还想叫住杨秀梅，杨秀梅已经没了踪影。

刘淑珍皱着眉头呆立在那儿，深思地摇摇头："不可能，志文绝对不是那种孩子。"她自言自语地又一次说。

转而，她又奇怪地自言自语道："这个秀梅怎么像疯了似的？啥事儿不问青红皂白的就发脾气？这脾气可真大得吓人！怎么一下变成了这样啊？"

杨秀梅不知道，自己的疑神疑鬼，撒泼发疯的出格行为，为自己带来了灭顶之灾。

三十九、灭顶之灾

下班后，志文在办公室坐了很久。

对于白天发生的事，他真的有些措手不及，他不知道杨秀梅是怎么知道的，知道了以后怎么就有那么过激的行为，但现在这个已经不重要了。

重要的是杨秀梅完全失去理智发疯发狂的行为已经为他和陈菲在全厂带来了极坏的影响，有些人肯定把他们的关系想成了既成事实，他一方面感觉为了工作，陈菲跟着自己背这黑锅有点儿对不起人家；另一方面，他乔志文这么多年在工具厂走得端行得正，别说没有一点儿出格的行为，就连这想法都没有，她杨秀梅怎么就好端端地起了疑心且一发不可收拾呢？

杨秀梅今天白天的言行，让他震惊的同时居然感到一丝恐惧，因为他从杨秀梅的眼里看到了一种近乎癫狂的目光，他隐隐感到，她也许会一直没有理智下去，既然她能在光天化日之下，不顾形象与影响，到会议室里，敢于在众目睽睽之下，大喊大闹，打他耳光，说明她的状态已经完全不对了，接下来，她不一定还要做出什么荒唐可怕的事儿来，这一点尤其让他苦恼。

想了很久，但他觉得虽然杨秀梅现在的情绪肯定还处在偏执的状态，但总不至于连最起码的道理都听不进去，他决定回家好好和她谈一谈，把事情说开了，也许就万事大吉了。

带着这样一种希冀，志文回了家。

一进家门，黑乎乎的，志文进屋打开了灯，一眼看见，杨秀梅直挺挺地坐在沙发上。

志文满屋找了一圈儿，不见乔天放的身影，料定是杨秀梅提前清理了战场，把乔天放送回了娘家，只等他回来，好继续大战，想到这儿，志文不自禁地在心里冷哼了一声。

他脱掉外衣，看了一眼杨秀梅，洗了手，在杨秀梅旁边的沙发上坐下来。

"我们谈谈吧。"他说。

敲门声。

志文到门口打开了房门，刘淑珍出现在门口。

"妈，您怎么……"志文奇怪地望着刘淑珍。

刘淑珍走进来，伸头向屋里看了看，见杨秀梅直挺挺地坐在那儿，回过头来担忧地望着志文："到底咋回事儿啊，志文？今天秀梅到家里去哭……"

志文无奈地看了杨秀梅一眼，指了指旁边的椅子："妈，您坐。"

刘淑珍坐下来，小声地："从来没见她那样，到底咋回事儿？"

"不像她说的那样，我和陈菲是正常工作去日本。"志文说，"人家陈菲会日语。"

"我说不能嘛。"刘淑珍说，指了指杨秀梅，示意志文进屋和她解释。

志文走进屋去，坐到杨秀梅旁边。

杨秀梅回过身，用极端仇恨的眼光直视着志文。

"别用这种眼光看我好吗？"志文强压住心中的怒气，他郑重地直视着杨秀梅，"我声明两点，第一，我和陈菲没有你想象的那种关系；第二，陈菲隐瞒你去日本，是我的主意。"

杨秀梅瞪大了眼睛，眼光更加充满仇恨。

"这么做，我完全是迫不得已，因为在这之前，你就曾经怀疑她和我的关系，而且刚刚因为日本客户来，她当翻译你不高兴，我不想引起你更多的误会，不得已而为之。"

志文从怀里掏出藤野株式会社发来的邀请函，放到杨秀梅面前："这是藤野株式会社发来的邀请函，最后特别提到要带着陈菲去，你应该知道，藤野株式会社对现在的工具厂有多么重要，其他的我不想多说了。"

杨秀梅拿起那张邀请函，看了看，一个不屑的笑浮上她的嘴角，她把那封信函随手一扔，望着志文："乔志文，什么时候学会做手脚了？"

志文望着杨秀梅，好半天说不出话来，他点点头："好吧，你如果这么不可理喻，我也实在不想再说什么。"

志文向外走去。

刘淑珍拽拽志文，示意他不要走，志文坐在了外面的椅子上，点燃一支烟。

刘淑珍进来，走到杨秀梅身边："秀梅，志文他不是那样的人，夫妻之间，应该互相信任……"

没等刘淑珍说完，杨秀梅手一挥："有什么好信任的？事儿都在这摆着呢，那陈菲也说了，乔志文就是爱看她，我干瞅着，就气死我，这是她亲口对我说的！"

"那人有的时候尽瞎说，你也相信？"

"瞎说？你怎么知道是瞎说呢？"杨秀梅问。

"可，你又怎么知道志文和那个什么陈菲是真有那事儿呢？"刘淑珍问。

"这不很明显吗？两人偷偷摸摸去日本玩去了，那个陈菲还骗我说是去上海探亲，要是正大光明，和我撒什么谎啊？正常工作该去就去呗，要不是心里有鬼，你撒什么谎啊？啊？"杨秀梅冲着坐在外面的志文喊。

"你看，志文刚才不是说了吗？怕你误会，没办法才这么做的。"刘淑珍说。

"怕我误会？你心里没鬼怕我误会什么？"杨秀梅喊着站了起来："我告诉你，乔志文，你和那个陈菲就是一对狗男女，臭不要脸！"

志文猛吸着烟，脸上青一阵白一阵。

刘淑珍不高兴地看着杨秀梅："你看你，何苦非把话说得那么难听呢？"

"我说话就这样，我不就是傻吗？说话直吗？不像你们老乔家，专门会拐弯抹角，你也不用在这儿帮你儿子，我知道，儿媳妇在你们家到任何时候都是没地位，没人关心的，自己儿子犯了错，不但不教育，反过头来说我，真有意思！"杨秀梅愤愤地说。

"你看你这是怎么说话呢？秀梅，正因为志文是我的儿子，我了解他，我才敢打包票说他不是那样的人，你在我们家也生活这么多年了，志文啥样儿，我啥样儿你不知道吗？"

"对呀，正是因为我知道你们乔家什么样，我才敢说他乔志文就不是个东西！"

刘淑珍惊讶地瞅着杨秀梅："秀梅，你话里有话呀，我倒要问问，我们老乔家怎么样了？敢让你说志文就不是个好东西？是我们家风不正，还是做了什么对不起你的事儿？我看你这气儿不是一天两天了。"

"当初你们不都没看好我吗？早干什么去了？背后里不定说什么难听话呢，以为我猜不着？哼，我心里什么都知道，我就是不说得了。"

"那好，"刘淑珍坐下来，"你今天就把你所知道的一五一十地说出来，如果确有此事，我代表老乔家向你道歉，如果没有，秀梅，也请你以后说话掂量着点儿。"

"你什么意思？"杨秀梅"腾"的一下站起来，直逼到刘淑珍眼前，激动地说，"掂量着点儿，意思是让我放老实点儿呗？好啊，你们老乔家有本事全来，我告诉你，我豁出去了，我谁都不怕，连老的带小的，都一起来好了，小的不要脸，不正经，搞破鞋，老的还袒护，以后我杨秀梅也出去和别人生个私生子回来，让你们老乔家养……"

"啪"的一声，一个清脆的耳光落在了杨秀梅脸上，刘淑珍惊望过去，只见志文满脸青紫地站在那里，从齿缝里说出四个字："太过分了！"

杨秀梅连喊带叫，出了一头汗，此刻汗水把被扇乱的头发粘到了脸上，她瞪着要吃人一样的眼睛，怒视着志文。

"志文……"刘淑珍喊了一句。

志文一字一句地警告道："你好好反省反省吧！"说完，他再看了杨秀梅一眼，告诉刘淑珍，"妈，我送您回去。"

刘淑珍看了看杨秀梅，再看了看志文，低下头，一言不发地跟着志文走出门去。

大门"咣"的一声被关上，杨秀梅突然像发了伤寒病一样浑身哆嗦起来，片刻后，她像受伤的野兽般揪着头发大声号叫！

司机小李子的面包车很快停在了志文家楼下，志文扶着刘淑珍上了车。

刘淑珍忧心忡忡地看着志文，志文一直皱着眉头不语。

刘淑珍长叹了一声："唉，你刚才出手太重了！"

志文仍无语。

"回家可别再和她打了，她愿意说啥就说啥吧，等气儿消了，好好和她谈谈，另外，尽量少做些能让她疑心的事儿，啊！"

想了想，刘淑珍又说："秀梅这孩子现在怎么变成这样了？原来可没这么邪乎啊！"刘淑珍摇摇头，不解地说。

志文沉默着。

刘淑珍看着志文："她也挺可怜的，就因为当初觉得配不上你，这么多年一直担心你对她不是真心，她现在疑神疑鬼的，也是心不落底，你现在又当厂长了，总怕你在外面怎么样，这也可以理解，回家，别再和她打了，为了天放，为了这个家，好歹，她也跟你过了这么多年了，啊！"

志文把烟蒂扔到了车窗外。

刘淑珍望着窗外长叹一声。

志文和刘淑珍走后，杨秀梅在一阵哭号后，就始终直挺挺地站在那儿，乔志文居然能打她？乔志文居然为了那个陈菲打她?！摸着火辣辣的左脸，杨秀梅始终难以置信地傻愣在那儿。她调动着被打完以后不太灵活的思维，这么说来，乔志文已经成功地迈出了第一步，既然能打她，就能向她提出离婚。

而"离婚"二字，对于担心多年的杨秀梅无疑是灭顶之灾。

从她嫁给乔志文的那天起，由于内心深刻的自卑，使她变得敏感多疑，患得患失，她总有一种隐隐的预感，不一定哪一天，乔志文会向她提出离婚，今天看来，离这一天似乎不远了。

杨秀梅笑了，趔趄了一下，又站定了。这是什么社会呀？这是什么世道啊？

一个男人，为了和他搞不正经的破鞋，居然能对他的结发妻子动粗？

像乔志文这样的男人，他居然能对她动粗？！

她坐下了，想哭，又想笑。

想想吧，她杨秀梅有什么呀？没有相貌，没有大本事，原来父亲是劳资科长，现在也退休了，乔志文是看她什么都没有了，才敢这么对待她！

打得对，打得好！她把头仰靠到沙发背上，笑了，笑得浑身乱颤，泪水横流。

片刻后，她又恢复了面无表情。

从内心讲，她是深爱着志文的，尽管志文这巴掌打得她目瞪口呆，可同时也让她感到了一丝恐惧，她真的害怕，万一哪天志文提出离婚，她该怎么办？

看目前这种架势，如果她再闹下去，再去据理力争，说不定，他乔志文就会就坡下驴，向她提出离婚！

想到"离婚"二字，杨秀梅不禁打了个冷战，她不想离婚，她不想离开志文，她不想放弃这个至少表面上看还十分圆满的家……

杨秀梅的眼泪下来了。不据理力争，难道就咽下这口窝囊气？凭什么呀？她越想越义愤填膺，她杨秀梅就算再忍辱负重，也不能让丈夫在外面乱搞，而自己装聋作哑，难道她已经窝囊到这种程度了？

她真为自己悲哀，杨秀梅呀杨秀梅，和乔志文生活了十几年了，到头来，他能为了别的年轻漂亮的女人而对你动粗，你就再委曲求全也不是这么个委曲求全法儿啊。

但无论如何，她都知道，她不能再闹下去了，在混乱的思维中，她理出了一条清晰的路径，对于乔志文打她的这一耳光，她现在只能冷处理，如果还张牙舞爪下去，吃亏的肯定是她。

说不定，她乔志文正是做套儿想让她往里跳呢！猛悟到这一点，杨秀梅的心又是一紧。

所谓忍一时风平浪静，退一步海阔天空，但以杨秀梅的禀性，又岂是真能忍的？即使这一次在她自己看来是忍下了，但这口气却埋藏在心灵深处一个僻静的角落，她不敢说永远不爆发。

那一天，志文回来很晚。

那一夜，家里寂静无声。

四十、除夕团圆

二十世纪九十年代初的中国，无论从经济体制到文化娱乐都处在一个变革和逆转的特殊时期。从一九八七年费翔的《冬天里的一把火》开始燃烧，港台歌星如山洪暴发般席卷了全国并彻底俘获了青少年的心，从最初的邓丽君到香港的"四大天王"，全国的少男少女们像中了魔法般迷得昏天黑地，男孩儿们吹着郭富城头，模仿周润发黑帮老大的做派，女孩儿们的刘海则用摩丝高高打起一个鸡冠，浓妆艳抹，说话已然是一嘴"港范儿"，从音乐茶座到卡拉OK，中华大地疯狂地回荡着《真心英雄》《再回首》《爱上一个不回家的人》《护花使者》《一场游戏一场梦》……充分显示了人们追求自由开放的人性释放与渴望。

一方面受着这些文化的侵袭与融合，另一方面，市场经济的大潮把诸多国有企业推到了一个从未有过的风口浪尖之上，在这滚滚大潮中，破釜沉舟者有之，逆流而上者有之，"打掉铁饭碗，砸碎大锅饭"日渐盛行，许多企业如在泥石流中艰难前行，朝不保夕，而头脑精明者则先一步借着改革的春风，凭着难得的机遇一头扎进海里，捕到了大鱼。

这其中有如朱大军者，手里拿着大哥大，是改革开放以后最早的一批受益者；有如乔志武者，刚刚抖落一身工厂稚嫩的气息，摩拳擦掌打算下海探底……

前面已经交代过，乔志武在老乔家众多孩子中是一个异类，他一生只为自己服务，无论是家人还是周围人的一切都与他无关，他很少动情，什么事情都很难打动他，唯有自己的利益是至高无上的，他那种从血液里散发的冷漠，那种机关算尽的城府，无人能及。当工具厂陷入困境时，他两脚一拔，抬腿走人，落得清静。

他走归走，可在工具厂总不能白当了这么多年的厂长吧？总要利用点儿什么，才能真正实现当过厂长的价值。

他脱离工具厂后，很快组建了志丽工具厂，"志丽"二字分别取自他和许丽丽的名字，那时候东北不像南方有那么多名目繁多的各类皮包公司，叫公司的还不多，倒是有许多个人开的小厂，就等同于南方多如蚂蚁般的小作坊，只不过没有像他们那样遍地开花。乔志武掐着手里这些客户和人际关系，建厂后，仗着厂小人员少负担轻，很快打开了局面，当然，对于工具厂他是不会心慈手软的，利用压低成本价格等种种手段，把工具厂原有的客户撬走了不少。

不管是幸福还是不幸，时间永远不会在意每个个体的酸甜苦辣，它一如既往地迈着惯有的步伐向前走去，它冷漠地注视着周遭的一切，不为所动。

一年就这样过去了。

年味儿已经飘满了大街小巷，大红灯笼、对联、鞭炮，好看的各色糖果烟酒、花生瓜子、挂历、台历、鸡鸭鱼肉摆满街头，小商小贩的吆喝叫卖与五彩斑斓的节日礼品让空气都充满了香喷喷的味道，浓烈的喜庆气氛烘托得每个人脸上都洋溢着欢天喜地的笑容，人们开始关心今年春节晚会都请了哪些港台歌星。人们对于港台歌星从来不挑，只要是港台来的，一出场肯定爆个满堂彩。

刘淑珍也开始忙活着置办年货，三十儿晚上全家老小都要齐聚乔师傅家吃年夜饭的，而且，小娇早早打了电话回来，说三十儿下午和朱大军准到家，不准备足了，怕是不够，再说年年有余嘛，多准备些总是有备无患。

在刘淑珍眼里，过年就是过孩子，虽然小娇没有孩子，可志文、志武和小莲都有孩子，乔天放和志武家的乔其剑还有小宝一共有三个男孩子，凑到一起那炮就放起个没完，所以，吃喝玩乐都得准备齐全，而刘淑珍恰恰非常享受年前的这段准备年货的时光，一想到三十儿晚上全家老小围坐在她和乔师傅身边，心头那个喜呀简直就别提了。

年前，藤野株式会社发来了两笔货款，志文用这笔钱给职工发了两个月的工资，还分了大米，算是他就任近一年以来给了职工们一个圆满的交代，厂子上下一派喜气腾腾的新气象。

年三十儿这天中午，小娇和朱大军就到了，朱大军和小娇穿得那叫一个气派，小娇穿着梦特娇真丝上衣，脚蹬三A皮鞋，戴着金耳环、金项链、金戒指，头上的摩丝打得油光锃亮，果真实现了当初朱大军的夙愿，穿金戴银；再看人家朱大军，穿着梦特娇的真丝T恤，口袋里隐隐透出中华烟的红壳子，金利来皮带在腰间傲然盘旋，电力纺西裤下面那老人头皮鞋若隐若现，腰间两个黑皮盒子才最惊心动魄，左边是传呼机，右边是大哥大，刚出了站台，朱大军就接了一个电话，他在路边叉腰故意接了足有十分钟，不知让多少从他身边走过的人眼珠子都差点儿掉了出来，要不是小娇不耐烦地及时提醒，朱大军还想多享受一会儿人们艳羡的、垂涎欲滴的眼神，他不情愿地把大哥大收回到腰间，不经意似的向周围扫视了一眼，还有好几个年轻人眼巴巴地瞅着他，他咳嗽了一声，像周润发一样派头十足地伸手一拦，一辆出租车停在了他和小娇的跟前。

朱大军斜叼着香烟，把行李递给司机，和小娇坐了进去。

坐在车里，望着窗外的风景，朱大军不由感叹："小城市就是没有大城市的气派，啊？你看这楼，这火车站，像个火柴盒似的，广州那才是大城市的气派呢，讲究！"

小娇瞪了朱大军一眼："怎么的？有俩钱儿不知道咋嘚瑟了吧？"

"我这不是说实话吗？"朱大军堆了一脸笑地望着小娇，对小娇，他还是从心往外有些惧怕的。

"我可告诉你啊，朱大军，回到我家稳当点儿，我爸我妈最烦那挣俩钱儿不知天高地厚的，大哥二哥和我姐家孩子也都大了，你得有个稳当劲儿，别大呼小叫的，有钱了，人也应该深沉点儿了。"小娇警告说。

"你看你说的，好像我不深沉似的。"朱大军笑着说。

小娇再扭头用警告的目光瞅着他，朱大军不再言语了。

提着大小行李，小娇和朱大军下了车，朱大军四下扫了一眼，看有没有邻居在看他们，用余光扫着一个，朱大军赶紧从腰间拿出大哥大，仿佛插得不太舒服，又重新插进黑套里。

看他们的邻居叫小五儿，是个吊儿郎当的小混混，看见朱大军腰里的大哥大和BP机，羡慕得口水差点儿没流出来。

"娇儿姐回来了？"他打着招呼，屁颠儿屁颠儿地跑到朱大军跟前，"姐夫，给我看看你那玩意儿！"

朱大军正愁没处显摆呢，赶紧从腰间潇洒地抽出大哥大，小五儿拿在手里："哎呀妈呀，咋这么沉呢？多少钱啊？"

"一万多点儿。"朱大军说。

"哎呀我的妈呀！"小五儿瞠目结舌，"你真有钱呀，哎呀我的天呀，啧啧……"他不住地吧嗒着嘴儿，讨好地瞅着朱大军，"给我用用，我给俺们同学打个电话……"

"行啊……"朱大军刚说完，小娇使劲瞪了他一眼，"爸妈在家等着呢……"

"啊，"朱大军忙说，"那个，五儿啊，我们着急，哪天的，啊……"

朱大军从小五儿手里拿过大哥大，和小娇向楼上走去。

小五儿瞅瞅他们，小声嘟囔："越有越抠。"

楼道里，小娇又瞪了朱大军一眼："跟他穷显摆什么？要不说你这人吧，也干不了大事儿，挣点儿钱不知道咋嘚瑟了。"

"这怎么叫嘚瑟呢……"

没等朱大军说完，小娇已经开始"咣咣"敲起了门。

中午，小莲、杨秀梅和许丽丽就来了，帮刘淑珍忙活着包饺子，包两种馅儿，韭菜鸡蛋和猪肉芹菜的，乔师傅胃不好不吃韭菜，猪肉芹菜也是单给他包的。

小娇和朱大军一回来，小莲和许丽丽就都围拢过去，帮着拎包，挂衣服，杨秀梅只冲小娇她们点了个头，说了一句："回来了。"便再无下文。

她无法忍受朱大军和小娇的风光，尤其是那个朱大军，热情得过了头儿，好像全天下都装不下他了似的，就算你现在是大老板，也用不着张罗得全世界都知道吧？非得跟你一起分享？你高兴别人也得跟着起哄？真有意思。

而且，自从上次志文打了她一耳光后，她把气全部窝在了心里，而这气其实只是暂时休眠，不定什么时候有个导火索就能把它引爆，以杨秀梅的个性，越是忍下了这口气，久而久之，这气就越是变异成了恨，随之便很容易迁怒到姓乔的人身上，这也是她瞅谁都不顺眼的原因。

志文、志武都回来后，全家人都到齐了，朱大军从皮箱里掏出两个一模一样的东西——大哥大。

全家人都呆住了，乔其剑第一个蹦出来，一把拿了过去："大哥大！"他惊喜地叫着。

"放那儿，乔其剑！"许丽丽叫着。

乔其剑不甘心地放下。

朱大军笑着瞅瞅大家："大哥和二哥一人一个。"他说："我和小娇琢磨也没什么可买的，就……"

"哎呀，买这么贵的东西干啥呀这是？"刘淑珍首先叫起来，"你说你和小娇事先也不打个电话商量商量，有钱也不能这么花呀！"

"大军，看看能不能卖给别人，我有传呼，有事儿呼我就行，也挺方便，用不着。"志文说。

乔志武不语，一直站在窗前抽烟。

"你们就拿着吧，大哥，你现在当厂长，还有二哥，走到哪儿也得讲究个气派，再说，这可比传呼机方便多了，想给谁打，拿起来就打，要是找你也方便。"

"拿着吧，"最后乔师傅说，"买都买了，再卖给谁去？以后记住，大军，你和小娇条件再好，也别花这么多钱，你们能常回来看看，我们就高兴。赶紧收拾收拾吃饭吧，一会儿该演春节晚会了！"

"噢，吃饭喽！吃饭喽……"几个孩子欢呼着。

"乔其剑，去，和天放还有小宝先放会儿炮！"许丽丽说。

几个孩子大呼小叫地放炮去了。

刘淑珍跟着孩子们走到外面，偷偷地把小宝拽过来，从兜里掏出钱来塞到小宝兜里，做着别出声，别让你哥和你弟弟知道，一会儿给你妈的手势。

小宝比画着不要，刘淑珍强行塞到小宝兜里，匆匆回屋。

杨秀梅站在窗前，看了个清清楚楚。

她在心里冷哼了一声。

小莲一直在厨房帮着刘淑珍剥蒜、炒菜，小娇走进来，把小莲拉到一边。

"姐，有一个归国华侨，原来在美国是搞西洋乐器的，现在在广州搞文化产业，老婆飞机失事死了，他原来在东北当过知青，这么多年，一直想找个东北女人，因为我们和他有生意往来，我觉得这人不错，踏实能干，有修养，还挺有派，就跟他提了你，他一听，挺满意，你见不见？"小娇满怀热望地说。

听完小娇的话，小莲眉头一皱："我都跟你说多少回了，我不看，没那心思。"

"那怎么还一辈子没心思了？"小娇不解地说，"你说你一个人带着小宝多难哪？现在企业又都不景气，工资都不能保证，朝不保夕的，将来万一有什么变化，你怎么办？小宝学画还得一大笔费用，以后得越来越贵，孩子学得这么好，你能让他中途放弃吗？而且，说句不好听的话，小宝不能跟正常孩子比，将来有一天你不在了，你总要让他有个吃饭的技能，假如，你一路给他供下来，你就是不在那天，也能闭眼啊，你怎么这么死心眼儿呢？我说的这个老华侨，不像你想象得老得见不得人，虽然岁数大点儿，快六十了，可他是搞文化的，看上去一点儿也不老，满头白发，人家那气质可好了！你如果跟了他，最起码小宝的学习费用就不用你操心了，你工作都可以不要，嫁到广州，跟着他吃香喝辣的，有什么不好啊？"小娇苦口婆心地说。

"哎呀，你根本不懂……"小莲说。

"有什么不懂的我？"小娇说，"不就你那点儿事儿吗？我有什么不懂的我，我现在唯一不懂的是你，你怎么了？就那么一个初自强就真能毁你一辈子？我还真不信了！"

"我真的不想，发自内心地不想这些事儿了，我领着小宝过平静日子挺好。"

"姐，你怎么还不明白？这不是说你过不过平静日子的事儿，你找个人，他不但能帮你把小宝培养出来，小宝就是大了，有一天不在你身边了，还有个人陪着你，照顾你不是？就是为了小宝，你也应该听我的话。"

见实在拗不过小娇，小莲叹了口气："以后再说吧，行吗？"

"再说？再说你都成老太婆了，还再说？"

"行了，我得帮妈收拾去。"小莲说着要出去。

"哎，等会儿！"小娇叫住小莲，从兜里掏出一沓钱："这是给小宝的学费……"

小莲一把推回去："你干什么？我怎么能总要你钱，快拿回去……"

小娇硬生生地把钱塞到了小莲衣服里："你跟我还分得这么明白干什么？纯属瞎要强，赶紧拿着！"

小娇转身走了出去。

小莲从怀里掏出那沓钱，无奈地收了起来。

朱大军站在门前，高兴地看着几个孩子放炮，他拿起一个二踢脚，放在地上："都躲远点儿，啊！"几个孩子跑远了，他点燃打火机，"砰"的一声巨响，乔天放和乔其剑都大笑起来，小宝也跟着笑了，只是没有他们俩笑得那么开心。

朱大军走过去，拍拍小宝的肩膀，从兜里掏出一个水晶做的音乐盒，里面是一个漂亮的穿着芭蕾舞服装的小女孩儿，小宝惊喜地看着，朱大军上了弦，小女孩儿随着轻柔的音乐翩翩起舞，小宝欢喜地拿过去，乔天放和乔其剑也好奇地跑了过来，三个孩子高兴地围在一起玩音乐盒，朱大军退回到门前，远远地、羡慕地看着三个孩子。

小娇走到朱大军身边，"干什么呢，吃饭了，赶紧帮着摆椅子！"

朱大军完全沉浸在看孩子的欢快中，对小娇的话一点儿没听到。

"哎，"小娇拍拍朱大军："看什么呢，帮着摆椅子！"顺着朱大军的目光看过去，她的脸色变了。

朱大军回过头，与小娇的目光一对，他赶紧掩饰地向屋里走去，"摆椅子摆椅子！"他说。

小娇看看几个玩得正欢的孩子，回头再看看走进屋的朱大军，很不是滋味儿的样子。

热气腾腾、香味儿四溢的酒菜摆齐了，大家都坐定了，朱大军给每个人分别满上酒和饮料，乔师傅满桌一看："哎，志文呢？"

此刻，志文正在邻居孙大娘家，孙大娘今年七十五岁，有两个孩子，一儿一女，先后因为疾病和事故死了，老伴儿也在半年前去世了，逢年过节，一个人面对着孤灯冷月，老人感觉很是凄凉，今年早早地，刘淑珍就要把她接到家一起过年，可老人不愿给他们添麻烦，说什么都不去，志文有心，挑了几样软口易消化的菜，烫了一小壶酒，端了刚出锅的米饭和饺子给老人送去。

看着摆在眼前的饭菜和酒，看着志文伸到跟前的筷子，老人瞬时老泪纵横。

志文递过一块毛巾，老人擦了擦眼泪。

志文宽厚理解地笑笑，不语。

老人看着志文，也笑了。

志文给老人斟上酒，夹了一个饺子，老人慢吞吞地嚼着。

"好吃吗？"志文问。

"好吃！"孙大娘由衷地感慨道，"一吃到这猪肉芹菜馅儿的，我就想起了你张大爷，半年前还吃着他包的饺子呢，一转眼儿，人没了。"孙大娘说着，嘴角往下一撇，又要哭。

志文连忙举起杯："生老病死是人之常情，再怎么说我张大爷他也活了七十多岁，过年了，伤心的事儿咱不提，就高高兴兴过年，以后，你要是不愿意上我家，我每年三十儿都来陪你过年！"

"那可好了！"孙大娘笑着，眼泪出来了，"能摊上你们这一家子好人，尤其是你这厚道孩子，我也有福啊！"

"那就多喝点儿。"志文和孙大娘碰了酒盅儿，孙大娘给志文夹了满满一碗菜。

直到孙大娘酒足饭饱了，困了，躺到了床上，闭上了眼睛，志文才给她盖好被，轻手轻脚地走出去，锁好门。

四十一、年夜风波

乔师傅家此刻正吃得热火朝天，春节晚会已经演了半天了，乔志武的BP机响个没完，他一会儿站起来回个电话，一会儿又站起来回个电话。

许丽丽用不太友好的眼神儿看着他。

再一次，传呼又响了起来，志武站起来，走到小屋回电话。

许丽丽不动声色地跟出去，趴在小屋门口听志武回电话。

志武拨通了一个号码，但声音压得很低，站在门外的许丽丽根本听不到什么，透过窗玻璃，她看见志武的头也压得很低地对着电话筒，很显然是有意把声音放小，不一会儿，他打完了电话，走了出来。

许丽丽赶紧走了回去。

坐回到饭桌上，许丽丽看了志武一眼，似乎满腹不高兴。

电视里春节晚会敲响了十二点的钟声，所有的演员在台上欢呼跳跃，乔天放和乔其剑奔到刘淑珍和乔师傅跟前，大声叫着："爷爷奶奶过年好！"

小宝也比画着："过年好！"

刘淑珍和乔师傅笑开了花，刘淑珍拿出压岁钱，给三个孩子又分发了一遍。

杨秀梅看着心里又冷哼了一声。

志文拉过小宝，单独多给了一些压岁钱，怜爱地摸摸小宝的脑袋……

乔师傅困了，刘淑珍也困了，打着哈欠回屋睡觉去了。

春节晚会开始演唱《难忘今宵》，大人们和孩子还依依不舍地坐在电视前观看。

窗外的鞭炮声震耳欲聋、此起彼伏……

就在这个时候，门外突然响起了急骤的敲门声。

许丽丽上门口打开了门，门外站着两个身穿警服的人。

许丽丽一下怔住了："你们找谁呀？"

"乔志武在吗？"其中一个警察问。

"啊，怎么……"没等许丽丽说完，警察便走进屋里。

志文和志武正好走出来。

"谁是乔志武？"警察问。

乔志武奇怪地瞅瞅他们："我是，怎么……"

警察亮出了证件和逮捕证："我们是市公安局的，你涉嫌欺诈，被逮捕了！"

除了乔师傅和刘淑珍已睡着外，屋里所有的人都出来了，志武惊呆地站在那儿："欺，欺诈骗？我什么时候欺诈了我，我……"

"哎，同志，你们是不抓错人了？"志文说。

"他不叫乔志武吗？志丽工具厂的厂长不是他吗？没错儿，走吧！"

两个警察不由分说"啪"的一声给志武戴上手铐，推搡着就往外走。

"哎，这到底怎么回事儿啊，啊？"许丽丽哭喊着。

"不是，你们肯定弄错了，我怎么能欺诈呢我，我……"志武一边说着，一边被警察推了出去。

"哎……"志文也还想再问什么，结果志武已被推了出去，大门已被警察"砰"的一声带上。

众人傻了般互相瞅着，然后"呼啦"一下全冲了出去。

大家冲到门口时，志武已被塞进了绿色吉普车里，吉普车风驰电掣般地开走了。

许丽丽傻了一样揪住志文，哭喊着："大哥，这，这咋回事儿啊？怎么好好的说抓走就给抓走了呢？"

志文也呆呆地站在那里，片刻后，他稳了稳神，对众人说："先回屋吧，别把爸妈吵醒了，这里面可能……"他沉吟了一下："先回屋吧都，等我明天想想办法。"

全家人都瞒着乔师傅和刘淑珍，志文托一个在公安局工作叫秦明军的朋友打探志武的事儿，秦明军只说，志武利用回扣、压低成本等手段把原来同行业比较吃得开的小厂的客户都给撬走了，有的甚至都快让他顶黄了，得罪人太多，还只走上层路线，目中无人，所以人家联手要整他。

按说给点儿回扣、压低成本这不算什么事儿，但现在是有人要整他，想很快给他弄出来，也难。

志文说不行的话，看看找到合适的接洽人，打点打点，秦明军说整他的人找的接洽人比他牛，他只能先看看情况，再研究下一步的解救办法。

这一切来得太突然了，他最初以为是公安局弄错了，进来说明一下情况可以回去了，没承想，一时半会儿回不去了。

但乔志武不是别人，乔志武就是乔志武，他的脑袋就像陀螺一样转得飞快。当晚，他躺在那里，很快就知道是什么人在整他了，并且立刻意识到如果不想尽一切办法联系到可以帮助他的那个人，这些禽兽说不定真能把他弄死在这里，死了也就死了，到时候众口一词说他突发急病而亡，他就是到地府里去告都告不明白。想到这儿他不寒而栗。

居然，三天后，他用一个口头承诺——空头支票，给一名狱警递上了话，让这名狱警给一个叫苏婉的女人带话，当这名狱警答应后，志武顿时瘫在了地上，这几天以来受的所有委屈、惊恐都在这一刹那得以释放舒缓。

四十二、春宵一刻

那么这个叫苏婉的女人是谁呢？当那名狱警同意捎话的一瞬，志武瘫在地上，充分说明这个女人是定然能救他出去的，能够起到巨大作用的，这样的女人一定不简单！

这个叫苏婉的女人就是三十儿晚上志武不停给她回电话的那个女人，是志武认识才三个月的一个女人。

这个女人，说实话，到现在志武也没弄清她的来头儿，第一次见面是在一个技术交流会上，这个女人坐在他旁边，当时他并没太在意她，因为苏婉不是那种第一眼看去就很惊艳的女人，如同她的名字——苏婉一样，她长得很江南，细长的眉毛，细长的丹凤眼，白皙的皮肤，薄薄的嘴唇，就像从江南某个古镇中打着油纸伞走出来的古典女子一样，倒是身材有如刀削斧凿，挺直的窄肩看上去极具女人味儿，穿着一件黑色薄呢大衣，戴着一顶同色薄呢帽子，大波浪犹如缎子般垂在肩上，整个会场，她的打扮最出挑儿，最与众不同，与其说她是代表某个单位来开会的，不如说她是等待散会后上台跳独舞的演员。这是志武起初注意到她的原因。

作为一个女人，苏婉的五官虽然极尽秀气之能事，但她绝不是胜在长相上，而是胜在气质上。

别看她长相清丽淡雅，往那儿一坐，那眼神，那架势，那浑身上下透出的"范儿"，却带着与生俱来的一股自信、霸气与高贵。

正是这一点震慑了乔志武。

会后，主办方安排了一顿便餐，志武恰巧又和这个女人挨坐到了一块儿。

整餐饭下来，苏婉一句话没说，倒是有不少人主动过来敬酒，苏婉一概婉言谢绝，只是喝了点儿茶。

这么多人过来敬酒，倒引起了志武的注意，这些来敬酒的人有称其苏姐的，有叫苏经理的，也有直呼其名的。

正在志武猜测此人的来路时，苏婉倒先主动说话了。

"留个名片吧。"她说，声音也和她的名字一样柔美婉约，语调不卑不亢，自自然然的。

"噢，好好。"倒是志武突然感到有些被动了，他连忙从怀里掏出名片，双手奉上，苏婉也递上了自己的名片，对志武稍稍欠身，随即离去。

苏婉的一举一动大方得体，颇有教养。

回厂的路上，志武拿出她的名片一看，上面只简单地写着"锦程工贸公司总经理苏婉"。

除了联系电话再无任何附加说明。

志武也没当回事儿，谁知不久，他即接到了苏婉邀请吃饭的电话，说晚上六点准时在志丽工具厂门口等他。

志武六点走出单位大门，远远地在飞扬的雪花中看见一辆黑色奔驰静静地泊在路边。

志武怔了一下，心想，这能是那个苏婉的车吗？

你想，二十世纪九十年代初，在牡丹江开一大奔，那真是让人心里"咯噔"一下，晃得人眼晕。

正犹豫间，两声清脆的车喇叭声传来，苏婉摇下车窗，向志武招招手，还真是啊！志武不自然地笑了笑，他不知道为什么不自然，连忙向奔驰车走去。

这几步路，志武边走边琢磨，这女人还真有来头，能自己开着奔驰车，看来不是做一般的贸易生意。

志武坐上了车，以为还有别人，却发现只有苏婉一个人坐在驾驶坐上。

她回头冲志武微笑地点了一下头，便熟练地发动了汽车。

不知为什么，苏婉刚才那回眸一笑，志武只觉得心像被什么东西猛烈地撞击了一下，那一笑，真切地让他体会到了"一笑倾人城，再笑倾人国"

的"眩晕揪心"感觉，太美了！他有些眩惑地看着她，她今天穿了一件红色短款系腰带的上衣，衣服的腰型肩部拿捏得恰到好处，多一分则多，少一分则少，做工之精细讲究，让人惊叹，一看就是为其量身定制的，不像国产货，里面是一件高领白色羊绒衫，衬得她的肌肤如雪，晶莹剔透，志武的心不由得"怦怦"乱跳起来。

两人竟是一路无语。

当一个女人在一个男人毫无防备的情况下以迅雷不及掩耳之势一下俘获了他的心时，这个男人通常会在短时间内手足无措，乱了方寸。

乔志武此刻就是这样一种心境。

在这黄昏时分，在清淡如烟的雪雾中，大道两旁的矮松都披上了一层漂亮的"婚纱"，奔驰舒缓前行，像一个从容的绅士，在享受着难得的悠闲时光一样惬意前行……

志武被这整个的浪漫旅程所迷醉，尽管他手心儿里已沁出了汗，但他仍然愿意让这一刻停驻。

"到了。"柔和的声音打断了志武的沉醉，他赶紧往车窗外一看，苏婉的车正停在当时在牡丹江数一数二的富豪大酒店门前。

志武连忙下了车。

苏婉显然是这里的常客，进门后就不断有人和她打招呼，苏婉一直礼貌微笑，温婉大度的气质使她就像显要贵族门庭中的大家闺秀，楚楚动人。志武跟在身边，倒像个跟班儿的。

来到雅间，苏婉回身望着志武："我是不是有点儿太唐突了？也没提前一天打电话，不太礼貌了吧?"她很客气地问。

"噢，没有，不是，"志武笑了，"能得到您这么大经理的盛情款待，我感谢还来不及呢，怎么会觉得唐突？苏经理您太客气了!"

"那就好。"苏婉说，指了指椅子，"坐啊!"

志武坐了下来。

虽然志武好歹也当过厂长，自己现在也经常有一些饭局，可当他面对苏婉的时候却显得有些局促、拘谨，一方面可能是被她与众不同的气势压倒；另一方面也可能是他被苏婉所吸引的原因，在自己心动的女人面前，男人常常显得很愚钝。另外，他同时也在猜测，这个女人接近他究竟有什么目的。由于乔志武本身的功利，所以，他绝不相信一个如此有钱又别具一格让人心动的女人会没有任何功利目的地接近他，他绝不相信。

所以，他虽然有些紧张，受宠若惊，但仍保持着冷静的头脑静观其变。

菜上齐了，志武扫视一圈儿，真是一桌盛宴，酒也端上来了，是茅台。

志武更加怀疑苏婉接近他的目的。

但看苏婉的样子倒不像背负着什么东西而来，她轻松而自然。

笑容挂在苏婉眉梢眼底，她为志武斟上酒："古往今来，酒一直是神奇而令人向往的迷醉之物。"她说。

"是啊，"志武说，"从它多次被禁却又久盛不衰，就可看出其无可替代的地位与商业价值。"

"乔厂长不愧是企业家啊，非常具有经济头脑。"苏婉说，为自己也斟上了酒。

"我能算什么企业家啊，充其量只是一个个体经营者，混口饭吃。"志武谦虚地说，"倒是苏经理，一看就是大家风范，气度非凡，我想冒昧地问一句，您的贸易公司主要是从事什么商业往来？"

苏婉低下头，笑了一下，轻缓地说："没有什么业务范围，只要有钱赚，什么都可以做。"

这是什么回答？志武在心里自问，看样子是不想露底啊。

志武笑了，向苏婉举起杯："在您面前，我是小巫见大巫，以后还请苏经理多多照顾，有什么好的机会，还请多多帮忙，同时，我也真的感谢苏经理，能这么高看我，请我吃饭，我敬您一杯！"

志武和苏婉碰了杯子。

苏婉望着志武："我相信缘分，乔厂长一定奇怪，我们初次相识，我怎么会大动干戈地摆了如此盛宴来款待你？但我这个人做什么事情都凭直觉，信奉缘分，上次技术交流会，虽然我们交流不多，但乔厂长却给我留下了深刻的印象，所有与会人员的发言我都听了，只有你是言之有物的，有独到的见解，逻辑思维清晰，有条不紊，高瞻远瞩，我喜欢和有头脑的人打交道，因为他们会使我进步，我可以从他们身上吸取精华，为我所用，所以，你这个朋友，我交定了！"

苏婉一仰脖，竟干了！

对苏婉的做派，志武非常震撼，但另一层清醒的意识告诉自己，他远没有苏婉所说的那么厉害，他顶多会耍点儿小手段、小聪明而已，他自己有多少分量他是知道的。

他感觉苏婉接近他肯定另有所图。

但美色当前，他真的不能不为苏婉所迷醉。

"苏经理，感谢您的高看，我也干了！"一仰脖，志武也干了。

苏婉很欣赏地望着他，志武发现她眼里有了一种别样的东西，这东西让他的心又是一震。

那天两人竟然喝掉了两瓶茅台。

志武自己都感觉长这么大以来，他从未真正和谁交过心，从未喝得如此悍气、豪爽，痛快淋漓！

从雅间出来，志武已是醉意浓浓，苏婉笑容可掬，醉态万方，她一招手，叫来了酒店领班，"啪"的一声把一沓钱甩在桌上。

"把你们最好的歌手找来，我要包下这个厅！"

苏婉豪放的做派让志武很是吃惊。

领班连忙拿起桌上的钱，殷勤地回道："苏经理，稍等啊！"

领班快步走了出去。

片刻后，一个打扮如港台歌星的驻唱男歌手，来到苏婉和志武面前，深鞠一躬。开始为苏婉和志武演唱当时最流行的港台歌曲，《偏偏喜欢你》《水手》《水中花》《风雨无阻》……

苏婉点燃一支烟，始终摇头晃脑，笑容满面地坐在那里，她已经醉了。

接着男歌手深情演唱《再回首》：

> 再回首，云遮断归途，
>
> 再回首，荆棘密布，

今夜不会再有难舍的旧梦，

曾经与你有的梦，

今后又向谁诉说……

再回首，背影已远走，

再回首，泪眼蒙眬……

志武开心地跟着拍手，回头却一眼看见眼泪正缓缓从苏婉的眼里流出，他一下呆住了。

苏婉握着烟的手略微有些颤抖，她眉梢轻挑，沉浸在某种回忆中，一任泪水像断了线的珍珠般滑落。

志武从兜里掏出一块手绢递过去，苏婉擦了擦眼睛，不好意思地笑了笑："对不起啊，我——喝多了。"

志武理解而温和地冲她笑了笑，安慰地拍了拍她，志武发现，这个女人的一举一动着实牵动着他的心。

苏婉忽然直直地望着志武："你不请我跳个舞吗？"

志武愣了一下，随即站起来，向苏婉夸张地躬了一下腰："小姐，请!"

苏婉没有笑，她仿佛依然沉浸在刚才的思维中，她将两手轻轻搭在志武肩上，搂住志武的脖子。

当苏婉温软的身体一点点和志武摩擦时，志武的心乱了。

苏婉舞姿轻缓，身轻如燕地偎在志武身上，志武能感到她热热的呼吸吹在自己脸上，她冰凉的泪也同时让他心跳。

苏婉表情凄怨，玲珑的曲线在迷离的灯光下轻摆，她慢慢依紧志武，趴在了他的肩上。

志武能感到她轻声的抽泣，与其说两人在跳舞，不如说在舞池中原地踏步，苏婉的身体一再贴紧志武，在这一刻，志武的舞步完全乱了。

苏婉闭上了眼睛，呼吸再度如滚滚热浪般向志武袭来，吹在他的耳根，他感到很痒。

这时候，苏婉在他耳边低声说了一句话："你不想搂紧我吗？"

志武浑身像电击了一样，他的心就快要跳出来了。

舞池里的灯光更暗了，几乎伸手不见五指，音乐低迷，就像苏婉在耳边的呢喃，使人怀疑服务人员是有意为之……

志武紧紧地搂住了苏婉，他感觉体内像有人投了一枚炸弹，瞬间熊熊燃烧起来……

近了，更近了，苏婉的嘴唇离志武的下巴仅一毫米，近了，更近了，苏婉的嘴唇几乎就在志武的唇边。

志武的嘴终于和苏婉的唇粘到了一起……

四十三、弃旧贪欢

一夜春宵。

志武没想到艳遇来得这么快，这么猛，当他手指碰触到苏婉如蛇一样光滑且热气腾腾的身体时，他忍不住震颤……

惊心动魄，大汗淋漓。

这一刻，销魂；销魂，在这一刻。

而当早晨志武从苏婉装修豪华的卧房走出来时，他竟有一种恍如隔世的感觉，他怀疑这一切是真的吗？是不是自己做的一场梦？

第一次，他迎着满天飞舞的雪花走了很久，与苏婉相识的每一个画面，不断在脑中萦绕闪回，这一切当然是真的，他清醒地知道。

他不断回味着苏婉的狂热，回味着那令他揪心的缠绵悱恻……

漫天大雪浇不冷他滚烫的头颅，火热的心。

而冷静下来，他又突然有一种担忧，莫不是苏婉为他设的一个什么套儿让他往里跳吧？

但很快，他又否定了这一推断，他宁愿相信苏婉对他的一切都是发自真心的。

回到家，许丽丽照例是将做好的饭菜一一摆到桌上，粥香老远就能闻到，她忙着给乔其剑装饭盒，自己又忙着去上班。

志武坐到饭桌前，用不易觉察的眼光打量着许丽丽。

十年前的许丽丽算得上是个美人儿，可十年后的今天，志武却惊讶地发现，许丽丽真的老了，不折不扣地老了。

仔细观察，不难发现，她一行一动都透着一种迟缓，笨拙，不过才三十多岁呀，怎么身上就开始有赘肉了呢？怎么就开始不注意装扮自己了呢？整天穿着工作服，头发随意地在脑后扎个马尾，从来都是平跟鞋，朴实得有些过头儿了。

尤其是现在，这么一打眼望去，她身上哪里还有美丽的影子？任谁第一眼见到现在的许丽丽，都不会说这是个漂亮女人，充其量就是个家庭妇女，时间果真是个魔法师，它能将漂亮变得丑陋，将原本丑陋的变得漂亮。

和苏婉的高贵、霸气、神秘、豪爽以及衣着品位，甚至于她的狂热比起来，许丽丽黯然失色，她们像生活在两个世界里的女人，被不同的水土滋养着，最后开出的花自然不同。

和苏婉比起来，许丽丽顶多算是没见过大世面的村姑，而苏婉则是名门之秀；如果苏婉是那贵气逼人的貂皮披肩，许丽丽只能算是坐在拖拉机上冻得一脸苹果红的农家女脖子上围的绿头巾；如果苏婉是南非钻石，许丽丽也就是住在四合院里的老太太手上戴的金戒指……两人差距之大，让乔志武都有些怀疑，自己这十几年来都在干什么？这种比喻虽然残酷，却真实地反映出了乔志武此刻看到许丽丽时的心情以及他心态上的巨大变化。

作为乔志武，他不会为自己在暗地里的这种比较而有丝毫愧疚，他忘了当初的许丽丽是他奋不顾身、置伦理道德于不顾愣从大哥手里抢过来的，他忘了许丽丽曾经是顶着众叛亲离的压力毅然嫁给了他，他应该倍加珍惜，而不是见异思迁，色衰爱弛。

这就是乔志武的本性。

自此，乔志武彻底醉在了苏婉的温柔乡里，他第一次体会到了在许丽丽之外的女人带给他的激情与快感，他忘我的沉醉其中，越发迷恋苏婉散发出的独具魅力的女人味儿，回到家后，许丽丽再也入不了他的法眼了。

大年三十儿下午，苏婉就不断传他，要他陪她过年，于是，他只好一遍遍地给苏婉回话，引起了许丽丽的怀疑。

其实许丽丽对他的怀疑不是一天两天了，一个男人在外面有了那事儿，从多种方面都能窥之一二，只不过，许丽丽不能印证自己的怀疑，所以，暂时也还风平浪静。

志武迷恋苏婉还有一个重要原因，那就是他一直觉得这个女人非同小可，她一定有着足以让他瞠目结舌的背景，如果是这样，他不但能在她身上得到从未有过的激情，还能得到想不到的利益。

几次志武试探性的询问，都被苏婉搪塞过去了。

越是这样，志武对苏婉的兴趣越大。

所以，"被整"的志武在叫天天不应，叫地地不灵的情形下，第一个想到了苏婉。

他料定这事儿对苏婉来讲就像弯腰捡起个鸡蛋那么容易。

果然，当志文通过种种关系终于可以救出他时，乔志武已经先一步被人接了出去。

志文和许丽丽傻等了半天，却被告之乔志武已经被人接走了，且是一个女人接走的。

志文和许丽丽互相瞅瞅，疑窦丛生。

"女人？谁呀？"她奇怪地问。

"先回家看看，说不定已经回去了。"志文说。

志文和许丽丽回到志武家，却不见志武的身影。

正当两人纳闷的时候，志武回来了。

看到志武，许丽丽一下忘了刚才的疑虑，她一把抓住志武，扳过他的脸，眼泪下来了。

"到底是怎么回事儿啊？"许丽丽问。

"别问了，没什么事儿。"志武有些不耐烦地说。

"没什么事儿他们凭什么说抓人就抓人？!"许丽丽激动地喊。

志武坐到沙发上，疲倦地闭上了眼睛。

志文看看许丽丽，又望着志武："没什么事儿就好，你好好休息吧。"

"大哥好不容易找到了接洽人，我和大哥到了地方，他们说你已经被人接走了，谁呀？还说是个女人？"

志武长出一口气："别问了，行吗？我累得要命，现在只想洗个澡，好好睡一觉。"

志文示意许丽丽别再问了。

"好好睡上一觉，明天起来，就什么事儿都没了。"志文说，走了出去。

"大哥，我送送你。"许丽丽说。

"不用了，你好好照顾志武吧。"

志文走出大门，若有所思地回头看了看，转身大步向前走去。

志文走后，志武始终一言不发，许丽丽以为是他的精神状态不好，也就不再多问。

但躺在床上，有些问题她却不能不想。

志武这次的被抓本身就像个谜，出来之后又被一个女人接走，问他又闭口不谈，他究竟是什么意思？这里面到底发生了什么事儿？联想起志武三十儿晚上一个接一个的传呼，许丽丽的疑惑更大了。

没等许丽丽进一步问志武，几天后，志文先去了志武的办公室。

志文走进志武办公室的时候，志武正在和苏婉通电话，一见志文来了，他赶紧放下了电话。

志文看看他，坐了下来。

"我今天来，主要说两句话，"志文郑重地望着志武，"第一，这次事出原因，我想你自己心里非常清楚，你开厂赢利当然是第一目的，这无可厚非，但凡事要有度，做人要讲一个'义'字，企业想要做大，做强，没有朋友，孤立无援，想发展，难于上青天，中国人向来讲究一个'和'字，和是什么？众志成城，把所有人的力量合而为一称之为和，方能成大事，最大的无私是什么？"志文问。

志武摇摇头。

"就是最大的自私。"

志武困惑地望着志文。

"尽你所能，倾其所有，把能给的都给了别人，表面上看你吃了大亏，而反过来，别人是不是要几倍甚至十几倍几十倍地返还给你？"志文深深地望着志武，"这就是最大的自私。"

志武皱着眉头，颇有些玩味儿地看着志文。

"这是第一句话，第二句话，"志文更加富有深意地望着志武，"说的还是'义'字，《三字经》里说，'三纲者，君臣义。父子亲，夫妇顺。'意思就是说，君臣有忠爱之义，父子有天性之亲，夫妇有和顺之义，此为三纲之道也。'父子恩，夫妇从。兄则友，弟则恭。长幼序，友与朋。君则敬，臣则忠。此十义，人所同。'这其中的意思想必你也了解几分，我们先不说父子恩，先说夫妇从，夫妇从的基础是情，情深从得深，白头到老；情浅从得浅，同床异梦，情没了，就不从了，一拍两散，所以，夫妻之情得养，得呵护，得感恩对方，而不是随着时光的流逝，把对方的付出抛置脑后，对方的优点都变成了缺点，不顾念以往的情深义重，做出有悖逆对方的事，致使夫妻反目，这不是聪明之举。而夫妻得以长久的基础一是靠情，二是——"志文把脑袋凑到志武跟前，清晰地："靠忠。"

志文站起身："你明白我的意思吗？"

志武眼光躲避地移向别处，笑着："没想到，大哥把儒家学说还研究得挺透。"

志文"啪"的一声把一本书扔到志武桌上："好好研究研究，想做事，先做人。"

志武拿起看了看，是《论语》。

"我走了。"志文说完，大步向外走去。

志武坐在那里，虚眯着眼睛看着志文走远。

他当然明白志文因何敲打他，很显然，他对他在外面有可能发生的一些事已经窥之一二了，真是若要人不知，除非己莫为呀！

其实，某些时候，从内心里，他还是相当佩服志文的，佩服他的有容乃大、大智若愚。

如果说，志武对许丽丽内心无愧，那是假的，他就算再狼心狗肺，也不至于连最基本的人性都没有了。而且志文的话他句句都懂，比谁都明白，可就是做不来。

现在，他已经走火入魔般迷恋苏婉，就是玉皇大帝给他治个罪，他也心甘情愿，永不回头。何况，这次苏婉如此轻松地把他弄出来，又进一步验证了他对其能量的猜测，这么一个集万种风情于一身的女人，他怎么能轻易放弃呢？

他现在每天都浑身充满了力量，甚至比二十多岁时更激情澎湃。一想到苏婉那柔软滚烫的身体，那绸缎般顺滑富有质感的发丝，那吹弹可破的肌肤，那轻扬的眉梢，漂亮的腰肢……他就忍不住燥热，恨不得插上翅膀立刻飞到她身边。

他拿起志文放在桌上的《论语》，扔下，笑了笑，他乔志武是谁呀？他什么不懂？虽然志文说得不无道理，但，这一套分用在什么时候，什么地方。

比如现在，有了苏婉这个靠山，他还用得着去巴结谁？他出来时，苏婉对他说的第一句话就是："放心吧，以后谁也不敢再动你一个指头。"

有了苏婉这句话，他心里满满的都是底儿。

桌上的电话响了，志武拿起电话："喂？"

对方犹如女童般清脆的声音："喂，请问乔大人在吗？"

志武一听，笑了，他学着女童的声音："他不在，去会女朋友了。"

"那就让他回来的时候准备一把菜刀，好吗？"女童仍是温温柔柔地说。

"准备菜刀干什么？"志武问。

"我劈了他。"女童不紧不慢地说。

志武"扑哧"笑了。

"还不赶快回来，爱卿已准备好了晚饭，晚了，怕是吃不上了！"女童又换上了京剧念白。

"好了，本大人这就杀将回去，来他个风卷残云！"志武放下电话，满脸笑容地向外走去。

他的脚步如此轻松，他的心情如此愉悦。

当然，他不知究竟什么原因让苏婉对他一见钟情，或许这就是他乔志武的魅力所在吧？当初能从大哥手里不费吹灰之力把许丽丽拢在怀里，也足见他与生俱来的女人缘儿，他知道自己对女人致命的诱惑在于他凡事反应机敏，懂得欲擒故纵，当初追许丽丽的时候他其实根本就不像外界所说的如何用甜言蜜语哄许丽丽高兴或是拿什么女孩儿喜欢的东西讨巧，恰恰，他不用那一套，欲攻其身，先攻其心，女人，往往是这样，你越是表现出对她的好感，她越是对你不屑一顾；你越是主动出击，她越是挑三拣四；你越是恭恭敬敬，她越是牛气冲天。反过来，你越是目中无人，她越是趋之若鹜；你越是霸道纵横，她越是暗生情愫；你越是无法无天，她越是满心喜欢。这也是乔志武工于心计的其中一种。

对女人，他知道什么时候该收，什么时候该放，所谓欲擒故纵，张弛有度，他知道他没有大哥志文的才学与仁义，可偏偏，女人就是喜欢他这股子邪劲儿，他从来不夸女人漂亮，他知道在关键时刻一个眼神儿就够了。

当然，他也在暗自盘算，攀上苏婉这样的女人，就如同攀上了一座金山，不但丰衣足食，还能万事化解。虽然他现在仍没弄清苏婉的背景，但他料定苏婉的后面定然站着一座更大的金山，否则，她怎么能有如此中气十足的笑容？如此气定神闲的从容？

志武回到他和苏婉的"家"，一进门，一股甜香的味道便扑面而来，这味道让人兴奋，没等志武反应过来，屋里的灯却骤然灭了。

一下置身于伸手不见五指的空间里，志武感到有些恐慌。

"小婉？"他喊道，一边脱了鞋。

屋里一点儿声音也没有。

"小婉？"他又喊了一声，屋里静极了，突然"当"的一声巨响，志武吓了一跳，猛地反应过来，是落地钟的声音。

"小婉，别闹了，我可饿了啊！"他又叫道，开始满屋寻找苏婉，并试图打开电灯开关，可打开之后，屋里仍然漆黑一片，看来是真停电了。

"小婉，你再闹我可走了啊！"志武说，突然，他感觉一阵让人沉醉的幽香飘来，同时两只温软的手臂一下从后面将他紧紧围绕。

志武只感到皮肤和心脏同时一紧，一股发际的清香绕鼻而来。

"官人，饿了吗？"带着热热的气息，苏婉在志武耳边软语呢喃着。

热血像火山喷发般在体内奔腾涌动，志武回身紧紧地搂住苏婉，两人倒在了地毯上。

四十四、顿入冰河

乔志武这边翻云覆雨，许丽丽那边翻来覆去。

她打开灯，坐起身，看了一眼墙上的石英钟，十二点整。

她下了床，到电话旁给乔志武挂传呼，他的大哥大关机，这已经是今天第五次给他打传呼了，他至今一个电话也没回，她以为他忙在厂里，往他办公室挂也一直无人接听。

她有些担心的同时还有另一层隐忧，这隐忧从志武被放出来以后一直存在到今天。

电话终于响了，她一把扯过听筒："喂？"

"我在外面陪客户唱歌，刚才没听见。"志武说。

"什么时候回来？"

"不一定啊，人家玩得挺尽兴的，我也不能主动提出走啊。"

"啊，那你尽量早点儿回来。"许丽丽放下了电话。

许丽丽坐在那儿，好半天望着电话默默出神，不知为什么，她的第一个直觉就是乔志武在撒谎。

她下定决心，今天无论乔志武回来多晚，她都要问个明白，那天去接他的女人到底是谁。

从乔志武回来，这问题就一直纠缠着她，让她心神不定，魂不守舍，她了解乔志武，她太了解他了，正是因为她了解他，才让她对去接他的女人产生了怀疑。更何况乔志武对这个女人始终讳莫如深，这是为什么？这让她很不解，你想，什么样的特殊关系能让这个女人亲自出头把他救出来？

她越想越觉得这里面有问题，有大问题！

她重新躺回到床上，辗转反侧，回忆起和乔志武相识相恋的点点滴滴……

现在想来，当初确实有点儿神魂颠倒，鬼迷心窍。

最初她是一眼喜欢上了志文的，并且自然而然地和志文走到了一起。那时，许丽丽正值花样年华，加之长相俊秀，风光无限，走在厂子院里高昂的头颅恨不得把天上的太阳都摘下来，真是感觉全世界都是她的。就在这春风得意的当口，有一天，她从化验室出来，迎面碰上了乔志武，乔志武目不转睛地盯着她，看得她手都不知往哪儿放了，可乔志武的眼光依然没有挪开的意思，他就那么目不斜视，火辣辣地瞅着她。第一次被一个男人这么肆无忌惮地看，许丽丽真是有一种要窒息的感觉，那时她刚和志文处上对象，志文却从不会这么张扬地看她。

许丽丽只知道他有一个弟弟也在工具厂，但具体哪个车间不知道，也从未见过乔志武。

当许丽丽和乔志武擦肩而过的一刹那，乔志武说话了。

"你是不是以为自己特漂亮？"他突然问。

许丽丽一下愣住了，没等她进一步反应，乔志武凑到她耳边又轻声地说了一句："其实特一般，真的。"

他的表情很轻佻也很认真，没有一丝笑容，许丽丽气得刚想发怒，他再看了她一眼，转身大步扬长而去。

望着乔志武远去的背影，许丽丽是又气又不知道如何发泄，她也正是从那时候开始注意乔志武的。

乔志武五官棱角分明，高高的眉骨下隐藏着一双深邃的眼睛，那对剑眉尤其英武，漂亮的浓眉下深邃的眼睛里是一对儿褐色的眼珠儿，这对眼珠儿镶嵌在白皙冷酷得没有血色的皮肤上，透射出一种目空一切的光芒，挺直如刀削般的鼻子下是一张立体的嘴，他的身材是典型的宽肩细腰，犹如雕塑一般，他穿衣服通常不会很拘泥，夏天经常敞着衣领露出里面结实的肌肉，走起路来，杀气腾腾。

这么一个一身邪气，出言不逊如冷酷杀手般的家伙，竟然在一刹那彻底征服了许丽丽。

直到今天，在一起生活这么多年了，从某种意义上讲，许丽丽仍然怀着乔志武，心里仍对他有三分惧怕，只要乔志武心情不好或不喜欢回答的问题，他就有权保持沉默，即使这种沉默是毫无道理的，但她就总是莫明其妙地服从于他，听命于他，好像前世欠了他似的，他乔志武身上就有这样一种魔力，让你不得不由着他。

从那之后，许丽丽有意无意地关注着这个人，真到那一天志文领着她回去见父母。

当志文把志武介绍给许丽丽的时候，许丽丽真有一种眩晕的感觉，她完全没想到这个人居然是志文的弟弟，看着志武，她真不知道应该说点儿什么。

而乔志武只在唇边浮起了一个淡得近乎看不见的甚至带着点儿嘲讽的微笑，算是打了个招呼，转而离去。

真是龙生九子，子子不同啊，同为一个父母，乔志武和乔志文的差别怎么这么大呢？

不知为什么，乔志武的两度不敬在许丽丽看来居然充满了无法抵抗的吸引力，他的洒脱不羁，目中无人，狂妄自大，他那狡黠的褐色眼珠儿，他那不以为然的做派，他的一举一动……所有的一切都在许丽丽心中激起了阵阵涟漪，她的心不规律地狂跳，她的脸也涌上了片片潮红。

现在她又想起小莲曾经对她说过的话："不像志武有那么多甜言蜜语，有那么多鬼心眼儿哄你是吗？"

她笑了，志武何曾用甜言蜜语哄过她？何曾？

那天，刘淑珍和乔师傅做了一桌丰盛的饭菜，刘淑珍对俊秀的许丽丽非常喜欢，吃饭的时候不停地往她碗里夹菜，可谁又知道，许丽丽的心已经飘出了很远，飘向了窗外……她不知道乔志武干吗去了，为什么吃饭他也不在家？

吃完饭，车间的机器坏了，要志文去修，志文说先把许丽丽送回家再去厂子，刘淑珍却让许丽丽多坐一会儿，许丽丽也鬼使神差地留下了，志文说也好，他从单位回来，再送许丽丽回去。

许丽丽要帮刘淑珍刷碗，刘淑珍说什么都不让，说外面下雪了，出去溜达溜达，透透气儿，许丽丽于是走出了乔家。

像有一股无形的力量驱使她一直走到了最里面那趟房的平房与大地之间的那片草坡，她一眼看见了坐在草坡上背对着自己吸烟的乔志武。

"吃饱了？"乔志武突然问。

许丽丽吓了一跳，她没想到乔志武没回头就知道身后有人，且知道这个人就是她。

"嗯。"她应了一声。

乔志武回过头来，肆无忌惮地打量着她。

在志武赤裸裸的目光中，许丽丽无处遁形，那种无所适从的感觉又来了。

"啊，你，你坐，坐着吧，我——先回去了。"她只好尴尬地说，她真恨自己，在乔志武面前，她怎么总是笨嘴拙舌，毫无风采的？你的自信哪里去了？你在志文面前的骄纵哪里去了？

志武没言语，他把手里的烟蒂掐灭在雪地里，忽的一下站了起来，许丽丽不知他要干什么，本能地站住了。

志武仍是一副玩世不恭的样子，他几步走到许丽丽面前，突然一手揽住了许丽丽的腰，把她整个身体弄成了一个"仰望形"。

"干什么你？"许丽丽的心快要蹦出来了，她本能地问。

志武的嘴角轻轻咧了一下："告诉我，你喜欢我大哥还是喜欢我？"

"你疯了？"许丽丽试图挣脱乔志武，然而，乔志武力大无穷，她根本无法从他的掌握中挣脱出来。

"告诉我！"他继续不动声色地问。

"你快放开我，你怎么这样……"许丽丽拼尽全力也不能挣脱，志武却更紧地使她贴近自己，对着她的嘴唇盖了过去。

瞬间，许丽丽如电击一样，但不久，她就放弃了挣扎，完全屈服于或者说开始迎合乔志武了……

这就是女人，这就是某些女人，她们有时是多么随便而放荡！

在乔志武吻她的那个时刻，你们猜许丽丽的感觉是什么？只有两个字：甜蜜。

和志文相处两个多月，也没有这种接触，和志武才见两次面，就到了这种程度？

许丽丽自己都不得不惊讶于这神奇的"闪吻"，而乔志武疯狂的、攻城略地般的巧取豪夺与占有，却恰恰符合了许丽丽心中向往的那种激越的、赤裸裸的爱，志文用几个月时间培养出的感情，让志武两分钟就轻而易举地夺走了！

许丽丽沉溺于志武带给她的激情澎湃的同时，内心也对志文充满了无限的愧疚。

现在想起这一幕，许丽丽仍感脸红心跳。

她坐到梳妆台前，望着镜中的自己，青春不再，容颜已老啊！她感叹着，她真的怀念过去那段美好的时光！望着黯淡无光的头发与逐渐失去水分的皮肤，那不再充满神采的双眸，心中的隐忧在加重，乔志武可不是乔志文，许丽丽对他天性中的放荡不羁与冷酷无情洞察得一清二楚，当初他吸引你的不也正是这一点吗？她在心中自问着。

是啊，只能怪自己太年轻，太年轻啊！受乔志武毒蛇般的诱惑而不能自拔。结婚这么多年以来，她对志武唯命是从，志武对她则少了最初的激情与狂热，原来在工具厂的时候还好说，都在一个大院儿里，他的动向一直在她的视线之内，话说回来，就是在她的视线之内，他想怎么样的话也不会把她的感受放在眼里，她悲哀地想，也可能虽然激情难再，但还没完全消散，暂时没有出格的行为，而今，脱离了工具厂，脱离了她的视线，加之，二十世纪九十年代初，各种欲望的叠加释放，被禁锢惯了的人们开始追求感官和行为刺激，受港台及国外文化思潮的影响，人们已经逐渐解除了情感的枷锁，婚外恋、第三者、大款、小蜜……带着各种色彩符号的新鲜名词折射出了那个时代所特有的社会现象，在这各种现象的交织中，"婚外恋"无疑是最触目惊心的三个字。

许丽丽不安，太不安了！凭乔志武，如此不安分的乔志武，他怎么会错过时代所赋予的这种特殊机遇？人不风流枉少年啊，这应该是他乔志武一贯奉行的宗旨。

许丽丽躺下了，她闭上了眼睛，从乔志武讳莫如深的表情可看出，他和接他的那个女人关系非同寻常，这是铁定的事实，当她清醒地意识到这一点时，不禁打了个冷战。

原想今天乔志武回家务必问清楚的决心一下畏缩了，她害怕，她真的有些害怕了。以乔志武的个性，在她的逼问下，他说不定就公然承认了他在外面有女人了，你看着办吧！他会说，她能想象出他挑衅的、满不在乎的表情，到那时，她怎么办？离婚吗？好啊，正中乔志武的下怀，不离吗？好啊，委曲求全地过呗，乔志武会更加有恃无恐，反而会让自己被动难看。

这样一想，许丽丽浑身发冷，是的，乔志武百分之百干得出来，到那时候，她怎么办？怎么办?!

她又坐了起来，心神不宁，烦躁不安。

再看了一眼石英钟，午夜一点整。

外面传来了开门的声音，许丽丽赶紧躺下了，倒好像心虚的是她。

一阵洗漱之后，志武走了进来。

脱掉衣服，他躺倒在床上，似乎听上去很疲倦，不久，便沉沉地进入了梦乡。

许丽丽轻轻坐起身，打开台灯，借着微弱的灯光，她仔细打量着志武，他睡得很沉，睡梦中带着一种满足，一种愉悦，许丽丽凑近志武，更加仔细地看着他，人家说，男人要是在外面有了"那事儿"，从脸上能看出来，可怎么才能看出来呢？

许丽丽闭了灯，在黑暗中瞪大了眼睛，可能一切都是自己神经过敏吧？

她自我安慰道，可能那个接他的女人有着某种特殊原因使得他不愿说出来吧？

她闭上了眼睛，但同时一个念头闪过她的大脑，既然直接问不出结果，那么何不讲究点儿策略呢？

她侧身望着志武，借着窗外别人家反射进来的微弱的灯光看着志武，志武睡得很沉，她用手轻轻摸着志武的脸，用手指滑过他的额头、鼻尖、嘴唇，志武的嘴唇柔软而干爽，她来回不断轻抚，她感觉喉咙发干，志武动弹了一下，反身把腿搭在了她身上。

一夜香眠。

第二天早晨，阳光透过窗子暖洋洋地照射在地毯上。

许丽丽睁开了眼睛，她侧身望去，一眼看见了志武正一脸邪气地望着她。

许丽丽刚要说什么，志武翻身下床，走进了卫生间。

志武洗漱完毕，走进来，很认真地打领带，穿衣服，对镜自视……

许丽丽用不易觉察的眼光打量着他，他春光满面，愉悦满足充满全身，是什么让他这么快乐？

许丽丽冷漠地坐在那里，志武完全看不到似的丢下一句："今晚还有客户，你和其剑就睡你们的，不用管我，我不一定几点回来。"

许丽丽没接话，她直直地坐着。

志武走了，少顷，又返回，看着许丽丽："不用给我打电话，我想几点回来就几点回来。"

"砰"的一声，门被关上了。

许丽丽仍无动于衷地呆坐着。

片刻后，她缓缓地走下床，来到镜子前，望着镜子里的自己。

一行泪清水般滑落。

肯定出事儿了，她想，完了，许丽丽的心一下跌入了冰河里，一个主意掠过脑海，她要跟踪乔志武，她倒要看看，究竟有没有这样一个女人，如果有，又是一个什么样的女人！

四十五、亲睹车震

四月，在江南虽已是草长莺飞，但在北方，却仍是恻恻轻寒翦翦风。

可你分明能感到轻寒中带着春意，春意中自然滋养出了某种暧昧来。

下班之前，志武就已沉浸在苏婉带给他的温柔香梦里了。

他坐在大班椅上，两只手很自在地搭在胸腹前，左右摇晃着椅子，苏婉的软语呢喃，纤纤玉手，都让他回味……

还没到下班时间，志武已经迫不及待地走出了办公室，走出了厂办公楼，苏婉的奔驰已经早早等在了厂外。

志武走出厂大门，向奔驰走去。

此刻，许丽丽正躲在对面一家化工厂的收发室大门的一侧。

她眼看着志武坐进了一辆黑色轿车里，是什么车她当然不认识。

她抻长了脖子，想看清奔驰车上坐的什么人，可是由于距离远，加之已近黄昏，她根本看不清，她急切地踮起脚尖欲看个究竟，但就是看不清。

她只好放弃，想等着车走以后赶紧打个车跟上。

可是，志武钻进车里好长时间车都停在原位没开动。

她纳闷儿地皱起了眉，这是干什么呢？难道还在等什么人？

又过了半天，车子依然没有动向，许丽丽再一次抻长了脖子向里看去，她只看到隐隐约约的一点红色，这红色是什么？许丽丽转动着脑筋，难不成是女人的衣服？

是了，一定是女人的衣服！这个念头一下闪进许丽丽的脑中，她的心不由得一紧。

如果不是等人，他和一个女人在车里这么久干什么呢？

是啊，他乔志武和一个穿红色衣服的女人单独在车里这么久能干什么呢？

乔志武上车后就忍不住和苏婉热吻起来，这一吻不要紧，吻得昏天黑地，吻得浑然忘我，吻得日月咋舌……

见车仍停在原地久未发动，许丽丽更加奇怪，而那抹红色却消失了，她皱起了眉，如果车里果真是个女人，那么志武和她在里面这么长时间能干什么呢？她忍不住想走过去看个究竟，但刚迈开脚步随即又缩了回来，她过去如果看见了志武算怎么回事儿？她来干什么呢？

而且，这个车里真有个女人的话，那么志武和她……

她止步不前，一种不祥的感觉蓦地袭上心头，她瞪大了眼睛再向车里望去，汽车怎么原地颤起来？上下起浮，难道车坏了，志武在修车？

许丽丽傻傻地立在那儿，胡猜乱想，而那车却越发震动得厉害，仿佛要把地面压塌似的。

突然苏婉尖叫了一声，这一声却清清楚楚地灌进了许丽丽的耳朵。

毛骨悚然！许丽丽一震，不会吧？她本能地想，不会是那种叫声吧？她把耳朵所有的神经细胞全部调动起来，想再听个究竟，声音却没了，而车仍在起伏……

许丽丽的眼睛虚眯了起来，她的思想在飞速旋转，不会的，她在心里对自己说，不会的！不会的！她不相信！不相信！

一番厮杀后，志武趴在了苏婉的身上。

车一下停止了起伏，许丽丽瞪大了眼睛，张着嘴看着。

苏婉轻抚志武的头发，无限深情又带着无限感伤地突然低声说了一句："终于又和你在一起了……"

志武抬起头来："你说什么？"他问。

苏婉有些梦里不知今夕何夕恍如在梦中一样地望着志武。

"你说什么？"志武又问了一句。

"噢，"苏婉猛然像是从梦中惊醒，"没什么。"她掩饰地说，疼爱地摸摸志武的脸："累坏了吧？"

苏婉笑了，笑得无限风流，媚态万方，动人心弦。

志武出神地望着她，真是被她这一笑揪碎了心。

车终于开了，许丽丽连忙招手打了辆车，紧跟在奔驰后面。

许丽丽坐在车里，出租车与奔驰保持着近距离，许丽丽瞪大了眼睛向奔驰车里张望，奔驰车后窗的玻璃上笼罩了一层雾气，在这雾气蒙蒙中，许丽丽又隐约看见了那抹红色。

许丽丽的大脑飞速旋转着，她几乎已经开始证实那不祥的猜测，她的心一点儿一点儿往下沉去，恐惧在一点儿一点儿加重，她害怕，她浑身冰冷，她没有勇气面对，真的没有勇气面对。

"师傅，停车！"她突然大叫一声。

司机吓了一跳，来了个急刹车："怎么啦？"他惊问。

许丽丽摸着怦怦巨响的心脏："那，那个，往回走！"

司机奇怪又有些不满地看了她一眼，掉转了车头。

许丽丽再向前看了一眼，奔驰早已消失得无影无踪。

她把头仰靠在椅背上，闭上了眼睛，用手一摸，竟是出了一身的冷汗。

四十六、鸾颠凤倒

苏婉开着奔驰直奔富豪大酒店而来。

苏婉和乔志武从车里下来，门前的保安对他们恭敬地行着注目礼。

走进大厅，胡经理迎上前来："苏姐！"

苏婉看了一眼腕上的表："从现在到十二点，酒店不招待任何客人。"

胡经理看了乔志武一眼，连忙点头："噢，噢，好。"

苏婉和志武向楼上的休息室走去。

在二十世纪九十年代初，这间大约二百平方的套房其豪华程度令人惊叹，全套的红木家具，一把椅子就值一万美金，落地苏格兰窗帘，贵气地横扫地面，妖媚地依偎在窗前，厚实地将室内蒸腾的一切暖昧、软玉温香拢在怀中，在夜色中散发出醉人的迷香……

厚重的红木门合拢在苏婉和志武身后，苏婉回身妖媚地冲着志武娇笑，双臂搂紧志武的脖子，腿像藤蔓一样环绕住志武的腰身。

志武轻拂苏婉细瓷花瓶般的脸蛋儿："我饿了。"

"还饿？"苏婉刮了志武的鼻梁一下，"你快成饿狼了！"

"我就是狼，就想吃你这只小绵羊儿……"志武用脑袋拱着苏婉，苏婉禁不住笑得浑身乱颤，并趁机从志武的身上滑下，向沙发后面跑去。

"想跑？我看你能跑出我的五指山？"苏婉的挑逗愈发勾起志武的欲望，他跑到苏婉躲藏的沙发后面，一把抱住了苏婉，苏婉却像鱼一样滑不留手，"嗖"的一下又跑到了窗帘后面。

志武追到窗帘前，把苏婉堵在帘后，与此同时身体向苏婉奋力挤压，苏婉轻叫："官人，快把奴家挤得断气了，求求你，放我一马，下辈子我当牛做马愿侍奉床前。"

志武学着苏婉的语调儿："气快要被本官挤断了，快让本官好好安慰安慰奴家！"志武钻到帘后，把苏婉抱起，放到窗台上，轻解罗裳，借着外面的灯光，志武看到苏婉的脸色更加娇艳，忍不住又是一阵缠吻……

突然外面响起一阵急促的敲门声。

志武和苏婉都怔住了，立刻停住。

苏婉系上衣扣，走到门前，打开门。

外面站着酒店经理。

"什么事儿？"苏婉愠怒地问，"不是说不到十二点不招待任何客人吗？"

胡经理和苏婉耳语了一阵，苏婉脸色一变。

志武远远看着，心生疑惑。

胡经理向里面看了看志武，走了。

苏婉显得有些不安，她关上房门，走到走廊外面的栏杆前，拿出大哥大，拨通了一个电话。

志武在窗帘前站了片刻，走到门口，把耳朵贴在门上。

"喂？不是说好了我下个月回去吗？"从声音可以听出，苏婉尽量压抑着心中的不满且还装作很温柔的样子。

停了一会儿，苏婉又说："我这边还有点儿事情没处理完……"

对方不知说些什么，而苏婉显然已经没有耐心了："我不是说了吗？下个月回去，我这边还有事情没处理完……"

对方不知说了什么让苏婉震惊的话，她的表情骤然变得非常难看，但她一直耐着性子等对方说完，最后说了一句："随你怎么想，这么多年你对我不了解吗？谁的谗言你都相信，我也不想再多说什么，我还是那句话，随你怎么想，随你！"

苏婉用力摁断了电话。

好半天，她立在那里，若有所思。

电话再度响起来，她看了一眼电话号码，挂断，转身走进了套房。

志武站在窗帘处，回身颇有深意地看了苏婉一眼，苏婉看来已经没有了刚才的兴致。

志武不便多问什么，他走到苏婉身后，轻轻帮她揉着肩膀，苏婉抓住他的手，有些意兴阑珊地说："下楼，吃饭？"

志武点点头。

两人手牵着手下了楼。

楼下偌大的餐厅空无一人，在靠窗的一个角落里酒店已为苏婉和志武备好了一桌丰盛的晚餐。

苏婉坐下来，有些心事重重，她回身招呼胡经理。

胡经理走过来："什么事儿，苏姐？"

"把那瓶三十年的法国红酒给我打开。"她说。

"噢。"胡经理看了看志武，转身离去。

志武有点儿奇怪，这个胡经理，什么时候苏婉吩咐她的时候，她都要看一眼志武，这一眼让志武感觉很不舒服，因为志武发现她的眼神并不友善。

片刻后，胡经理拿来了那瓶法国红酒。

苏婉像是来了兴致，她打开酒瓶，为志武斟上了少半杯红酒。

"你知道吗？"她说，"一瓶红酒的成熟期一般要十五到二十年，二十年的时候正值它的花样年华，而到了三十年，则是浑身散发着迷人风韵的美少妇。"

志武颇感新鲜地听着。

在这极尽奢华的酒店大厅里，窗外的月光映照在落地窗纱上，余晖打在餐桌上，桌上的餐具随之熠熠生辉。

少顷，苏婉转移了话题："你那个厂子效益怎么样？"

"竞争残酷，自相残杀，举步维艰。"志武一字一句地说。

"看这个酒店怎么样？"苏婉问。

志武一时不知道她是什么意思，有些疑惑地望着她："很好啊，这在牡丹江就是顶级的了。"

"送给你好不好？"苏婉慢吞吞地说。

志武心里"咯噔"一下，他知道苏婉说的是真的。他猜得没错儿，苏婉的背景果然了得！一个四层酒店说送人就送人，太可怕了！但他立刻镇静了下来，把内心的狂喜掩藏了起来，在苏婉面前，他不能表现得那么没有分寸，没有见识，仿佛他就是冲着她的利益而来，尽管他早已预感到会有这样一个让他狂喜的日子，但他绝不能表现出来。他面不改色地望着苏婉："我如果不接受呢？"他问。

苏婉拿起桌上的打火机把玩着，用很另类的眼光望着他："跟我玩深沉？"

"我和你在一起，不是为了这些，你应该知道。"志武认真地说。

苏婉继续玩着打火机，带着一种研判的表情望着志武："那好吧，我尊重你的选择。"她突然说。

志武心里一凉，他给苏婉夹菜放到碟子里："吃点儿菜吧。"他说，以此掩盖心中的悻悻然，但他坚信下一个真正狂喜的时刻很快就会到来。

"失望了？"苏婉突然问。

"没有啊，"志武一惊，随即问道，"为什么要失望呢？"

苏婉笑了，笑得颇有深意，她向志武举起杯，挤挤眼睛："一会儿还有好节目！"

那天，志武和苏婉喝了一瓶红酒，午夜十二点一起离开了酒店。

苏婉开车直奔江边而来。

四月的东北，午夜的风仍带着阵阵寒意。

两人从车里下来，凭栏远眺，江面升腾着雾气，苏婉向江边走去。

"下来呀！"她叫着志武。

志武裹了裹衣服："你不冷吗？"他问，也跟着下去了。

来到江边，与江水近在咫尺。

苏婉开始解衣扣。

"你干什么?!"志武惊问。

"游泳啊！"

志武瞪大了眼睛："你疯了？这江水还没完全解冻呢！"

苏婉搂紧志武的脖子："你不觉得在这还未解冻的午夜的江边……"她冲志武挤一下眼睛："别有一番味道吗？"

志武哑然，他发现在苏婉面前，他显得木讷和没有情调。

苏婉捧住志武的脸辗转亲吻，两人的吻很快搅热了空气，志武逐一解开苏婉的扣子，苏婉赤条条地呈现在志武面前，正当志武欲想将苏婉拥入怀中时，苏婉却扑通一声跳进江水里，四月的东北呀，江面上的冰还在水里打转呢，志武惊讶地看着苏婉。

苏婉却如鱼得水，轻松畅游，不时向岸边的志武招着手，志武经不住诱惑也脱掉了衣服，跳入水中。

志武游到苏婉身旁，抱住了她，两人身体一蜷，缩入水中，苏婉游得畅快淋漓，志武在水里追得气喘吁吁。

终于他捉到了苏婉，紧紧地吮住了她的嘴唇，足有一分钟，两人齐冒出水面，开心地大笑。

苏婉搂紧志武的脖子，在他耳边说了一句话："我想和你生个儿子。"

志武一下愣住了，这话猛地浇灭了他一身的热望，苏婉能在这个时候说出这样一句话，完全出乎他的意料。

"怎么了？"他的表情引起了苏婉的疑问。

"噢，没什么，好啊。"志武立刻随声附和道。

"你不愿意？"苏婉的眼神尖刻起来。

"愿意，为什么不愿意呢？"志武用吻堵住了苏婉的疑问。

苏婉不再说什么，她心满意足地和志武接吻，在冰冷的午夜江水里，他们吻得浑然忘我，不知今夕是何年。

四十七、忍气吞声

那么，许丽丽又在干吗呢？

她在听音乐，在听理查德·克莱德曼的《命运》。

她坐在卧室的床上，眼睛发直地反反复复地听着那叩击心弦的《命运》。

一幕一幕，和乔志武相识到现在，黄昏时分的"车震"，那黑车里的一抹红，像一根烧得通红的长针直扎进她的心里，绞劲儿地疼啊！

她现在还不敢断定她的猜测是肯定的，但心底最敏锐的那根神经告诉她，可能不幸被她猜中。

午夜两点了，乔志武还在陪着那抹红吗？他们在干什么？在干什么?! 在干什么啊!!

她关掉了录音机，走到窗前，窗外寂静如死，只偶尔呼地吹起一阵莫明其妙的风，而这风同时把她的心吹冷。

不行，她感觉头要炸了，她不能再这么沉默下去了，再这样下去她会疯掉的！

她走到电话旁拨通了乔志武的电话号码，可是电话却打不通。

他这是故意的了？她跌坐到床沿边，一个男人，整夜整夜不回家，打电话又不通，这说明什么？

她不能再忍耐了，绝不能了！

终于，外面传来了开门的声音，许丽丽站着没有动，她身上的肌肉绷紧了，今天，她要让乔志武给她一个交代。

志武走了进来，他显得很疲惫，他不在意地看了许丽丽一眼，脱掉外衣："还没睡啊？"

这一眼更加刺痛了许丽丽的心，乔志武现在看她的眼神就像看大街上一个路人，不带任何感情色彩的那么轻飘飘地掠过，在他眼里，她现在是那么无足轻重，他对她没有关心，没有一个丈夫对妻子应有的呵护与疼爱，有的只是仿佛她不存在，她就像个摆设放在家里一个固定的角落，引不起他的一点儿欲念和爱意。

志武去卫生间洗了手，回屋一头栽到床上，对许丽丽指指台灯："把灯关了。"

说话一如既往地带着霸道与命令的味道。

许丽丽咬了咬牙，从唇间吐出几个字："你干什么去了，回来这么晚？"

志武像是没听见，他闭着眼睛，好像已经酣然入梦。

怒火在许丽丽心中燃烧，他永远这么不尊重她，他其实完全听见了她的问话，只是不屑于搭理她，因为在他心中根本没她的位置。

"哎，我问你话呢，"许丽丽用力扒拉了志武一下，"你干什么去了，回来这么晚？"

"不是跟你说了吗？"志武模糊且不耐烦地说："陪客户……"

他转过头去，盖紧了被子。

"什么客户啊，要你陪这么晚？"许丽丽追问着。

又没声音了，志武就像是没听见。

"哎，"许丽丽忍不住又使劲儿扒拉他，"问你呢，什么客户让你陪到这么晚？"

志武"呼"的一下坐起身："什么客户，女的，不行吗？"他挑衅地看着许丽丽。

许丽丽的心一横，不知哪儿来的勇气，她大胆地望着志武，清晰地问："是一个开着黑色轿车的女的吗？"

志武明显地愣了一下，但很快他就恢复了本性，他满不在乎甚至带着点儿嚣张地看着许丽丽："是啊，怎么了？"

他直视着许丽丽，好像不轨的是许丽丽。

许丽丽却一下被噎住了，她不敢再进一步说什么了，真的不敢了。

她躺下了，蜷缩成一团躺下了。

志武再看了看许丽丽，也躺下了，背对着许丽丽躺下了。

许丽丽躺在那里，瑟瑟发抖，眼泪涌了出来。

她哭自己的命运，哭自己的懦弱，哭为什么乔志武不能从一而终，为什么？这一切到底是为什么？

早晨许丽丽睁开眼睛的时候，志武还在酣然大睡。

许丽丽几乎一夜未眠，临近天亮时闭了一会儿眼睛，却做了一个梦，梦里全是哭喊挣扎的镜头。

睁开眼，浑身酸痛。

她机械地刷牙、洗脸，把早饭摆上桌。

乔其剑在姥姥家，所以早饭她可以不必那么费心。

她躯壳般地坐在餐桌前，慢吞吞地把馒头一片片揪下来，泡到粥里。

志武也起来了，他坐到饭桌前照例是一言不发地吃着自己的饭，风卷残云般收拾完战场，穿上衣服，连声招呼都不打就向大门口走去。

"今天晚上是不是还得陪客户？"许丽丽一动不动地问。

志武站住了，他正面对着许丽丽，阴森森地回应道："啊，怎么了？"

许丽丽笑了一下，把最后一片馒头"啪"地扔进粥里："不怎么，问问。"

志武望着许丽丽，许丽丽回头望着志武，两人对视。

志武本来已经穿上了鞋，他现在却把鞋脱了，走到许丽丽跟前："想说什么你就说。"

许丽丽怔住了，已经到了嘴边的话却被志武咄咄的目光给逼走了。

"说啊?!"志武挑衅地扬着眉。

许丽丽咬咬牙，把馒头往嘴里塞。

志武一脸邪气地再看了许丽丽一眼，走了出去。

"砰"的一声关门的巨响，震下了许丽丽两行泪。

四十八、惹祸上身

昨天晚上苏婉的一句"我想和你生个儿子"，让志武今天坐在办公室里想了很久。

他当时因为这句话很是震惊了一下，因为毫无思想准备，但现在冷静下来他觉得这个建议未尝不可。

这么多年以来，他乔志武何曾对哪个女人真正动过心？自问没有。他骨子里的冷漠高傲、玩世不恭、放荡不羁和洞察能力，都把女人拿捏得死死的，看女人的眼光也分外挑剔，一般的女人入不了他的法眼，最初看上许丽丽是因为年轻、冲动、浅薄，完全以貌取人，这些年下来，他发现许丽丽从头到尾就是个没思想、没深度，苍白空洞的女人，就像一杯白开水，他当了多年副厂长、厂长，如今又自建工厂，自问经了不少风雨世面，见的人多了，遇的事儿杂了，他蓦然发现，许丽丽真是寡淡无味，不像某些女人，她可能没有花样的容貌，初始你不会重视她，而日子久了，她反而升华出一种耀眼的光芒，历久弥新，就像一坛佳酿，越品越有味道。苏婉则不仅仅是这样的女人，她起始就震慑人心，而她那风流成性的调性，她那回眸一笑的妩媚，她那极有分寸、恰到好处的调情，她的自信霸气，她的成熟历练，都让他神魂颠倒，心醉神迷，他发现，他无可救药地爱上了她。

他坐在办公室里不自禁地就想起和她在一起的每分每秒，她像一块巨大的磁石，不管他身在何处，都在吸着他向她靠拢。

他愿意永远和她在一起，一辈子拥有她。

他拿起电话拨通了苏婉的电话。

"喂?"他学着苏婉媚媚的声音说。

"喂?"苏婉则学着他的口吻说。

志武笑了，当女人被男人滋养，她的笑容会美丽动人，而一个男人沉浸在爱河中，他的笑容也会分外震人心魄。

电话里传来苏婉好听的笑声，志武笑得也十分开心。

"我想你了。"苏婉说。

"想我哪儿?"志武压低声音，"想上面还是想下面?"

正说到兴头处，外面响起了敲门声，志武往外一看，愣了一下："一会儿我再给你拨过去啊。"他说，放下了电话，"请进。"

来人走了进来。

志武上下打量着她："胡经理，有事儿吗?"

"有。"胡经理简短地说。

志武指指椅子："坐。"

胡经理坐了下来。

志武坐在椅子上，来回摇晃着，用不易觉察的眼光打量着胡经理，并猜测着她的来意。

"乔先生，你和苏婉是怎么认识的?"她问。

志武抬眼看着她，把玩着桌上的一支笔："有必要向你通报吗?"他慢吞吞地反问道。

胡经理轻笑了一下："何必这么不友好呢?"

"我只对对我友好的人友好。"志武说。

"我没有恶意，今天来，只是想善意地提醒。"

"提醒?"志武慢条斯理地说，"提醒什么?"

"你对苏婉了解吗?"胡经理问。

"这很重要吗？"

胡经理的嘴角翘了翘："你要知道，她是有人罩着的，招惹什么样的女人不好，非得招惹她？"

"你以为什么样的女人都能上我乔志武的床吗？"志武仍然慢条斯理地说。

胡经理看着志武，志武看着胡经理，好半天，胡经理从牙缝里吐出几个字："你太嚣张了。"

志武笑了："恕不远送。"

胡经理站起来："乔志武，别怪我没提醒你，你好自为之。"

胡经理愤愤地走了。

志武坐在那里，仍来回摇晃着椅子。

从他见到胡经理的第一眼，他就对这个像贼一样的女人毫无好感，他相信，苏婉背后定然靠着个大人物，否则，一个女人，纵有千般能耐也不会拥有今天这浩大的产业，虽然苏婉从未对她的资产向他透过底儿，但这已是毋庸置疑了。而这个胡经理也是自打看到志武头一眼就心怀鬼胎，不知道暗地里搞些什么勾当。

胡经理所谓的提醒，其实在志武心里是早就有谱的，话说明白一点儿，就是苏婉靠着的这个人或许已经知道了苏婉和志武的事儿，而志武坚信，这个告密的人就是胡经理，胡经理就是苏婉背后那个人安插在苏婉身边的密探。

无所谓，志武嘴角浮起一丝微笑，为了和苏婉在一起，他乔志武什么都不在乎，他倒要看看，这个大人物能把他怎么样。

何况，按现在的势头，他知道，他定然能从苏婉身上获得巨大利益，苏婉又是他最心疼的女人，一石二鸟，何乐不为呢？

下了班，志武直奔和苏婉的豪华爱巢而来，昨夜刚分开，今天就迫不及待地想见面了。

用钥匙打开门，屋里一片漆黑。

志武知道苏婉又要和他做游戏了。

他脱掉外衣，学猫叫："喵喵喵，小猫饿了！"

屋里沉寂一片，没人应声。

"小猫饿了，再不出来我可出去觅食了？"志武向卧室走去，打开卧室的门，里面空无一人。

志武疑惑了，屋里一点儿声息也没有，莫不是苏婉真的不在吧？

"小婉？小婉？"他叫着，向厨房走去，厨房也是空空如也。

志武皱起了眉，向另一个房间走去，依然没人，噢，志武笑了，苏婉一定是躲在浴缸里洗澡呢！

他轻手轻脚地走近浴室的门，"哗"一下打开门，正当他要大喊一声时，却被人从背后蒙上了眼睛！

"别闹了，小猫儿，再闹可别怪我不客气了。"志武笑着说，一面伸手去抓后面人的手。

但立刻他感觉不对头了，因为来人力大无比，还没等他进一步反应，只感到眼前一黑，整个脑袋不知被什么东西罩住了，他的呼吸立刻急促起来，他想张嘴呼叫，却被一记闷拳打翻在地，他只感到头顶一凉，身体重重地向后倒去，失去了意识。

志武醒来时，睁开模糊的双眼，眼前却是一片漆黑，他躺在那里一时无法明晰思维，是了，他被人一记闷拳打倒在地，再后来……他试着撑起身体却感到浑身痛楚且瘫软无力，他动了动脑袋，想看清眼前的地方却伸手不见五指。

他调动所有的脑细胞，知道是谁干的了。

正当他挣扎着坐起时，"啪"一声，一道刺目的灯光打来，他忍不住用手挡住了眼睛，等他慢慢适应能看清眼前的一切时，他看见一双皮靴走到自己面前，他定睛望去，一个凶神恶煞般的男子，走到他面前，还有几个陌生男子站在一旁冷冷地看着他。

男子走近志武，仔细打量着志武，嘴角浮起一个邪恶的笑："怪不得苏婉被你迷得神魂颠倒，你这张脸长得真勾人！"

话音未落，男子扬手给了志武一个耳光，贴近志武的脸："谁的女人你都敢动啊？啊?!"

志武的牙被打松动了，血顺着嘴角淌了下来。

男子拿起一块手绢给志武擦净："说，你是怎么跟苏婉好上的？"

志武不说话。

"挺硬气呀！"又是一个耳光，接下来一脚将他踹倒。

志武倒在地上一阵剧咳。

男子看着志武："立刻和苏婉分手，永远在她面前消失，放你一条生路。"

志武摇头。

男子不相信地看着他："不同意？"

志武点点头。

男子从腰间抽出一把长刀，对其中一个男子说："给我割下来，今晚有下酒菜了！"

志武瞪大了眼睛，惊恐地看着那把闪着寒光的长刀。

天边忽然划过一道闪电，一声惊雷伴随着一声凄厉的惨叫同时炸响！

四十九、宁死不屈

志武一夜未归，许丽丽一夜未眠。

已经到了夜不归宿的地步了，她绝望地想。

我该怎么办？我能怎么办？她不断自问着。

她知道现在就差一层窗户纸，不是乔志武怕捅破，而是她怕乔志武捅破，自从她明明白白地看出乔志武在外面又觅到了新欢，她的心就一下掉进了冰窟窿里。

现在乔志武还没回来，她怕他一旦回来，撕破脸皮，要和她离婚，她

226

该怎么办？

她突然恐惧到了极点！早饭没有吃，她慌乱地穿好衣服就去上班了，她甚至怕临出门时撞上志武，他很可能会即刻提出离婚，她要先躲一躲风头，然后再想办法。

整整一天，许丽丽惶恐不安，她隐隐感到，下班回家后，她的末日就要到了。

可是，到了家，家里仍如往日般死寂，志武压根儿就没回来，许丽丽的心稍微落地，可随即又被另一层不安所笼罩。

又是一夜，乔志武没有音信，许丽丽已从最初的惶恐过渡到了另一层惶恐中，她不断给志武打电话，不通，往他办公室挂无人接听，这是怎么了？不会是出什么事儿了吧？

好不容易挨到天亮，来不及洗脸，她穿上衣服就去了厂子，结果，志武办公室的门锁得死死的，看收发的说前天晚上志武离开单位后再没来过。

许丽丽慌了神儿，连忙给财务科的会计打电话问志武去了哪儿。会计也说前天晚上最后一次见到乔厂长，昨天就没来。

许丽丽走出厂门，望着外面的大街，一时不知道该怎么办才好。想了半天，别无他法，赶紧去工具厂找到志文，志文刚打开办公室的门，许丽丽就进来了。

"大哥，"许丽丽焦急地，"志武两夜没回家了！电话一直打不通，问厂子的人也都不知道他去了哪儿！"

志文一听，也慌了："你先别急啊！"他安慰着许丽丽："我们先报警，然后再等消息。"

报了警后，志文和许丽丽就坐在办公室里等，志文又给平时和志武有业务往来的几个朋友打了电话，均说没见过志武。

一天过去了，没有任何消息，志文让许丽丽回家看看，说不定已经回去了。

许丽丽回家后却一切如故，她心急如焚地"腾"的一下坐到了床沿儿。

肯定出事儿了！她想，如果乔志武出轨属实的话，说不定事儿就出在这上面，她把这几天以来的事情从头到尾梳理了一遍：首先，乔志武近一个时期每天很晚回家；其次，那天在黑色轿车里他和一个穿红色衣服的女人在一起待了足有半个小时以上，女人忽隐忽现的身影，车体不明所以地晃动，都只能充分说明一个问题——一个她不愿再深入去想的问题，这个红衣女人是谁？她没有丈夫吗？假如有，那么他能容忍乔志武和他妻子的事儿吗？显然不能，如果不能，那么他就会采取行动，这个行动是什么？文明一点儿的坐下来交涉，野蛮一点儿的——她不敢想象。

但是现在，她除了坐在这儿等，没有第二个办法。

志武现在怎么样了，那闪着寒光的长刀果真把他的命根阉掉了吗？

当然不会。

那天，领头儿的小子不过是想以此法震住志武，如果志武告饶，他们的目的就达到了，也就用不着再费脑筋去想别的办法了，就在手下人要举刀根断的一刹那，他飞起一脚把刀踢掉，却不小心割掉了执行任务者的小指，于是伴随着那声炸雷同时响起一声惨叫。

志武虽然逃离了阉割的命运，却未能逃脱其他酷刑的折磨。三天里，他被关在那间小黑屋里，受尽各种酷刑，包括被五花大绑拴在木头桩子上用冰水从头到尾反复浇，鞭打，用烟头烫，用鞋底抽，用方便袋罩在脑袋上令其窒息……

只要不死人的手段都用了，却没换来志武的一声求饶与服软，他就像一棵挺立五千年的松柏，任你刀割斧砍，就是把他凌迟，五马分尸，用太上老君的炼丹炉把他烧成灰，他也不答应离开苏婉。几个人被他的执着和坚挺愣是逼下阵来，领头儿的小子点燃一支烟，在烟雾缭绕中虚眯着眼睛看着伤痕累累、气息奄奄躺在那里的志武，突然对他肃然起敬，他发现，不管这个乔志武是和苏婉勾搭成奸也好，夺人所爱也好，淫乱鬼混也好，就冲他为了苏婉的这一身烧不烂的钢筋铁骨，他也是个男人，不折不扣的男人！他嘴上没说什么，心里却在暗自佩服，替苏婉感到值得。

烟雾袅袅中，长相像凶神一样的小子在思忖，片刻后，他猛地站起身，一把将躺在地下的志武提起："最后一句，要命还是要苏婉？"

已经快要没有生息的志武模糊地吐出两个字："苏婉……"

领头的小子将志武扔下，对其他几个小子说："给他抬出去！"

一个小子吃惊地看着他："放了？"

"放了！"他大手一挥。

其他几个小子面面相觑。

"我说放了！"他强硬地再说了一句。

几个小子再互相瞅了一眼，开始七手八脚地把志武抬将出去，像扔一条死狗一样将志武扔出了门。

志武躺在那儿，电闪雷鸣，瓢泼大雨，倾盆而下。

志武拼尽全身力气挣扎着想起来，想拦一辆过往的车，却没有起来，他倒在了地上，从嘴里涌出一腔血。

公安局那边一点儿消息也没有，而志武就像人间蒸发了一样，消失得无影无踪。

许丽丽胆战心惊地挨过了两天，她非常害怕突然接到公安局的电话，说在江边或其他什么僻静的地方发现一具男尸，初步确认是乔志武，她怕极了，怕死了，她在心里一千遍一万遍地祈祷，志武你快回来吧，只要你是安全的，以后就是你和我离婚我也愿意！

就在许丽丽处于崩溃边缘时，乔志武却已经躺在了苏婉舒适的大床上。

但此刻，他进入了昏迷状态，苏婉请了最好的医生，用了最先进的医疗手段，志武醒来一次后，又昏睡了过去。

医生说，如果今明两天，志武能够醒过来，就能顺利度过危险期，如果醒不过来，那就不好说了。

苏婉守在志武身边，始终未合眼。

那么这一切究竟是谁干的呢？苏婉又是怎么把志武弄回了家的？

五十、苏婉其人

苏婉不是出身于什么名门的大家闺秀，她生在苏州一个普通的工人家庭，自小没什么过人之处，长得瘦瘦小小，才不惊人，貌不出众，但身体天生的柔韧性使得七八岁的她就表现出超常的舞蹈天赋，十六岁即夺得江苏省青少年舞蹈大赛冠军，被一位在北京的著名朱姓舞蹈家收为门徒，赴京学习，同时进入一家艺术院校进修。

谁知这位舞蹈家不但琴棋书画样样精通，自身对艺术的修养和对女孩子气质的培养更是了得，她不但教苏婉跳舞，还教她许多舞蹈之外的东西，如何穿着打扮，如何吟诗作画，鉴酒品茶，读书写字，赏雪望月，如何打高尔夫，如何与市政官员、阔佬们交流……正是在北京的四年，苏婉通读了大量中外文学、艺术、绘画、时尚等各个门类的书籍，还接触到了社会的上流人物，这位朱姓舞蹈家，本意想让她做其儿媳，无奈其子花花公子禀性难改，加之苏婉对他没有兴趣，只好作罢。再回到苏州，她已经从最初的那个带着青涩与稚嫩颇有灵气的小女孩儿，脱胎换骨成了一个举手投足都散发着阵阵书香与迷人气息的成熟女人了。

苏婉深知，舞跳得再好，作为事业发展却前途渺茫，最多当一名舞蹈教师，但她心有不甘，她明白自己想要什么。于是，靠着刀削斧凿的喷血身材，靠着辗转回眸的倾城妩媚，靠着不俗的谈吐，品茶饮酒的道行，她进入一家中外合资的大型企业，成功上位，并于极短的时间内在苏杭一带的社交圈奠定了无人替代的地位，人称苏姐。

其实苏婉内心曾经非常痛苦，她明白自己不过是一个社交工具，男人们愿意以她充门面，是因为她风光耀眼，反应机敏，出手即可达目的，虽然她洁身自好，可由于工作的特殊原因，使得许多人认为她放浪形骸，因此，尽管她得到了很多物质上的享受，但同时也失掉了名声。

而她的痛苦恰恰在于，她天生的不安分，不甘平庸，如果以她的条件找一个官员或富豪即可过上丰衣足食的安逸日子，但，随着对男人越深入的接触，她就越灰心，她发现，层次越高的男人往往越虚伪得可怕，他们很难真正把一个女人放在心里最重要的位置，而追求完美的个性与骨子里的不甘心，让她不断抛头露面，成为苏杭政界、商界的名人。

也就是在这期间，她认识了改变其一生轨迹的男人——当时在政府招商办当主任的钱峰。

五十一、永失我爱

如今的志武其外貌与身材即是当年钱峰的翻版。

钱峰时年三十六岁，单身，年轻有为，春风得意，仰仗着招商办主任这一实权位置，他将财气、人气和桃花运尽揽怀中，但他绝不是滥情之人，他对女人的挑剔和他纤尘不染的皮鞋一样有名，他洁身自爱，除了热衷打麻将、高尔夫以外，就是品茶饮酒，他写得一手好书法，办公室即悬一自书匾额，"庭前清风明月，脚下不染尘埃"。二十世纪九十年代初，如此年轻的实权派那可是相当惹眼与招摇的，然而，钱峰为人谦和低调，从不张扬，也不自大，凡事谨言慎行，把持有度，这两句诗即是他以此自省而作，因此，他成了众多政界、商界女人暗恋追逐的对象，可是，表面的谦和却无法彻底掩盖他与生俱来的高傲，在没遇到苏婉以前，他的感情世界一片空白，漂亮女人如走马灯一样在他生命中出现又消失，没有一个能让他心底那根神经为之一动，哪怕仅仅只有一秒。

有人说这小子太傲了！天下女人就没一个他能瞧得上眼的！真当自己是玉皇大帝了？就在此时，一次招商引资的晚宴上，他第一次见到了苏婉。

千真万确，他再也没有见过如此风华绝代的女人，她像张爱玲笔下穿着做工考究的旗袍，手捧一杯清茶，于慵懒的午后坐在藤椅上细读徐志摩的女人；她像一杯酽酽的茶，盛载着丰厚的文化底蕴；她更像一杯香醇的红酒，修炼出几许耐人寻味、意境幽远的沧桑与沉香……看到她的第一眼，钱峰眩惑了，真的眩惑了，他奇怪，天底下竟有这等极品女人！

而苏婉给钱峰的感觉并不冷傲，却有一种亲切，仿佛他们早于若干年前就已相识，苏婉只是于自然而然的笑谈中带出几许神秘色彩。

当晚，钱峰便向苏婉邀约次日在"红府"吃饭，"红府"是苏州有名的贵族酒店，临近苏州园林，古雅而庄重。

谁知一顿饭下来，钱峰和苏婉已是相见恨晚，如胶似漆了。

交往一段时间以后，两人都为能拥有对方而感到庆幸，都在心里感谢上天赐予他们彼此。钱峰是一个懂生活会浪漫的男人，苏婉在钱峰身上找到了一个女人被宠的极致感觉，她再也不愿在社交场合抛头露面，她只愿在他为她营造的幸福鸟巢里尊贵地享受着她的公主般的生活。

幸福来得太快，又去得太早。

钱峰领着苏婉去见了父母，其母起初并不同意，说在苏婉眼里看到一种风流成性的东西，后来，在钱峰和苏婉的共同努力下，钱峰的妈妈总算认可了苏婉，正当两家人聚到一起兴致勃勃地商议他们的婚事时，钱峰被派去美国一家经贸公司考察，临行前，他搂着苏婉久久不愿离去，走到机场安检口，又回身搂住苏婉亲吻，苏婉笑他，一个大男人，这么黏黏糊糊的，让别人看见多笑话。

钱峰走进安检口，回头又望了苏婉一眼，苏婉惊奇地发现，他眼含泪花。

苏婉哪里知道，他们竟从此永诀。

钱峰回国时遇到了空难，机上一百零二名乘客和机组人员全部遇难，据说空难原因是机舱突然起火，由于无法控制火势，在附近海域坠毁……但事故的具体原因至今未明。

苏婉听到这个消息时感到天崩地裂，犹如世界末日般的疯狂海啸或是龙卷风将她整个掀翻在地，她失去了知觉。

醒来时已是三天后！

她好像是被烈火焚烧，长刀劈身般的痛楚所折磨，她睁开眼睛看着雪白的墙面，雾气沼沼的人影在眼前晃动，一时间，她弄不清自己身在何处，在干吗，是睡着的还是醒着？

当意识一点点恢复，钱峰死了的事实残酷地映入脑海时，她再度昏迷了过去。

醒来时又是三天后，她喉咙干痛得发不出一丝声音，眼睛干涩痛楚得好像有人在上面撒了一层辣椒面，她想坐起身，身体却像被什么东西牢牢固定在了床上，当永远不可能再见到钱峰的真相又重映在大脑时，她像万箭穿心一般痛不欲生。

躺在那里，动，动不得，喊，喊不出，她感觉自己马上就要死了，眼泪已经流干，湿透了整个枕巾，心已经碎成粉末，再也无法拼起一点儿生的期望。

她不明白老天为什么要这样对待她，钱峰，一个那么优秀，把她捧在手心儿里呵护疼爱到极致的男人，就这样永远离开了她，永远！

她不知道她的下半生该怎么走，她不知道没有钱峰的日子她还能不能活下去。她知道今生今世再也不会有第二个钱峰出现！再也不会！

昏昏沉沉又睡去了，这一刻，她体会到了"只愿长眠不愿醒"的深刻含义，她在心中向上帝祈求，赐予我安息，就让我这么睡吧，永远睡吧，哪怕心脏停止跳动，哪怕从此不再见到黎明，我愿意就这么睡去，随着钱峰的体温、臂膀、呼吸、他带着泪的吻、滚烫的身体一同睡去，让我们合而为一，在黑暗的土地，融为一体，变成水，结成冰，化作相思雨，化作永世依偎的香泥……

任她有着怎样绝世的伤痛，也永远唤不回钱峰的一丝微笑了。钱峰临走时搂紧她不愿撒手的样子再次浮现眼前，她躺在那里拼命捶打自己，号啕痛哭，犹如野兽般狂呼。

终于能够下床了，这会儿她变得极其安静，倚在窗边，她奋力回忆和钱峰在一起欢愉的点点滴滴，她会笑，开怀地笑，仿佛她还沉浸在钱峰的浓浓怜爱里。

她会一整天坐在窗前而不挪动一下，如果不是母亲为她熬了粥端到面前，她可以什么都不吃，她靠回忆活着，靠钱峰留在她脑中的体温活着，她要紧紧地依偎这点儿体温，不撒手，永远不撒手！

那天晚上，她做了一个梦，梦见钱峰推开她家门，拎着从美国带回来的面包走进来，苏婉看到他，手里的茶杯掉到了地上，她张大嘴不相信地看着钱峰，钱峰却笑了，说："怎么了？傻了？"

"你，你不是遇到空难了吗？"她瞪大了眼睛说。

"嗨，"钱峰笑了，"我没坐那次航班，是坐下一次的航班回来的！"

"什么？"苏婉的呼吸急促起来，她上前紧紧地搂住钱峰，大哭着，"你没死？你真的没死？你可别骗我?!"

"傻丫头，这还有骗人的吗？"钱峰说完，转身去卫生间，她赶紧跟着走了进去，谁知进去后，钱峰就没了踪影。

苏婉惊慌失措地到处寻找钱峰："钱峰！"她大叫着，"你可别吓我，你在哪儿呢，快出来呀，别吓我呀……"

可是所有的房间都找遍了，任凭她喊到嗓音嘶哑，钱峰再也没有出现。

"钱峰！你快出来！"她带着哭腔变调地喊着，"钱峰，求求你，快出来吧，你别吓我，别吓我……"

她找遍了所有的房间，仍然不见钱峰的影子，她抱着最后一线希望再次推开卫生间的门，双脚刚一踏进去，却发现里面是万丈深渊，她惨叫一声，掉了下去……

苏婉惊叫着醒来，她坐起来，满身大汗张皇地向四周望去，周围静极了，只有墙上的石英钟的秒针在嘀嗒嘀嗒地走着。

苏婉稳定了一下跳动剧烈的心脏，一层悲凉袭上心头，钱峰是真的离开她了，永远离开她了，千真万确地离开她了！当她真真切切地明白了这一点后，她哭了，捂住嘴哭了，哭得肝肠寸断，伤心欲绝……

当自己最亲爱的人在某日突然以不告别的方式永远离开自己，消失在这个世界的时候，人们会在短时间内有些意识不清，有些混沌茫然，有些云里雾里，有些懵懂，就像猛地遭雷击脑电图出现短暂的错乱、短路一样，加之逃避现实的本能，在潜意识里总觉得这不是真的，可能是自己做的一个噩梦，明天早晨一醒，就会发现天还是那么蓝，草地还是那么绿，阳光还是那么明媚，最亲的那个人还在自己身边……

这个时候其实还不是最痛苦的阶段，最痛苦的时候莫过于那一阵短路后，大脑恢复了正常运转，从痛彻心扉中清醒，知道最爱自己的那个人去了，是真的去了，永远去了，从此再也看不到他的笑脸，再也享受不到他的爱抚，再也不能和他交谈，畅想未来，他再也不能用他温暖的手把自己冰凉的手暖在掌心的时候，这才是真正痛苦的开始。

梦醒后的那一刻，苏婉的心真是痛如刀割，泪已流尽了，她幽灵一样走下床，走出家门，在午夜两点，一个人走在大街上，她感觉头痛欲裂，感到浑身在冒火，每一阵冷风吹来，都让她失常地快乐无比。

"吹吧，风啊，你使劲儿吹吧，让冰寒插进我的血液，让我病吧，让我发烧吧，让我死吧，求求你，老天爷，让我死吧！"她对着空寂无人的街道、灰暗无语的夜空大声呼喊着，喊完就笑，真爽啊，痛快淋漓呀！

像是明白她的旨意，一场瓢泼大雨不期而至，苏婉穿着单薄的衣裳摇摇晃晃地行走在街头，在雨里狂歌狂笑狂叫，她一直走，一直走，走到哪儿她当然不知道，她想如果这样一直走下去能走到钱峰坠落的海域该多好，钱峰就在那儿等着自己，向自己伸出温暖的手臂，泪啊，怎么也流不尽，痛啊，怎么也无法减轻，她疯疯癫癫地走着，一直走着……

终于，她累了，在一个不明所以的地方停了下来，雨还在往下泼，她站住了，仰天撕心裂肺地狂号……这一声声喊不尽她永失我爱的痛啊！

在那段无比黑暗绝望的日子里，苏婉每天必去红府，要上一瓶酒，自斟自饮，点上一根烟，吞云吐雾，在红府一待就是大半夜，有时，她在对面桌上为钱峰摆上碗筷，和钱峰举杯对饮，不喝到酩酊大醉誓不罢休。

那段日子钱峰仿佛就在身边，陪她饮酒，陪她聊天，给她取暖。她醉生梦死地活着，她愿意就这样虚无缥缈地活着，因为只有这样，她才能感到钱峰从来没有离她远去。

也就是在那段时间，苏婉依赖上了酒，自从钱峰走后，她和酒最亲，她觉得那一杯杯清澈透明的液体，虽不言语却饱含深情，它是最耐心的倾听者，不厌其烦地听她这个最啰唆的倾诉者絮叨着已让人耳朵起茧的话题，而当她喝足了酒，她的痛苦就会烟消云散，她的脚就像踩在美丽的云彩上，她眼前的景致都如梦如幻像是进入了天府。在那一刻，什么烦恼啊，忧愁啊，痛楚啊都统统消失了，世界就全是她苏婉的，什么都不在话下！

钱峰的撒手离去诞生了一个美丽的酒鬼。

苏母好话说尽也无法劝回苏婉的借酒浇愁，原来那个谈吐得体、衣着考究的温婉女子，现在变成了自暴自弃、不修边幅的邋遢鬼，苏母看在眼里急在心上，却苦于无法说服她。

苏婉的确消沉、萎靡了好长一段时间，直到有一天，她发现母亲偷偷地背着她独自站在阳台上流泪，而母亲瘦削的身影，微颤的双肩，满头的白发都让她震惊，从那时起，她在心底对自己说，你不能再这样下去了，你不能因为一个人的痛苦造成全家人的痛苦，你没有这个权利把自己的悲伤散播给家人，父母，他们生你养你，操碎了心，而今，你却因为自己无法走出痛苦的泥潭而使得满头白发的母亲跟着受累，你这是最大的不孝！

从那天起，她再也没有踏进红府的大门，她强行将钱峰从记忆中去除，她要让自己忙碌起来，以强颜欢笑掩盖内心巨大的伤心与失落，在父母面前，她永远是笑脸相迎，她要整装待发，迎接新的人生，尽管，她的心门已冰封，如千年雪山上冰冻的积雪再也无法融化。

就在这之后不久，她遇到了改变其生命轨迹的第二个男人。

五十二、最后通牒

那是一次隆重的招商引资会后的晚宴，苏婉第一次见到了某集团董事长孟慎行。

那是一个颇具亲和力，平易近人的富商，他儒雅健谈，语言幽默，很受下属拥戴。

席间按照惯例，苏婉敬了他一杯酒，孟慎行看上去对苏婉也十分赏识。

苏婉本以为晚宴结束，各奔东西，从此不再联系，没想到，几天后，她收到了一个陌生男人送来的白玫瑰，那是一个三十五六岁的男人，苏婉有些奇怪，看着这个男人她感觉有些面熟，但又实在想不起在哪儿见过。

男人说他只是代劳，便转身走了。

苏婉接过那束白玫瑰，发现底下有一张卡片，上面苍劲有力地写着几个字：晚上金河湾渔港等你，落款处赫然写着"孟慎行"三个字。

苏婉当时震惊不小，怪不得那个男人看着眼熟，原来就是那天酒会一直在孟慎行身边的人。

苏婉第一个感觉是有些恶心，孟慎行的目的显而易见，一个赫赫有名的富商，如此赤裸裸地向一个年轻女人公然表白，让苏婉看到一个男人的丑恶嘴脸，你说，这个孟慎行，身居高位的男人，在公开场合那么平易近人又谦和有礼，幽默风趣，言之有物，谁能想到他背地里会有这种不检点的行为。

她把那束白玫瑰扔到了垃圾桶里，想想吧，这个孟慎行大概六十多了，鲜花不去送给和他共担风雨、相濡以沫的妻子，却打发身边人背地里送给年轻女人，多么令人作呕？这如果让他的妻子知道，她心里会是一种什么滋味儿？苏婉冷哼了一声，这个世界就是这么残酷，有权有钱的男人在外面花天酒地，妻子们在家以泪洗面，和谁去说？

她是不会去的，她不会因为一个富商开了金口就受宠若惊，在她眼里，孟慎行不过就是一个色迷迷的令人作呕的老头子而已，她可不像某些女人，有权势的男人只要有行动就赶紧回应，她不会，因为她反感，她恶心。

不过，很快她又冷静了下来，作为富豪，主动找到她，她不能驳其颜面；何况她要为自己的未来打拼，她可以不喜欢他，但为什么不能利用他呢？

苏婉被自己的想法吓了一跳，她怎么突然变得这么势利现实。自从钱峰走后，苏婉对所有男人失去了兴趣，她打算孤身一人走完以后的人生，既然这样，她就不得不为自己的后半生积蓄财富，她虽不见得非要过穷奢极欲的生活，但至少也要衣食无忧，而凭她，一个女人，最快捷的方式莫过于背靠大树好乘凉了。

这样一想，她又改了主意。

她从枕头底下拿出钱峰的照片，轻轻地抚摸着："你说呢，钱峰，我该去吗？"

照片默默无语。

两滴泪落在了相框玻璃上。

悠悠生死别经年，魂魄不曾来入梦！更多的泪纷纷从眼里跌落到玻璃相框上。早知今日，何必当初？如果你我从来不曾相识该有多好？苏婉在心里说着。

多少次，她把钱峰的照片放在枕头底下，希望他能托梦与她，哪怕能在梦里与他相见也是好的，可是残忍啊，钱峰，你竟走得如此干净，连梦都懒得托付于我呀……

苏婉站起身，来到窗前，是的，她必须为自己的后半生考虑。如果能够得到这个孟慎行的关照，她说不定会活得更有安全感。她走到镜子前，看着镜子里那张略显苍白的脸，闭了闭眼睛，钱峰既已不在，和谁在一起都无所谓了。

那天，不知是出于什么心理，她刻意穿了一件白色旗袍，这件旗袍她极少在公众场合穿，是她在北京期间一个著名服装设计师为她量身定制的，大到旗袍的整体艺术效果，小到每一根针线，细节的讲究和独到设计让人叹为观止，这是全中国绝无仅有的一件，面料摸在手里感觉就像婴儿的肌肤般光泽柔软，顺滑又垂坠，料子反射出一种岁月的厚重之感，胸前那朵大大的荷花绽放着出淤泥而不染的高洁，我还能出淤泥而不染吗？她自问。

穿上这件白色旗袍，是为了告诉孟慎行自己是纯洁的，是神圣不可侵犯的。走在路上，苏婉这样总结。

到金河湾渔港是晚上六点，孟慎行包了一间大小适中的雅间，苏婉走进去后，她能强烈感觉出孟慎行具有穿透力的眼神三秒钟之内将她看了个淋漓尽致，他的眼神凌厉，仿佛能剥掉苏婉的衣服将她的五脏六腑都赤裸裸地暴露在灯光下似的，他这一眼，让苏婉有一种欲遁形的感觉。

可能是对身居财富巅峰的人有一种本能的畏惧或是被他的含而不露的霸气所震慑的原因，苏婉感到了压力。

但苏婉毕竟是苏婉，她是见过大世面的，是有着良好的修养与风度的人，很快，她便摆脱了心底小小的不安，而变得落落大方，谈笑自如了。

巧合的是，那天，孟慎行也穿了一套白色衣服，是一套中式对襟布衫，二十世纪九十年代初的富商很少有这么打扮的，所以，苏婉刚一进门，迎面第一眼望去，孟慎行一身白衣，颇具仙风道骨之韵，哪里像个商人？

而整个雅间布置得古香古色，旁边一个女孩儿行云流水地弹奏着《春江花月夜》，先不说别的，苏婉首先被孟慎行细密的心思所打动。

苏婉走进去后，孟慎行微笑地望着她，指了指他对面的椅子："坐。"

落座后，苏婉正面对着孟慎行，仔细地看了看他。

孟慎行白白的脸上镶嵌着一对儿细长的眼睛，由于眼睛的空间狭窄，你很难看清他的眼珠儿停留在哪一个方位，但是就在这小小的空间却射出了咄咄光芒，他脸上总是堆着习惯性的微笑，看上去谦逊有礼，他虽然年近六十五，可皮肤细腻，岁月基本没有在他脸上留下痕迹，这种细腻与白皙大概与常年不晒太阳有关，他的外貌和举止充分显示出他的养尊处优和高人一等的气质。

"喝点儿什么？"他温和地问。

"随便吧。"苏婉说。

"我听说苏小姐对红酒颇有研究？"孟慎行慢条斯理地说，从旁边拿出一瓶白马堡，轻轻为苏婉斟上。

苏婉拿起那瓶白马堡看了看说："这个白马堡的香味是由香料和成熟的黑浆果味儿组成的，是波尔多最著名的葡萄酒之一，它喝起来柔滑、细腻，以优雅、悠长而闻名。"

孟慎行对苏婉举起杯："认识你很幸运，我相信以苏小姐的优雅和青春定能改变我这一身中规中矩的死板气质，让我的生活充满生机与活力，让一个整天浸淫在生意场的人，多点儿艺术家的气质，我这身衣服，就是专门为了今天见你而定制的。"

"是吗？"苏婉笑了，她感觉孟慎行自然舒展又幽默的谈吐让人很放松，"那我可真是受宠若惊了？"

"不必受宠若惊，像苏小姐这样的女人，就应该有男人宠。"孟慎行说，眼光变得有些肆无忌惮了，"我不知道能否有这样的福分为苏小姐保驾护航？"

苏婉笑笑，眼光逃避地移向别处："董事长如此高看我，能得到您的赏识，我感激还来不及呢，若说福分，那是我有福分。"

孟慎行笑了，显然对苏婉的话很受用："苏小姐很会说话。"孟慎行向苏婉举起酒杯："为你我的相识和缘分喝一口。"

苏婉也向孟慎行举了举杯子，喝了一小口。但是，苏婉心里却有了异样的感觉，一个富商这么毫无遮掩地当面夸赞一个女人，终究脱不了一个俗字。

"我听说苏小姐原来是学舞蹈的？"孟慎行问。

"啊，是的，"苏婉说，"后来觉得它不能养活自己就改行了。"

"学舞蹈的气质就是不一样啊！"孟慎行说，从怀里拿出一个包装精致的首饰盒，推到苏婉面前，"我这个人信奉缘分，第一次见到苏小姐就给我留下了深刻的印象，这是从南非带回来的钻石，送给你。"

苏婉看着面前的首饰盒，一时间矛盾重重，她在心里对自己说，不能接受孟慎行的馈赠，否则就等于同意了孟接下来即将要提出的要求，但如果不接受，她又怕卷了孟的面子，今后对自己在商界的发展不利。

苏婉轻笑了一下，没动地方："啊，我想这钻石一定价格不菲，第二次见面我怎么能接受您这么贵重的礼物呢？您的心意我领了，钻石嘛，我真的不能要。"

孟慎行微笑着，苏婉看到他唇边闪过一丝不快。

"你错了，"他说，眼神变得尖刻起来，"这枚钻石并不贵重，你真的以为，第二次见面我就会送你价值不菲的礼物吗？你——似乎有点儿高估自己了吧？"

"噢，"苏婉尴尬地看着他，随即挺直了腰杆，"我不是这个意思，我也从不会高估自己，我是……"

孟慎行突然大笑起来，笑得苏婉莫名其妙，甚至有些毛骨悚然。

"对不起啊，刚才的话不礼貌，开个玩笑。"他说，"我的意思只是说，你不要误会，送朋友礼物是一种感情交流方式，如果我们总是把简单事情复杂化，那这个世界岂不乱套了？而且，我想说明的是，和我交往你不要有压力，不要带着负担，我不喜欢这样，我虽然身在这个位置，但，我首先是个人，是个男人，是个喜欢和优秀的女人交往的男人，因为有思想、有见地、有独立人格的女人能让我感受到前所未有的力量，使我更热爱生活，更充满激情，她们也是我前进的动力。今天约你来，没有别的意思，只是很欣赏你，愿意感知你的智慧，礼物，如果你确实觉得为难，那么我也不勉强，收回。"

苏婉笑笑，在这种时候她知道不说话可能更好，就让他收回，不要以为你找一些冠冕堂皇的理由我就会轻而易举地入套，不要以为你送个礼物我就得收，她在心里说，那我还是苏婉吗？

见苏婉没有反应，孟慎行收回了首饰盒。

席间，孟慎行还谈了许多历史典故，虽有些卖弄嫌疑，但从他的言谈的确能够看出，他是一个有些文化底蕴的富商，绝不是目不识丁，脑满肥肠，他博古通今，对于古典文学和上下五千年中国历史可以说如数家珍，虽他竭力表现得自然而然，但终究也是在向苏婉炫耀卖弄。

一顿饭吃到近十点，两人起身要离去时，孟慎行的一个举动让苏婉吃惊不小。

他从兜里掏出一把钥匙，拿过苏婉的手，郑重地将钥匙放到她的手里，他脸上没有一丝笑意，他的目光直直地盯着苏婉，他的脸和苏婉之间只有一厘米距离，他一个字一个字地说："明天晚上六点，我在阳光新苑小区1单元302室等你。"

孟慎行说完，颇有深意地看了苏婉一眼，转身走了出去。

　　苏婉看着手里的钥匙，站在那里好半天没动地方。孟慎行的态度和语气已经多少有点儿胁迫的意思了，他阴森的表情让苏婉有些不寒而栗。

　　但是，眼下，她不能马上拒绝，即使不想去或不能去，她也得回去好好想想应对的办法才是，于是，她什么都没说，走了出去。

　　孟慎行的车停在酒店外，苏婉走出来，看了看灰蒙蒙的天，对钱峰刻骨的思念又涌上心头，她长叹一声，如果有钱峰在，她哪里会这么无助？哪里会受人胁迫？看了一眼司机为其打开的车门，她坐了进去。

　　一路，孟慎行都很沉默，直到苏婉临下车前，他再次郑重地重复了一句："路上小心，明天我会准时等你。"

　　苏婉望着他。

　　孟慎行盯着苏婉的眼睛："不见不散。"

　　苏婉不置可否地笑笑，走下车去。

　　司机随即下车，护送着苏婉向楼上走去。

　　"不用送了，我一个人可以的。"苏婉说。

　　司机没说话，只做了一个请的手势，苏婉只好和他一起向楼上走去。

　　到了家门口，苏婉微笑地望着他："谢谢你，你可以走了。"

　　"有句话我必须告诉你，苏小姐。"司机说。

　　"什么？"苏婉有些疑惑地看着他。

　　"明天你最好准时到。"司机望着苏婉，面无表情地特别强调"最好"二字，声音平平板板，却藏着某种杀气。

　　苏婉看着他，他也看着苏婉，片刻后，他点点头，礼貌地指了指门："休息吧，不打扰了。"然后欠了欠身，走下楼去。

　　苏婉站在那里，半天没打开门进去，她的心浮在一个不安的层面，沉吟了半天，她才打开门走了进去。

　　她疲倦地躺到床上，不过才和孟慎行在一起几个小时的时间，她已经感到万分疲倦，她怎么会喜欢和一个色迷迷的老男人在一起呢？尽管他会给她许多意想不到的好处，但，她不愿意，不愿意把自己的身体交给一个与自己相差三十多岁的老头子，她会恶心得呕吐的。

最初，她以为既然钱峰永远不可能回来了，那么她也就随水东流，走到哪一步算哪一步，可现在看来，她并不了解自己，她的思想境界距离到那一步还远着呢。

怎么办呢？去，不去？不去，去？

几乎一夜，她没怎么合眼，早晨太阳透过窗纱照射在床上时，她懒洋洋地睁开眼睛，摆在眼前的问题一下蹦进了脑海，她烦躁地走下床，电话铃却在此时响了起来，她一下就想到了是谁打来的电话，她看着电话好半天，一层厌恶冲上心头，她犹豫着，迟迟不肯拿起听筒，但转而一想，如果不是呢，于是，她拿起了电话。

"喂？"

"喂，睡得好吗？"对面传来孟慎行关切温和的话语。

一听到孟慎行的声音，那层厌恶变得更加深重了。如果女人被一个自己并不喜欢的男人爱慕追求，她的确会生出许多厌烦恶心的感觉，但现在，她不能得罪孟慎行，苏婉比谁都清楚这一点。

"啊，睡得很好，谢谢孟董。"她尽量使声音不流露出心底的厌恶。

电话对面孟慎行很老练地笑了："我一夜没睡好啊。"

"噢，是吗？"苏婉说，她知道孟慎行接下来要说什么了，于是她决定将下面的话掐死，"那您好好休息吧，不打扰了。"

谁知孟慎行像是没听见她的话一样，接着自己的话头往下说："一宿眼前晃动的都是你的影子。"

苏婉拿着听筒强忍厌烦地闭上了眼睛："啊，那您还是好好休息吧，再见。"她又说了一句。

"怎么，厌烦了？"孟慎行突然阴阴地说了一句。

"啊，没有，您不是说您昨晚没休息好吗？所以我让您好好休息……"

"我考虑好了，今天晚上还是让小于去接你。"没等苏婉说完，孟慎行说。

苏婉拿着话筒没作声。

"喂，苏小姐，你在听吗？"孟慎行问。

"啊，在听。"苏婉赶紧说。

"那就好，晚上五点半他去你家楼下接你。"

苏婉刚要张嘴，孟慎行却挂断了电话。

苏婉拿着电话死死地看了半天。

她走到镜子前，望着镜子里有些苍白的脸说："苏婉啊苏婉，你知道自己在做什么吗？"

她说完，看着镜子里的自己，猛然感觉一股热浪冲上了眼眶。

五十三、突降大祸

虽然临行前，苏婉做好了破身的准备，可是，当她真正走进阳光新苑小区1单元302室门前时，她又改了主意，凭什么？她想，凭什么我苏婉让你姓孟的这么容易就得手？没那么便宜的事儿，如果是这样，我不但破了身，还得不到我想要的，到时候我找谁去？而当她面对着孟慎行那脖子后面厚厚的一堆脂肪和已然显得笨重迟缓的身体时，她身上保护的铠甲又加了几层厚，她真恨自己当初在钱峰面前那么矜持，守身如玉，如果把第一次给了钱峰她也就无憾了，可她没有，落得现在要被这个老东西破身的下场。不，她想，我为什么要来呢？我有不来赴约的权利呀！我来是为了什么呢？是慑于孟慎行的淫威还是虚荣心作祟？还是想从孟慎行身上得到什么好处？她出神地想着……

孟慎行仿佛看出了她的想法，他笑了笑，指了指他对面的沙发："坐。"

苏婉坐了下来，看着孟慎行眯成一条缝儿的眼睛，苏婉挺了挺肩膀，她决定直面问题，现在就解决。

"孟董，我很佩服您的才学，也很感谢您对我的赏识，但我想说明的是，我本是一个弱女子，担当不起太多的东西，如果您当我是普通朋友，我将感激不尽，如果您有超乎朋友界限的想法，那么，我也必须郑重提醒您，我不会同意。"

孟慎行仍然微笑地望着苏婉，好半天，他为苏婉斟上一杯茶，慢吞吞地说："什么事情不要预料得过早。"

"什么意思？"苏婉问。

孟慎行把茶放到苏婉面前："开个玩笑。"他指了指茶杯，仍慢条斯理地："请用茶。"他目光直视着苏婉，嘴角浮起一抹淡淡的笑意，咄咄地望着苏婉，一副胜券在握的样子："我孟慎行商场打拼三十余年，向来不打无准备之仗，见过的人不计其数，经历的事儿形形色色，我知道什么事情该做，什么事情不该做，如果我的行为做法让你感觉不舒服，我向你道歉，真诚地向你道歉，但我也必须声明一点，苏小姐，我欣赏你的才学，你的风度，你在艺术上的造诣，你的品位，可这并不代表我就对你有什么非分之想，欣赏不等于占有，这是两种思想境界，我想你可能曲解了，我的做法造成了你的误会，在此我向你澄清并致歉。"

孟慎行装出一副很真诚的样子，让苏婉心里生出一种鄙夷，这种套路她见得多了，软硬兼施，然后再循序渐进，她看着孟慎行笑了笑，没作声。

"苏小姐大概见识太多，对人对事总抱着戒备心理，这一点会让你失去很多机会的，不过不要紧，我会帮你把持方向，教你认清现实的。"孟慎行有点儿皮笑肉不笑地看着苏婉。

苏婉莫名地打了个冷战。

"认清现实？"她问。

孟慎行耸了耸肩膀："我们活在这个世界上很不容易呀，我们会面临许多意想不到的事情，是单枪匹马更潇洒，还是背靠大山更安全，苏小姐应该比我清楚。"他冲苏婉挑挑眉，端起茶杯，利落地将一片浮茶弹出杯子，轻啜一口："茶过酽，太苦；茶太淡，无味儿。女人，太冷像冰，无人靠近；太热像火，激情焚尽，都不好啊！"

"您刚刚说过，欣赏不等于占有，这是两种思想境界。"苏婉说。

听罢苏婉的话，孟慎行突然大笑起来，笑得轻薄而放肆："想不到苏小姐还很幽默！"

他把脸贴近苏婉，低声说："想被我同时欣赏和占有的女人能排成一条长城，她们都想把这两种思想境界融为一体，你信吗？"

苏婉无语地望着他，老流氓，她咬牙想。

孟慎行又笑了，正视着苏婉："给你三天时间，我要一个最后答复。"

他说完，站起身，给司机打了个电话："小于，送苏小姐回家。"

苏婉僵硬地起身，向外走去。

回到家后，经过一番冷静的思考，苏婉决定不管孟慎行采用什么手段，威胁利诱也好，强行逼迫也好，她都不会违背内心的意志，人有的时候其实并不了解自己，最初她以为她会以被男人欣赏的优势换得后半生的安逸，现在看来，她不能，她不会放弃自尊、骄傲和做人最起码的底线，安逸可以靠双手去获得，一个人孤身终老也好，无依无靠也罢，她都心甘情愿，无怨无悔。

但是人算不如天算，似乎命中注定，苏婉脱离不开这个孟氏的"福掌"，她刚在心里对自己许下了这个诺言，就出事儿了。

苏婉的姐夫在下班回家的路上，莫名被一歹徒捅了二十八刀后睁着眼睛倒地身亡，而身上的钱却分文未少。公安机关很快立案侦查，调查结果却出人意料，原来这名歹徒是受人指使报复杀人，不承想看走了眼，杀错了人，苏婉的姐夫就这样成了替罪羊、冤死鬼，而这个幕后指使者公安机关却一直讳莫如深。

苏婉的姐姐姐夫都是普通工人，姐夫更是仁义善良，敦厚耿直，对老人孝敬，对孩子疼爱，对家庭负责，姐夫的离去对整个苏家打击巨大，苏婉的妈妈一夜之间白了头，姐姐一夜之间疯了，父亲也一病不起，苏婉一下变成了家里的顶梁柱，义愤填膺的一家人就等待着法律的公正判决，以慰藉姐夫的在天之灵，可法院却以证据不足为由迟迟未能开庭。

苏婉奔波于公安局、检察院、法院之间，却收效甚微，而这个幕后指使者却始终没有大白于天下，这让苏婉更加怀疑，这个幕后真凶定然不是等闲之辈，但是，她誓要将此人揪出，以慰姐夫在天之灵！可是几个月下来，她身心俱疲，不但搜集不到证据，幕后指使者没有揪出，甚至听说那个行凶的歹徒也以证据不足给放了。

听到这个消息，苏母当即晕倒，住进了医院。

家里六口人，死了一个，疯了一个，病倒两个，只剩下她和十一岁的外甥女强撑着这个风雨飘摇的家。

每天回家，看到姐姐痴傻的眼神、披头散发的模样，看到母亲憔悴万分、极速衰老的容颜，想着住在医院无人照看的父亲，看着十一岁的外甥女早熟多愁的背影，苏婉数度落泪，她感觉自己的肩膀再也担不起这份沉重，她心如刀绞，以前在人前的风光，所谓的繁荣不过是虚假的，人生就是这么现实，当你真正需要有人帮助时，你却四面楚歌，在比自己强大的敌人面前，你连招架之力都没有。

这一天，当她又是一无所获回到家时，母亲急奔过来问："怎么样，今天有什么……"

看见她阴沉的脸，母亲一下就噎住了，她转过身去，瘦小孤单的身影向阳台挪去，她站到阳台上，苏婉能看见她微微上下耸动的肩，她的一只手放在脸的前面，很显然在极力隐忍哭出声。苏婉同时惊奇地发现，外甥女正在做作业，也是背对着苏婉，这孩子的肩膀也在微微耸动。只有姐姐傻傻地痴笑着，手里一直在玩着一个毛线团儿。那一刻，苏婉感觉自己的头要炸了，她夺门而出，她不能再在这里多待一秒，再待下去她一定会疯掉的！

她一气儿跑出很远，跑到江边，她站定了，摁住狂跳的心脏，她紧紧地闭上了眼睛，等她再睁开眼睛时，一个名字涌上脑海——孟慎行。

五十四、委身"福掌"

苏婉敲响孟董办公室大门的时候，他正和一个四十岁左右的男人说着什么，头不抬眼不睁地说了一句："进。"

苏婉走进去后，他抬起头来，一眼看见了苏婉，愣了一下，随即对男人说："我来客人了，明天再议好吗？"

"不是，还没定夺呢，到底……"男人还要坚持再说几句，孟慎行已经站起了身，做送客状："我不是说了吗，明天再议。"

那男人回身瞅瞅苏婉，似乎明白了什么，连连点头，皮笑肉不笑地回应道："好好，明天再议，明天再议。"

男人仔细看了苏婉一眼，笑了一下，走出去。

"不送了啊！"孟慎行关上了办公室的大门。

他走到苏婉身边，以最快的速度对苏婉做了一个全身上下的打量，笑了："什么风把我们苏大美人吹来了？坐。"

孟慎行这抹笑容难掩其内心的得意扬扬。

苏婉坐了下来。

孟慎行泡了一杯茶放到苏婉的桌前，坐回到办公椅上。

看着孟慎行那躲在厚重眼皮下的深藏不露的眼珠儿，还有他那一脸油滑的笑容，苏婉面对这个自己曾经拒绝而今又不得不哈腰求助的人，心里一时翻江倒海。

可看着坐在椅子上不断打量自己的孟慎行，苏婉又不知如何张嘴。

"茶怎么样？"明明看出苏婉是有求于他，孟慎行却偏不往主题上点，"这可是正宗的碧螺春。"

苏婉摇摇头："对不起，孟董，我今天来没有品茶的雅兴，有件事我需要您的帮忙。"

一抹笑意轻掠过孟慎行的眼底："能得到苏大美人的赏脸肯让帮忙，我孟某人真是感激不尽呀！"

听出孟慎行话里的讽刺意味儿，苏婉心里又是一阵翻江倒海，但时至今日，她也顾不了那么多了。

"是这样，我的姐夫被人错杀至死，案子不但至今没有宣判，凶手还以证据不足被释放，我的姐姐因此而一夜之间疯了，我的父亲也住进了医院，母亲更是整天长吁短叹，家里……"

孟慎行做了一个阻止其说下去的手势："我知道了，你回去吧。"

苏婉有些疑惑地看着孟慎行，孟慎行冲她点点头："剩下的事情我来做。"

苏婉还想说什么，孟慎行拨通了小于的电话："小于，苏小姐现在在我办公室，你送她回去。"

孟慎行挂断电话，站起来，他脸上的表情没有了先前的油滑，看着苏婉，他一脸的怜爱与痛惜："没想到，才这么几天你家里就发生了这么大的事儿，为什么不早说呢？"

孟慎行的口气完全像是一个给苏婉当家做主的大哥，长时间一个人势单力薄地奔走尝尽了心酸的苏婉，在这一刻，竟然因为孟慎行仅仅几句温暖的话语，眼圈儿一热，但她尽力克制着自己，她知道，尤其在孟慎行这样一个对自己心怀不轨的男人面前，她不能表现得太脆弱，否则就等于是给他机会，可是，她又在心里对自己说，你来求他，本身不就是在给机会吗？但此刻，她仍在坚持，仍然不想即刻就被他俘获，她咬紧牙关，愣是将涌上的那股泪潮逼了回去。

谁知，孟慎行竟伸出双臂，拥抱住了苏婉，他轻拍苏婉的脊背，语调柔和得让人心碎："什么事情不要一个人硬挺着，记住，我永远站在你身后。"

苏婉的眼泪再也控制不住"唰"的一下就淌了下来。

在那一刻，她知道，她完了，她真的逃不出孟慎行的手掌心儿了，正如他那句意味深长的话："什么事情不要预料得过早。"

苏婉从孟慎行身上猛地抬起头来，简短而快速地说了一句话："谢谢您，我会——好好报答您的。"

苏婉说完，飞奔出去。

孟慎行站在那儿，半晌，嘴角浮起一个淡淡的微笑。

不久，苏婉姐夫的案子就宣判了，买凶杀人的开发商和凶手先后锒铛入狱，一个死刑，一个死缓。当苏婉把这个好消息告诉苏母时，苏母抱着疯癫的大女儿号啕大哭，苏婉则转身向外走去，她早已是泪流满面，她明白，她必须要为这样一个本该公正的判决付出她本不该付出的代价了。

当晚，苏婉来到了新苑小区1单元302室。

孟慎行似乎知道苏婉今天要来，他备了一桌丰盛的酒菜，苏婉进屋时还亲自为她脱掉了大衣，他一脸谦和温柔的微笑，殷勤而周到，让苏婉的心里一暖，试想，不管你曾经多么厌恶这个人，人家毕竟帮你讨回了公道，还如此盛情地请你吃饭，天性善良的苏婉，尽管有着常人难以企及的清高，却也是一个非常易感的人，看到孟慎行精心布置的这一切，她心里的冰山已经在逐步瓦解、融化，她坐了下来，主动为孟慎行倒上酒，孟慎行脸上一直挂着开心的笑容。

苏婉端起酒杯："孟董，千言万语只有一句话，感谢。感谢您对我们全家的帮助，如果没有您，我姐夫的在天之灵不会安息，我们全家也将永远沉浸在无比的痛苦当中，我先干为敬！"

苏婉一仰脖喝干了酒杯里的酒。

孟慎行笑了一下，眨了眨眼睛："我如果说此事让我颇费了一些周折，你或许会认为我是在邀功，夸大其词，但这开发商很是有些背景……你现在明白为什么这个案子迟迟不办的原因了吧？"

苏婉点点头。

"可以，"孟慎行说，"这个事儿我真是十分为难，但，为了你，我也是在所不辞啊，你——"孟慎行深深地望着苏婉："能明白我的心意吗？"

"明白。"苏婉说。

孟慎行含义颇深地笑了笑，向苏婉举杯："我干了。"

孟慎行喝空了酒杯，给苏婉夹菜："那天你来找我，你知道我当时感觉是什么？"

苏婉疑惑地望着他。

"心痛！"孟慎行加重语气地说，"一是心痛，对你的心痛，二是愤慨，对当今社会某些黑暗势力的愤慨！"

苏婉望着孟慎行，第一次发现孟慎行竟还有侠义之心，但这一发现多少让她感到有些疑惑，她不能正确分析孟慎行是真的掏心挖肝地喜欢她，还是虚情假意笼络她的心。当然，后者的可能性大一些。但是不管怎么说，苏婉都知道她逃不脱如来佛的手掌心了，退一万步说，一个人尚懂得用正义的外衣去掩盖内心的邪恶，至少说明这个人还有一丝觉悟和善心，还没有坏到彻底没了人性，一个已经完全被私欲、邪念控制的人，恐怕连人最起码的良知都不屑于去伪装了。

孟慎行为苏婉倒上酒，举起酒杯："这一杯我敬你，为你如青莲般洁身自好、高雅自重而干，你的不为世俗而弯腰，不为强权而低头，不为利益而献媚，自尊自爱，让我钦佩，我孟慎行自认阅人无数，而你的高洁实属罕见，你是唯一令我叹服的，绝无仅有！"

孟慎行豪爽地喝干了酒杯。

不管孟慎行所言真假，苏婉倒是有一丝得意，她也向孟慎行举起了酒杯："孟董，以往对您多有不敬，还请见谅，我相信您大人大量，不会与我一个弱女子计较。"

孟慎行也举起了酒杯，老于世故地笑了："我从未觉得你不敬，何来见谅？你的所作所为都是基于一个女人最起码的自尊自爱，这只能让我更敬重你。"停顿片刻，他又说："想要认识一个人，不是一朝一夕的事情，一个人表面君子，不见得不小人，而一个人表面邪恶，不见得不君子，一个人可以有最高的智商，却同样可以有最低的情商，人本身就是矛盾综合体，所以，想要彻底认清一个人，需要时间。"

苏婉不明白孟慎行这话是在说自己还是泛指，不过，经历了姐夫这个案子，她对社会，对人生，对人性又有了更加深刻的认识，她把许多事情都看淡了，在她的生活经历了一系列重大变故之后，在残酷的现实面前，她不得不弯腰，这就是人生吗？

所以，她看开了。

苏婉笑笑："不管怎么说，此时此刻，没有什么更能表达我对您的谢意，只有谢谢。"

"真的感谢我，就多喝几杯，以酒表诚心。"孟慎行说。

"好！"苏婉倒上酒，连干三杯，孟慎行藏在眼皮底下的眼珠儿笑开了花，他向苏婉伸出大拇指，"爽快！"

不胜酒力的苏婉又连干两杯，此时她已经是满面桃花，腿软脚麻，方寸大乱了。

被酒精烧昏了头的苏婉，心里这个高兴啊，看见什么都想笑，双脚像踩在云里，满世界都变成了仙境，孟慎行那张脸竟然变成了钱峰俊郎的面容。

看见了钱峰，苏婉想笑又想哭，她抓住钱峰的手，声泪俱下："你回来了？你一走这么久，把我一个人丢在这个世界上，你的心好狠啊……"

苏婉哭得异常伤心，她死死地搂住钱峰的脖子，生怕一撒手钱峰又没了："这次，我再也不让你走，再也不让了！"

钱峰的模样没变，只是眼睛小了，有点儿胖了，脖子上都有横肉了，可能是离开十几年了吧，人都变老了，不过不要紧，只要回来了就好，苏婉哭得肝肠寸断，后来，她好像累了，倒在钱峰怀里睡着了，但她依然死死地搂住钱峰，这样他就不能跑了，她想。

苏婉睡着了，进入了一片虚无状态，梦里全是和钱峰欢聚的场景，她高兴得又唱又跳，和钱峰跳了一曲又一曲，原来钱峰没死啊，那只是自己做的一场噩梦啊，天，这梦够长的！快乐啊，高兴啊，欢畅啊……

一夜在梦里欢歌，与钱峰快乐，苏婉脸上全是甜蜜的笑容。

第二天早晨，阳光透过窗子照在苏婉脸上，她迷迷糊糊地睁开了眼睛，眼前全是白色，白色的窗纱，白色的梳妆镜，白色的床……她皱了皱眉，头脑昏沉，这个地方有些熟悉，是了，昨夜的情景一下回到了苏婉的脑中，她和孟慎行在喝酒，她喝了好多酒，她一直笑一直笑，后来……她一下坐了起来，四下看了看，她明白了，这里是新苑小区1单元302室。

她的心猛地沉了下去。

她看了看身上穿的衣服，是一套青色睡衣，这不是她的衣服！她揉了揉额角，如果昨夜发生了该发生的一切，那么她也算偿还了她曾对他许下的诺言，可是，她真的不知道，她什么都不知道。

一声门响，孟慎行穿着一套同色睡衣，端着一杯水走了进来，看到孟慎行的这身打扮，尽管苏婉早有准备，可心里还是忍不住激灵了一下。

孟慎行微笑地走到床边，把水递给苏婉，他看上去容光焕发，皮肤极富光泽，是什么让他这么神采奕奕？苏婉的心更加往下沉去。

孟慎行仔细看了看她："喝点儿水吧？昨天你喝多了，吐了，一定口干得不得了。"

苏婉仰脖儿喝水，透过杯子边缘她注视着孟慎行，孟慎行看她的眼神比之前变了，是那样一种欣赏，一种暧昧，一种不再疏远与陌生的眼神，一种亲近得不得了的眼神，是啊，我怎么这么傻？苏婉暗自想，衣服都换了，你已经赤裸裸地暴露在这个男人面前了，还有什么不可以做的？

"昨天你吐了，我帮你把衣服换了。"孟慎行说。

苏婉不语，等待着他的下文，可孟慎行居然不再往下说了。

"早饭我已经叫人给你准备好了，我去上班。"孟慎行拍拍苏婉的脸蛋儿，亲了一下，冲苏婉挑挑眉，"等我回来。"再冲苏婉笑了笑，他走了出去。

苏婉坐在那儿半天没动，孟慎行亲她的那一下是那么自然，这让她的心彻底沉了下去，她走下床，来到卫生间，一眼看见自己的粉色内裤泡在盆里，而那上面，一点如指甲大小的红刺目地映进了她的眼里，她站住了，靠在门框上，竭力克制着自己，但眼泪还是"唰"一下涌了出来。

苏婉就这样成了孟慎行的女人。

五十五、喜逢"旧爱"

跟了孟慎行以后，苏婉更看开了，虽然最初是为了感激孟慎行走出了那一步，可每每和他在一起，苏婉还是忍不住内心的厌恶，毕竟，孟慎行是一个六十多岁的老男人了，而且有家室，而苏婉风华正茂，美艳绝伦，她心有不甘啊！可是，既然已经这样了，她也只好顺流而下，走一步看一步了。

当然，她自有心中的如意算盘，和孟慎行无非就是互利互惠，等价交换，她付出青春、美貌、身体，供孟慎行消遣、快乐，孟慎行付出物质、金钱、资产，以此交换，他们都心照不宣，都在按部就班地进行着。

跟了孟慎行这么久，苏婉其实对他并不十分了解，她也不想了解，她很知道什么该问，什么不该问，她只要得到应得的那份，别无他求。孟慎行能量很大，他很会经营，手中有多种实体和工程项目，但她从不多问，孟慎行当然也不会亏待她，在牡丹江的富豪大酒店和锦程工贸公司就是送给她的生日礼物，还有在苏州的多处房产，在哈尔滨的两处房产，苏婉认为够了，有了这些，足以支撑她的后半生。尽管大多数时候她是强忍心头的压抑，在孟慎行面前强颜欢笑，但就算再不愿意，再不甘心，表面也不能让孟慎行看出来，等若干年后，孟慎行不再需要她了，她也就解脱了，到那个时候，可以去德国的某个小镇，买一个有白色栅栏庭院的房子，种点儿青菜，养条看家狗，喝点儿下午茶，坐在藤椅里，享受午后的阳光，睡着了，会在梦里与钱峰相会……过与世隔绝的安逸生活，她曾无数次想象那令人向往的景象，有时会一个人傻傻地笑。

可她万万没想到，孟慎行儿子孟子虚的出现，打乱了她和孟慎行现有的平静，与其说是打乱了她和孟慎行的平静，不如说是破坏了她和志武的好事。

孟子虚并不知道父亲和苏婉的关系，也许是和父亲有着同样的审美情趣，在一次商界的聚会中，他竟然也鬼使神差地爱上了苏婉，苏婉自是不知道他是孟慎行的儿子，早已封锁心门的她，对孟子虚的追求视若无睹，而她越是冷漠，越是从不把孟子虚放在眼上，孟子虚就越对她痴迷，为了把苏婉搞到手，他费尽心机，甚至不惜英雄救美，设迷局，能用的方法都用了，苏婉仍如一座冰山般不为所动，其后不久，孟子虚震惊地发现了苏婉和父亲的关系，虽然他没有得到苏婉，可当他得知这个让自己魂牵梦萦的女人居然是父亲的情人时，他震惊了！也愤怒了！

一种前所未有的感觉让他揪心，他真是没想到会是这种结局！怎么，怎么就会发生这样的事情?！

回到家，每每面对孟慎行的时候，他都会暗中打量这个生养自己的男人，会用另一种眼光去看他，每当他想到，那个让自己做梦都想的女人被父亲压在身下娇喘呻吟时，他的胃里都会一阵翻江倒海，看着父亲那肥硕的身形，那已经开始呈现老态的举止，他的心里真的是一种说不出的难受滋味儿。

至此，他彻底断了占有苏婉的念头。

他本是打算当作什么都没有发生，他利用一年的时间试图忘掉苏婉，可苏婉就像个幽灵一样时不时地就会出现，搅得他意乱情迷，心绪不宁。

这种得不到又不敢追的状态使得他的行径变得让人不可捉摸，他会派人暗中跟踪苏婉，一旦发现这个女人有不轨背叛父亲的行为，他就要替父亲摆平，这其实是一种变态的发泄，自己得不到的，既然被父亲得到了，又不能奋起反抗，又不能横刀夺爱，那就只好找另一个突破口把这种不满宣泄出去，于是，跟踪苏婉成了他猎艳之余最大的癖好。

苏婉本是一心想跟着孟慎行捞足后半生的经济资本，就远走高飞，抱着钱峰的照片在美好的回忆和安逸富足的生活中度过余生，不承想，老天爷可怜她，竟然在夺走了一个钱峰后，又给她派来了一个钱峰的翻版——乔志武。

苏婉每日活在孟慎行的"福掌"下，过着浑浑噩噩的日子，她有时极度厌倦了，就想出去透透气儿，过一段远离孟慎行的生活，她四处游荡，感觉就像没有灵魂的躯壳，找不到心灵的依托，她明白其实是内心对爱的渴望在驱使她四处寻找。孟慎行对她倒颇为宽容，也许年龄的差距使得他的内心对她有种类似父亲般的疼爱，出手之阔绰，对她之宽容，都使得她无法再挑剔什么，但这并不意味着她不会背叛。

人有的时候并不了解自己，就像苏婉，她本以为这辈子就活在钱峰的影像里了，可她的行为在自觉不自觉地去向另一种可能寻找，如果不是冷静思考，她都不会对自己的行为做出理智的分析。

看惯了江南的青山绿水，就想着去北国的冰天雪地，也是因为想看一看设在牡丹江的富豪大酒店，苏婉只身来到了牡丹江。

参加那个技术交流会，纯属是玩，结果却不期然遇到了乔志武。

简直就像做梦一样，她的脚刚一踏进会场，迎面走出一个男人，她当时就愣怔在了那儿，和钱峰一样的鼻子眼睛，一样的身材体型，甚至也穿着白衬衫，扎着同样的深咖色领带，她一时间以为自己产生了幻觉，可能是思念过深导致大脑神经一时错乱了吧？她这样对自己说。这个男人从她身边走过，她的心几乎要从口腔里跳出，她以为他会对自己说"你不是苏婉吗？你怎么来了？"之类的话，可是什么都没有，他轻飘飘地从她身边走过去了，看来这个人不认识她，他不是钱峰！她眼前黑了一下，她用指甲用力掐了自己的大腿一下，有痛感，不是梦！她回过头去，极目远跳，志武已经不见了，可能去了厕所，因为会议还没开始。

她疯了般走出会场，在走廊的厕所一旁徘徊，她尽量抑制着狂跳的心脏，告诉自己要冷静，那个人百分之八十不是钱峰，可她仍然阻止不了这一可怜的幻想，她仍抱着最后一线希望，期待着那个人从对面走过来，一下认出了她，向她奔过来说："苏婉，总算找到你了，我们总算又见面了……"

是的，说不定这就是真的，当初钱峰遭遇空难，但他的尸体不是至今还没有找到吗？说不定真的没有遇到空难，他是有什么难言之隐，不能回国，借用空难为幌子，现在他可以回来了……

苏婉胡思乱想的时候，志武从厕所走了出来。

苏婉快步迎了上去，志武多少有些诧异地看了她一眼，转而向会场走去。

苏婉的心掉进了冰窟窿里，这个人不是钱峰，真的不是钱峰！可是她又幻想，是不是钱峰失忆了？出了空难掉到了海里，昏过去之后，结果被冲到了岸边，有人救了他，他把自己的身份、过去的一切全忘了。继而重新开始生活，记忆中没有父母，没有苏婉，没有政府招商办主任这一职位，什么都没有了……不是没有这种可能！

可是，当苏婉刻意坐在了志武身边，冷静地暗中观察志武的时候，她还是否定了先前的一切臆想，她清醒地告诉自己，这个人绝不是钱峰，他只是一个长得与钱峰极为相似的男人而已。

当她面对志武时，她还是忍不住心潮澎湃，这不就是钱峰吗？一样的鼻子眼睛眉毛嘴，一样的身高体型，就是表情，是的，表情不太一样，气质也有不同的地方，钱峰多了点文气，这个人则多了点痞气。

坐在志武身边的苏婉已经开始感谢上天对她的怜惜了，这难道不是老天赐给她苏婉的礼物吗？

会议结束后的会餐，苏婉也是刻意坐在了志武的身边。

于是后面的事儿也就顺理成章了。

是谁收拾了志武，当然也就大白于天下了。

而今，看着被打得遍体鳞伤的志武，苏婉的心裂成了无数碎片，知道这仅仅是个开始，孟子虚不会轻易放过他们，冲动之下，她想变卖所有的不动产，和志武远走高飞，到一个谁也找不到地方，过安生日子。

可是，转而又一想，不行，就算远走高飞也不能就这么走了，孟慎行有多少资产尽管她不清楚，可她却知道自己得到的这些不足他总额的百分之三，孟子虚不能这么轻易放过她，而她也不能就这么轻易离开孟慎行。

志武的伤势好得差不多了，愤怒中的苏婉回到了苏州，约出孟子虚，她要好好和他谈谈。

五十六、欲死不能

却说许丽丽在经过数日煎熬，精神近乎崩溃时，这一天又是寻找无果后，她疲惫地把钥匙插进锁孔。

钥匙插进锁孔后，门竟自动开了。

许丽丽的心一下提到了嗓子眼儿，来不及多想，她一下冲进了屋里！

她一眼看到志武正躺在床上沉睡！

她飞扑过去，从上到下，从头到尾地看了一遍，生怕看走了眼，不是志武，当确认就是志武时，她不顾一切地上前摇晃着志武："志武！志武，快醒醒！快醒醒！"

志武被摇晃醒了，他有些不耐烦地坐起来。和志武面对面，许丽丽的眼泪一下涌了出来，她颤抖地摸着志武的脸，哭着："你这些天干什么去了，啊？干什么去了呀？"

"出差了。"志武简短地说了一句，随即躺下了。

"出差了？"许丽丽又把志武拽了起来："出差怎么也不打个电话？挂你大哥大又总是挂不通，会计和看收发的都不知道你去了哪儿，你出差怎么连会计也不知道？"

"我出差有必要让会计知道吗？"志武的眼神一下凌厉起来。

看到志武的态度，许丽丽一下愣怔在了那儿，一腔怒火随即升腾，这些日子以来所有的担忧、折磨、煎熬齐涌心头，他乔志武消失了这么多天，对家人没有任何交代，回来后竟然是这种态度！没有一点儿歉意，没有一点儿愧疚？他这算什么？

"你什么意思啊？"许丽丽抬高了声音，"你一走这么多天，连个招呼都不打，你知道我们这些天是怎么过的吗？我和大哥几乎找遍了牡丹江，还报了案，我们都以为，都以为你……"许丽丽的眼泪哗哗地往下淌，"你怎么能，怎么能回来一句'出差了'就完事儿了？"

"那你还想怎么样？"志武"呼啦"一下又坐了起来，"出差了就是出差了，你还想让我怎么说？"志武很不友善地又看了许丽丽一眼，躺下了。

许丽丽坐在床边，看着志武对着自己的背影，他脸的侧面有一道明显的伤痕，许丽丽伸着脖子再仔细看去，发现志武的脖子上、手上有多处伤痕，她拽过志武，惊问："你怎么了？到底怎么了？身上怎么这么多伤？啊？你被人打了，啊？"

志武又一次坐起身，不耐烦地瞅着许丽丽："你这人怎么这么烦呢？告诉你我出差了，出差了，还疑神疑鬼的干什么？我被什么人打了？我能被什么人打？"

志武从床上下来，倒了杯水，仰脖喝了。

重新躺倒在床上："我累了，要休息一会儿，你出去吧。"

看着志武的背影，许丽丽的心冰冷冰冷的，这么多天没回家，回来倒头便睡，对她对孩子没有句问候，更别谈什么温情、体贴了，看着这个对自己越来越冷漠无情的男人，不知从哪儿来的勇气，许丽丽横下了一条心，她清晰而冷静地问："乔志武，你是不是在外面有女人了？"

志武躺在那里，你可以很明显地看出他震动了一下，他沉默着，没有立刻说话。

"我问你呢，你是不是在外面有女人了？"说这话时，许丽丽感觉全身都是僵硬的，虽然说出口的话听上去是那么冷静，可她内心已经紧张得缩成了一团，上牙和下牙都在不听使唤地打架，她明白，这一时刻早晚要来到。

果然，志武呼的一下坐了起来，他目不转睛地望着许丽丽，眼神冷漠得能杀人。

"你说呢？"他嘴角浮起一抹笑意，是那种惯有的邪恶的笑。

许丽丽的眼泪从眼里毫无知觉地滑落，她也笑了，满脸挂着泪地笑了，她迎视着志武的眼睛："这么说是真的了？"她尽力使自己表面从容，可她的嘴角在不可抑制地颤抖，脸上的肌肉也在不住地痉挛。

"是真的吗？"她突然爆发地大吼一句。

乔志武脸上邪恶的笑不见了，他虚眯着眼睛望着许丽丽，轻声地："你知道你刚才那样子像什么吗？像个没人赡养的八十岁老太太，鼻涕眼泪一脸的皱纹，丑极了！这么丑的你不配做我乔志武的女人！"

"啪"的一声，一记耳光清脆地落在了乔志武脸上。

许丽丽愤怒地看着乔志武："你不是人！畜生不如！"

乔志武摸了摸脸，笑了："如果你想离婚，我同意。"

许丽丽难以置信地看着他:"你怎么能,乔志武,你怎么能这么对待我,你怎么能啊!?"

志武站起身,看了看许丽丽:"如果你不想离婚,也可以。"他走近许丽丽:"我是说暂时。"

志武走了出去。

许丽丽僵直地坐在那里,她突然发现,想哭已没有眼泪。

有的善良的读者看到这儿会说,你写人写得太偏激了,现实中怎么会有如乔志武一样冷血,没有人性的人呢?不可能!再怎么样,许丽丽当初也是他从志文手里愣撬来的,也是曾经爱过的。对极了,越是这样的人日后情变的可能性越大,而生活告诉我们的恰恰总是让你瞠目结舌,有些事情就真实地发生了,你能说是假的吗?所以,别怪我写出来,写出来你一定要相信这就是真的。

乔志武走后,许丽丽在屋里待了半天,她知道乔志武失踪的这些天,大概就是和那个女人鬼混去了,她没想到自己一直担心的事情就这样在今天得到了证实!能怪谁呢?她该怪谁呢?如果让熟悉她的人知道了,肯定会反过头来嘲笑她,活该,当初志文那么好的人被你一脚踹了,现在怎么样?报应!她知道当初选择了志武,就等于选择了众叛亲离,自己种下的恶果自己吞,她能和什么人去说?什么人又能真正同情她?她不能和父母说,父母曾经也是竭尽全力地反对她和志武,她不能和婆婆说,至今乔家人对她和志武的事儿都不认可,她能跟谁说?谁能理解此刻的她呀!

她站起身,恍惚地走了出去,沿着街边一直向前走去。

她是深爱着志武的,越是用情之深,她就越万念俱灰,越走投无路。

乔志武是一个什么样的男人,她再清楚不过,她能有今天的下场,其实早已预见,只是,比她想象的来得更早一些。

不知不觉中,她来到了大江的桥栏边,虽然是乍暖还寒的季节,部分江面已经解冻,看着那薄薄的冰层下面深不可测的江水,她竟感到分外亲切,她相信,只要她纵身一跳,所有的痛苦都将不复存在,她就彻底解脱了。

眼泪顺着面颊迅速地往下淌，冰冷的风吹来，脸上刺痛刺痛的，她不明白，乔志武怎么能那么轻松而毫无愧疚地说出自己对她的背叛？他的良心呢？他的人心呢？她怎么会爱上这样一个寡廉鲜耻的人？那只能说明她本身也不是什么好东西，有点儿是非、道德观念的人不会选择一个从亲生大哥手里抢女人的混蛋！

她笑了，事到如今，自己一手酿的苦酒只能自己尝了！

想着乔志武近一个时期以来对自己的冷漠，想着他残酷无情的话语，她真是心如刀割。

是什么样的女人让乔志武如此神魂颠倒已经不再重要，重要的是即使今天没有这个女人，明天还会有别的女人，乔志武对女人的原则就是色衰爱弛。

她抓紧桥栏，突然一股巨大的对死的渴望紧紧抓住了她，她翻身爬上栏杆，闭上了眼睛，她能感觉呼呼的风声像魔鬼的号叫一样从耳边掠过，只要她往前跨一步，一切就都结束了。

她纵身一跃！

就在许丽丽纵身一跃的瞬间，乔其剑的影子像闪电一样射进她的脑中，强大的求生欲使她一只手死死地抓住了栏杆，不知从哪儿来的巨大力量，靠着一只胳膊她愣是将另一只手也攀到了栏杆上，费了好大的劲儿，连滚带爬的她终于回到了桥上，坐在桥上，所有的恐惧、委屈、愤懑一股脑地涌上心头，她顾不得众人惊奇的目光，坐在那里号啕大哭。

许丽丽哭了一个痛快淋漓，一个好心的老太太上前拉起她："姑娘，有啥想不开的？一想到孩子，再苦再难也得活呀，是不是？"

老太太说中了许丽丽的心思，她点点头，老太太扶起许丽丽："姑娘，我不知道你为啥想不开，但如果是为了男人，大娘劝你一句，不值！"

许丽丽有些吃惊地看着老太太，老太太笑了："我也是从年轻那会儿过来的，一看你这个样儿，就知道是为了男人了。"

老太太拉着许丽丽走出看热闹的人群，和许丽丽慢慢走着。

"傻孩子，你也不想想，人家都能狠下心来干对不住你的事儿，你还有啥想不开的？女人啊，要是为了男人寻短见，那才是天底下最大的傻瓜呢！男人都一个样儿，吃着碗里的瞅着锅里的，你要是死了，嘿，正好给人家腾地儿呢，咱不能拿别人的不是来惩罚自己，对不对？"

许丽丽有些顿悟地瞅着老太太。

老太太笑了，不紧不慢地继续开导她："你想想，你要是死了，两眼一闭躲清闲去了，那男人能管孩子吗？人家正好乐得逍遥，把孩子一扔，和新欢开心去了，苦了谁了？"

许丽丽看着老太太，眼泪又下来了。

"还不是苦了孩子？"老太太瞪了许丽丽一眼，"要是有能耐，有志气，咱也不死缠烂打，离就离，我倒过一个好给你瞧瞧，看看以后谁后悔！"

许丽丽站住了，她瞪大了眼睛看着老太太。

老太太冲许丽丽点点头："就这个意思，懂了吗？"

许丽丽点头："懂了，大娘，人家都能狠心不要咱，咱就是为人家死一百个来回儿，也只能让人家更笑话咱不是吗？"

"说的不就是这个道理嘛！？"老太太笑了。

"我记住您的话了，大娘，做女人要有骨气，要有志气才能不受人气！"

"这就对喽！"老太太拍拍许丽丽，"蛮俊儿的姑娘，干啥先被男人蹱呀，不等他蹱，咱先蹱他！"

"嗯！"许丽丽用力一点头。

离开老太太后，一股气促使许丽丽径直来到志武办公室，志武刚好和苏婉通完话，看到许丽丽，他放下了电话。

"什么事儿？"他问。

尽管来之前许丽丽已经横下了一条心，可当她面对志武的时候，眼泪还是忍不住要在眼眶打转，可硬是给她逼了回去。

"你不是要离婚吗？"她镇静地说，"我同意。"

"好啊。"居然从志武脸上看不出一丝诧异，他面无表情地说，"我随时和你去办手续。"

"好。"许丽丽说，转身走了出去。

走出乔志武办公室，许丽丽的眼泪夺眶而出，毕竟十几年的夫妻啊，说分开就这么分开了，从今以后，走在街上，再碰见也只是陌生人了。

想到这儿，许丽丽伤心欲绝。

可是，对于一个已经对自己没有一点儿爱的男人，你还留恋什么？但眼泪还是忍不住扑簌簌纷纷滑落。

五十七、各奔前程

许丽丽和志武很快办理了离婚手续，乔志武净身出户，带着一具轻松的肉身去过他的逍遥快乐的生活了。

看着手里的离婚证，等着志武走后，许丽丽还是忍不住号啕大哭了一场，十几年的夫妻啊，到最后就换来了这本薄薄的小册子，一如乔志武对她感情的厚度啊！

想到乔家还没有一个人知道她已和志武离婚，许丽丽站了起来，如果说在乔家还有一个人能听她说说话，那就只有乔志文了。

在结婚以后乃至和乔志武生活的这些年当中，许丽丽曾经不止一次地想象她如果选择的是志文，会是怎样一番景象。可现在想这些还有什么用？

她只能自我解嘲地笑笑。

抬起滞重的双腿，她向通往工具厂的路走去。

其实没有什么理由必须要让志文知道她和志武离婚的事实，想要告诉志文，无非是许丽丽对乔志武仍有不舍，心有不甘，想找个人倾诉，甚至深层意识里仍对乔志武抱有某种可怜的幻想而已。

走进工具厂的大门，来到志文的办公室前，透过窗子看到坐在桌前忙碌的志文，许丽丽一时百感交集，无语凝噎。

志文的那张脸是她现在唯一感到温暖，感到亲切的脸，她真恨不得扑到他身上大哭一场，可她又怎么能呢？

擦干了眼泪，她不能再哭了，她已经哭得太多了。敲了两下门，志文抬头一看是许丽丽，连忙招呼进来。

许丽丽走进去，坐下来，志文觉察出她的异样，关心地问："有事儿吗？志武不是回来了吗？"

志武刚回来时，许丽丽打过电话，告诉志文志武已经回来了。

志文关切的话语一出，许丽丽怎么也控制不住自己，她泪眼婆娑地看着志文："大哥，我和志武离婚了！"

志文大惊："你说什么？"

"我和志武离婚了！"许丽丽说完，已是泣不成声。

"为什么？"志文皱紧眉头问。

"他在外面又有了女人。"

志文看着许丽丽，一时间他不知道该说些什么，他从兜里掏出一块手绢递给许丽丽。

"你坐一会儿，我出去一趟。"他说。

"大哥！"许丽丽叫住了志文，摇着头，"别去找他了，没用，我来只是告诉你一声，没有别的意思。"

面对许丽丽，志文真的不知道该说什么好，对志武，他再了解不过，他完全相信许丽丽说的都是真的，也完全相信志武百分之百干得出来，可他没想到，志武当真就能置家庭、伦理道德于不顾，和许丽丽离婚！作为乔志武的大哥，他不能对此事就这么放任不管了，无论如何，他要尽自己的一份努力，替许丽丽做主。

他长叹了一声："志武，叫我怎么说他呢？他真的不像我们乔家人。"说完这句话，志文真的找不出更合适的语言来安慰许丽丽了，他明白，在这个时候，任何语言对伤心的许丽丽来讲都是苍白无力的。他拍拍许丽丽："你先回去吧，我去和他谈谈。"

此话一出，志文又觉得不妥，好像他要替许丽丽去求志武似的。

"大哥，不用了，你千万别去找他，我对他已经死心了，我和他走到今天是早晚的事儿。"

"是个什么样的女人?"志文犹豫着开了口。

"这很重要吗?"许丽丽苦笑了一下,站起身,"我走了大哥。"

"你——别难过。"志文想不出更好的话来说了。

许丽丽冲志文勉强挤了一个笑:"放心吧,大哥,我看开了。"

许丽丽走了,看着这个自己曾经爱过、伤害过自己而今一切都烟消云散的女人,志文的心情很复杂。

许丽丽走后,志文一刻不停留地去了志丽工具厂乔志武的办公室。

看着怒气冲冲进来的志文,志武一下全明白了。

他沉默地看着志文,等待着即将到来的风暴。

"你的人心呢?乔志武?"志文一字一句地问。

志武不言语,拿起打火机翻来覆去地在桌上把玩着,以此掩饰内心的不安和尴尬。

"打算就这么和丽丽、其剑脱离干系了?"志文问。

志武轻耸了一下肩,表示事情已经这样了,他也没办法。

"我问你话呢!"志文抬高了声音。

"不是已经办完手续了吗?"他终于吐出几个字。

"你赶紧给我和丽丽恢复,还来得及。"志文严肃地说。

"大哥,你累不累呀你说?我都这么大人了,家庭琐事还用得着……"

一记耳光清脆地落在了志武脸上。

志武一下停止了说话,愣住了,随即就恢复过来,他扭过脸去,用力抹了一下被打的右半边脸,不再说话。

"你的良心呢?你的人心呢?你还是不是人啊?啊?"志文愤怒地质问着,"当初,当初你是怎么把丽丽娶到手的,你不知道吗?"

志武咬咬牙,坚持不语。

"你是怎么想的,啊?你是怎么想的?!"志文大声质问着。

志武仍不回应。

"那么说来,你连其剑也不想要了?"志文问。

志武深深地吐出一口气："跟着他妈总比跟着我强。"他简单地回应了一句。

志文瞪着志武，好半天，什么都不说，他也实在说不出什么，一个人悖逆到极致，无耻到极致，那么任谁在他面前都会无言以对，正所谓悖逆者无畏，无耻者无罪。

"那个女人是谁？"他终于想出了一个能追究点儿责任的问题了。

乔志武有一个最大的特点，就是敢于担当自己的一切罪孽，且从不瞒人，从不脸红，从不内疚，这个不懂得是非，没有善恶观念之分的家伙，简直就是不知从哪儿飞来的孽畜钻到了刘淑珍的肚里，名正言顺地成了乔家人，可他显然就像一个不和谐的音符，混在美妙的乐曲中捣乱。

可这次，他竟然依旧不语，不说。

"你哑巴了吗?!"志文气得声音颤抖地问。

"别问了，我就明告诉你，大哥，没有她，我也照样得和许丽丽离。"

"为什么？她做错了什么？她为你生了其剑，受着你的坏脾气，为你操持家务，为你……"

"行了，别说了，你是不是还想说为我众叛亲离呀？现在说这些有意思吗？"乔志武不耐烦地站起身，点燃一支烟，正色地望着志文，清晰而冷酷地说，"重要的是，我现在对她没兴趣了，我不喜欢她了，看着她就反感，就厌恶，就……"

又是一记耳光狠狠地落在了志武脸上，志武一下捂住了脸，刚想发怒，转而想了想，又点了点头："好，随你怎么打，这个婚我已经离了，我都已经净身出户了，还想怎么样？"

"你怎么这么无耻无赖？无法无天？"志文从齿缝里迸出几个字，"你记住。"志文也发狠地说："今后，你乔志武的事儿跟我，跟老乔家没有一点儿关系，你是逍遥自在也好，还是横死街头，都跟我们没有任何关系了！"

"你好自为之。"志文又狠狠地看了志武一眼，转身大踏步地离去。

走出志武办公室，志文站住了，他仰头望天，他知道，志武和许丽丽的婚姻是永远无法挽回了，也许对于乔志武这样一个流氓，早点儿离开反而对许丽丽是件好事，趁着年轻，一切可以从头再来。

想到这儿，志文径直向前走去。

志文直接来到许丽丽家，看着坐在沙发上黯然神伤的许丽丽，志文默默地在她身边坐下来。

"我们都曾经年轻过，年轻时的激情与冲动会让我们迷失方向，会让我们忽略可以终身依靠的最重要的元素，这种事情无法责怪任何人，要怪只能怪我们当初太年轻啊！"志文说。

眼泪默默地从许丽丽眼里滑落。

她抬起眼睛，冲志文勉强挤出一个笑，事到如今，面对志文，她知道所有埋藏在心底已久的话可能将永远埋藏着了。

"谢谢你大哥，我和志武能有今天，是早晚的事情。"她说。

志文长叹一声，拍拍许丽丽："许多事情不是大哥能够左右得了的，我替他，替我们乔家，向你说一声对不起！"

眼泪霎时像开了闸的水库从许丽丽眼里狂泄而出。

"应该说对不起的是我，志文！"许丽丽说。

志文有些讶异地看了她一眼，再轻拍她一下："为乔志武，不值得！"

许丽丽点点头。

"尽快走出阴霾，相信明天你会遇上比他好上十倍、一百倍的人！"志文冲许丽丽安慰地笑笑。

许丽丽不置可否地坐在那里。

"我走了，"志文说，"我会常来看你和其剑的，你——有时间的话，也要常领着其剑回家，看看咱妈，她——会想其剑的。"

志文说完这句话，不知为什么，眼圈儿一热。

他大步走了出去。

许丽丽跪倒在地毯上，哭得肝肠寸断。

五十八、万般无奈

此刻，苏婉和孟子虚面对面地坐在苏州锦程工贸公司的一间办公室里。

"你什么意思，孟子虚？"苏婉一个字一个字地问。

"你什么意思？"孟子虚反问苏婉。

"我的个人生活用不着你干涉。"苏婉说。

"大言不惭！"孟子虚说："你现在的一切都是谁给的？"

"是你给的吗？"苏婉问。

"是我父亲给的！"孟子虚瞪大了眼睛说："你不要恃宠而骄，不要仗着老爷子宠着你，就不知天高地厚，得寸进尺。"

"那是我跟你父亲之间的事儿，用不着你管。"

"我要是把你在外面养小白脸儿的事儿告诉他，你知道会有什么结果吗？"

"悉听尊便。"

孟子虚冷哼了一声："你不要以为老爷子和你说他对你可以放手放脚放宽政策，你就信以为真，他那是试探你，他要是真知道你在外面干的那些事儿，他能把你弄死，你信不信？"

苏婉望着他，站起身："你去告诉他吧，我不在乎。"

苏婉向外走去。

孟子虚望着她袅袅婷婷的身影，一种挫败感涌上心头。

"我是为了你好，别不知好歹。"他最后又紧跟了一句。

苏婉回头冲他冷漠地一笑，走了。

这个女人！他在心里愤恨地想，她知道他喜欢她，当真就恃宠而骄，可他孟子虚居然对此就是毫无办法！

苏婉表面上不在乎孟子虚说的话，可她走出锦程以后，就慢慢停下了脚步。

她不可能完全不在乎孟子虚说的话，她知道，她和志武的事儿要是真让孟慎行知道了，后果不堪设想。

她必须要留条后路了，为她和志武留条后路了。

打定了这个主意，她先大概掐指算了一下目前自己的产业，不够，远远不够，如果她和志武远走高飞，这些不动产就没什么价值了，一方面她要把这些产业兑现，另一方面，她觉得从孟慎行那儿得到的还应该比现在多十倍。

想当初，没有乔志武的时候，她是很知足的，现在，如果真的决定和志武到一个谁也找不到地方过神仙日子，那么还得备足比现在多十倍的粮草才行啊！

拿定了主意，接下来就要采取行动了。

乔志武和许丽丽离婚后不久，即卖掉了志丽工具厂和苏婉离开了牡丹江。

而乔师傅和刘淑珍是在他离开当晚才知道他和许丽丽离婚的。

还算乔志武没有泯灭最后的人性，临行前，特地回家看了乔师傅和刘淑珍。

刘淑珍还问到许丽丽和乔其剑，乔志武含糊其辞地说许丽丽领着乔其剑回姥姥家了。

志武走后，志文来了。

刘淑珍说志武刚走，志文觉得没有再隐瞒下去的必要了，就把志武和许丽丽离婚的事儿说了。

刘淑珍和乔师傅都很震惊和气愤。

"你怎么不早说呢？"刘淑珍说。

"早说晚说结果还不是一样？"志文说。

"到底怎么回事儿？"乔师傅问。

"他在外面又有了一个女人。"

乔师傅和刘淑珍都瞪大了眼睛看着志文。

"哪儿的女人？什么样的女人，啊？"刘淑珍急问。

"我也不知道。只是听丽丽说，他在外面有了女人，我去问他，他也承认。"

"这个混账！"乔师傅气得嘴唇直哆嗦。

乔师傅和刘淑珍当即要去志武家，被志文拦住了。

"他已经净身出户，不在家住了，现在住在哪儿，我也不清楚。"志文说。

刘淑珍让志文给志武打电话，志文打了半天没有拨通，也许志武是为了防备乔师傅和刘淑珍给他打电话，故意关掉了电话。

相对于二老的激愤，志文现在反倒分外冷静了。

"这种结果我们固然不愿看到，可是，爸，妈，你们从头到尾想一想志武，想一想他的性格，他的处世哲学，他的思想境界，他骨髓里流的血液我真不敢说他是乔家的，真不敢说。"志文强调说。

乔师傅和刘淑珍都沉默了。

乔师傅点燃一袋旱烟，连吸了几大口："他不该托生在我们乔家呀，真不该呀！"

"现在说这些还有什么用？"刘淑珍着急地说，"那现在其剑和他妈呢？"

"在家呢。"志文说。

"这个兔崽子，他连孩子都不要了，啊？"刘淑珍说。

志文笑了一下："乔志武他就不是个人，没有人心，孩子算什么？"

"不行，我现在就得去看看其剑去，这娘儿俩，多可怜啊！"刘淑珍眼泪要掉下来了。

乔师傅的眉头压得低低的，他闷不吭声地只顾吸着旱烟，吮烟袋嘴儿的声音"啪啪"作响。

"怎么能找着他？"他问志文。

志文摇摇头："他如果刚才回来了，说明他有打算了，除非明天去厂里也许能找到他，也说不定明天去就找不到了，他肯定有打算了。"

"是个什么样的女人你一点儿也不知道？"刘淑珍问。

志文再度摇摇头。

刘淑珍和乔师傅当即去了志武家，从窗外看见在灯下写作业的乔其剑和坐一旁织毛衣的许丽丽，刘淑珍的心里一阵难受，眼泪一下就落下来了。

站在门口，她擦了半天眼泪，和乔师傅走了进去。

当许丽丽和乔师傅、刘淑珍面面相对的时候，最初许丽丽嫁进乔家，他们二老对许丽丽的排斥在这一刻全部瓦解了，他们心中只有对许丽丽的愧疚，和对孙子乔其剑的愧疚。

刘淑珍被许丽丽清瘦、憔悴的容颜震住了。

"妈？爸？"许丽丽有些怯怯地说了一句。

"爷爷，奶奶，你们来了？"乔其剑放下笔，走到刘淑珍和乔师傅面前。

看着乔其剑，刘淑珍的眼泪夺眶而出，她上前搂住乔其剑，紧紧地抱着，多么好的孩子啊，乔志武却不要了！

乔其剑并不知道发生了什么事儿，他有点儿奇怪地依偎在刘淑珍身上，莫名地瞅瞅妈妈。

"妈，爸，你们坐吧。"许丽丽说，把乔其剑从刘淑珍身上拉过来，她不想让乔其剑知道实情，到现在，乔其剑也只认为乔志武是出差了。

"其剑，作业写完了吗？"许丽丽问。

"写完了。"

"那就去睡觉吧。"许丽丽说。

乔其剑很听话地点点头，礼貌地冲乔师傅和刘淑珍说："爷爷、奶奶，我去睡觉了。"

"去吧，好孩子。"刘淑珍说。

乔其剑回自己的房间去了。

"志武这个混账现在在哪儿，你知道吗？"乔师傅问。

许丽丽摇摇头，经过了最初离开乔志武的痛苦日子，她现在已经平静了许多，也能正视眼前的事实和面对今后的生活了："爸，妈，你们二老的心意我了解，你们也不必为我难受，我和他其实开始就是个错误，只不过，

271

纠正错误的时间晚了点儿，不过，不要紧，只要纠正了就来得及。"

刘淑珍和乔师傅来之前本来有一肚子的话要说，可此刻和许丽丽面对面反而无言了。

毕竟，面对乔志武这样一个逆子，从他成年后，父母在他心目当中就已经形同虚设了，从懂事起，他基本就没按照父母的意愿行过事，更别提到了现在这个年龄，乔师傅和刘淑珍是真的心有余而力不足，对于这样一个结局，他们也只有生气愤懑的份儿，而不会起到挽回局面的一点儿作用了。

乔师傅气得背着手在地上来回走了好几圈儿，最后站在屋中间大声说："明天一早就去他厂子找他，我非把他打死不可！怎么生了这么个逆子！"

"爸，别去了，没用了，再说您也找不着他。"许丽丽说。

"怎么找不着他？我明天天不亮就堵在厂大门口，我看能不能找着他我！"乔师傅喊着。

许丽丽凄凉一笑："厂子已经没了，他给卖了。"

"啥？"刘淑珍瞪大了眼睛，"他连厂子都卖了？"

许丽丽点点头："八成和那个女人离开牡丹江了。"

乔师傅和刘淑珍都更加惊讶地看着许丽丽。

"那究竟是个什么样的女人呀？能让他把厂子都卖了，啊？"刘淑珍说。

"我不知道，也不想知道。"许丽丽说。

"那这么说还拿他没办法了，啊？"乔师傅愤愤地说。

"他能连儿子、媳妇、爹娘都不要，这样的儿子还要他干什么？"刘淑珍伤心地说。

三个人都不再说话了。

好长时间，刘淑珍长叹一声，瞅着许丽丽："唉，我和你爸都老了，有些事情力不从心了，你说这事儿……"刘淑珍欲言又止，最终叹了口气说："能生他，能养他，到最后却管不了他，唉！"

"爸，妈，你们放心，我会领着其剑好好过的，这些日子以来，我反复想和乔志武在一起生活的这些年，以他的禀性，能过到现在也算不错了，晚断不如早断，早断，我还可以重新来过。"

刘淑珍望着许丽丽，眼泪下来了，她用力捶着沙发扶手："你说这孩子他的心怎么就那么硬？他怎么一点儿人心都没有哇？这么好的媳妇儿，这么好的儿子说不要就不要了，他……哎呀，让我说什么好啊！"

"早晚有他后悔的一天！"乔师傅愤恨地说。

许丽丽笑笑。

"也许是报应吧。"她轻声地说了一句。

"你说啥？"刘淑珍问。

"没什么，我是说，我和志武开始就是个错误，所以，能有今天也不足为奇。"

"可都过了这么多年日子了，有什么过不去的？偏要好好的一家人分开呀？"刘淑珍喊着。

"别说了你，"乔师傅说，"先回去吧，回去和志文商量商量看怎么办吧。"

"爸，妈，你们不用商量了，别说他乔志武根本不可能回头，"许丽丽的目光透出一种决绝，"这一次，就算他肯回头，我也不想再容忍他了。"一层雾气升腾在许丽丽的眼眶："你们的心情我能理解，可是，爸妈，你们真的不要再费心了，我们的缘分尽了。"

刘淑珍和乔师傅互相瞅瞅，两位老人的心里真是分外难受。

刘淑珍缓缓地站起身，来到乔其剑的房间。

乔其剑已沉沉睡去，他并不知道家里发生的变故，他稚嫩的小脸儿上还依稀浮现着笑意，可能正做着什么美梦。

刘淑珍伸出手，颤抖地轻抚着乔其剑的脸，心酸的眼泪再也止不住地淌下来，看到这一幕，许丽丽快步走了出去。

许丽丽来到阳台上，她紧紧地捂住了嘴，她怕自己的哭声让刘淑珍和乔师傅听见。

刘淑珍坐在乔其剑身边久久不肯离去，毕竟，儿子和儿媳离婚了，孙子得跟着儿媳，今后回家的时间就少了，她老了，又不能把孙子留在身边，儿子根本不听她和乔师傅的，这将来，孩子就跟着他妈一个人，要是有人欺侮，也没个人给做主……一时间，种种心酸齐涌心头，刘淑珍的泪啊止也止不住。

乔师傅看着刘淑珍，刚强的他也忍不住长叹一声："唉，你看看你非得当着孩子面儿哭！"

好长时间，刘淑珍擦干了眼泪，强忍悲痛，走了出去。

她走到许丽丽身边。

"那个犊子不要你们娘儿俩，我要，我和你爸要，跟我们回家，我不能眼看着你们娘儿俩在这儿无依无靠的，我不放心！"刘淑珍说。

许丽丽的脑袋摇得像拨浪鼓一样："妈，您的心意我领了，我不能回去，您放心吧，我会领着其剑好好过的。"她的目光再次透出痛下决心的意志："我不会让孩子有一点儿心理阴影，绝不会！"

刘淑珍和乔师傅走了，看着二老已然迟缓衰老的背影，许丽丽再次泪湿衣襟，不过，转而她就擦干了眼泪，她告诫自己，今后不许再为乔志武掉眼泪，哪怕一滴！

五十九、梅开二度

志武卖掉了志丽工具厂和苏婉来到了上海。

当然，这一切都是有条件的，苏婉从孟慎行那里又捞了几大笔，二十世纪九十年代，携着几百万元的巨款，给孟慎行留下寥寥数言，振翅高飞。

"老孟，希望您能理解我的选择，您不能真正成为我后半生的依靠，我要为自己留条后路，仅此而已，感谢您对我的照顾，我会永远记住您的好，再见。"

写这几句话，苏婉的心情也很复杂，除了对孟慎行多少有些愧疚外，更多的是怕孟慎行一怒之下做出什么伤害志武的事情。

其实在乔家四个儿女中，乔小莲的命运是最凄惨的，在这里，不得不将笔墨再一次泼向于她。

乔小莲固执地封闭着心门，所有男人在她眼里都没有任何意义，她一直活在初自强带给她的伤痛中，不肯走出，如今，她又搬离了乔师傅家，一个人领着小宝，艰难地支撑着这个家。厂里经济效益不好，欠着好几个月的工资，为了保证小宝的营养和学习绘画的资金，她不得不节衣缩食，利用业余时间去到宾馆打扫卫生，多赚点儿钱贴补家用，把好吃好穿的都给了小宝，自己愣是十年没买一件新衣。

酝酿已久的小宝《无声绘丹青》画展就要在近期开展了，从租用场地到联系报纸、电视台及各种细节，小莲忙得不亦乐乎，志文也腾出时间帮忙联系名家，为这场画展造势。

《无声绘丹青》终于开展，这天，小莲也精心打扮了一番，厂里的几个同事惊讶地发现，美人毕竟是美人，小莲尽管历经沧桑，神态之间难掩憔悴，神情也稍显木然，却在略施脂粉后，仍然绽放出一种耀眼的美丽。

画展期间，报纸以整版篇幅做了报道，电视台也制作专题片对小宝的绘画历程进行了回顾与展望。画展期间，有一个满头银发的颇具艺术家风范的关姓观众每天都来参观，他的目光里饱含对小宝画作的欣赏与惊叹，几天当中，他陆续买走了小宝的六幅画，且出价不低，他对小莲似乎也分外关注，和她聊对小宝的喜爱，聊小宝的作品，可能由于他买了小宝的画作，也可能是他本身的彬彬有礼和得体的谈吐，优雅的风度，小莲对他的印象也很好，特别是他有事儿没事儿的，还帮忙做一些与画展有关的事情，更令小莲对他良好的印象升级。

画展结束后，小宝的绘画成就和他生理的特殊都引起了社会的极大关注，有些企业家表示会持续关注小宝，且要对他今后学画的费用进行资助，画展整体看来是成功的。

看着小宝的画作能够得到名家的赏识，看着小宝兴奋的表情，小莲感到了些许欣慰，就在这时，她接到了一个电话。

电话是姓关的观众打来的，约小莲晚上吃饭。

电话有点儿唐突，姓关的观众忙解释说是为了小宝画作的事情，小莲答应了。

晚上六点整，小莲准时到达了约好的饭店，关姓观众看样子却等待多时。

这一次，当小莲和他面对面时，小莲不得不承认，这个观众让她眼前一亮，她开始用一种崭新的目光重新打量他。

关姓观众穿着一套灰色西装，满头白发带着一点儿自然卷曲，肤色白皙，虽然不再年轻，身材却修长挺拔，气质儒雅，浑身上下透着一股书卷味儿，得体的穿着，优雅的气质，使他在饭店的客人中显得极为与众不同，让他赢得了许多欣赏的目光。

他恭敬有礼地向小莲递上名片。

小莲接过名片："真是不好意思，关先生，您买了小宝那么多画，我都不知道您的名字。"

"我叫关静堂，名字是我祖父为我取的，"关静堂微笑地说，"我的祖父早年在江浙一带开画廊，名为'静雅堂'，我的名字正是得于此。"

"噢。"小莲点点头。

"由我祖父那一代到我接手，静雅堂已经经营了三代，在广州、江苏一带有点儿名气。"

"噢。"小莲又点点头。

关静堂为小莲斟上一杯茶，轻言细语地："这次来牡丹江，我是看一个远房亲戚，没想到竟然发现了你儿子这么一个难得的人才，真是不枉此行啊！"

"关先生，您过奖了，小宝他只是天生喜欢绘画，加之，平时就跟着我一个人生活，孩子非常孤单，就靠绘画作为精神寄托，至于在绘画这条路上能走多远，走到什么程度，我心里没有一点儿底。"

关静堂笑了："我们家三代经营画廊，不懂画是万万不可的，我为什么一气呵成买了六幅，是因为我觉得他的画作具备成为大师的潜质，而且，我今天约你来的目的正是为了小宝今后的发展。"

小莲听了关静堂的话，精神为之一振，她带着疑问地看着关静堂。

关静堂微微一笑："我决定帮助小宝全权代理出售他的画作。"

"您说的是真的？"小莲惊喜地问。

关静堂点头："这么重要的事情岂能戏言？静雅堂在广州、香港、江浙一带应该说是颇负盛名的，很多名家的作品都在静雅堂出售，比如长安画派的素锦、旅法著名画家柳叶眉等，都是静雅堂的常客。"

"是吗？"小莲再次惊喜地问。

关静堂微笑点头："酒香也怕巷子深，我希望小宝的作品能够走出去，至少先在国内产生一些影响，这些事情就全权交由我来运作。"

"那真是太谢谢您了！"小莲激动地说："我们母子没钱又没门路，孩子却有志于绘画，最初只是爱好，现在既然走到了这一步，我当然希望他能够有所成就，最主要的，他不是个健全的孩子，我……"小莲的眼圈儿一下红了，"不能给他一个完整的家，不能给他父爱，可是，我希望在我有生之年，能够为他今后的人生打下一个坚实的基础，至少能够保证有一个良好的经济条件，衣食无忧，我就是死，也无憾了。"

关静堂动容地望着小莲："我理解，我完全理解你的心情。"他为小莲递上一块洁白的手绢儿。

小莲接过来，擦了擦眼睛："谢谢您，关先生，如果您真能帮助小宝，让他的画在全国产生影响，让他走出牡丹江，走向全国，您就是我和小宝的恩人、救星，我不能够报答您什么，只能先谢谢您了！"

"乔女士说话太客气了，对于我们经营画廊的人来讲，发现一幅好的作品，发现一个人才，就等于发现了商机，挖到了金子，你懂吗？能够代理小宝的作品，是我们双方的福分，小宝也等于帮了我，你明白吗？"

小莲点点头："不管怎么说，您也是在帮我和小宝，就像您所说，酒香也怕巷子深，没有一个良好的平台，恐怕一辈子都很难出头。"

"来吧，为我们的相识，为我们即将开始的合作，干一杯！"关静堂向小莲举杯。

小莲笑了一下，有点儿拘谨地说："我已经很长时间不喝酒了，但是，为了感谢关先生的一片盛情，我干了！"

小莲喝干了酒杯。

关静堂一饮而尽。

"我在广州除了画廊，还经营西洋乐器和中国民族乐器，我原来在牡丹江当过知青，"关静堂说，"所以，对牡丹江有一种特殊的感情。"关静堂虚眯着眼睛，陷入深深的回忆中，感叹地："人生最美好的时光都交给了北大荒啊，那时候虽然活得艰苦，可现在回想起来却都是甜蜜，因为就是在那个时候我和我的太太相识的。"

"噢。"小莲望着关静堂，从他的眼神中可以感觉出他对妻子的深爱，"您的妻子现在也在广州？"

关静堂点点头："被深埋在广州的地下了。"

小莲惊诧地看着关静堂："您是说她……"

关静堂沉重地点点头："都说夫妻不能太好，感情至深容易遭到老天的嫉妒，会将一个先带走，我想，我们可能就是遭到了老天的嫉妒了吧？"

小莲同情地望着他："人，生死有命，关先生就不要太难过了。"

关静堂长叹一声："不难过，我现在已经能适应没有她的生活了，她刚去世的那会儿，我每天回家都是按照她在世时的生活习惯按部就班去做，我会为她擦好鞋，为她挤好牙膏，为她倒上热热的洗脚水，会和她说话，为她唱歌，她活着的时候最喜欢听我唱《一程山水一程歌》。"关静堂轻轻哼唱起来：

> 是我将愁耽成醉醒作睡
>
> 还是愁与我的心共已累
>
> 非我赋诗诗赋我
>
> 非我饮酒酒饮我
>
> 何时鞋声已沾上苍苔冷
>
> 世上何物最易催少年老
>
> 半是心中积霜半是人影杳

非我离月月离我

非我思乡乡思我

归得昔日桥边红药不识人

究竟是我走过路

还是路正走着我

风过西窗客渡舟船无觅处

是我经过春与秋

还是春秋经过我

年年一川新草遥看却似旧

夜深孤灯照不悔

回首青江尽是泪

风情拍肩怕见明月减清辉

一程山水一程歌

一笛疏雨寒吹彻

梦在夜尽处轻轻和……

泪水轻轻从关静堂眼里滑下，小莲震惊地看着他，不由在心底感叹，关静堂真是一个有情有义的男人，他的已故夫人，能在死后仍被丈夫如此放在心上挚爱着，又何尝不是一种幸福呢？

"对不起啊。"关静堂抱歉地说。

小莲把先前关静堂给她的手绢儿又递给了他，关静堂擦拭着眼泪："有的时候情绪很难自控。"他不好意思地说。

"没关系。"小莲理解地说，"这说明您和您夫人感情真挚，她是怎么……"

"不提了，她是死于一场意外。"关静堂说。

"好，不说了，总还有关心和爱护我们的人，为了他们也要好好地、快乐地活着。"小莲说，向关静堂举起酒杯。

"是啊，所幸，身边总有人在关爱着我们，为了这份关爱，也该快乐开心地活着，为了我们的合作，相识，为了每天快乐地活着，干杯！"关静堂一饮而尽。

小莲也一饮而尽。

那天，小莲说了很多话，几乎说尽了这十几年没有说过的话，她依稀记得到后来，和关静堂之间的交流是那么愉快，全部化成了阵阵笑声。

可是，那晚小莲做了一夜梦，梦里全是和关静堂欢快的笑声，早晨清醒过来，小莲却骤然意识到了什么，她脸上的笑容一下消失了。

小莲梳理着关静堂的个人资料：妻子死于意外，在广州经营画廊和西洋乐器，在牡丹江当过知青……

这些资料怎么听上去这么熟悉？她猛地想起了小娇的话："……有一个归国华侨，原来在美国是搞西洋乐器的，现在在广州搞文化产业，老婆飞机失事死了，他原来在东北当过知青，这么多年，一直想找个东北女人，因为我们和他有生意往来，我觉得这人不错，踏实能干，有修养，还挺有派，就跟他提了你，他一听，挺满意，你见不见？"

对呀，这个关静堂会不会就是小娇说的那个人呢？

小莲拨通了小娇的长途电话："喂？娇儿啊？我，你姐。你上次跟我说过一个什么归国华侨，现在在广州搞文化产业的那个人姓什么？"

小娇像是早就知道这事儿似的："姓关，怎么样，印象如何？"

"弄了半天是这么回事儿啊？"小莲一下感到心凉了。

"怎么样，人不错吧？"小娇说。

"我还以为他是真看好了小宝的作品了呢……"小莲说。

"人家本来就是看好了小宝的作品嘛！"小娇一听小莲的口气有变，感到很不快，"姐，你怎么这么奇怪？一听说这个人就是原来我想给你介绍的那个，就心里不舒服了？"

"不是，我……"

"不是什么呀，我都听出来了！我告诉你，你真应该珍惜关静堂，就冲人家对你这份心，千里迢迢地奔你来了，就冲这份苦心，你也该接受，何况，他对小宝将来的绘画发展会有很大的帮助，你还有什么可犹豫的？他昨天给我打电话了，对你印象相当好，不瞒你说，他这次去，是事先和我、朱大军商量过的，也是我给他提供的信息，正好赶上小宝开画展，他一定帮了不少忙吧？"

"忙倒是帮了不少。"

"那你还想怎么样？姐，你怎么那么拗呢？你说说人家关静堂哪点配不上你？啊？"

"不是配上配不上的事儿，我没想到他偷偷摸摸的原来是这么回……"

"什么叫偷偷摸摸的呀？我原来跟你说，你死活不见，人家这是没办法了，我们才一起商量这个对策，而且，这些很重要吗？重要的是他这个人究竟怎么样？"

"人——现在看还不错，知书达礼，挺有修养的。"

"那就行呗，你还要什么样的？"

小莲叹了口气。

"行了行了，在电话里不说了，浪费你长途费，总之，就冲关静堂这个人，你也得好好处一处，我们这么多年，一直有生意往来，对他再了解不过了，再说，我是你亲妹妹，能坑你吗？行了，改天我给你打啊，正忙呢！"小娇挂断了电话。

小莲拿着电话，呆站了半天，她觉得小娇说得也有道理，更何况，她的确对关静堂的印象不坏。

正琢磨着，外面响起了敲门声。

小莲走到门口："谁呀？"

"是我，关静堂。"

小莲一听是关静堂，连忙冲到镜子前看了看自己，一边说："啊，关先生，您稍等一下啊！"

小莲慌乱地梳理着头发，换掉了睡衣，再对镜子整理了一下，才到门口打开了门。

关静堂微笑地站在门口："对不起啊，事先也没打招呼。"

"没关系，请进吧。"小莲说，"家里还没来得及收拾，乱七八糟的。"小莲不好意思地说。

"不乱，一点儿也不乱，这不挺好吗？"关静堂扫视了一圈儿，"虽然不奢华，却很温馨。"

"您坐。"小莲指指沙发。

关静堂坐了下来。

小莲沏了壶茶，为关静堂倒了一杯，放到茶几上。

"小宝现在在学校呢吧？"关静堂问。

"嗯。"

关静堂看了看表："也快到下课时间了，这样吧，我们去接他下课，然后一起吃点儿饭？"

"也好。"小莲说。

关静堂从怀里掏出一个包装精美的盒子，放到小莲面前："这是我临来前，给你买的一块依波表。"

"我不能要，关先生。"小莲连忙把盒子推了回去。

"一定要收下，这是我的一片心意。"关静堂坚决把表盒推到了小莲面前，"不收，就等于不接受我这个人。"

小莲不安地看看他："我怎么能收您这么贵重的礼物呢？"

"不能这么说，我这次上牡丹江来，你和小宝就是上天送我的最好的礼物。"关静堂颇有深意地看着小莲。

小莲的脸一下红了。

关静堂笑了，高兴地说："快去换上衣服，咱们一起去接小宝，他一定非常开心！"

小莲拿过表盒："那我就收下了，谢谢您了。"

"客气什么！"关静堂欣赏地看着小莲愉快的身影向卧室走去。

六十、又见春天

　　也许是关静堂的谦逊与温和，不知为什么，小莲对他有一种类似家人般的亲切，虽是初相识却没有陌生与隔阂，一切是那么自然而然，哪怕在他面前不梳头不洗脸，也不会显得尴尬。

　　小莲也奇怪自己对关静堂的感受。

　　带着小宝吃饭的时候，关静堂又送给小宝一套画笔，小宝捧着画笔爱不释手，看着小宝开心的样子和关静堂慈爱的目光，小莲忍不住心头一热。

　　十几年啊，十几年领着小宝无依无靠的孤苦日子，让本就受伤的小莲，心更是千疮百孔，让她尝尽了世态炎凉，她可能是真的累了，想找一个有力的肩膀好好地靠一靠，让她安心地美美地睡上一觉……

　　小莲的眼眶湿了。

　　大概看出小莲此刻的心境，关静堂回过身来，伸出手，给了小莲紧紧一握。

　　小莲的眼泪一下出来了。

　　小宝看到妈妈哭了，有些害怕地把画笔重新放到关静堂面前，以为是自己收了别人的礼物，妈妈不高兴了。

　　小莲笑了，把画笔重新塞到小宝怀里，做手势说："关叔叔送给你的，妈妈让收下！"

　　小宝笑了，替妈妈擦干眼泪。

　　和关静堂在一起的时光是愉快的，他总能找出逗小宝开心的材料，让小宝笑个不停，他细致入微的体贴呵护，让小莲和小宝备感温暖，小莲的心像一朵兰花般在这暖融融的春天悄然绽放。

　　可是欢乐的时光很短暂，关静堂必须回广州打理生意，临行前，他要带上小莲和小宝，小莲思忖再三，决定这次先不跟他回去，虽然相处非常融洽，毕竟时间太短，希望还能有一段磨合的时间。

关静堂非常尊重小莲的意愿，他说："也好，因为这次回去后，我要在静雅堂专门为小宝的作品设立一个展区，等一切做好后，再接你们过去也不迟。"

关静堂走了，上火车前，小宝和小莲去送他，小宝哭了。

关静堂怜爱地摸着小宝的脑袋，做着手势："傻孩子，关叔叔很快就会回来接你和妈妈的！"

小宝又笑了。

关静堂捏捏小宝的鼻子，做手势："在家一定要听妈妈话，要替妈妈分担家务，好吗？"

小宝点点头。

送走了关静堂，看着火车启动，直至消失，小莲心头涌上了一股失落，但甜蜜仍然在心中漫延。

乔师傅和刘淑珍还有志文，从小娇处听说了小莲和关静堂的事儿，也非常替小莲高兴，一来小莲终于肯接纳别的男人了，二来听小娇说，这个男人品质好，又能帮助小宝在绘画方面发展，先从心里对关静堂有了一个良好的印象，唯一觉得不太满意的是，关静堂的年龄比小娇大了二十多岁，但如果人好，大就大了，年龄大知道心疼人儿，这是刘淑珍说的。

关静堂回到广州给小莲打来电话，说把事情处理完，就回牡丹江去见小莲父母。

这段日子以来，小莲心中总是被喜悦涨满，脸上总是挂着难以掩饰的幸福笑容，在车间干活的时候，又开始情不自禁地唱起歌来，并且变得特别爱修饰自己，她焕发出了十几年来从未有过的生命光彩，重新散发出了夺人的美丽。当那美妙的音符不经意地从她嘴里流淌而出时，她又住了嘴，这情形、这感觉怎么如此熟悉啊？她想起了十几年前与初自强相识的情景，和现在的感觉几乎没有两样，所有的好心情瞬间飞得无影无踪。

她站在那里愣怔怔的，一种隐忧与不安席卷而来，"能吗？"她在心中自问着："老天爷能这么可怜我，可以让我重新得到幸福吗？我有那么好的运气吗?"

想到这儿,忧虑便加重了。

可是,无论如何,现在只要想到关静堂的身影,想到他温和的笑容,他的善解人意,体贴呵护,细致入微……她还是忍不住想唱歌,为未来而憧憬,于是,她再度哼起了歌儿。

可能对小莲和小宝思之过深,很快,关静堂就从广州返回了牡丹江。

这一次,关静堂首先拜见了乔师傅和刘淑珍,他的见多识广,优雅的谈吐与风度,使乔师傅和刘淑珍一见之下,甚为中意,志文也对小莲能最后托付于关静堂而感到欣慰。

加之小娇在电话里对关静堂人品的保证,小宝对关静堂的依赖,三个人在一起那种和谐融洽、自然愉悦,让乔师傅、刘淑珍和志文心里托了底,关静堂是可以信任托付之人。

在牡丹江逗留了月余,关静堂领着小莲和小宝几乎吃遍了牡丹江所有的饭店,他坚持不让小莲做饭,说小莲已经劳累了十几年,该享受享受生活了,只要有时间,他就带着小莲和小宝去郊外散心、写生,他们的足迹踏遍了牡丹江众多的名胜景区。

牡丹江市位于黑龙江省东南部,地处中、俄、朝合围的"金三角"腹地,以其得天独厚的旅游资源而闻名。牡丹江市因牡丹江从市区穿过而得名,牡丹江满语的意思为——弯弯曲曲的江。该市四面环山,中部平坦,是一天然盆地。地处中纬度,属于大陆气候和季风气候,因距日本海较近,受海洋性气候的影响,虽地处"北大荒",却有"塞外江南"的美誉。世界最大的高山堰塞湖——镜泊湖便位于牡丹江市的西南面。

傍市而依的牡丹峰自然保护区,坐落在镜泊湖西北三十千米处的地下森林;已有一千二百多年历史的唐代渤海国遗址,以及江中鹭岛上的百鸟争鸣,都为这塞外江南增添了瑰丽的画面。以前,日本侵略者曾将这座城市视为对苏作战的桥头堡;国民党反动派收编的众多土匪又曾在此抢掠、烧杀、鱼肉人民……八女投江的悲壮史实就发生在这里。迄今,《八女投江》群雕、烈士纪念馆就巍然屹立在牡丹江畔。

一幅幅牡丹江瑰丽的山水在小宝的笔下熠熠生辉，小宝也迎来了创作的又一高峰。

小莲从没想到，她还会这样去爱一个男人，还会被一个男人如一块美玉般捧在掌心呵护，笑容重新在她脸上绽放，动人的神韵重新在她身上闪耀，她的一颦一笑重又散发出温婉怡人的芳香……

噢，原来人生可以这样重新来过，原来世上除了如初自强一样的男人，还有如关静堂一样的男人，小莲为小娇的有心，为关静堂的有情而感到庆幸，每次带着小宝和关静堂在一起度过一段快乐的时光后，回到家，躺在床上，看着香甜沉睡的小宝，小莲都有种恍若隔世的感觉，她有时真的不相信，幸福就这样悄然来到自己身边，她会傻傻地掐一下自己的大腿或手心儿，有了痛感，她就忍不住笑，笑得那个甜，那个美……

终于，这一次关静堂要带着小莲、小宝去广州了。

临行前，刘淑珍和乔师傅郑重地把小莲和小宝交给关静堂，两位老人的心事自然明了，如果小莲的后半生有了依靠，也算真真切切了了二老的一桩痛事，他们把小莲的幸福就寄托在了关静堂身上。当然，他们从内心也认为关静堂是完全可以信赖之人，他们的这份信赖百分之八十来自小娇对关静堂人品的保证。

老人又能怎么样呢？以他们的能力是帮不上儿女的大忙的，幸福自然心里宽慰，不幸，也只能骂骂老天。

两位老人带着这份殷殷的良苦的期望，送走了小莲母子。

到广州后，小娇和朱大军接站，看到朱大军，小宝亲得不得了，朱大军见到小宝也亲得不得了，几个人到"年年有余"品"年年有余"，这道集咸、香、鲜、嫩等于一身的鱼肴风味菜让小娇和小宝尝到了别样的风味儿，小娇、朱大军和关静堂是多年的生意伙伴，现如今，和关静堂的关系又近了一步，自然更是亲上加亲，五个人吃着香嫩可口的粤菜，聊着熟悉的人和事儿，驱散了小莲和小宝初到异地的陌生，远离了北方的冰冻，迎着扑面而来的暖暖的南国风，小莲觉得浓浓的亲情和着阵阵柔柔的菜香飘到心里，浑身上下暖暖的。

从冰天雪地的牡丹江到春意盎然的南国，小宝显得异常兴奋，走在北京路上，感受着浓厚的传统气息与现代气息的融合，小莲大开眼界。

看着小莲、小宝兴奋的样子，关静堂有着说不出的惬意。为了让关静堂和小莲有更多的时间单独相处，小娇和朱大军领着小宝先回了小娇和朱大军在广州的房子。

小娇他们走后，关静堂和小莲相视一笑，两人的手紧紧牵在了一起。

和关静堂在一起不过月余，两人的神交默契却达到了一个相当的境界，小莲紧依在关静堂身旁，他热热的体温使小莲的心像泡在温泉里一样柔软舒适，看着什么都觉得好，都想笑。

这就是坠入情网的感觉吧？

这久违的感觉带着诱人的芬芳，浸入柔肠，迷醉得让人想流泪，小莲和关静堂被幸福包围笼罩，此刻，唯有幸福……

两人竟一路走回到了小娇和朱大军的房子。

第一次到小娇和朱大军的家，小莲被眼前这奢华气派的楼房震慑住了。

整个房子上下两层，约三百五十平方米，楼下的大厅就一百多平方米，装修得像五星级的宾馆。

"等我下次回去，一定把咱爸咱妈接来，在这儿好好住一段时间。"小娇说着，从冰箱里拿出几罐健力宝饮料，在小莲身边坐下来。

小娇仔细打量着小莲："姐，你现在的气色好多了。"

"是吗?"小莲问，脸却莫名红了。

关静堂站起身，温柔地看着小莲："你和小宝早点儿睡吧，一路上肯定累了，明天我再来接你们到静雅堂。"

"行，那你回去吧。"小莲说。

关静堂和朱大军、小娇打过招呼，走了。

朱大军把给小宝买的礼物从一个大旅行袋里倒出来，看着小宝开心的样子，朱大军的脸上立刻像一朵盛放的菊花，绽开幸福的笑容。

小娇看着朱大军的样子，脸上的笑容一下消失了。

看着小娇难看的脸色，小莲有些奇怪地问："怎么了?"

小娇冲小莲笑了笑："没什么。"她拉过小莲的手："姐，什么时候和关静堂结婚呀？"

"这次回去吧，差不多。"小莲微笑地说。

"我告诉你，姐，关静堂还做得一手好菜，他就是个绅士，对女人，那个温柔，那个体贴，一般男人做不到，一句话，他懂女人的心。人家不是说了吗，懂你，你就幸福，不懂，你就不幸福，可不就这么简单吗？"

小莲点点头。

"咱爸咱妈对他也挺满意的。"小娇说，"所以我说，过去的事儿就让它过去吧，像初自强那种人，畜生不如，你能和一个畜生一辈子生气吗？那不就是大傻瓜吗？"

"娇儿，你……"小莲指指小娇的肚子，"还没有……"

小娇使劲儿摇头，脸上挂着的微笑一下变成了苦笑："不可能有了，这辈子。"

小莲同情地看着小娇："你说，怎么一下子就能没了呢？"

小娇腾的一下站起来："不说了，姐，我领你上楼看看你和小宝的卧室，可漂亮了，我昨天才收拾出来，你快来看看！"

小娇拉着小莲上了楼。

这边，朱大军和小宝正在摆弄着一个超大的飞机模型，朱大军目不转睛地看着小宝专心致志的样子，眼神中洋溢着慈父般的光彩，他入神地看着小宝，脑中竟刹那间出现了某种幻觉：小宝抬起头来，冲着朱大军说："爸，你看这儿怎么摆呀？"

朱大军这样想着，嘴角竟不自觉地溢出了微笑。

朱大军看小娇从楼上下来了，连忙掩饰地坐到了小宝身边。

小娇一眼看见了朱大军的表情，一丝不悦又飞到了她的脸上。

一丝丝更深的忧虑漫上了小娇的脸。

在广州的日子让小莲终生难忘，当她和小宝及小娇、朱大军看到关静堂为小宝布置的展厅时，都不得不惊讶于关静堂的细致和用心，从小宝的第一幅成型作品到最新的创作，每一幅都配有详尽的文字介绍，初入展厅，一张小莲和小宝的巨幅照片即高悬于展厅入口，这张照片是关静堂在牡丹江的《无声绘丹青》画展期间为小莲和小宝拍的，照片上小莲和小宝躺在草地上，小宝躺在小莲臂弯里，小莲的头发被无限延伸至远方，罩在小宝的头上，小宝则仰脸看着妈妈，小莲俯身凝视着小宝，眼神写满浓浓的爱，远方即是悠远的天际，象征无声的漫漫岁月……照片极富创意，让观者无不被画面上深厚的母子情所震撼。

展厅是关静堂精心挑选的几十幅作品，独具匠心，各具特色，让参观者流连忘返，叹为观止。

关静堂对于推出小宝的画作，有一系列的谋划，在静雅堂独辟展区是第一步，要知道，能够登上静雅堂的独立展区并不是件容易的事，许多名家的作品在静雅堂也不过是拥有一块小小的展位，而小宝的作品竟然占了近百平方米的面积，足见关静堂的用心良苦。

整个广州之行，让小莲深深地沉浸在关静堂无微不至的爱里，这爱让她难以置信，让她满怀激情与感动，让她不自禁地常回想起和关静堂在一起的每分每秒，想着他的话语，他的柔情，他的声音，他的气息，他的一切的一切……

小莲享受着关静堂带给她的身心悸动，她常仰望星空感谢老天的垂怜，赐予她一个如此有情趣、有品位，又情深义重的好男人，来修补她伤痕累累的心，浇灌她这株已枯萎凋零的清荷，让她的生命重又焕发出了光彩，让她知道，她还能爱和被爱，还能让自己的人生再度精彩。

她常和关静堂漫步在细雨中，自己纤细的手被关静堂干爽温暖的大手包裹着，插在他飘逸潇洒的风衣兜里，浑身上下都被幸福包围，她真想对着天空大喊，对着全世界大喊："我爱你，关静堂！关静堂，我爱你！"

从广州回来，小莲辞了工作和关静堂结了婚，带着小宝随着关静堂来到广州，正式定居。

六十一、渐行渐远

到广州安顿好了一切，这天，小娇和朱大军请小莲、关静堂和小宝吃饭。

小莲和小娇在厨房里忙，关静堂和小宝在客厅里交流对西洋画派的看法。

时近黄昏，满桌五颜六色、煞是好看的菜肴争奇斗艳地摆上了桌，朱大军却还没有回来。

几个人坐在那里干等了半天，眼看着时间一分一秒过去，朱大军仍没有回来的迹象，小娇的脸色越来越难看。

"要不，打个电话吧。"小莲说。

"不用打，不等了，咱们吃！"小娇很是不悦地说，给小宝夹了一大筷子鱼。

"我看还是再等等吧，"关静堂说，"要不，我给他打个电话？一定是有什么事儿。"

"不要打！"小娇很是坚决地说，"说好的事儿，不回来也不来个电话！"她端起酒杯："来，我敬你们一家三口！"小娇故意强调"一家三口"几个字，"祝你们从今以后，和和美美、开开心心、快快乐乐地过日子，祝老关生意越做越大，祝老姐心情越来越舒畅，越来越漂亮，祝小宝成为像徐悲鸿或齐白石一样的大画家，名扬四海！"

几个人的杯子"咣"的一声碰到了一起。

正在这时，朱大军走了进来。

"正要走呢，公司又有点儿事儿，回来晚了，对不起啊！"他抱歉地说。

刚要坐下，小娇却"腾"的一下从椅子里站起来："你有事儿怎么也不打个电话？说好的事儿你到时间回不来，就应该打个电话。"

"我这不是寻思一会儿就办完了吗？"朱大军说。

"还没见过这样的呢！"小娇极不高兴地说。

"没关系，没关系，都是自己家人，晚一会儿就晚一会儿吧！"见小娇不高兴，关静堂打圆场说。

"不是，你晚回来，打个电话，这是最起码的礼貌，怎么能连这点儿常识都不懂呢？"小娇看上去仍然很生气。

"娇儿，你看你，都回来了，还没完了？"小莲说，瞪了小娇一眼。

"你是不是有毛病啊？"没想到朱大军也火了，"我不就晚回来五分钟吗？至于你当着这么多人面儿给我下不来台吗？我不懂常识？我看是你不懂常识！"朱大军拿起椅子"啪"地在地上顿了一下。

"朱大军，你摔打谁呢？"小娇一下冲到朱大军跟前儿，不依不饶地，"你再给我摔一下？！"

"我再摔怎么的？"没想到朱大军拿着椅子当着众人的面儿示威地又摔打了一下，并且比上次摔得还狠，声音还大。

"你再给我摔一下？！"小娇瞪大了眼睛，警告地逼近朱大军。

"我再摔怎么的？我摔一下，我摔十下，一百下，怎么的？"朱大军毫不示弱地拿起椅子咣咣地摔了好几下。

小娇扬手对着朱大军的脸挥去，被关静堂给挡了回去，小莲也拦在中间，小娇没打着朱大军，她疯了般要冲过去厮打踢踹朱大军，朱大军也跳着脚和小娇示威，两人被小莲和关静堂硬给拉开了。

小莲随即将小娇拽到了楼上。

"你这是干什么呀？小娇！"小莲生气地大声问。

小娇坐在床沿边直喘粗气，眼睛瞪得大大的直直的，似仍有火没发泄完。

"气死我了！"小娇边喘着粗气边说。

"你们原来不是挺好的吗，怎么现在这样啊？"小莲担忧地问。

小娇冷笑了一声，什么都没说。

从她的表情可以看出，她似乎一言难尽，仿佛有好多话想说，最后却化作了一声冷笑。

看到小娇这样，小莲的担心加重了："你们这是怎么了？啊？"

小娇没说话，好半天她说："姐，你下去吃饭吧，一会儿菜都凉了，我不吃了，想一个人坐会儿。"

"吃点儿吧，你看你，忙活了一下午，怎么能一口不吃呢？"

"我不吃了，真的，吃不下，满肚子的气，你快去吃吧，姐！"小娇坚持不下去，小莲看了看她，只得走了出去。

楼下，朱大军仿佛已从刚才的愤怒中走出，又是和关静堂干杯又是给小宝夹菜的，看见小莲下来，热情地招呼着："姐，快来吃吧，一会儿该凉了。"朱大军为小莲递上筷子，一句也没有问小娇。

小莲接过筷子，慢腾腾地夹了口菜，一层更深的忧虑向她袭来。

整顿饭吃下来，表面上看每个人都兴高采烈的，尤其是朱大军，给所有人夹菜，向所有人敬酒，忙得不亦乐乎，小莲隐隐感觉，这反倒像是在向小娇示威。

简单地吃了几口，小莲便离席来到了楼上。

楼上小娇卧室的门虚掩着，小莲想伸手敲门，却从门缝里看见里面已熄了灯，她想了想，走下楼去。

楼下，朱大军仍和关静堂热烈地喝着，喝得满面红光，好像刚才什么也没发生一样。

关静堂瞅瞅小莲，对朱大军说："上去把小娇叫下来吃点儿饭，她忙了一下午。"

"不用！"朱大军手一挥，向关静堂举杯，"她饿了自然会下来，来，干了这杯！"

关静堂不好再说什么，和朱大军干了酒杯。

小莲他们走后，朱大军倒在客厅的沙发上呼呼大睡过去。

小娇则躺在床上，眼睛瞪着吊灯，一夜未眠。

第二天早晨，小娇走出卧室，来到客厅，见桌上杯盘狼藉，朱大军却已不见踪影。

她冷哼一声，慢吞吞地收拾着桌上的残羹剩饭，突然之间，她暴怒地掀翻了桌子，桌上的杯碗盘碟全部摔碎在地毯上，那些玻璃碎片纷纷在小娇眼前炸开，小娇仿佛看到，她和朱大军的婚姻也像这碎裂的玻璃一样，每一块碎片都深深地扎进了她的心脏。

她坐到旁边的椅子上，看着眼前七零八落的碎片，在阳光的照射下反映出一道道刺目的光芒。她缓缓地站起身，走了出去。

她走出自家门前的花园，来到外面的草坪上。

她回头望望伫立在那儿的白色二层洋房，这是她和朱大军历经十几年打拼的结果，它曾为他们带来多少心灵的悸动和欢愉！而今它依旧伫立在那儿，可此刻它在小娇眼里却显得如此冷漠。

这些年来，朱大军从投机倒把，倒腾录音带，到开服装加工厂，再到如今拥有自己的集服装、食品、化工等十几个项目于一体的青云经贸公司，身家已达几千万，其中的酸甜苦辣自不是一句话就能说得清的，他们却成功地实现了人生的三级跳，他们拥有了当初想要的一切，本该是享受幸福成果的时候了，可，可怎么一切就都变了味儿呢？

"……回家告诉爸妈，娇儿跟着我不会让她受罪，我朱大军就是豁出命去将来也要让娇儿享福，我这话搁到这儿，若不能让娇儿吃香的喝辣的，这辈子我都不回去认爹娘！"

言犹在耳啊，他朱大军的确是实现了当初对她许下的"吃香的喝辣的"的诺言，可，可如今的朱大军呢？

"你是不是有毛病啊？我不就晚回来五分钟吗？至于你当着这么多人面儿给我下不来台吗？我不懂常识？我看是你不懂常识！"

"我再摔怎么的？我摔一下，我摔十下，一百下，怎么的？"

前后的变化怎么这么大啊？这还是同一个人吗？如果是以前，她生气了，朱大军会一宿一宿陪着她，哄她，讨好她，请求她的原谅，而如今呢？你生气就生气，我是一句软话不会说的，你气就气去吧，我该睡我的睡我的，鼾声打得十几里外都能听见，这就是那个发誓要一辈子对她好疼她的朱大军吗？

小娇想起，初来广州时，因为一件小事两人意见不合，小娇很生朱大军的气，朱大军向小娇举起双手告饶、好话说尽的样子，好像就在昨天啊，可如今呢？那个温柔体贴、言听计从、俯首帖耳的朱大军哪里去了？难道他们用智慧和双手创造了财富的同时却丢失了真情吗？

整整一天，朱大军一个电话也没有，好多次，电话响，小娇都以为是朱大军打来的，可跑过去拿起一看都不是，她甚至担心放到别的屋子自己听不见，错过了朱大军道歉的机会，把电话揣在身边，可电话在响过那几个之后便一直沉默着。

怒火一点点在小娇心头升腾，他朱大军明明知道，这个时候打个电话，道个歉，她就会笑逐颜开，原谅他，什么事就都没了，可他偏不，他就是要和她较劲，就是不肯低头，那么也就是说，他并不想和好，而想让两人的关系继续恶化。

魂不守舍地过了一天，天黑了。

朱大军竟然没有回来的迹象。

小娇坐在客厅里，僵直着身板等着，可时间一分一秒在过去，外面的大门就是没有一点动静，小娇心头的怒火开始熊熊燃烧。

这不是表明了在向她示威吗？

那么好吧，小娇坐正了身子，奉陪到底。

当小娇浑身竖起了备战的旗号，准备和朱大军战斗到底的时候，她却没料到，她的劲儿压根儿没处使，因为朱大军整整一夜未归。

六十二、剑拔弩张

朱大军一夜未归，小娇一夜未眠。

这一夜她想了很多，从初识朱大军到怀孕到私奔到流产到不孕，一幕一幕，像电影一样从脑中闪过。朱大军就是最忙的时候也从未有过夜不归宿的记录，哪怕忙到后半夜、凌晨，他都要拖着疲惫的身体回到家，先吻一下小娇才能安然入睡，而如今呢？

他朱大军会为了一次争吵，为了一次因他而起的争吵而彻夜不归，连个电话都没有?! 小娇不得不一遍一遍在心里自问，他怎么了？或者说他和她之间怎么了？

她当然第一个会想到朱大军已经不是十几年前的朱大军了，已经不是那个把她捧在掌心怕摔了，含在嘴里怕化了，揣在心里怕飞了的朱大军了。早些年间，她哪怕稍微有点儿不适他都会整夜不安，彻夜不眠，他常常会紧盯着她的眼睛，看着她的脸色，她脸一变，他立刻就会俯首上前非把她心里话掏出来不可，他整日诚惶诚恐，生怕哪句不对惹着她，哪点儿照顾不到伤着她，哪块儿大意疏忽了她，而今呢？

是啊，她牵了牵嘴角笑了，人家朱大军已经是身家近亿的大老板了，能不变脸吗？能不牛吗？能不翻脸不认人吗？每天有那么多年轻漂亮的女孩子围着朱大老板，递烟倒茶，看着朱大老板的脸色行事，哪怕朱大老板的眼珠子在谁的身上多停留了那么一会儿，其他的女孩子就会同仇敌忾地把那个"小骚狐狸"给挤对出去，为了混个好职位，为了少干活儿多挣钱，为了往上爬，为了讨好朱大老板，再漂亮的女孩子都得低眉顺目的、笑脸相迎的、阿谀奉承的，甚至……小娇虚眯着眼睛，她现在怀疑就有投怀送抱的，想到这儿，小娇忍不住心头一凛。这一凛，真真让她打了个不折不扣的寒战。

你想，他朱大老板在这样优越的环境下，这样被前呼后拥的、周围充满了软玉温香的气氛的条件下，能不长脾气吗？

你乔小娇再骄傲、再漂亮、再不可一世、再霸道纵横、再独一无二、再像什么长城公司的大公主夏梦，现在又有什么用呢？在这一刻，你不得不承认，和那些年轻漂亮、作风大胆，说得不好听点儿，臭不要脸的骚货面前，你老了，尽管你才三十多岁，可跟十八岁的能比吗？那种水灵，那种娇嫩，那种吹弹可破的细粉儿，你都没法儿比了，你虽然仍漂亮，并且更加充满了风韵，你妩媚大方性感，你气质卓绝，可你还是老了，说得更具体一点儿，你已经朝着老的门槛迈进了。

他朱大军如今就是占了上风了，就是要压你一头了，就是要让你在"吃香的喝辣的"以后，服服帖帖的，若不服帖，他就要反扑，把以往在你跟前儿受到的压迫、憋的气全部补回来。

在这一刻，小娇也在反省自己，以往不够温柔，不够女人，有时对朱大军呼来喝去的，颐指气使的，犹如女皇般霸道，现在，朱大军要报复了，就和你叫号了，你能怎么着？

骄傲的小娇对于自己的反省都会认为这是一种退让，当然，这种退让只在她的心里，只想那么一小会儿，她绝对不会在朱大军面前有一丝一毫的显露，反过头来说，我乔小娇跟着你受了那么大的委屈，遭了那么多的罪，我霸道一点儿又怎么了？我对你使唤一点儿又怎么了？如果你朱大军是真心爱我，那么这些就都应该接受，并且，从你认识我乔小娇的第一天起，我就一直骄傲，一直霸道，难道我是从昨天才开始的吗？没有！那么只有一点，错不在我，变的人也不是我，而是你朱大军。

小娇心里最大的隐痛现在也毫无遮掩地浮出水面了，那就是，现如今，条件如此优越的朱大军怎么能够忍受膝下无子的痛楚？想到这儿，小娇又想笑了，是啊，无限膨胀，这就是当下的朱大军，他开始不能忍受小娇不能怀孕的事实了，却不去想，小娇为什么不能怀孕！

也好，朱大军一夜未归，给了她可以理清思路，把近一个时期以来总是爆发战争的原因好好总结一下，清理一下，把所有的问题、症结赤裸裸地掰开、暴露在自己面前，她乔小娇历来不藏着、掖着，历来干脆利落，眼里不揉沙子，她勇于面对一切，勇于承担一切，勇于解决一切。

但是，当她把这一切都想清楚之后，她发现，这不是一件能够干净利落就解决的问题。她清醒地意识到，这是一场战争，一场没有硝烟的战争，序幕刚刚拉开，谁输谁赢，尚不能定论。

好吧，该来的就来吧，我现在还不能想得那么长远，但我会迎接挑战，至于最终的胜负，她冷笑了……

早晨，小娇精心为自己做了早饭，虽然她满嘴苦涩的味道，根本没有一点儿食欲，但是，她在心里告诫自己，要善待自己，因为在这个世界上，除了父母你不要指望谁还会比自己更善待你，从前天朱大军对她横眉冷对高声喊叫的那一刻，她发誓，一定要善待自己，否则，真要是出了什么差错，什么意外，或者该着她倒霉、命短，一命呜呼了，不需要多少个时辰，身后就会有一批像苍蝇马蜂一样的东西"呼啦啦"围上朱大军，到那时，谁还会记得她乔小娇是谁？向来只有新人笑，有谁听过旧人哭啊？

于是，不管想不想吃，一方面要善待自己，一方面，如果朱大军回来了，也让他看看，她绝不会对一个朝自己狂吼乱叫的男人伤什么神，费什么心，既然你朱大军能那么对待我，我也就无所谓了，我不会为此而受到一点儿刺激，让他放心。

这样想着，小娇索性哼起了歌儿，可她知道自己，她的肺其实都快气炸了，她整个胸腔像被一块巨石压着，憋闷得她喘不过气来，时不时得长出一口气，以缓解心头之恨。

她做了一个香辣肉丝，一个炒鱿鱼，一个炒芹菜，甩了个银耳海米汤，焖了米饭，还倒了杯葡萄酒。

正当她要动筷子时，她听到了外面的开门声，她回头看了看，镇定自若地把酒杯送到唇边轻啜了一口。

朱大军进来了。

小娇没有抬头，自顾自地吃着饭。

朱大军走过来，看了小娇一眼问："吃饭呢？"

小娇看着朱大军，微笑了一下："吃饭。"她轻声说。

朱大军多少有些讶异地看了小娇一眼，他大概也在想，怎么这么有心情，大早晨的炒这么多菜，当然，他也不傻，看到小娇的表情和状态，他知道，这是在和他赌气。

可他看上去很疲惫，并没有想安慰小娇几句的意思，也没有坐下来吃一口的意思，更没有解释他一夜不归的意思，并且更加没有一点儿抱歉的意思，他点点头，淡淡地说："我上去睡会儿。"

说完，他像什么都没发生一样向楼上走去。

刚刚吃得有滋有味儿的小娇，放下了手里的汤勺儿。

她感觉胸口就像充足了气的气球一样鼓了起来，朱大军的安之若素，心平气和，不痛不痒的态度，说穿了，就是这种冷漠的软刀子，深深刺痛了她的心，激起了她本就熊熊燃烧的怒火。

她紧紧地咬着牙，跟我来这一套，她想，想以不变应万变，是想逼她先说话？好啊，这也没什么不好的，总要有一个先拉开序幕，挑开伤口，好，我倒要看看他究竟想说些什么。

她尽力让自己镇定，站起身，她迈着缓慢其实已经不稳的脚步向楼上走去。

卧室的门紧闭着，门里没有鼾声，看来他也睡不着啊。

推开门，她径直走了进去。

朱大军躺在床上，闭着眼睛。

小娇走到床前，一字一句地、清晰地问："你如何解释夜不归宿？"

朱大军仍闭着眼睛，一言不发，对小娇的话仿佛没听到。

"我问你话呢，昨晚为什么一夜不回来？"小娇再次说，声音稍微高了一点。

朱大军总算睁开了眼睛，但他没有看小娇，这显然表明就是一种不满和不屑。

"昨晚累了，在办公室睡着了，就没回来。"他轻描淡写地说。

"如果我一夜未归，第二天早晨回来，也像你一样不疼不痒地说一句我在办公室睡着了，而对你没有一丝歉意，对你一夜的担心视而不见，你怎么看？"小娇问。

"很正常啊！"不料，朱大军耸耸肩，"睡着了难道也得治个罪？这么上纲上线的有意思吗？"

"和我示威是吗？"小娇阴阴地问。

没等朱大军再说什么，小娇突然暴怒地大吼一句："那么好，从今天开始，你可以不回来了，你可以天天睡在办公室，你看怎么样？"

"好啊，"朱大军一下站起来，向外面走去，"就按照你的意思办！"

朱大军大步离去。

小娇听着朱大军的脚步声下楼，走出房门，"砰"地摔上房门，接着是发动汽车的声音，汽车急驰而去。

小娇站在那里，脸上一片木然。

她在那里站了许久，片刻后，缓缓地向外走去，走到楼下，坐到沙发上，这时候，她脑中迸出两个字：离婚。

六十三、危机四伏

当然，离婚只是盛怒之下大脑缺氧时临时拽出的救命稻草，冷静下来后，会发现这两个字并不实用，很愚蠢，很冲动，很幼稚，很脑残。

因为乔小娇发现，如果真到了那一步，她是处于绝对劣势的，残酷的现实就血淋淋展现在眼前，乔小娇，已经往四十奔的人了，跟着朱大军摸爬滚打了十几年，苦吃过，罪遭过，在朱大军最艰难的时候力挺他，帮助他，安慰他，鼓励他，青云经贸公司如果没有她乔小娇的智慧和辅佐，不会有今天那么高的大楼杵在那儿，凭什么呀？我拼尽青春和血汗打下的江山就因为一个现在并不把自己放在心上的男人就轻易放弃，拱手相送？让那些年轻漂亮的妖精们坐享其成，拥着她辛苦打下的江山"吃香的喝辣的"？再给朱大军名正言顺地弄个第二春？再给他生个白白胖胖的大小子？哈，都是他的了！我要是真那么做了，不正合他意吗？说不定他现在就是下套儿让我往里跳呢！

小娇的脑子飞速转着。

当她认清了这一现实，只觉得阵阵寒意向自己袭来，手脚很快冰凉了。

"大哥，这你知道，娇儿跟我没少遭罪，不说那个了，跟我住窝棚；差点儿没被吞到狼肚子里，险些毁容；我投机倒把蹲了一年多，等着我；跟着我跑广州，在火车上打地铺；风里来雨里去地摆地摊儿，被人家欺负，我被人打了，她就跟人家拼命，到现在我这脑子里还总像过电影似的能想起来她拿着一把大铁锹追着人家打，和人家撕巴到一块儿的情景……就一直到现在，还总想，一想，我就想掉眼泪儿……"

这话不是就在昨天吗？

你能想到吗？一个能说出这么感人肺腑之言的男人能对和他历经风雨的妻子那样公然叫嚣？到现在小娇都不相信，有一天，朱大军会对她吹胡子瞪眼睛拍桌子摔椅子？从以往的记忆匣子里翻出你朱大军的章节片段，证明你并不是不知道我乔小娇当初是怎么对待你的呀？既然知道，为什么在今天，在本该让我享受幸福生活的今天，你却把最应该给我的扔掉了？为什么？

谁能想到有一天朱大军会翻脸无情？会忍心这么对待她？

小娇长出了一口气，她试图让自己不生气，不去想，却完全做不到，她郁闷极了，她感觉如果不走出这房子，她很快就会被心头的怒火烧掉。

她随便披了件衣服，出了家门。

走在熙熙攘攘的大街上，看着急匆匆从身边走过的人，真不知道这些人都在忙什么？他们每个人看上去都那么高兴，仿佛这世间的忧愁都让她乔小娇独揽了。

她尽力不去让自己想，因为现在这种情况，她不可能轻举妄动，在没有经过周密布局思考的情况下，任何举动都有可能直接影响未来结局，哈，她忍不住自嘲，我乔小娇什么时候变得小心翼翼了，变得必须开始对朱大军用心思了？以往在朱大军面前，她什么时候如此谨慎过？她从来都是想说什么就说什么，想做什么就做什么，现在呢？

"那么好，从今天开始，你可以不回来了，你可以天天睡在办公室，你看怎么样？"

"好啊，就按照你的意思办！"

多么嚣张的顶撞啊？多么无畏的交锋啊？是什么让朱大军敢这么猖狂地对待她？

一句话，朱大军有钱了，身家近亿了，这样一个男人在当今这个花花世界，你能让他在你面前还温顺得像只猫吗？

无论如何，小娇知道，忍一时风平浪静，退一步海阔天空。

她不会轻举妄动，现在唯一能做的，是沉默，但沉默并不代表她退却，而是要放缓，以便为最终的胜利打基础。

有谁说婚姻不是一场战争？婚姻就是一场没有硝烟的战争。

小娇极力压制内心的愤懑，找了几个好朋友，喝茶、聊天，就着午后暖暖的阳光，隔着窗子望着外面澄澈碧蓝的天空，那份惬意，那份悠闲，那份舒适，让她充满胀气的胃和激烈的心脏慢慢放松、趋缓，她知道自己需要冷静。

朱大军果然信守诺言，当天晚上又没有回来。

以小娇以往的脾气，她会直奔公司，冲进朱大军的办公室，上去就是一个大耳雷子，但她现在不能那么做。

可是，对朱大军越是容忍，心头的愤恨就越深重。

其实她知道，自己所谓的朱大军下套让她往里跳的想法是偏激的，朱大军现在之所以想反抗，是因为以往她对他的压迫，但还不至于现在就开始设局让她往里跳了。

她的想法总是具有前瞻性和预见性的，凭今天朱大军对她的态度，如果两人的恶劣关系不能得到有效遏制，那么离那一天就不会太远了。

好，你朱大军一天不回来，两天不回来，还能十天不回来？还能一辈子不回来吗？

整整三个晚上过去了，朱大军没有一点儿消息，小娇的心一点儿一点儿往下沉，她可以尽力不让自己在意，却不能停止想象。

这三个晚上，她完全可以把他想成不是一个人在办公室过的，他能和谁在一起呢？

最大的可能性就是那个从东莞来的阿香。

这个叫阿香的二十三岁小姑娘，从她进公司的第一天起，小娇就看出了她的野心。

这个貌似柔顺听话的小姑娘，毕业于广东大学，她工作看似勤勤恳恳，待人谦虚有礼，公司上下无论是管理层还是普通职员，都对她印象极佳。

可小娇是谁呀？小娇的眼睛可是极具穿透力的，自打她看见阿香的第一眼，她就知道，此女子非同小可，她善于用天真遮脸却心怀鬼胎，她要赢得每个人的好感，以便最终进入青云的决策层，当然，这其中包括不择手段，暗度陈仓。

据说，阿香家在广东新丰县一个偏远的农村，父亲早亡，只有母亲将她和两个弟弟带大，家里异常贫困，但阿香却从小聪明伶俐，发誓将来要出人头地，把母亲和弟弟带出农村。

这样一种家庭背景，这样一个城府极深的女孩子，势必会埋头苦干，一步一步按照设定的方案去完成自己的计划，可凭实力苦干，无疑没有背靠大树来得快捷轻松，比如，有那么两次，小娇去朱大军办公室就撞见她为朱大军泡茶，她是什么人啊？又不是朱大军的秘书，凭什么给朱大军泡茶呢？

可即便心怀鬼胎，阿香看到小娇却还是一派自然，毫无不安，可见其已快修炼成仙了。

朱大军若定力不够，心猿意马，再加上阿香投怀送抱，主动出击，这事儿，它不就成定局了吗？

否则，朱大军最近怎么变化这么大？怎么能对自己这么没有耐心？

小娇恨不得装上一双千里眼，她倒要看看朱大军这三个晚上究竟在干什么，和什么人在一起。

她突然想起来了，老师为什么从小教育我们要自尊自强自立自爱？小娇仿佛大彻大悟，看来任何人都是靠不住的，当你全心全意把自己能给的一切都付出给了一个你自认为足以信赖的人，可有那么一天，这个人就变脸了，变得让你措手不及，于是，回过头来你再看，你什么都没有了，青春、最美好的人生岁月，你的聪明才智，你的一切资源全部投到这一桩产业上来，当要收获的时候，大股东反悔了，过河拆桥了，你所有的成本都打了水漂，这个时候你该怎么办？

真对呀，自己当初那么一心一意恨不得把自己的骨髓都抽给朱大军，对于留后路连想都没有去想，她怎么就这么傻？

六十四、心乱如麻

第四天下午，朱大军终于回来了。

朱大军进门的时候，小娇在客厅里看电视，朱大军一进来，两人正好来了一个对视。其实，小娇早在朱大军进门前，就听到了那熟悉的泊车声音，她没有在朱大军进门前躲到一个他不能直视的地方，是因为她要看到朱大军进门时看到她第一眼的表情。

朱大军看到小娇的一霎间，脸上已经没有了先前的冷漠与对峙的模样，倒是一副充满歉意和想躲避的神情。

看到他这副神情的时候，小娇的心里咯噔一下，她继续目不转睛地盯着朱大军，朱大军的眼神立刻移向别处，躲闪、掩饰而又有些不自然地："看电视呢？"他说，殷勤地把散落在沙发旁边的靠垫儿垫在小娇身后。

从朱大军的举动看，他似乎对两人的争吵已经有些后悔，开始想和好了。

朱大军给小娇的后背垫上靠垫儿，小娇始终目不斜视地盯着他，朱大军的眼神一直闪烁不定，他拍了拍小娇："我有点儿累了，上楼睡一会儿。"

说完，朱大军向楼上走去。

"站住。"小娇冷静地说。

朱大军停止了脚步，他站在原地停顿了一下，回过头来，眼光仍然没有直视小娇："怎么了？"他问。

小娇慢慢走到他身边，盯着他的眼睛，朱大军无从逃避地望着她，但明显能看出他想遁形的样子。

越是这样，小娇越一秒钟都不放过他的眼睛："你不解释一下这几天的去向吗？"小娇说。

"噢，"朱大军的眼睛又闪向了别处，"我那个——不是寻思你正在气头儿上吗，就没回……"

"我是在问你这三天都在哪里？没问你为什么没回来。"没等朱大军说完，小娇说，不能给他思考的时间。

"啊，在办公室啊。"朱大军说，"也没睡好，真困了。"他打了个大大的哈欠："得睡会儿去。"

说完，朱大军再次举步向楼上走去，一边走一边说："老婆，一会儿我做饭啊！"

朱大军消失在二楼拐角处。

小娇站在原地，好半天没有动，然后缓缓地走回到沙发上，拿起遥控器机械地拨着台。

她隐隐地有了一种不祥之感。

她的眼睛瞪着电视，手在拨着台，却心乱如麻。

她轻手轻脚地走到楼上卧室门口，推开门，朱大军躺在床上，这次没有了往日如雷的鼾声，显然，他没有睡着，或者，睡着了也不踏实。

他为什么不踏实呢？是因为吵架不踏实还是因为别的什么原因不踏实？

小娇下了楼，继续坐在沙发上。

是啊，她又能问出什么呢？还不给他思考的时间？多么弱智的想法，如果朱大军真干了什么见不得人的事儿，早在回来之前就编排好了，还能容她问出什么或看出什么破绽来？

想想吧，以前的朱大军和现在的朱大军，以前小娇若有个头疼脑热，朱大军会一夜一夜地陪在她身边，给她倒水喂药，拍着她入睡，现在呢，现在你就是正在病中，也最多象征性地问问，和朱大军这次争吵的时候，她其实也感冒了，朱大军不是不知道，却照样和她连吼带叫、夜不归宿、不闻不问。

那么他的精力都放在了何处？

公司的确事务繁忙，可经过这么多年打拼，已经逐渐步入正轨，更何况比现在更忙的时候他朱大军也没变成现在这副模样啊？

朱大军在楼上"睡"了一小会儿，便忙前忙后地做起晚饭来，间或给小娇倒杯水，削个苹果，默默地放在小娇面前的茶几上，对一直无语的小娇好似心里很没底，他又变得像从前一样如履薄冰起来。

吃饭的时候，小娇也没有一句话，朱大军好像也不敢说什么，只是一个劲儿地给小娇夹菜，看着小娇的脸色。

吃了几口，小娇便回楼上卧室了。

朱大军乖乖地收拾着碗筷，刷碗，把厨房打扫干净。

小娇躺在床上，朱大军进来，脱衣，躺到小娇身旁，从后面搂住了她。

小娇轻轻地将朱大军的手拿走，没有很重地甩开，也没有发怒，她当然不能那么做，因为她知道，现在单纯地耍脾气已经没什么用也没有任何意义了。

朱大军把手收回，便再也没有动作，如果是以前，朱大军的胳膊一定会像铁臂一样死命钳在小娇身上，让她不能动弹，或干脆用力把她拉进怀里，说什么也不让她挣脱，直到小娇屈服，趴在他身上拼命捶打，一场风波随即过去，两人和好如初。

但已经好多次了，朱大军在逐步简化他的"武力"，他只会对盛怒中的小娇做点到为止的亲昵举动，一旦遭受一点儿拒绝，立刻就坡下驴不再继续。

这明显就是一种冷淡疏远的表现。

朱大军把手拿开了，转过了身子，不再有任何举动，也没有任何语言。

意思仿佛是说，我该做的都做了，可是你自己不识抬举。

两人背对背，一层隔阂和陌生在两人中间的空位划开了一道深深的鸿沟，小娇闭着眼睛，她感到冷，从心往外的冷，从血液到骨髓的冷，冷得她恨不得上牙直打下牙。

两人就这样僵直地躺着，若论躺功，小娇在朱大军面前，自叹不如，朱大军可以一夜保持一种姿势而一动不动，可小娇由于睡眠不好，总是翻来覆去地在床上烙饼。

这种僵持，这种冰冷的空气小娇非常不适应，她只能在原地轻微转身，可朱大军的表现着实让她内心的怒火再次熊熊点燃。

她站了起来，走出去，来到书房。

她感觉压抑得要命，胸口像有块巨石压在上面，她真想大声喊叫，可此刻，她只能坐在书房的椅子上不声不响。

几分钟后，她听到朱大军从卧室走出并推开了书房的门。

朱大军走到小娇面前："不睡觉，上这儿坐着干什么？快，回去睡觉去吧。"朱大军拍拍小娇。

"我不困，睡不着，你去睡吧，我在这儿——看会儿书。"小娇说。声音平平板板，既不怒也没有一点儿感情色彩。

"看什么书啊，大半夜的，快回去睡觉吧。"朱大军说，欲拽起小娇。

小娇抽出了手，有些不耐烦地："你睡你的觉吧，我说了，我不困，一会再睡，你听不懂中国话吗？"

朱大军还想张嘴说什么，又咽了回去。

他转过身，向外走去，嘴里还小声嘟囔了一句："真有病。"

"你说什么？"小娇厉声质问，"你说谁呢？！"

"没说什么啊。"朱大军回头看了小娇一眼，走了出去。

"你有病！你有神经病！你是变态狂！"小娇站起来，疯了般冲着门外歇斯底里地喊叫着。

朱大军没回应。

小娇"腾"的一下坐回到了椅子上。

第二天早晨，当朱大军从睡梦中醒来，洗漱完毕后，发觉屋里没有一点儿声息。

他各屋寻找了一遍，没有小娇的踪影。

他以为小娇可能心情不好，出去散步了，便不以为意地做起了早餐。

可是片刻后，他感觉不对劲儿，回到卧室，发现梳妆台上放着一张纸。

他拿起纸，上面是小娇龙飞凤舞的字迹：

"朱大军，我想我们与其同在一个屋檐下僵持，不如各自分开一段时间冷静，如果你依然在意这段婚姻，那么就请反省一下自己近一两年来的行为，当然，如果我有错，我也会反省，深刻反省。

"我不想说太多，因为许多事情都装在你我心里，没有必要挑明，请保重。"

朱大军把纸放到梳妆台上，心情郁闷。

他以为事情到此可以告一段落了，没想到小娇还真就没完没了。

是啊，以小娇的个性，一件事情必须得弄个谁对谁错，水落石出，子丑寅卯来，他怎么就疏忽了她的这种性格呢？

其实从根本上说不是疏忽，而是懒得理，一种疲倦，一种由来已久的疲倦让他懒得再去争论谁对谁错，可是这种疲倦的根由在哪里呢？

那么这三天以来，朱大军究竟去了哪里，都干了些什么？

朱大军第一个想去的地方就是办公室，他发现他对小娇的忍耐力现在已经变得很脆弱，他感觉他越来越不能忍受小娇的所作所为，当他说出那句"好啊，就按照你的意思办"之后，便来到了办公室。

每天有大量文件、大量需要他拍板的事情摆在案头，说实话，朱大军虽然头脑精明，可随着公司的日益强大，他自感文化底蕴不足，有些时候真是疲于应付，他多么想劳累了一天，回到家，能够有一个白白胖胖的儿子在等着他搂，等着他抱，让他好好亲一亲，让他亲手给他喂饭，让他嗷嗷的小嘴儿里吐出含糊不清的"爸爸"两个字，他搂着他软软香香的身体入眠，让他所有的烦恼与劳累一扫而光，哪怕他把尿把屎弄到他身上，他都会无比幸福。这么多年以来，他做了无数次这样的美梦，可梦醒后换来的却是更深的痛楚和沮丧。每次回家，偌大的房子里只有他和小娇两个人，那种空旷，那种寂寞，那种失落，让他在身心疲惫的同时更增添了无比惆怅，他真不明白，他拼死拼活地赚钱，把事业做得风生水起，究竟是为了什么？就为了买一大房子，让永远填不满的空旷冰冻自己的心或是没事儿跑到二楼的某个房间，一个人大声唱歌，让满楼的回音告诉自己有多孤独，多无奈？

可是，对这样的命运他又能怎么样呢？他能责怪谁呢？他能迁怒于谁呢？他不敢在小娇面前表现出哪怕一丁点儿对孩子的渴望与憧憬，只要他有所表现，她就会不高兴，他也是怕伤着她。

于是，他长期压抑着自己，他不能对任何人倾诉，只能把这绝世的渴望埋在心里最底层，不敢碰触，一碰就身心俱碎，疼得不得了。而且，在不知不觉中，他发现，即使他再压制着这渴望，再把它深埋在心底，这渴望也不能消失，它时时刻刻都像幽灵一样萦绕在他周围，所以，他的脾气便无端地变坏，他总是莫名地烦躁，动不动就想发火，他没有更多的心思去考虑别人的感受，在悄无声息中他在将这种痛苦转嫁他人。

所以，当别人心平气和的时候尚可，而一旦对方由于某种原因对他不敬或埋怨，都会在一瞬间激起他的反感，他的神经变得异常脆弱，听不得一点儿反对的声音。

而且，他发现小娇也没有了往日的温柔，她变得苛刻、尖锐，稍有不对，就指责埋怨，他不明白，自己恨不得搭上身家性命只为让小娇过上高人一等的生活，她怎么反而越来越不知足，越来越挑剔，越来越小心眼儿了？她不知道他在外面的不易吗？就不能体恤一下他的辛苦吗？一点儿小事儿干吗这么斤斤计较，没完没了？这还是那个背弃家庭一心一意跟着他的乔小娇吗？

他真累呀，他不想再回家和她冷战，看她横眉冷对、冷若冰霜的脸，小娇，那么一个倾城的美人儿，现如今脸却总是拉得老长，以前的妩媚、娇柔都哪里去了？

唯一的办法是逃离，也许彼此冷静冷静就会好的。

六十五、瞬间沦陷

他的办公室里面就是一间休息室，上班的时候，他通常都会午睡一小会儿，以保证下午有充足的精力去应付各种工作。

他就打算晚上睡在这儿了。

当他迈着略显沉重的脚步走到五层办公楼的走廊里，已经是晚上六点多了，所有办公室的门都锁上了，上班的时间各办公室的门开得很不齐，有早点儿有晚点儿的，大部分都是差一两分卡着点儿来，下班时间却特齐，几乎不会晚一分门就全部锁死。

他冷笑了一声，经营公司多年，他总结，难的不是公司的决策发展，不是合同订单，而是人员的管理，中国人的散漫与得过且过的劣根性由来已久，没有铁的手腕，他们就像弹簧和橡皮筋儿一样，你进我退，你退我进，上有政策，下有对策，他们把所有的智慧都用来应付工作，而不会把千分之一的智慧用来钻研工作，到头来还埋怨自己时运不济，本来有着聪明的头脑却混得不如谁谁谁，他们善于看到自己的长处，却很难发现自己的不足。

可是，唯有企划部的门还开着，朱大军走了过去。

阿香还坐在桌前忙碌地写着公司下个月的企划方案，朱大军有些感动，略一沉吟，他走了进去。

阿香一看总经理进来了，立刻诚惶诚恐地站起来了："朱经理，您来了？"

朱大军看着阿香那对儿忽闪的大眼睛，笑了一下："坐吧。"

阿香又坐了下来，不过，她看上去仍然有些局促、紧张。

朱大军用一种不易觉察的眼光打量着阿香，阿香属于那种并不惊艳，却让人看着很舒服的女孩子，白净透亮的脸上镶嵌着一对儿大大的纯纯的眼睛，她从不化妆，黑黑的很有质感的长发在脑后随意扎个马尾，一套合体的工作服，将她略显纤瘦却美好的身材恰到好处地包裹在里面，两条修长的腿走起路来很轻盈，她见人总是略带羞涩地一笑，温柔得能滴出水来的声音伴着一口带有广东口音的普通话，让人的心为之一软，这么温柔的女孩儿总是让人产生想保护想怜爱的冲动。

阿香的机灵在整个青云也是人尽皆知的，追她的男孩子快排成一个连了，却从不见阿香和谁轻易打情骂俏，她认真做事，和善待人，予人以好感。

阿香纤细的手指在敲击着电脑键盘，十指尖尖，晶莹剔透，这样的女孩子稍加修饰就能倾倒一片，朱大军想。

大概被朱大军盯得有些不好意思了，阿香抬起头来。

"朱经理，您有事儿吗？"她问，脸颊绯红。

"噢，这么晚了还在工作啊？"朱大军说，有些不知所云。

"我想提前把下个月服装公司新装的企划做出来，以免到时手忙脚乱。"阿香说。

朱大军点点头，看了一下表："六点多了，还没吃饭吧？这样吧，一起去吃点儿饭？"

受到朱大军的邀请，阿香一下受宠若惊，她笑了，摇摇头："我不去了，经理，你——和别人去吧。"她说，还仿佛有些胆怯。

"吃顿饭怕什么？再说，我也不能让人家说我比资本家还黑，剥削人，都不让员工吃饭。快收拾收拾走吧，我在楼下等你。"朱大军说完，走了出去。

阿香沉吟片刻，收拾好东西，从抽屉里拿出一面小镜子，对着镜子整理了一下头发，又站起来整理了一下衣服，走出了办公室。

朱大军的车停在楼下，阿香走过去，朱大军打开了车门。

"想吃点儿什么？"朱大军微笑地问。

"随便吧，什么都行。"阿香拘谨地说。

"那就去广食大府吧，那里有欧陆风味儿的西餐，传统粤菜，还有中国各地富有特色的小吃，很地道，每次老美来我都请他们去那里，相当不错。"

阿香点头。

朱大军发动了汽车。

到了广食大府，他们选了一间欧陆风情的西餐吧，环境很私密，有暗紫色的窗纱垂吊在落地窗前，桌上的欧式大烛台散发着柔柔的暖光，四周装点着白绿相间的百合花……

朱大军和阿香坐了下来。

看着这样浪漫富有情调的餐吧，阿香好似感觉很新奇，她坐在朱大军对面，还是非常拘谨。

朱大军点了两套西餐，滚烫喷香的牛排上来了，朱大军很绅士地帮阿香切开，把餐盘递到阿香面前。

"谢谢。"阿香笑笑。

"其实老外的饮食理念照中国人差出一大截子，你看看，他们还在当桌宰割的阶段，在中国这是后厨的事儿，所以，他们比咱们落后。"朱大军说。

阿香想想，觉得朱大军说得有道理，笑了。

"我听说你家在新丰县？"朱大军问。

阿香点点头："嗯，还要往里走好远呢！"

"你的父亲……"

朱大军此话刚一出口，阿香的眼圈儿就红了。

"对不起，朱经理，我不想谈他。"她说。

"噢噢噢。"朱大军连忙说，"好的，好的，不谈。"

阿香看看朱大军，多少有些歉意地说："对不起啊，我父亲在我和两个弟弟很小的时候就和我妈妈离婚了。"

朱大军同情地望着她："噢，是吗？"

"是妈妈含辛茹苦地把我们养大，这么算起来，我父亲从和我妈妈离婚到现在已经十多年没有回家了。"

"噢。"朱大军更加同情地看着阿香。

"我妈很坚强，从来不在我们面前表现出一点儿脆弱，其实，你想，一个女人，要养三个孩子，没有一点儿依靠，没有任何人可帮，有眼泪也只能往肚子里咽，单说有病的时候也得照样去干活，照顾三个孩子就够难了，更别说遇到困难没人帮了，妈妈才四十五岁，可看上去就像五十多岁的人……"眼泪含在阿香眼圈儿里。

朱大军为阿香递上一张纸巾。

"对不起，朱经理。"阿香擦拭着眼泪。

朱大军发现阿香伤心的时候分外好看，也分外惹人怜惜，梨花带泪，楚楚可怜。

"不开心的事儿不提，啊！"朱大军为阿香斟上葡萄酒，向阿香举起杯，"一醉解千愁，现在你们不是都大了吗？都能赚钱了，你妈妈享福的日子在后头呢，来，干了这杯，人生不如意事常八九，但只要坚定信念，努力工作，总有苦尽甘来的一天。"

朱大军和阿香碰了杯子。

"谢谢你，朱经理。"阿香说。

那天，朱大军已经不记得和阿香喝了多少酒了，只知道他们一杯接着一杯地干，两个人喝到最后都开心得不得了，朱大军不停地讲着笑话，阿香就不停地笑，一笑就露出一排洁白的牙齿，嘴角上翘像个漂亮的月牙儿，一看到她的这副表情，朱大军不知为什么，心就为之一动，和小娇在一起的郁闷、压抑全部一扫而光了，阿香笑到最后，肚子都痛得要命。

他们走出广食大府的时候，朱大军看了一眼表，午夜两点整。他打开车门，做了一个恭请的手势，阿香笑着坐上了车。

到了阿香租住的房子，朱大军执意要送阿香上去，阿香也不推辞。

阿香租住的房子虽然不大，却收拾得雅洁可喜，打开幽暗的墙壁灯，小碎花的窗帘垂吊在窗前，室内温馨雅致。

朱大军被一股馨香所迷醉，看着阿香那张被酒精染红的娇俏的脸，朱大军感觉心跳加快了。

"你——休息吧，我走了。"他说。

阿香点点头，笑容如桃花般灿烂。

朱大军转身向外走去，走了两步，一股强大的难以抗拒的力量袭来，他又回转身望着阿香。

阿香也瞪大了眼睛望着他。

朱大军的呼吸急促起来，他突然用力搂住阿香，疯狂地亲吻起来，阿香一点儿没有反抗，朱大军抱起阿香，把她扔到床上，几下子解下领带，脱掉衣服，然后像个猛兽般扒掉了阿香的衣服……

当他邀请阿香去吃饭的时候应该在他的潜意识里就已经想这么做了，如果是作为和小娇吵架的一种报复，那么这个男人未免太轻率了；如果是小娇和他的争吵本身为他出轨找了一个恰当的理由，那么这个男人未免太龌龊了；如果仅仅因为妻子当年顶着众叛亲离、大逆不道的罪名而为了与他在一起，发生了谁也不愿看到的意外，导致终身不孕而如今你又无法忍受无子的痛苦，就可以任意出轨，任意和妻子以外的女人发生肉体关系，那么他和低级动物还有什么区别？这个世界还要不要谈感情？谈执子之手，与子偕老？

难道你朱大军在做这一切的时候没有想过吗？哪怕想那么一丁点儿？

假若你没想，说明你禽兽不如，假若你想了，说明你不如禽兽。我们只能这么理解，不然还能怎么理解？

当你看到那个白白嫩嫩的小女孩儿眼睛发亮的时候，当你和她一杯接着一杯干掉的时候，你可能已经在按照自己事先设好的圈套让自己和她一起往里跳了，我们不能理解为这是酒精作祟，我们相信，除非你喝得烂醉如泥、不省人事，否则你不会让酒精操纵得完全不知道自己在做什么。男人，只要他想出轨，遍地都是理由，他们总是在事情发生以后，说自己不是故意的，是忘记了，是稀里糊涂地做了，其实他们心里比谁都清醒，难道不是吗？

六十六、不辞而别

当朱大军和阿香在床上翻来滚去的时候，小娇在干什么呢？她独自坐在床上瞪着一双干涩的眼睛看着天花板，在那个时候，她怎么也不会想到那个曾经说过，"我不懂什么人生之根本，我只知道娇儿为了我，顶着背弃家庭、父母的罪名，和我这要家没家，要钱没钱，要文化没文化的穷小子跑到这兔子不拉屎的地方遭这么大的罪，就冲这一点，我就得对她好，对她好，就得让她享福，就得让吃上山珍海味，穿上绫罗绸缎，住楼房，不让她干活儿，让她保养得白白胖胖的……让小娇过上好日子，就是我朱大军一辈子的心愿！"的男人，那个信誓旦旦的男人，此刻正搂着别的女人在床上忘情翻滚，发泄他的兽欲。

第二天早晨朱大军醒来的时候，昨夜的情景像闪电般"唰"的一下映入了脑海，他不禁瞬间出了一身冷汗。

他躺在那里，半天没动地方。

阿香已经捧着热热的早餐放到了他的床前。

阿香穿着一件白色的睡裙，披着一头乌黑的秀发，满脸焕发着美丽的光泽与神采，笑意盈盈如一朵出水芙蓉般站在他面前。

看着这样一个清纯的、似乎不沾一点儿尘世烟火的女孩子，朱大军内心更多的是担忧和愧疚。这愧疚当然更多的是对小娇的，然而，面对阿香这样的一个粉粉嫩嫩的女孩儿，他同样不得不感到愧疚。

阿香像桃花一样地笑着把一碗粥端到朱大军面前，用勺儿扌起，放到嘴边轻轻吹着，然后温柔地送到朱大军嘴边。

朱大军本能地一下闪到了一边，他迅速穿好上衣，下床，不太敢正视阿香。

"我——要马上去公司，早饭就不吃了。"他说着，快速地穿着裤子。

阿香偎到他身边，把勺儿再次送到朱大军嘴边，撒娇地："吃一口嘛，人家天不亮就起来给你做饭了，好歹也吃一口，就一口，啊。"

朱大军勉强吃掉了那口送到嘴边的粥，急匆匆向外走去："我走了啊。"

朱大军打开房门，向外走去，却被阿香一把拉住，阿香在朱大军脸上亲热地吻了一下，深情地："拜拜。"

朱大军很不自然地走出了房门。

房门合拢后，阿香坐回到床上，一副深思的表情。

朱大军一口气走出了阿香住的楼，又一口气走到大街上，在一墙角处，他闭上了眼睛，大口大口喘着气。

一遍又一遍，昨夜的情景在他脑中闪现，挥之不去，他闭上了眼睛，用力甩了一下头，希望能让自己清醒一些。

他打开车门，坐到驾驶座上，好半天没有动。他不能用喝醉了，或是犯迷糊了，或是中邪了来洗刷自己昨夜的罪恶，一千种一万种一亿种理由都不能让谁宽恕他昨夜的行为，他找不到一个足以说服自己的借口来原谅自己，但，事情已经发生了，他能怎么样呢？他又能怎么样呢？

他发动了汽车，在广州街头无意识地绕行，一圈儿又一圈儿，好像这样就能让他肮脏的灵魂得以片刻的安宁，他甚至在这一刻希望发生个车祸什么的，让他断胳膊断腿儿以报应他昨夜的恶心、令人发指的恶劣行径。

车开累了，就停了下来，他发现正好停在办公大楼跟前儿，于是，他下了车。

他迈着沉重的脚步向办公室走去，在走廊里他竟然有不敢直视的感觉，就像有一千双眼睛在盯着他，他低着头走进办公室，锁上了门，整整一天，不开门也不接任何电话。

难道我们可以理解为这是一种反思吗？可是，在这个时候你的反思人们还需要吗？你的反思充其量只能算作是你想为自己的罪行寻找一个开脱的理由，你在搜肠刮肚地、绞尽脑汁地、费尽心机地试图找到一个足以证明你昨夜的行为是被鬼附身？是"突发事件"？是被谁用枪顶着脑袋而不得已为之的一种行为？总之，错不在你，错就错在……唉，错在哪儿呢？难道世界真的还没有为出轨的人们编写一些人道主义救援计划？难道非要他成为这计划的第一个编写者？

他真的不知道还怎么能坦荡荡地面对小娇。

接下来的两天，他一直待在办公室里，饿了让秘书给买点儿快餐，渴了喝点儿茶，他几乎一连两夜没有睡觉，他把办公室的窗帘拉得严严实实的，他很怕光，怕太阳直射的感觉。

他更怕电话响，怕是小娇或是阿香的。

当他终于鼓起勇气回家见到小娇时，不知为什么，他隐隐感到小娇的眼神里有一种能穿透人的杀伤力，他即使再想极力让自己表现得坦然，像是什么都没有发生一样，他也做不到，于是，他拼命地做家务，还好，小娇没有紧盯着他不放，否则，他真怕直接就把什么结果写在了脸上。找个借口躺到床上，他仍然难以抑制狂跳的心脏，他真怕小娇推门而入，问他这三天都去了哪里，在干什么。可是，小娇却出奇的安静。越是安静，朱大军内心越惶恐不安，他忍不住猜想，难道小娇已经想到了什么？或者，她看到了什么？

小娇的个性他还是了解几分的，什么事情都瞒不过她的法眼，她的聪明，她的一针见血，长期以来都对他产生了一种巨大的压力，他想做什么，他是怎么想的，无论他用何种高明的方法都无法逃脱小娇的眼睛，说实话，他真的惧怕小娇，论口才，论思辨能力，他永远比小娇差一大截儿，别看他在公司里前呼后拥的，在家里，在小娇面前，他就永远好像得低人一等似的，很多时候，他为此而恼火，却没有办法。

他不能保证在这三天里，小娇没有跟踪他，假使真的跟踪了他，那么……想到这儿，他不寒而栗，浑身的汗毛都竖了起来。

小娇的不言不语，不愠不怒，让他感到沉默背后隐藏的巨大危机，整个房间充满着山雨欲来风满楼的可怕气息，他随时等待风暴的来临。

果然，小娇不辞而别了！

小娇的做法让他更加坚信，小娇可能知道或猜到了什么。

他找遍了所有小娇可能去的地方，毫无结果。

他真怕小娇一去不回。

整整半个月，小娇音信皆无，情急之下，朱大军报了警，他已经从热锅上的蚂蚁变成了惊弓之鸟，他担心小娇遇到了什么坏人，有什么不测，尤其是报警以后，他特别害怕听到电话响，电话只要一响，他就以为是公安局打来的，通知他去认尸之类的，他变得敏感而神经。假如小娇真出了事儿，他一定先将自己的脑袋砸烂。

他实在分析不出小娇能上哪儿去，难道离开了广州回到了牡丹江？可他给乔师傅和刘淑珍打电话并没有听他们提到小娇回去的事儿。

这个期间，在公司里再碰到阿香，他有种说不出的感觉。

终于终于，二十天后，小娇回来了。

六十七、惶恐不安

当小娇推开门的那一刻，朱大军竟再也忍不住热泪盈眶，他真真切切体会到小娇在自己心目中无可替代的分量，他紧紧地搂住小娇，泪流满面，不住地摸着小娇的脸，把小娇死死地搂住，生怕一松手小娇就插上翅膀飞了。

小娇却显得分外冷静，她看上去虽然清瘦了许多，却在她身上涌动着一种力量，这一次，小娇在朱大军面前的形象再一次高大起来，朱大军小心翼翼地帮小娇脱掉鞋，脱掉衣服，挂好，为小娇倒上一杯清凉的水，又忙不迭地倒上一盆热热的洗脚水，执意给小娇烫脚、洗脚，又把饭菜端到小娇面前，小娇始终任由他做着这一切，饭没有吃也一言不发。

朱大军满脸堆笑，极尽献媚之能事，洗脚的过程中，为小娇铺好了床，给小娇洗好脚，非要抱小娇上床，小娇也不挣扎，一任他使出浑身力气抱自己到床上。

小娇躺下了，朱大军细心地帮她掖好被，轻手轻脚地走了出去。

收拾着房间，朱大军颇感欣慰，不管怎么说，小娇是安然无恙地回来了，他心里一直悬着的那块大石头总算落了地。

他给小莲打了电话，告之小娇回来了，小莲说她和关静堂还有小宝晚上来看小娇。

一切收拾停当，朱大军悄悄地来到楼上，推开门，看见小娇背对着门躺着，不知睡没睡着。

小娇的沉默，让他放松的心情又提了上来，他不知道应该怎样做才能让小娇不再生气。

就在这个时候，他接到了一个电话。

朱大军怕电话的声音吵醒小娇，连忙关上门，在走廊里接过了电话。

"喂？"

电话对面的人不说话。

"喂？"朱大军忍不住皱紧了眉头，"说话！"

"你最近怎么没上公司来？"阿香悠悠柔柔的声音传来，带着一点儿幽怨。

"噢，"听到阿香的声音，朱大军全身的肌肉一下绷紧了，他连忙回头看看小娇有没有从房里出来，并迅速向卫生间走去，关上了卫生间的门。

"家里有点儿事儿。"他说。

"我想你了。"阿香说。

"还有事儿吗？没事儿我先挂了。"朱大军说。

"好吧。"没等朱大军挂断电话，阿香先把电话挂断了。

朱大军瞅着被挂断的电话，一种说不出的滋味儿涌上心头。

他站在卫生间里，片刻后，打开房门走了出来。

小娇站在门口，一动不动地望着朱大军。

朱大军吓了一跳，他本能地一激灵："娇儿，你吓我一跳！"

小娇仍然目不转睛地望着他，在她那直直的能穿透人心脏的眼神儿里，朱大军恨不得有个地缝儿都钻进去。

小娇看着有些尴尬的朱大军，冷笑了一下，走进了卫生间，"砰"的一下关上了门。

朱大军站在那里，很不安，他仿佛真的感觉到了小娇知道了什么。

晚上，朱大军做了一桌丰盛的晚餐，等着小莲、关静堂和小宝的到来。

小娇一直躺在床上，朱大军几次去叫她起来散散步，免得一会儿吃不下饭，小娇都没有理睬。

小莲他们来了以后，小娇才从床上爬起来，朱大军殷勤地摆椅子，倒酒……

坐在饭桌上，小娇除了一问一答地和小莲、关静堂闲聊以外，视朱大军就像不存在一样。

朱大军给小娇夹菜、为她倒饮料，小娇都是一副置之不理的模样。

小莲忍不住把小娇拽到小娇房间。

"你和朱大军就因为上次他回来晚了，一直别扭到现在？"她问。

小娇不语。

"一件小事儿，怎么还没完没了的？"小莲说，"你看他今天忙前忙后的又帮你夹菜又看着你脸色的，你就别得理不饶人了，啊！"

小娇笑了一下："你不懂，姐。"

"有什么不懂的？依我看，你就是不依不饶的。"

"你和老关怎么样了？"小娇转移话题问。

"他对我特别好。"小莲发自真心地说，"而且，他又为小宝找了一个老师，非常有名，对小宝也很赏识。"

"那就好，姐，这我就放心了。"小娇说，不由得叹了口气。

回到饭桌上，关静堂看了看小娇，又看了看朱大军，举起酒杯："来，这一杯，我敬小娇和朱大军，愿你们比翼齐飞，互敬互让，携手白头，恩爱到老。"

朱大军欣然地举起杯。

小娇坐在那里没有动，他望着关静堂说："老关，谢谢你的祝福，但是，这杯酒，恕我直言，我不能喝，因为并不是所有的愿望都能实现，所有的祝福都能应验，现实比什么都可怕，我只能说，谢谢你的好意，我心领了。"

小娇说完，站起身，离去。

留下关静堂和小莲面面相觑，朱大军坐在那里也分外难堪。

好半天，三个人都没有说话。

关静堂看看朱大军，语重心长地劝道："婚姻是一门科学，我们最初都是怀着美好的憧憬，怀着对对方的爱开始我们的人生，一个爱字虽然看似简单，可要想真正一辈子用心去实践这个爱字却是不易的，所以，我希望，我们都能从始至终，把这个爱字圆好，让我们无憾地走过彼此携手的人生岁月。"

朱大军点点头，苦笑了一下，和关静堂碰了杯子。

小莲又去楼上劝了小娇几句，才和关静堂及小宝走了。

朱大军一个人坐在饭桌前，小娇的话让他的心一阵又一阵地紧缩，就算以前也和小娇有过争执，可只要他表现得积极和讨好一些，小娇也早就笑逐颜开了，这一次，小娇的脸却一直冷得像北极的冰山，让他很是害怕。

他默默地收拾了碗筷，站在厨房里发了半天呆，是不是他刚才接阿香电话的时候让小娇听到了，从而更验证了她对自己的怀疑？经过几分钟的深思，他决定，不管小娇确实是发现了什么还是没发现什么，他都要装作若无其事的样子，否则，事情的结果将会更加糟糕。

回到房间，小娇早已躺下。

朱大军脱掉衣服，钻进了被窝。

他试探着轻轻搂住小娇，小娇的身体竟如雪般冰凉，他的心不由得一凛，还没等进一步反应时，小娇已经如弹簧般从他的搂抱中挣脱了出去。

小娇走下床。

朱大军听见一个阴冷的声音在他的后背响起："朱大军，是你留在这床上还是我留下？"

朱大军躺在那里没动也没应答。

小娇见他没有回应，搂起枕头走了出去。

朱大军像被打入冷宫的"弃妃"一样僵硬地躺在那里。

月光像探照灯一样打在整幢楼房里，小娇和朱大军分别躺在两个房间的两张床上，各自睁着眼睛。

小娇望望照射进来的月光，内心一层柔软的东西被唤醒，她记得在宁安那个废弃的窝棚里，她流产险些丧命，回到家躺在炕上的那一天，窗外也是这样的月光，她不由得坐起身，月光那么安逸、柔和地挂在天上，淡淡的银白色洒在屋里光亮的大理石地面上，反射出一种静谧安详的光芒，让人伤感，让人想流泪。

小娇不由长叹一声，若干年前的她躺在床上，朱大军一口一口喂她红糖水喝的时候，她绝想不到会有这样一天，她独自坐在床前望月兴叹，他们终于摆脱了贫穷，却怎么就丢失了幸福？

同样，朱大军躺在床上也是辗转反侧，无法成眠，小娇的冷漠让他的心再一次高高地悬了起来，难道，难道小娇真的看见了什么？知道了什么？

他坐起身，在室内来回走了几圈儿，推开房门走了出去。

他敲了敲小娇的房门，没有回应，朱大军早就想到了这一点，推开门，他走了进去。

朱大军来到小娇床前，小娇闭着眼睛，朱大军当然知道她没有睡着。

朱大军在床沿边坐下来，拍拍小娇："事儿都过去了，一切都是我错，别生气了，好吗？"

小娇没有说话，然后，她打开床头灯，仔细盯着朱大军，她的目光含着洞察一切的尖锐，看得朱大军浑身的汗毛都直立起来。

"你错在哪儿了？"小娇清晰地问，她的声音在这夜晚显得尤其阴冷。

朱大军咽了口唾沫，硬着头皮说："我——不应该把你一个人扔在家里。"

"还有呢？"小娇继续阴冷地问，且盯着朱大军目不斜视。

"还，还有？"朱大军忍不住看了小娇一眼又赶紧把眼光移开，他舔了舔嘴唇，"不应该因为一点小事儿就——发脾气。"

小娇仍然盯着他，朱大军看着小娇，发觉汗水已经浸湿了手心儿和额头。

"就这些？"小娇问。

"还——能有哪些？"朱大军想努力冲小娇挤出一个笑容，却失败了。

小娇突然仰天大笑起来，朱大军惊慌地看着小娇儿。

小娇笑得浑身乱颤，笑得疯狂而肆无忌惮，笑得眼泪都出来了，这笑声在这偌大的房子内回荡，让朱大军浑身发冷。

"娇儿，你怎么了？你怎么了你……"朱大军说着。

小娇一下停止了笑声，她用森冷的目光看着朱大军："你还没有说透。"她一个字一个字地说。

朱大军的脸色一变，他看着小娇。

小娇也看着他，清晰地从嘴里吐出几个字："给你三天时间，把你应该说的——"小娇凑到朱大军眼前："说透。"

小娇说完，躺下，盖上了被子。

朱大军坐在那里，感觉后脊梁"嗖嗖"地往外冒着凉气。

朱大军帮小娇掖了掖被子，慢吞吞地走出了房间。

躺回到他的房间里，朱大军无论如何都睡不着了。

他反复回想刚才小娇的表情和说的话以及说话的语气，肯定知道了，他在心里对自己说，要不然，她不会那么有把握那么肯定地让自己把事情说透。

她是怎么知道的？当他认定小娇知道了以后，这个问题便首先跳进了脑海。

"跟踪。"这是"唰"的一下冒出的两个字，在他没有防备的情况下，要想跟踪他太容易了，他那天就是明晃晃地和阿香从办公楼里走出去的，阿香上了他的车，两人去了广食大府，再然后就是去了阿香租住的房子……

即使小娇看不到他和阿香做了什么，只要跟到了阿香的楼下，就什么都完蛋了！再傻的人也知道他待在那里一宿没出来意味着什么。

"给你三天时间，把你应该说的——说透。"

朱大军虚眯着眼睛想着小娇的话，小娇的意思是什么？意思是说，如果他诚心认错儿，把干的事儿全部交代清楚，就能饶他不死？她的潜台词是不是就是这个意思？

朱大军摇了摇头，打死他也没有勇气向小娇承认这一切。

那么他该怎么办呢？

朱大军感觉这个时候自己的头脑有些不清醒了，他拼命摇晃着脑袋，期望能让自己的思路变得更明晰一些，可脑子就像一团糨糊，理不出一点儿头绪。

凌晨时，他迷迷糊糊睡着了，再一睁开眼睛，已经是早晨七点钟了。

他摇晃着昏昏沉沉的脑袋，走进了卫生间。

站在卫生间的镜子前，一道灵光突然一闪，他嘴角随即漾出一抹笑意。

小娇是在诈他！没错儿，一定是在诈他！

六十八、一声惊雷

没错儿，百分之百是在诈他！她不会好端端地就去跟踪他，除非在这之前他的某种行为或迹象让她产生了怀疑，否则，她怎么会无端地跟踪呢？退一万步说，假使她真的跟踪了他，看到了他和阿香进了阿香租住的房子，他也不能主动招供，以小娇的个性，绝不会因为你主动招供了，就饶了你。

想到这儿，朱大军坚定了一个信念，那就是他不会主动去对小娇交代什么，甚至一点儿关于这方面的口风不能漏，不然，就等于不打自招了。

他按兵不动，一切如常地为小娇做好了早餐，放进微波炉里，走进小娇卧室。

小娇躺在床上，看样子已经醒了很久了或是压根儿就没睡，听到朱大军走进来的声音，她也没有转头，直到朱大军走到她面前，她才抬眼望着他。

她看着朱大军的眼神仿佛在说，你想好了吗？想和我说什么吗？

朱大军连忙把眼光移向别处，掩饰地帮小娇整理着被子。

"早饭我已经做好了，在微波炉里，什么时候想起来吃都行。我去——公司了。"

小娇还是望着他，不言不语，朱大军赶紧迈开步，向门口走去，一边走一边甩下一句："我走了，有什么事儿给我打电话。"

朱大军走了出去。

坐到车里，朱大军感到心脏"怦怦"直跳，他稳定了一下情绪，发动了汽车。

刚走进办公室的朱大军，电话铃随即响起，他接过电话："喂，你好。"

电话那边传来小娇幽幽的声音："想清楚了吗？"

朱大军刚刚平稳的心又剧烈跳动起来。

"我不明白你什么意思。"他说。

电话那头的小娇像是笑了一下。

"我真的不明白，娇儿，有什么话咱们直说不行吗？"

"我是担心你，怕你生病，整日生活在惶恐不安中。"

"我没有什么惶恐不安的。"朱大军说。

"还有两天。"小娇"啪"的一声挂断了电话。

朱大军握着听筒，好半天站在那里。

他坐到了办公桌前，早晨的信念又开始动摇。

从小娇的言语当中，她好像真的知道了什么，是在给他最后的机会？让他悔过？

他沉坐在椅子中。

可是，他清醒地知道，一旦他和阿香的事被大白于天下，他和小娇的婚姻也就走到了尽头，这是毋庸置疑的，他现在唯一能做的就是全当什么都没有发生，除非有那么一天，小娇把人证物证都亮到他面前，他再也说不出什么了，他才能再去编排解释这一切。

可他真的感到深深的恐惧不安，他隐隐感到，离这一天，不远了。

阿香来送宣传方案，一阵幽香从她的发际散发开来，这香味儿仍让朱大军迷醉，可是，他不能再给这个纯纯的小女孩儿以任何希望。他接过方案，面容严肃地看了看她："放到这儿吧，看过之后我会再找你。"

阿香点点头，也不多说什么，脚步轻盈地走了出去。

朱大军用手支住额头，和阿香在床上翻云覆雨的画面再次反射到脑中，他用力甩一下头，他必须忘了这一切，必须！

要想保住婚姻，他首先必须把这段不堪彻底从脑中清除，才能在小娇面前真正做到安之若素，否则，顶着如此巨大的压力，他会直接把结果写在脸上，那样的话，对现在的处境更加不利，事情已经发生了，倘若小娇真的知道了，他也不能光明正大地承认，反之，小娇如果是在诈他，那么他就更加不能表现得让她看出来了。

这两天回家以后，朱大军仍然按部就班地做饭，为小娇端茶倒水，即使公司那边有什么脱不开身的事情，他也尽量打发别人去做，除非牵涉重大事情的决策和必须要去的应酬，他都比平时早一个小时回家，规规矩矩地做好饭，为小娇端到床前。

小娇也不拒绝，也没就要他说透的事情再纠缠，这样安稳地过了两天，朱大军以为风波就此过去了，第三天的时候，特意订了广州最好的饭店"白云间"，还为小娇买了一枚价格不菲的钻戒，下班后，驱车回家接小娇。

小娇很顺从，但就是一直不说话。

坐在车里，朱大军搜肠刮肚地找话题，讲笑话，想淡化彼此之间的生疏与难堪，小娇却始终一言不发。

到了"白云间"，朱大军像伺候女王一样无微不至地给小娇夹菜、添汤、倒酒、递餐巾纸，为她把大块肉切小……

朱大军看着小娇的脸色，勉强挤出一个笑，"娇儿，笑一个，啊！"

小娇抬起头来，看着朱大军，朱大军却被小娇的眼神震住了，这眼神那么冰冷，那么陌生，那么带着难以融合的漠然，就像看一个不认识的人甚至可以说是仇人。

朱大军的心一紧，他赶紧把眼光移开，为小娇夹菜。

"满了。"小娇突然冷冰冰地说了一句。

朱大军一下住了手，好像才发现盘子里已经满了似的，他瞅着小娇不自然地笑了笑："快吃吧，一会儿该凉了。"

小娇放下了手中的筷子，直视着朱大军。

"你不累吗？"小娇问。

"累？"朱大军怔了一下，随即说道，"累什么呀，伺候自己老婆理所应当的，这是我的福分，怎么能累呢？"朱大军说。

"考虑得怎么样了？"小娇问。

"什么——怎么样了？"朱大军迟疑地问。

"已经过了给你的期限。"小娇说，慢悠悠地端起酒喝了一口。

朱大军夹起一大口菜往嘴里填，再夹起一大口菜往嘴里填，他把嘴塞得满满的，满脸涨得通红地拼命嚼着嘴里的菜，额上青筋暴露，也跟着嘴的上下咀嚼而忽隐忽现。

小娇面无表情地盯着他。

"不是，娇儿，我不明白……"朱大军没等说完，好像一下呛着了，他一顿剧烈的咳嗽，脸涨红得像猴子屁股，好不容易费力地咽下了满嘴的菜，他拿起茶水"咕咚咚"喝了几大口，才平稳下来。

"不是，娇儿，我就不明白，你一直口口声声地说，让我把该说的事情说透，什么事情啊？"朱大军一脸不解，一脸困惑地问，"我，我真搞不懂了。"

小娇直直地看着朱大军笑了。

朱大军一脸无辜地看着小娇，又夹了两大口菜，塞了一嘴。

小娇拿起茶杯啜了一小口，嘴角微微牵动了一下，像笑又像哭。

"朱大军，我给过你机会了。"她说。

朱大军猛然抬头望着小娇，小娇也望着他，两人对视。

朱大军不敢和小娇对视，心虚的他再怎么样也不敢面对小娇那义正词严的神情。

"看着我的眼睛。"小娇说。

朱大军不得不瞅着小娇。

"你敢对天，对你的良心，对和你一起生活了十几年的你面前的这个人发誓，你没做过任何对不起天，对不起良心，对不起我的事儿吗?!"小娇一字一句，几乎是狠狠地从嘴里迸出这句话。

在小娇咄咄逼人的眼神中，朱大军真的胆怯了，但是，他在心底对自己说，如果在这关键时刻，他没有坚持住，那么所有的努力就前功尽弃了。

"我敢。"他说。

"好，"小娇用餐巾纸擦擦嘴说，"我们离婚吧。"

一声惊雷，炸响在朱大军耳边。

六十九、天崩地裂

朱大军满嘴的菜还没有咽下，听到小娇的话，他就那么瞪大了眼睛鼓着腮帮子难以置信地、震惊地看着小娇。

好半天，两人就这么互相瞅着，空气在那一刻凝结了。

朱大军在那一刻完全傻了，小娇提出离婚根本没在他的意料之中，这几个字无疑像一枚重磅炸弹在他毫无准备的情况下轰然炸响，把他的思想意识全部炸飞，他只感到大脑"嗡"的一下，像有无数不明飞行物在他脑中飞舞轰鸣盘旋，致使他的大脑已经不能正常运转了，他眼前发黑，冒着金星儿……

他闭了闭眼睛，努力让自己恢复正常，他看着小娇，费力地、下意识地吐出四个字："你说什么?"

"离婚，"小娇一动不动地望着他，"我说得不够清楚吗?"

朱大军望着小娇，一时间，他什么都说不出来了。

他费劲地咽下嘴里的菜："为什么？"他声音嘶哑地问。很奇怪，当一个重大打击突然来袭时，人，竟然能在几秒钟之内声音就变得沙哑无力。

"还用我说吗？"小娇简单扼要地说，近一个时期她特别能节省语言。

"我不明白。"朱大军说。

"你现在用不着明白。"小娇说完，站起身，把那枚钻戒放到桌上。

小娇转身离去。

朱大军僵直地坐在那里，望着桌上那闪闪发亮、熠熠生辉、钻心刺眼的钻戒，他呆呆地坐着。

他就那么坐着，一任桌上的饭菜冰冷，一任窗外的万家灯火都已暗淡，也不知究竟坐了多久，他结了账，迈着沉重的双腿离开了"白云间"。

当他迎着凉风走在广州街头时，他断定，小娇知道了他和阿香的事儿，不然，她不能如此决绝、断然地要离开他。

一件平常得不能再平常的争吵，不足以让她痛下杀手，一定是知道了他和阿香的事，一定一定。

他一路走，一路想，当然，他不会同意和小娇离婚的。

想到这个他搂在怀里十多年的女人，想到为了和他在一起，她的宁死不屈，她轻飘飘如一片枫叶般倒在自己怀里，用尽最后一丝力气说出："我知道，你肯定能，能来……"

一幕一幕，往事涌上心头，他背着她艰难地在雪地上行走，她的鲜血洒了一路；他以为她死了，扑到床前撕心裂肺地哭喊；他投机倒把被抓走，她一心一意地等着他；他们初到广州在街边摆地摊儿，他被旁边小贩欺负，她举着铁锹和人家拼命……

一幕一幕啊，往事历历在目，一切就像在昨天……

朱大军一边走着，眼泪一边"哗哗"地往下流……

他从来没想过，有朝一日，他会和小娇面临分离！即使这些年他们常有磕磕绊绊，他也从未想过，他真的没想过，就有那么一天，这个自己深爱的和自己同甘共苦的女人会向他提出离婚！他从未想过！

天，下起了雨。

朱大军毫无知觉地走在雨里，雨水打在他的头上、脸上、眼睛上，打湿了他的全身，他就那么一直走着。

走了多长时间，他不知道，反正，他最后还是停在了自家的门口。

站在那亮着灯光的以前从来都是带给他心灵悸动与温暖的窗子前，他不动了。

雨水混合着泪水顺着头发、沿着胳膊的弧线往下淌、往下淌……

他撸了一把脸，走了进去。

小娇坐在客厅里看电视，朱大军看了她一眼，湿淋淋地向楼上走去。

夜，静谧异常。

小娇和朱大军躺在各自的床上，小娇在黑暗中瞪着天花板，朱大军则蜷缩成了一团，紧闭着双眼。

以前，每天晚上这个时候，他们都是紧紧搂在一起的，缠成一团睡去，现在则是在各自的房间里，孤独地守着漫长的夜。

另一个房间的床，本是为亲友临时来住而准备的，没想到，现在竟派上了用场。

朱大军蜷缩成一团儿，他感到冷，从心往外地冷，冷得恨不得上牙直打下牙。

他非常害怕小娇"砰"的一声推开门，把一纸签好字的离婚协议书扔到他面前，他会无所适从、手足无措……

不知为什么，和小娇在一起生活了这么多年，小娇始终慑他于无形，从皮囊到血液，从内里到外在，他都怵着小娇，小娇身上有一种无形的杀伤力，无时无刻不在压迫他、震慑他。

这也许就是有时他想逃避的原因吧。

他躺在那里，思想飞速旋转，他该如何不失尊严地挽回他们的婚姻？他知道，也许小娇的目的并不是离婚，她只是想看到他对她以及对这件事的诚意，小娇现在没有紧接着过来要他立刻来实施离婚的行动，还是想给他时间，给彼此一个机会的。

那么他该怎么做呢？无疑，他不能再沉默了，沉默等于默认，默认了小娇的提议，不沉默，他又该怎样表达他的诚意呢？

他坐了起来，点燃一支烟，在烟雾缭绕中，苦苦冥想。

片刻后，他下了床，推开门，大步向小娇的房间走去。

推开小娇房间的门，小娇正背对着门躺着，朱大军沉吟了一下，走到小娇床前。

朱大军打开床头灯，坐到了床沿边。

"娇儿，这几年公司的事情太多，精神压力也过大，可能我——在无意中伤害了你，疏忽了你，今天，在这里，我向你郑重道歉，以往的种种，都是我的错，该过去的就让它过去吧，我们还得一起好好过日子，今后，我保证，再也不会发生类似这样的事情……"

小娇缓缓坐起身，面对着朱大军，虚眯着眼睛，一字一字地："什、么、样、的、事、情？"

朱大军住了嘴，他望着小娇，小娇死死地盯着他。

朱大军咽了一口唾沫，把眼珠挪向别处："再也不会发生一些——对不起你的事情……"

"什么对不起我的事情？"小娇咄咄逼人地问，她的嘴角难以控制地痉挛了一下。

朱大军看着小娇，眼中充满惊惧。

"这么说，是真的了？"小娇突发制人地问道。

朱大军看着小娇，突然间，他的脑袋像是被什么东西猛地击了一掌。

"是——真——的——了？"小娇的脸凑近朱大军，她的不可置信而绝望震惊……所有所有复杂的表情在一瞬间纠集在她的脸上，与此同时，朱大军彻底明白了他含蓄地说出真相的愚蠢和可怕的后果！

他怎么能糊涂到说出不会再发生对不起小娇的事情这样的话了呢？！小娇是谁呀？乔小娇是谁呀？她怎么可能允许容忍朱大军做出对不起她的事情呢？也就在那一刻，朱大军真真知道了小娇压根儿就不知道他和阿香之间发生了关系，她不过是在诈他！

"听我说，娇儿，不像你想得那样儿，我那天只是喝多了酒，脑袋有点儿不清醒……"此言一出，朱大军一下意识到他又犯了一个致命的错误，这句话等于直接承认了他在外面做了见不得人的事情了，不过是有原因的，是因为他喝多了，他糊涂了，才和人家小姑娘发生了不该发生的事情……哈哈，多么愚蠢的解释，多么荒唐的、无耻的、弱智的解释……他看见，血色逐渐脱离了小娇的脸，她的脸现在已经变得扭曲狰狞，可怕得像是要吃人一样！此刻，她在朱大军眼里变成了一个魔鬼！

"你说什么？"小娇轻声问，她的一只手轻轻托起朱大军的脸，朱大军能感到她手指的冰冷，她的嘴角涌出了一丝笑意，她慢吞吞而温柔地问："你是说你喝多了酒，脑袋有点儿不清醒了，然后呢？"

朱大军看着小娇，再傻的人也知道不能再说下去了。

"然后，我就——没有回来住嘛。"朱大军说。

"没有回来住？"小娇继续柔声问，朱大军明显感觉她的手在禁不住地颤抖，"没有回来住，你住在了哪儿啊？"小娇的声音轻得像蚊子哼哼，朱大军惊厥地看到，一层雾气在小娇眼里凝结，骤然之间化作了一颗巨大的泪珠滚落。

"我……"

"说呀，"小娇努力地向朱大军挤出一个微笑，"没有回来住，你住到了哪儿？和谁——住在了一起？"

"没有和谁……"

"和阿香吗？"没等朱大军说完，小娇说。

朱大军的脸色刹那间变得惨白，不用再说什么，不用再进一步猜测，更无须解释，朱大军的表情已经告诉了小娇一切。

"你，你，你怎么想的？"朱大军仍然在奋力挣扎，他结结巴巴地说，"我，我怎么会，会，会和阿香住在一起呢？嗯？怎，怎么可能啊？啊？娇儿？"

小娇坐在那里，她的表情一片惨然，眼泪像湍急的河水在脸上流淌，但同时她也大笑，笑得浑身乱颤！

"啊？娇儿，你是怎么想的，啊，啊？"看着小娇的表情，朱大军慌乱地摸着小娇的脸、胳膊，语无伦次地："我怎么能和什么阿香住到了一起？你，你怎么能这么想，这么说呢？娇儿？娇儿？"朱大军拼命摇晃着坐在那里如一尊雕像般不停发笑的小娇。

朱大军镇定了一下说："我的意思是说，那天和你生气，我就出去了，在外面喝了点儿酒，喝，喝多了，脑袋，脑袋有点儿不清醒了，就回到办公室睡了，就，就这么回事儿。"看着小娇，朱大军特别强调，"的的确确就是这么回事儿。"

小娇站了起来，轻轻扒拉开朱大军的手，向外面走去。

"娇儿你干什么去？"朱大军追到小娇身边，一把抱住了她，"你别走，你干什么去？我不让你走！不让！"他死死地抱住小娇。

小娇奋力挣扎也挣不脱朱大军，她突然回手给了朱大军一记耳光。

朱大军一下停住了，小娇快步向外跑去。

到了庭院外面，小娇打开车门，汽车像离弦的箭一样向前冲去。

朱大军追到门口，汽车已经风驰电掣般地没了踪影。

朱大军一下蹲到了地上，用手死死捂住了脑袋。

小娇驾着车，在广州街头胡乱狂奔，眼泪早已模糊了视线，她看不清前面的方向，但是，她管不了许多了，她现在唯一想做的就是狂奔、狂奔、再狂奔……

终于，在一片拆迁楼房的废墟前，她停了下来。

此刻，已无泪。

其实，她原本只是怀疑，只是想通过诈朱大军的方式来证明自己内心的怀疑是错误的，她的怀疑是狭隘的，是没有根据的，是对朱大军的侮辱，没想到，朱大军竟然承认了！竟然承认了！她不能相信这是真的，可这就是真的！真相就这么残酷地摆在了她面前！当朱大军以那副语无伦次受到惊吓而惶恐慌乱的模样出现在她面前时，她已经天崩地裂了！

可是现在，她的大脑竟然是一片空白。

七十、濒临死亡

一连多个晚上，小娇没有回家。

不是赌气，完全是因为她无法再面对朱大军，她不能面对朱大军，她不知该怎样面对朱大军，这个曾经信誓旦旦要一辈子对她好的男人，竟然背着她和别的女人上了床！

好多个清晨夜晚，小娇都呆呆地坐在同一扇窗子前，对发生的这一切恍如大梦，这难道是真的吗？真的是真的吗？她一遍遍自问，当她明白这些都真实地发生在自己身上时，内心的绞痛让她在浑身冰冷的同时竟大汗淋漓。

小娇病了，发烧三十八度五，她躺在香格里拉大酒店的套房里，一个人拥着被子浑身哆嗦地蜷缩成一团，她感觉身上的每个关节、骨骼，甚至牙齿、发丝都在绞劲儿地疼痛，她冷，裹着大厚棉被还止不住颤抖。

她鼻子和嘴像有火在燃烧，又干又痛，她一丝力气都没有，她将窗帘拉得严严实实的，不让一点儿阳光照进来，她闭着眼睛，头脑昏沉，迷迷糊糊中，她好像睡着了，她做了一个梦，梦见她和朱大军还在宁安农场那个破旧的窝棚内，她躺在炕上，暖暖和和的，朱大军正一勺儿一勺儿地在喂她红糖水，那一勺儿一勺儿混合着好闻的中药味道的红糖水，一滑进嘴里就甜得人心暖暖的……小娇笑了，在梦里笑了，笑着笑着，醒了。

一睁开眼睛，看着陌生的房间，所有的一切又回到脑中。她挣扎着想坐起来，可怎么就一点儿力气也没有呢？她口渴得恨不得一头扎进水缸里灌个够，可，没有人帮她端杯水来，她用尽全身力气坐了起来，缓缓地走下床，摇摇晃晃地给自己倒了杯水，一气儿喝完，她又躺到了床上，头重脚轻，不上床，她担心一头栽倒，摔个头破血流。

冷啊，全身都像在燃烧，干啊，喝了那么多水还是干得要命！苦啊，满嘴满心满身都是苦啊！

虽然她什么都不想吃，可她知道，如果不吃东西她也许就会死在这个房间里，因为只有吃了东西才能吃药，可，谁能给她送一口吃的来呢？哪怕是一个面包？

她不想了，她只想睡，只想睡，昏昏沉沉的，她又睡了过去……

两天后，高烧四十度昏死在床上的小娇被宾馆工作人员送到了医院。

这几天，朱大军找遍了所有他认为小娇可能去的地方，都没有找到，使他认为小娇这一次一定远离了他，不知去向，也许会永远消失。

他恨透了自己，恨和阿香的那一夜春宵，恨在这场斗智中他彻底失败，恨自己怎么就那么糊涂，怎么就能轻易把他和阿香的事漏了出去！

他忘了吗？他不了解小娇是什么人吗？和她在一起生活了这么多年，她知道了真相会怎么样，难道你预测不到吗？

对着镜子，他真恨不得把自己废了，而在寻找未果的情况下，他剩下的只有等待了，等待小娇的归来，等待她的最后判决。

小娇的电话永远关机，所有的好友都称未曾见过她，她连小莲都没有联系过。朱大军给小莲打电话时是换了一种方式，她不能让小莲知道小娇再一次失踪，如果小莲知道了，一定会追根究底地问他原因，到时他该怎么回答？

小娇被送到医院时，已经转成了大叶性肺炎，进入休克状态，由于一直昏迷，医院又找不到家属，只好派人到其登记的香格里拉饭店查明小娇的身份，找到小娇的居住地，就联系到了朱大军，医生明确告诉朱大军，由于送到医院时小娇已经昏迷了很长时间，所以情况非常危急，该用的办法都用尽了，什么氢化可的松、地塞米松的，可仍旧昏迷不醒，说如果再这样下去，会感染多个脏器衰竭，最终不治身亡……

朱大军疯了似的来到医院，冲进病房，看着躺在那里无知无觉的小娇，心如刀绞。

这个期间，他接到了小莲打来的电话，说为什么联系不到小娇，家里电话没人接，小娇的大哥大又关机，朱大军只好谎称他们出去旅游了。可小莲还是感到了朱大军的异样。

小娇的病情一直没有起色，朱大军发动了所有的关系，找了最好的医生，时时刻刻密切关注着小娇的病情，小娇却像有意惩罚朱大军似的，始终没有睁开眼睛。

朱大军像个困兽般束手无策地整日徘徊在病房内外，他找人算命，上庙里求神拜佛，跪地磕头，只求老天宽恕他一次，给他一次机会，不要将小娇收走，哪怕让他下十八层地狱都行，今后，他再也不会做对不起小娇的事情，他要好好的，和和美美地和小娇白头到老，他要努力经营青云公司，把青云公司发展成跨国集团，他要多做善事，收养无家可归的孩子，不会再有邪门歪道的想法，绝不越雷池半步，只求老天看在他对小娇仍有一片诚心的面子上，让小娇醒过来！

他曾整夜整夜地跪在小娇床边，握着小娇的手，不停地忏悔，想以此感动神灵，善心大发，让小娇突然醒来，可这一切，现在看来，对于心已碎成千千万万片的小娇而言，简直太微不足道了。

朱大军知道，以小娇的禀性，在她身上发生了这种令她不可饶恕的、令她感到奇耻大辱的事情，她必定要做出极端的报复性举动；即使小娇处于昏迷状态，她的整个身心也在不知不觉地倾向于不再醒来，以给予朱大军致命打击，所以，朱大军一遍遍地面对着小娇忏悔、赎罪，期望能得到宽恕。

小莲给朱大军打电话，提出要见朱大军，说她发现朱大军和小娇有问题，朱大军说他们的确去旅游了，要过些日子才能回去。

可是，晚上，朱大军拖着疲惫的身体回家时，却发现小莲等在了家门口。

看着憔悴不堪的朱大军，小莲的眉头顿时皱了起来。

朱大军知道瞒不住小莲了，只好搪塞说，他和小娇发生了点儿争执，小娇一气之下病了，住院了。

"发生什么样的争执能让小娇气得病倒住院啊？"小莲忍不住不满地问

朱大军。

"对不起，姐，我——一言难尽，现在也说不清楚。"朱大军说。

"那现在小娇怎么样啊？我问你，你怎么还瞒着我呢？娇儿在广州除了你就是我，无亲无故的，你怎么能让她，让她气成那样儿啊？"小莲说。

朱大军不语了，他实在不知道应该说什么，怎么说。

"小娇在哪家医院啊，你快领我去，我要去看看。"小莲说。

朱大军长叹了一声："她现在很危险，还没醒过来。"

"你说什么?!"小莲震惊地看着朱大军，"你到底把小娇咋样了？她怎么会昏迷不醒呢？啊？朱大军？"小莲忍不住高声喊起来。

朱大军又沉默了。

就在这时，朱大军的大哥大响了起来，朱大军连忙接过电话："喂？"

对面传来小娇的主治医生梁山的声音："朱大军，你赶紧上医院来，乔小娇怕是不行了。"

电话从朱大军手里滑落了下去。

他傻傻地张大了嘴瞅着小莲，眼泪一下子夺眶而出。

看着朱大军的表情，小莲一下猜到了这个电话是与小娇有关的。

"怎么了？朱大军？是说小娇吗？小娇怎么样了，啊？"小莲急切地问着。

朱大军呼吸急促地、费力地咽了口唾沫。

"小娇怎么样了，啊？你倒是说话呀，朱大军！"小莲喊着。

"医生说，小娇情况不太好。"朱大军说完，已经转身向外跑去。

小莲愣了一下，旋即跟随朱大军跑了出去。

朱大军开着车，一路上箭一样向前飞驶，他的眼睛瞪着前方，表情凝重，眼泪一直含在眼眶。

看到他这副表情，小莲更着急了。

"朱大军，小娇到底得的什么病？你们之间究竟发生了什么，能让她病成这样？刚才医生是怎么说的，啊……"小莲心焦地、一连串地问着。

可是，朱大军就是一言不发，他瞪着前方，眼睛一眨不眨，汽车在广州的大街上飞驰，却带着那么一股不祥的超出正常的冷静与有条不紊。

"你为什么不说话啊，朱大军？"小莲生气地问，"我最起码得知道小娇现在是什么情况啊，你不说话算怎么个意思啊？"

"你别问了，好吗，大姐，我现在，心——很乱。"朱大军说。

"你再心乱，我也最起码得知道小娇现在的状况啊！"小莲气得坚持着。

可朱大军再次闭上了嘴。

小莲不再问了，但她知道这一次小娇和朱大军之间一定发生了非同寻常的事情，小娇看样子病得不轻。

她仔细看了朱大军一眼，心一下揪了起来，小娇，那个从小和她钻一个被窝儿，有好吃的好玩的好穿的总是先让着她，虽然是妹妹却像个姐姐一样照顾她的小娇，敢做敢当的小娇，究竟得了什么病？她和朱大军之间到底怎么了？这个朱大军为什么一言不发，就是不肯告诉她，他怎么就把小娇气病到如此严重的地步呢？

太多的疑问、担忧让小莲心跳如擂鼓。

朱大军一路开着车，紧咬着牙关，他在心里默念祈祷，娇儿，别用这种残酷的方式惩罚我，要死也应该我去死，你要是就这么死了，你就是成心也不让我活，娇儿，你一定要挺过这一关，在牡丹江的时候，大流血到那么严重的程度，你都挺过来了，娇儿，只要你能活过来，让我干什么都行，怎么惩罚我都行，我宁愿去死，去死！

他一路疯狂地在心中默念着这些话，终于，他的车"嘎"的一声停下了，小莲注意到，那汪含在朱大军眼里的泪最终落了下来，朱大军用手抹了一把，首先跳下车，小莲也快速地下了车，跟在朱大军身后向医院大楼跑去。

朱大军和小莲推开小娇病房的门，里面空空如也，看着那空着的白白的床，朱大军像是被一根烧红的长针猛地刺穿了心脏，他不顾一切地向急救室方向跑去。

急救室的门紧闭着，里面是有人还是没人？朱大军感觉心脏几乎就要从口腔里跳出来了，他飞奔着跑过去，一个护士正从里面急匆匆地走出来，还好，急救室里有人在急救，这说明小娇没有死，还在里面急救，朱大军冲过去推开急救室的门，小莲也紧跟着进去了。

只见多名医生站在小娇床前，都紧张密切地监测着床头的仪器。朱大军和小莲进去后，他们根本没人注意到，都在全神贯注地紧盯着仪器。

空气紧张得让人窒息。

朱大军和小莲也都跟着医生们紧紧地盯着那仪器的屏幕，朱大军一把拽过主治医生梁山。

"怎么样了？梁主任？"朱大军的声音听上去已经不成人音儿。

梁山非常无奈地摇摇头。

看到梁山的表情，朱大军的心突然从急骤的跳动到仿佛一下静止了，他用力抓住梁山的胳膊，手指甲几乎插进了梁山的肉里，他的声音无力而嘶哑地从喉咙里发出："梁主任，求求你，一定要救活小娇，我花多少钱都行，多少钱都行……"

可梁山依旧摇头。

仪器上的波纹逐渐变弱，最终拉成了一条横线。

七十一、起死回生

看着那条拉直的横线，小莲一下晕了过去。

朱大军眼前一黑，险些瘫倒……

梁山亲自上阵，竭尽全力地为小娇施行胸外心脏按压术，一下、两下、三下……

梁山使出了全身的力气，随着梁山额头汗珠的不断滚落，奇迹出现了……

仪器上再次出现了微弱的心电波，朱大军大汗淋漓地盯着屏幕，随着小娇心脏的再次恢复跳动，朱大军深深地跪在了梁山的脚下。

也许是不甘心，也许是不服输，也许是命不该绝，小娇绝不肯就这么咽下这口气，她竟然又活了过来。

从进入昏迷状态，小娇就好像被打进了一条狭长漆黑的隧道里，在这到处都刮着阴风的黑暗中，她一直被风吹着前行，她不断自问，这是哪里呀？是谁把我带到这儿来的？我要怎么才能走出去啊？有时在这阴冷当中又像是有火在烧她的身体，疼啊，她感觉身上像是被人用刀一片一片地往下割肉，那种针扎的、钻心的、刺骨的疼痛却使她喊叫不出来！我这是怎么了？恍恍惚惚中，也不知过了多长时间，一道朦胧的光线照进了"隧道"，她一下兴奋起来，光线越来越强烈，似乎有一股巨大的力量裹挟着风呼的一下使她冲出了黑暗的"隧道"，这时，她睁开了眼睛。

她一睁开眼睛，眼前的景象是模模糊糊的一片白，她试图转转脑袋，却发现她无法按照自己的意志去做，她拼命地睁着眼睛，想尽量看清眼前的一切。渐渐明晰的景物在她眼前呈现：白色的墙，白色的窗，白色的灯管儿，白色的衣服在眼前晃动。

耳边响起了一个声音，像是从遥远的天际传来。

"醒了！娇儿醒了！醒了……"

这声音有些熟悉又有些陌生，一双水汪汪的大眼睛猛地出现在小娇眼前，她认出来了，是姐姐小莲！她眨了眨眼，再看了看周围的环境，白，都是白色，她这是躺在了哪里？

一双温热的手握住了她的手，她努力想看得更清楚一些，她看到了小宝、关静堂，还有——朱大军。

她搜索着记忆，她一时弄不清楚自己躺在这个陌生地方的原因，她看着小莲，想叫一声姐，喉咙里却发不出一点儿声音。

"你想说什么？娇儿？"小莲把脑袋凑近小娇，眼泪打在小娇的脸上，她为什么哭啊？小娇费解地再皱了皱眉。

"娇儿，你总算醒了！"小莲的声音清晰地传入小娇的耳朵。

由于喉咙发不出声音，小娇只好抬起沉重的胳膊指了指自己的喉咙，又指了指病房，意思是说她说不了话了，并且为什么会到这里。

小莲连忙伏到小娇耳边说："你病了，病得很严重，给我们都吓坏了，你总算醒了，可能是没有力气或者是喉咙发烧烧坏了，等病彻底好了，就能说话了，现在还有哪儿不舒服，告诉我，我赶紧告诉医生。"

小娇摇了摇头，她看上去已经疲惫不堪了，她挥了挥手，表示想睡一会儿。

"好，"小莲忙说，"你睡吧。"

小莲瞅了瞅朱大军，再瞅了瞅小娇问："要不要朱大军在这儿陪你？"

小娇摆了摆手，虚弱地闭上了眼睛。

"那你也跟我们出去吧。"小莲看着朱大军说。

"你们先出去吧，我——等一会儿。"朱大军迟疑地开了口。

小莲沉吟了一下，示意关静堂和小宝跟她一起出去。

关静堂拍了拍朱大军，和小莲他们走了出去。

朱大军靠近小娇身边坐下来。

小娇闭着眼睛，朱大军握住小娇的手，小娇轻轻把手从他的手掌中抽了出来。

朱大军难过地看着小娇。

看到朱大军的那一刻，记忆的闸门像被洪水冲开一样，不快的记忆"哗"的一下涌进小娇的脑中。

她紧紧地闭着眼睛，她再也不想看朱大军一眼，哪怕就一眼。

七十二、沉重代价

在医院休养了半个多月，小娇出院了。

在住院和出院以后，小娇都出奇的安静，如果是小莲和关静堂及她的朋友们来看她，她会说上几句话，一旦朱大军出现，她便像个又聋又哑又瞎的人一样再也听不见看不见也发不出声音了。

出院后，无论朱大军想什么样的办法与招数，小娇在他面前就是不言不语，完全视朱大军不存在。

而她竟然也再没有提过"离婚"二字。

小娇的举动让朱大军彻底坠入了痛苦的深渊。

朱大军每天下班回家，小娇倒是把晚饭做好了，只做了一个人的，朱大军只好随便对付一口或干脆不吃，他们彼此每天都是一个人吃饭，一个人睡觉，一个人看电视，整栋大房子犹如一座坟墓，冰冷阴森。

朱大军也曾数次当面向小娇忏悔，小娇直接无视，朱大军绝望地想，小娇今生今世可能都不会原谅他了。

一失足成千古恨。

小娇全身上下充满杀气，让朱大军望而却步，他多想还回到从前，两人恩爱无距的日子，可这一次的出轨，像一把闪着寒光的冷箭斩断了十几年的恩情，劈断了他们后半生的幸福。

一个男人，一个整日忙于应付纷繁琐碎事务，忙于各种交际应酬的男人，回到家，疲惫的身心不但得不到一丝抚慰，还将再也享受不到爱人的温存，对于现在的朱大军，家就是一座活坟墓。

而乔小娇的心就像被成千上万条毒蛇纠缠啃噬，身上的血液都被吸光了一样，她变成了一具行尸走肉。

多少次，她对着卫生间的镜子"啪啪"抽自己嘴巴，抽到嘴角流血为止。

她也会暗中打量朱大军，想象着这个男人和阿香在床上翻滚的情景，每到那时，仿佛有几十万只蚂蚁或毛毛虫爬满了她的全身，她想直接把朱大军剁了！

她压制着想对朱大军动手的想法，越是压制，她就越是像一团燃烧的愤怒的火，想走到哪儿就把哪儿烧成灰。

朱大军让她一生蒙羞，再无幸福可言，那么好，接下来你要为你的一夜销魂，付出惨重代价。

乔小娇每天起床，把自己打扮得分外妖娆漂亮，一走就是一天，凡是朱大军打来的电话，一概不接听，晚上回到家时，她通常已是酒足饭饱，高兴看会儿电视就看会儿电视，高兴听会儿音乐就听会儿音乐，高兴洗澡就洗澡，高兴睡觉就睡觉，她从朱大军眼前晃来晃去的，一副容光焕发的模样，她不再像开始那样对朱大军完全置之不理，而是非常礼貌，有问必答，朱大军也不会不识相地去主动和她亲近，因为他完全知道这种貌似正常的背后隐藏着一触即发的山洪海啸。

一次不忠，百次不用，她要一点儿一点儿折磨朱大军，就算两败俱伤，也在所不惜！

这天，是小娇的生日，朱大军怕忘了，早早在台历上圈上了这个日子，在这种僵局下，他对小娇不敢有丝毫怠慢，否则，无异于雪上加霜。

早晨睁开眼睛，他就去了小娇房间，请示小娇这个生日该怎么过。小娇一边穿衣服，一边说："你看着办吧！"

"要好好过。"朱大军赔着笑脸说。

小娇微笑，去了卫生间。

朱大军几乎就听到了她已到嘴边儿的话，无非都是一些讽刺挖苦，他站在那里，想了一下，还是硬着头皮地跟了出去。

朱大军站在门口，轻轻敲了敲门："娇儿，你那些朋友请不……"

"你他妈傻呀？我上厕所呢，滚开！"没等朱大军问完，小娇蛮横地说。

"啊，好好！"朱大军赶紧离开了卫生间门口。

趁着这当口，朱大军把早饭摆在了桌上。

小娇从卫生间出来，坐到了餐桌前。

朱大军看了看小娇："你那些朋友请不请？"

"不。"

"好。"

"以后早饭别学洋鬼子那一套，什么狗屁牛奶和面包？！恶心！"小娇把面包"啪"的一声扔进牛奶里，溅得到处都是，她凑近朱大军，"洋鬼子还有一项绝活儿，那就是人和畜生睡，你想不想学一学呀?!"

朱大军瞬间脸色一变，看着朱大军变脸，小娇心里很舒服，起身摇曳着身姿离开。

朱大军坐在桌边，心灰意冷。

朱大军无限痛苦地支住脑袋，把手指深深地插入发丝中，他该怎么办呢?

他该怎么办呢?

七十三、无尽折磨

小娇过生日，既然她不想请那帮朋友，那么就把小莲、关静堂和小宝找来，订个气氛环境都好一点的饭店，一家人在一起热闹热闹，朱大军想。

那天晚上，起初小娇看上去还行，和小莲、关静堂及小宝有说有笑的，朱大军精心挑选了一套紫砂壶送给小娇，小娇喜欢喝茶，尤其对紫砂壶很是钟爱。

她收了礼物，没说喜欢也没说不喜欢，这对朱大军来讲已经分外感激了，因为小娇没有当着那么多人的面儿奚落他，让他难堪。

小娇显得十分兴奋，没完没了地和小莲、关静堂甚至小宝干杯，在朱大军看来并不可笑的事情，她也笑个不停，笑得上气不接下气，浑身乱颤，她瞅什么都想笑。

看到小娇笑，朱大军的心情也跟着好了许多，放松了许多。

他和关静堂谈起了文化产业，又说到了企业文化，朱大军说，他感觉他的企业缺少文化，缺少灵魂，缺少一种凝聚精神，他说最近他一直考虑企业核心定位的问题，要让全体员工都有企业信仰，大家都为了一个共同的目标而努力，这样会对企业的发展产生巨大的推动力，但是，这个理念应该怎样概括成一句高度浓缩的精华，他一直没有想好。

关静堂刚想张嘴说什么，小娇举着杯子，摇头晃脑地冲着朱大军笑着："我有一句高度浓缩的精华，想不想听？"

朱大军看着小娇，迟疑地点头。

"一、一个企业的领跑者，他的思想核心是什么，企业的思想核心就是什么，对吧？"

朱大军和关静堂都点了点头。

小娇笑了，笑得开心得意。"那么，"她摇摇晃晃地盯着朱大军，"青云的企业核心理念就是——四个字……"

朱大军看着小娇那一脸邪邪的笑，他几乎就预感到了要从她嘴里吐出的话。

他勉强挺了挺脊背看着小娇。

"朝三暮四！"小娇清晰地从嘴里吐出。

刚一说完，小娇就一阵大笑，笑得张狂不羁、肆无忌惮，笑得眼泪都出来了："朝令夕改！"

笑容慢慢从朱大军嘴角隐去。

"娇儿，你要干什么？！"小莲看了朱大军一眼，使劲儿扒拉扒拉小娇，小娇却不管不顾地笑着，笑声穿过雅间的门，传出好几里地。

看着朱大军难堪的表情，小娇感到从未有过的快感，小娇笑得更狂了。

关静堂瞅瞅朱大军，打圆场道："小娇有点儿喝多了，来，我敬你，祝你的企业在激烈的市场竞争中能勇占潮头，立于不败之地！"

朱大军勉强和关静堂碰了杯子。

"你，你知道朝三暮四的意思是什么吗？"小娇笑着问小莲。

"喝多了，娇儿，你别说了，啊，吃点儿菜。"小莲给小娇夹了许多菜。

小娇挥舞着手臂，口齿不清地说："我，我告诉你们，朝三暮四的意思是什么，《庄子·齐物论》看过吗？"

小莲摇摇头，看了朱大军一眼："别说了，娇儿。"

"《庄子·齐物论》你们都没看过？真没文化！"小娇大惊小怪地说，

"《庄子·齐物论》里说，有个养猴人用橡实喂猴子，他对一群猴子说，早上吃三个，晚上吃四个，猴子生气了；他又说，早上吃四个，晚上吃三个，猴子就高兴了。原比喻只变名目，不变实质，用来骗人。现在呢，通常用来比喻反复无常或变化多端。"

小娇说完，别有用心地望着朱大军。

小莲和关静堂都沉默着。

关静堂为小娇倒满酒："小娇，这杯我敬你，我觉得婚姻啊……"

关静堂还没说完，小娇就做了一个阻止其说下去的手势，凑到朱大军面前，摊开双手，很无辜的样子："朱大军，我哪儿说错了？我没说错呀！反复无常，变化多端，不是你的性格特征吗？你可以，啊，今天爱这个，明天爱那个，你就是反复无常变化多端啊！这是你的优点啊！"

朱大军沉默着，他的脸红一阵白一阵又青一阵紫一阵，他在极力忍耐，忍耐小娇，也忍着要爆发的脾气。

"娇儿，你到底要干什么呀？"小莲真生气了，她一把夺过小娇手里的酒杯，"别喝了，再喝还不知道你又要胡言乱语些什么呢！"

"我？"小娇指着自己的鼻子，"姐，你说我胡言乱语？你拍拍良心说说，我是胡言乱语，无事生非吗？什么事儿都没有，我就能在这儿胡说八道吗？我说的话，都是，都是为了他朱大军好，我给青云出谋划策呀，这种反复无常、变化多端的理念，同样可以运用到对企业的管理上，不是吗？一个企业的发展永远是围绕着市场转的，要跟得上变幻莫测的市场风云，市场变则变，市场静则静，朱大军，那不是一般炮儿啊，他什么形势都能跟得上，现在不是流行婚外恋吗？哎，他紧跟形势不落后，你说，这样的人治理企业他能不好吗？你说得对，老关，咱们得祝朱大军的企业，"小娇从小莲手里又夺回了酒杯，向朱大军举起杯，"祝青云能和你一样，与时俱进，在激烈的市场竞争中勇占潮头，朝秦暮楚，朝令夕改，见异思迁，立于不败之地！干！"

小娇仰脖"咕咚咚"把酒喝了，还向朱大军亮了亮杯底。

关静堂和小莲分别瞅了瞅朱大军，朱大军如坐针毡地待在那里，小莲能清楚地看见朱大军额上的青筋。

朱大军拖着烂醉如泥的小娇从车里出来，关静堂、小莲和小宝坐在关静堂的车内，小莲冲着朱大军喊："朱大军，照顾好小娇，她可能还得吐！"

"我知道，你们放心吧，快走吧！"朱大军向他们挥挥手，抱起小娇向家里走去。

看着怀中紧闭双目的小娇，感受着她热热的体温，朱大军仿佛重新找回了和小娇的亲近，半年多了，他从未这么近距离地和小娇在一起。

小娇好像轻了不少，看着那张略显瘦削与憔悴的脸，朱大军内心一颤，一路把小娇抱到了楼上她的卧室。

轻轻把小娇放到床上，朱大军回身想找被子盖到小娇身上，可不知是小娇神志不清还是什么原因，她的双臂紧紧地搂着他不放，朱大军也就不动了。

小娇闭着眼睛，紧搂着朱大军的脖子。

朱大军看着小娇红扑扑的脸，他心跳加速了，热血沸腾了，有多久了他没和小娇这么亲近地在一起？

这时，小娇突然像蚊子一样哼哼了一句："朱大军，你爱我吗？"

"什么？"朱大军愣了一下，他以为自己听错了，因为小娇现在怎么可能说这话呢。"你说什么？娇儿？"他又赶紧问了一遍。

"你爱我吗，朱大军？"小娇带着酒气的热热的呼吸扑到朱大军脸上，她喃喃地问着。

一阵惊喜掠过朱大军心头。"爱，娇儿，我爱你！"朱大军说。

朱大军对着小娇的嘴吻去……

一记清脆的耳光旋即落在了朱大军脸上！

朱大军一下愣住了，他不相信地瞪大了眼睛看着小娇。

借着外面照进来的灯光，朱大军看见小娇的脸此刻比谁都清醒。

"朱大军，你个流氓！"小娇咬牙切齿地从齿缝里迸出几个字。

朱大军满脸涨红地看着小娇。

眼泪从小娇眼里滑落，一滴、两滴、三滴……打湿了小娇的衣襟。

朱大军站起身，缓缓地向外走去。

小娇坐在那里，面无表情。

朱大军轻轻将门虚掩，走了出去。

朱大军来到卫生间，看着镜子里脸上那道清晰的五指印，他拽下搭在架上的毛巾，堵住嘴隐忍地哭了。

七十四、失魂落魄

一个耳光让朱大军彻底清醒，小娇对他已恨之入骨，他不要再幻想他们还能回到过去的恩爱岁月，这一耳光使朱大军止步不前，挫败了他的意志，打消了他的欲念，使他深刻领教了小娇非凡的刚烈，是啊，和小娇生活了这么多年，他不是早就对她的性格了如指掌吗？怎么轮到大事的时候反而糊涂了呢？

那记耳光自此让朱大军对小娇更加犯怵，他开始产生了逃避的心理，更多的时间他宁愿让繁忙的工作把自己重重包围，也不愿提早向家的方向迈一步，他真的真的从内心害怕面对小娇那张可怕的嘴脸，害怕那么多"掷地有声""极富哲理"让他只有听凭羞辱而无还嘴之力的如刀子般的话语，像子弹一样从她那张美丽的嘴里射出，句句打在他的心上！让他遍体鳞伤，疼痛难忍。固然，他的出轨毁灭了他和小娇经营多年的爱，可，他已经悔过了，她还想怎么样？真的不把他置于死地誓不罢休吗？

从出轨至今，他领教了小娇花样繁多的"刑罚"，他真后悔低估了小娇的聪明才智，他奇怪，她怎么有那么多的鬼点子，那么丰富的想象力，把任何一件与出轨毫无关联的事儿都能丝丝缕缕紧密地结合在一起，使他无地自容，使他时刻都活在她的刺激羞辱中，以达到报复的快活？

可他又能怎么办呢？是他先对不起小娇，他的解释对小娇来讲都是莫大的伤害，他只能缄默，而他的缄默，在小娇看来，都成了一种无言的反抗，于是，她会变本加厉地恶语相加，让这次事件的恶果无限扩大辐射……

最终演变成无法挽回的结果。

这个期间，在公司里，面对阿香，朱大军与其保持着上下属应有的距离，可每当阿香递送各种文件及方案与朱大军靠近时，她身上那股幽幽的体香，她那张干净纯洁的小脸儿，那嫩白透亮的肌肤，那双与以前不一样的略带幽怨的眼睛都让朱大军的心一阵悸动，他虽然表面很严肃，但他的心却总在看见她的时候不由自主地软化。

这让他的心矛盾复杂。

这天早晨，吃过早饭，朱大军推开小娇的房门。

"今天晚上公司有饭局，可能要晚回来一点儿，你自己做点儿吃的吧。"朱大军说。

小娇还躺在床上没有起来，背对着朱大军，她没有作声。

朱大军知道她肯定早就醒了。

朱大军关上门，向楼下走去。

"朱大军！"朱大军听见小娇在房里叫。

朱大军折了回来。

"什么饭局?"小娇阴阴地盯着朱大军问。

"公司'C'牌女装上市，前期宣传策划市场效果非常好，对有关人员进行表彰奖励。"

小娇看着朱大军没作声。

"我走了。"朱大军说完，关上门，走下了楼。

小娇坐在床上，回味着朱大军的话："公司'C'牌女装上市，前期宣传策划市场效果非常好，对有关人员进行表彰奖励。"

小娇眉头一皱。

请宣传策划部门吃饭，当然少不了阿香。

其实这份策划方案就是阿香的创意及主笔，可由于阿香只是一个普通职员，最后的大半功劳都归功于部长秦将敏名下，这个秦将敏是一个四十多岁的很会察言观色的头脑精明的女人，多年的工作磨砺和经验早已把她修炼成了一个老油条，公司里占不着便宜的事儿，她一定想法儿离得远远的，有点儿好处的事儿，她脑袋削个尖儿也要往上拱，对于她的投机钻营朱大军了如指掌，但公司有时还真就少不了这样的角色，她总能在关键时刻成为一名"军师"，因此，朱大军虽然了解她的禀性，但又不想轻易得罪她。

宣传策划科共四个人，加上朱大军和公司主管宣传的许经理，共六人来到了"大可以食城"。

秦将敏早早点好了菜，在这方面她是高手。

并且细致地安排好了座次，朱大军当然上座，阿香和其他三人进来后，秦将敏特意对阿香说："来，阿香，坐到朱经理旁边。"

阿香看了一眼朱大军旁边的位子，犹豫地指了指靠近门口的座位："我坐这儿就行。"

"哎，"秦将敏瞪了阿香一眼，意思好像是说你怎么这么不懂事儿，"让你坐你就坐，快过来。"

阿香只好挨着朱大军坐下来。

几个人依次坐好，酒上来了。

秦将敏讨好地先给朱大军倒上一杯，然后举起杯："朱经理，这一杯我代表我们宣传策划科敬您一杯，本来是打算我们科先请您，您问小刘，我是不早就跟他说了，咱们科一定得好好感谢感谢朱经理，要是没有朱经理您的支持，这次'C'牌的市场前期宣传运作绝不会有这么好的效果，是吧，刘儿，我是这么说的吧？"

"是，"那个小刘一个劲儿地看着秦将敏的脸和朱大军的脸点着头说，"秦科长这话可真就是早早说了。"

"就是！"秦将敏拍着大腿，"没想到还是让您捷足先登了，要不说经理和科长的区别在哪儿？就区别在这儿呢！您是干大事儿的人，凡事儿都比我们先行一步，面对您，我们真是有愧，来，我代表宣传策划科敬您一杯，祝您身体健康，祝青云早日成为规模集团化，我们到时候也跟着您多多沾光！"

朱大军一直微笑地听着秦将敏虚夸吹捧，微笑地和秦将敏干了酒杯。

秦将敏的酒量在青云可是上数的，她坐下来，又忙不迭地给朱大军夹菜，使劲儿碰了阿香一下，使个眼色："给朱经理满上酒啊！"

阿香赶紧给朱大军倒上了酒。

阿香给朱大军倒酒的时候，秦将敏别有用心的，不动声色地盯着朱大军和阿香的脸。

秦将敏和小刘一唱一和地敬朱大军，其他几个人包括许经理也不断地敬朱大军，除了阿香以外。

朱大军喝到最后真喝兴奋了，他手舞足蹈地展望着公司的前景，计划着远大的未来，几个人也都顺着他的意愿众星捧月地迎合，朱大军高兴啊，在家里受的窝囊气终于在外面得以弥补了。

从"大可以食城"出来已经是十二点多了。

朱大军的司机今天有事请假了，许经理不放心朱大军自己开车："朱经理，今天车就放这儿吧，我打的送你回去！"

"不用！"朱大军挥舞着手臂，笑着点着许经理，"鄙视我的驾驶技术？"

"不是，朱经理，你今天不是喝酒了吗？"许经理说。

"没事儿，你放心吧，我头脑清醒得很！快走吧走吧你们！"朱大军说着，打开车门。

秦将敏拉着阿香走过来。"朱经理，你顺道把阿香送回去吧，我们几个正好一路。"秦将敏说。

"不用，我自己打的回去就好了。"阿香说。

"哎，朱经理正好顺道。"秦将敏说着，把阿香往车里推。

"能行吗？"许经理走过来说，"朱经理，我看你还是别开车了。"

"没事儿，我没事儿，这点儿酒算什么？"朱大军对他们摆摆手，发动起了汽车。

汽车载着阿香向前方开去。

秦将敏看着汽车远去，脸上的表情很是特殊。

"真是有点儿不放心，能行吗？"许经理说。

"没关系的，"秦将敏说，"朱经理的饭局多了，他也不是每天都要阿东出车，没关系的，放心吧，走走，打的。"秦将敏拦了一辆出租车，几个人坐了上去。

朱大军开着车，阿香坐在副驾驶座上，两人谁都没有说话。

阿香不时偷看朱大军一眼，朱大军没有了刚才的兴奋，反而显得严肃起来。

阿香把眼光移开，也默不作声。

很快到了阿香家楼下，朱大军把车停了下来。

阿香瞅了瞅朱大军，有些怯怯地说："朱经理，我走了。"

朱大军目视前方，点点头。

阿香走下车，再回头看了朱大军一眼，朱大军仍一动不动地目视着前方。

阿香转头快步向楼上走去，消失在楼道里。

朱大军坐在车里，点燃一支烟，深吸一口，又重重地吐了出来。

重新发动起汽车，他向前开去。

车开到一半，他的大哥大响了起来，他接过电话："喂？"

电话那端好半天没人说话。

"喂？"朱大军皱起了眉头，"哪一位？"

"你就这么无情吗？"电话里传来阿香幽怨的声音。

朱大军握着电话没有说话。

电话那端也没有了声音，片刻后，一阵难以抑制的哭泣声传来。

朱大军把车停了下来，他的心被某种难以言说的情怀所浸泡，在逐步变软。

"对不起，阿香，"他说，"那天，我——有点儿失去理智了。"

阿香不说话，哭得却更伤心了。

"我为那天的——一时冲动，向你道歉。"朱大军说。

"难道我就值你的一个道歉吗？"阿香问。

朱大军再次无言了。

"没有你的日子真的好寂寞啊，我好怕，我每天一个人睡在空旷的屋子里真的好怕好冷啊……"阿香的声音那么柔弱，无助地传来。

朱大军怔在那里。

又是一阵无助的令人心揪的哭声传来，随即电话里是一片忙音。

看着阿香挂断的电话，片刻后，朱大军猛然发动汽车，掉头往回开……

汽车在一阵风驰电掣的急驰后，"嘎"的一声停了下来。

朱大军坐在那里紧紧地闭上了眼睛，好半天，他睁开眼睛，掉转车头，向前缓缓地开去。

朱大军到家的时候，小娇的房间紧闭着门，屋里没有一丝亮光。朱大军洗漱完毕，回到自己的房间。

这房间曾是他和小娇的，如今变成自己的了。

他拧开台灯，优柔的光亮却越发显得房间的清冷。

他倒在床上，没有一点儿困意，被酒精冲昏的头脑经过刚才激烈的思想斗争后，已然清醒。

他转着脑袋向四周看了看，整栋楼二百多平方，只有两个人，而这两个人也是从来不说话的，在夜深人静的时候，这份心寒的安静竟然让人有些毛骨悚然。

不知道小娇是否真的睡了，真想和她好好谈一谈，可他没有勇气，只要他一看见小娇那张漂亮却阴沉的脸，他的脚步就会变得止步不前。

他关掉了台灯，睡吧，他对自己说，明天公司还有一大堆等着处理的事情呢。

他闭上了眼睛，恍惚中，他感觉好像有什么人靠近了他，一股温热的暖暖的气息扑面而来。

他打开了灯，是小娇穿着一套白色睡衣站在他床前。

"娇儿?"他说。

小娇看着他轻轻地牵动嘴角笑了笑。

小娇的这一笑，让朱大军一直紧绷的心弦骤然松了下来，能再次看到小娇笑，他真的感觉是老天重新赐福于他。

他的眼圈儿竟一红。

"娇儿！"他向小娇伸出手。

小娇没说什么，顺从地依到了他怀里。

"娇儿，都是我不对，我错了，过去的就让它过去吧，啊，别总念念不忘，耿耿于怀的，啊？"朱大军轻抚着小娇已然瘦了不少的身躯。

一阵轻声啜泣的声音从小娇压抑的喉咙里发出，朱大军赶紧为小娇擦眼泪："娇儿，不哭，都是我错，我错，我保证，以后再也不会发生这样的事儿了，再也不会了！"

朱大军吻着小娇带泪的脸，吻着她的唇，朱大军把小娇抱到了床上。

压抑太久的欲望在这一刻爆发，朱大军吻遍小娇的全身，他死死地搂住她，生怕一松手，她就会飞了一样，一声号叫，朱大军把所有的压抑都宣泄了出来……

一个激灵，朱大军醒了。

他惶然地坐起身，打开台灯，满头大汗地向四周围望去，当他确定自己只是做了一场春梦时，一股巨大的沮丧向他袭来，他坐在床上，大口大口喘着粗气。

沮丧过后，一种前所未有的失落如潮水般涌上心头。

七十五、豆重榆瞑

清晨，阳光透过窗帘照在地板和床上，朱大军仍昏昏沉沉地睡着，昨夜，折腾了一宿都没怎么睡着，天蒙蒙亮了，才进入半睡眠状态。可是，大太阳刺激了他的神经，他猛地坐起，还没给小娇做饭呢。

他用力揉了揉额角，甩了甩迷迷糊糊的大脑，走下床去。

路过餐厅，小娇已坐在餐桌前用着她的早餐。

喷儿香的小米粥还冒着热气。

小娇拿着一张报纸在看，一边细嚼慢咽地吃着饼。

朱大军扫视了一圈儿，发现餐桌上除了放着小娇的一份早餐外，并无多余份数。

朱大军站在那里，怒火慢慢在心底积聚。

他勉强说："娇儿，你吃吧，我先去上班了。"

小娇没有任何反应，全当朱大军是空气。

朱大军咬咬牙，大步向外走去。

小娇坐在那里细嚼慢咽地品着好吃的饼，听着朱大军发动汽车的声音，接着是急驰而去的声音，她把手里的饼放下了，把嘴里一直在嚼的那口"呸"一下吐了出来。

突然就来了一阵呛咳，她剧烈地难以抑制地咳了一阵儿，脸憋得青紫青紫的，憋得眼泪都出来了。

朱大军揣着这份憋屈来到公司，胃胀得满满的，早已没了食欲。偏偏，青云食品公司品牌饮料"葆力健"的订单又遭遇大量退单，原因是已上市的这批产品口感极差，不但爽口率不足，还有一种奇怪的苦味儿，经销商要求全额退款的同时还要索赔；"葆力健"的事情还没查明，那边青云化妆品公司又出了问题，说是多人用了"尔莉奇"抗皱霜，浑身瘙痒，脸部红肿，找到经销商，经销商只好找到出品"尔莉奇"的青云化妆品公司理论；就在这个当口，他又接到美国一个连锁大卖场中国区负责人的电话，明天要来和他商谈合作事宜……

朱大军只感觉脑袋"嗡嗡"直响，像有无数只苍蝇蜜蜂在盘旋飞舞，他锁上了办公室的门，拔掉了电话线，关掉了与外界联系的一切通信设备，一个人躲进办公室套间里，躺在床上，死死地闭上了眼睛。

半个小时后，朱大军笼统地了解了一下"葆力健"和"尔莉奇"的情况，"葆力健"是其中两名工人不满公司加班不给奖金，工资又少而故意在工序中做了手脚，朱大军当即让人事科辞退了这两名工人，吩咐青云食品公司立即拿出整改方案，负责人严把质量监督关；至于"尔莉奇"化妆品事件，是竞争对手的恶搞，朱大军说暂且放一放，消除一下影响再进一步行事。

现在他同公司的管理层全力以赴要迎接美国连锁大卖场中国区负责人。

当他忙完了这一切，已是晚上六点多了，他只感到头痛欲裂，当他走过公司长长的走廊时，唯有一间办公室里还亮着柔和的灯光。

那是阿香的办公室——宣传策划科。

他犹豫了一下，一股磁力吸引着他举步走去。

走到策划科门口，他敲了敲门，却一眼看见秦将敏正坐在办公桌前忙着什么，心里不由失落了一下，一下想到今天好像没看到阿香。

秦将敏抬头一看是朱大军，嘴角涌上了一个特殊的微笑："朱经理，忙完了？"

"啊，忙完了。"朱大军说，"你怎么还没走啊？"

"今天晚上有人请吃饭，不着急，我晚去一会儿，把明天该做的工作准备一下，能提高效率嘛。"

"啊。"朱大军点点头，向自己办公室走去，心想，她总是不会错过任何一个邀功的机会，这样的女人，唉……他摇摇头。

走了一半，略一沉吟，他又折了回来，迂回地问秦将敏："阿香那份新策划书写得怎么样了？"

"阿香病了，今天没来。"秦将敏说。

病了？！

"怎么了？"朱大军心头一凛，面不改色地问。

"说是感冒了，"秦将敏看着朱大军，"不过，好像挺严重的，我接她电话的时候她都有气无力的了，好像正发着烧呢。"

"噢。"朱大军说。

秦将敏看了看朱大军："一个女孩子，一个人在外面，没个人照顾，也怪可怜的。"

朱大军看了看秦将敏，点点头，回了办公室。

朱大军回到办公室，坐进椅子里，不知为什么，当他听到阿香病了的消息时，心竟猛地一揪。

他拿起桌上的电话，拨了几个号码后又放下了。

他起身，锁好办公室的门，重又坐回到办公桌前，又拨通了司机阿东的电话。

"喂？阿东，你给阿香打一个电话，问候她一下，她病了，发烧，你看看她现在的情况，不要说是我让你问的，就以同事的名义问候她一下，主要是看看她现在的状况。"

"好的，经理，我明白。"

"我主要是考虑——一个女孩子，独自在外面打工，没有家里人照顾，怕万一出点儿什么事儿，对公司也不好。"朱大军解释说。

"明白，经理，我现在就打。"阿东说。

"打完给我回电话。"朱大军放下了电话。

朱大军靠到椅背上。

"没有你的日子真的好寂寞啊，我好怕，我每天一个人睡在空旷的屋子里真的好怕好冷啊……"

阿香柔弱无助的声音再次在耳畔萦绕，使得朱大军的心像是被什么东西猛捶了一下。

他咬了咬牙，使劲儿闭上眼睛，那夜和阿香缠绵悱恻的情景再次回放脑中。

朱大军甩了甩头，试图甩掉这一切，可这情景就像魔鬼附身一样挥之不去！

慢慢地，他不再排斥这种回放，他开始人为地不断在脑中回放那一夜春宵……

想着想着，嘴角竟不自觉地漾出了某种甜蜜。

电话骤然响起，在安静的办公室楼里显得尤为突兀。

朱大军迫不及待地拿起了电话："喂？"

电话那端传来阿东的声音："经理，打了好几遍电话，始终没人接呀！"

"噢，"朱大军的眉头皱了一下，"那先这样吧，一会儿，你再打几次，有消息了就告诉我。"

"那好吧，经理。"阿东挂断了电话。

朱大军又靠回到椅背上，阿香发着烧会去哪儿呢？突然一个念头跃进了他脑中，阿香会不会出什么事儿啊？！

这样一想，他的心又烦乱起来。

耐着性子等了一会儿，阿东的电话也没有打过来。

朱大军又给阿东打了过去："喂？阿东，怎么样了？"

"还是没人接呀！"

"噢，那先这样吧。"朱大军放下了电话。

朱大军站起身，在地上来回走了两圈儿，终于，走到办公桌前，拿起了电话。

朱大军拨通了阿香出租屋内的电话，电话响了十声，始终无人接听。

朱大军放下了电话，走出办公室，急匆匆向楼下走去。

秦将敏正好从办公室出来。

"朱经理有什么事儿吗，这么着急？"她问。

"啊——没事儿。"朱大军瞅了秦将敏一眼，快步走下楼去。

朱大军走到楼下，打开车门，秦将敏也走了下来。

她走到朱大军车前，有些迟疑地开了口："朱经理，我要去匠鲜楼，想搭你个便车。"

"噢，"朱大军愣了一下，"不好意思，不顺道，我还真有点儿事儿。"朱大军说。

"没关系，没关系的，我打的也很方便。"秦将敏说着，走了。

朱大军坐到车里，发动起了汽车。

朱大军向阿香出租屋的方向开去。

这一路上，朱大军抛却了更多的顾虑，他现在唯一想知道的就是阿香是安全的。

当他从纷乱如麻的状态中拔出来时，他发现阿香的影子在他的脑海中驱之不散，那一夜就像撒播在空气中的薰衣草让人迷醉，让人无力自拔……他迷恋阿香那柔滑细腻的肌肤，迷恋她浅浅如一枚月牙儿般恬然的微笑，迷恋她发际露珠儿般不染纤尘的幽香，迷恋她修长如冷玉般清凉的玉臂缠在他的颈上，迷恋她轻扬饱含纯真无邪的睫毛，迷恋她唇齿间流泻的芬芳……

朱大军的车开得飞快，一种感觉，一种欲念驾驭着他飞奔到阿香出租房的楼下。

关上车门，朱大军一口气跑到楼上。

他"咣咣咣"急切地敲砸着房门，里面没有一点儿回响。

他使出浑身的力气更加用力地砸门，里面依然安静如常。

小娇在厨房慢腾腾地洗着几个苹果，可以看出她的思想意志并不在苹果上。

洗完了苹果，她端着水果盘坐到沙发上，开始很细致地削一个苹果，然后将这只苹果切成四大块，用牙签挑起一块往嘴里送。

整个过程她都是若有所思的。

她拿起电话，拨通了朱大军的大哥大。

"喂?"她极其细致入微地听着朱大军电话里的声音。

"喂?"电话里传来朱大军的声音，很清晰，就像在一个非常安静无人的地方。

"你怎么还不回来?"小娇问。

"啊——我正在拟定和美国连锁大卖场的合约，可能得回去晚一点儿。"

"你是说你还在办公室?"小娇清清楚楚地问。

"啊，还在办公室。"

小娇放下了电话。

朱大军站在阿香家门口，挂断了小娇的电话，然后再一次拨通了阿香家的电话，电话依然没人接。

朱大军看着门发了半天呆，慢慢向楼下走去。

就在他转身向楼下走时，却听到阿香家的门开了。

朱大军立刻转过头去一看，果然，门开了。

朱大军快步走进门去，却发现屋里并无阿香的身影，正当他疑惑时，他听见身后"砰"的一声有人把门关上了。

朱大军回过头去，看见阿香披着一头如丝般长发，穿着上次那套白色睡裙倚在门上看着他。

阿香看他的眼神直勾勾的，朱大军的呼吸急促起来。

"阿香，我——我叫了这么半天门你怎么不开？"朱大军的眼神也直勾勾的，在这一刻，他突然感觉这句话问得很没有实际意义，因为在这一刻，他并不想知道她为什么不开门，或者说他根本就知道了她为什么不开门，只是在乍一面对她的时候一时不知开口说什么。

阿香不说话，仍直勾勾地看着他。

朱大军发现他无法控制急促的呼吸，他舔了舔干裂的嘴唇，几乎耳语地又问了一句："我问你话怎么不回答？"

阿香还是不说话，就那么站在那儿看着他。

朱大军猛地冲上去，疯狂地搂住阿香吻起来。

两人就像久旱逢甘霖般纠缠着扑倒在床上……

小娇坐在沙发上拿着遥控器无意识地拨着台，一圈儿、两圈儿、三圈儿……

她扔下遥控器，拿起手边的大哥大拨通了朱大军的电话……

朱大军此刻正大汗淋漓地搂着阿香倒在床上，电话骤然响起，他吓了一跳，赶紧拿起电话。

"谁呀？"阿香问。

朱大军一看电话号码，立刻对阿香做了一个嘘声的手势。

阿香紧依在朱大军身上，不出声了。

朱大军稳定了一下，接过电话："喂？"

"你在什么地方呢？"小娇问。

"办公室啊。"朱大军说。

"我现在就在青云办公大楼楼下，你下来吧。"小娇说。

朱大军一下坐了起来："你说什么!？"

阿香紧盯着朱大军紧张的神情。

"我说我现在就在青云办公楼的楼下，你下来吧。"小娇的声音在静谧的室内尤为清晰。

"噢，是吗？"朱大军转着眼珠，用力舔了一下嘴唇，"那什么，娇儿，我——那个我已经从办公室里出来了，你刚才这么一问，我就那个——顺嘴儿那么一说，我是怕你在家等着急了，这样我不是能比你预想的提前到家吗？我，我现在马上就到家了，这样吧，我再开回去接你。"

朱大军说着，迅速跳下床，系上腰带。

腰带上的钥匙响起一阵碰撞的声音，朱大军赶紧放缓了动作。

"不用了，我已经走了，到家了，看了半天电视了。"小娇说，随即放下了电话。

朱大军拿着电话，半晌站在那里还不敢轻易发出什么声音。

阿香走过来，搂住朱大军的腰，仰起那张"天真无邪"的脸，撒娇地："人家不想让你走，人家还发着烧呢。"

朱大军摸了摸阿香的脑门，还真是热呢。

"我现在下楼给你买点儿药，你把药吃了，躺下好好睡一宿，我明天一早晨就过来，啊？"朱大军无限怜爱地吻了吻阿香。

阿香不高兴地趴在朱大军怀里。

朱大军拍拍阿香的脸蛋儿："乖，听话，我明天一早晨就过来。"

"那好吧。"阿香不太情愿地说。

"等着啊。"朱大军亲昵地拍拍阿香，转身走出了房间。

阿香一下躺倒在床上，很满足幸福地闭上了眼睛。

朱大军买了药往回走，四处看了看，不知为什么，他总感觉小娇那双眼睛随时随地就在周围。

他快步向楼上走去，小娇的话在耳边响起："不用了，我已经走了，到家了，看了半天电视了。"

朱大军皱了皱眉，敲开了阿香家的门。

阿香打开门，朱大军把药给阿香："这个一天三次，一次两粒，按时服。"

阿香搂紧朱大军的脖子，又献上了热吻，两人痴缠了好半天。

"真得走了。"朱大军说。

阿香终于依依不舍地松开了朱大军。

朱大军急忙走了出去。

阿香扑到床上，拿起刚才朱大军枕的枕头，甜蜜地闻着，吻着……

七十六、分崩离析

朱大军打开家门，屋里一片漆黑。

如果小娇已经睡了，最好不过，如果没有睡着，他也尽量轻点儿动作，争取不吵醒她，这样他可以安稳地度过这一夜，可以躺在床上不被打扰地回味阿香带给他的身心愉悦。

于是，朱大军在卫生间的洗漱都是小心翼翼的，不弄出一点儿声音，他期望能平安度过这一晚。

可是，当他打开卫生间的门想回卧室时，却……

小娇就站在门口看着他。

在这安静的夜里，他着实被小娇吓了一跳。

"娇儿，在这儿站着干什么？"他问，低下头，向自己房间走去，"快睡觉吧，这么晚了。"

"朱大军。"小娇的声音不怒自威。

朱大军站住了，回过头来："娇儿还有事儿吗？"

小娇直勾勾地看着朱大军，出其不意扒拉掉朱大军领子上的一根长头发："怎么这么不小心呢？"她阴阴地说。

朱大军看着掉落在地上的那根长头发，如芒在背。假装不以为意地说：

361

"谁知道在哪儿沾的。"他说着，赶紧走了出去。

躺在床上，朱大军想着晚上整个事情的全过程，想着小娇在电话里说的话，想着他对小娇撒的愚蠢的谎，想着刚才小娇说话，他越发不安起来，小娇的言行怎么好像她什么都知道呢？再转念一想，他明白了，小娇又是像上次一样在诈他。

你想，她得有多大瘾没事儿就跟踪朱大军？再说，她明明打电话说就在办公楼楼下呢，怎么转眼就回到家了，还看了半天电视了，这不明显是在撒谎，在诈他吗？偏偏，他总是不能急中生智，总是屡屡掉进小娇设下的圈套里。

刚才可能小娇只是通过和他在电话里的通话怀疑他的去向，他又没经得起考验，说的话前后矛盾，不能不让她产生怀疑，他回来之后，小娇只是想再看看他的气色和表情，不想，又发现了那根倒霉的长头发。

算了算了，朱大军懊恼地想，不想这些了，她反正也没抓到证据，下次小心点儿就是了，他自我安慰地闭上了眼睛。

满脑子都是阿香的香味儿，对于小娇究竟是知道还是不知道，有一天彻底知道了会怎样，已经不像开始那么胆战心惊，如履薄冰了，他把更多的意念放在了阿香身上，和小娇的阴冷比起来，他倒是更愿意回味阿香身上的软糯。

一个驾驭着庞大规模马上要公司集团化的男人，已经没有更多的精力去和一个整日与自己横眉冷对、出言不逊，且已对其失去耐心与激情的女人周旋了，他会感觉心累，当深情变薄情再到无情，他就会翻脸不认人，彻底不在乎那个当初为了他众叛亲离而自己也爱到骨髓里那个患难与共的女人了。

男人通常在这个时候总是挑最舒服的捷径走。

他睡了，也许是和阿香在床上过于投入，现在的他疲倦了，他睡了，睡得沉沉的，梦里都是和阿香欢爱的镜头，他不再去管那个对自己冷嘲热讽、阴阳怪气、有恃无恐的女人了。

早晨醒来后又晚了，近一段时间，朱大军变得很懒，已经失去了最初讨好小娇，为了让她原谅而早早把早饭做好的兴致了，他先去卫生间洗漱干净，又向餐厅走去，他相信这个点儿小娇定然已经做好了早饭，有他的份儿他就象征性吃点儿，没有，他正好顺道买两份，和阿香一起吃。

想着阿香的温存，他的心就一软。

小娇没在餐厅，但是餐桌上摆着吃剩的碗盘，想必，她已经吃完了。

朱大军再扫视了一圈儿，依然没有多出的一份，他点点头，好，也好，他向外走去，现在走，买点儿吃的和阿香共进早餐，时间刚刚好。

小娇却从卧室里走出来，穿戴整齐，看样子像是要出去。

"我和你一起走，"她说，"我很久没去公司了，去看看。"

朱大军怔住了，这让他很意外，也很没有思想准备，他冲小娇笑了笑："怎么想起去公司了？"

"不行吗？"小娇挑衅地看着他。

"噢，怎么能不行呢？我就是想你出去散散心多好。"

小娇先向外走去。

朱大军看了看表，皱了皱眉，打乱了他的计划了，但他还是硬着头皮走了出去。

朱大军很焦急，车开得飞快，他希望能够早点儿到，这样他找个理由脱身，就可以先去看看阿香了，然后还得赶紧返回，中午十二点，美国大卖场中方代表就到了。

到公司后，小娇表示要各处走走。

"那你各处走走吧，我——先忙我的了。"朱大军说，走进了办公室。

进了办公室，朱大军拨通了阿香的电话："喂？好点儿了吗？"

"好多了，就是脑袋还有点儿昏昏沉沉的，你什么时候过来呀？"电话里阿香的声音有些无力，有些娇嗔。

"十分钟以后，你等着，想吃点儿什么，我直接给你买过去。"

"什么都不想吃了，好没有胃口。"

"这样吧，我给你买份皮蛋瘦肉粥过去，怎么也得吃点儿，要不然更没有体力。"

"好吧好吧，你快点儿来吧。"

朱大军笑了，他瞅了一眼门口，走到窗前，压低声音说："想我了吗？"

"才不呢。"阿香说，小声地笑着。

"乖乖地躺着，我马上就过去。"朱大军挂断了电话，快速走出办公室。

朱大军拎着早餐敲开阿香家门。

阿香一见朱大军进来，立刻像只小鸟一样飞过来，勾住朱大军的脖子："你总算来了，想死人家了！"

阿香亲了朱大军一下。

朱大军摸了摸阿香的脑门："还烧吗？"

阿香摇摇头："不烧了，就是……"她冲着朱大军诡秘地笑。

"就是什么？"朱大军问。

"就是一想你就烧。"阿香说。

"你个小东西，鬼心思还不少！"朱大军拧了阿香鼻子一下，把早餐放到桌上："快来吃吧，给你买的及第粥和皮蛋瘦肉粥，还烫着呢！"

"太好了，你真好！"阿香又亲了朱大军一下，"我最爱喝这个皮蛋瘦肉粥了，又香又补血养血！"

看着阿香兴奋的样子，朱大军笑了："正好我也没吃，陪你一起吃。"

"你等会儿啊，我去拿勺儿。"阿香蹦蹦跳跳地去了厨房。

阿香把勺儿递给朱大军。

"还真饿了。"朱大军抇起一勺儿粥就往嘴里送。

"哎，等等！"阿香一把夺过勺儿，细心地吹吹，又送到朱大军嘴边，"烫！"

朱大军笑着喝下了粥。

阿香不时从自己碗里抇起一勺儿，慢慢地送到朱大军嘴边。

"不用，你自己吃你的。"朱大军说。

"不嘛，我就要喂。"阿香不依地说，不断喂着朱大军。

朱大军只好接受。

一餐饭吃下来，浑身热气腾腾的。

看着吃饱了的朱大军，阿香笑盈盈地把脸凑到朱大军跟前儿，做了个可爱的鬼脸儿：“吃——饱——了？”

朱大军放下碗：“吃饱了！”转而看看面前笑盈盈的这张脸，转了转眼珠儿说：“没吃饱。”

朱大军匆忙到门口穿着鞋。

阿香在门口看着朱大军穿上鞋，噘了噘嘴：“这么快就走了？”

朱大军捏捏阿香的脸：“乖乖在家躺着，多喝水，好好休息，我一腾出时间就过来，啊！”

朱大军说着向门外走去。

小娇从青云公司出来，她回身看了看高高矗立在蓝天下傲视群雄的青云大楼，转身缓步向前走去。

她无意识地走过一条条街，一座座商厦，不知不觉来到桂花岗批发市场附近，放眼望去，各式箱包琳琅满目，层出不穷。

她漫无目的地向前走着，前面一对年轻男女正卖力吆喝着生意，女孩子拿毛巾给男孩子擦汗，两人不时相视一笑……

小娇站住了，她出神地看着那对年轻人，眼前闪现她和朱大军当年摆地摊儿卖录音带时的情景，她呆呆地站着，想着，看着，眼前渐渐模糊了。

“小姐，这一款是正宗的港货，要的话可以便宜一点儿卖给你。”男孩子的声音打破了小娇的回忆，他把一款箱包举到小娇眼前。

小娇笑笑，摇摇头，走了。

眼泪哗哗地流下来……

夜，如期而至。

小娇把炒好的菜摆到桌上，盛了一碗米饭，一个人坐下来，没有胃口地吃着。

她的眼前又浮现出和朱大军往日坐在一起吃饭的情景。

朱大军小心翼翼地剥离开鱼头周围的肉，从里面取出一小块儿鱼脑：“快，来，娇儿，鱼脑儿，最香！”

小娇伸嘴接过鱼脑儿，大口大口吃着。

"香吧？"朱大军问。

"嗯，香！"小娇大嚼着说。

小娇挑了挑眉，浮起了一抹淡淡的笑意，意兴阑珊地夹了口菜放进嘴里。

她看了看墙上的石英钟，六点半了，以往朱大军要是晚上不回来，电话早打过来了，现在就别指望了。

她拿起大哥大，拨通了朱大军的电话："喂？你怎么还不回来？"

"我在陪美国大卖场的中方代表，得很晚才能回去。"小娇一句话不再说地挂断了电话。

这是她早就知道的结局，只不过，她想亲耳听听朱大军怎么说。

门铃响了起来，她放下碗，到门口打开了门。

小莲站在门外。

"姐？你怎么来了？"小娇有点儿意外地说，近一个时期，她每天沉溺在自己剪不断理还乱的繁杂情绪中，把小莲，这个在广州唯一的亲人都给忘了。

小莲仔细看了小娇一眼，脱了鞋："来看看你，怎么瘦了？"

"瘦了吗？"小娇摸摸脸，"还那样儿。"

小莲再认真看了小娇一眼："瘦多了。"

小莲坐下来，向四周看了看："朱大军还在公司里忙呢？"

小娇点点头。

小莲关切地看着小娇，又看了看餐桌上摆的饭菜："还没吃完饭呢？"

"正吃呢。"小娇说："姐，你吃了吗？跟我吃点儿吧？"

"我吃完了，我和老关带着小宝去避风塘吃的。"小莲说，"吃完他们俩先回画廊了，计划给小宝开画展的事儿。"

"小宝又要开画展了？"小娇惊喜地问。

"嗯，"小莲兴奋地点着头，"一切都是老关在张罗，我什么都不用管，说这次争取把江浙沪一带的名家都找来。"

"那太好了!"小娇点点头,仿佛再没什么好说的了。

"你先把饭吃了吧?"

"不吃了,也不怎么饿。"小娇说,关切地瞅瞅小莲,"姐,和老关在一起挺幸福吧?"

一提起关静堂,小莲就满脸掩饰不住的喜悦:"他对我真的是——"小莲想了半天,似乎找不到更恰当的形容词:"我觉得真的除了他,我再也找不到能这么了解我,知道我的心思,对我这么好的人了。"

小娇欣慰地看着小莲:"姐,好好把握你们的现在,珍惜他给你的一切,因为,找到一个了解自己,明白自己又能全身心对自己好的人,实在是太难了!"

小莲看看小娇:"你和朱大军现在怎么……"

没等小莲说完,小娇摆了一下手,表示不想谈这些。

小莲担忧地看着小娇:"说实话,娇儿,我这次来,感觉朱大军变了许多。"

小娇笑了一下,沉默。

小莲再看看小娇:"不过,娇儿,我觉得有的时候你也不能太唯我独尊了,凡事别太较真儿,什么事儿过去了就别再没完没了,有的时候吧,你太钻牛角尖儿,时间长了,再好的脾气也会没有耐心的,给自己也给对方留点儿余地,你说是不是?"

小娇又笑笑,继续不语。

小莲有点儿奇怪地看看小娇:"娇儿,你现在怎么变得不爱说话了?你和朱大军不会还有别的事儿吧?"

"没有,姐,你想到哪儿去了?什么事儿都没有。"小娇站起身,"我去给你切点儿菠萝。"

小娇去了厨房。

小莲看着小娇的身影,一层担忧挂上了眉梢儿。

小娇递给小莲切好的菠萝。

小莲拿起一块,想了想,看着小娇,犹豫地开了口:"朱大军现在的资产该有几千万了吧?"

"不止。"小娇说。

"恐怕也是难免要膨胀啊!"小莲颇有感触地说。

小娇不说话,但目光杀气腾腾。

小莲使劲儿抓住小娇的手说:"娇儿,你跟姐说句实话,你和朱大军到底怎么了?你说你上次发高烧差点儿没送了命,问朱大军不说,问你也不说,后来吃饭,从你话里话外,我和老关也多少猜到点儿,是不是朱大军他在外面有了什么……"

小娇立刻阻止小莲说下去。"姐,不该你知道的你还是不知道为好,对我,你难道还不放心吗?你只要记住,过好你的日子,维护好你和老关的感情与婚姻,把小宝的未来计划好,我就放心了,至于我……"小娇笑了,"没有什么需要你操心的。"

小莲仍然担忧地看着小娇:"不是,我现在真的担心你和朱大军,你说你们当初费多大周折才走到一起……"

小娇又让小莲停住:"这不重要,姐,你对人世间的许多事都还处在一个懵懂阶段,别看你在初自强的事情上吃了那么大的亏,可你还是你,你仍然单纯,仍然善良,仍然天真,许多事情并不像你想象得那么简单,噢,我和朱大军经历了那么多的磨难,我为了他死都死过了,大风大浪都过去了,现在就平平稳稳的了?就你一定在乎我,我一定在乎你,不管遇到多大的坎儿,只要一想到过去这一路的风雨,对方为自己的付出,就什么都能过去?"

"不是这么个道理吗?难道不对吗?"小莲说。

"姐,你知道什么叫理儿吗?生活中没有理儿,现实就是理儿,存在的就是必然的,你懂吗?"

"那么,你和朱大军现在存在什么理儿了?"小莲接着问。

小娇摆摆手:"我不想说了,姐,我们能不能聊点儿别的话题?聊聊小宝的画儿,聊聊你和老关之间的恩爱,聊聊咱爸咱妈,咱大哥,行不行?"

"那——"小莲看了看小娇惨白的脸色,"好吧。"

七十七、欲罢不能

从小娇家出来，已经很晚了。

小莲走出来，看着淡灰色的夜空长长地出了口气，她感觉很憋闷。

不远处，一个晃眼的车灯打来，小莲用手挡住了眼睛。

朱大军的车在小莲身边停下来，朱大军打开车门："姐，这么晚了，你一个人来的？老关和小宝呢？"

"他们在画廊呢。"小莲看着朱大军，想了想，上了车。

朱大军回身望着小莲："直接回家吗？"

"先等一会儿。"小莲看了看朱大军："你能不能和我说句实话，你和小娇到底怎么了？上次她住院究竟是什么原因？"

朱大军不说话了，半晌，他打马虎眼地："我们挺好的，什么事儿都没有。"

"什么事儿都没有，小娇不可能是现在这种状态。"小莲说，"朱大军，有些话我说了你也别往心里去。"

朱大军点点头。

"你呢和小娇奋斗到今天不容易，你现在是身家几千万的大老板了，经得多了，见的世面也广了，但是你要回头想想，它不是你一个人奋斗的结果，没有小娇，也没有你朱大军的今天，人，到什么时候都得对得起自己的良心，做人要讲信用，感情也要讲信用。"

"我会对娇儿好的。"朱大军轻描淡写地说。

"小娇的性格是挺烈的，可她从认识你朱大军的那一天就这样，所以，不能因为环境变了，身份变了，就对对方苛刻起来，这是不公平的。"

小莲看着朱大军。

"我没有，姐，真的没有。"朱大军泛泛地说着。

"你们没有孩子，什么原因你再清楚不过，这只能怪命运不公，可，毕竟老天爷还给了你这么多常人无法拥有的财富，你该知足了，不能太苛求，你说是不是？"

朱大军点头："是，我从来没有更多的想法。"

小莲不十分友善地看了朱大军一眼："那就好。"停顿了一下，小莲说，"在广州，小娇没什么亲人，朋友也都是后认识的，只有我和你，朱大军，而我是不能代替你的，你知道吗？"

"是。"

小莲向车下走去。

"我送你吧，姐？"朱大军在后面说。

"不用了，有时间回去多陪陪小娇吧，她挺寂寞的。"小莲头也不回地走了。

朱大军关上车门，点燃一支烟，伸头向自家窗户看了看，漆黑一片，小娇是睡了，还是没睡？

他现在已经不关心这个了，吸了一口烟，长长地吐出，他的思绪又飘到了阿香身上。

他拿起大哥大，拨通了阿香的电话："喂？"他装作怪里怪气的声音问："是伊小香家吗？"

"是啊，你是哪位？"阿香没听出来是朱大军。

"我是房东，下个月开始房费要涨了。"

"什么？您昨天不是还说按原来的房费收吗，今天怎么就变了……"

听到阿香气愤而焦急的声音，朱大军忍不住大笑起来。

"啊，你这个坏蛋！"阿香听出了朱大军的声音，立刻娇嗔地，"涨房费你给我交好了，你怎么那么坏呢？"

朱大军笑不可抑："小坏蛋，干什么呢现在？"

"嗯……"阿香的声音拉得老长，"和男朋友一起吃冰淇淋呢！"

"好你个小妖精，我刚走就不是你了？小心明天我一早过去收拾你！"

朱大军咬着牙说。

"你收拾好了，我最喜欢你收拾我了，快来收拾我吧……"阿香挑逗的声音勾得朱大军浑身燥热。

"你别以为我走远了，我就在你家楼下附近，现在就回去收拾你!"

"来吧，本小姐来者不拒，正好还有个冰淇淋没吃完呢，到时全归你了!"

朱大军笑了："不开玩笑了，你好好给我待着，哪儿都不许去，就老老实实地睡觉，我明天早晨过去。"

朱大军挂断了电话。

朱大军泊好车，从车里下来，进了家门。

阿香看着朱大军挂断的电话，甜甜地亲了一口。

她坐到床上，捧着半个西瓜吃起来，打开录像看着，一边回想着刚才和朱大军的对话，想着想着，笑容就涌上了眉梢。

吃一口西瓜，甜到了心里。

录像里正在播放着一部鬼片《半夜鬼敲门》，画面上也是一个女孩子捧着半个西瓜在吃，突然传来一阵轻轻的叩门声，起初女孩儿没听见，敲门声仍在不紧不慢地继续。

女孩儿就跳下床，一边问："谁呀?"

一个略显诡异的柔嫩的女人声音从门外传来："送生日蛋糕的。"

"生日蛋糕?"女孩儿奇怪地嘟囔着，"没有人过生日啊。"

阿香停止了吃西瓜，她神情紧张、聚精会神地盯着录像画面：

女孩儿向门口走去，"忽"地一阵怪风把玻璃窗吹得稀碎，女孩儿赶紧跑到窗边关上了窗子。

敲门声在继续。

"来了来了!"女孩儿到门口打开了门……

一个披头散发满脸是血舌头伸到胸前的恶鬼伸出魔爪向女孩儿抓去，女孩儿的心脏被掏了出来，女孩儿恐怖的尖叫声在整幢阴森的楼里回荡……

阿香吓坏了，她赶紧把电视闭了。

就在这时，外面传来了轻轻的叩门声，阿香吓得西瓜差点儿掉到地上。

"谁呀？"她颤抖着声音问。

"送生日蛋糕的。"一个柔嫩的女人声音说。

阿香吓得一下捂住了嘴。

"我，我也没订生日蛋糕啊，你送错了吧，麻烦你去别人家看看吧。"

外面没有了动静。

阿香长舒了一口气，就在这时，她看见门锁正被一点点打开了。

阿香惊恐地张大了嘴，她一下跃到床里，用被子盖住了脑袋，浑身如筛糠一样哆嗦个不停。

"救命！救命……"

她蜷缩在被子里小声叫着。

忽然之间，被子被掀开了，阿香吓得失声尖叫。

两只温暖的胳膊搂住了她，阿香睁开眼睛一看，是朱大军。

她的眼泪"唰"的一下流下来了，她使出浑身力气捶打着朱大军："你吓死我了，你坏死了，打你，打死你……"阿香扑倒在朱大军怀里大哭起来。

朱大军紧紧地揽住了阿香，感受着她仍不断在颤抖的身体，心竟猛地一揪。

"跟你开个玩笑，吓成这样？好了，好了，不哭了，没事儿了……"

"人家一个人在家正看鬼片呢，你过来吓我……"和着脸上的泪，阿香和朱大军吻在了一起……

和小娇的强势比起来，阿香的柔弱更能触动朱大军的心，在阿香面前，会更能显示出他是一个男人，一个被依靠、被想念、被崇拜的真正的男人。

他会显得更强大，更自信，更充满男人的魅力。

一阵难分难舍，一阵纠结缠绵，朱大军离开了阿香的出租屋。

回到家门前，看了看表，已经十二点整了，他忍不住还要给阿香打个电话，作今天最后的道别。

打完电话，朱大军对着大哥大亲了一下，却感觉有个人正站在车前望着他。

他抬起头来，看见小娇正站在车窗前方，一动不动地看着他。

朱大军的心一下提到了嗓子眼儿，开始不规律地狂跳，他赶紧泊好车，下来了。

七十八、张机设陷

"娇儿，这么晚了还没睡？"他迅速地找着话题。

他猜想小娇一定会用难听到极致的话来对付他，没想到，她竟淡淡一笑："等你回来呀。"

"等，等我呀？"看到小娇和颜悦色的表情及温和的态度，朱大军一时有些迷糊，他弄不清楚小娇这种表现的背后隐藏着怎样的危机。

"那——回去吧，这么晚了。"朱大军想拽小娇一下，却没有拽着。

两人一前一后向家走去。

"哎呀，那个美国公司的中方代表可真能喝，喝了整整一斤白酒。"朱大军没话找话地说着。

进了屋，小娇回身对朱大军说："你先洗一洗吧，一会儿我有事要和你谈。"

朱大军仔细看了小娇一眼，想从她的表情看出要和他谈什么，但从小娇脸上什么都没有看出来。

小娇向楼上自己房间走去。

一种不祥的预感向朱大军袭来。

朱大军惴惴不安地在卫生间洗漱着，一边猜测小娇要和他谈什么。离婚？难不成她又发现他和阿香的轨迹了？还是刚才他亲吻的动作又让她受了刺激？

难以控制心中想知道真相的急切，他几分钟洗完，就到了楼下。

他已经想好了，小娇如果要离婚，他不会同意，至少现在不会同意。

小娇安静地坐在沙发上，她穿着一套淡粉色内衣，不说话时的小娇，静静地坐在那里，倒显得分外娴静淡雅，使人没有难以接近、望而生畏的感觉，月光从窗前扫进来，使小娇的面容更有一种如梦如幻的感觉。

这种表象让朱大军的精神多少有些放松，他讨好地为小娇泡了杯茶，小心地放在了小娇面前的茶几上。

小娇望着朱大军，眼中没有往日的尖锐与挑衅，平平的，朱大军实在看不出这眼神代表了什么。

反而，却让他隐隐感到，在这平静当中隐藏着一种让人胆寒的、战栗的不安。

还没等朱大军进一步反应，"嗖"的一声，小娇以迅雷不及掩耳之势从沙发底下抽出了一把长刀！

朱大军本能地倒退两步："娇儿，你干什么?!"他惊问。

小娇不看他，而是用一块洁白的抹布细心地擦拭着那柄长刀，一边擦，一边轻声说："知道这把刀是用来干什么的吗？"

朱大军摇摇头，他被小娇诡异的样子震得心止不住地狂跳。

小娇笑了，凑近朱大军，一双大大的眼睛闪着寒光地看着朱大军："杀人。"她清清楚楚地说。

朱大军的眉头紧紧皱了起来，他倒抽一口冷气："你说什么？娇儿?"

小娇脸上的笑容不见了，她再无比清晰地重复了一句："杀人。"

朱大军震惊地看着小娇。

小娇看了朱大军一眼，浮起一个轻蔑的笑："我是想用它自杀。"她说。

朱大军瞪大了眼睛，更加惊恐地看着小娇："娇儿!"

小娇放下长刀，眼神变得幽怨起来，她轻声地说："你知道吗？朱大军，我从来没想过有一天你会背叛我，从来没想过。"

朱大军被小娇凄婉的表情震住了，十几年来，他没看到过在小娇脸上出现如此软弱悲凉的表情。

"哪怕天崩地裂、世界毁灭，下五百年大雨，五百年暴雪，淹没地球，我也不会相信，你——朱大军，有一天会背叛我！"

小娇虚眯着眼睛就那么目不转睛地、不相信地看着朱大军，眼泪慢慢积聚，顺着她如大理石般冰冷的脸滑落。

看着小娇伤心欲绝的样子，朱大军的心也跟着酸楚起来，他只感到浑身发冷，手心儿浸汗。

"最初你三天没有回家，我也只是当你和我赌气，我让你把你应该说清楚的事情交代明白，也仅仅是怀疑你的去向。"

朱大军和小娇对视，朱大军闭上了眼睛。

小娇冷笑一声："没想到啊没想到，我这一诈，竟轰然一声，炸掉了我苦心经营十几年的其实早已金絮其外、败絮其中的虚幻的城堡！让我在雷击中彻底惊醒！"

朱大军无语，他真的无语，此刻，他能说什么呢？

"你知道惊醒意味着什么吗？"小娇很认真地问。

朱大军只能摇头。

"意味着幻灭。"小娇从齿缝里冒出这几个字。

两人都不说话了，片刻后，小娇摇晃地站起身，眼泪从眼里狂涌而出，她难以置信地望着朱大军："朱大军，我只问你一句，你是怎么想的？"

"娇儿，我——也是一时赌气，再加上那天喝了点儿酒就……"朱大军说不下去了，他知道他不可能自圆其说，什么样的解释都不足以不伤害到小娇，只要他承认了这是事实。

小娇仰天狂笑。

看着小娇的样子，朱大军也感到眼圈儿一热，他上前抓住小娇，试图安慰，试图想说些能减轻小娇痛苦的话，可他说不出来，他只能一个劲儿地央求道："娇儿！娇儿，你别这样，以后，以后再也不会了，再也不会了……"

小娇坐下来，再拿起那把长刀，缓缓地举到眼前："这就是我知道真相以后想用它结束自己的那把长刀!"

小娇冷不丁把刀横在脖子上,朱大军上前一把抓住了刀柄:"娇儿,你干什么?!"

"我不用费多大力气就能把这一切恨,一刀解决,可是,在关键时刻,我没有那么做,你知道为什么吗?"

朱大军摇头,死命地抓住刀柄。

"因为我想到当年你是怎么用铁锯拉开小棚子的门把我救了出去,你是怎么背着我一步一步向市里的医院走,你是怎么跪在我床前满脸是汗是泪地捧着我脸说:娇儿,你没事儿吧?你好好的吧?孩子没了,没事儿,咱们不要了,以后有的是时间要,你是好好的吧?是吧……"

小娇失声痛哭,朱大军也泪流满面。

"想着你一个人孤苦无依,没爹没妈,世界上只有我一个亲人的时候,我不能那么做,你知道吗,朱大军,我不能那么做!我不能一刀结束了自己,却换得你一生的负罪!"

"哐当"一声,小娇把长刀扔到了地上。

"娇儿!"朱大军一把搂住小娇,泪如泉涌。

"娇儿,我对不起你,对不起你,对不起你……"朱大军哭着说,"我发誓,我朱大军今后要是再做一件对不起你的事,就天打雷劈!"

小娇从朱大军身上抬起头来。"你拿什么让我相信你?"她问。

朱大军一下怔住了。

"你让我还怎么相信你呢,朱大军?"小娇认真地问。

"娇儿,我肯定不会了,我那是一时糊涂,鬼迷心窍了……我……"

"朱大军,"小娇脸上的泪干了,她又恢复到了最初的冷静状态,"你跟我说句实话,你还珍惜我们之间的感情吗?"

"珍惜,娇儿!"朱大军肯定地说。

"那好,"小娇目光咄咄地望着朱大军:"公司集团化以后,我要百分之五十一的股权。"

朱大军望着小娇,小娇也望着朱大军。

小娇看到朱大军眼里闪过一丝犹豫。"怎么，"她紧接着问，"不愿意？"

"不是，娇儿，这么大的事儿我总要琢磨一下。"

"琢磨？！"小娇脸色瞬间大变！逼近问，"琢磨你对我的感情到底值不值这百分之五十一的股权？！"

"不是，娇儿，怎么能是这个意思呢？"

"那好，如果你真的还在乎我，如果真的希望我们还能继续往下走……"小娇从身后抽出一份文件，举到朱大军面前，"股权转让协议我已经替你拟好了，把你所持有的公司股份百分之五十一转让给我，"小娇一字一句地，"这才是你真心悔过！"

朱大军拿过协议，迅速看了一遍。

"我只给你三分钟时间，超时视为——"小娇仔细盯着朱大军的眼睛，"不同意！"

朱大军拿过协议，从小娇手里拿过笔，"唰唰"在上面签了字。

小娇拿过协议，意味深长地看着朱大军笑了。

早晨，阳光透过白色窗纱安详地照射在一尘不染的地砖上。

朱大军醒来，一股鲜香就飘了过来。

朱大军坐起来，仔细嗅着这味道，看来，小娇已经做好了早饭。

朱大军下床，来到餐厅一看，果然，小娇正在齐整地摆上两碗小米粥，两盘小菜，两个馒头。小娇知道朱大军胃不好，特意给他熬了小米粥，朱大军和小娇都吃不惯广东风味的点心，因此，小娇经常做的还是东北地方特色的饭菜。

看到朱大军，小娇嫣然一笑："快洗一洗，吃饭吧。"

看到灿烂的笑容重新回到小娇脸上，朱大军有一丝感动也颇为欣慰，再看看桌上的饭菜，一股暖流涌上心头，有多久没有吃到小娇做的饭了？有多久没有看到小娇美丽的笑脸了？有多久这屋子里不曾有人气儿了？

这才是家，只有在失去以后，你才懂得它的珍贵。

朱大军坐下来，小娇把粥递到他眼前，他伸手接了过来，居然客气地对小娇说了声："谢谢。"

说完这句话，朱大军自己都感到有些不自然。

这天早上，朱大军没有按照昨晚和阿香的约定过去陪她一起吃饭，而是从家走后，直接去了公司。

处理完一些例行事务，朱大军坐在办公室里，心情矛盾。

昨晚小娇声泪俱下的控诉与表白仍然历历在目，小娇憋在心里许久的话在昨夜终于爆发。

必须承认，朱大军对小娇仍然感情深厚，她的泪、她的痛仍然会让他感到心疼，可同时他也不得不清醒地意识到，他的心疼，在意，已经远远没有以前那么强烈了。

他望着窗外，难道真的因为生活久了，对彼此的一切已经熟悉到了再也找不到感觉的地步了？即使小娇哭，他会跟着难过，跟着心酸，但转过头来，那种刻骨铭心的东西就会消散，你不能说你已经不爱了，你仍然爱，可当你一个人的时候，你扪心自问，你不得不坦诚地告诉自己，这份爱随着时间的流逝，已经在逐渐变淡变质，变得无法再让你心潮澎湃，热血沸腾了。

这是残酷的，无论对他还是对小娇。

想到过去那些共同奋斗、共担风雨的人生岁月，他仍旧感慨万千，他依旧对小娇充满了深深的依恋和感谢，可，有些东西怎么就变了味儿呢？

他自己也说不清楚。

就像现在，就在昨天，他会流着泪那么真诚地对小娇说："不会了，我发誓，我朱大军今后要是再做一件对不起你的事，就天打雷劈！"那么发自肺腑的、信誓旦旦的承诺，到了今天，此刻，他坐在办公桌前，那话的分量又减轻了一半，他仍然很难克制自己不去想阿香的温存与香气……

可是，他知道，他无论如何必须要克制自己了，如果再向前迈一步，他们的婚姻就彻底完蛋了，他也就真该天打雷劈了！

他尽量让自己忙起来，把前一个阶段耽误的工作全部补齐，另外，他还要积极着手与美国大卖场的合作，接下来的一项重头戏，那就是青云公司的兼并、资产重组、股份制集团化的改革。

一天在忙忙碌碌中度过，他忙得顾不上想太多，任何事情都一样，只怕你不做，只要你做，它就像一个无底洞，没完没了。

快要下班的时候，他办公桌上的电话响了起来。

朱大军在拿起电话的一刹那有一些恍惚，他料定是阿香打给他的，于是，在拿起电话时，脸上竟不自觉地罩上了一层喜色。

"喂？"他很深沉地问，期望着听到电话那端阿香好听的软语呢喃。

"喂？"谁知小娇的声音竟传了过来，"晚上我在老于家红烧肉订了雅间，你六点半能到吗？"

"噢，"朱大军看了一眼表，"能到。"

"那好吧，我等你。"小娇挂断了电话。

朱大军放下电话，多少有些失望。

可是，当他穿好衣服，向办公室外走的时候，他又再度郑重地向自己重申：从现在开始，你不能再有任何私心杂念，你要一心一意地把时间和精力用在公司业务和小娇身上，切记。

到老于家红烧肉的时候，小娇已经先到了，这也让朱大军很意外，以往和小娇相约，总是他先到，小娇几乎没有早到过，从这一点上看，小娇也是在对彼此目前的感情做着努力。

老于家红烧肉在二十世纪九十年代的广州颇负盛名，由于店主是东北人，除了软滑鲜嫩、香而不腻的红烧肉外，配的都是具有东北地域特色的小菜儿，像什么东北辣白菜呀，酸菜炒粉条儿啊，这也是小娇和朱大军常来的缘故。

老于和朱大军、小娇都相当熟悉，见了面儿都会用地道的东北话打招呼，所以，小娇和朱大军对此地也倍感亲切。

那天落座后，和老于闲聊了几句，菜上来后，小娇便和朱大军开始吃饭。

看着那颜色浓郁，酱香持久的红烧肉，朱大军想起了一件事儿。

"娇儿，你忘了有一年，咱俩刚来广州时，过年的时候兜里没剩几个钱，可我偏要给你做一顿红烧肉，你还记不记得？"

小娇点点头："怎么不记得，大年三十儿的晚上嘛，我说包点儿饺子对付过去就得了，你偏要做红烧肉，可家里肉剩得又不多，你做好了以后，自己却一口不动，非说你在厨房都吃完了，我拿过来尝了一口，就'呸'的一声吐了，你说怎么给吐了？我说你盐放得能救活一个盐厂，你尝了一口说也不咸呀，我说咋不咸，你爱吃你吃去吧，我可不吃了，又咸又苦的，结果你信以为真，把那些肉全吃光了。"

朱大军有些惭愧地点点头："我当时也没想太多，还一个劲儿地奇怪，以为你是不怀孕了，好好的能尝出苦味儿还说咸，我吃完了，看到你看我的表情才反应过来。"

小娇笑了，向朱大军举起酒杯："来，为你的糊涂喝一杯，要没有你的糊涂，当年你怎么能吃下一碗红烧肉，那么解馋？"

朱大军和小娇碰了杯子，想起过去，想起小娇对他的好，他又有些百感交集。

"娇儿，"他给小娇倒上酒，想说一些类似不会再做对不起小娇的事儿的话，又怕引起小娇不高兴，煞风景，想了想改口说，"今后，咱们的日子能比现在过得还好！"

"我相信！"小娇冲朱大军扬扬眉，话里有话地说。

朱大军发现小娇通过昨夜的控诉与表白，现在变了许多，不再那么尖刻，那么夹枪带棒的了。

这时朱大军的电话响了起来，朱大军看了一眼，表情有变，随即挂断了来电。

"最烦吃饭的时候有人来电话。"朱大军解释什么似的说了一句。

小娇似乎什么也没觉察到，自顾自地大口吃肉。

阿香坐在床上，轻轻把听筒放下。

她不知道朱大军为什么挂断电话，又为什么早晨没过来陪她，不过，她隐隐有一种不好的感觉。

她站起身，来到窗前，望着夜色中的广州，心神不宁。

少顷，她不甘心地再次来到电话旁，拨通了朱大军的电话。

朱大军一看电话又响了，只好再次挂断，且不安地看了小娇一眼。

小娇仍狼吞虎咽地吃着，突然呛咳了一下。

朱大军关掉了电话。

再度被挂断电话的阿香怔怔地拿着听筒坐在那里，片刻后，赌气地摔了电话。

朱大军给小娇夹了一块红烧肉，开玩笑地说："多吃点儿，算是我对那年三十儿晚上的补偿。"

小娇沉吟了一下，抬眼望着朱大军，眼里突然涌上泪花，她深深地望着朱大军说："我相信，无论什么时候我在你心里还是有分量的。"

"当然，娇儿。"朱大军动容地说，眼眶也随之一热。

小娇微笑着眼泪滚了下来："等老了，我们动不了那一天，我还是希望你能够守在我身边，说，老伴儿啊，咱俩今天吃红烧肉吧！"

"那肯定的啊！"朱大军笑了，小娇也笑了，脸上挂着泪，笑着笑着，朱大军眼泪也掉下来了，各种复杂情愫交织在一起。

小娇的电话又响了起来，小娇吸了吸鼻子，擦了擦眼睛，皱了一下眉。"吃饭都不得消停，这又是谁呀？"她接过电话，"喂？"

电话那端的人不知说着什么，小娇的脸色在一刹那间惨白如纸，朱大军停止了吃肉，瞪大了眼睛看着小娇。

七十九、惊天噩耗

小娇颤抖地挂断了电话，好半天张大了嘴愣愣地坐在那里。

"怎么了？娇儿？"朱大军问。

"老关和小宝被车撞了……"小娇的口气听上去让人感到不寒而栗。

"被撞了？那现在怎么样啊？"朱大军使劲儿摇晃着小娇。

小娇张大着嘴不说话。

"现在怎么样了，娇儿？你说话呀……"

小娇像是刚缓过神儿来："说在……在医院的太平间里。"

朱大军脸上的肌肉瞬间痉挛起来，他难以置信地："什么?!"

朱大军的眼珠子险些从眼眶里掉出来，朱大军拽起小娇冲出了饭店。

朱大军和小娇冲进医院里，在太平间门外，已经聚集了好多人，都是一些陌生的面孔，小娇和朱大军疯狂地找寻着小莲，可没有小莲的踪影。

终于有一个姓关的告诉他们说从关静堂的外甥处听说小莲在交警事故大队，因事故处理需要家属签字，小娇和朱大军一刻不停地奔往事故大队。

到了事故大队正碰见小莲往外走，小娇被小莲反常的镇静震住了，她上前抓住小莲："姐，姐，你怎么样？你可别……"

"快走快走，"小莲拽着小娇往外走，"上医院，小宝和老关还躺在医院里呢!"

小娇和朱大军迅速对望了一眼，他们以为小宝和关静堂是送到医院后死的，小莲还不知道，小娇一把扯住了小莲："姐，你先别着急，你听我说，老关和小宝已经，已经不……"

没等小娇那个"在"字儿说出来，小莲一把甩掉小娇的手："哎呀快走吧，他们俩都躺在医院里等着我送饭呢，要不该饿着了，快点儿，快点儿让我走……"

小娇看了朱大军一眼，又拉住了小莲："不是，姐，你听我说，小宝，小宝和老关都已经，已经不在了，你，你知道吗？"

小莲回过身来望着小娇，似乎不知道小娇在说些什么。

小娇被小莲异常的表情吓住了。"姐，"她拼命摇晃着小莲，试图把她从懵懂中摇过来，眼泪"哗哗"地从小娇眼里滚落，"姐，小宝和老关，关静堂不，不在了，你懂吗？懂吗？"

小莲就那么愣愣地看着小娇，好半天，她笑了笑，认真地看着小娇：

"是啊，他们也都告诉我说不在了，但是，你说娇儿，可能吗？他们是不都在骗我？啊？"

"姐，"小娇看着小莲，"姐，没有人骗你，小宝和老关真的不在了，真真切切地走了！"

"你说，娇儿，你怎么也联合他们一起骗我，你们骗我干什么呀？啊？你们骗我这是干什么呀？啊？！"

小莲一下瘫坐在地上，撕心裂肺地哭起来。

"姐！"小娇上去搂住小莲，两人拥作一团地哭起来。

没想到小莲历尽坎坷终于找到的幸福却转眼成了一场噩梦！乔小莲不知道自己究竟犯了什么错，得罪了哪位神仙，造了什么孽，老天如此对待她！

最让人感到蹊跷的是，据现场一些目击证人透露，当时有一辆黑色轿车是先奔着关静堂而来的，先把关静堂撞飞，随即掉过头来撞小宝，动作干净利落，接连撞飞关静堂和小宝之后，急驰而去，在场的人都被眼前的情景吓呆了，一个年轻的女孩儿在对小娇讲完这个过程后，坚决地说："肯定是有预谋的，看那个架势就是有预谋的，不像是普通车祸。"

小娇和朱大军经过向现场一些目击者的求证后，心情沉重。

虽然立了案，但警方破案的劲头似乎不高。

小娇发誓一定要把此事弄个水落石出。

小宝和关静堂在同一个日子出殡，这对只有短短数月父子缘的"父子"，这回要携手去天堂做伴了，可他们怎么就能忍心扔下那个最爱他们的，也是他们最爱的，最想和他们相伴终身，相守到老的亲人呢？每每想到这些，小娇都泣不成声，她后悔，埋怨自己当初不该安排小莲和关静堂相识，那样的话，小宝还是和妈妈相依为命地在牡丹江过着他们宁静的日子，小宝——这个命运多舛的孩子也就不会早早离开这个世界，离开他那苦命的妈妈了……

八十、疯癫小莲

小娇背地里一遍遍打着自己耳光，恨自己当初为什么非要让小莲和关静堂认识，小莲曾经说过，她不想再找任何男人了，你偏不，你偏要打破她宁静的生活，给她一段致命的幸福，要彻底毁灭她早已千疮百孔、不堪重负的灵魂！让她的精神彻底崩溃！彻底把她打进万劫不复的地狱！这就是你，乔小娇！

如果知道和关静堂的相识是命运的又一次捉弄，打死她也不会让小莲和关静堂相识，如果知道她怀着一腔美好的心愿会断送小宝的性命，她就是要了自己的命也坚决不会让小莲母子来广州，如果……太多的如果已经成了假设，小娇恨老天怎么不借她一双法眼，让她看清未来。

尤其让她身心俱碎的是小宝和关静堂出殡的那天，看着那躺在棺材里一脸稚气的小宝，小娇才知道什么叫撕心裂肺，肝肠寸断，小小的孩儿就那么静悄悄地孤独地躺在那儿，小小的脸儿看不出一丝痛苦，反倒显得极为安详，大概懂事的他怕妈妈难过吧！想到没等出生就被生父遗弃，本来是个健全的孩子却因一场意外导致失聪，从小到大没有父爱，只有母亲孤苦地陪在身边，娘儿俩相依为命，懂事的小宝仍能自强自立，凡事替母亲分担，过早地尝尽了人世间的冷暖，他的善解人意，体贴厚道，非一般孩子所能及，生活刚刚好一点儿，刚刚尝到了父爱的温暖，却惨遭厄运，永远离开了这个给他带来无数伤痛同时也带来过无数温暖的世界，想到这一切，想到这是在人世间看到他的最后一眼，以后再也看不到他那张稚嫩的小脸儿，再也不能感受到他紧依在身边的暖意，他大大的眼睛忽闪忽闪地看着这些爱他的亲人，小娇不顾众人的拉扯，毅然冲上前去，用剪刀剪下了小宝的一缕头发，牢牢地抓在手里，捧在心口。

小莲那天被强行留在了家里。

小宝和关静堂出事以后，小娇本来是要接小莲去她家住的，无奈小莲说什么也不离开她和小宝及关静堂的家，于是，小娇只好搬来陪她。

可就在小娇他们送完小宝和关静堂回来，一上楼，小娇却惊奇地发现小莲家门口伫立着"两个人"。

只见，这两个人一个是关静堂，一个是小宝，他们手拉着手，小娇在没完全看清楚之前着实吓出了一身冷汗，待她和朱大军走近了才看出来，原来这是两个用纸糊的模型，就那么伫立在小莲家门口，小娇当时就意识到不好，她回身和朱大军对望了一眼，快速冲进屋去。

小莲正欢快地哼着《边疆的泉水清又纯》，满屋飘满了饭菜的香味儿，她正兴高采烈地往桌上摆着饭菜，一见小娇和朱大军进来了，她高兴地招呼着："娇儿，你们回来了？我正好做了一桌子的菜，快洗洗手，叫小宝和老关进来吃饭吧，他们俩还在门口晒太阳呢！"

小娇站在那里，她一下捂住了嘴，一个嘶哑的声音从嘴里发出："姐……"

"快点儿啊，快叫他们进来，一会儿菜该凉了！"小莲嗔怪地瞅了小娇一眼，"你不叫我去叫！"

她说着走出门去。

小娇和朱大军完全傻了般地站在那儿。

片刻后，小莲从外面进来，冲小娇笑了："这俩人儿，瞪眼儿叫不进来，行了，咱们先吃，不等他们了！"

小莲说完，自顾自坐下来，大口大口往嘴里送着饭、菜……

小娇的身子往后仰了一下，朱大军一把扶住了她："娇儿，别这样。"朱大军说。

小娇勉强站住了，她泪眼婆娑地看着小莲。

小娇最担心的事情发生了，小莲疯了！

在看到门口伫立着的那两个纸制模型的时候，小娇已经意识到了这一点，可当小莲坐在那里大口大口地嚼饭的时候，小娇才真正的心如刀绞。

朱大军提出立刻送小莲去精神病院治疗，小娇同意了，第二天，他们收拾好小莲的衣物准备去精神病院时，小莲却说什么都不离开她的家，说小宝和关静堂离不开她，都喜欢吃她做的饭，如果她走了，他们两个就吃不上饭，就得饿死，她哭着求小娇不要带她走，让她在家陪小宝和关静堂，她害怕他们死掉，小娇和朱大军无奈，只好答应她。

　　身心疲惫的小娇就那么坐在地毯上看着小莲忙里忙外地做饭，摆桌、吃饭，为小宝和关静堂夹菜，给他们洗衣服，精心地为他们穿衣，再收拾房间，把家里打扫得一尘不染……

　　晚上睡觉，再把他们从门口抱进来，放到床上，搂着他们俩睡……

　　小娇头痛欲裂，小莲一直视她不存在一样地忙乎着，最后再哼着催眠曲拍哄着"小宝"入睡："睡吧，睡吧，我亲爱的宝贝……"

　　一连几日，小莲都是如此，从早忙到晚，小娇始终不敢离开半步地盯着她。

　　后来，小娇突然意识到，小莲这样，对她未尝不是一件好事，她可以完全从失去小宝和关静堂的痛苦中走出来，她活在自己的梦境中，她已经用这种令人心碎的办法使自己远离了痛苦，这又有什么不好的呢？

　　那天晚上，当小莲如往常一样躺在床上拍哄"小宝"入睡时，电话响了起来，小娇拿起电话，电话那端响起一个苍老又亲切的声音："喂，是莲儿吗？"

　　小娇一听是母亲刘淑珍，听到这温暖亲切的声音，小娇的眼泪夺眶而出，在这一刻，她多怀念在牡丹江的日日夜夜，多怀念在父母身边，大哥志文身边的日日夜夜，那时候的乔小娇是多么的桀骜不驯，多么的狂妄自大，对什么事情都不在乎，无所谓，可现在呢，她的潇洒不羁呢？她的刚强洒脱呢？全不见了，她变得软弱无力，没有什么可依附可支撑了。

　　"喂，妈，是我。"她竭力不让自己的声音有半点儿哭腔儿。

　　"啊，娇儿啊，我还以为是你姐呢，你姐最近没来电话，你姐她挺好的吧？"

　　"挺好挺好的。"小娇说，看着躺在床上的小莲。

"妈，你挺好的吧？"小娇说，尽力控制着声音。

"我和你爸都挺好的，你们在那边就放心吧！"刘淑珍说。

"啊，那，那就好。"

"你姐呢，怎么不接电话？让她接电话，我问问她小宝在那儿适应吗？"刘淑珍说。

"啊，我姐她——那个刚领小宝出去了，出去了。"小娇说。

"小宝怎么样啊，在那边适应吗？"

"还行，妈，你就放心吧，他们在这边儿都挺好的，有我——"小娇的眼泪再也控制不住地掉下来，"有我在这儿照顾他们，你还有什么不放心的？"

"唉，我是怕你姐这么长时间待在牡丹江，冷不丁到南方，气候什么的再不适应。她倒来过几次电话，说那个关静堂啊对她和小宝都挺好的，我啊，就放了点儿心。"

"嗯。"小娇擦了擦眼泪。

"娇儿啊，你和你姐他们什么时候回来啊？再过一个多月你爸就六十大寿了，我和你爸都希望你们能回来呢！"

"啊，回去，我们一定回去，妈，我先挂了，改天再打给你，有点儿事儿。"小娇的声音有些哽咽了。

"好，你忙吧，娇儿，注意身体啊！"

"我知道，妈，你和爸——"小娇勉强压抑着哭音儿，"一定保重身体！"

"我和你爸没问题，都硬朗着呢！"刘淑珍说。

"那就行，妈，我挂了。"小娇匆匆挂断了电话。

她坐在那里再也忍不住地放声大哭。

小莲躺在床上，搂着小宝的模型，听而不闻地还在不断地拍哄着。

八十一、追踪真凶

近一段时间，小娇和朱大军忙着处理小宝和关静堂的后事，又忙着照顾小莲，身心俱碎，疲惫不堪，稍微缓过来点儿神儿，他们开始着手调查出事当天的那辆车。

她和朱大军发动所有的关系，调查那辆黑色的轿车，并同时调查与关静堂有着密切关系的人，有没有仇家？得没有得罪过什么人？二十多天过去了，却没有一点儿线索。

得到的最后的调查结果也只是，那辆黑车是一辆黑色奔驰，没有牌照，其余的再无进展。

小娇和朱大军确认，这是一起谋杀，要想最终水落石出，一定要从关静堂周围的人包括合作伙伴开始——调查……

就在这期间，小莲发起了高烧，烧到四十二度，昏迷不醒。

小娇日夜守护在医院，小莲一直徘徊在生死边缘，时而清醒，时而糊涂，小娇暗自祈祷，盼望小莲赶紧脱离危险，同时，能借着这场高烧，把自己彻底烧清醒，别再疯疯癫癫的了。

经过生离死别，看着朱大军为了这些事跑前跑后，小娇对他竟再度产生了依赖，她感觉自己好无力，好无助，好需要个肩膀让自己好好靠一靠。

小莲终于脱离了危险，小娇感觉身体实在撑不下去了，朱大军给小莲找了一个二十四小时特护，他和小娇一起回了家。

走进家门的那一刻，小娇放声大哭，朱大军把小娇紧紧地搂在了怀里。

朱大军不停拍抚着小娇的脑袋，郑重地看着小娇的眼睛说："娇儿，到任何时候，你要记住，有我在你身边。"

小娇泪眼蒙眬地看着朱大军，朱大军眼神坚定地看着她，无论如何，在现在这种时刻，能听到朱大军这样饱含深情与鼓励的话语，小娇心里不自禁地一暖，同时也让她认清了一个现实，人，即便再刚强、再不服输，有些时候，你也不得不向命运低头，就像现在，当你软弱无力、无处可依的时候，你就要强压下心里的恨，去接受你本来正在恨着的这个人对你的救援，你要从他那里获得精神上的力量，需要他足够坚实的臂膀，为你挡住满天的阴霾，就算你对他在心里有再大的隔膜，你也得摒弃前嫌，放下心里的这份恨，因为你需要有一个人陪在左右，能站在你身后支撑着你，安慰着你，让你不至于倒下，你就不得不妥协，这就是现实，残酷的现实。

朱大军说完，再度把小娇拥入怀中："有我在，什么都不怕，都不怕，啊！"

小娇趴在朱大军身上，感受着他的坚实与厚重，温暖与力量，是啊，你不得不妥协，环顾四周，你平时看似朋友一大堆，身前身后的绕来绕去，可到真正需要的时候，都被你一个一个过滤掉了，你会发现，没有谁是在关键时刻能够真正庇护你的，唯有朱大军，也真就唯有朱大军。

让小娇颇为感动的是，由于朱大军在广州好歹也算有点儿名气的企业家，关系四通八达，虽然调查那辆黑色奔驰的去向难度重重，但朱大军就像一只章鱼触角伸得很长，人脉很广，这张巨大的关系脉络，就像一张无形的天网，罩在广州上空，每一个网眼儿都犹如一双眼睛，虎视眈眈地盯着每一个可疑分子，正所谓天网恢恢，疏而不漏。朱大军通过关系花高价找到一位曾在美国旧金山当过私家侦探的王李木，请他帮助调查，十天后，王李木反馈回一个重大线索：在东莞的一家名为聚缘的宾馆外发现了可疑黑色奔驰的踪迹，朱大军亲自前往东莞和王李木会合，协助王李木进一步调查这辆黑色奔驰的主人。

朱大军走后，小娇去医院接回了已脱离生命危险并在逐步康复的小莲。

小莲好了以后，不再像之前那么疯癫，她变得很沉默，就是一整天一整天地坐着，像一尊雕塑，她可以保持一种姿态一坐就是一天，她仿佛沉浸在一个不为人知的世界里，时而淡淡地笑一笑，时而忧郁地皱皱眉。小娇曾试探着与她正常谈话，却绝望地发现，她已永远不能正常沟通了，小娇和她说话的时候，她就愣愣地完全不知所以然地看着小娇，像是根本听不懂，不言不语不回应，小娇期望小莲大病一场产生的奇迹幻想就此破灭。

经过多日跟踪调查，朱大军和王李木初步证实，黑色奔驰的车主是一个叫梁启山的人，这个梁启山拥有当地多家宾馆、卡拉OK等娱乐场所，是一个不折不扣的地头蛇，但是进一步调查却发现，他本人与关静堂并不相识，那么这个梁启山与开车撞人行凶者又是怎样一种关系呢？

如果贸然行事，显然不妥，朱大军火速回到广州，向公安局汇报了这一重要线索，警方随即将梁启山控制住。

通过对梁启山的讯问，结果让警方和朱大军、王李木大失所望，原来，梁启山说当日他的车就停在广州潮汕人家饭店门前，他是和一帮生意朋友在此小聚，没想到，他出来后，奔驰车就没了，他只好自认倒霉，虽然报了案却没得到任何消息。

后来，他以为车就是被人偷了，找不回来了，没想到，就在一个星期前，他的车又奇迹般地出现在了他经营的聚缘宾馆的门口，他也对此事感到非常蹊跷，正纳闷儿呢，警察找上门来了。

一席话，浇灭了所有人的希望。

警方和朱大军及王李木分析，当初作案者或真是采用这种借刀杀人，金蝉脱壳的方式以斩断线索，让警察无从下手，最终逃过法律的制裁。

但是，只要有一丝线索就能顺藤摸瓜最终找到元凶，这是朱大军和王李木最后得出的结论。

这边凶手没有一点儿消息，那边乔师傅的生日马上就要到了，随着日子的逐步临近，小娇越发惶恐不安，焦虑万分。

她无法想象，乔师傅和刘淑珍在翘首盼着她和小莲及小宝归来之时，面对两死一疯这样一个残酷的现实，他们会怎么样？她不能面对，她无颜面对，她该怎么向父母交代？

还有三天，小娇一直没往牡丹江打电话，她想不出更好的办法，而刘淑珍一遍又一遍地询问小莲怎么不接电话时，小娇也感到再也隐瞒不下去了。

就在这时，多日沉默的小莲却突然对小娇说了一句话："我要回家。"

小娇以为她说的是她和关静堂的家，没想到小莲紧接着说了一句："要回牡丹江，牡丹江。"

小娇睁大了眼睛看着小莲，她不知道是不是冥冥之中有什么神灵在指引，当小莲说出这句话的时候，小娇也终于横下一条心，带姐姐回去，回到生她养她的那块土地，即使她已经一无所有，已经形如躯壳，也要把她带回去，也许，那块曾经也带给她无限伤痛的地方，才有可能是她最后的归依。

朱大军也对小娇说："逃避不是办法，你不可能永远隐瞒下去，该来的早晚要来，你不如早点儿让他们接受这个现实。"

小娇收拾好行装，可经过一个晚上的反复斟酌，小娇最终还是决定，她和朱大军先回牡丹江给乔师傅过六十大寿，小宝和关静堂的事儿还是得暂时瞒下，她总不能在乔师傅六十大寿之际给他送上这样一份生日礼物啊！

为小莲请了一个保姆和特护，小娇和朱大军踏上了回牡丹江的旅程。

八十二、瞒天过海

一路的忐忑与煎熬，使小娇彻夜难眠，出了牡丹江火车站，到了乔师傅家楼前，小娇站在那里真的是止步不前啊。

朱大军回身给了小娇一个鼓励的拥抱，小娇振作了一下，和朱大军敲开了家门。

刘淑珍一打开门，见是小娇和朱大军，高兴地："哎呀，回来了，我刚才还和你爸叨咕呢，说这小莲和小娇到底坐哪趟车也不来个电话……"

刘淑珍伸头望去，见朱大军关上了房门，奇怪地："哎，你姐呢？小宝呢？"

"啊，妈，她们没回来。"朱大军说。

"怎么没回来呢？"刘淑珍更加奇怪地说。

乔师傅也从里屋走出来了。

"爸。"朱大军说。

乔师傅点点头，站在那里看着刘淑珍和小娇她们。

"哎，问你们呢，小莲和小宝怎么没回来呀？"刘淑珍说。

"我前一阵就没跟你说，妈，说了怕你跟着着急，那个关静堂病了，一直在医院住着呢，我姐在医院照顾他，特意告诉我说你可别跟咱妈说，怕你和我爸跟着上火。"小娇说。

"关静堂什么病啊？"刘淑珍担忧地问。

"病一开始挺重的，脑出血。"小娇说。

"啊?!"刘淑珍瞪大眼睛。

"抢救及时，现在没什么事儿了，但还得留院观察一段时间。"

刘淑珍和乔师傅互相看了看。

"我说嘛，一给你姐打电话，你就吱吱扭扭的。"刘淑珍说。

"那小宝呢？"乔师傅问。

"小宝被关静堂送到新加坡进修去了。"朱大军说。

"什么时候啊？"刘淑珍说，"这事儿你姐也不说一声，这事儿有什么好瞒的？"

"她不是瞒，送小宝去新加坡的时候就正好赶上了关静堂生病，你不就一直没联系上我姐吗？"

"啊。"刘淑珍不置可否地点点头。

乔师傅想了一下说："我还寻思你姐和小宝能跟你们一块儿回来呢。"他有些失望。

"过一段时间吧，我姐——就能回来了。"小娇说。

"那行了，赶紧脱了衣服，歇会儿吧，累了吧在路上？"刘淑珍问。

"不累。"小娇回头看着朱大军，"把给咱爸买的礼物拿出来。"

"买什么礼物啊，我们啥都不需要。"乔师傅说，"只要你们能回来，我和你妈就高兴。"

"大哥呢?"小娇问。

"哎呀,他可忙,现在不都企业改制吗?忙得焦头烂额的。"乔师傅说。

"二哥怎么样?"小娇问。

"别提他,提他恨得我牙痒痒。"刘淑珍说:"还在上海呢,活的什么德行谁知道?以后就当这个家没这么个人。"

"二嫂呢?"小娇又问。

"还领着其剑过呢,逢年过节的我就让他们回来,娘儿俩怪可怜的。"刘淑珍说,"也不知道造了什么孽,养了这么个逆子!"

小娇不说话了。

"爸,来,您看我和娇儿给您买的烟袋嘴儿。"朱大军叫乔师傅和他去了里屋。

"这东西我喜欢。"乔师傅说。

小娇和刘淑珍坐在那里,刘淑珍突然狐疑地问了一句:"娇儿,你跟我说实话。"

"妈——你什么意思?什么实话……"小娇不安地看着刘淑珍。

刘淑珍狐疑地看着小娇:"我怎么感觉你和朱大军有点儿不对劲儿呢?不是你姐出了啥事吧?"

"你想哪儿去了?妈?"小娇说,"能出什么事儿啊?你想得太多了你。"

"真没出什么事儿?"刘淑珍仍不放心地问。

"没有。"

刘淑珍仔细端详了一阵小娇:"娇儿,你怎么瘦这么多啊?"

"瘦了吗?"小娇说。

"瘦太多了,都瘦得有点儿塌腮了。"刘淑珍摸着小娇的脸。

"可能是——睡眠不太好吧。"小娇说。

"你还有啥操心事儿啊?要啥有啥的,你这孩子,这几次回来我就发现心思可比以前重了。"

"重吗?岁数大了,不像以前那么锋芒毕露了,是真的。"小娇说。

刘淑珍叹了口气:"也不知道是怎么回事儿,我最近总是特别惦记你姐,可能是挺长时间没听到她的声音了。"刘淑珍说,仔细看了小娇一眼。

"哎呀,有什么不放心的,你就是爱瞎操心。"小娇说,低下头。

刘淑珍不易觉察地盯了小娇一眼,问:"那小宝一个人在那个什么新加坡能行吗?"

"行,那边有关静堂家的人照顾。"

"噢。"刘淑珍点点头。

乔师傅生日这天,志文、杨秀梅、乔天放和许丽丽及乔其剑都回来了,小娇和刘淑珍张罗了一桌菜。

刚坐下,小娇的电话就响了起来,她看了一眼电话号码,赶紧站起身向外走去。

小娇走出大门,走到一个僻静的角落接听了电话:"喂,齐嫂?"

电话里传来小娇雇的保姆齐嫂焦急的声音:"你和朱先生能不能早点儿回来?你姐她这几天犯病很厉害,什么东西都不吃,滴水不进的,强行喂她就打人,我担心再这么下去,她会生病的,我真的做不了了,乔小姐,你就是给我再多的钱我都不做了,你们赶快回来吧。"

"好,我们明天就往回走,争取尽快到家。"

小娇挂断了电话,回头一看,刘淑珍站在身后。

"妈?"小娇冲刘淑珍勉强挤了个笑:"你出来干什么?"

刘淑珍紧皱着眉头:"娇儿,有事儿可别瞒着。"

"哎呀,妈,你怎么总是疑神疑鬼的?"小娇挽住刘淑珍往回走,"什么事儿都没有,快回去吧,都等着呢!"

饭桌上,乔天放为每个人都斟上酒,像模像样地举起杯,这孩子已经长成了一个英俊挺拔的少年了:"今天是爷爷的生日,我敬爷爷还有奶奶姑姑姑夫爸爸婶婶弟弟一杯,愿我们老乔家,在爷爷这株参天大树的福荫下,和和美美,快快乐乐,兴旺发达,越过越好!"

"说得好!"朱大军说,乔师傅和刘淑珍笑着和孩子们干了杯。

朱大军看看乔天放再看看乔其剑,感慨地:"哎呀,转眼之间,这两个孩子都长大成人了！"

"要是小宝今天也回来，我们哥儿仨就全了。"乔天放说。

"可不是吗？"朱大军说，低头夹菜。

"娇儿，"志文说，"小莲和小宝在广州还挺适应的吧？"

小娇点头："嗯。"

"一想这娘儿俩多可怜，小宝这孩子，真是从小多灾多难，现在总算日子过得有点儿起色了。"许丽丽说。

小娇感觉喉咙像是有个鸡蛋大的东西哽在那儿，眼前就罩上了一层雾气，朱大军不安地看了她一眼，拿起电话偷偷拨了小娇的号，小娇拿起电话，趁机走了出去。

一口气走出很远，小娇在近距离看不到的视线内，站住了，她捂住嘴隐忍地哭起来。

第二天，小娇和朱大军临走的时候，刘淑珍特意叮嘱小娇："等那个关静堂好得差不多了，一定让你姐领着小宝回来一趟，就说我想小宝想得不行了。"

小娇点着头。

刘淑珍颇有深意地看了小娇一眼，挥了挥手，示意她和朱大军走吧。

八十三、缉拿真凶

回到广州，王李木就打来电话，说他有重要事情找朱大军，朱大军把王李木约到了家里。

王李木说，经过他仔细分析这个案子的来龙去脉，他认为那个梁启山绝对与撞人者有着脱离不了的干系，朱大军说他这些天也一直在怀疑梁启山供词的真伪。

王李木说他的怀疑是基于他调查出了一条重要线索，那就是关静堂从其祖父那一辈就在江浙一带经营画廊，且极具影响，关静堂的父亲继承了父业，并将单一的画廊经营模式逐步扩大为文化实体产业，下面有文化演艺公司、茶楼、卡拉OK、宾馆等多项产业。而其有四个子女，关静堂是长子，下面有一个弟弟，两个妹妹，关静堂的老父亲今年已经八十一岁高龄了，作为关氏产业的掌门人，他虽年事已高，且近几年身体欠佳，但仍坚持支撑，是因为他有一个懦弱无能的二儿子和一个心狠手辣、六亲不认，想独霸关氏产业的败家子兼浪荡子——孙子关纵横，这个关纵横可谓吃喝嫖赌一样不落，近几年更是染上了吸毒的恶习，真是五毒俱全，此人目无尊长，专横跋扈，在广州笼络了一批社会无良青年与一些用现在的话讲叫"富二代"，在广州寻衅滋事，肆意妄为，逐渐形成了一股黑恶势力。他对关家偌大的产业早已觊觎已久，并且，关家上上下下都心知肚明，只要关老爷子一蹬腿儿，关氏产业的继承权铁定归关静堂无疑，因为老二关静默无为无能，剩下的关静娴、关静雅两姐妹一个在美国，一个在日本，根本无意继承关家的衣钵。这样一来，对于早已垂涎关氏产业多年的关纵横而言，关静堂就成了他最大的心腹之患，要想得到关家产业，唯有除掉关静堂，这样他就能顺理成章地得到关家庞大的产业，为此他要杀掉关静堂。

　　并且，经过王李木翔实的调查发现，这个梁启山与关纵横不但认识，且整日厮混在一起，这种种迹象与事实表明，关纵横就是杀害关静堂的幕后真凶。

　　朱大军和王李木当即确定，关纵横一定是杀害关静堂的凶手。

　　为了不打草惊蛇，朱大军秘密向警方报告了这一重大的具有突破性的线索，请求警方暗中调查，一旦掌握所有证据，一步到位将关纵横捉拿归案。

　　一切调查取证工作均在秘密进行，半个月后，警方进一步证实了关纵横的作案动机与时间，拿着关纵横的照片给现场的目击证人指认，那个小女孩儿竟一眼就认出了关纵横的后脑壳儿，因为事发当日，关纵横开着车"呼"的一下从小女孩儿身边驶过，小女孩儿当即吓了一跳，因为关纵横理了一个寸头，只看见了他后脑与脖子之间那肥肥的赘肉这一明显的特点。

警方在掌握了确凿的人证物证后，逮捕了关纵横。

几日突审，关纵横交代了他杀害关静堂与小宝的全过程。

原来，关纵横虽然恨关静堂这一绊脚石，他也曾不止一次地动过除掉关静堂的想法，但因为他身份及品性本身的招摇，致使他迟迟犹豫不决，他知道，如果他下手，警方立案调查，他会被列为第一个怀疑对象，更何况，他即便心狠手辣，但还没到灭绝人性的地步，关静堂毕竟与他有着血缘关系，而且以前对他多有照顾，他一直没有考虑好是否下手和何时下手。

偏偏，就那么巧，那天，关纵横开着梁启山的车去赴酒局，在路上，他看到了关静堂和小宝正沿着高弟街往西走，一刹那间，怒从心头起，恶向胆边生，眼看着妨碍自己继承霸业的人就在前方，只要脚下的油门一踩，方向盘一转，他的命运就会改写，关家从此就归了他关纵横了，几秒钟之内，关纵横做出了撞杀关静堂和小宝的决定，既然要撞死关静堂，就不能放过他身边的小宝，这也许是天赐良机，是除掉关静堂最好的方法，撞死他们，他可以即刻驾车逃逸，再把车处理掉，神不知鬼不觉……

关纵横的车像魔鬼一样冲向了关静堂和小宝……

杀害关静堂和小宝的凶手终于伏法，关家短短的时间内失去两命，关老爷子何曾想到，自己拼尽一生为子孙创下家业的同时也为关氏家族埋下了祸根，更使一个可怜无辜的小生命过早地离开人世，留下了一个苦命的女人跋涉在无边无际的苦难中，任风吹，任雨打，并且，当她以一副无知无觉的面貌出现在那白发苍苍的二老面前时，那为儿女操了一辈子心如今已是风烛残年的老人，将会怎样呢？

在刘淑珍一遍遍的电话催促下，在小莲一遍遍梦呓般的"回牡丹江，回牡丹江"的呢喃中，小娇终于带着小莲坐上了开往牡丹江的列车……

八十四、沉痛打击

刘淑珍接到小娇的电话，听说小莲和小宝要一起回来了，特别高兴，她放下电话便着手准备小莲和小宝爱吃的饭菜。

从内心讲，相对于其他几个孩子而言，刘淑珍对小莲和小宝母子更偏爱一些，因为母子俩多年无依无靠，刘淑珍尤其记得前几年，每逢年节，别人都是父母双全地围在身边（那时候不管怎么说志武也还维持着家庭表面），唯独小莲母子，虽然一直跟着乔师傅和刘淑珍在一起，可总觉得孤苦伶仃、形单影只，没人疼没人爱的，特别是懂事的小宝，看到别的孩子都有爸爸妈妈在身边，而自己永远只有妈妈一个人，他的心里能不难受吗？那孩子比一般的孩子更敏感、多虑，也使得刘淑珍对他更疼爱、惦念一些，小娇在电话里说她和小莲及小宝一起回来，刘淑珍很是兴奋，她赶紧着手准备小莲最爱吃的肉炖酸菜粉条儿和小宝最爱吃的红烧肉。

尽管从小莲和小娇的嘴里听说朱大军对小莲母子特好，可没在他们身边，刘淑珍还是多少有些不放心，她迫不及待地等着小莲和小宝，想亲眼看看他们是胖了还是瘦了，精神和气色都怎么样，是不是真像她们说得那么好。

今天就是小莲他们回来的日子，不到四点钟，刘淑珍已经备好了一桌丰盛的饭菜，早早坐在那里等着小莲他们。

乔师傅走出来，看着一桌菜笑了："你做这么早不都凉了吗？"

"还有一个多小时就到了，早什么早？"刘淑珍说。

敲门声，刘淑珍赶紧到门口打开了门，原来是志文回来了。

"我还以为小莲他们回来了呢。"刘淑珍说。

"还没到点呢。"志文看了一眼表说。

"哎呀，"刘淑珍长叹一声，"也不知道小宝是胖了还是瘦了。"

志文看着刘淑珍笑了："一会儿不就看着了吗？"

刘淑珍也笑了，点点头："你们姊妹几个呀，我最不放心的就是小莲了，孙子辈儿的我最惦记的还是小宝啊，唉，没爹的孩子呀……"刘淑珍长叹一声，眼睛竟红了。

志文看了看刘淑珍又笑了："现在不是都好起来了吗？关静堂对小宝也像亲父亲一样，妈，你别这样。"志文拍拍刘淑珍。

刘淑珍点点头："能坚持到底也行。"她看看表："也不知道这车能不能早点儿到？"

他们并不知道，小娇和小莲现在就站在门外。

小娇细心地为小莲整理了一下衣服和头发，小莲很听话地任其整理。

小娇闭了一下眼睛，抬手敲响了房门。

刘淑珍打开了房门，看见小娇和小莲，立刻帮助去拎小娇手里的包："哎呀，我刚才还和你大哥说呢，也不知道能不能早点儿到？"

志文也出来了，从刘淑珍手里拎过包儿，一边问："小宝呢？"

"就是啊，小宝呢？"刘淑珍也奇怪地问，一边伸头向门口望去。

等她再回过头来的时候，她感觉到了小娇和小莲的异常。

小娇站在那里，一动不动，小莲也站在那里，表情却是一副让人琢磨不透的样子。

这孩子怎么了？这是刘淑珍看到小莲的第一个感觉。

志文也觉察出了异样，从屋里出来的乔师傅也感觉到了明显的不对，刘淑珍看看小娇又看看小莲："你们这是怎么了？啊？莲儿？"刘淑珍伸手扒拉了小莲一下，小莲没有任何反应地站在那里。

看着小莲失常的样子，刘淑珍倒抽一口冷气，她转向小娇："娇儿，小宝呢？你们这是咋的了？倒是说话呀？"

小娇"扑通"一声跪倒在地，声音嘶哑地："爸，妈，我对不起你们！对不起你们……"

"你这是干什么？娇儿？"刘淑珍过去拽小娇，她显然已经预感到大事不好，她浑身哆嗦地，"小宝呢？小宝呢，啊……"

"小宝不在了……"小娇跪在地上，清晰地说，一任泪水静静地流淌。

刘淑珍用手指着小娇，张大了嘴，好半天，嘴干张着说不出话来，最后好不容易口齿不清地吐出一句："你，你说什么……"

小娇仍直挺挺地跪在那里，满脸的泪，她清晰地说："小宝不在了，我姐疯了……"

刘淑珍的手伸在半空，还想说什么，却什么也没说出来，她向后倒去，"咣当"一声重重地摔在了地上。

志文和乔师傅狂呼着冲到刘淑珍面前……

小娇僵直地跪在那里。

小莲不知何时坐下了，一个人张着嘴瞪着天棚发呆。

刘淑珍躺在床上，慢慢睁开了眼睛。

她转过头去，小娇、志文和乔师傅都坐在床边看着她，小莲则坐在远一点儿的地方，无知无觉地仰望着天棚。

刘淑珍的眼泪"哗"的一下下来了。

小娇握紧刘淑珍的手："妈。"

"这到底是咋回事儿？你说……"刘淑珍有气无力地问。

"妈，先别问了，你好好睡一觉吧。"志文说。

"我怎么能睡得着？"刘淑珍哭起来，"盼呀盼，盼着我的小宝回来，却盼来这么个消息……"刘淑珍老泪纵横。

乔师傅走出门去，站在门口，也是泪流满面。

"我那可怜的小宝啊……"刘淑珍泣不可抑。

小莲像是完全听不到别人说话一样地坐在那里，两条腿还不停地前后摇晃。

"到底怎么回事儿，你说呀……"刘淑珍对着小娇喊。

"是关静堂的侄子，为了争夺关氏产业继承权，开车撞死了关静堂和小宝。"小娇说。

"他把我的孩子一起撞死干什么？干什么呀……"刘淑珍泣不成声。

全家都沉默了。

刘淑珍勉强撑着坐起来，她拉住小莲的手："莲儿，你看看我，我是妈！"

小莲回头无意识地看了刘淑珍一眼，转过脸去继续瞅着天棚。

刘淑珍继续用力扯着小莲："你说话，你说话呀，我是你妈，莲儿，我是你妈，连妈都不认识了，连妈都不认识了……"

刘淑珍凄惶的声音在房内回荡。

看着那傻傻的小莲，志文的眼睛也一热。

带着满身心的伤痛和愧疚，小娇要走了。

每当她面对父母苍老而无助的面容时，她都会感到一阵阵撕心的疼痛，她无颜面对父母，小莲和小宝从牡丹江走的时候是完整而健全的，是好好的一对母子，可再回到牡丹江，一个身体已经永远离开了这个世界，一个灵魂进入另一个世界，小娇始终认为她难辞其咎，没有她，小宝就不会死，没有她小莲也不会疯。

她真想大声问问，这世界是怎么了？为什么总和好人作对？为什么让一个又一个重大打击接连发生在一个人身上？

临走的时候，小娇再一次长跪在父母面前。

"妈，爸，女儿不孝，从小让你们操碎了心，长大了，又带给你们这么大的不幸，女儿有罪！"

刘淑珍和乔师傅坐在床头，乔师傅静默不言，刘淑珍则泪水长流，她扶起小娇："不怪你，娇儿，有谁会知道能发生这样的事儿呢？这事儿又能怪谁呢？要怪只能怪命吧！"刘淑珍看着倚在墙边发呆的小莲："怪命吧，一切都是命吧！"

挥别了白发苍苍的父母和痴痴的小莲，小娇和大哥志文到了火车站。

临上火车前，志文看着小娇说："别自责，你放心去吧，这是谁都无法预料到的事情。家这边有我在，你在广州保重身体，好好地生活，有什么事儿我会及时和你沟通的。"

小娇点点头："大哥，家这边儿，就一切都靠你了。"

志文拍拍小娇，小娇把头靠在志文肩上，眼泪再次夺眶而出，她发现在自己最脆弱的时候，现在想到的不是朱大军，而还是这个从小到大为家担尽风雨的大哥！

回到了广州，朱大军做了一桌丰盛的菜迎接小娇回来。

小娇却什么都吃不下，回到房间，她睡了整整两天两夜。

这期间，朱大军放下公司的所有事务，寸步不离地守在小娇身边。

小娇回牡丹江期间，朱大军已经成功完成了加盟美国大卖场的合作事宜，下一步公司的股份集团化，正在筹备与运作中。

小娇睁开眼睛看着朱大军静静地守在她身边的时候，她心中真的有一丝感动，冲淡了她曾对他那么刻骨铭心的恨。

阳光照射进来，朱大军就那么静静地握着她的手，守在她身边的样子，让小娇心里一热，她在心底对自己说，该过去的就让它过去吧，你和他注定有着扯不断的丝丝缕缕，不原谅，守住心里那份恨，对彼此又有什么好处呢？毕竟，在你最需要人在身边的时候，依然是他，第一个冲上来保护你，安慰你，为你解决和应付一切事情，你再强大，可还是个女人啊，有许多事情你的能力无法达到，你还要依靠他，仰仗他，不是吗？

看到小娇醒了，朱大军对她展开一个很贴心温柔的微笑："醒了？睡得好吗？"

小娇不置可否地点点头。

朱大军扶小娇起来，为她倒上一杯开水："这两天就看着你睡，感觉你能把一切噩梦都睡醒。"

"是吗？"听到朱大军说这话，小娇有些意外地看着他，她能感觉到朱大军话里有话，他所指的噩梦是否也包括他带给她的？

小娇坐起身，浑身无力。

她缓缓地走下楼，来到楼下客厅里，坐在沙发上，望着沙发前那片空地，依稀仿佛，小宝和关静堂及小莲就围坐在一张大桌前，有说有笑。

人，怎么能转眼就没了呢？转眼就化成灰了呢？

一阵内心的绞痛向小娇袭来。

朱大军从楼上下来，他看了看小娇，坐到她身边，握住了她的手。

"要不我陪你去香港散散心？"朱大军问。

小娇摇摇头。

"人已经不在了，再去想也是徒增烦恼，尽快走出来，开始正常的生活。"朱大军说。

小娇再点点头。

八十五、再起波澜

送走了小娇的志文，心情沉重。

作为家中的长子，家里近几年发生的一系列的事情，都使他感到肩上的担子沉重，弟弟妹妹都是成人了，都有各自的家庭与烦恼，他不可能也做不到让每个人都按照他的意愿或者他指的路去走，就像志武，他为了自己可以无所顾忌，可以置伦理道德家庭责任妻子儿子父母于不顾，背信弃义；就像小娇最初选择了和朱大军私奔；就像小莲选择坚持生下小宝……尽管每一步都是他们自己要走的，作为大哥，他无能为力，可一旦出了事情，他还是感觉自己有责任，愧对父母，却又无可奈何。

对小莲，他是怀着满心的祝福，怀着让她重生的信念，找到真爱与幸福的憧憬而将她送走的，却万万没料到，这竟是把她推进万劫不复地狱的第一步！

能怪谁呢？该怪谁呢？

人生在面临重大抉择的时候，不理智，不慎重，冲动而为，是注定不会有好结果的。

如果小莲当初能够听父母家人一句，她绝不会落到今日的凄惨地步。

就像他和杨秀梅的婚姻，如果不是他一时心软，半推半就，而是意志坚定地拒绝杨秀梅，也就不会有今天他和杨秀梅的这场痛苦婚姻了。

　　时间进入了二十一世纪，经过几年艰苦卓绝的奋斗，工具厂度过了最初的市场疲软等一系列不景气的艰难时期，顺利完成了国有企业改制工作任务，工具厂更名为"求索创研股份有限公司"，开发研制的多项创新产品出口到美国、日本、加拿大、韩国、澳大利亚等二十几个国家和地区，实现产值利润近亿，原来的平房起了高楼，办公楼装修一新，办公设备、机械设备都实现了科技自动化，公司人员也大换血，高学历的应届毕业生成为公司的优选，人们对志文的称呼也由乔厂长改成了乔总。

　　乔志文用他的聪明才智、持久耐力与恒心，锐意改革，奋发进取，最终赢得了人们的敬重，也实现了自我的人生价值，使得最初那些看好和看扁他的人达成了共识，在老乔家，最有心计有城府有才华有头脑的人就是乔志文，他的含而不露、锲而不舍、精密审慎的思维与超前的胆识魄力以及极富人性化的管理手段，无不处处渗透着良好的修养与人格魅力，并且随着时间的逝去，随着身份的改变，地位的提高，他浑身上下越发散发出一种成熟男人的优雅气质，岁月不但没有在他身上刻下任何刀痕，反而为他平添了更多的知性与味道，也许是和人红自然漂亮的道理等同，成功男人于举手投足、一颦一笑中自然生发出几许风度，令人艳羡与仰视。

　　随着志文的一系列改变，杨秀梅那颗本就悬着的心更加惴惴不安，她感到她的地位岌岌可危，随时有被取代和占领的可能，她再也不敢像婚后的那段日子一样瞧不起志文了，木讷窝囊等词儿再也与乔志文挂不上钩了，她再度回到了婚前得不到志文时的诚惶诚恐状态，并且，比那时更加胆战心惊。

　　因为有太多优秀的漂亮女人，莺歌燕舞地围在志文身边。从工具厂改制为求索创研股份有限公司以来，年轻漂亮有才华气质佳的女大学生接连不断地应聘到公司，为了在公司谋得更高的职位，她们绞尽脑汁地接近取悦乔志文，即便在杨秀梅面前，也绝不含糊，绝不退缩，原来被杨秀梅视为"头号天敌"的陈菲，在这些青春逼人才华惊人又会察言观色、八面玲珑的"白骨精"面前，黯然失色，已经被杨秀梅踢出所谓的"三宫六院七十二嫔妃"之列。

可是，杨秀梅已经无法再树敌了，因为她的假想敌实在是太多了，究竟哪一个才是志文真正心仪的，她现在已经完全猜不出来。

而随着日复一日的忙碌，志文对杨秀梅有了更多的堂而皇之的理由不闻不问、漠不关心了，这使得杨秀梅更加神经兮兮，疑神疑鬼，她料定乔志文在外面有人了，百分之一千的有人了！

这个女人究竟是谁，她现在还没有抓到。

乔志文现在出门都是自己开车，她很难抓到他的行踪，她想，他有太多的机会和时间在外面鬼混了，再说，他怎么可能就放弃这么难得的历史机遇，老老实实做个清心寡欲的忠诚男人？他现在这么一大红人儿，要风度有风度，要气质有气质，要钱有钱，要权有权的，娶了她本来就心里窝火，只是碍于既成事实的婚姻，不好明着兴风作浪罢了，他怎么可能不暗箱操作，暗度陈仓？怎么可能不把年轻时失去的现在统统补回来？杨秀梅不相信，绝对不相信！

比如，他在接待外商，为外商安排娱乐消遣的时候，怎么能不顺带着自己也娱乐一下？再比如，他带队去外地考察，人家对方盛情款待，他又怎么可能不被安排一下？他安排人家，人家也安排他，在杨秀梅看来，他每天都生活在声色犬马之中，他不可能为了一个本来就不想娶的女人而守身如玉。

还有，他每天开车出去，都去了什么地方？都在干什么？难道都是公务？难保这里面有"夹馅儿"，有猫腻，她杨秀梅又不能二十四小时跟踪，又不能没完没了地盘问，所以，无论志文的真实情况如何，她已经不可逆转地把他归到那一类变质的企业家的行列了。

其实，造成杨秀梅心理极度扭曲不平衡的根本原因，虽然与时代大环境大背景改变有关，但最终的症结还在她自身，她内心巨大的自卑使她时刻都感到人身地位受到威胁。从和志文结婚的那天起，她就从来没有真正挺起过腰杆儿做人，她的患得患失，神经过敏和盲目猜忌，都使得她本来丑陋的面容变得更加怪诞。

还好这些年来，杨秀梅很注重外在气质的培养及衣着装扮的修炼，志文当上了乔总，经济状况自然有了飞一般的改变，杨秀梅虽无法天生丽质，却可以后天补救，人们越是一窝蜂拥向志文，她越要将自己从头到脚包装得异常"精致"，她将自己从内到外武装得严严实实，她用"乔总夫人"的荣耀头衔儿掩藏内心的弱小，用拒人于千里之外的冷傲来弥补内心的不平衡，虽然背地里，她曾数次对镜自怜，泪流满面。

而就在这时，一个足以将她击倒的消息传来，"求索"和一家名为"广本"的日资公司合作开发一个新项目，派其代表首先入驻求索，负责产品的研发与财务监督，这个代表不是别人，正是消失多年，又浮出水面的——方云娜！

听到这个消息，杨秀梅的心真真的缩成了一团，她第一个感觉就是，乔志文一定已经与她暗中勾结多年，此次只是利用一个平台，把她名正言顺地招回来。

"方云娜"，这三个令杨秀梅胆寒的字，没想到历经这么多年，再次卷土重来，它像一团黑压压的乌云罩上了杨秀梅的心空，当她乍一听说这个消息的时候，她真真站立不稳，险些摔倒在地！

如果对别人的嫉恨多少有些捕风捉影，那么对这个方云娜，可就是事实已在眼前了，所有还在求索公司原工具厂的元老，哪里有不知道方云娜大名的？

不行，杨秀梅横下一条心，在这个方云娜没正式进入之前，她要及时制止，她还就不信了，凭她，至少做了乔志文这么多年的"正牌夫人"，她连这个昔日情敌还清退不了了？

在乔志文回家之前，杨秀梅已经梗着脖子坐在那里久等了，她倒要听听，对于把方云娜引渡招回来这事儿，他乔志文怎么解释?!

一直等到夜里十一点多，乔志文也没回来，其间杨秀梅打过好几个电话，他都说在筹备明天接待广本公司代表事宜。

杨秀梅越听越来气，乔志文明明知道她也清清楚楚地知道所谓中方代表，就是那个方云娜，还毫不避讳地公然在电话里说在为迎接她而做着准备工作！天啊，难道他一点儿也不顾忌她的感受吗？还是他真正能够做到心无杂念，坦坦荡荡了？为迎接中方代表？说得好听，他更大的驱动力恐怕是来自于迎接旧爱的归来吧？

他乔志文可是今昔不同往日了，再也不是当年那个只知道钻研技术，没有一点儿弯弯绕儿的愣头儿青了，他是风度翩翩的企业家了，无论是成就还是气度显然已与当年不可同日而语了。而那个方云娜呢？肯定更不是当年那个只知道欺骗傻大学生的轻浮女子了，在经过多年历练后，凭着姿色和手腕儿，能混到日资公司的代表身份，可不是一般的水准啊！这富有戏剧性的一幕，谁也不敢说不是两人精心策划共同演绎的一出好戏呀！

谁都知道当年乔志文对方云娜一腔痴情，方云娜的离去对他险些造成致命的打击，这么多年过去了，她居然能再以中方代表的身份入驻到求索大本营，简直太让人不可思议了，她是什么意思？是出于何种目的？她结没结婚？如果没有，她是来向杨秀梅公然宣战的吗？还是她已经和乔志文谋划好了，要联合起来把她挤出乔家大门？

在志文回来前，杨秀梅的大脑飞速旋转着，这简直太富有戏剧性了，当年一对儿生死相许的恋人，在即将谈婚论嫁之时，女方突然劈腿，继而上演一出失踪大戏，若干年后，两人双双事业有成，女方竟再次神秘现身，她——到底要干什么？

一连串的猜忌和疑问，使杨秀梅坐立不安，她只等着乔志文回来，赶紧看看他如何看待和解释这一切？

终于外面有了熟悉的脚步声，开门声。"啪"的一声杨秀梅打开了灯。

"还没睡？"志文疲惫地脱掉鞋和衣服。

杨秀梅看着志文，志文现在着装也特别讲究，不像年轻时那么随意了，他的衣服永远平平整整，纤尘不染，他的心里在想什么？他在穿给谁看？杨秀梅一边打量着志文，一边想从他的表情当中看出一些蛛丝马迹，但是，他看上去很平静，很正常，没有她想象当中的那种兴奋难耐，当然，杨秀梅在心里冷哼一声，即使心中再熊熊燃烧着即将见面的火热，也不可能在她面前表现出来，也得故意装作很冷静。

"这个方云娜她——什么意思啊？"杨秀梅问。

"什么什么意思？"志文问，似乎没听懂杨秀梅的话。

杨秀梅当然不相信他乔志文连这话都听不懂，她哭笑不得地看着志文："乔志文，你别告诉我，你不明白我的意思。"

志文想了一下，好像才意识到杨秀梅话里的另一层意思，他笑了一下，仿佛杨秀梅提出了一个十分可笑的问题。"噢，"他说，"她现在只是广本公司的中方代表，来求索是为了项目的研发和财务监督的。"他停顿了一下又说："人家日方要在合作的项目上一下投五千多万，总要看看钱花在了什么地方。"他进一步解释说。

"怎么这么巧啊，啊？"杨秀梅不可思议地说，"怎么偏偏是她呀？"

志文看了杨秀梅一眼，淡淡地："事先我也不太清楚，后来，她的资料传真过来后，我才知道是她。"他的声音平平板板的，听上去不带任何感情色彩，也没有一点儿掩藏不住的激动。难道真的是时间久了，激情早已退去？

杨秀梅目不转睛地盯着志文，跟我来这一套，她心说，故意装作很不以为然、不在乎的样子，以表明你的心根本没激动？以此让我放松警惕，为你们创造更多的机会？

志文站起身，拍拍她："睡吧，这一天太累了……"

志文向卫生间走去。

"累坏了吧？"杨秀梅借着志文的话说，"心也累吧？"

志文没接她下话，而是在卫生间"哗哗"地放着水，杨秀梅再清楚不过，每当他想逃避的时候，想避重就轻的时候，他就会故意装作没听见她说话。

杨秀梅坐在那里没再接着往下说，而是等志文出来后，故意又重复了一遍："心也累吧？"

志文看了杨秀梅一眼："心累？当然了，心也累呀，这么大的项目，人家日方派了项目和财务总监，我们首先得给人家一个良好的印象，才有可能让人家对彼此的合作有信心，才能迈出稳健的第一步，才能保证资金到位。"

志文说完，转身向卧室走去："真得睡了，明天还一大堆事儿等着呢。"

杨秀梅坐在那里，咬牙沉思片刻，跟着也进了卧室。

双双躺下后，杨秀梅辗转反侧睡不着，面对方云娜的再度出现，她实在觉得难以接受。

"也就是说，方云娜来了以后，你们要在一起进行长期的接触了？"

志文起初没说话，想了一下，简短地说："那肯定是的。"

说完这句话，再无下文。

杨秀梅生气地回头看着志文给她的背影："你把她弄到你身边是什么意思，乔志文？你难道一点儿不顾及我的感受吗？"她索性直接问了出来。

"你想得太多了。"志文息事宁人地拍拍她，"我和她只是工作关系。"

"是我想太多了吗，乔志文？"杨秀梅坐了起来，"只要是原来工具厂的人，没有一个不知道你们俩过去是什么关系的，时隔这么多年，她又回来了，我有太多的理由怀疑她的目的不纯！"

乔志文不作声了。

就是这样，就是这样，杨秀梅恨恨地想，一到关键时刻他就会以沉默应对，沉默说明什么？是认为她无事生非？不屑于解释？还是他心里有鬼，说不出什么？

"你说话呀！"她气极地说。

"我都说了，和她只是合作关系，她是广本公司派来的项目总监……"

"这些用不着你说，我都知道。我的意思是说，为什么偏偏是她？怎么就这么巧？怎么就不能是别人？你把她弄到你身边，这本身就是对我的蔑视和不尊重！"杨秀梅愤愤地说。

"你非要这么想，我也没办法。"志文说。

"是我非要这么想吗？这是事实啊！你现在不是把她弄到了你的身边吗？"杨秀梅问。

"我再三跟你强调，她是日方公司的中国代表，怎么是我弄来的呢？"

"我怎么知道这背后有没有猫腻？你可以和任何一家外资公司合作，为什么非得是广本？广本派代表又为什么偏偏就是她？我怎么知道你事先是不是知道她就在这家公司？"

"你以为轻而易举就能和任何一家外资公司合作成功吗？资金，你懂不懂？要想做成这个项目首先缺的就是资金，不是任何哪一家公司都会看好你的项目肯拿出几千万和你合作的。"志文说。

"哈……"杨秀梅冷笑着，嘲讽地说，"唯独这家有方云娜的外资公司才肯和你乔志文合作，才肯给你投钱是吗？"

"这只是一种巧合而已。"

"这种巧合未免太富有戏剧性了吧？"杨秀梅说。

志文又不作声了，意思是说，你爱怎么想就怎么想吧。

坐在黑暗中半天，杨秀梅说："总之，你是打算和这个日本人合作了？"

"那当然了，这是一个千载难逢的好机会。"

"是啊，真是一个千载难逢的好机会呀！"杨秀梅躺下了，怀着满腹不甘不忿与不满躺下了。

这一夜，杨秀梅也好，志文也好，其实都没有睡好。

杨秀梅琢磨如何捍卫她的尊严，她的"乔总夫人"的地位不可动摇。志文则想得更多。

必须承认，他没想到命运让他与方云娜再次邂逅，他不知道这中间究竟是巧合还是刻意，但，当他看到方云娜的资料时，他的心仍然为之一颤。

快二十年了，她现在怎么样了？家庭怎么样？一切都好吗？他很难抑制心中的渴望与激动，明天，他们就将见面，为了这一面，他夜不能寐，心潮澎湃，可他知道，自己不能再像孩子一样单纯了，于是，那件久已隐藏在心中的疑问再度浮出脑海，当年，她究竟是为了什么，做出了那样一件轰动全厂的大事？又是什么原因驱使她狠心断然离他而去？这里面到底有什么难言之隐和秘密？

隐隐地，他有一种感觉，这一次的合作，并非巧合与偶然，难道是她精心安排的？如果是，她又是为了什么呢？

太多的疑问与胸中的渴望相互碰撞，如果说他已把她忘记，他已不在乎过去那一段刻骨铭心的爱，他不回味她带给他的心灵的震撼，那都是假的，她就隐藏在他内心的最深处，时不时地就蹦出，就让他陷入对那段难忘岁月的回想中……

明天，明天他们就要见面了！

就在明天！

晨曦穿过遥远的地平线安详地照在大地上。

志文从浅层睡眠中醒来。

方云娜的影像第一个蹦了出来，他连忙起身，到卫生间洗漱，杨秀梅和乔天放都已坐在早餐桌前。

志文穿了一件浅米色衬衫坐到桌前。

乔天放看了志文一眼，赞叹道："爸，你穿这件衬衫显得蛮优雅蛮绅士的嘛！"

"是吗？"志文不太在意地应了一句。

杨秀梅用极不友好的眼光看了志文一眼，轻轻打鼻子里"哼"了一声。当然了，她想，在今天这样一个特殊的日子，怎么能不花心思修饰一番呢。

乔天放看了看杨秀梅："妈，你的头发应该好好修整一下了，看上去乱糟糟的，没有型，显得人很老气。"

"小孩子家家，大人梳什么头型也用你管？"杨秀梅没好气儿地说，"管好你自己得了，别以为上了大学就可以放松了，该关心的事儿不关心，不该你操心的事儿，瞎操心！"

这也是杨秀梅对乔天放最气的地方，这孩子是从她肚子里出来的呀，从小到大，竟从未赞扬过他的母亲，倒是对他的父亲，什么慈父啊，绅士啊，派头儿啊，魅力啊，优雅啊……所有溢美之词都用在了他父亲身上，他怎么就没想过他的妈妈，从小到大含辛茹苦把他养大的妈妈的感受呢？只要一说到她，反而都是批评，什么唠叨、怨妇、老气、不会打扮、没有气质、尖酸刻薄……所有贬损之词全用在了她身上，她真怀疑这孩子不是从她肚子里出来的，是从乔志文肚子里出来的，要不怎么对她就像仇人一样呢？最过分的是有一次，当着家里好多人的面儿，乔天放瞅瞅乔志文再瞅瞅她说："爸爸，你怎么娶了我妈呢？"当时是谁来着，故意问了一句娶你妈怎么了？他居然说："配不上我爸。"让她在众人面前脸红一阵白一阵的，也就是自己的儿子吧，这要换了别人，杨秀梅真得记仇。

"我又怎么了？不就说句真话吗？忠言逆耳，良药苦口，妈，您都活这么大岁数了，还不明白这个道理？"乔天放说，又俯在杨秀梅耳边低语："我是为了您好，您再怎么着也是我爸的夫人呀，走到哪儿都不仅代表您一个人，即使您和我爸比先天条件差一些，但最起码可以从后天补一补嘛。"末了，他又捅了杨秀梅一下，小声地："我爸多优秀啊，您得小心着点儿。"

"吃你的饭吧，哪儿那么多话？"志文说。

乔天放不言语了。

就是这样，只要是他乔志文说的话就像圣旨一样，乔天放肯定乖乖地听。杨秀梅暗自在心中感叹，看来无论孩子还是成人，都是白眼狼、势利眼，谁有本事向着谁。同时，乔天放的话也着实又让杨秀梅难受了好一会儿。

杨秀梅喝了一口粥，暗中细瞅了乔志文几眼，乔天放说的没错儿，乔志文穿上这件浅米色衬衫显得人更斯文儒雅了，杨秀梅奇怪，乔志文这些年来为了求索的发展，真可谓是上下求索，为上新项目、找投资、打开市场销路、广纳贤才、拓展人际关系与交往范围、扩大求索的影响与知名度、提档升级，使求索在艰难中前行并得以最好最快的发展，真的是熇干了心血，用尽了心机，操碎了心，工作起来不分黑夜白昼的，却没有使他苍老，反而越发显得精神焕发，充满生气。而她呢？日子富裕了，生活安逸了，不用像许多人一样为了口饭吃而每天搏命了，却没见她怎么光彩照人，气质提升，这一切反而没有阻止她衰老的脚步，眼见鱼尾纹就爬上了眼角，眼见脖子上青筋暴露，眼见身材慢慢松垮，眼见白发"嗖嗖"发芽……有些幼儿园的小孩子见了她，竟然叫她奶奶！

她真恨呀，恨老天的不公，怎么什么倒霉事儿她都摊上了，现如今，人家乔志文不但成熟而年轻，绅士而儒雅，而且走到哪儿都前呼后拥的，太多的光环都罩在了他身上……现在人家那销魂恋人趁热打铁，重返舞台了，你说人家能不容光焕发、气势夺人吗？

杨秀梅想想，每次招待外商时，乔志文向别人介绍她的身份时，她都能从对方眼里看到一丝惊诧，这一丝惊诧无疑深深刺伤了她，使得她在公众面前更抬不起头来。杨秀梅气得手脚都冰凉了，要不是没有什么理由，她早一下掀翻桌子了！难道一个人的外貌就这么重要？我长得丑不是我的错呀，可谁又能理解呢？

"你们吃吧，我走了。"志文说，拍拍乔天放，"学习不能放松啊！"

"放心吧，爸。"乔天放忙说，一边开玩笑地，"爸，时刻注意啊，别让你的魅力变成汪洋大海，那是会淹死人的！"

"臭小子！"志文亲昵地捏了乔天放的鼻子一下，冲他温和地一笑，走了。

杨秀梅看了一眼表，不到七点钟，比每天至少早走了半个小时，哼，就这么迫不及待吗？大概要用这早走的半小时，再聘个私人穿衣顾问吧？当然，他想做什么，也不是你杨秀梅能拦得住的！

她无限失落地叹了口气。

乔天放看了杨秀梅一眼："妈，别那么垂头丧气的，高兴一点儿，啊？你就是什么事儿都太爱较真儿，你应该为有我爸这么个既能干又有风度的丈夫感到幸福骄傲！"

杨秀梅冷笑了一下。

"不吃了，我走了。"乔天放推开饭碗，向外走去。

"慢点儿骑！"杨秀梅说。

"哎！"

乔天放也走了。

杨秀梅坐在桌边，不言不语，感受着越聚越多的落寞与孤寂，突然之间，一股悲凉涌上心头，她眼圈儿一红，在这个世界上，恐怕唯有你自己怜惜自己吧，她想。

八十六、接风洗尘

飞机缓缓地降落在牡丹江机场。

志文及公司副总明一凡和廖智等候在舷梯边。

机舱大门打开了，乘客们陆续走出。

一个身穿一套白色套裙，身材高挑，双腿修长，头上围着淡雅的橘黄色纱巾，戴着一副墨镜的肤色白皙女子，站在舷梯处，她引颈望去，似乎在寻找着什么。她露出了天鹅颈，风吹起了她的黄色纱巾，她的气质看上去更加迷人。

在机场出口大厅，志文一眼就认出了她——方云娜。

方云娜的身旁跟着一位娇小的女子，可能就是和她一道来的助理皮雅南。

明一凡和廖智并不认识方云娜，他们只在照片上看到过一次，但男人们对漂亮女人总是过目不忘，记忆犹新的，明一凡也看到了方云娜。

"乔总，那位是吗？"他问。

志文点点头，他的眼神一直停留在方云娜身上。"应该没错。"他说。

方云娜这时也看到了志文，她有两秒钟的停顿，随即，她摘下了墨镜，仔细看着志文。

明一凡和廖智已经迎上前去。

"您好，您好，是方总监吧？"

"我是方云娜。"方云娜微笑着，大方地和明一凡及廖智握手，随即缓缓地走到志文身边，向志文伸出手："你好，乔总。"

志文看着方云娜，伸出手："你好，方总监。"

两人对视约三秒钟，看着方云娜难以掩藏的仍饱含深情的眼睛，志文的心再次怦然一动，他连忙把眼光移开："一路辛苦了，上车吧。"

司机打开了车门，方云娜和皮雅南坐了进去，志文、明一凡和廖智也坐了进去，汽车绝尘而去。

接风宴安排在当时牡丹江比较排场讲究的名流酒店。

方云娜和志文紧挨着坐在一起，十几年的时间过去了，志文惊讶地发现，方云娜的容颜几乎没变，蜕掉了身上的学生气，平添了几许成熟历练典雅的风韵，言谈举止间一种绝代风华的韵味令人心头一震，知书达礼，底蕴丰厚的知性美更让人折服和心跳，那种自信亲和，养眼，令人愉悦而惬意。

应该说，原来的方云娜是一朵娇艳的玫瑰，现在的方云娜则是一束清雅恬淡的百合。

十几年的时间，她实现了一种完美蜕变。

廖智为众人斟上酒，志文举起酒杯："方总监，感谢你一直以来为求索，也是为我们共同的项目所付出的努力，我相信，如果没有你一直在积极斡旋，广本的资金也不会如此轻松顺利地投放到求索，同时也欢迎和感谢你入驻到求索大本营，为我们共同的发展，我敬你一杯！"

方云娜微笑地端起酒杯："感谢乔总的盛情款待，我会为我们共同的利益竭尽所能！"

两只杯子"咣"的一声撞在了一起。

透过酒杯方云娜在含而不露地打量品味着乔志文。

乔志文最大的变化是他整个人气质的改变，当初那种显而易见的单纯善良、含蓄斯文、质朴执着在他身上体现得不是特别明显了，或者说不是那么肤浅了，现在的他把这些优点转化成了更具持久性的、更浓郁、融入骨髓的优良品质，那个时候，他只能算作是一个知识青年，现在的他则是一个不折不扣的经风雨、见世面的优秀男人，他把所有的原来流于表面化的东西都埋藏进了心里，所以，他的城府极深，才有了今天这般非凡大气自信从容的睿智气度。

"早就听说广本的项目总监很能干，却不知道方总监还如此漂亮！"明一凡笑着说，"我敬方总监一杯，希望您即将开始的在牡丹江的工作生活能够一帆风顺，有什么需要您不要客气，及时提醒，我们会满足您的一切要求！"

方云娜微笑地和明一凡碰了杯子，谦和地说："明总太客气了，应该说我这些年的工作就一直是处在行走之间，我很少待在广本总部，因为广本和国内的合作项目范围很广，而一个项目上马就要历时两三年甚至更长的时间，就像这一次，我们和求索的纳米项目合作，初步预估大概也要五年。"方云娜看了看志文："所以，我会入乡随俗，不会给你们带来太多的麻烦，更何况，牡丹江是我的第二故乡，我曾经也在这里生活和工作过。"方云娜的眼光轻轻掠过志文，仍然微笑地说："对牡丹江的风土人情非常了解，各位就不必在我的生活饮食起居方面费心思了，在此，我也敬你们一杯，我们合作不单纯代表哪一方的利益，我们共同努力，是为了最终达到——"方云娜深深地望着志文："双赢！"

"方总监说得好，我干了！"廖智说，喝干了酒杯。

方云娜喝的是干红，她只轻轻地抿了一下。

志文注意到，经过岁月的洗礼，方云娜身上原来的野性与锋芒毕露不见了，取而代之的是深沉含蓄与镇定自若，就连说话的语调和语速都变了，不急不缓的，慢条斯理的，和风细雨的，让人如沐秋风，成熟安稳，笃定练达。

"纳米技术具有许多诱人的特点，在未来的世界中，纳米技术将成为无处不在的技术。"志文说，"我们要上马的这个新鲜食品外包装项目，采用的就是纳米材料技术，如果顺利投产的话，初步估计，一年会为我们带来近亿的利润空间。"

"但它同时也存在市场风险。"方云娜说，"不过，我想以求索现在的实力，在整个中国及世界市场的占有份额看，想要推开另一扇门并不难！"

"谢谢方总监的鼓励，为我们的成功我敬你一杯！"志文向方云娜举起了酒杯。

方云娜冲志文微笑，也举起了酒杯。

明一凡和廖智先后起身去卫生间，皮雅南接了一个电话也出去了，室内只剩下了志文和方云娜。

屋里一下子有几秒钟的沉默。

志文望着方云娜，方云娜也望着志文。

"这些年来，过得还好吗？"方云娜问。

"还好。"志文说，当屋里只剩下两个人的时候，的的确确有那么几秒钟的沉默和尴尬，但可能他们在彼此之间心中的分量致使这份尴尬很快转化成了一种亲切，一种没有旁人在而想说点儿什么的欲望也在这时生起。

"你呢，也还好吧？"志文问。

方云娜微笑了一下，笑得颇为复杂与意味深长，带着一种不确定性。

"听说你儿子都上大学了？"她转移了话题问。

"是。"志文说，"你的……"

"我没有孩子。"没等志文问出来，方云娜说，但她没有进一步说明为什么没有孩子，是没要还是没有？还是没结婚……

"噢。"志文不好再多问什么。

"你变了。"方云娜说，"变得不像我最初认识的那个乔志文了。"

"是吗？"志文说，"都十几年了，老了。"

方云娜注视着志文，摇摇头："不，你的改变让我惊叹！"

志文笑了一下说："你也变了，变得成熟稳重了。"

"是吗？"方云娜挑挑眉毛，侧着头沉思了一下，有些俏皮地说，"我该把这句话理解为褒义还是贬义呢？"

"当然是褒义了。"

"那就好！"方云娜笑了，向志文举起杯，由衷地感叹道，"经过这么多年，看到今天的你，真的让我感到欣慰和自豪！"

"谢谢！"

两只杯子再度碰到了一起。

明一凡和廖智及皮雅南都回来了。

"来吧，"志文提议说，"我们欢迎方总监和皮助理的到来，希望求索和广本的未来更加辉煌!"

五只酒杯碰撞在了一起,无数酒花溅落,响起一阵笑声。

八十七、心神不宁

同一时间,杨秀梅在家里坐卧不安,心神不宁。

明明知道志文此刻就陪在旧爱身旁,她却无能为力,只能在家里坐冷板凳,干着急。

但反过来,她一再劝自己要稳住,不要生气,已经这么多年过去了,他和她还能怎么样?她肯定已经结婚,孩子也该不小了,他们总不能不顾及双方的家庭,即使乔志文不顾念她的感受,方云娜说不定也要顾念自己丈夫的感受,也许是她想得复杂了,也许方云娜的到来只是巧合,的的确确是正常工作而已。

她一方面开解劝慰着自己,一方面却不停地看着墙上的石英钟,十点多了,不是说那个方云娜下午就到了吗?要吃饭早就应该吃完了,这会儿乔志文还不回家在干什么?

她无法停止自己的想象。

你想,乔志文今非昔比,方云娜也是身价倍增,两个若干年前爱得死去活来本就难忘的恋人再度相见,彼此身价的上升会让对方更感到其不可替代的价值所在,能不互相吸引,鸳梦重温吗?想到这儿,她就像热锅上的蚂蚁在地上来回走着,徘徊不定。

乔天放走进来,不耐烦地说:"哎呀,妈,这么晚了,你怎么还不睡呀?开着个大灯,晃得人都没法儿睡。"

"啊,那我把灯闭了。"杨秀梅说,关了灯。

乔天放回了自己房间。

杨秀梅仍在黑暗中来回走着，她几次走到电话旁想给志文打个电话，可最后又放下了。

本来在乔志文心中你就不值什么钱，她对自己说，他在外面，你再一个劲儿地给他打电话，会更使他反感。

可是可是，他现在和那个方云娜到底在干什么呢？这么晚了，方云娜第一天到，难道不需要休息吗？

有了，她走到电话旁拨通了明一凡的电话，拨到一半又放下了，给明一凡打电话和给乔志文打电话有什么区别？如果他们在一起，不照样让乔志文听到吗？而且他也会立刻就告诉乔志文的。

不过，如果明一凡没和他在一起呢？

是啊，杨秀梅的心又一紧，如果明一凡和廖智他们没和乔志文在一起，仅仅是他和方云娜单独在一起，那又说明了什么？

这个电话必须打！

她倒要看看乔志文是不是单独和方云娜在一起呢。

杨秀梅拨通了明一凡的电话："喂，小明啊，我是嫂子。"

"啊，是嫂子啊。"明一凡说。

"那个，乔总和你们在一起吗？我刚才打电话打了好几次都打不通。"

"在一起，我们在一起。"明一凡说，"要不我把电话给他？"

"啊，不用了，不用了，和你们在一起就行，你们还得多长时间啊？"杨秀梅忍不住问。

"快了，马上结束了。"明一凡说。

"啊，那行，我挂了。"杨秀梅挂断了电话。

还好，有明一凡他们在身边，料定他和那个方云娜也不敢做什么出格的事儿，杨秀梅想，她躺下了。

但是，躺下以后，另一层隐忧又漫上心头，你能保证今天晚上乔志文没有和方云娜单独在一起，你能保证明天晚上后天晚上大后天晚上他们不单独在一起吗？你管得了初一管得了十五吗？

杨秀梅再一次跌进了冰窟窿里，她咬牙坐起，总之，这个方云娜此次进驻求索，本身就来者不善！

司机小徐的车停在了和煦宾馆门外。

志文、方云娜、皮雅南和明一凡及廖智先后从车里下来。

方云娜同明一凡和廖智握手告别，最后向志文伸出手，她深深地望着志文："谢谢乔总盛情的款待和细心的安排，明天我和小皮会准时到达求索的办公室，再见！"

"辛苦了！"志文说。

几个人挥手告别，看着方云娜和皮雅南消失在宾馆门里，志文他们才反身回到车里。

返回的途中，志文异常沉默。

在宾馆房间内，方云娜站在梳妆镜前，出神地望着镜中的自己，志文在酒桌上的一颦一笑再次映入她的脑海。

方云娜难掩心中的激情，她沉迷地看着镜中自己那对燃烧的双眸，眼神迷醉……

方云娜看着镜中自己绯红的脸颊，把脸贴近镜子，看着镜子里燃烧的双眸。

这一夜，志文辗转反侧，难以成眠，闭上眼睛回想方云娜在工具厂和着《乡恋》翩翩起舞的情景：她的舞姿轻灵，身段儿柔美，一招一式，与天地浑然一体，远远望去，如一只白色的蝴蝶，更像月宫里的嫦娥，她的每一个动作都浸透着那样一股远离世俗的风韵，她似乎在发泄着什么，柔媚中带着刚劲，刚劲中带着清高，步步生风，招招有力……

志文紧闭着眼睛，当年最让他震撼的一刻再次像电一样闪过他的脑海：志文目光咄咄地望着方云娜，方云娜也睁大了眼睛看着他，两人就这样对视着，一动不动。

"跟我说句实话，想我吗？"志文问。

方云娜笑了，不语。

"你别笑，我问你呢，想我吗？"志文再问。

方云娜又笑了，还是不说话。

"我问你话呢，你没听见吗……"志文猛然把方云娜拽到了怀里，嘴唇对着方云娜盖了过去……

志文感到心一阵悸动，脸一阵潮热，他翻了个身，睁开眼睛，在黑暗中瞪着干涩的眼睛，然后再闭上。可是，方云娜信里的字字句句又蹦了出来："……从来没有哪个男人像你一样真正吸引我，你浑身上下散发的男人味儿，你的每一个眼神，每一个微笑，对我都充满了难以抗拒的吸引力，那天从车间回家后，我就在心里发誓，为了你，我一定要改变自己，做一个你希冀的识大体、有修养的好姑娘……我不忍心让善良的你把青春耗费在一个不值得你爱的人身上，对不起，真的对不起，如果你不曾认真，我心会得以宽慰；如果不幸你付出了真心，也请求你忘了我，并原谅我的一时疏忽，就当我是一阵风，一场雪，风吹散了，雪消融了，一切都将烟消云散，忘了我，你会有新的生活，新的幸福……"

志文虚眯着眼睛，时隔多年，再想起当年这些情景和字字句句，竟仍能撼动他的心灵！

突然他想起那件震惊全厂的方云娜事件，方云娜的失踪，方云娜的信，如今方云娜的再次出现……他皱起了眉头，他猛然有种感觉，这其中会不会有诈?! 是了，他一下坐起身，这么多年，他为什么就没想到呢?

他下了床，来到阳台上，望着淡灰色的悠远苍穹，点燃了一支烟，他深深地吸了一口又吐了出来，在烟雾弥漫中，他虚眯着眼睛陷入了深思。

身后忽然有人拍了他一下，他吓了一跳，回过头去，见杨秀梅正站在那里斜着眼睛看着他。

"怎么了? 睡不着了?"她阴阳怪气地问。

"噢，酒喝得，头有点儿疼。"志文说，"抽根烟，你先睡吧，我一会儿再睡。"

杨秀梅站在那里没动："太兴奋了吧?"她又说了一句。

志文看了她一眼："兴奋什么呀?"

"谁知道啊!"杨秀梅揪着花盆里的乱草。

志文又看了她一眼："你先睡吧，我抽完这根烟。"

"巴不得我赶紧从你眼前消失呢吧？"杨秀梅又说。

"说这话有意思吗？"志文有些厌烦地皱起了眉。

"没意思。"杨秀梅说，"我自己也知道特别没意思，跟你比我当然没意思了，生活寡淡无味，又没有被前呼后拥、呼风唤雨的至高无上的感觉，啊，又没有什么足以激动人心的情史，又没有可回忆的初恋情人，当然没意思了。"

面对杨秀梅的挑刺儿，志文不再作声。

杨秀梅见自己的话没引起志文的话茬儿，想了一会儿，还不甘心："没想到时隔这么多年，再见面还能夜不成眠啊？"

志文熄灭烟蒂，平静地："你不睡我去睡了。"

"随便，"杨秀梅说，"睡不着还有美好回忆陪你做伴儿呢。"

志文一言不发地回了卧室。

杨秀梅站在那里好一会儿，感觉没趣儿，也走进屋去。

躺到床上，志文和杨秀梅背对着背。

多少年了，她和志文睡觉都保持着这样一种姿态，睡在一张床上，却距离遥远，甚至连床的中间都鼓起了大包，那是乔志文和她的心隔着的一座永远无法融化的冰山，一条难以逾越的鸿沟，一道今生也跨不过去的心坎儿，毁掉了杨秀梅曾抱着的一丝幻想，毁掉了她曾经美好的希冀，毁掉了她的一生。背对着乔志文，蜷缩地躺在那里的杨秀梅，心冰凉冰凉的，她就像被打入冷宫没人待见的嫔妃，不，这话不准确，她没法儿和人家妃子比，妃子至少被皇上宠幸过，她呢，自打她强行让乔志文同意娶她的那一刻起，她就没得到过一个女人该得到的疼爱。你能想象吗？一个女人，和她的丈夫结婚后，居然没有尝到过被搂着入眠的滋味儿，而现在，孩子已经上大学了，她还要忍受和她同床共枕的那个人躺在床上为别的女人夜不能寐，世界上还有比她更可怜凄惨的人吗？

如果说，杨秀梅是爱着乔志文的话，那么现在这爱已经混合了恨，乔志文的不冷不热、不痛不痒、礼貌尊敬的对待方式，让她尝尽了哑巴吃黄连，有苦说不出的滋味儿，本就变异的性格更加扭曲。

她佩服乔志文的耐力，如他们这般的婚姻现状，换了别的男人早就一拍两散了，可乔志文为了伦理道德，为了顾全大局，他宁愿选择隐忍，并且一忍就是这么多年。

现在，方云娜的再次现身，说不定会在乔志文身后推一把，让他在功成名就之时，舍得迈出那一步，说不定，真的说不定啊！

杨秀梅，这就是老天爷给你安排的命运结局吗？你的青春、爱情都在无比冷落、煎熬中度过，你以为无论怎样，你好歹还算守住了一个家，就连这，难道在你人老珠黄的时候老天也要夺去吗？

杨秀梅感觉浑身冷啊，她多希望丈夫用他坚实温暖的臂膀给她取取暖，可就这点儿可怜的愿望都难以实现，眼泪一滴、两滴、三滴打湿了枕巾，而旁边那个男人还在平卧、侧翻、睁眼、闭眼，想着那个妖娆的女人⋯⋯

杨秀梅感觉胸膛胀得鼓鼓的，她不能再忍受了，她如果再忍受下去，怕是会从头发上冒出烟来！

她终于坐了起来，大声地：“乔志文，你如果睡不着，就请你暂时去别的房间，不能因为你的心猿意马，就株连九族啊！”

“好吧，我去别的房间。”没想到，乔志文竟然这样好脾气，抱着枕头出去了。

杨秀梅躺下后，又为自己的话后悔了，这不恰恰给了他一个台阶下吗？他说不定早想离开这张床却苦于找不到借口呢，你可倒好，给了他一个理由，正中下怀。

这样一想，杨秀梅更气了。

八十八、深情一吻

方云娜到求索几天后，广本驻中国总部执行董事渡边一郎与其随行也到达了求索。

这次当然要比方云娜来时还隆重，方云娜已经事先把该注意的事项一一交代给了志文，因为日本人最注重细节，不要因为一个细节的疏忽而丢失了整个项目，这是方云娜交代的，并且，依照方云娜的意思，求索用了一个星期的时间，把纳米项目部及车间全部按照渡边一郎所期望的形式铺开，以期达到他最满意的效果，这样为下一步的资金保障做好充足准备。

虽然有方云娜一直在幕后支撑，但如果此次渡边一郎来考察，求索出现细微闪失，他都会义无反顾地撤销投资计划，这样一来，所有纳米新鲜食品包装项目都将前功尽弃。

不过，渡边一郎到达后，对求索的方方面面给予了很高的评价及充分的肯定。志文看得出，方云娜的想法在渡边那里有着绝对的分量。这天晚上，志文及求索高层，在名流饭店宴请渡边一行，还特意请来了当地的京剧名角儿及名弦儿，因为渡边一郎对京剧非常痴迷，几段京剧清唱下来，渡边已经兴奋得手舞足蹈，那天众人都喝得异常高兴，宴请直至午夜一点才结束。

志文和方云娜见渡边甚是满意，心里的石头都落了地，他们心照不宣地相互瞅了一眼，志文和方云娜一再地向渡边敬酒，渡边很是受用。

因为涉及下一步资金能否顺利到位，送渡边一郎回下榻宾馆时，只剩下了志文、方云娜及司机。

渡边一郎喝得脚下像踩在云朵上一样，司机小徐搀扶着他，志文和方云娜守在旁边。

到了渡边房间门口，志文示意小徐先下楼在车里等着。

小徐走后，方云娜和志文把渡边送进了房间。

渡边紧紧地握着志文的手说了一长串日语，方云娜对志文翻译说："他说，乔总，你放心，下一部分资金他回到东京就会安排汇到求索账面上，他对求索的实力非常满意。"

志文和方云娜走出渡边房间时，两人不由自主地互望一眼，都微笑着长长地舒出一口气。

那一刻，志文感觉心和方云娜再次贴近。

送方云娜到宾馆时，已经是近凌晨两点了。

志文让小徐把方云娜送到楼上，方云娜脸上的表情却有一瞬间的僵硬，但她转而又微笑着对志文说："不用了，我一个人上去就可以，不劳费心了。"

方云娜说完，径自向宾馆门里走去。

小徐回头看看志文，志文略一沉吟，对小徐说："你在这儿等着，我去送。"

志文跟着进了宾馆。

方云娜看见志文，笑了一下说："你回去吧，我自己上去就可以了。"

电梯到了，志文请方云娜进了电梯。

到了方云娜房间门口，志文望着方云娜真诚地说："谢谢你的努力，方——总监。"

听到方总监三个字，不知为什么，方云娜的嘴角漾出一个苦涩的微笑。

她刚要说什么，但想了想，止住了。

"你回去吧。"她皱了一下眉，轻声说。

"好好休息。"志文说。

方云娜点点头，抬起头来望着志文，有一丝泪光忽地在灯光下闪了一下。

志文连忙把眼光移开，他向方云娜伸出手："再见。"

方云娜也向志文伸出手，可是伸到一半，她停住了，她眼睛湿润地望着志文，轻轻地："你——幸福吗？"

志文愣了一下，随即，他也轻笑了一下，不置可否地答道："还好吧。"

方云娜深深地望着志文，她僵硬地笑了笑："你能这么说，我——为你感到高兴。"

志文看着方云娜，微微点头："谢谢，快进去吧，你今天也喝了不少酒，好好睡一觉，我走了。"

志文转身欲向电梯走去，方云娜愣怔在那里有两秒钟，突然，她扑到志文怀里，在志文耳边低语了一句："晚安。"一个蜻蜓点水般的吻在志文脸上掠过，短短三秒钟，她随即进入了房间。

方云娜快速关上门，背倚在门上，手按在狂跳不止的心脏处，闭上了眼睛。

志文站在那里，好半天，他转过身去，进了电梯……

志文坐到车里，好一会儿没有缓过神儿来，小徐回头问："怎么了？乔总？"

"没事儿，"志文说，"开车。"

汽车向前开去。

志文望着窗外的夜色深思。

那个在他的青葱岁月，给他留下刻骨疼痛的女孩儿，那个潇洒转身一去不复返留下一团迷雾的女孩儿，那个多少年来让他魂牵梦萦的女孩儿，当她真的像梦一样出现在他眼前的时候，他竟然发现，他的激情仍如熊熊燃烧的火焰般在胸中升腾，许是冥冥之中，他今生与她就是有着解不开的缘，许是注定她还是要在他的生命里留下点儿什么。

当这个让他心痛了一生的女人再次出现的时候，他真想抛开一切世俗礼教道德传统，抛开束缚了他一生的桎梏，和她在一起！他苦了近二十年了！他苦得快要赔尽一生了！可理智告诉他，他不能那么做，因为他要为一个错误的承诺负责，要付出一生的代价去兑现，哪怕这么做终将使他永失幸福，他也不能做一个违背良心与道义的人，他不想吗？他不想好好地向她诉一诉这些年来的相思之苦吗？他不想问问她，这些年来，她过得还好吗？他不想解开那团迷雾吗？不，他想，可他不能！

今天的他已经不是那个无牵无挂的乔志文了，他身上背负着太多的责任，他不再年轻，也不能允许自己再犯错误，这或者就是命中注定吧！

他的苦，他的累，他的渴望，他的压抑，他的隐忍，他的纠结，他的矛盾，他的心酸，也许永远只有一个人明白，那就是他自己！

从明天开始，他知道，他要离方云娜远一些了，他不能一再地犯错，他知道，如果他再犯错，毁掉的可能不止两个人，还有更多人！

八十九、风暴来袭

树欲静而风不止。

乔志文决计用尽身上所有的能量去回避、抵挡那曾经的炽热最爱与极致渴望，却不承想，纷纷扬扬的议论与谣言并不会因他的洁身自好而停止，在方云娜到达不久，流言蜚语如疾风骤雨般扑面而来。

有人说，都以为乔总是个好男人，没承想，天下乌鸦一般黑，功成名就了，有钱有地位了，思想就开始起波澜了，换了身份就该换老婆了，居然把情人明晃晃地弄到了自己的眼皮子底下，为的不就是终日厮守在一起吗？即使不是有目的的，也不注意一下影响吗？也有人说，方云娜此次的到来绝不是偶然的，你想，如果他们这些年来一直没有来往的话，她怎么就能冷不丁地冒了出来？还什么广本项目总监？总监只是一个名头儿，不过是打着合作的幌子暗度陈仓罢了！更有人说，看吧，方云娜进入求索只是第一步，下一步就要名正言顺地做乔总夫人喽，到时，身为卫生所所长的杨秀梅可就惨了！不要以为你给人家生个儿子就能保全地位了，方云娜一出手，别说一个儿子，十个儿子照生……众说纷纭，各种质疑的声音充斥在志文及求索周围……

本就疑窦丛生的杨秀梅这回更坐不住了，是啊，她还在这儿像傻瓜一样抱着一丝幻想，以为他们之间就是清白的，是正常的，过了这么多年，方云娜也要顾念自己的家庭和丈夫，也要顾念影响，这只是傻瓜哲学，更何况，现在这个方云娜究竟结没结婚，有没有孩子还两说呢！当事者迷，旁观者清，所有的人几乎都明了他乔志文和方云娜搞的什么阴谋，你怎么就那么天真地信了他那句"我没什么可说的，我都说了，和她只是合作关系，她是广本公司派来的项目总监……"

你怎么就信了呢？还有，他不是说了吗？"你以为轻而易举就能和任何一家外资公司合作成功吗？资金，你懂不懂？要想做成这个项目首先缺的就是资金，不是任何一家公司都会看好你的项目肯拿出几千万和你合作的。"

这不明摆着吗？因为这家日资公司有方云娜在，才可能投资，没有他和方云娜的这层关系，一切都免谈。他不是等于已经告诉你了吗？你怎么还半信半疑呢？你用不着半信半疑了，他和方云娜当年爱得死去活来，这么多年以来，乔志文从来没有真正忘记过她，而今，她携一身繁华卷土重来，他乔志文怎么能放过用他自己的话讲叫千载难逢的好机会呢？你笨想吧，他把方云娜弄到身边，这就是第一步，接下来的第二步……

杨秀梅想着，突然不寒而栗，是啊，他乔志文再不是从前的乔志文了，她不能总想着他还是二十年前的那个他了，他变了，他能把工具厂变成他乔志文一个人的，就能把她也换了，她多什么了？她什么都不多，十几年前她比不过方云娜，十几年后她和人家更没法儿比，论相貌、论地位、论妖功，她样样不及。别说乔志文从来没有爱过你，他即便爱过你，也照样踹你！许丽丽和乔志武不就摆在眼前吗？说明他们老乔家本身就有这基因。

杨秀梅头痛欲裂，自从知道方云娜要来求索的那一天起，她就没睡过一个好觉，乔志文能不管她的感受，冠冕堂皇地把方云娜弄到眼前，本身就是要气死她，要向她宣战！

杨秀梅站起身，来到窗前，好，既然你乔志文都不念多年夫妻情分，让我在求索人面前抬不起头来，并且想最终达到把我踢出乔家的目的，那么，我也就什么都不在乎了，我现在好歹还算乔天放的妈吧？好歹还算你表面的妻子吧？我不但让你的目的达不到，你要是真敢和那个方云娜怎么着，我还能把这个项目给你搅黄了，你信不信？乔志文？

不就是个鱼死网破，你死我活吗？

我杨秀梅一辈子受尽白眼和欺凌，尊严，面子，在我眼里一文不值，到了我这年岁，更什么都不在乎了，我一辈子，跟着你乔志文，我没有赢得一个妻子的正当利益，我还怕什么？你一辈子没给过我爱，我还怕什么？

今天，就在今天，我要和你乔志文好好理论一番，明白告诉你，有她没我，有我没她！

杨秀梅看了一眼表，十一点了，看着了吗？天天如此，甚至连个电话都不打，打着工作的旗号，鬼知道他和那个方云娜在一起干什么！

想想吧，乔志文现在几个月都不碰她一下，身为一个男人，他如果不是有所发泄就是绝对疲软，可乔志文疲软吗？乔志文疲不疲软她不知道吗？

太蔑视她的存在了！她如果再沉默下去，她就是天字头号大孬种！大蠢货！

当志文轻手轻脚打开房门的时候，杨秀梅已经被怒火烧得"腾"的一下从沙发上站起来了，并且打开了灯。

志文被吓了一跳："还没睡啊？还是把你吵醒了？"

就是这样，总是对她恭敬有礼，却从来没有"爱的冒犯"，总是仿佛对她很体贴入微，又实际冷酷无情。

"你看我的状态像是睡觉了吗？"杨秀梅反问。

志文看杨秀梅一脸挑衅的样子，便简短地说了一句："噢，我以为这么晚了你该睡了。"

"是啊，你巴不得我早睡，免得回来让我看见，你心虚。"杨秀梅说，上下打量着志文。

"我心虚什么？"志文说，不悦地看了杨秀梅一眼，"我很累，想休息了。"

他说完，向卫生间走去，言外之意是请你不要无事生非。

"是和方云娜在一起累的吧？"杨秀梅说。

志文刚要进卫生间，听到杨秀梅的话，他停下了，想了一下，又重新走到杨秀梅身边，坐到沙发上。

"你什么意思？"他问，"能不能别夹枪带棒的，有什么话摆到桌面上来说。"

"好啊。"杨秀梅说，坐了下来，"我就等着你说这句话呢。"

志文点点头："说吧。"

"你每天回来这么晚，在外面都干些什么？"杨秀梅正面对着志文，一个字一个字地说。

"工作。"志文也极其清晰同时也不友善地回答。

"哈，工作？"杨秀梅笑了，"好冠冕堂皇的理由。请问，你的工作范围包括每天陪旧情人在一起直至深夜吗？这一项是不是也写进了和广本的合同中？"

志文望着杨秀梅，好半天，他没有说话。

"杨秀梅，"他郑重地看着杨秀梅，"我们在一起生活了十八年了，我在外面有过不轨的行为吗？"

一句话倒给杨秀梅问住了。

"没有。"她实话实说，把脑袋凑到志文脸前，"但你却精神出轨了十八年。"

志文不语。

杨秀梅哼了一声："而且，这一次方云娜不同。"她掷地有声地说："所有人都知道你当年和方云娜是怎样一种关系，过了这么多年，她竟然神奇地以什么总监的身份再次出现，不得不让人怀疑她的目的！你说你们是在工作？乔志文，你拿什么让我相信你？你们从白天到晚上都在一起，每天晚上工作到午夜甚至凌晨，你拿什么证明你们之间的清白？你能够这么堂而皇之地不拒绝甚至欢迎她的到来，你为我想过吗？只要是个人都得怀疑你们之间的清白度！这有什么可说的？"

"好，"志文点点头，"既然你如此不信任我，我向你发誓，我用我的人格起誓，我用我和你生活了十八年的人格起誓，我乔志文，绝不会做对不起你杨秀梅的事情。"

"发誓？"杨秀梅睁大着眼睛，"发誓有用吗？你的誓言奏效吗？你和方云娜的关系让我无法相信你的誓言不是伪造的！"

"那么你想怎么样？"志文问。

"让她离开求索。"杨秀梅说。

志文不可思议地看着杨秀梅："你想什么呢？她现在是广本的项目总

监，没有她的积极协调与斡旋就没有广本投入的资金，她是广本派到求索的项目总监，新鲜食品外包装项目能否顺利上马，能否投产，打开国内外销售市场，为求索带来巨大收益，她起着决定性作用，你懂不懂？"

"我不懂！"杨秀梅言之凿凿地回应，"我只知道，她的出现对我对我的家庭构成了巨大威胁，她来者不善！"

"杨秀梅，"志文虚眯着眼睛望着杨秀梅，"你这么无中生有，无事生非，你觉得有意思吗？"

"何以见得我是无中生有，无事生非？"杨秀梅咄咄逼人地问。

"你现在的这种表现与要求就是无中生有，无事生非！你以为仅凭你一句话或者是无端的猜忌就能让我轻易决定一件事吗？整个求索不是我一个人的，一个项目的成功与否，它关系到一千多号职工的饭碗，关系到一个企业未来的发展，你——"志文有些哭笑不得地说，"你怎么可以想得这么荒唐简单？"

"是啊，"杨秀梅冷笑着，"我是荒唐简单，我知道我说的任何话在你乔志文那儿都等于是放个屁！我知道会是这样一种结局，可只要有一线希望我就要为我，为这个家维护最起码的尊严与利益！"

"随你怎么想！"志文气愤地一挥手，站起身，向外走去。

"乔志文！你给我站住！"没想到杨秀梅大喝一声。

志文站住了，回身望着她。

"我最后问你一句，让不让她走？"

"你别无理取闹，杨秀梅。"志文说，看得出，他的忍耐已到极限。

"我再问你一句，让不让她离开？"杨秀梅再次威胁地问。

"不让。"志文简单地说。

"你这是公然跟我叫号了？"杨秀梅脸上的肌肉痉挛着。

"那只是你的想法，没有人会无聊到跟谁去叫号的地步。"志文平静地说，但额上的青筋已然突起。

"好，"杨秀梅发狠地说，"你别怪我把这个项目给你搅黄了！"

此言一出，让志文大为震惊："你说什么？！"

"我说，你别怪我把你这个项目搅黄了！"杨秀梅毫不示弱地说。

志文望着杨秀梅，好半天没有说出话来，最后他吐出几个字："你疯了？"

"我是疯了，乔志文，我被你逼疯了，被你和你那个臭不要脸的骚货贱人逼疯了！"杨秀梅口不择言地说着，眼泪流了下来。

志文望着杨秀梅好半天，最后低语了一句："你看着办吧。"他转身走了出去。

杨秀梅站在那里，"砰"的一声坐到沙发上，失控地号啕大哭！

哭过之后，杨秀梅冷静了。

她感觉今天的方法完全失败，这么横冲直撞直接表露不满的方式完全缺乏技巧，乔志文压根儿就不在意你的感受、你的眼泪，你的警告不但达不到目的，只能越发让他反感。

她坐起来，仔细斟酌下一步计划。

九十、挑衅未遂

夜色浓浓。

方云娜头上裹着毛巾从浴室里走出来，坐到梳妆台前将头发松散开来，室内亮着优柔的灯光，安详地照在地毯及墙壁上。

方云娜轻轻擦拭着头发，出神地望着镜中自己那张无懈可击的脸，她的眼前幻化出多年以前的情景：志文目光咄咄地望着她，方云娜也睁大了眼睛看着他，两人就保持着这样的姿势一动不动。

"跟我说句实话，想我吗？"志文问。

方云娜笑了，不语。

"你别笑，我问你呢，想我吗？"志文再问。

方云娜又笑了，还是不说话。

"我问你话呢，你没听见吗……"志文猛然把方云娜拽到了怀里，嘴唇对着方云娜盖了过去……

方云娜的心骤然间狂跳起来，她摸着滚烫的脸颊，睁大了眼睛看着镜子里那对燃烧着火焰的双眸，她闭上了眼睛，手按压在怦怦剧跳的心脏上。

再度睁开眼睛时，方云娜见镜中那个漂亮女人面若桃花，眼似清泉。

稍微稳定了一下，她再度陷入了回想：志文转身欲向电梯走去，方云娜愣怔在那里有两秒钟，突然之间，她扑到志文怀里，在志文耳边低语了一句"晚安"，一个蜻蜓点水般的吻在志文脸上掠过，短短三秒钟，她随即进入了房间。

心再次无法自控地狂跳起来。

她拿起桌上的手机，拨了志文的电话，到最后一个号码时，她停住了，看了看表，她把手机放到了一边。

她仰面躺倒在床上，想着昨天中午和皮雅南一起出去吃饭时的情景。

"雅南，有男朋友了吗？"方云娜问。

皮雅南摇摇头："那些小屁孩儿，没一个我能看上眼的。"她说。

"那你想找什么样儿的，说来听听。"方云娜说。

"像乔总那样的。"没想到，皮雅南竟无限迷恋向往地说，"有城府，有见识，温柔儒雅，风度翩翩，事业有成，有责任感，有担当……"她痴迷地想着："方姐，你没发现吗？乔总长得很漂亮，是个美男子！"

"小丫头，别胡思乱想啊，人家可是有家室的人。"方云娜不动声色地说。

"那怕什么？"没想到皮雅南又语出惊人，"那不影响我爱他！我听说，他和他妻子感情并不好，你见过他老婆吗？"

方云娜摇摇头。

"长得……"皮雅南一脸难过的表情，"哎呀真是，怎么说呢，配不上乔总。"

方云娜微笑不语，最后她甩出一句："雅南，你要记住，我们是来工作的，对自己的言行要检点一些。"

"噢!"皮雅南嘴上答应着，转过头去翻了个白眼儿。

方云娜躺在床上，脸上的表情很复杂。

这时，她的手机响起来，她接过电话："喂?"

对面传来一个女人的声音。

"请问你是方云娜，方总监吗?"电话那端的女人问。

"我是方云娜，请问您是哪一位?"方云娜问。

对方像是轻笑了一下，但没有说自己是谁："明天晚上你有时间吗? 在琴其坊206室，我定了雅间。"

"请问您是哪一位?"

"我是谁不重要，你来了就知道了。"对方说，随后挂断了电话。

方云娜莫明其妙地看了看电话，谁呢? 这么多年，她没有回过牡丹江，也没有和与牡丹江有关的所有人联系过，会是谁呢?

她坐起身，沉思着。

怀着一丝疑惑，方云娜第二天准时来到了琴其坊206号雅间。

琴其坊是一家高档茶社，全国各地高档茶在此都能喝到，仿古的装潢，考究的茶道，古香古色的韵味，静谧怡人的气氛，让来者在不知不觉中就升华出几许清心静气之神来。

沿着幽静的楼梯到了二楼206号雅间门口，门是虚掩的，方云娜轻敲了两下。

"请进。"一个女人的声音传来，听得出正是昨晚打电话的人。

方云娜走了进去。

一个装扮贵气却长相平庸的女人端坐在茶椅上，见方云娜进来了，她用两秒钟的时间对其来了个巡视礼，似乎颇有气派地指了指她对面的椅子："请坐。"

方云娜坐下来，对面的女人看着她微微一笑："昨晚打电话多有冒昧，你可能对我不太熟悉。"

"您是……"方云娜问。

"我是乔志文的妻子，杨秀梅，十几年前，我们在工具厂见过面。"杨秀梅仍然微笑地说，其实看到方云娜的一瞬间，杨秀梅即被方云娜无可挑剔的五官与身材、大气典雅的气质所震慑。没想到，杨秀梅在心里对自己说，快二十年了，方云娜还能保持如此完美的容颜与身材，这令她先前抱着的一点儿期望，彻底幻灭，而方云娜越是完美，她心底的那份恨就越强烈，虽然她坚持面带微笑。

"噢，"知道了对面女人的身份，方云娜心里掠过一层戒备，凭感觉，她已经料到对方今天来者不善，其次，她也为杨秀梅外貌的平常而多少有些讶异。事实上，多年前，当方云娜在工具厂时，她也曾与杨秀梅打过几次照面，但印象早已模糊，没想到，志文后来娶了她。

"你好，有点儿印象，但因为过去的时间太长了，真的有点儿记不清了。"她仍然礼貌地向杨秀梅伸出手。

杨秀梅挺直着腰杆儿坐在那里，表情带着一点儿狂傲，就是这样，当你极度自卑时，你的表情反而会极度自负，方云娜的手伸出好半天，杨秀梅才居高临下地伸出手，在方云娜手上轻轻碰了一下。

"你好。"她说。心想，先在气势上压倒你，再说别的。

方云娜通过杨秀梅的言行已经嗅出其中暗藏的火药味。

"喝点儿什么？"杨秀梅挑了挑眉毛，"这儿有西湖龙井、黄山毛峰、洞庭碧螺春、安溪铁观音，还有君山银针。"

"有庐山云雾吗？"方云娜回身望着服务小姐。

杨秀梅脸上的笑容隐去。

"有，"服务小姐微笑着，"看来您是一个懂茶的人，庐山云雾是我国最著名的绿茶之一，在宋朝时，庐山茶就被列为贡茶，庐山云雾茶色泽翠绿，香如幽兰，特别适合您这种漂亮又气质高雅的女性饮用。"

笑容从杨秀梅的脸上消失了，她冷冷地看着方云娜和服务小姐你一言我一语地聊。

"朱德还曾为庐山云雾茶赋诗一首。"方云娜欣然接话说，"庐山云雾茶，味浓性泼辣；若得长时饮，延年益寿法。"

435

"是，看来您还真懂茶！"服务小姐盛赞着，走出去。

方云娜转过来，微笑地看着杨秀梅："真是不好意思，我应该先请您。"

"不必客气，"杨秀梅说，"你到求索来，是为了求索有更好更快的发展，我们理当尽地主之谊。"杨秀梅端起茶杯，轻啜一口："志文回家跟我提到你，非常感激，说，如果没有你，广本的资金不会那么痛快地投入，所以，我今天请你，也是代表志文来感谢你的。"

方云娜沉吟了一下，笑了，能够看出，她对杨秀梅此话真实度的怀疑："乔总太客气了，这么多年，他还是想得那么周到，那么事无巨细。"

"他这个人呀，就是这样。"杨秀梅说，"结婚这么多年了，对我，还是那么体贴入微，那么周到细致，我们之间也是一直相敬如宾，从来就没见他大声说过话，说起来都不好意思，从结婚那天起，他就一直保持着给我洗脚的习惯，无论多忙，回家都得先给我洗完脚再睡觉，哎呀，真是……"杨秀梅笑着。

服务小姐送上了方云娜的茶，方云娜接过茶，喝了一口，悠悠地说："那您可真是有福之人啊。"

"这也是我这一生最欣慰的事情，有一个知冷知热又事业有成的丈夫，有一个优秀的儿子，这一辈子足矣，你说一个女人，还能要求什么？"杨秀梅说，"看方总监大方得体，知书达礼的，家庭也一定很幸福吧？"

"我还没有成家。"方云娜说。

这句话一出，杨秀梅的心"咯噔"一下，果然，她暗中咬了咬牙，果然是来者不善啊！

"噢，方总监这么优秀，为什么至今还不成家呀？是挑花眼了，还是……"她问。

"婚姻不像别的事情，不可强求，只是缘分未到吧。"方云娜含蓄地说。

杨秀梅："人在年轻的时候，如果有刻骨铭心的爱恋，就容易旧情难忘，以至于总不知不觉去对比，产生失落，婚姻也就变得不那么容易求得了。"

方云娜望着杨秀梅，从她进门知道她是志文妻子那一刻起，她就对眼前这个女人的小伎俩、小手段、小暗语、小试探看得清清楚楚，她反倒对她心生怜悯。

她笑笑不语。

"冒昧地问一句，你时隔多年，再次回到原来工作的地方，有什么感触？而且又是什么原因让你对求索如此关注？并且力促与广本的合作呢？"杨秀梅连连发问。

"可能您说得对，"方云娜说，"我对求索还是旧情难忘吧。"

"方总监这话——我不太明白。"杨秀梅有些抻不住了，"是对求索旧情难忘还是对求索的一些人旧情难忘？"她露骨地问。

方云娜望着杨秀梅，半晌，她哑然失笑了，她喝了口茶，说了一句："这茶有点儿没味儿了。"

杨秀梅被方云娜一句话堵到了那儿。

"这么多年过去了，"方云娜点燃一支烟，无限惆怅地吸了一口，又缓缓地吐了出来，幽幽地说，"这次再回到牡丹江，看到志文取得了这么辉煌的成就，真的由衷地替他感到高兴，只是，有一点遗憾……"

杨秀梅注意到方云娜已经把对乔总的称呼改成了志文，她的心再次一紧，她抻长了耳朵等待着下文，方云娜却就此打住："对不起，我吸烟影响您吗？"

"不。"杨秀梅连忙说，等着方云娜的下一句。

没想到方云娜却就此转了话题："老天很吝啬，人的一生看似漫长，实际真正值得回味，让我们铭心刻骨的，值得我们用一生去牵挂的感情却可能只此一瞬，所以，人应该竭尽全力抓住美好，以完满自己的人生。"

杨秀梅虚眯着眼睛，一时弄不明白，方云娜话里真实的含义了，她不该不会如此明目张胆地在暗指她和乔志文吧？

就在这时，方云娜的电话响了起来，方云娜接过电话："喂？"她回身看了杨秀梅一眼，站起身，走出了雅间。

杨秀梅的脸色顿时一变，她立刻预感到电话就是志文打来的。

她迅速拿出手机，拨打志文的电话，果不出所料，那边传来占线的声音。

杨秀梅不甘心，她不断拨打着，电话还是占线。

方云娜回来了，杨秀梅挂断电话重新拨，这次电话通了，杨秀梅挂断了电话。

方云娜熄灭了大半根烟，抱歉地望着杨秀梅："对不起，我有事，先告辞了。"

"这么急啊？"杨秀梅心又一沉，今天这茶喝得什么底细都没透出来，不过有新的发现。

"是，谢谢您，破费了。"方云娜拎包而去。

望着方云娜关上的房门，一种隐隐的不安使她感觉刚才的电话就是志文打给方云娜的，一定是，否则，什么隐秘电话还使得方云娜必须走出门去接听？而且会这么巧？

她拿出手机，再次拨通了志文电话："喂？你在哪儿呢？"

"我在公司。"志文说。

"什么时候回家？"

"现在说不准。"

杨秀梅挂断了电话。

她走到窗前，想看看方云娜是怎么走的，这一看不要紧，却赫然发现——

方云娜走出琴其坊，上了志文的车。

九十一、歇斯底里

杨秀梅瞪大了眼睛，她简直不敢相信自己的眼睛，她眼看着汽车绝尘而去，她抻长了脖子，瞪圆了眼睛，极力定睛望去，不错，尽管车已经没了，但那真真切切就是志文的车。

杨秀梅一下倚在了墙壁上，她闭上了眼睛。

这么晚了，他们一起去干什么？难道天天都有工作需要干到很晚吗？为了进一步证实，乔志文刚才是在撒谎，杨秀梅再次拨通了志文的手机。

"喂，你在哪儿？"她问。

"我在公司啊。"志文有些奇怪地说。

杨秀梅一言不发地挂断了电话。

撒谎，还在撒谎！她想，看来，他们的进度远比她想象得要快得多啊。

"老天很吝啬，人的一生看似漫长，实际真正值得回味，让我们铭心刻骨的，值得我们用一生去牵挂的感情却可能只此一瞬，我想，我也该理当珍惜，所以，我会竭尽全力抓住这份美好，以完满自己的人生。"

她想起方云娜的话，这不明显已经点给你了吗？她这一生最铭心刻骨的就是和志文的感情，她不是已经说了吗？她会竭尽全力，不惜一切代价地抓住这份美好，以完满自己的人生吗？已经明明白白地告诉你了，她不会放弃和志文的感情，就没直接说，她此次回来就是要夺回志文，以不辜负上天赐予的美好。

杨秀梅坐到椅子上，一时间，她心境惨淡凄凉，想想吧，她的一厢情愿造成了她和乔志文错误的开始，她和乔志文分别成为这场单恋婚姻的牺牲品，站在乔志文的角度，和一个不爱的女人同床共枕了十八年，又何尝不是一种残酷折磨呢？前些年，乔志文的事业还在爬坡阶段，现在，功成名就，再朴实的人也会被众星捧月得无限膨胀，回过头来看这一生，他能不冤屈？能不想辙吗？他和方云娜当初能爱到那种程度，又怎么会轻易忘掉呢？

她认清了一个现实，如果，这个方云娜此次就是打定了主意要夺回乔志文，那么作为她，最后铁定要败在方云娜的手下，这几乎是毋庸置疑的，难道，她杨秀梅到了这把年纪，最后还要落得个惨被抛弃的下场吗？

问到关键问题，方云娜的态度暧昧模糊，含而不露，没有一个明朗的答复，这本身就说明问题，万万没想到啊，当年她好不容易盼走了方云娜，却没承想，竟是为多年后埋下了一颗炸弹！

好吧好吧，她冷笑了一下，既然到了这一步，我杨秀梅也什么都不在乎了，你们别想顺顺当当在一起，只要我杨秀梅活着，就要和你们拼到底，只要我还有一口气，你乔志文就别想和方云娜正大光明地在一起，除非——我死了！

想到这三个字，杨秀梅猛地一激灵，她不能想象乔志文离开她的日子，她不知道假若真到了那一天，乔志文和她离了婚，她是否还有活下去的勇气。她害怕，她真的害怕，她不能失去乔志文，哪怕这么多年以来，他从未真正爱过她，但他一直就在她的身边哪，她害怕，真害怕有一天志文离她而去。

杨秀梅的眼泪快要出来了，她甚至想追上方云娜，求她放过她，不要把志文从她身边抢走……

可又怎么能呢？她怎么会懦弱到去求那个骚货的地步呢？不，她坚决不！

杨秀梅横下一条心，不能让你们得逞，不和你们拼个你死我活，也得作你们个天翻地覆，人仰马翻，两败俱伤，臭名远扬，让你们后半生都活在别人的唾液里，不得安生！

刚才的电话的确是志文打给方云娜的，是因为新鲜食品外包装项目的方案初稿已经出来了，求索高层领导要和方云娜敲定修改方案的细节，所以临时召开一个会议。

而公司的车拿到大修厂去修了，小徐就开着志文的车去接的方云娜。接完方云娜，小徐接到家里电话说父亲有病住院了，小徐向志文请了假，去医院看望他父亲。

会议结束，众人走出会议室，来到求索办公楼下，方云娜和志文一前一后，明一凡他们也紧随其后出来了。

"明总，你送一下方总监。"志文说。

方云娜愣了一下，她有些异样地望着志文。

志文冲方云娜微笑了一下："上车吧。"转身对明一凡说："路上注意安全，把方总监送到房间门口。"

"不必了！"方云娜冷冷地说。

明一凡愕然地看着方云娜。

"我是说不必送到房间门口，宾馆的保安措施很完备。"

"噢，"明一凡开玩笑地说，"没关系的，我愿意为美女效劳！"明一凡说着，打开车门，冲方云娜夸张地做了一个请的手势，方云娜略一迟疑，坐了上去。

志文看着方云娜坐上车，打开自己的车门，发动了汽车。

一路上，方云娜异常沉默。

明一凡有些奇怪地看着方云娜，刚才开会时还谈笑风生的方总监，此刻怎么心事重重？

"方总监，这些日子，经常加班开会的，有些吃不消了吧？"他问。

"啊，没有。"方云娜勉强笑了笑，即刻陷入沉思中。

明一凡从倒车镜里看了方云娜一眼，不再作声。

志文独自驾车行驶在路上，他轻皱着眉头，看上去也是心事重重。

回到家，疲惫的志文真想手脚不洗倒在床上大睡一宿，可是，刚一进家门，就看见杨秀梅端坐在沙发上，已然是战备的姿态。

"还没睡？"他依然礼貌地问了一句，他希望杨秀梅不要再找什么事儿了，因为他实在应付不过来，明天还有太多太多的事情需要他去处理，他必须保证一定的睡眠，才能有更多的精力去处理事务，他只想休息，只想睡觉。

他甚至逃避般快速地向卫生间走去，以期躲过杨秀梅的挑刺儿，找碴儿。

可是，杨秀梅那冰冷的声音还是在此时响了起来。

"乔志文，为什么和我撒谎？"她冷静地问，一听这种超级冷静的声音，背后就酝酿着巨大的风暴。

志文站住了，他真想和杨秀梅大声喊，请别再无理取闹，无事生非了，我很累了，我工作了一天了，你能不能让我睡个好觉？给我一点儿喘息的机会？为什么非要这样呢？天天这么纠缠有意思吗？

可他没有喊出来，而是站在那里问："我和你撒什么谎了？"

"撒什么谎了你心里不清楚吗？"杨秀梅问。

志文用手扶住头，他感到一阵眩晕，停顿片刻，他郑重地说："杨秀梅，我请你不要再无端猜疑，生是非了，好吗？我请你理解理解我，我很累，我需要休息，请你高抬贵手，好吗？"最后那句，志文几乎是恶狠狠地说。

"请我高抬贵手？"杨秀梅问，她笑了一下，"哈，这句话是不是应该换了我说啊？我请你和那个方云娜高抬贵手，好不好？放过我，放过我这个可怜人！我这个一辈子没人爱，没人疼的可怜人，好不好？让我到晚年了，还能有一个家，让我在外人面前还能抬起头，好不好？！"

志文不可思议地看着杨秀梅："你非要这么想吗？"

"是你们非要这么做！"杨秀梅大喊着说。

志文看着杨秀梅好半天："你有什么证据说我和方云娜之间有问题？"他质问。

杨秀梅走到志文面前，清清楚楚地说："今天晚上六点钟，我和方云娜在琴其坊喝茶。"

志文吃惊地看着杨秀梅。

杨秀梅不顾志文吃惊的样子，继续如炒豆般说下去："谈话期间，她接了一个电话，赶紧走出茶室去接，生怕我听到的样子，我当时就怀疑电话是你打的，就拨你的电话，结果，不出所料，果然占线，我一直拨一直拨，一直占线，直到她进来为止，我再打，你的电话通了，这充分说明就是你在给她电话。"

"这个时间应该是我给她打的电话。"志文说。

"承认了吧？"杨秀梅说，"随即她进来就说，她有事，必须马上走，接着就走了。"

志文点点头，等着她的下文。

"我紧接着拨打你电话，问你在哪儿，你说在公司，对吧，承认吧？"

"是啊，我是在公司。"

杨秀梅仰天狂笑起来，志文惊讶地看着她疯狂的表情。

"可是，我在窗口亲眼看见方云娜坐着你的车走了，你却说你在公司，你怎么解释？"

"我是在公司啊，因为公司的车坏了，送到大修厂去修了，所以，小徐开我的车去接的方云娜，这有什么不对吗？"志文说。

杨秀梅的表情一变，她张大了嘴望着志文，不相信地说："你真不愧是乔总啊，现在脑袋转得这么快啊，几秒钟之内就能编排出一个严丝合缝的理由啊，我太低估你了！"

"我为什么要编呢？这是事实啊！"志文说，"你现在就可以打电话问小徐，是不是这么回……"

"我不打！我不听你撒谎！你天天在撒谎，时时刻刻在撒谎！"没等志文说完，杨秀梅大喊着，"你早就和小徐串通好了，你们这对狗男女！该天杀的，不得好死，出门让车撞死！撞死……"杨秀梅疯狂地喊着："让你们死无葬身之地，下十八层地狱……"

志文闭上了眼睛，他看着杨秀梅扭曲的一张一合的嘴，只感觉大脑"嗡嗡"作响，他忍无可忍地抬手狠狠地向杨秀梅抽去……

志文的手停在了半空，没有打下去。

作为一个男人，不管气到了何种程度，都不能伸手打女人，尽管他曾经打过杨秀梅一次，那当然是在忍无可忍的情况下，不过，今天，理智告诉他，这种事情不能再发生第二次了。

杨秀梅却住了口，她的眼珠子像是要从眼眶里冒出来一样："想打我？！"她惊问："你又想打我？！"她往志文跟前凑去，撒泼一样地用力向志文身上撞去："你打，我让你打我，你打，反正你打我不是一次了！你打，你给我打！你今天不打死我都不行……"杨秀梅拽过志文的手，"啪啪"地往自己脸上扇着耳光，另一只手死命拽住志文的衣领。

志文用力将杨秀梅推搡到沙发上，狠狠地看了她一眼，转身离去！

杨秀梅倒在沙发上，放声大哭，紧接着又向外追去："乔志文，你给我站住！"

她追到门口，志文已经摔门而去。

杨秀梅冲着大门外最后奋力喊出一句："出去也让你不得好死，让车撞死你！让雷劈死你！"

杨秀梅瘫坐在地上，满脸是泪，头发散乱，号啕大哭！

志文站在大门外，清清楚楚地听到了这句话。

他闭了一下眼睛，迅速走下楼去。

志文打开车门，发动汽车，急驰而去。

一路狂奔，"嘎"的一声，汽车猛地停了下来。

他坐在那儿，无限痛苦地把头仰靠在椅背上，闭上了眼睛。

许久，他睁开眼睛，对着镜子整理了一下凌乱的头发和被杨秀梅撕扯坏的衣领。

他点燃一支烟，连吸了几大口，又重重地吐了出来。

这时他才注意到，他的车停在了一条寂寞的小街，幽暗的街灯，映照在古老斑驳的砖墙上，阵阵秋风吹来，树叶沙沙作响，满地落叶黄花，一派萧瑟凄凉之景。

一阵悲凉袭上心头。

志文真不知道，那么冷酷无情的话会从杨秀梅嘴里毫不避讳地喷出：出去也让你不得好死，让车撞死你！让雷劈死你！

一个女人怎么能对自己的丈夫如此出言不逊？更何况他究竟犯了什么错？诚然，即使是她未曾真正在他心里停留过一天，可作为一个丈夫，他该做到的，需要他做的，他始终不遗余力地、勤勤恳恳地在做，他犯了什么不可饶恕的错误，致使她说出如此刻薄恶毒的咒语？

说句心里话，他现在对杨秀梅，这个女人，已经由最初的流于表面的礼貌尊重，变成了真真切切的厌烦厌倦，与其年龄和身份不相符的无休止的挑刺儿、矫情、纠缠，令人从心往外地生厌，他真不知道，再这样下去，他还能忍耐多久。这么多年过去了，她仍然没有一点儿改变，岁月只是让她的额头又多了一道道皱纹，却没在她心里种下一点点智慧，随着时间的过去，她身上像是中毒了一样暴露出太多的令人匪夷所思的无法理解的怪

444

诞与荒唐，他与她的思想距离越来越远，她毫无内涵与修养，对事物缺乏最基本的判断力，她的偏激甚至有些迂腐，她的固执让人摸不着头脑，在经历过岁月的洗礼，她不但没有一点儿进步，对人对事没有友善之心，宽容大度，反而变得更加心胸狭隘，斤斤计较，而且粗暴野蛮，撒疯耍泼，甚至于歇斯底里、恐怖疯狂，令人胆寒犯怵……

他大错特错了！有谁了解他乔志文的头脑一热与懦弱善良？如果不是因为当初的一时冲动，不是因为碍于情面不忍拒绝，就不会有今天他和杨秀梅的悲剧了，善良有时让人愤恨，懦弱更是一种罪孽。

他在某些时候也很理解杨秀梅，内心长期蛰伏的自卑像一个变异的病毒侵蚀着她的每一个细胞，使她变态扭曲，使她无法自拔，使她必须将痛苦转嫁，怕失去他的恐慌长期困扰着她，使她心神不安，心绪不宁，就要爆炸。

可是，难道他们就要这样过一辈子吗？这样一个念头第一次跳进了志文脑中。

长此以往，对她，对他是否都公平呢？

他摇摇头，不愿再想下去，不想再想下去了。

九十二、揭开谜团

方云娜此时坐在宾馆的窗前，幽幽地点燃一支烟，徐徐吐出。

烟雾缭绕中，看窗外落英缤纷，灰色的夜空之上悬挂着一枚忧伤的月牙儿。

想着志文最近对自己的刻意疏远，她的嘴角不由涌上了一抹淡淡的凄迷的微笑。

时过境迁，岁月无情。尽管她愿意相信天荒地老情难绝，可世事沧桑，时间会冲淡一切爱恨情仇……

可她依然有把握，从她走出机场出口大厅看到志文的第一眼，她就断定他和她的感觉是一样的，他的言行会欺骗她，可他的眼睛不会欺骗她，他刻意地保持距离，证明他内心的波澜起伏，自然，他是一个视道德责任为生命的人，她把他现在的心情看得太透彻了。

正式踏上牡丹江这块土地之前，她对他这些年来的生活也做了一个大概的了解，正是因为有了这些了解，才使她下定决心去要回真正属于彼此的真爱，他被伦理道义束缚，却为什么不想想，这么做，对他，还有对她是公平的吗？

方云娜缓缓地吐着烟雾，这次和志文相见，她发自真心地惊喜于他的改变。她发现，她对他的爱从来没改变，而这一次的相见，使她更被他流露的那种儒雅的男人味儿所深深吸引，无论你下多么大的决心，你有多么深的定力，志文，我不能再错过你，你也不能再错过我，让我们给每个人一次重生的机会，这又有什么不好？

方云娜想着杨秀梅那副可怜的嘴脸，她摇摇头，心里对杨秀梅说，你其实根本没弄明白，自己一直以为或想要抓在手里的幸福，其实正是毁灭你一生的根源，如果你没有跟乔志文，你还有获得幸福的可能，跟了乔志文就是对你对我对他，对我们三方面的毁灭。

方云娜拿起手机，在手里摆弄看着。

少倾，她熄灭了手里的烟蒂，拨通了志文的手机号。

"喂？"她问。

"哪一位？"电话里传来志文的声音。

"我是方云娜。"方云娜说。

"噢，方总监。"志文说，"这么晚了，有事儿吗？"

方云娜略一沉吟："有事儿。"

"请讲。"志文客气地说。

"你能过来一趟吗？"她说。

志文那边没有了声音。

"喂？在听吗？"方云娜说。

"什么事情？很着急吗？明天到公司说好吗？"

方云娜的心沉了一下，但随即说："很着急，你过来吧。"

志文那边又没了声音。

"喂？"方云娜问。

"好吧。"志文说。

"我等你。"方云娜挂断了电话。

方云娜泡了两杯茶，在优柔的灯光下，静等志文的到来。

十五分钟后，她的电话响了起来。

"喂？"

对面是志文的声音："我在宾馆楼下的餐厅等你，你下来吧。"

"为什么不上来？我已经泡好了茶在等你。"方云娜说。

志文像是犹豫了一下："不太方便吧？"

"有什么不方便的？总比在楼下吵吵闹闹的要好，你上来吧。"方云娜挂断了电话。

楼下，志文看了看电话，想了一下，向电梯走去。

方云娜打开房门，看着志文，笑了："怎么这么犹豫不决的，怕我吃了你？"

志文笑了一下："怎么会呢？"他说，走进去。

方云娜指了指靠近窗子的椅子："坐。"

志文坐下来，方云娜把茶递过去："知道你喜欢西湖龙井。"

"谢谢。"志文说。望着方云娜，意思在问什么事儿？

方云娜端起茶，慢悠悠地喝了一口，她用深情的目光望着志文，志文把眼光移向别处："什么事儿，方总监？"

方云娜仍然目不转睛地望着他。

志文不得不正视着方云娜，两人对视，都从彼此眼里看到了一种无法隐藏的深情。

"这么晚叫你出来，是不打扰你了，乔总？"方云娜慢吞吞地说，话里带着幽怨，"如果是这样的话，你可以马上离开。"

"不，方总监，我是怕打扰你休息。"志文说。

方云娜笑了一下，侧着头问："方总监？从我来的那天起，你就叫我方总监，你是不是觉得这么叫我就能拉大你我之间的距离？"

志文不语。

方云娜直直地望着志文，轻轻地忧伤地："方总监？你为什么总是欺骗自己的真心呢？"

志文沉默。

方云娜幽怨地："我不怕被打扰，因为我已经十八年没被打扰了。"

志文望着方云娜，方云娜就那么一动不动地看着志文，眼里慢慢凝结了一层雾气，一颗大大的泪珠"唰"地滚落下来。

志文震惊地望着方云娜，他的心被猛地一揪。

他掏出一块手绢递给方云娜。

方云娜却一下扳过志文的脸："看着我的眼睛，你——想我吗？"

"别这样，云娜。"志文说。

"回答我，想我吗？"方云娜继续问，"你敢对天发誓，你已经把我忘得干干净净，今生今世，你永远不再想念我，惦记我，让我就变成你心目当中的方总监，让这份感情就随风飘散，直到死的那一天，带进坟墓？你敢吗？"

志文闭上了眼睛："你别这样，云娜。"

志文走到窗前，点燃一支烟。

"我给你讲个故事吧。"方云娜说，情绪似乎稳定了一些，"有一个小女孩儿，出生在吉林一个偏远的小山村，家里有三个孩子，小女孩儿排行最小，上面有两个哥哥，虽然家里不富裕，可一家人和和美美的，倒也很是幸福。就在小女孩儿八岁那年，她的父亲得了肺癌，不到三个月的时间就走了，她的母亲因为父亲的离去，得了一场大病，险些丧命。好在她有三个孩子，为了这三个孩子，她也要支撑下去。原以为生活就此平静地走下去，把三个孩子抚养成人也算了了心愿，不承想，大儿子在十五岁那年，去江边游泳，下了水便没了踪影，最后连尸体都没有找到。失去了丈夫，又失去了一个儿子，小女孩儿的妈妈几乎快疯了，可看着眼前两个尚小的可怜巴巴的一儿一女，她告诉自己，就是豁出命去也得把孩子养大成人，她仍然坚强地挺着，失去了两个壮劳力，在农村可想而知生活该有多么艰苦。小女孩儿和二哥早早辍了学，在家帮妈妈种地、喂牲口，就是这样，她们还常常遭到同村人的欺负，妈妈把泪都咽进了肚里，到过年的时候，就摆上五副碗筷，就当他们一家人又团聚了……"

眼泪在方云娜眼眶里打转，志文动容地望着方云娜。

"妈妈始终没有再嫁，为了两个孩子，她说，就是苦死累死也不让孩子到另一家去受气。家里有什么好吃的妈妈就紧着两个孩子，哪怕病了，她也从来不舍得花一分钱去看病。她得了一身的病，却靠着一股气力一直扛着扛着……"方云娜满眼是泪，她停顿了一下，"谁也想不到，即使这样，老天也不肯放过这善良的一家，二儿子在二十岁那年，得了尿毒症，母亲起初并不知道这病的严重性，以为吃点儿药，打点儿针就会好的，聪敏的小女孩儿和哥哥却知道这是绝症！这病只有一个办法，那就是换肾，可换一个肾最起码要十多万块，别说十多万块，家里就是一千块钱都没有啊！那个时候，小女孩儿也已经十七岁了，面对得了绝症的二哥和仍然不知此病严重性的操劳了一辈子的妈妈，经历了太多死亡的小女孩儿决定，无论如何，不能再让二哥离去，不能让苦难的妈妈再面临一次重大的打击，她相信，如果一旦二哥也不在了，母亲说不定也会随之而去，那么，她在这个世界上将一个亲人也没有了！可她只有十七岁呀，十万块，这样一个天文数字，要想弄到，对于她来讲，无异于天方夜谭，她到哪儿去借这些钱哪！她求遍了所有亲戚和熟人，进屋就给人家下跪磕头，直到把头磕出血，甚至去城里跪在街头求路人帮助，寒风凛冽中，小女孩儿脸上的泪都冻成了冰……"方云娜不堪回首地闭上了眼睛。

"一个多月过去了，她只筹到了五百块钱！却眼看着二哥快要不行了，眼看着再也瞒不住母亲了！小女孩儿快要急疯了！就在这时，同村儿一个恶霸发话了，说只要小女孩儿嫁给他，他就会弄到十万块钱替小女孩儿的二哥换肾！"

志文震惊地望着方云娜。

眼泪无声地从方云娜的眼里滑落："这个恶霸对小女孩儿垂涎已久，小女孩儿平时别提多厌恶他了！可是，你知道吗？在当时叫天天不应，叫地地不灵求助无门的情况下，恶霸对于小女孩儿无异于是救命神仙，小女孩儿听了他的话，当即跪倒给他磕了三个响头，只要能救二哥，让她干什么都行！二哥知道后，说什么都不同意，小女孩儿却坚决地和村霸签了字据。"方云娜的眼泪又下来了，"也就是卖身契！"

方云娜说到这儿，志文已经在心里揭开了那团迷雾，他虚眯着眼睛望着方云娜。

"就这样，小女孩儿和二哥瞒着妈妈为二哥做了肾移植手术。二哥得救了，虽然仍然面临巨大的抗排异反应的药物费用，但好歹算是保住了一条命，至于药费，家里有地，有果园，靠卖菜卖水果也能勉强维持。这个时候，小女孩儿则面临着要嫁给恶霸的命运。"

方云娜停住了，志文关注地望着她。

"要让小女孩儿嫁给这个恶霸，小女孩儿当然不甘心，临要出嫁前，小女孩儿真想一逃了之，可她又不能扔下二哥和母亲，怕恶霸找麻烦，于是，她跪在恶霸面前，求他放过她，求他给她点儿时间，说那十万块钱以加倍的利息还给他。恶霸一听火了，他哪里吃过这样的亏？他把小女孩儿绑起来，把她打了个半死，并扬言要杀死二哥和她的母亲。小女孩儿一听吓坏了，她只好妥协答应，只要她考上大学，一定陪恶霸睡一个晚上，如果他答应了，她一定不再毁约，不答应，她只有一死。恶霸见她态度强硬，只好同意了。小女孩儿考上大学后，没有逃脱恶霸的纠缠，最终陪了他一晚。可就这一晚，在小女孩儿心里留下了一世难以愈合的伤疤与耻辱，她觉得自己是那么肮脏，她像得了病一样每天拼命清洗，却没有清洗掉她心中抹不去的耻辱。大学四年，她不敢接受任何一个男孩儿的爱，因为她知道自己是不干净的，毕业后，她分配到了牡丹江工具厂工作，却没想到，在那里遇到了她的——"方云娜泪眼蒙眬、楚楚可怜地望着志文，"今生最爱。"

方云娜这四个字一出口，志文的心随之一紧，他望着方云娜，在那一瞬间，面对着方云娜那张玉容寂寞泪阑干，梨花一枝春带雨的脸庞，他体会到了彻骨的疼痛。

方云娜深吸了口气，深深地望着志文："她再也没见过一个如此优秀的男人，仅是一眼，他就把她的心抓住了，她的眼里再也看不到别的男人，她多想能和他厮守一生，能永远紧紧地依在他怀里，让他疼她爱她保护她，可她知道自己不配。"

志文望着方云娜，他真想说一句，你怎么这么傻啊！

"明明知道自己不配，她却抵挡不住对他的爱，她最终不管不顾地和他走到了一起。可是，随着交往的深入，她一天比一天忧郁，她的肩上承载了太多的负担，她一方面不想失去他，另一方面却知道自己没有资格，她感觉快要崩溃了，就在这时，那个恶霸又来了，他觉得一个晚上就换十万块太亏了，他要再下一城，她死活不同意，他却扬言如果不答应，他就让全牡丹江全世界的人都知道她的事，她说随便，她已经不在乎了，谁知，他派人绑架了她的妈妈，说要是不答应，就把她妈妈的眼睛挖出来……"

宾馆楼下，皮雅南拎着大包小包走来，走着走着，她站住了。

她走到志文的车旁，仔细看着，没错儿，是乔总的车，她想，这么晚了，他的车怎么会停在这儿呢？

她皱了皱眉，抬头向楼上方云娜的窗口望去，她眯着眼睛想了一下，冷哼了一声，走上楼去。

"后面的事我想你都知道了。"方云娜说，"可你知道吗？当你坐在我宿舍的房门口等我的时候，我就躲在车库边儿上看着你，我多想跑过去搂住你告诉你这一切的来龙去脉，可我没有勇气，我真的没有勇气！"

志文真想说，你为什么就不说呢？出了天大的事儿不是有我在吗？如果我爱你，我会那么在乎你的贞操吗？你为什么就那么傻呀？可话到嘴边，他知道，他不能说。

方云娜颤抖地伸出一只手，手心儿赫然有一道深深的疤痕："当我为你写下那封绝情信的时候，当我想到你看了以后会如何难受的时候，你知道我的心里是多么多么的痛吗？这就是我写完信一刀下去的结果……"方云娜伸着手，泣不成声。

志文的眼泪"唰"的一下下来了。

他转过身去，迅速掏出一张纸巾擦了擦眼睛。

方云娜捂住脸痛哭，一对儿略显单薄的肩膀上下耸动，志文回过身去，他走到方云娜面前，轻轻拿下她捂着脸的双手，方云娜一下扑到了他怀里，志文站在那儿，没拥抱也没后退，就那么默默地站在那儿，方云娜却紧紧地搂着他，一任泪水打湿了他的衣襟。

志文一时千回百转，心情酸楚矛盾复杂，似乎没有一个更准确的词语能形容他此刻的心情……

就在这时，有人轻轻地敲响了房门。

九十三、丧心病狂

方云娜连忙擦了擦眼泪，到门口打开了房门。

宾馆服务员走进来："您的开水。"

方云娜接过了水："谢谢。"

服务员走了出去。

方云娜坐到椅子上："这么多年过去了，我以为我会忘掉一切，我读书，考研究生，去日本求学，就是想把过去二十多年的经历忘掉，开始新的人生，可你就在我的脑中驱之不散，我就像被魔鬼附身了一样，走到哪儿都是你的身影，哪怕在日本最偏僻的小镇，我都无法彻底把你的影子从我的脑中摘除。这么多年来以来，我发奋读书，拼命工作，我从最底层做起，把所有的精力和时间都交给了事业，我干过大大小小的工种几十个，在日本那样一个竞争激烈，没有人情味儿的国度，我能从工人做起，一路升到中方代表的位置，可想而知，我吃了多少苦。我其实最应该感谢一个人。"

志文疑问地望着她。

"你。"方云娜认真地说，"如果不是为了把你忘记，我不会这么卖力地做好每一份工作，我做好每一份工作最大的动力是希望以此把你忘记。可是，事与愿违。"方云娜长叹一声："似水流年，青春已逝，我才清醒地意识到，今生今世，最难做到的，恐怕也是永远做不到的就是把你忘记。"

一丝无奈的笑和一滴悲凉的泪同时挂在了方云娜嘴角。

志文为方云娜递上了热茶。

当方云娜向他阐述着这一切，他不得不惊讶于当年方云娜背后竟有着如此悲惨的难言之隐，不得不感动于方云娜的亲情担当，更心痛于她的一腔痴情，他后悔他做得不够，为什么在已经发觉方云娜异常的情况下，不能多关心一下多问一句呢？假如，他能够多用点儿心，也许他和她就不会是今天的结局了，所有的历史都将改写，可人世间没有假如，不会重来，面对方云娜的如泣如诉，这一刻，他又能对她说些什么？做些什么？最重要的是，他又能给她什么呢？

当他收到方云娜那封信后，这么多年以来，他竟从来没有怀疑过那封信的真伪，他竟没有从头到尾冷静地分析一下事情的发生有无必然性。

现在说这些又有什么用呢？事到如今，你什么都不可能再给她了，不是吗？世事难料，一念之差会铸成大错，假若，假若，假若……太多的假若构成了今天的悔恨与无奈。

"你何必呢，何必让自己这么苦？"好半天，志文说。

方云娜惨淡一笑："你走吧，对不起，让你听了这么一大段'痛说家史'，我很抱歉。"

志文望着她，矛盾痛苦的复杂感觉再次袭来，好半天，他艰难地说："我只是希望你能幸福。"

说完这句话，志文缓缓地向门口走去。

方云娜坐在那里，眼泪在一刹那间再次夺眶而出，她明白志文这句话意味着什么。

志文又回头望了她一眼，毅然打开了房门，最后再说了一句："我很抱歉。"

志文走出门去。

门外，杨秀梅像一座阴冷黑灰的雕塑般立在那里。

志文惊异地望着杨秀梅。

杨秀梅一下推开志文，直奔房里冲去。

没等志文追上，杨秀梅已经像旋风一样卷到方云娜面前，扬手就是两记清脆的耳光。

方云娜本能地捂住脸，一脸惊愕地看着杨秀梅。

志文不顾一切地追上杨秀梅，试图将杨秀梅拽离，可杨秀梅狂吼着劈头盖脸地向方云娜打去，方云娜躲闪不及，被杨秀梅又接连打了几个耳光，志文一下把杨秀梅抡到了一边，他同时大吼："你疯了你！"

被抡坐在了地上的杨秀梅，见志文为了方云娜竟不惜将自己抡到地上，她立刻像一头失控的受伤的野兽般站起，咆哮着冲着志文和方云娜连骂带踢带踹，手脚并用地向志文和方云娜扑打，声嘶力竭地哭喊着："我今天不和你们这对狗男女拼了，我就不活了！我就让车撞死！你们这对贱货、狗男女，狼狈为奸，不得好死，我今天非得和你们打出个头来，你死我活，让你们下十八层地狱……"

志文一面控制住杨秀梅，一面叫方云娜快跑。

方云娜快速向外跑去，杨秀梅抡起一把椅子疯狂地对着方云娜砸去，不偏不倚，正好砸中方云娜的后脑，鲜血一下涌出来，方云娜应声倒地。

志文惊呼着跑过去，抱起方云娜，大叫着："云娜！云娜……"

听到志文叫"云娜"，看到志文抱住方云娜心痛急迫的样子，杨秀梅傻傻地站在那里，她再一次衡量出自己和方云娜在志文心目当中位置的巨大差距，志文抱着方云娜风一般地向电梯冲去。

杨秀梅呆呆地站在那里，突然往后一仰，晕了过去。

九十四、内忧外患

求索办公大楼走廊里，志文迈着沉重的脚步向办公室走去。

他走进办公室，秘书纪敏随即跟进。

"乔总，这是渡边一郎发来的传真，您看一下。"纪敏把传真递给志文，不安地看了他一眼，走了出去。

志文展开传真看下去：

尊敬的乔志文社长：

没想到项目还没有展开，就发生这样不愉快的事情，我不管您和方总监有着什么样的过往，但，作为广本派往你处的项目总监，您方应保证方总监最基本的人身安全，发生这样的事，让我对贵公司的方方面面产生怀疑，必须重新审视，望您能来函说明情况，我将进一步斟酌下一步的投资计划。

渡边一郎敬上

志文把传真扔到桌上，坐到椅子上，疲惫地揉着太阳穴。

方云娜还住在医院里，当时由于失血过多，差点儿因为失血性休克而死亡，如果不是抢救及时，她现在恐怕已经在另一个世界了，想起在医院抢救时的情景，他至今心有余悸。

方云娜已经受了重伤入院，他却没想到，杨秀梅竟不知通过谁找到了渡边一郎的联系方式，给渡边发了一封揭露他和方云娜"狼狈为奸"且方云娜被打伤的经过的"事实"，并加了许多诬陷诽谤的字眼。比如说，方云娜极力撮合广本与求索的合作，是事先经过了周密的计划，有预谋而为之，就是为了将广本的资金据为己有，好为两人私奔打下经济基础，广本一旦投入，钱铁定被两人卷走，血本无归，并说，求索表面看很风光，其实已负债累累，欠银行几千万至今还不起，银行马上要来收回作为抵押的厂房和办公大楼，求索马上就要破产了，乔志文就是因为资不抵债了才向方云娜求助的，两个人一直在暗中勾结，于是便有了联合骗取广本资金的计划……

渡边一郎在与求索合作之前，就已经对求索的资产、实力、银行负债情况及现状进行了审慎的考察及评估，在确定无误的情况下，才开始与求索进一步接触合作，即使这样，精明的日本人也不会轻易注资，所以，他们派了足以信赖并优秀的方云娜作为该项目的总监入驻求索。当渡边一郎接到杨秀梅这封信时，他的确产生了怀疑，因为最初就是方云娜向他递交的与求索的合作意向书，如果没有方云娜从中牵线，就不会促成广本与求索的合作。

所以，杨秀梅信里所说的这些内容，确实让渡边一郎对方云娜力促与求索的合作目的产生了怀疑，但是，因为事先对求索进行了严密的了解与审查，杨秀梅提到的银行负债等情况与他们事先做的调查有出入，因此，他一时间有些迟疑矛盾，是杨秀梅恶意中伤陷害？还是他们在调查过程当中，乔志文他们做了手脚？因为整个项目前期的调研也都是方云娜在积极参与，如果像杨秀梅信里所说，那么就不排除她和乔志文联合作手脚的嫌疑，于是，他给志文发了这份传真，之前，通过翻译在电话里也曾向志文求证杨秀梅信里内容的虚实。

志文万万没想到杨秀梅已经疯狂到了这种地步，她当初扬言说会把这个项目给搅黄了，志文以为她也就气极之下那么一说，却没料到，她还真就那么做了。

本来对于方云娜再次现身，原来在工具厂现为求索的一些员工就议论纷纷，方云娜被杨秀梅打伤的事一出，更是一石激起千层浪，求索上下说什么的都有，说得最多的当然就是，果不出众人所料，老婆和情人打起来了，说再好的男人有钱有权都会变质的，乔志文也不例外，而喜新厌旧有了情人的男人，就该走下坡路，倒霉运了！

杨秀梅现在像祥林嫂一样逢人就讲她的辛酸，她的家庭即将面临的分崩离析，杨秀梅的过激状态，让志文怀疑她的精神是否出了问题。

杨秀梅的疯狂举动大大超出了志文的想象，他原本要支撑下去的信念开始动摇，他怀疑自己的所谓责任、道义是否是正确的，这么将就痛苦下去，是否是明智的选择。

他想，他可能错了，真的错了！

他点燃一支烟，打算和杨秀梅做最后一次长谈，杨秀梅若还能恢复理智，他也许会将错就错，否则……

他把刚点燃的烟掐灭在烟缸里，与其三方痛苦，不如早做了断……

杨秀梅两眼无神地倚在床头坐着。

自从在宾馆晕倒后回到家，她就往床上一坐。

最让她痛心的是，志文竟从头到尾对她晕倒一事不闻不问，像是他根本就没看到或不知道一样。

事实上，她晕倒后，是宾馆服务员和另一房间冲出一个好心的女孩儿把她救了，把她平放到床上，并掐她的人中，等她醒了以后，女孩儿帮忙给志文打了电话，那个女孩儿的声音听上去还有一点儿熟悉。

而从那天起，乔志文很少回家，回到家后也是一言不发，杨秀梅知道，他这是心疼了，心疼那个贱人了！更恨她了，以沉默和她对抗，向她示威！

她知道他肯定是在医院陪护那个贱人，一想到这些，杨秀梅就恨不得把家里的东西都砸个稀巴烂，恨不得把牙都咬碎，她只恨自己现在还没有勇气拿刀捅了他们。

乔志文对那个贱女人如此心疼，这大大触怒了杨秀梅，好，一不做二不休，我就把你们的项目搅黄，给你们好看！

杨秀梅专门找了个日语翻译，帮她把信件内容翻译过来，然后给渡边一郎发了过去，干完这些，她觉得心里好受多了。

可是，躺在床上，她却悲从中来，婚姻走到这一步，该怪谁呢？难道我杨秀梅真的这一辈子就是人见人烦，没人爱吗？我到底犯了什么错？难道我不是怀着对人生的美好憧憬去走每一步的吗？为了乔志文，我费了多少心？想尽了一切能想的办法，才和他走到了一起，有谁知道我的心酸？不管怎么样，就算你乔志文不曾爱过我一天，我也是乔天放的妈吧？我也跟你过了这么多年吧？你乔志文，怎么就能忍心这么对待我呢？你怎么就能方云娜一出现立刻就不管不顾地投向她的怀抱呢？我杨秀梅这一生，最在意的只有两个人，一个是你，一个就是儿子天放，你就不能发发慈悲，我也是奔五十岁的人了，你就发发慈悲，给我一个完整的家，又能怎么样？你非把我逼死，或把这个家拆散吗？我多想和和美美地跟你和儿子在一起，一家人其乐融融，十五看个月亮，过年吃个团圆饭，我没有更大的奢望，只求你能给我一个安稳的家，这点可怜的要求也过分吗？

眼泪已经流干了，她也不想再哭了，她只想等着乔志文回来，问问他，他究竟想怎么样？

外面响起了开门的声音，杨秀梅不动声色地坐在那里。

志文走进来，杨秀梅本来想，如果他还视她不存在似的进另一个房间，她就叫住他，可今天没有，他自己倒先过来了。

他坐到床边，平静地望着她。

杨秀梅也"平静"地望着他。

"今天收到渡边一郎的传真，要收回下一步的投资计划，你的目的达到了。"志文说。

这就是那个在别人眼里所谓的重情重义的男人，在他的妻子因为他和旧情人约会而晕倒后，他至今不但不闻不问，反过头来，回到家就兴师问罪，他看来是真想把她逼死了！

"那是你们自作自受。"她毫不客气地说。

志文望着她，不可思议地问道："你为什么要这么做？在一件事情没弄清楚之前，你能不能用用大脑？能不能别总是做伤害别人的事情？这样对你有什么好处？"

"想继续来折磨我，继续和我拼到底，一气儿把我整死是吗？"杨秀梅反问。

志文看着杨秀梅好半天："你认为你这么做是对的，是吗？"

"我认为我做得不对。"没想到杨秀梅说，"因为我做得还不够，我应该让全天下的人都知道你们的丑事，让他们看看，你乔志文，背着老婆和那个贱女人约会，让他们都知道知道，所谓的正人君子是一个什么货色，所谓的什么总监，是一个什么破烂！我告诉你，乔志文，我就是死，也让你们不得安宁！"

听到杨秀梅恶狠狠的话，志文不堪忍受地闭了闭眼睛，摆摆手，郑重地看着杨秀梅："我现在什么都不想说，即使解释你也未必相信，但，我还是请你听我说一句，十八年前，我和方云娜是怎么样一种情况你也知道，这十八年来，我和她没有任何联系，她在哪里，过得怎么样，我一概不知。也就是广本要和求索合作的那天开始，我才正式和她接触，在这期间，你也曾怀疑过，我就曾向你澄清过事实，而你一直疑神疑鬼，猜忌不断，是非不断，在没有任何事实的情况下，仅凭臆想，无理取闹……"

杨秀梅刚想张嘴说什么，被志文打断："好，你的这些行为我可以理解为是在捍卫家庭，我们暂且不说。那天，方云娜给我打电话，说有重要的事儿要商量，因为广本的资金还没有完全注入，所以，我很着急，以为是资金出了问题，便去了宾馆，为了避嫌，我特意给方云娜打电话约在楼下餐厅谈，方云娜说人多，说话不方便，我便上了楼。"

杨秀梅眯着眼睛听着，一副看你怎么编排的样子。

"上了楼之后，并没有谈到资金的问题。"

"为什么？"杨秀梅紧跟着问，"不是有很重要的事情吗？既然重要按你的说法那就一定是资金或工作上的事儿了？可为什么不谈工作？她找你不谈工作谈什么？"杨秀梅步步紧逼地问。

"她说了她这么多年的经历，她的发展……"

"说她的经历？是在和你怀旧吧？是在诉说旧情吧？"杨秀梅说。

"有这个成分。"没想到志文随即说。

杨秀梅的脸立刻变了。

"有这个成分？"她咬牙问。

"是，有这个成分。"志文坦然地望着杨秀梅，"我必须坦白告诉你，她可能的确有些旧情难忘。"

"你什么意思？乔志文？"杨秀梅说。

"我说的是事实。可是，我再三向你保证过，我不会，因为我们是一个完整的家庭，我不隐瞒你，是因为我不能欺骗你，我坦然地告诉你这一切，是因为我没有心虚，假如，我直接跟你说，方云娜找我就是为了资金事宜，或新项目上马事宜，我骗你，你又能说什么呢？"

"我没说错吧？乔志文，我说错了吗？我说她来者不善有毛病吗？她果然就是来者不善！"

"我觉得这也很正常，但是，我今天再次向你重申，向你发誓，我不会做出有悖于道义的事情，毕竟，我们在一起生活了这么多年，从各个角度，方方面面，我都不会再和她怎么样，但同时也请你不要再无事生非。"志文郑重地说。

"我无事生非？"杨秀梅问，"刚才你自己都说出来了，说方云娜旧情难忘，你既然承认她旧情难忘怎么是我无事生非？她大半夜的把你约去，谈旧情，怎么还是我无事生非？"

"我现在只想问你一句，"志文说，"你还要不要这个家，还想不想好好过下去？"

"什么意思？"杨秀梅又问，"是在威胁我吗？"

"如果你还在意这个家，还想给天放一个完整的家，我就请你从今以后，不要再疑神疑鬼，无端猜忌，更不要——"志文深深地望着杨秀梅，"撒泼耍疯，因为人的忍耐是有极限的。"

"威胁我是吗？"杨秀梅说。

"不是威胁，是告诫。"志文说。

"你下一句想说什么？乔志文，"杨秀梅说，"人的忍耐是有极限的？是不是想说，你对我的忍耐已到了极限？是不是想说，如果我再无理取闹，再去揭穿你和方云娜的事情就把我踹出乔家？"

志文望着杨秀梅。"换一个角度，如果我长年对你横眉冷对，无理挑刺儿，动辄发疯，你会怎么想？你能忍耐吗？"志文反问。

"你直说吧，乔志文，是不想离婚？"杨秀梅阴冷地问。

没等志文说话，杨秀梅又阴阴地冷笑着说："终于要忍不住说出来了，啊，终于等不到我提出离婚那一天了，是吗？方云娜在病床上还向你提什么要求了？你一并都说出来，都，都说出来！"杨秀梅再度失控地说，浑身哆嗦地喊起来，"乔志文，你一起都说出来，除了离婚，你还想怎么样？还想怎么样？"

志文无可奈何地望着再度失控的杨秀梅："我说过离婚吗？"

"你就是这个意思！"杨秀梅疯狂地大喊着。

她"噌"的一下从床上站起来，蹦到地上，向外冲去："我到医院去问问那个臭不要脸的骚货，她还想怎么样？是不是真想弄出人命来才罢休！"

杨秀梅连外衣都没穿，奔着门口就冲去。

志文追到门口，抱住杨秀梅。

杨秀梅挣扎哭号着，并力大无穷地挣脱志文，挣脱不开，她拿起志文的手一口咬下去！

杨秀梅咬住志文的手不撒嘴，鲜血顺着志文的手臂淌下来，滴到地毯上……

志文终于拔出了手，杨秀梅趁机打开房门，跑了出去。

志文追上杨秀梅，他强行把她拖进屋里，"砰"的一声在外面反锁上了门，任凭杨秀梅在里面砸门，痛骂，哭号。

志文走到楼下，捂着不断流血的手，开车离去。

九十五、孤注一掷

杨秀梅在屋里像个精神病患者一样砸门、踹门，披头散发地大骂："乔志文，你给我打开门，你这禽兽不如的流氓！混蛋！败类！你给我打开门，打开门……"

她累了，一屁股坐到了地上，呼呼地喘着粗气。

片刻后，她站起来，走到电话旁，拨通了乔天放学校办公室的电话："喂，你好，麻烦你找一下生物系一班的乔天放，啊，谢谢谢谢。"

一会儿，乔天放打来电话："喂？"

"哎，天放，妈妈，你赶紧回来一趟，你爸他刚才把门在外面反锁了，我出不去了，还有——急事儿。"

"那你在家，我爸怎么还把门反锁了呢？"乔天放奇怪地说。

"哎呀，你别管了，啊，你快回来一趟吧。"

"好，半个小时吧。"乔天放挂了电话。

杨秀梅放下电话，坐到床上，仍有些气喘吁吁。她用手轻抚着前胸，闭了一会儿眼睛，稍事稳定后，她又睁开了眼睛，她眼里放射出仇恨的光芒。

"终于忍不住了，提离婚了！哈……"她冷笑，由冷笑变成了哈哈大笑，笑过之后，眼泪又出来了，她神经质般地喃喃自语着，"到底到了这一天了，到了这一天了……"

"如果你还在意这个家，还想给天放一个完整的家，我就请你从今以后，不要再疑神疑鬼，无端猜忌，更不要——撒泼耍疯，因为人的忍耐是有极限的。"

意思不就是，要想过你就老老实实的，对于他在外面的不正经行为，不能有一点儿反抗，你就装聋作哑，委曲求全，才能保住这个家庭，否则，给你的路只有一条：离婚！

乔志文终于忍不住把最想说的话说了，这不恰恰暴露了他心中所想？这句话可能想说有十几年了吧？可能从结婚那天就开始想说了吧？

哈哈哈，她真想再大笑三声！

"杨秀梅，这就是你当初豁出命去都想得到的男人！该！谁让你贱呢！谁让你贱呢！不嫁给姓乔的，你就能死，就能疯！该！这回好了，自作自受了！该！"她"啪"地打了自己一耳光，一边愤恨地骂，"打死你这张脸，打死你这张不争气的脸！"她又接连揎了自己好几个耳光，打累了，她又大哭起来："想想吧，杨秀梅，你这一辈子过过一天好日子没有？除了你父母，谁都不拿你当回事儿，你的丈夫，没爱过你一天，你的同事冷落孤立你，你没有朋友，没有可倾诉的人，现在，你的丈夫终于像你预料的那样，要抛弃你了，要让你在人老珠黄的时候变成孤家寡人了，你活着还有什么意思，啊，你活着还有什么意思啊？"

开门声，乔天放走了进来。

杨秀梅连忙了擦了擦眼泪，站起身，向外就走。

乔天放发觉杨秀梅的异样，跟着走到门口："妈，你怎么了？"

"没事儿，妈没事儿。"杨秀梅说，擦了一把眼泪，"快去上课吧，我有点儿事儿出去一下。"

"妈，你到底怎么了这是？"乔天放拉住杨秀梅，"你怎么哭了？"

"我不说了吗，妈没事儿，啊，好孩子，快去吧，上课去！"杨秀梅说着，已经走了出去。

乔天放还想问什么，可杨秀梅已经走了。

乔天放疑惑地坐在那里，想了一会儿，拨通了爸爸的电话。

"喂，爸，我妈怎么了？他说你把她反锁在家里，让我回家给她开的门，我看见她好像哭了，你们吵架了？"

"你妈呢？"志文急切地问。

"走了，你们到底又怎么了？"

"你别管了，好了，我还有事，先挂了。"志文那边迅速挂断了电话。

乔天放拿着电话愕然地放下了，他疑惑地摇了摇头。

杨秀梅箭一样飞快向前走着，走到街上，伸手拦了一辆出租车，坐了上去。

医院外，杨秀梅从车里下来，挺直腰杆儿像一尊没有灵魂的雕像一样向前走着。

到住院部，她来到问询处。

"请问，有一个叫方云娜的住哪间病房？"

护士查了一下："301病房。"

"谢谢。"

杨秀梅转身笔直地向楼上走去。

来到301病房，她却发现病房的门紧闭，而求索保安处处长于志海就站在门外，见她来了，脸上立刻浮现出警觉的神情。

看到这一幕，杨秀梅心里一下明白了，好啊，乔志文，为了你的情人可真是费尽了心机，挖空了心思，生怕她受到伤害，居然派专人把守在这儿，不就想防着我吗？

"于志海，打开病房门。"她说。

"对不起，杨院长，病人不在。"

"不在？"杨秀梅上下打量着于志海，"不在去哪儿了？"

"这个具体我也不太清楚，可能是出去散步了吧。"于志海赔着笑脸儿。

杨秀梅瞪着于志海，于志海赶紧把眼光挪向别处，生怕触怒了她。

杨秀梅蹬蹬蹬地走了。

于志海长出一口气。

杨秀梅来到医院外面，长椅上、草坪上都不见方云娜的踪影，杨秀梅想了一下，怎么这么傻，就这么轻而易举地让他给骗了，方云娜，她伤没好不在病房待着还能去哪儿？

杨秀梅再蹬蹬蹬地走到了病房门口。

"于志海，你给我把病房门打开。"她说。

"里面没人，打开它干什么？"

"里面没人，你还在这儿干什么？"

"我这不是得照顾病人嘛，得等人家回来，不让随便走嘛，乔总交代的。"于志海说，继续赔着笑脸儿。

"你可真是一条好狗哇，别说乔志文一个月才给你开一千多块钱，他要是给开一万，你还不得把命都给他？"

于志海嬉皮笑脸地："这不是奔着一万使劲儿吗？"

"我呸！"

万万没料到，杨秀梅竟一口唾沫啐到了于志海的脸上。

"哎，你怎么……"没等于志海说出什么，杨秀梅已经消失在楼道拐

464

角处。

"嘿，"于志海一边擦着脸上唾沫，一边气愤地，"怪不得乔总看不上你，这不是整个一母夜叉吗？"

杨秀梅没找到方云娜，这口恶气没出来，她一不做二不休，直接奔着求索办公楼而来。

志文及求索高层正和主管工业的副市长刘思谦在商议市政府计划为企业下发实施贷款优惠政策，扶持创业资金等重要事宜。求索想争取到贷款优惠政策，这样一旦广本撤资或资金不足时，便有了退路。半个月前，他专门写了计划申请和有关新鲜食品外包装项目的市场前景及利润分析，还打了腹稿，如何谈，怎么谈能确保拿下贷款优惠政策，以做好后续资金保障，他颇费了一番心思。

由于事关重大，因此会议室锁了门，闲杂人等一律不准入内。

杨秀梅却不管不顾，完全失去理智的她被保安拦在门外，谁知她竟猛烈地砸起了门，惊动了会议室里的所有人。

明一凡走到门口，打开门，还没闹清眼前是怎么回事时，杨秀梅已经冲破阻拦闯进了会议室。

保安和明一凡随即跟进。

杨秀梅直冲到志文面前，大声质问："你把姓方的藏到哪儿了？"

众人都惊愕而好奇地望着她。

"请你出去，我们正在开会，有什么事情回家再说。"志文示意保安把杨秀梅弄出去。

杨秀梅一把甩开保安，大肆煽动说："你们都知道吧，乔总和广本公司所谓的方总监的那些丑事吧……"

保安试图将杨秀梅弄出去，杨秀梅挣脱："干什么？你们还想对我用武力呀？他们冠冕堂皇地以工作名义勾搭成奸，大半夜的在宾馆私会，这样的人还配做什么企业家吗？还什么模范企业带头人，还什么政协委员，他就是当代的陈世美，有权有钱就抛妻弃子，就……"

"杨所长，请你顾及影响，我们现在正和市领导在商议重要事情，有什么不满，您可以换个时间说，我们……"

没等明一凡说完，杨秀梅四处寻找着："市领导，哪位是市领导？我正想向他们反映反映乔志文那些肮脏勾当，龌龊行为呢，哪位是……"

"够了！"明一凡忍无可忍地大吼道，"杨所长，您为什么就不反思一下自己的行为呢？"

"我反思，哈！"杨秀梅大笑起来，"明一凡，你可真是一条不折不扣的狗啊，乔志文还没太重用你，这要是……"

这时多名保安不由分说地将杨秀梅架出了会议室，整个求索办公室的人都被惊动了，跑出来看是怎么回事，办公楼里一时议论纷纷。

杨秀梅被架着无奈地往外走，她大声哭喊着："乔志文就是当代陈世美，黑社会！我咒你不得好死，下十八层地狱，永世不得超生！"

杨秀梅的声音在整个求索办公楼里回荡……

志文坐在那儿，只感觉耳边像有巨雷一样不断炸响，什么都听不到了，会议室里那一张张脸也在眼前晃动模糊起来，他眼前一黑，一阵眩晕，他赶紧使劲儿晃了晃脑袋。

会议室里一时静场，众人都被这突如其来的事件弄得有些莫名其妙。

明一凡冲众人打着哈哈："没关系，继续。"明一凡看了志文一眼，小声说："她这个——现在好像大脑有点儿受刺激了，我看不是正常状态。"

杨秀梅等于被驱逐出了求索办公大楼，她一路漫无目的地走着，想着自己最近一系列的遭遇，她忍不住冲着天空大声喊叫，并拼命撕扯自己的头发："啊！啊……"

从她身边经过的路人惊诧地驻足或被吓跑。

狂叫了一阵后，杨秀梅找了一个花坛边坐了下来。

"这帮畜生，赶我就像赶狗一样，他们知道反正有乔志文在给他们撑腰，怎么做都不过分，这帮势利眼，小人，谁有权力就往谁身边倒，我呸！"她用力啐了一口，使劲儿擦去嘴角边带出的一点儿唾液，整理了一下头发，站起来，冲着天空郑重地说，"我对天发誓，乔志文，我跟你和那个贱人干到底，不拼个你死我活，誓不罢休！"

站起身，她高昂着头颜毅然向前走去！

会议结束，志文和刘市长、明一凡等人向外走去。

"你们的项目和其他企业的新项目比，具备绝对优势与发展前景，回去以后，我会多做工作，力促贷款优惠政策落实给你们。"刘市长说。

"谢谢刘市长。"志文说，"我们也会积极运作，争取这个项目早日上马，早日创利。"

刘市长瞅了志文一眼，犹豫了一下说："家庭的事情要处理好啊，只有处理好家庭事务，才能没有后顾之忧地把企业搞好。"

"是，我知道，刘市长。"志文说。

送走刘市长等人后，志文回到办公室锁上门，一个人沉坐在椅子里。

他看出来了，杨秀梅现在不顾一切的举动，其目的只有一个，搞臭他和方云娜，她现在完全不可理喻，耳朵里听不进任何善言劝告，她如此疯狂地、不计后果地一次又一次无理取闹，让志文在与她生活了这么多年后，对她又有了另一层冷静、深入骨髓的认识。

如果说爱情是自私的，婚姻是排他的，杨秀梅的做法只是要维护他们的感情，捍卫她的家庭与地位，那么她现在的一系列行为已经远远超出了这个范围，假如，她再疯狂下去，他真不知道她还能做出什么令人咋舌的、不可思议的甚至让人惊悚的事情，她的歇斯底里，撒泼耍疯已经到了令人发指的地步，从中不难看出，她骨子里的极端与自私，她所做的一切，只是为了一己之利，你说她爱他，她的爱又表现在哪里？

她的一切言行都是在极其暴力地破坏与毁灭，她不知道他要对求索一千多号人的饭碗负责，她不管他每天有多累，压力有多大，说她在乎他，那只是一种索取与要求，什么时候听到过她温柔的关怀与问候？什么时候给予他理解和支持？她的出发点都是为了私欲，在她那里听到的永远都是抱怨与仇恨，她的爱又在哪里？即使有爱，也是极度自私转化下的占有，这能叫爱吗？这些年来，她做过什么？为他的事业她帮助过什么？包括教育儿子乔天放都从头到尾渗透着唯我独尊与霸道，还好在乔天放的个性当中继承了他的宽容与大度，这使他颇感欣慰。

她不能理智冷静地分析对待事物，只要有一丁点儿针尖儿大的事刺激了她的神经，她就要发作与报复，他无法与她正常沟通，她的偏激固执使得她与全世界的人为敌，只要有悖于她的思想，她就要追究到底，不管在什么环境、何人在场的情况下，只要她认定了是别人对不起她，就一定要置对方于死地。

　　就像现在，方云娜的到来，无疑触痛了她最敏感的神经，无论你如何解释，她都以为是在撒谎与欺骗，一旦你不按照她的意志行事，她就会疯狂反扑，他有时真不明白，她这是怎么了？为什么就不能平和安详一点儿呢？为什么非要破坏他的名声，毁灭求索的利益呢？难道仅仅因为方云娜的卷土重来？就算他再三向她保证，她也不会接受。

　　志文手支着额头苦苦思索，他确实错了，从心软答应她结婚的那一刻就错了，一步错，步步错，以至于演变成现在不可收拾的结局。

　　他该怎么办？人到了他这个年纪，牵扯太多，不是说你潇洒地一转身，就可以挥挥衣袖，不带走一片云彩，想到离婚，他第一个顾虑的是儿子乔天放。

　　那是一个懂事明理又直率的孩子，如果离婚，他会受到伤害，而志文真的不忍心去伤害这个善良、懂事的孩子；如果不离，无疑要深陷在这痛苦的深渊，并且会比以前痛苦十倍、一百倍，不仅是他痛苦，杨秀梅更痛苦，还会殃及无辜，甚至扩大辐射范围，演变成不可收拾的结局。

　　刘市长说得对呀，只有处理好家庭事务，才能没有后顾之忧做好企业。

　　最近被杨秀梅闹得他做事神思恍惚，他知道，也许到了该做出选择的时候了。

　　可这种选择是痛苦、挣扎与矛盾的。

　　他的警告没有起到震慑杨秀梅的作用，反而让她孤注一掷。这几天，他打算躲一躲，这让他想笑，看来人有的时候真会沦落到有家不能回的狼狈地步，他期望能利用躲避的这几天，让杨秀梅冷静下来，恢复点儿理智，认真地想一想彼此的关系，为家庭想一想，为儿子想一想，更是为她自己想一想。

假如杨秀梅能有一个知心朋友，凡事和她聊一聊，听一听朋友的意见，站在一个更客观的角度去对待别人，她要比现在活得自信开心得多，可她可悲就可悲在连个可倾诉肯听她说话的朋友都没有，从某种程度上，志文对她充满了一种复杂情感，觉得她既可恨又可怜。

试想，她如果不是被强烈的自卑所控制，而是拥有一种健康向上、自信从容的阳光心态，把时间用在做正经事上，而不是每天挑毛拣刺儿，尖锐刻薄，她绝不会是现在的她，绝不会活得这么痛苦，她会有许多朋友，受人尊敬，并且美丽自信。

九十六、万念俱灰

杨秀梅回到家，想着她在众人面前像个狗一样被驱逐，越发生气。他乔志文就是故意的，故意让她在众人面前出丑，这下好了，求索上下更不会把她当人看了，姓乔的就是要一步步削弱她的地位，好让姓方的顺其自然地坐到乔夫人的位置上。

铆足了劲儿等着志文回家继续战斗的杨秀梅却没有等回志文，她一想，乔志文定然是利用这个机会去医院陪姓方的了，于是越发气得要爆炸。

事情已经到了这个地步，她豁出去了。

耐着性子等到第二天，又是整整一夜未归。

连续打了十遍电话，志文的手机都关机。

第三天杨秀梅坐不住了，先去医院，想堵个正着儿，不料，姓方的已经出院，便马不停蹄地来到宾馆，心想更能堵个正着儿，不承想，姓方的已经退房。

万般无奈之下，直奔乔志文办公室而来。

乔志文独自坐在办公桌前，闭目养神，倒挺悠闲自在啊，是不是想姓方的呢？

兀自走进去，志文睁开了眼睛，看见是她，脸色立刻一变，杨秀梅不由在心里冷哼一声。

"为什么不回家？"她问。

"有什么事情等我过两天回去再说。"志文说，机械地翻弄着桌上的文件。

"怎么还得过两天？你凭什么说不回家就不回家？"

志文皱着眉头，极力忍耐地："你能不能以后不要到我的办公室来说事儿，你能不能给我给你也给乔天放留一点儿面子？"

"面子？"杨秀梅翻着白眼儿："你和姓方的都做出那么下贱的勾当了，还让我给你留什么面子？"

志文做出一个无比厌烦的打住的手势："杨秀梅，世上女人那么多，你是最独一无二的，你是最坚强的战无不胜的具有可持续作战精神的，我不得不佩服，甘拜下风，我不想也真的没有时间和精力再和你吵了。"

"什么意思？"杨秀梅问，"是不是想离婚？"

志文正色地望着杨秀梅："如果你同意，我不反对。"

杨秀梅明显愣了一下："你说什么？"她本能地问一句。

"我说，离婚，如果你想离，我不反对。"志文无比清晰地说。

"你的意思是，你在向我提出离婚？"杨秀梅不相信地再问，"你的意思是，你在向我提出离婚？"

"以前我从来没想过，就是在你闹得不可开交的时候也从来没想过，可是最近，我开始正视这个问题，我在想，既然你总怀疑我对你不忠，而我又有这样那样让你不满意的地方，与其双方这么痛苦地僵持下去，不如分开的好，为什么非要彼此折磨呢？你这么穷追不舍的，对你我又有什么好处呢，不如分开吧。"

"我可以把这理解为，你在正式向我提出离婚吗？"杨秀梅问。

"希望你给彼此一条生路。"志文说。

"你真的向我提出离婚了？！"杨秀梅喃喃地又说了一句，这一句不是在问志文，而是说给自己听的。然后她开始抑制不住地哆嗦起来，她的眼睛直直地望着志文，浑身颤抖得越来越厉害，甚至她自己都能听到上下牙碰撞的声音，她转身僵直地向外走去。

志文坐在那里，面无表情。

杨秀梅走出求索办公大楼，走到大街上，像一具没有灵魂的躯壳一样往前走，周围的大楼、汽车、人群她都看不见，仅凭着一种直觉在向前走。

她从头发到脚跟儿似乎被一层厚重的冰包裹着，真冷啊，她怎么这么冷？她不停地打着哆嗦，胸闷、气短、上不来气儿，她快被憋死了！快被憋死了！

她头重脚轻，像患了大病，一边冷得发抖，一边大汗淋漓。

怎么了？她没有听错吧？她不是在做梦吧？乔志文是真的向她提出离婚了，对吧？是，她清楚地告诉自己，是的，没错，乔志文是正式向你提出离婚了！

离婚预示着什么？预示着两人解除了婚姻关系，不再是夫妻了，从此以后就像素不相识的路人，你们不再共同拥有一个家，不会再睡在一张床上，他的钱不会再交给你，他也许不会再跨进这个家的门槛儿半步，预示着，他可以光明正大地和那个方云娜双宿双飞了，合法地睡在一张床上了，方云娜可以合法地拥有你曾经也是现在仍深爱着的这个男人了，你再也干涉不着了，且今生也不会再见到乔志文几面了。

这一切是怎么发生的呢？是怎么走到这一步的呢？她脚步踉跄地走着，她头脑不清地想着，想不明白，她想不明白呀！

总之，现在就是乔志文向你提出离婚了，这是不争的事实！

绕了一圈儿又回到了原点，其实最初对乔志文的狂热这么多年从未消退，只是现在又回到了原点的她已经永远没有机会了，是什么造成了这一切？

想来想去，还是乔志文从未爱过她，对一个从未爱过而又被强行拴在一起的女人，他总要想办法脱身的，原来一直在忍耐，忍耐了这么多年了，没有一个突破口，现在要什么有什么了，地位金钱什么都有了，不可同日而语了，旧爱归来，时机成熟了，还等什么？再不抓牢，今生恐怕都没机会了，从这一点上看，她特理解乔志文。

说不定，方云娜回来之前两人就已经设好了圈套，乔志文了解她的个性，知道她眼里不揉沙子，知道她在意他，就以此方法刺激她，设套让她往里跳，她如果不跳，他也乐得坐享齐人之福，左拥右抱，她要是跳了，正中下怀，正好成全了他和方云娜，别看他乔志文表面上斯文有理，其实比谁都阴损，她是中了他的圈套了。

可是，她不中他的圈套又能怎样呢？他要是想离婚，即使没有理由，就单说和她没有感情了，不爱她，不喜欢和她睡在一张床上，她又能怎样呢？

不知不觉来到东山脚下，杨秀梅走累了，她席地而坐。

远处有几辆拉沙子的汽车，在尘土飞扬地往车上装沙子，风吹来，许多灰尘沙子刮过来，刮了杨秀梅一脸一头，她全然不知。

那些装沙子的工人个个干得热火朝天，一边说说笑笑，是个人都比她活得快乐，这些人一定有人疼吧？一定有人爱吧？一定有人惦念吧？一定有人做好了热气腾腾的饭菜，在等着他们回家吧？他们在累了一天后，到了晚上，一定会搂着老婆亲亲热热地睡觉吧？他们一定说着知心话，计划着明年还能盖个二层小楼吧？

杨秀梅迷迷糊糊地想着，眼里已无泪。

假如，乔志文能够真正爱过她一天，她绝不会像今天这么暴戾，她真的不会是现在这个样子，她也懂温柔啊，她也愿意躺在自己男人的怀里撒娇啊，她难道愿意像个人见人厌的泼妇似的追着乔志文和方云娜去讨回自己的尊严吗？她难道愿意让求索公司上下的人看到她的丑态吗？她不愿意，她多想做个体面的，有尊严的，走到哪儿都被人敬重的人？可是，老天啊，我错在哪儿了呢？你为什么就要剥夺我一个女人该有的正当权利呢？

现在，一切全完了，什么都完了，当乔志文说出"离婚"二字，当她确定他说的是离婚二字时，她感觉天塌了！地陷了！她脑中只有两个字：毁灭！

她这一生，只有父母把她捧在心尖儿上，从上小学到大学毕业，再到参加工作，用东北的话讲叫一直"不得烟儿抽"，从内心讲，她也愿意走到哪儿都能和大家打成一片，谁不愿意赢得他人的喜欢和尊重呢？可所有的人都像和她有仇似的，对她爱搭不理的，她不是一开始就偏激刻薄，是因为人们总是拒她于千里之外，才使得她不得不以此武装自己，当别人越不待见她，她越没有自信，越没有自信，也就越不敢去主动接近别人，去同别人正常交往，就越发愤世嫉俗，这就形成了恶性循环，日复一日，年复一年……

想着最初看到乔志文那心动一刻，想着提笔给乔志文写下情书，想着邮出去后的忐忑不安……她现在多怀念那时的日子，如果她不是那么疯狂地、强扭下这颗瓜，如果她把对他的爱永远藏在心里，嫁一个爱她而不是她爱的人，她就不会落到今天这个结局。

离婚对他是重生，对她则是毁灭。

在这场没有硝烟的战争中，她是彻头彻尾的失败者，她首先处于绝对劣势，又没有有力的武器，更不懂得迂回战术，不懂技巧，只知一味强攻，到头来被打得落花流水，片甲不留！

不知道是怎么回的家，当杨秀梅缓过神儿来的时候，她已经推开家门走了进去。

一进屋，就有一股香喷喷的味道飘来，是谁做的饭？

儿子乔天放端着盘子出来了，一见杨秀梅，笑了，露出好看的白牙齿，儿子长得英俊，不像自己。

"妈，看我炒的番茄鸡蛋，闻着特香，吃着也一定很好吃！"乔天放兴奋地看着杨秀梅，显摆地说。

"是吗？好儿子，都会做饭了？"杨秀梅摸着儿子的脸，眼泪不争气地含在眼圈儿。

"妈，您怎么了？"乔天放脸上的笑容一下消失了。

"没事儿，妈没事儿，眼睛可能有点儿迷了，没事儿没事儿，好了好了。"杨秀梅说着，到卫生间去擦眼泪。

"妈，快出来吃饭吧！看您和我爸这么晚还没回来，我就想替您分分忧，省得您一天腰酸背痛的，我就算炒得不好吃，您也将就着吃吧！啊！"

"哎……"杨秀梅答应着，眼泪夺眶而出，她拽下毛巾堵住嘴，隐忍地不发出声音。

擦干了眼泪，稳定了一下情绪，杨秀梅走了出来。

她强颜欢笑地坐到乔天放身边。

乔天放给杨秀梅夹菜："妈，您尝尝，好像有点儿咸了，盐一点儿一点儿放好了。"

杨秀梅尝了一口："不咸，挺好吃的。"

乔天放乜斜地看着她："鼓励我？怕我下次不炒了？"

"不是，妈真不是鼓励你，只要是我儿子做的，就好吃。"

"天下的母亲都是一样的，自己儿子怎么看怎么顺眼。"乔天放说，大口大口吃着饭。

杨秀梅望着乔天放，想着十月怀胎，想着第一次乔天放奶声奶气地从嘴里吐出"妈妈"，想着乔天放颤颤巍巍站立不稳地用小勺儿往她嘴里送鸡蛋羹，想着乔志文厂里忙，她大半夜的一个人抱着发烧的儿子往医院跑……

孩子是她的命，从小到大，她可以放弃工作，放弃多次涨工资的机会，请病事假，却不能耽误孩子的一顿饭，乔天放的每一顿饭，都是她精心做出的，从不重样，孩子的事儿大于天，现在孩子大了，也能给妈妈做饭了，真好，真好……

杨秀梅机械地想着。

"妈，我给你唱首《人生第一次》吧。"乔天放打断了杨秀梅的回忆。

杨秀梅点点头。

乔天放满怀深情地唱着：

> 我第一次听到的哟，是你的喊；
>
> 我第一次看到的哟，是你的脸；
>
> 我第一次偎着的哟，是你的胸口；
>
> 我第一次熟悉的哟，是你的眼；

我第一步走的路哟，是你把我搀；

我第一次流下的泪水，是你帮我擦干；

我第一次穿的衣哟，是你为我连；

我第一次听懂的称呼，是你叫我铁蛋蛋。

我第一次挣下的钱，捧到你眼前；

我第一次爱上的人哦，领到你跟前；

无论我走到哪里，总把你挂念；

我就是抱上了儿孙，我还是你的铁蛋蛋……

泪水模糊了杨秀梅的视线，想到不久她将失去这个可爱的家，她的眼泪更如断了线的珍珠一样流淌……

万念俱灰。

九十七、永别苦痛

杨秀梅走出家门，在黑夜中缓步向前，望着寂寞淡灰的苍穹，看着天空屈指可数的星星，杨秀梅没有任何欲念，她只是一味地走着，走着……

终于到了那栋熟悉的楼前。

那象征着温暖、象征着爱的楼此刻已万籁俱寂，只偶尔有一丝风儿刮过，一切都在沉睡。

想必父母也都在熟睡吧？杨秀梅笑了一下，她走上楼去，来到家门前，轻轻叩响了房门。

好半天，杨树森从里面打开了房门，一见是杨秀梅，吃惊地："怎么了？你这孩子怎么大半夜的来了？"

"我没事儿，爸，就是过来看看。"杨秀梅说，进了屋，"我妈呢？"

杨树森跟进，奇怪地望着杨秀梅："这点儿，睡觉呢呗！"他上下打量着杨秀梅："你不是有什么事儿吧？"

　　"没事儿，有什么事儿啊？"

　　"那怎么这个时间来了？"杨树森问。

　　"就是过来看看你和我妈。"

　　"你这孩子，什么时间来不好，这大半夜的！"杨树森笑了。

　　"我妈还睡着呢？"杨秀梅问。

　　"啊，那可不。"

　　"我进去看看。"

　　"别看了，你再给她吵醒了，这几天高血压有点儿犯了。"杨树森说。

　　"你就让我看看吧！"杨秀梅说着，走进屋去。

　　杨树森跟着进去了。

　　杨秀梅来到母亲床边，看着熟睡中的母亲。

　　"这两天高血压犯得挺厉害，唉！"杨树森叹了口气。

　　望着母亲熟睡中脸上那一道道皱纹，想着小时候母亲给她扎羊角辫儿，教她唱儿歌，给她买漂亮衣服，想着穿上漂亮衣服妈妈总是对着镜子夸她："我的宝贝闺女最好看，世界上谁也没有我宝贝闺女好看……"

　　那是杨秀梅听到的世界上最美丽的声音，她就会开心地笑着，露出小豁牙，对着镜子骄傲地摇晃着脑袋，两只羊角辫儿翘呀翘上了天！那时候杨秀梅长得也好看，两只大大的眼睛忽闪忽闪的，两排长长的睫毛能横着在上面放两支铅笔，穿着花衣裳，嘴里天天哼着："小燕燕，穿花衣，年年春天到这里，我问燕燕你为啥来，燕燕说，这里的春天最美丽……"

　　她通常都把燕子，唱成燕燕，为了表达她的娇气。

　　妈妈总是骑着自行车，把她放在前面的横梁上，她一路高兴地哼着歌儿，从牡丹江西到牡丹江东，她清脆甜嫩的声音引来许多大人的注目，她和妈妈就一路风光地迎接着各种欣赏喜爱赞叹的眼光，让她和妈妈过足了瘾！

　　从小是集万千宠爱于一身的，长大了，怎么什么就都变了呢？

唉，妈妈呀，原谅女儿的不孝，您的女儿能在您年轻的时候陪在身边儿，却不能为您和爸爸养老送终，原谅我，原谅我吧……

眼泪就要喷薄而出，她慌忙站起身，向外走去。

走到门口，最后又回头看了母亲一眼。

临出门前，杨秀梅望着杨树森："爸，答应我一件事儿，好好照顾我妈，相互搀扶着，有个伴儿……"

杨秀梅的声音一下哽咽了。

"你这孩子，今天是怎么了？"杨树森惊异地看着杨秀梅，"出什么事儿了，啊？你赶紧说说，啊？是不又和志文吵架了？"

杨秀梅摇着头："没有，这回，再也不吵了。"

杨树森懵懵懂懂地看着杨秀梅，实在弄不明白她话里真实的意思。

没等杨树森再说什么，杨秀梅走了出去。

"你这孩子，有什么事儿你可得跟父母说啊！"杨树森追了一句。

"没事儿，爸，我——走了。"杨秀梅说。

杨树森点点头，仍有点儿不放心地看了杨秀梅一眼，直到杨秀梅消失在楼道尽头，他才关上门。

杨树森回到屋里，坐在沙发上，想了想，摇了摇头。

杨秀梅走出楼，再回身看了看楼上亮着的温暖的灯光，眼泪再一次夺眶而出。

她迈开大步向前走去。

杨秀梅来到了求索办公大楼，她不知道志文会不会在，但她还是决定再来看一眼。

远远地，就看见了志文办公室里亮着的灯光，不知为什么，看到那束光亮的一刹那，杨秀梅所有的恨都没有了，这光亮竟使她心里流过一丝暖意。

走到办公室门前，看见志文还坐在桌前忙着什么，杨秀梅倚在门边望着他。

灯光在志文周围闪出一圈光晕，他认真地写着什么，平心而论，志文是个好男人，是个优秀的男人，只不过，她杨秀梅无福消受，这样优秀的男人，他把爱给了别的女人，她终其一生，也无法真正得到他的爱，你不能怪他，只有说明你自己不够好，没有足够的资本让他爱你。

他也很累呀，要对求索上下一千多号人的饭碗负责，他能把企业从那么艰难的境地拉回来，能把求索扩大成今天的规模，他多不易呀，他有白头发了，他的心都快操碎了，你还能要求他什么呢？你又给了他什么？你是否在他最需要的时候帮过他？你尽管心里有一百分对他的温柔缠绵，你却没有在任何一个时机表达出来呀？你总是端着自己，你不爱我，我也不爱你，对峙、争吵、冷战、激愤充斥在他们这些年来的生活中，她累了，这一次，她是真的累了。

她敲了敲门，志文抬头一看是她，本能地就竖起了一层保护网。

她缓步走进，走到志文桌前。

"这么晚了，你……"志文说。

"我来看看你。"杨秀梅说，多久了，没这么心平气和地说过话了。

志文颇为诧异地看了她一眼，他着实不明白她这是什么意思或者是接下来他又将面临怎样一场风暴。

杨秀梅走到志文身边，给他解下领带，帮他重新扎着领带："领带都歪了，我帮你再扎一扎。"

志文更加惊讶不安地望着她，他不知道她葫芦里卖的什么药，这温柔的开局一步，是否为下一步更加猛烈的风暴袭击而奠定基础呢？

"以后自己要知道照顾自己，尽管我整天和你打和你闹，但是以后没有我在身边了，当然，还会有别人，那你也要懂得照顾自己，快五十岁的人了，饮食、睡眠都得注意了，以前到季衣服都是我洗好了，给你放到床头，以后都要靠自己了……"

志文疑惑万分地望着她。

"还有，无论你将来和谁结婚，一定要好好待天放，不能让天放受委屈，多留点时间给孩子吧，知道吗？"

听到这句话，志文的心莫名一颤，杨秀梅的话让人听了心酸。

难道离婚后杨秀梅就不管天放了吗？

没容他多想，杨秀梅拿起他的手看了看："好点儿了吗？"

"没什么事儿了。"志文说。

"对不起了。"杨秀梅说，"以后，"她轻笑了一下，"以后再也不会了。"

"你……"志文犹豫地望着她皱眉。

"你胃不好，尽量少上外面吃饭，多吃点儿软的易消化的。"

志文望着杨秀梅。

杨秀梅又笑了一下："你还记不记得，结婚那天，你是用自行车驮着把我接回的家？"

"记得。"志文本能地说。

"我穿着粉色的毛衣，外面是一套毛料制服，头上戴着一串粉色的花，脚上穿着一双红色高跟儿鞋……"杨秀梅深陷进回忆中，"咱俩身后跟着一排咱们厂的小青年儿，手里提着录音机……"眼泪无声地从杨秀梅眼里滑落："现在想起来，好像就在昨天，那么清楚，那么清晰，就像刚做的一场梦。"

志文望着杨秀梅无语，他感觉有些不太对劲儿。

"行了，不说那些陈芝麻烂谷子的事儿了，我走了，你也早点儿睡吧，现在不想回家……"杨秀梅顿了一下，"过几天再回去吧。"

她说完，走了出去。

志文想叫住杨秀梅，可话到嘴边他又不知怎么问，再一看，杨秀梅已经走了出去。

杨秀梅回到家，来到乔天放房间。

她轻轻地抚摸着睡梦中乔天放那张好看的脸，最后在乔天放的脸上轻吻了一下。

把一个信封放到了乔天放的枕下。

杨秀梅走了，轻轻锁上房门走了。

夜，仍然漆黑一片，遥远的地平线没有一丝光亮。

风吹来，吹起了杨秀梅的头发，她的眼中已无泪。

灰蒙蒙的天空一片静谧，夜色沉睡着，城市沉睡着，大地沉睡着……

杨秀梅走着，以往生活的每一个片段，每一个场景，一幕幕涌上心头，在眼前闪过……

一切都离她远去，她累了，她终于可以摒弃尘世间所有的恩怨情仇，化作一缕风，一阵烟，一片云，飞走了，飞向遥远的天际，飞向永乐的天堂！

那里没有痛苦，没有七情六欲，没有是是非非，你争我夺，哀怨愤恨，所有的只是清静、快乐、无私无欲之无求境界，结束了，万事万物都结束了，心先死，身已碎……

杨秀梅从一座废弃的将被拆迁的楼六层之上，飞身一跃……

九十八、千古罪人

杨秀梅用自我了断的方式向乔志文发出了最后的呐喊与挑战，她要用生命赢取胜利，换得乔志文的一生悔恨！她把鲜血涂满在乔志文身上，让他一世背上了背信弃义、当代陈世美的耻辱和骂名！

志文没想到，杨秀梅会用如此决绝的方式告别人生，告别了她最爱的儿子乔天放，当他看到杨秀梅那具冰冷的尸体躺在停尸间时，他的大脑一片空白，任何语言都无法形容他此刻的心情。

也就同时在那一刻，他悔恨交加，他的悔恨不仅仅是他向杨秀梅提出离婚导致了这场悲剧的发生，而是在这一刻，他突然怀疑，杨秀梅的大脑是不是有问题？他怎么没有意识到，而一再地延误，最终发展成为导致这无可挽回的悲剧的最终原因！

他为什么早没想到呢？

她一系列超出常人的暴戾举动，她的歇斯底里，无法自持、彻夜不眠，诡秘跟踪，不都是病态表现吗？他为什么就没细究、深想，引起重视呢？是无知？无意？还是无情？他后悔莫及。

死者已矣，生者何堪？早知今日，何必当初啊！

志文第一个想到的是儿子乔天放，想到了杨秀梅的父母，他们该是何等的悲痛万分，伤心欲绝？

而这一切，他——乔志文，难辞其咎。

他坐在停尸间外整整一天一夜，他真的无法面对这个现实，他真的不知道如何开口向乔天放以及杨秀梅的父母宣布这一噩耗！

他必须要走一走，要冷静冷静，要理顺一下，因为有太多的事情在等待着他处理，他知道在这个时候，没有人能够帮他，他并不关心会有多少人戳他的脊梁骨，而是他该如何不让乔天放和杨秀梅的父母悲伤过度。

他漫无目的地走着，杨秀梅为他送去香喷喷的饺子，为他送去热气腾腾的骨头汤，陪他坐在车间的机床前抚慰他失去方云娜的忧伤，哭着向他表白心中的爱意，为他写第一封也是今生唯一的一封情书……往事历历在目，人却已阴阳两隔！

志文眼含热泪，心情沉痛地走着。

志文并不知道，也就在此时，乔天放发现了杨秀梅留给他的遗书：

妈妈最最亲爱的宝贝天放：

从你在妈妈肚子里安营扎寨的那一刻起，妈妈就把你当成了妈妈心目当中最亲爱的宝贝，你的每一次胎动，对于妈妈来讲，都是最美妙的感受，宝贝，妈妈那时就想早日看到你，摸到你，亲到你！

你刚生出来的时候足有七斤三两，静静地躺在妈妈身边，安静地睡着，那嫩嫩的肌肤上的小绒毛，那小嘴儿里的阵阵奶香，那胖胖的小手让妈妈亲也亲不够！

宝贝，你知道吗？妈妈是多么爱你！

眼看着你长成了眉清目秀、腰杆挺直的小伙子，妈妈心里那份满足与骄傲，那份欣慰与感动，时时刻刻都伴随在左右，即使你有时顶撞妈妈，妈妈也感到无比幸福！

宝贝，妈妈多想亲眼看到你大学毕业，给妈妈带回一个儿媳妇，将来再生个健壮的大孙子，妈妈多想永远陪在你身边，呵护你，照顾你，给你洗衣、做饭，儿，妈真担心，妈不在身边，你行吗？

妈这一生，伴随着孤独与耻辱，伴随着心酸与泪水，伴随着失落与愤恨，妈妈是失败的，是不被人爱的，妈妈希望宝贝你，将来一定要得到爱！

妈妈要走了，有千言万语要对宝贝说，在这一刻却无语凝噎！

妈妈对不起你，没有陪你走到成家立业，但是，宝贝，千万别为妈妈伤心，别恨妈妈，你已经大了，不要去埋怨，你只要记住，记住妈妈以下的话：

结婚，找一个爱你胜过你爱她的女孩儿；

凡事，要留三分心，切不可全部相信于人，托付于人；

事业，努力做成功，你便拥有了掌控他人的主动权；

对爱，永远不要深陷其中，爱之深，伤之切，毁之重，不要为一个人倾注全部的感情；

要孝顺你爸爸，不要恨他，他——不容易。

要替妈妈常去看看姥姥姥爷，替妈妈尽孝，为他们送终，不要让他们太难过；

要理性生活，不要感性生活。

最后，再让妈妈亲亲我的宝贝，妈妈爱你，妈妈在天堂保佑你。

最爱你的妈妈

信纸落地同时，门开了，志文迈着沉重的脚步走了进来。

看见志文黑灰憔悴不成人形的样子，乔天放已经意识到了一切都晚了。

"爸，我妈呢？"他仍抱着最后一丝幻想，颤声问道。

志文不语，乔天放能看到他额上一跳一跳的青筋。

"爸，我妈呢？"乔天放再问，声音已经哑了。

志文仍不语，他默默地走到乔天放面前，正视着乔天放，一滴泪从他眼里迅速掉下。

"爸，我妈呢?!"乔天放最后大吼一句，志文一把将乔天放搂在怀里，父子俩抱头痛哭!

哭过之后，乔天放抬头望着志文，沉声问道："我妈她——在哪儿现在?"

"殡仪馆。"志文说。

乔天放缓缓地走了出去。

即便是天崩地裂、世界毁灭，该面对的现实也必须要面对，因为别无选择。

老天不会因为你年事已高，经受不起打击，就不让悲剧发生在你身上，现实永远是残酷的，无论你是否有勇气面对。

该知道的人一个不落地全部知道了，包括乔家所有的人，杨家所有的人。

乔志文无疑成为众矢之的，杨秀梅的母亲知道后，数度昏厥，杨树森更是扯着乔志文的衣领，老泪纵横地斥问："我的女儿呢? 乔志文，你把我的女儿弄到哪儿去了? 你还我的女儿，还我的女儿……"

一时间，在场的人无不心酸落泪。

志文成了罪人，千古罪人!

他唯有跪地谢罪，长跪不起!

可又有谁理解，他的无辜与悲哀呢?

杨秀梅的悲惨结局是乔家与杨家没有想到的，尽管之前曾经听到过杨秀梅与乔志文之间的种种矛盾与不和，可谁也不曾料到，她竟用这种极端惨烈的手段结束了自己的一生，其中虽有这样那样的客观原因，但一个鲜活的生命就这么去了，无论是家人还是旁观者，无不唏嘘悲叹!

当然，在这杂七杂八的同情、悲悯的议论与叹息声中，最坚挺的声音莫过于，是乔志文逼死了杨秀梅，杨秀梅是因为乔志文与方云娜的婚外情，且在乔志文逼迫其离婚的前提下而最终自杀的!

这似乎是个不争的事实!

尽管求索上下不敢当着志文的面儿说这些，但志文知道，几乎百分之九十的人都在背地里指指戳戳，虽然大家表面上仍对他谦恭有礼，但其实他的威望与人气已一落千丈！

最重要的是，乔天放从中听出了某种玄机，听到了爸爸与方云娜的一些事情，他痛心地望着爸爸问："爸，是你向我妈提出离婚才让她自杀的吗？"

志文能说什么？他该如何向乔天放解释这些事的林林总总，前前后后，追根溯源？他现在什么都不想说，累，他真的累呀！

"爸，是吗？"乔天放穷追不舍。

"是的。"志文只能这么说。

"为什么？！"乔天放大吼，"我妈她做了什么对不起你的事？你说离婚就离婚？"

"天放，有些事情不是一句话两句话就能说清的，我会找一个机会，向你说明这一切。"志文说。

"我不听！"乔天放狂怒地，"我只知道，全求索的人都在议论你和一个叫方云娜的女人，说你们的关系非同寻常，妈妈就是因为你和她的特殊关系才含恨自杀的！爸，你真做得出啊！"

"不是那样的。"志文说。

"还能是怎么样？！"乔天放大声喊着，"爸，我曾经那么崇拜你，把你当成了我的楷模、偶像、追随的目标，没想到，你竟然也不过如此……"

"天放，你不要……"

"我不听！我现在只知道，是你，是你逼死了我妈妈！"乔天放跑了。

志文呆立在那里。

这段黑暗的日子在各种流言蜚语中越发黑暗，最初厌恶鄙视杨秀梅做法的人，开始转而同情起杨秀梅，说杨秀梅其实非常可怜，一个女人，到了这把年纪，又没有背景没有权势地位，又没有漂亮容貌，她只能在家当个伺候丈夫、儿子的老妈子了，可就连这老妈子的权利现在也要被貌美的有地位职权的女人代替了，她还能活吗？她能不万念俱灰吗？她的全部世

484

界就是儿子和丈夫啊，现在丈夫不要她了，她不就是死路一条吗？

所有的矛头都指向了志文和方云娜，说方云娜此次就是有备而来，就是要夺回乔志文，和他共同建立新的求索王国，逼死杨秀梅说不定就是计划之一。

九十九、人心叵测

葬礼结束。

生活恢复了表面的平静。

乔天放的功课很忙，每天早晨六点多钟就从家走了，晚上八九点钟到家。志文这段时间尽量陪乔天放在家吃饭，在饭桌上，父子俩都很沉默，虽然乔天放没有说什么，但从他的目光中射出的寒冷，志文知道，乔天放对他记恨了。

而广本这边的资金，自从渡边一郎上次表示要进一步考虑后，便再也没有消息。

方云娜出院后，换到了另一家名为青叶的宾馆，在静养期间，她得知了杨秀梅跳楼自杀的消息。

方云娜万分震惊，她不知道杨秀梅如此脆弱，震惊之余，一种复杂的情绪袭上心头。

平心而论，她这次的确是有备而来，可是，她没想到仅仅是因为她的到来，她单独约了志文，便会引发这样让人痛心的结局，说实话，这不是她想看到的。

她知道，杨秀梅一死，志文铁定被卷进众说纷纭及各种猜疑的旋涡中，她懂得，在这个时候，她不便于露面。

给志文打过两个电话，他都没接，她知道他的心情一定不好受，再加上忙着处理后事，他可能不便接她的电话。

而且，在这种特殊时期，他究竟有多少头绪无法理清？她真的不知道，她只是很担心，担心他的状态，担心他会被淹死在众人的口水中，她只想知道他现在怎么样了。

他为什么不接她的电话？或者心中也对她有一丝怨恨吧？她胡乱地猜测着，心情沉重。

实在抑制不住心中的担忧，她再次拨通了志文的电话，这一次，他接了。

"喂，是我。"方云娜说。

"嗯。"志文应了一声。

"你——现在怎么样？"她犹豫地开了口。

"还好。"志文的声音低沉中夹杂着疲惫。

方云娜拿着电话，一时不知该说什么。

志文深吸口气："你有事吗？"

"没有。"方云娜说，"只是有点儿担心你。"

"谢谢。"志文说，"先挂了。"

"好，你保重自己。"

志文那边已经挂断了电话。

方云娜放下听筒，发了一会儿呆，她无法想象杨秀梅在纵身一跳的那一瞬间是否还有思想？她无法想象当她的身体"砰"的一声落在地上的时候是怎样一种让人无法睁眼的惊悚场面？她不知道乔志文面对着这血腥的令人浑身的汗毛都竖起来的一幕时，他做何感想？

她只知道，当人们追溯发生这场悲剧的根源在于乔志文与那个叫方云娜的女人旧情难断且有可能鸳梦重温时，人们愤怒的矛头定然统统指向了乔志文，负心汉、婚外情、抛妻弃子等难听的字眼儿及罪名肯定如潮水般涌向本就身魂俱碎的他，他该如何面对儿子？面对杨秀梅的父母及所有人的痛斥与指责？他能否承受如此巨大的精神压力？

公司还有一千多号职工在等着他，他不能因为个人的情绪或身体不适就休息，在不得不面对和接受这些质疑和斥责声时，他是否会对她之前的言行也产生反感呢？

方云娜感觉，自己现在住在宾馆里，就像一只见不得光的老鼠，只敢躲在阴暗的角落里兀自叹息。

是啊，她自省着，你不能高昂着头颅问心无愧地说杨秀梅的死与你无关，你这次来本身目的不纯，尽管你还没有进一步实施夺回乔志文的计划，可，你的内心能不受折磨与煎熬吗？

还有，她始终怀疑那天半夜，杨秀梅突然出现在宾馆房间外，是有人给她通风报信，否则，杨秀梅怎么会那么神速的像是事先知道一样地就堵在了宾馆外面？而正是那次发现了志文和她在宾馆，才使得事情迅速朝着恶化的方向发展。

方云娜深思片刻，拿起电话拨通了皮雅南的手机："喂，雅南，你在吗？过来一下。"

方云娜挂断电话，若有所思。

不一会儿，外面响起了敲门声。

"进来。"方云娜说。

皮雅南走了进来，一脸天真地望着方云娜："方姐，有事儿吗？"

方云娜紧盯着皮雅南，上上下下，仔仔细细地打量着她，皮雅南被盯得浑身发毛。

"怎么了？方姐，怎么这么看我？"

方云娜仍不语，片刻后说："雅南，你说，人要是做了亏心事，是不就都写在了脑门儿上？"

皮雅南瞪大了眼睛："什么意思？我不明白？"

"你比谁都明白！"方云娜斩钉截铁地说。

"我真不明白，有什么话你直说好了，方姐。"皮雅南一副很委屈的样子。

"乔总的夫人杨秀梅自杀了，你有何感想？"方云娜问。

"人，人家老婆死了，我，我能有什么想法？"皮雅南好像很纳闷地说。

"这不正合你意吗?"

"怎,怎么能合我意呢?方姐,你看你这话说的,我原来说喜欢乔总,那都是开玩笑的,我这么年轻,好日子长着呢,我干吗和一个比自己大快二十岁的人在一起,我不疯了吗我!"

"我看你就是疯了!"方云娜响亮地说,"自己得不到,看着别人就眼气,真想不到啊,皮雅南,你小小年纪,内心倒阴暗狡诈得很呢!"

"方姐,方总监,我什么时候都尊称你一声姐,你好端端地把我叫来,说这么一大堆莫明其妙的伤人的话,是什么意思啊你?别看我年纪小,可我能分得出好坏是非。"

"别装作好像多委屈似的,皮雅南,我问你,那天乔总到宾馆来,他的妻子怎么随后就到了?"

皮雅南脸色立刻一变,但仍嘴硬地:"我怎么知道?这事儿干吗问我?"

"不问你问谁?"方云娜紧追了一句,"只有你能发现停在宾馆门口的乔总的车。"

"天!"皮雅南翻着白眼儿,"因为我住在这家宾馆里,我能发现乔总的车停在门口,就是我在通风报信?"

"我说你在通风报信了吗?"

皮雅南愣了一下,随即说:"你不就这意思吗?"

"皮雅南,别在我面前耍花招儿,我告诉你,你老老实实地告诉我,我不会把你交到总部,否则的话,我立刻把你遣送回去,让总部马上开除你!"

"你没有这个权力!"皮雅南哭起来。

"我现在就可以给渡边一郎打电话,你看我有没有这个权力!"方云娜说完,拿起手机,给渡边打电话。

皮雅南上去一把抢下电话:"别打!"她望着方云娜:"电话是我打的。"

"你小小年纪,怎么有这么深的城府呢?"方云娜问。

"我喜欢乔总,我听见她们说你原来和乔总的那些事,再看见你对他还那么——那么不忘情,就,就生气……"皮雅南再度哭起来。

"你这孩子怎么这么傻呀？"方云娜不可思议地说，"你周围那么多和你年纪相当的好小伙子，你为什么……"

皮雅南只是哭。

方云娜叹口气："这样吧，你还是回总部吧，我会建议人力资源部给你安排一个更合适的，比现在薪水更高的职位。"

"不，我不回去！"皮雅南哭得更厉害了。

"为什么？"方云娜严厉起来，"是因为看不到乔总了吗？"

"不，不是。"皮雅南仍旧哭。

"就是！"方云娜说，"既然如此，你必须回去，不是因为你在这儿会怎么样，而是，在我眼里你还是个孩子，我不能让你在这个地方耽误了青春，那样会毁了你一生的，你懂不懂？"

"我知道竞争不过你，方姐！"皮雅南哭着说。

方云娜哭笑不得地望着皮雅南："经历了这样惨痛的教训，你以为我和乔志文还能怎么样吗？"

皮雅南傻傻地望着方云娜，方云娜苦笑了。

"听我的，雅南，"方云娜真诚地望着皮雅南，"你还年轻，情窦初开，一派混沌，对人生，对感情尚且处在无知阶段，不要轻易付出自己的感情，尤其是像乔总这样的男人，你走不进他的世界，他也无法理解和接受你的世界，不要痴心妄想，没有人比我更了解他。"

"乔总，他是怎样一个男人？"皮雅南迟疑地问。

"他是，"方云娜虚眯着眼睛，"他，曾经沧海难为水，除却巫山不是云！"

皮雅南仍有些半懂不懂地望着方云娜。

"认真生活，以友善关爱之心去对待周围的每一个人，你会收获关爱与友善，找一个你爱的同时也爱你的年轻人，你会拥有幸福人生。"方云娜真诚地对皮雅南说。

两天后，方云娜和皮雅南一起回了广本驻中国总部。

临行前，方云娜给志文发了一条信息：对不起，请允许我真诚地说一声对不起，我知道现在的安慰无疑是苍白无力的，我现在唯一能做的，是回总部说服渡边，争取把资金调回，多保重，等待我的好消息。

这边，求索，包括原来工具厂的一些元老，都开始把矛头指向了方云娜这个破坏别人家庭，一手导演了此幕悲剧的女人，她躲到了哪里？有人听说方云娜回了总部，就说怎么样，终于受不了舆论压力滚回去了吧？乔志文是偷鸡不成反蚀米，不但没招来日本人的投资，还让方云娜跑了！一时间，各种声音与谣言四起，充斥在志文的耳边与周围。

就在这时，一直看似沉默的乔师傅和刘淑珍，也要说话了。

一百、无法赎罪

志文抬起沉重的手敲开了杨树森家的大门。

杨树森看了志文一眼，转身进了屋。

志文缓缓走进，杨树森坐在了沙发上。

志文在杨树森身前站下。

"爸。"他说。

杨树森拼命摆着手："我不是你爸，乔总。"

"发生这样的事儿，是我没有想到的。"志文说。

"你没有想到？你自己做过什么事儿你不知道吗？你怎么会没有想到的？"杨树森问。

"这其中有很多误会，不是一两句话能够说清的，但，不管怎么说，秀梅不在了，是我的责任。"

"我好好的女儿，为了你，自杀了！"杨树森质问志文，"难道你轻松的一句，是你的责任，就算了断了？我和秀梅的妈妈都老了，我们只有这一个女儿，我们白发人送黑发人，是何等的凄凉可怜？嗯？"

志文缓缓屈膝，跪在了杨树森面前，这已经是杨秀梅死后，志文给杨树森第二次下跪了。

"对不起，爸，对不起！"志文深深地把头埋到胸前，"我没想到会是这样。"

杨树森闭上眼睛："你没想到？你没想到你怎么做得出对不起她的事儿？"

"爸，我会常来看你和我妈，将来，我替秀梅为你们二老养老送终！"

杨树森哽咽着说不出话来，少顷，泪水长流。

因为参加杨秀梅的葬礼，小娇和朱大军也从广州回来了。

帮助处理完后事，小娇和朱大军一直没走，这一次回来，小娇发现，乔师傅和刘淑珍都特别苍老，小娇决定，在牡丹江多待些日子，陪陪父母，陪陪大哥。

这天，乔师傅一早给志文打了电话，让他晚上和乔天放一起回来，说他有话要说。

晚上，小娇帮刘淑珍做了两个简单的菜，只等着志文和乔天放回来。

菜都摆上了桌，志文和乔天放也先后到了。

乔师傅一脸阴沉与严肃地坐在那里，他拿起酒瓶给自己斟了一盅儿酒，环视了一圈儿，举起酒杯，把酒缓缓地洒在了地上。

"这杯酒，送给这个家已故的人。"他说。

众人都肃穆地坐在那里。

乔师傅威严却悲凉地："如果我没记错的话，四年前的除夕夜，我也是坐在这张桌前，全家老小总共十二口人，四年后的今天，我仍是坐在这张桌前，十二口人少了五口，死的死，走的走，散的散。"乔师傅眼含泪花，他大吼一句："我想知道，我们老乔家，究竟是怎么了？怎么了？"乔师傅激动地站起来，浑身颤抖地用筷子敲打着桌子。

全家都沉默着，乔师傅的怒吼好像一下子传出很远，回荡了很久。

乔师傅怒视着众人，又缓缓地坐下了。

坐在那里，乔师傅老泪纵横："我这个当父亲的没用啊！连自己的子女都管不好，还配当什么父亲？"

乔师傅坐在那里，显得尤为苍老、可怜而无助。

刘淑珍眼里也是泪光隐现，一声不吭。

小娇看了看志文，志文仿佛一夜之间老了很多，许多白发竞相冒出。

乔天放坐在刘淑珍身边，刘淑珍紧紧地攥着他的手，然而，他却似乎并不需要依赖于刘淑珍，他坐在那里，看上去已然生发出几许坚强独立。

"从小，最让人操心的是小娇，十七岁就跟着朱大军跑了，让我和你妈受尽了厂里人的白眼儿，不承想，志武竟更不念兄弟手足之情，干出让我一辈子都抬不起头的事儿，不说他，因为我早就把从乔家的名单中勾了出去，原以为最听话的小莲，竟在个人问题上糊涂到了可恨的地步，换来了今天这个下场！"

小莲无知无觉地坐在那里，径自摆弄着头发。

"他们三个，毁了我们老乔家，毁了我和你妈一辈子的好名声啊！"乔师傅痛心地说。

乔师傅停顿片刻，为自己斟上了一盅儿酒，他仰脖儿一饮而尽。

他的目光咄咄地逼向志文："志文，我自认为最质朴，最老实，最仁义，最有责任感，永远不会做出伤天害理的事情，永远是弟弟妹妹的楷模，是我们老乔家唯一骄傲的乔志文——你，"乔师傅逼视着志文，"竟干出了这样一件惊天动地的大事儿，你，如何交代你和那个姓方的所做的一切？！"

志文不语。

"我们对不起老杨家呀！人家当初是欢天喜地地把女儿嫁到了我们家，谁承想，会是这么个下场啊！我愧对人家呀，我有愧呀我！"乔师傅"啪啪"地打着自己耳光，刘淑珍、小娇和朱大军上前拉住乔师傅。

乔师傅满脸是泪，刘淑珍也流下了眼泪。

"看看天放，看看刚刚成年的孩子，"乔师傅指着乔天放，"乔志文，你对得起他吗？你让他小小年纪就没了母爱！"乔师傅大喊："你是一个负责任的父亲吗？你给我说！"

乔天放站起来，哭着向外跑去。

小娇赶紧追了出去。

"你有钱了，有权了，人就变了，杨秀梅好赖不济那是你的老婆，乔志文！"

乔师傅稳定了一下情绪："你这两天，抽空去一趟杨家，亲自去谢罪，并且要告诉杨秀梅的父母，今后家里有什么事儿，全是你的，你要为他们养老送终！"

"大哥已经去过了。"朱大军说。

志文站起身，慢慢走了出去。

没有什么语言能形容他的心情，自从杨秀梅死后，他成了千古罪人，似乎一夜之间，全世界都与他为敌。

他不知道他究竟错在了哪里？反正他是错了，他是错在不该接受与方云娜有关的广本公司的合作？不该让方云娜再次出现在公众的视野中，即使，他没有什么私心杂念，可，他管不住别人的想象，管不住别人的议论。

难道他真的错了吗？在当今这个优胜劣汰的经济社会及市场竞争中，作为求索的领头人，他不敢有丝毫怠慢，他要时时刻刻观察市场动向，他要紧跟时代脉搏，他不能错过任何一个企业发展的机会，稍有疏漏，就会被市场无情地抛在后面，员工不会管你每天为了求生存求发展付出了多少心血，他们只关心结果，只关心什么时候涨工资，什么时候发奖金，什么时候发红包……

也是啊，不在其位不谋其政，你不能要求每个人都和你一样去为企业的发展寻找机遇，挖空心思，每个人有每个人的工作，你乔志文坐在这个位置上，就该琢磨这些事儿。所以，面对纳米这一市场前景无限广阔的产业，面对广本如此雄厚的实力，他怎么能仅仅因为是方云娜一手促成了这件事，或有她在里面，就放弃呢？而他不放弃，他把广本的资金连同方云娜一起招来，就面临着所有人的质疑与杨秀梅无休止的怀疑，没有人能够理解他的难处和苦心，尤其是，杨秀梅死后，几乎所有的人都众口一词地或在心里把他归到了背信弃义、有钱变心的行列当中，他多年奠定的口碑人设在一夜之间颠覆，坍塌。

乔天放对他的恨，是最让他心痛的。他明白，给孩子造成的一生的伤害，他无法用任何东西来弥补，失去的母爱没有人能够替代，此刻，面对所有纷纷扰扰，乔志文真的是无奈又迷惘啊！

不知道方云娜回去后，对渡边的工作做得怎么样了？无论如何，他现在依然想和广本合作成功，因为这新鲜食品外包装项目的上马，将会成为求索的支柱产业，意味着在未来十年内，不出大意外的情况下，求索光是靠这个项目就会为企业带来巨大的利润空间，意味着求索又找到了一个金饭碗。

不管什么时候，他都不能放弃身上的这份责任，他心中永远有一座高山，能海纳百川，融合天下之大气，一往无前。

他的电话响了起来。

"喂？"他问。

"乔总，"是明一凡，"刚才接到工商联的电话，说今年的十大经济人物，你被划了出来。"

"噢，我知道了。"他笑了一下。

"这些东西落井下石，哪一次搞联谊活动，咱们求索少拿钱了？他们在做一个决定的时候怎么不动动脑子？"明一凡愤愤地说。

"无所谓。这种人物当不当又能怎么样？"志文说。

"不是，我就是气不过，以后，他们再来拉赞助，告诉他们，门儿都没有！"

"不说了，你还有事儿吗？"志文问。

"没有了，乔总，你要是太累的话，不行，休息两天吧。"明一凡关心地说。

"不用，好多事儿还等着我呢，挂了吧，先。"志文挂了电话。

这个结果，是他早就想到的。

一百零一、悲喜自渡

几天后，志文收到了方云娜的短信："渡边这次出奇的固执，无论我怎么做工作，都无法说服他再与求索合作的决心，你不要着急，我会再想办法，希望能有回旋的余地，我相信以他多年的经验和远见卓识，应该能看到这个项目不可限量的远大前景，商人永远是唯利是图，只要有利可图，我们就有希望。我会进一步争取，实在不行，求索这边就利润分成是否可做些让步？如果可以，给我回复。"

志文给方云娜回复：不到万不得已，不能让步。

志文沉思良久，提笔给渡边一郎写了一封中肯却没有丝毫妥协的信：

尊敬的渡边一郎先生：

从最初的合作意向到您决定投资与求索合作，我相信是经过了深入细致的市场调查与论证，对于纳米的技术及未来将在各个领域所占的主导地位，您势必已非常清楚，对于求索的市场信誉与诚信度您也是非常了解了，如果您仅仅因为一些没有事实基础的传言而中止与求索的合作，或希望以此作为求索利益让步的一步棋子或筹码，您就大错特错了，我可以直言，求索历来不缺乏合作者，希望渡边先生三思而行，不要因小失大，错过这难得的历史机遇，造成遗憾。

三个星期，我期望得到您最后的答复。

顺祝幸福、平安！

乔志文敬上

信发出后，志文亦是忐忑不安，应该说这是他走的一步险棋，他没有因为要伸手向广本这样实力雄厚的大公司要钱而卑躬屈膝，而是权衡利弊得失，让广本也知道从中获取的利益，刺激广本与之合作的欲望。志文想，事已至此，成败就在这一招了，在关键时刻让步，无异于自轻自贱，反而会被对方视为弱小，更加失去与之合作的信心。

市场规律、谈判规则，并非一成不变，而是要随机应变，灵活机动，这也是在商海风云变幻中所必备的谈判技巧。

本来想早点儿回家，给乔天放做饭，孩子正是长身体的时候，杨秀梅不在了，他更要加倍地疼他爱他，把能给的都给他。一个刚刚失去母亲的孩子，他的心灵是多么需要抚慰。可还是晚了。身不由己呀，志文刚要离开办公室的时候又接到了产品客户投诉，质量是企业的生命，这是永恒不变的法则，临时召集质检及相关部门开会，找出问题根源，拿出处理和赔偿方案，回到家时，已是八点半了。

打开家门，屋里静悄悄的，客厅的灯关着，却有一股菜香飘来。

志文打开灯，轻轻打开乔天放的房间门，乔天放坐在桌前看书，回头看着志文。

"吃饭了吗？天放？"志文问。

"吃了，爸，你也赶紧吃吧，我去给你热一热。"乔天放说着站起来，没有了几天前对志文的仇视。

"不用了，爸爸自己热热就行，你快做功课吧，好早点儿睡觉。"志文忙说。

乔天放点点头，回过头去，继续看书了。

志文来到餐厅，见桌上的三个盘子上分别又扣了三个盘子，显然是乔天放怕菜凉了扣上的。他打开，西红柿炒鸡蛋，黄瓜炒鸡蛋，一个鸡蛋汤，都是鸡蛋……

"家里没肉了，只能用鸡蛋做了。"乔天放不知何时走过来说。

"好，这已经非常好了，肉，爸爸明天就去买，你明天想吃什么，爸爸给你做。"志文说。

"不用了，爸，你那么忙，还是我做吧。"乔天放说着，向自己房间走去，"我得赶紧复习了。"

"快去吧！"志文坐下来，望着桌上的三种鸡蛋菜，他突然热泪盈眶。

夜深了，志文难以入眠。

他打开乔天放的房门，来到他的床前，为他盖严被子，心酸地望着睡梦中仍轻蹙眉头的乔天放。

"天放，爸爸对不起你，今后，爸爸会尽量多腾出些时间来陪你，原谅爸爸，爸爸如果知道是这样，任凭你妈妈怎么样都行，爸爸绝不会向她提出离婚的，现在一切都晚了，晚了。"

志文在心中对乔天放说着，轻轻地帮他抚平眉头，走出了房间。

敲门声，这么晚了，会是谁？

志文到门口，打开了房门。

小娇站在门外。

"这么晚了，怎么还来？"志文问。

"我来看看你和天放。"小娇说，走了进来。

志文为小娇倒了杯茶，两人坐到沙发上，相对无言。

好半天，小娇说："大哥，别自责，这件事儿责任不在你，大嫂是让她的个性给毁了。"

"你和朱大军还好吧？"志文问。

"凑合呗。"小娇说。

志文有些意外地看了她一眼："两个人既然相爱，就要走到终老，在婚姻生活的过程中，难免有磕磕绊绊，要相互宽容体谅，要用心去维系，圆满的婚姻使人终身受益无穷，而失败的婚姻会使人丧失许多东西。"

小娇不说话，心想，她的苦又岂是谁都知道的？

"天放睡了？"小娇问。

"睡了。"

"我要在这儿多待一段时间，陪陪咱妈，明天我过来，给天放做饭。"小娇说。

"不用了，我尽量多抽出点儿时间陪他。"志文说。

"我反正暂时也不走，你又忙不过来。"小娇说。

"在家多陪陪咱爸和咱妈吧。"志文说。

"我看情况吧。"小娇说。

两人再次相对无言。

时间真是一个魔法师，它能让小时候无话不谈的兄妹俩，在成年后，在各自有了家庭后，由于生活环境及方方面面的改变，而永远不可能再像小时候那般亲密无间，无话不谈，这就是生活吧，因为心里有了太多无法言说的沉重与沧桑，往往使人变得沉默，变得沟通不再像以前那般顺畅，即使心里再滚烫，再有许多情怀，也会深藏心底，含而不露了。

小娇站起来，走到门口，想了一下，望着志文："大哥，这么多年了，你和大嫂的情况我们都知道，现在大嫂不在了，你也别太苦着自己。"

志文苦笑了一下。

"维护好你和朱大军的婚姻。"志文说，停顿了一下，"我希望你们不要再出问题了，平平安安的，我想，爸妈不能再受更多的刺激了，我对不起他们。"

"大哥，你别这样，你没有做错什么，何必为自己套上如此沉重的枷锁呢？"

志文摇摇头："无论如何，我是有责任的，包括在小莲及志武身上。"

想了一会儿，他又说："可是，许多事情不是人为能够控制得了的，就像小莲和志武，他们都是成年人了，你无法束缚住他们的思想和手脚，即使我是大哥，我也不是主宰，可我总觉得，在关键时刻，我仍然欠缺一点儿把握和掌控，说到底，我还是有责任，有责任。"

小娇无奈地看着志文半天，长叹一声，走了。

是啊，面对世事无常，人本身显得很渺小，谁又能成为真正的主宰？人生无法重来，若可，相信许多人会为自己的情感与道路重新定位，重新选择。

三个星期过去了，渡边一郎没有任何消息，方云娜也没和志文联系，志文想，与广本的合作八成泡汤了。

正当他打算另找合作伙伴时，却收到了方云娜的信息：渡边一郎已经同意，三天后，资金到账，我和渡边将于两天后坐班机抵达。

看到这振奋人心的消息，志文立刻着手准备迎接渡边一郎和方云娜的归来。

方云娜的再次归来，在求索又掀起了另一轮的轩然大波。

看到志文、方云娜陪着渡边一郎谈笑风生的样子，有人用"向来只闻新人笑，有谁听到旧人哭"来形容。

私下更有人替杨秀梅的死感到冤屈和不值，说杨秀梅从头到尾就是个傻女人，负气一死，以为会让乔志文后悔一辈子，殊不知，人家乔志文乐不得呢，恨不得你这头儿两腿一蹬，给方云娜让位呢，否则，你占个坑，方云娜怎么名正言顺地进"乔府"啊？

哎呀，看看人家乔总乐的，看看人家方云娜笑的，就差告诉大家吃喜糖了，就差告诉大家这笑容就是新婚燕尔的甜蜜呀！

天下最傻的痴女人非杨秀梅莫属。

看着吧，用不了多久，乔总可就要梅开二度了，看他在葬礼上悲伤的样子，全是做给外人看的，想不到最仁义的乔志文当上乔总后也变了，这世道，真是人心不古啊！

对于背后的这些议论，志文不用听也想得到。

这次，与广本的合作超乎寻常的顺利，合同签订，资金到位，渡边未走前，所有与之相关的工程技术人员及项目部包括外联召开了五次会议，项目筹备组也提交了修改后的完整方案，一切按照计划有条不紊地进行着。

志文在这个期间，尽最大可能地陪在乔天放身边，利用假期带着他出去旅游了一圈儿，北京、上海、桂林、昆明等地，让乔天放压抑的身心得以放松，心情恢复了不少，而最大的收获在于，乔天放打算重新参加高考，目标是北大。

看到儿子化悲痛为动力，雄心壮志，志文也很欣慰。

一百零二、再起风波

不知从何时开始，求索办公楼外面总停着两辆路虎，一停就是一天，四五个穿黑衣的表情阴森冷酷的男子在办公楼前徘徊，似乎在寻找等待着什么。

公司保安曾上前盘问，被一个身高约一米八五的男子推搡到了一旁。

这些人从早晨到晚上甚至深夜都会在此流连，公司人员进进出出的，见他们个个一副凶神恶煞的模样儿，内心都产生了巨大的压力与不安，直接影响了工作情绪。

这天，志文刚到办公室，那个一米八五的男子便跟着进来了，保安跟在其身后叫嚷着："你再硬闯我就报警了！"

男子对保安的警告根本不予理会，他径直来到志文办公桌前，单刀直入地问："乔志武呢？"

志文一下愣住了，志武已经好长时间没有和家里联系了，看着这个男人，志文心里"咯噔"一下，原来这几个男人是奔着志武来的，一种不祥的预感向他袭来。

"请坐。"他礼貌地说。

"我问你乔志武呢？"男子粗野蛮横地问。

"我不清楚，他已经很久没有和我们联系过了，怎么了？他得罪了你？"志文问。

"告诉你，"男子从腰间抽出一把刀，"他犯了重罪，警察到处在抓他，网上也在通缉他，他不出现则已，一旦出现。"男子"唰"的一下把刀插到办公桌上："局子里见！"

男子恶狠狠地瞅了志文一眼，扬长而去！

志文用力拔出那把尖刀，志武犯了重罪？犯了什么重罪？如果是犯了重罪也应该是警察抓他，怎么会是一伙像黑社会般的家伙在找他？

志文深思片刻，他知道，因为苏婉这个女人，志武要出事儿了。

看着那把锋利的匕首，志文不免一阵头皮发麻。

他迅速拨通了志武的电话号码，却被告之：您所拨打的电话号码是空号。

志文的心一下坠入了冰窟窿里。

自从志武和那个叫苏婉的女人离开牡丹江后，与家人的联系也仅靠一部手机，如今手机号被告之是空号，预示着他们将与志武失去联系，而志武的失踪定然与这几名男子有着密切的关系。

志文沉坐在椅子中，真是一波未平一波又起，还未从杨秀梅自杀的阴影中走出来，志武又要出事儿。

犯了重罪？他犯了什么重罪？还网上通缉？

志文打开电脑，在网上查了半天，也没见关于乔志武的通缉令。他认定这里面有另外一层含义。

好半天，志文坐在那里出神，镇定了一会儿，他开始从头到尾将一将志武和那个苏婉的事儿。

从志文的角度，他所了解的志武与那个女人之间的事儿很片面，很有限，当初他只知道志武移情别恋了，和一家名为锦程工贸公司的女董事长好了，随后与许丽丽离婚，与那个女人去了上海。

因为志武的执迷不悟，不听劝说，志文很是生气，遂决定他的事情不再管，由他去吧，也没对苏婉这个女人的来历背景进一步了解。

这几个男人到牡丹江来找志武，看那杀气腾腾的架势，定是来者不善，志文现在只想知道，志武在哪里，是安全的吗？

略一思忖，他拿起电话，拨打了一个号码："喂？我，乔志文，你帮我查一个人，据说原来在苏州一带，名叫苏婉，苏州的苏，委婉的婉，对，要快，完了马上给我打电话。"

志文打电话的这个人是市公安局的贾东，和志文关系很铁，这个社会就是这么现实，当你没钱没权的时候，身边一定十分清静，不会有谁没事儿来打扰你，当你拥有了权势地位，你会骤然发现，连你家房檐儿上的麻雀都叫得比原来欢实，你的身边总围着各色人等，总是张张笑脸迎接着你，每个人嘴里冒出的词儿都那么顺耳动听，原来经常看到的冷脸子没了，走到哪儿都能看到张张菊花般的笑脸儿，多年没有联系的人也会拐弯抹角、跋山涉水地来找你，无疑，你在实现了自我人生价值的同时也实现了社会价值。

三天后，贾东把一份早年苏婉身为锦程工贸公司董事长时登在报纸上的一篇专访拿到了志文面前。

"这个女人可颇有来头儿。"贾东望着志文颇有意味地笑着，"大哥打听她干什么？"

"你还知道什么？"志文放下报纸问。

"你想，这么漂亮的女人能当上什么工贸公司的董事长，她凭的是什么？是真有超乎寻常的商业头脑与才华？"贾东摇摇头，"差矣。"

贾东又拿出一份报纸，放到桌上："这个人叫孟慎行，一个富商。"他冲志文挑挑眉："苏婉正是攀上了这棵大树，靠上了这座大山才起家的。要说这苏婉，在江浙一带可真是个人物。二十世纪九十年代，在政界商界无人不知，无人不晓啊！她其实没什么家庭背景，原来是学舞蹈的，有一个好身段儿，再加上工于心计，老早儿就把当时在什么政府办还是招商办的一个年轻官员，叫什么来着，啊，对，钱峰，老早儿就把钱峰给拿下了，原本寻思跟着钱峰过个上流生活就完了，不承想，这钱峰是个短命鬼，出空难了，这苏婉可不是一般炮儿，别看不是出自什么名门，也不是什么名牌大学毕业生，可接触交往的都是一些高官或富豪商贾，孟慎行，也不在话下，几下子就让你浑身酥软，锦程工贸公司还有那个什么富豪大酒店都是孟慎行为讨她欢心送的。可你想啊，苏婉和孟慎行在一起，看好的就是他的能量和钱，时间长了面对着这么一个老头子，她苏婉能甘心吗？风华正茂着呢，后来就搭上了一个小白脸儿，从孟慎行那儿又狠捞了一笔，和那小白脸儿跑了！"

502

志文抬头望着贾东。

"老头子能甘心吗？能放过他们吗？据说现在就放出人马满世界抓他们呢！一旦抓住，找个由头儿就给你弄进去，不在外面做你，到局子里做你，做死你，你告都没地方告去！这些人想巧立名目整死个人还不容易？"

贾东说完，坐在沙发上，两手一摊："告诉你吧，就像苏婉这种交际花儿，自以为聪明，最后都不会有什么好下场，你看着吧，死她都不知道是怎么死的。"

志文心头一凛。

"对了，大哥，你打听她干什么？"贾东问。

"没什么，一个朋友托我打听的。"志文泛泛地说着。

"这么说吧，钱权、权色交易，没一个好东西！"贾东说，"我见得多了！那小白脸儿也是，你上谁不行？偏上孟慎行的女人，那女人是谁都敢上的吗？那不做了你还留着你？"

"谢谢你啊，贾东。"志文说，给贾东扔了包烟。

贾东接过烟："大哥，嫂子的事儿都处理完了？"

志文点点头。

"要不说嫂子她想不开呢，跟着你这么一个出淤泥而不染的极品男人还疑神疑鬼的，唉，真是！该着她没那福气！"

贾东站起来："大哥，没什么事儿我先走了，改天咱们聚聚。"

"好，改天聚聚，我不送了。"志文说。

"嗨，歇会儿吧你。"贾东走了。

志文的心情异常沉重，看来现在志武是时刻处在极度危险中了，可他在哪儿呢？怎么才能找到他呢？

玩火者必自焚啊！

志文忧心忡忡地站起来，联系不上志武就是束手无策，这帮人已经找到了牡丹江，如果真像贾东所说，满世界抓他们，那么志武早晚有一天会落到他们手里。

必须在这帮人下手之前，想办法找到志武，可大千世界，茫茫人海，现在又是这么一种情况，他不能打草惊蛇、大张旗鼓地去找他，怎么办呢？

一旦有了势力，手底下就自动会有一批卖力的走狗，志武如果真被弄进大牢里，铁定被这些人折磨死。

志文坐在那里挖空心思地琢磨着，他脑子里突然灵光一闪，志武原来有一个最好的朋友叫郑友，是搞房地产开发的，据说在什么新天地房地产开发公司。

志文查询了114，找到了这家公司的地址，直奔公司而去。

到了公司大门前，志文傻眼了，公司大楼已被查封，只有一个看门的老头儿坐在一间空房子里打盹儿，志文敲了敲门走进去。

"对不起啊，我打听一下，这家公司的人现在都……"

"姓郑的都携房款跑了，还找人？上哪儿找去？"没等志文问完，老头儿没好气地说，"到现在还欠着我们好几个月工资呢，我们还到处找他呢！我就坐这儿等着，等不来，就把这间房给他当门市租出去。"

志文望着老头儿无语了。

他走到车旁，打开车门，钻进车里。

唯一一条能找到志武的线索也断了，这就是志武交的朋友，和他一样没有做人最基本的道德底线。

志文发动起汽车，漫无目的地向前开去。

一百零三、身陷囹圄

志文刚回到家，就看见乔天放和志武从里面的屋子里出来了。

志文惊讶地立在那里，还没等张嘴问志武，就听见外面楼道里响起了杂七杂八混乱的脚步声。

志文立刻做了个嘘声的手势，来到门口，透过猫眼儿往外看，果然，先前出现在求索办公楼外的那几个人就站在志文家门口，那个一米八五的大个子领头"咣咣"地砸起了门。

志文立刻示意乔天放和志武不要出声，任凭那伙人在外面疯狂地砸门，就装作屋里没人。

十分钟后，那伙人骂骂咧咧地走了。

志文从窗口看见两辆路虎呼啸而去。

他松了口气，这才回头打量起志武。

志武要比想象中苍老了许多，仿佛历经沧桑。

"到底出了什么事儿？"志文问，"你这些年在上海究竟在干什么？这些人为什么要追杀你？"

志武捧住脑袋："一言难尽，大哥。"少顷，志武抬起头来："大哥，你那儿有钱吗？"

"干什么？"志文问。

"我必须赶紧离开这儿，要是落到他们手里，肯定就活不了了！"志武说。

"你总得让我知道这些事的前因后果呀！"志文说。

"就是，就是因为苏婉嘛。"志武说。

"那个苏婉呢？"

"失踪了。"

"怎么会失踪呢？"

"哎呀，大哥，不是一两句能说清的，你那儿现在如果有钱就给我拿点儿，我得赶紧离开这儿。"

"你这是做的什么事儿啊！"志文痛恨地说。

志武不语了。

志文去书房拿了两万块钱现金："现在只有这么多。"

志武接过来，揣到怀里："我先走了，等我找到落脚地儿再给你打电话。"

志武说完，匆匆向外走去。

"站住！"志文喊道，"这样总不是办法，你难道能躲这些人一辈子？"

"不能躲一辈子，也得暂时先躲着。"志武说着，打开了门，走了出去。

志武刚走出去，志文就听到一阵令他心悸的声音，他第一个反应是那伙人没全走，肯定留下了几个人就等着生擒志武，他箭一样冲出去，只看见两个人拖着志武消失在楼梯口处。

"志武！"志文大喊，但已无济于事。

志文立刻报了警，无论如何，落到正常警方的手里，总比落到这些人手里强。

志文的心"怦怦"跳着，不知道这些人会把志武弄到哪儿去。

他的心几乎要提到了嗓子眼儿。

紧接着他给贾东还有其他几个朋友打了电话，让他们务必留意这两辆路虎，一有消息立刻给他打电话。

"爸，二叔出什么事儿了？"乔天放紧张地问。

"没事儿，没事儿，好孩子。"志文安抚着乔天放，"你吃饭了吗？赶紧吃饭吃饭！"

志文心神不宁地往桌上摆着饭菜。

摆好饭菜，志文忍不住又给贾东打了电话，贾东称已经派出两支队伍全城搜查。

凌晨四时，志文接到贾东的电话，说两辆路虎已经找到，车上所有的人已被拘，但他说情况比较复杂，其他人可以放，唯独志武不能放。

志文问为什么，贾东支支吾吾地似乎不想说又很为难的样子。

但不管怎样，现在是落到了公安局的手里，志文对志武的人身安全略微放了一点儿心。

贾东说上午八点在一家酒楼和志文见面，具体谈一下志武的事儿。

不到八点，志文就到了。

等了好半天，贾东才到。

贾东一见志文就压低声音说："大哥，情况挺复杂呀！现在上面有话，说你弟弟涉嫌集资诈骗三千万，一千多人联名告他，证据确凿，怎么办？"

"上面有话？谁啊？"志文问。

"机密，我不便透露。"贾东说，"说句到家的话，现在是上面有人想整你弟弟，看这架势就是想整他，置他于死地，第一步先给他弄进来，一旦进来，我告诉你，就有人在里面做他了。"

志文皱着眉头深思。

贾东看了志文一眼："我现在是没辙了，我的能力就在这儿了，如果上面不发话还好说，上面一发话，我是无能为力呀！"

"你弟弟得罪什么人了？他的胆子也太大了，把上面的人儿都给开罪了？"贾东不解地问，"他原来不就是自己开个厂子吗？"

"我没跟你说，上次我让你查的那个苏婉就是与他有关的。"志文沉吟片刻说。

"噢……"贾东恍然大悟地说，"这么回事儿啊！你弟弟够神通广大的！"

"那完了，这事儿，我明白了，就算集资诈骗子虚乌有，也够呛，摆明了就是要置他于死地，怎么办吧？他们就是随便找个由头儿把你弟弟先拘进来，然后再进一步下手，大哥，这事儿，你得赶紧到上面儿找人，找不到能说上话的人，你弟弟——恐怕凶多吉少。"贾东拼命摇着头说。

"先这样吧，贾东，在里面你还是得照看着点儿，我想办法。"志文说。

"那没问题，现在还能照应得上。"贾东说。

"那就好，拜托了。"志文说，站起身走了。

走出酒楼，志文举目四望，再抬头看天，他真的有一种无依无助的感觉，但他知道，现在没有什么路可走，只有他，也就唯有他才能救志武。

他不能再看到乔师傅和刘淑珍白发苍苍又伤心欲绝的样子了，他不能了，他会受不了的。

他打开车门，坐在驾驶座上出神，他真有些怀疑，志武的身上是否真流着乔家的血液。

发动起汽车，他向前急驰而去。

一连多日，志文寝食难安，还好从贾东那边反馈的信息说志武在里面一切安好，但检察院那边马上要提起公诉了。

志文托的领导也说无能为力。

怎么办？怎么办？

一个月后，终于等来了消息，志武被以诈骗罪判处有期徒刑3年。

事已至此，志文也只好拜托监狱的朋友多多照顾志武，不要让他有什么生命危险。

一百零四、情深缘浅

志武的事情总算告一段落，杨秀梅自杀的阴影尚未完全散去，志文感到身心疲惫，他真想离开牡丹江一段时间，好好休养一下，可新鲜食品外包装项目马上要投产，求索新鲜食品开发公司还要开业剪彩，有大量的事务等着他，他怎么可能潇洒地出去散心呢？

这期间，一直有一个人时常出现在他身边，默默地为他泡上一杯热茶，下雨的时候为他送上一把伞，有时会轻轻地问一句："还好吧？"这个人就是方云娜。

每当方云娜送来关怀与问候的时候，志文都会感到心里一暖，甚至眼圈儿发热，可能是太久没有人这样真正温暖过他的心了。

这天，下了班后，公司员工几乎都走光了，志文看了看外面灰蒙蒙的天，不免在心里长叹了一声，一天又这么过去了。他来到卫生间，镜子里那个人鬓角正如雨后春笋般旺盛地长出了许多白发的嫩苗儿，真真是一场又一场的风雨催促着这些嫩苗儿加速生长啊！

他穿上外衣打算回家，办公室的门开了，方云娜走了进来。

志文望着方云娜，方云娜望着志文，两人都从彼此眼中看到了太多不同寻常的东西。

"我知道一家日本料理，它家的米酒很地道，环境也很优雅，肯赏脸吗？我请你。"方云娜轻柔的声音像一缕令人舒爽的秋风荡进志文的心头。

他犹豫着，在这种时候，他公然单独和方云娜出去吃饭，肯定又会在公司上下掀起不小的波澜，可是面对方云娜真诚而温柔的眼神，他又没有勇气和理由拒绝。

"没关系，如果你感觉为难，以后还有的是机会。"方云娜说。

"好吧。"志文略一沉吟说。

"你的心里别有顾虑，如果有顾虑的话，就……"方云娜又说。

"没什么顾虑，"志文有些黯然地说，"我现在还能有什么顾虑？"

"那好，我们走吧。"方云娜和志文走了出去。

在求索办公楼外，方云娜坐上了志文的车，恰巧被公司两名员工看到，她们心照不宣地互望一眼，其中一个说："看到了吧？已经迫不及待了。"

"这不太正常了吗？"另一个说。

"恨不得昨天死今天娶。"第一个说。

"那是啊，如果不是顾及影响，估计早操办喽！"

"唉！"第二个叹口气，"还得好好活着，咱可不给那些臭男人机会，咱得好好活着，活到一百，把他先靠死！"

"说什么呢！"第一个打了第二个一下，两人笑着走了。

在榻榻米前，志文和方云娜相对而坐。

身穿和服的侍者依次端上一碟生鱼片，一碟烤菜，一碟水煮菜，寿司还有米酒等，上完餐后，自动出去关上了房门。

静谧的空间，优柔的灯光，室内放着谷村新司经典的代表作品《星》，志文一时间感慨万千，方云娜微笑地望着志文，举起酒杯："遗忘是一种境界和能力。"

志文微笑点头，同方云娜碰了杯子。

"生活在这个世界上，有太多我们无法预料的事情发生，既然我们无法改变和控制，就要学会接受并遗忘，把所有该忘却的一夜之间忘却，把所有该记住的用一辈子去记住。"方云娜说，"如果我们能够活到这种境界，相信会快乐很多。"

"说起来简单，做起来难。"志文说，"不过，在这种时候能听到这样关切的充满善意的话，我很高兴，也谢谢你。"

"我真的不知道你是该恨我还是该谢我？"方云娜说，闪亮的眸子正视着志文。

志文听出方云娜话里的另一层含义，他避重就轻地说："我该感谢你，感谢你不遗余力地引来了广本的资金，感谢你能在这个时候对我付出关怀，能安抚我，开导我，我很感激。"

"可是不管怎么说，今天，我要向你真诚地说一声对不起，没想到我的到来，会引发一场悲剧，这是我万万没有想到的，如果知道会这样，我绝不会再出现。"方云娜说。

志文向方云娜举起酒杯："不要这么说，真正错在我，从开始到最后，在关键时刻没有把握好，一错再错，才造成了今天这种结局，错在我，不怪任何人。"

志文仰脖儿将酒喝了。

"可是，如果没有我，她不会这么想不开，不会……"

志文摆摆手："今天不提，正如你所说，遗忘是一种境界和能力。"望着墙壁上荧荧的灯光，志文感叹道："哎呀，转眼就快二十年了，我的人生已经走过了大半了！"

"是啊，"方云娜也感慨地说，"我记得那时候工具厂的办公室就是一个二层小楼，前后院都是平房，院子里都是土路，货车一过，满天飞舞着尘土，白衬衫在厂子里走一圈儿下来就变成了灰衬衫，再看看现在，高耸的办公大楼，现代化的机械设备，连人的精神状态都变了，不可同日而语了，你如果说求索的前身就是工具厂，任谁都会惊讶感叹的。"

"那个时候，我记得你披着一头长发，一直到腰，这么长，"志文笔画着，"走起路来呼呼生风，好像能把天地席卷。"志文深情地回忆着。

"是吗？"方云娜说，望着志文。

志文的脸上呈现出了某种难以言说的情怀，片刻后，他好像感觉到了自己有些失态，向方云娜举起酒杯，掩饰地说："一转眼，快二十年了，太快了！"

"你也变了，和那个时候完全不同了，甚至外貌和气质，从心往外的一种城府，变了，你变化很大。"方云娜说。

"老了。"志文说。

"不，你不老，我说的是你整个人由内及外的变化，你年轻的时候很朴实、憨厚、仁义，那是一打眼儿就在那个层面上，现在身上多了很多内涵，都深藏在了心底，不那么一目了然了，多了深沉与内敛，原来像一杯一尘不染的纯净水，现在则是内蕴丰厚的陈年佳酿。"方云娜说。

志文笑了："我该把你这话看成是褒义还是贬义呢？"

"你当然明白，还用我解释吗？你太谦虚了。"方云娜说，"现在的你让我刮目相看。"

志文不说话了，他对着方云娜举起杯子。

他现在真的不能再对方云娜说什么，杨秀梅的死，像一座大山一样压在他的心头，他拿不准今生是否还能有什么念想儿，作为旁观者，或者会觉得无所谓，原本就无法拨动心弦的，消失也就更如蜻蜓点水般不落痕迹，可，如果你真的亲历了这一切，你会发现，你肩上和身上一下多了一生都无法卸载的负荷，你只能背着它前行，至于到什么时候它能掉下来，你自己都说不清楚。

那天志文和方云娜虽然说了许多掏心窝子的话，却丝毫没有触及更为深入的敏感话题，方云娜看得出志文在小心翼翼地回避着，她当然不能迎时而上，她并不愚蠢，从这个晚上，方云娜看出来了，志文这个有情有义的男人，她还将等待。

一百零五、念念不忘

志武向狱警要来了纸笔，他要用笔怀念一个他深爱的女人——苏婉。

你在哪里？他写着，别告诉我你已经挥挥衣袖，消失在天际，这样的结局，我承受不起；你在哪里，请告诉我，哪怕在梦里，我也要知道你现在的归依；你在哪里，求你发发慈悲，让我知道，你还在这世界的某个角落里，惦念着我，盼望着你我重逢的佳期……我相信，你不会，就这样化作一片云彩，遁入天宇，即使这样，你也该让我明了，你还在天上期盼着有一天与我重聚……

由于上头有话，虽然狱霸看他平时既不上供也不溜须的牛样也不敢把他怎么样，所以志武在号里头没受过什么刑，他整天就是拿着纸和笔闷头写东西。

苏婉的的确确是失踪了，不见了。

那么志武和苏婉到了上海到底发生了什么？

最初他们到上海是有人接洽的，这个人叫宋时归，据苏婉说是在上海做珠宝生意的，苏婉这次来，主要也是投奔他而来。

为了避开孟慎行有可能找麻烦，苏婉和志武蛰伏了一段时间。起初，苏婉是想让宋时归帮忙做珠宝生意，可是到了上海后，苏婉却发现，宋时归并没有要帮她的意思，于是，苏婉和志武便安下心来考察市场，看看做什么生意能赚个头牌。考察了一段时间，因为上海的小资情调以及附庸风雅，使他们决定开酒店。志武和苏婉一致认为，酒店开得好不好，文化定位很重要，为此，他们专门去了一趟巴黎，考察了包括杰斯酒店、马桑诺酒店、拉尔夫酒店在内的多家奢华酒店，最终他们决定开一家近似于杰斯风格的酒店。回到上海后，从选址到装修到培训员工到从法国请大厨等，耗时整整一年，一家名为"香奈尔"的国际富豪大酒店傲然屹立于最繁华的"十里南京路，一个新世界"旁，每当华灯初上，香奈尔便像极了一个巴黎时尚女郎一样妩媚地冲着路上的人们抛媚眼儿，秀出无限魅力与光芒。

香奈尔开业之初便大受青睐与追捧，它的极尽奢华与温柔典雅，它的温和从容与极人性化的服务与设计，令许多客人真正感受到了宾至如归的感觉。香奈尔房间很大，厚厚的丝绒地毯，大大的浴室，干爽的毛巾，大厅还提供雨伞，每天晚上会有人在你归来前把浓浓的"富香"巧克力送到房间，让你在劳累之余伴着香甜欣赏南京路的灯红酒绿……

奢华当然有道理，虽然房间贵得离谱，可还是受到了客人普遍的喜欢，尤其是老外，非常欣赏和享受香奈尔的格调。

苏婉是一个很会生活极有情调懂得经营且极具韬略的女人，香奈尔在她的手上，就像一部她用心栽培的杰出作品，随意翻转调配，便会有新的花样诞生，她知道如何利用人类与生俱来的崇拜奢华享受的特点，去顺顺当当让他们心甘情愿地去掏腰包，用一块巧克力便能捕获人心，赢得世界。

志武也颇有心机，在与苏婉共同经营香奈尔的同时，他学到了许多东西，他不会甘于人后，不会情愿被苏婉的光芒掩盖了自己的智慧与辉煌，他不会情愿做其"背后的男人"，他就要发奋学习，充实自己，把自己全副武装，做一个能与其匹敌的男人，他的精明好学，使他很快适应并掌握了香奈尔的命脉。

而通过香奈尔，苏婉和志武结识了许多达官显贵，苏婉的一笑倾城和油滑的交际手腕，使香奈尔的名气更大，生意更红火，随着结交范围的不断扩大，他们在上海滩的地位也更为扎实牢固，正当"夫妇"俩兴致勃勃地研究下一步行动方案，创造下一代时，他们没想到，出事儿了。

在上海滩的春风得意，使他们忘却了孟慎行可能对他们进行的报复行动，倘若他们躲到任何一个城市，安安分分地过自己的小日子也许不会这么快引来了孟氏家族的警觉，偏偏，香奈尔树大招风，很快被孟氏家族察觉。

苏婉和志武并不知道，孟子虚已经盯了他们好长时间了。

其实，苏婉给孟慎行留下只言片语，便和志武远走高飞，孟慎行看完那张字条，并未如苏婉想象得那样恼羞成怒，他明白，这一天早晚要来到，他孟慎行纵有天大的本事，也不能这么独霸着一个如此优秀的女人的一生，他很明白，他把什么都看得很明白，苏婉既已去，就由她去吧，可偏偏，有人不让。

这个人当然就是孟子虚，得不到苏婉，使他愤恨，苏婉和志武的缠绵悱恻更令他妒火中烧，上次本就想把志武置于死地，不想，苏婉一出马，他就心软了，可万万没料到，这个女人得寸进尺，捞走了老头子的钱不说，还和那个小白脸儿远走高飞了！这不能不让他恨得牙痒痒，一想到苏婉拿着老爷子的钱供那个小白脸儿消遣与玩乐，他就恨不得立刻插上一对儿翅膀或安上一双天眼看看这对贱人在哪里，立刻飞到他们身边，把他们剁个稀巴烂！他发誓，一定要找到这对贱人，让他们偿还这份情债。

当然，孟子虚的人脉很广，他早已布下天罗地网，只等将苏婉和志武生擒，可是，苏婉和志武就像人间蒸发了一样，消失得无影无踪，孟子虚一时还真不知该从何下手。一方面老爷子听到了风声，要他住手，不要再将此事弄大，他也就消停了一段时间，如果不是香奈尔轰轰烈烈地在上海滩上招摇，相信，他也会就此作罢，不承想，当他得知香奈尔的幕后老板即是苏婉时，不由大为震惊与光火，想到这屹立于上海滩的香奈尔其实应该属于他们孟家，他心头报复的火焰便再度燃起。

背着老爷子，他派人秘密前往香奈尔，他先把志武控制了起来，以此要挟苏婉，要苏婉拿出两千万了结这件事，否则，就做掉志武，苏婉无奈卖掉了香奈尔，用两千万为志武赎了身，原以为也就不欠孟慎行的了，还她和志武以安宁，不料，志武被放了出来，苏婉却转眼失踪了。

而这一失踪，便再也没有出现。

志武疯了一样四处寻找苏婉，却没有任何下落。

志武料定是孟子虚仍对苏婉不甘心，将她软禁了起来，他找到孟子虚，让他交出苏婉，岂料，孟子虚却说苏婉已经被他做掉了，这么一个水性杨花的女人留着她也是祸害，说志武来得正好，他正后悔把他放了出去，没想到他竟自投罗网，那么好，就让你们这对狗男女一起去阎王爷那里做伴儿吧。

志武趁着看守他的那个一米八五的大个子去厕所的空当，从六楼攀爬而下，跑了。

没想到上海之梦、香奈尔竟转眼成空，苏婉也不知去向，生死不明。

这个时候，志武身上已没什么钱，只好买了张火车票，回了牡丹江，谁知，他刚落脚，就被随即追来的孟子虚人马擒了个正着儿。

在监狱里，对苏婉刻骨的思念无时无刻不在折磨着他，从不会作诗的他竟为苏婉写下了上百首诗，他只期望，有朝一日，苏婉还能出现在他面前，他不知道，苏婉究竟是死是活，孟子虚的话里虚实成分各占多少，如果死了，他情愿孟子虚再派人把他弄死，让他真的和苏婉在天堂重聚，如果没死，他就是找遍世界的每一个角落也要把她翻出来。

给苏婉写诗，是支撑他活下去的唯一动力，他要等到出去的那一天，他一定要找到苏婉，假若她没死，那么她总该出现，假若她死了，他也要弄个真相大白。

一百零六、貌合神离

人生有的时候就是这样，想象和现实总是冰火两重天，一直让你魂牵梦萦的、令你念念不忘的美好情感，你曾无数次的渴望期盼，当你们重逢时会是什么样子，无数次的憧憬向往……然后，当那个她真的如奇迹一样现身的时候，你会发现，由于环境、岁月等诸多因素，让你梦想的那种情境竟完全变了样子，就像志文和方云娜。

这么多年以来，志文何曾忘记方云娜？她曾经那么多次地出现在他的梦里，而现实是，她回来了，她真的回来了，却要面临杨秀梅因她而死的残酷结局，杨秀梅的死，就像一座永远推不翻的大山一样横亘在志文和方云娜面前，让他们举步不前，让他们想爱都难。

志文与方云娜还要经过多久的煎熬，他们是否还能重新走到一起，现在尚不能定论。

小娇与朱大军在牡丹江待了一些时日，回到了广州。

表面上看，日子似乎恢复了一些平静，乔家连续遭受三死一疯的重创与打击，也使得朱大军这段时间对小娇更多了一点儿贴心和体谅，而小娇在面临这些巨大变故后，人也明显消沉了许多。

可是，表面的平静并不意味着没有危机，自从阿香事件爆发以来，小娇最后看似和朱大军和好如初了，可他们现在仍然分居着，没有迈出实质和好的一步。

朱大军了解小娇，他知道小娇在心底仍然对他排斥，而在心底最深处，朱大军实际上是在自觉不自觉地为自己找一个不去亲近小娇的理由，那就是小娇还未真正在心底原谅自己，找到了这个理由，他就可以心安理得地不去亲近小娇，不再向前迈这一步。

说白了，随着时间的过去，随着阿香事件的爆发，小娇和朱大军之间的感情已经变质，说得更准确一点是，朱大军对小娇的感情已经变质，他无法再找回原来的激情了，这样的现状，双方心里都明镜儿一样，只不过都不愿面对，不愿承认，感情一步步地枯竭与死亡，就像慢性绝症一样，你眼看着它一步步走向毁灭，却又无能为力，这是最令人悲哀的。

小娇自然感觉得到朱大军表面上的体贴入微与骨子里的疏远冷淡，她的心在流血，不是一天两天了，只不过，现在这血流得已经很从容了，流着流着，就变成了智慧。

朱大军的变心，让小娇对他的恨与日俱增，让她对纷繁复杂的人世间多了更深层次的认识，让她进一步领悟了世事难料，人心叵测的真谛，让她知道，这世界没有天理，现实就是理。她明明白白地知道，用不了多久，他会重蹈覆辙，悲剧会再度重演。

她在等待着那一天，不是麻木，她永远不会麻木，那是因为，她对朱大军还有爱。

朱大军无形当中因为他自己的一次犯错，却把乔小娇打入了冷宫。

小娇一个人在家的时候，会愤怒地想，男人，都是些什么东西?! 等到朱大军回家，她又装作一切如常，安之若素，不能让你朱大军看出，因为你对我的不亲近，我往心里去了，我对你记恨了，那说明我还在意你，那岂不是更让你扬扬得意? 我要让你看到，我乔小娇没有你照样活得很好，很滋润，你用你的错误来惩罚我，我偏不让你看到成果! 我还要让你看到，不久的将来，等待你的将是什么! 我会用行动，用冷酷的现实告诉你，永远不要把我乔小娇放在你心里三流的位置上，我永远会是在一流，今生今世，你会哭着看到，你将为此付出惨重的代价。

她咬牙，冷笑，继而流泪……

可越是这样，积怨越深，小娇对朱大军的恨其实已经到了无以复加的地步，已经登峰造极，到了忍耐的极限了。

换了任何一个女人，只要她还是个女人，她就不能原谅和容忍朱大军目前的行为，更何况如小娇般刚烈的性子，她把这恨深深地埋藏进心底，不把它抖搂出来，每日朱大军回来，她还是笑脸相迎，那种流于表面的激战，现在已经毫无意义，再发生一次或两次或更多次，只能让朱大军处于上峰，不是吗？朱大军也就装作自己没把她打入冷宫，对这一切泰然自若。

事实上，朱大军的泰然自若本身就是一种道德的沦丧，可人到了那个境界就不会自省了。

这段日子朱大军倒很守时地回家，两人默默相对地吃饭，默默地各自回房睡觉，家，原来这个温馨的港湾，如今已经变成了冷冰冰的坟墓，朱大军由于心中另有所属，所以，他也只是在寻找机遇，等待机遇而已，并不觉得特别空虚无聊，可对于小娇，随着日复一日孤独而漫长的夜一天天地过去，她的心便绽放出一朵娇艳欲滴的恶之花。

一百零七、本性难移

朱大军现在身份变了，见识多了，经验丰富了，他满脑子的歪点子怕没地方实施了，看到阿香那么钟情于自己，他虽然心中急迫，却又欲擒故纵，男人到了四十多岁，基本到了玩弄情感战术的全盛（胜）时期，坏到顶峰或接近顶峰，他就像一个胜券在握的旁观者，看着阿香渴念，看着阿香痛苦，却稳若磐石。

每当阿香去他的办公室，含情脉脉地望着他，他都装作没看见，一切例行公事的样子，还板着脸，看出阿香想和他说点儿什么，他就说："还有事吗？没有就出去吧，我还要打个电话。"

阿香只好悻悻而归。

可，一个男人不可能长期没有性生活，即便小娇耐得住，朱大军也是耐不住的，他对阿香那样，只是在他的潜意识里想更抓牢阿香的心，这种坏，使他暗自得意窃喜。

不过，还是要给彼此一个机会的，他总不能眼看着阿香泪眼蒙眬地望着自己，真的无动于衷吧？

朱大军坐在电脑前，公司集团化的工作已经完成了大半，现在正在进行资产评估，他可以利用这段时间休整一下自己，好迎接接下来更为重要的工作。

敲门声，阿香走了进来。

朱大军用一种不易觉察的眼光打量着阿香，这个和他上过床的女人今天看上去特别的娇艳欲滴，这勾起了朱大军的某种欲望。

"朱总，这个文件请您签一下。"阿香把一份文件递给朱大军。

朱大军拿起来看了看，是一份环保局下发的环境监测检查通知。朱大军批阅由质检部处理后交给了阿香。

阿香接过文件，有些幽怨地看了朱大军一眼，自从她上了朱大军的床，朱大军看到她的这种眼神实在是太多了，可今天却不同，因为今天的她看上去特别妩媚特别漂亮，特别让朱大军动心。

"今天晚上有时间吗？"朱大军头不抬眼不睁地盯着电脑屏幕，一边敲击着键盘问。

阿香一下站住了，她眼中迅速掠过一丝惊喜，但随即她又镇定了，她抱着文件问："朱总有事儿吗？"

"一起吃顿饭，好吗？"朱大军仍然盯着电脑屏幕，他知道，对女人，你就不能表现得多么上赶子，你越拿把儿，她越拿你当回事儿。

"好吧，在什么地方？"阿香问。

“我订好饭店再通知你。”

“行。”阿香快步走了出去。

从她快步走出的步履看，阿香可能是转过头去就忍不住欣喜地笑了。

朱大军放下敲击键盘的手，望着阿香消失在门口，眼中燃烧着慑人的欲望。

阿香抱着文件迅速进了自己办公室，她倚在门上，难以抑制住狂跳的心脏，她面若桃花，眼中流光溢彩，脸上绽放出动人的笑容。

华灯初上，朱大军和阿香来到一家名为媚惑的餐厅，这家餐厅位于莲花山脚下，没挂门牌，进去之后才发现，装修之考究实在令人咋舌，从大厅到餐厅没有灯，全是烛光，幽暗的烛光、黑灰的色调，静谧的空间，低迷如呻吟的乐曲，由于烛光幽暗，一进去，朱大军便回过身去，体贴地牵住了阿香的手。

老板看见阿香，冲朱大军暧昧地笑着：“朱总挺会生活啊！”

“菜好好做着，先给我们来一瓶圣达美莉安。”朱大军说，牵着阿香进了雅间。

雅间内燃烧着十支彩蜡，一股令人迷醉的香薰迎面扑来，除了烛火外，餐桌的正上方挂着一盏水晶吊灯，阿香今天穿了一件白色韩版装，露出白嫩的粉颈，颈上的项链在灯光下熠熠生辉。

朱大军用欣赏的眼光打量着阿香：“你今天真漂亮！”他由衷地说。

“谢谢。”阿香竟毫不谦虚。

朱大军为阿香和自己倒上酒，冲她举举杯，挑挑眉：“我相信今天的菜一定做得很够味儿，我会让你度过一个快乐的难忘的夜晚。”

阿香听出了朱大军话里的另一层含义，她有些不好意思地笑了。

“笑什么？”朱大军盯着阿香问。

“不笑什么，笑你平日里总是板着一副脸，对人家不冷不热的样子。”阿香噘了噘嘴。

“工作嘛，当然不能嬉皮笑脸。”朱大军的面孔又严肃起来。

阿香有些怯怯地望了他一眼，说实话，这男人总是让她有些惧怕，只要他的面孔一板，她就不敢说话，他身上有一股让你无法抗拒的霸气，她总有一种感觉，好像只要赢得了他，就赢得了整个世界一样，她依赖他，仰仗他，崇拜他，她怕他，究竟是因为他是她的老板，还是因为爱他呢？当然，两方面原因都有。

服务生上来了一盘烧鹅和一盘松子鱼。

“他家的烧鹅非常地道。”朱大军为阿香夹了一块。

“吃过这松子鱼吗？”他又问。

阿香摇头。

“身在广州你没吃过这道鱼？”朱大军问，“真是遗憾，我告诉你，这松子鱼是一道名菜，它由北方名菜‘松鼠鱼’改造而成。其制作法是，用鲩鱼的脊肉改成‘人’字花纹后，蘸上薄蛋浆，再扑干粉，然后浸炸而成，上台时淋上糖醋芡，味道松脆可口，甘香怡人。因其状似松子，故而得名。”

“你知道得还挺多呢！”阿香说。

“你以为朱总朱总是那么好叫好当的吗？什么都得懂，你以为像你似的，在办公室一待，打打文件，弄弄资料就完事儿了？”朱大军说，举起杯，“来吧，我敬你一杯，祝你文件打得越来越顺溜，资料归得越来越齐整。”朱大军冲阿香笑着。

“你可别小看我！”阿香噘了噘嘴，“人家也是有远大志向的人。”

“是吗？你有什么远大志向，说来听听？”朱大军问。

阿香歪着脑袋想了想，调皮地冲朱大军一笑：“不告诉你！”

阿香心想，这么大的志向能告诉你吗？告诉你就坏菜了。

“我是你衣食父母，你不告诉我？”朱大军又板起了脸。

“哎，你可不要板脸噢，我最害怕你板脸喽！”阿香认真地望着朱大军。

“那我可要重罚你了。”朱大军说着站起来。

“你要干什么？”阿香吓得站起来，向后退着。

朱大军一下将阿香抱起，重重地扔在了旁边的沙发上，他解开衬衫的扣子，将衣服一件件脱掉。

阿香望着朱大军，笑了。

朱大军扑到阿香身上，咬牙切齿地："看我怎么重罚你！我让你明天起不来床！"

朱大军一把扯掉阿香的衣服，饿虎扑食般上去了。

雅间外传来阿香娇嗔的喊叫："哎呀，杀人啦，求求你了，官人，放过奴家吧……"

雅间外的两个服务生漠然地站在那里，对此，他们已经见怪不怪了。

午夜一点，朱大军和阿香从媚惑出来，老板用一种特殊的眼光看着阿香，阿香低着头，小心翼翼地从他身边走过。

"吃的爽吗？"老板问朱大军。

朱大军走近老板，拍了拍老板肩膀，眼睛眯成了一条缝儿，在老板耳边低声说了一句："爽。"

"爽就常来，您那房每天给您留着。"老板说。

"你，这个！"朱大军冲老板竖起了大拇指。

朱大军揽着阿香走了。

老板娘走出来，看着朱大军和阿香远去的身影，愤愤地："没想到这个朱总现在也变成这样了？"

"这不正常嘛？"老板说。

老板娘摇摇头："他那老婆可不是省油的灯。"

"不是，还能怎么样？"老板转身走了。

老板娘看着老板的背影，撇撇嘴："没一个好东西！"

朱大军的车停在了阿香租住的楼下，阿香从车里下来，冲朱大军摆摆手。

"等会儿！"朱大军从车里下来，搂住阿香又是一阵疯啃。

看着阿香消失在楼道里，朱大军心满意足地上了车，汽车向前飞奔而去。

一百零八、一别两宽

此刻，小娇还在午夜的广州街头漫无目的地走着。

一个一个橱窗从身畔掠过，一辆一辆汽车从身边呼啸而过，霓虹仍闪烁，夜风已然有些凉意了，她抱紧肩膀，深吸了口气。

从内往外地冷，看看表，快两点了，回家吧。

那个家再空旷，再冰冷也得回去，总不能露宿街头吧。

一个的士迎面开来，小娇招了招手，结果车里有人，她没看清，连续几辆的士都有人，再往前走走吧，她想，也许前面会有车。

远远地，朱大军开着车就看到了走在路边的小娇。

看到小娇的那一刹那，刚刚和阿香的欢愉一下抛在了脑后，看到小娇孤独地抱着肩膀行走在路边，他的心忍不住一紧，一层怜悯便涌上了心头。

他加快速度开到了小娇身边，摁响了车喇叭。

小娇回过头来，看到是朱大军，她站住了。

朱大军打开车门，小娇坐了上去。

朱大军侧头望着小娇，两人对视的一刻，朱大军还是忍不住有想躲藏的感觉，因为他明显从小娇眼里看出了某种刺探，某种预知。

"这么晚了，你出来干什么？"他赶紧问，以掩饰自己内心的不安。

"来接你呀！"谁知，小娇竟这样说，望着他，脸上带着一层莫明其妙的笑意。

"接我？"朱大军发动了汽车，"你知道我从哪条道儿走啊？"

"知道啊，"小娇直直地望着他，"你走哪条道还能瞒得过我吗？"小娇一语双关地说。

"是啊，"朱大军打着哈哈，"我从来都是逃不过娇儿的手掌心的。"

"这一点还算你看得比较明白。"小娇说。

朱大军不敢再说什么,他隐隐有一种预感,怎么小娇今天好像又知道了什么?

朱大军从倒车镜里看了小娇一眼,发现她脸色惨白,朱大军心一凛,怎么那脸色像极了香港鬼片里的女鬼?

"饭吃得怎么样啊?"小娇问。

"挺好挺好。"朱大军说。

"那个王总能喝酒吗?"小娇又问。

"王总?"朱大军一愣,随即明白过来,"噢,还行吧,不太爽快感觉。"

小娇不作声了,她望着朱大军。

朱大军加大了油门,感觉背部一阵阵发麻。

阿香自从有了朱大军这座靠山后,在公司里俨然一副麻雀变凤凰的姿态,朱大军私下警告她多次要低调,但她总忍不住要张狂。所以她和朱大军的关系在公司上下已是心照不宣了。

随着朱大军对阿香的宠爱,他对小娇也越发敷衍冷淡,小娇却像没有感觉似的,照样过着自己的日子。

当然,朱大军是不敢做得太嚣张的,即使他明明知道小娇了解这一切,可每次去阿香那里他也都要找个正当的理由,小娇反倒比任何一个时候都对朱大军温柔了,这让朱大军放松了警惕,他甚至认为只要自己做得不过分,也许小娇就默认了这一切。

可一个人的精力毕竟有限,而且,他现在全身心都在阿香那里,对小娇他也是懒得想那么多,只要小娇不撕破脸皮,他也就装作什么事儿都没有。

公司集团化改革进展得超乎寻常的顺利,在小娇和朱大军没有正面发生冲突的前提下,为了不让关系恶化,朱大军虽心有不甘,但为了别再起事端,能够让自己享受齐人之福,也因为已经签了股权转让协议,他满足了小娇拿到百分之五十一股权的愿望,也可能想以此换得自己内心的安宁,换句话说,现在小娇牢牢地把青云大权掌握在了自己手中。

就在这时，阿香怀孕了。

朱大军是多么渴望要这个孩子，他盼孩子想孩子已经快二十年了，他不能再错过这个机会，可是，阿香却提出了一个要求，那就是他必须和小娇离婚，和她结婚，她要名正言顺地生下孩子。

阿香这个女人看似单纯，实则不然，对于如何拿下朱大军，她其实是有预谋地一步步在实施自己的计划，从开始应聘到青云，到后来她的兢兢业业，都是做给朱大军看的，她每天宁愿比别人晚下班，也要等待接近朱大军的一次机会，甚至包括她那天真的眼神，害羞的模样，楚楚可怜的表情，都是她要攻下朱大军这座山头的计划之一。她深深地了解，作为她，一个没有背景，没有更高才学的人，今生要想发达，要想改变命运，只有靠男人，靠上一个如朱大军这样的男人，无疑会一步登天，让她从此脱离贫困，过上荣华富贵的少奶奶生活，小娇的不能生育，恰恰为她提供了难得的机会。可像朱大军这样的男人岂是那么好靠上的？公司里比她漂亮，比她有才华的女孩子一把一把的，她知道自己的优势无非就是长了一张清纯干净，天真无邪的脸，比那些表面看似妖艳实则内心简单的女孩儿更容易让朱大军这样的男人产生好感，只要有了第一步，就不怕没有第二步，她耐得住，她等得起，只要有了第一次，不相信你朱大军不想要第二次，只要有第二次，第三次……还怕孩子不来吗？有了孩子，朱大军不想离婚也难喽！

朱大军哪里知道，他就是懵懵懂懂地掉进了阿香设下的温柔陷阱，让他一步步成了她的俘虏，任其摆布。

现在面临的是，朱大军想要孩子，就必须和小娇离婚。

眼看着阿香的肚子一天天鼓起来，朱大军那边却没有一点实质意义上的进展，说白了，朱大军压根儿鼓不起勇气向小娇提出离婚，而且他也清楚地知道，他一旦提出离婚就意味着他将被踢出青云的局，他是万万不会那么愚蠢的。

朱大军只好暂时让阿香回家静养，暂时不去公司了。

面对每日对自己更加体贴的小娇，朱大军开不了口，可面对阿香日益鼓起的肚子，朱大军又无法抑制想要孩子的渴望。

左右为难的他一时不知该如何是好。

看到朱大军疑疑迟迟，愤怒的阿香痛下杀手，给朱大军两个星期时间，若再不同小娇离婚，她就去做掉孩子。

朱大军太想要孩子了！想孩子想得都快疯了！

天平的一侧在向阿香这面倾斜……

这天吃过晚饭，朱大军徘徊在房间里，抽了整整一盒烟，他仿佛看到在产房里，他抱着儿子在地上开心地旋转，阿香则坐在产床上幸福地看着他们父子俩……

但是他坚决不能离婚！这是毋庸置疑的！可是，吃完晚饭，小娇坐在沙发看电视时，翻着一本《爱与生的苦恼》，突然从嘴里冒出一句："我们离婚吧！"

朱大军整个人怔在那里。

小娇平静地说："协议离婚，等法院判太麻烦，你起草一份协议，你怎么起草我就怎么签。"

"我不同意。"朱大军说。

小娇耸耸肩表示没有用。

朱大军无语地看着小娇，小娇也望着他，嘴角浮起一个微笑。

无论朱大军怎么挣扎，小娇都横下一条心，朱大军终于明白，小娇永远是那个小娇，有仇必报！

无奈之下，朱大军在离婚协议上签了字。

离婚那天，小娇站在朱大军面前，微笑着，好多年了，朱大军没发现过小娇的笑容竟然这么美，可这笑容却让朱大军感到羞愧和胆寒。

小娇很潇洒地向朱大军伸出手，笑容清丽可人："祝你幸福，祝你早日见到自己的大胖儿子！"

朱大军有些诧异地看着小娇，怎么，她早就知道了？

朱大军缓缓地伸出手，握住了小娇的手。

"再见！"小娇的脸上仍然绽放着菊花般的笑容，那笑容竟如此高贵。

"再见。"朱大军艰难地吐出这两个字。

小娇转身，潇洒离去。

看着小娇的背影消失，朱大军的眼泪狂泻而出。

朱大军难以抑制心中的悲伤，他回到车里，眼泪"哗哗"地流淌，许多和小娇往日的恩爱涌上心头，就这样，两人从此陌路，就这样，他再也见不到小娇的脸，他不能做到像小娇那般潇洒，他其实心里真的很难过。

一百零九、血债血偿

当阿香得知朱大军已经成功和小娇离了婚后，高兴地搂住朱大军的脖子，亲个不停，朱大军则轻轻推开了阿香。

"怎么，还怀念她？"阿香醋意十足地问。

"不是怀念，但多多少少还是会有些伤感，毕竟，是我对不起她。"

"你可以不必对不起她啊！"阿香一扭身，不高兴地坐到了床上。

"你看你生什么气呀？我如果瞒着你说我不伤感，你不是也不知道吗？"朱大军说，他发现自从阿香怀孕后，脾气分外的大。

"我想吃大闸蟹了。"阿香腻到朱大军身上。

"好，我一会儿就去买。"他说，有些疲惫地靠在床头。

"哎，叫你去买大闸蟹怎么还得一会儿？我等得了，你儿子可等不了！"阿香夸张地说。

"好吧好吧，我现在就去。"朱大军站起身向外走去。

"哎，对了，我前几天和我妈看好了一个楼盘，在CBD广州新城的中轴线上，是美国著名建筑师安东尼拉姆斯登设计的，东塔、西塔、广州歌剧院都在那儿，酒店式豪华装修，我妈一到那儿就看好了，改天陪我去看看，要行，你就付款噢！"

朱大军刚想说什么，但转而想想，又闭了嘴。

"好吧，"他改口说，"哪天去看看！"

"你真是个好宝贝！"阿香搂住朱大军用力地亲了一口。

朱大军走了出去。

朱大军坐进车里，他发现最近阿香要求多得很，不是要这就是要那，不满足就不高兴，怕她肚子里的孩子因为她情绪不好而受到什么影响，朱大军都在尽力满足她，可他发现，她的欲望已经从小物件儿发展成了大楼盘了，也罢，他能做到还是尽量满足她吧。

这样想着，他发动了汽车。

公司上下的气氛很不寻常，总好像有人背着他窃窃私语，当他疑窦丛生，想弄清楚是怎么回事儿时，一个惊人的现实一下将他打晕了。

这天早晨，他刚上班，一份文件便赫然出现在了他眼前："经公司董事会研究决定，免去朱大军董事长一职。"下面是董事会超半数成员的签名……

朱大军没想到报复来得这么快！

其实朱大军不知道，小娇对他的行踪了如指掌，包括上一次他又去了阿香那儿，小娇统统知道，秦将敏就是安插在朱大军身边的密探，虽然，这次并不是秦将敏向小娇汇报，因为不可能秦将敏时时刻刻地对朱大军盯梢，但，以小娇对朱大军的了解，和她那一双敏锐的眼睛，她一看便知，朱大军又去干了什么。

是啊，他的脑袋是被灌了迷魂汤还是辣椒水？当他把公司股份的百分之五十一给了小娇那刻起，他就应该想到自己会有今天啊！你不是没想到，但你为什么就那么轻松加愉快地给了她呢？

难道真的是不是不报，时候未到吗？

但是不知为什么，他失落的同时竟还伴有一丝欣慰，这也许就是所谓的良知作祟吧？

他现在要面临的是，他被乔小娇轻而易举地从青云赶了出来，他一无所有了！

他有些像在做梦一样，他真的就这样被乔小娇赶尽杀绝了吗？乔小娇就这么狠让他变成一无所有的穷光蛋？

这没什么好质疑和奇怪的，谁拥有百分之五十一的股权，谁就说了算，这还有什么可怀疑的？

随着思想的进一步深入，朱大军很快认清了眼前的事实，两栋别墅都归了小娇，青云也把他踢了出去，换句话说，从此以后，青云的任何利润分成等等都与他无关了，他现在除了自己手上尚有的几十万存款外，什么都没有了！

他迷迷糊糊地想着这一切，像做梦一样。

他走出办公室，在走廊里，他看见几个工人抬着新的办公桌椅向他的办公室走去，是小娇喜欢的白色。他站在那里，又眼看着他们把自己的办公桌抬了出来。

太狠了吧，乔小娇！他在心里说。

他快步走进电梯，在青云办公大楼前，他打开车门，坐进车里，汽车像箭一样向前冲去。

走进"家"门，小娇竟悠闲地坐在沙发上看电视。

"乔小娇，你太狠了吧！"朱大军说。

小娇抬起头来望着朱大军，一脸无辜。

"何必非要这样呢？"朱大军问。

"你也该歇歇了，享享清福，抱抱孩子。"小娇语重心长地说。

朱大军无语地站在那里，小娇起身上了楼。

由一个身家近亿的富豪，转眼变成了几近一文不名的穷光蛋，在这之前，他甚至没来得及再买套房子！

他回到阿香的出租屋，阿香兴奋地攀住他的脖子吻他："回来这么早？有时间吗？下午陪我去看房子？"

朱大军坐到床沿边，闭上眼睛使劲儿撸了一把脸。

"说话呀，怎么无精打采的？"阿香晃着朱大军的肩膀。

"先不去了。"朱大军说，仰面躺在了床上。

"为什么？"阿香不高兴地噘起了嘴，"你不是又改主意了吧？连套房子都不舍得给我买？"

朱大军不语，现在阿香说些什么，他已经听不见了。

"喂，跟你说话呢，怎么还不理人家，装听不见？"阿香急了，用力摇晃着朱大军。

"我说了，不能去就是不能去，你这个人怎么这么烦啊？"朱大军猛地坐起身，冲着阿香大吼。

阿香吓了一跳："你干什么？冲着我大吼什么？你，你疯啦?!"

"我现在被踢出了青云，你知道吗？我现在什么都没有了！只有你和肚子里的孩子！"朱大军说。

"你说什么?!"阿香难以置信地张大了嘴，"真的假的?!"

"当然真的！"朱大军说完起身，冲了出去。

阿香倒退几步，"扑通"一声坐到地上，随即难以忍受的腹痛接踵而来……

阿香流产了！

一百一十、月圆月缺

初冬的黄昏。

零零散散的雪花漫不经心地、蜻蜓点水般飘撒在这座不大不小的北方城市的上空。不久，房顶、树梢和窗台上便笼罩了一层淡淡的灰白色，远山远树浸染在一片雾霭蒙蒙之中。

市政府办公大楼在华灯初上的烟火中显得格外气派，进入二十一世纪，这座小城已初具繁华规模，正在褪去上个世纪七八十年代的土气，时逢黄昏，雪花、楼宇、灯火交相辉映，使整座城市看上去如梦如幻……

政府办公大楼外，大雪纷飞，小莲徜徉在雪里走走停停，时而低头沉思，时而仰头望天。

一辆黑色轿车从政府大院里徐徐开来，正欲转弯，不想小莲却一下闯到车前，司机"嘎"的一声紧急刹车，小莲吓得怔在那里！

跟在后面的刘淑珍跑到小莲跟前，一把拽过了她。

"哎呀，你看看你，这么会儿工夫没盯紧，就跑到这儿来了！"

小莲一脸茫然地看着刘淑珍。

刘淑珍连连对司机点头哈腰说："对不起！对不起啊！"

司机白了刘淑珍一眼，驾车离去。

车里，坐在副驾驶的初自强一边闭目养神，一边说："政府门口要严加管制，不能放任什么人都在这儿！"

"初市长说得对！"司机连忙称道。

车轮卷着雪花向前滚动，留下一连串的茫茫雪雾……

走笔至此，老乔家从二十世纪七十年代末已经走到了二十一世纪的第十个年头，在这三十余年的生命历程中，可谓是悲欢离合总关情，苦辣酸甜泪满盈啊！

今天，是乔老爷子的八十寿辰，乔家能来的都来了。

志武也早从监狱里出来了，他曾毫不气馁地找寻了苏婉很长时间，却无果，苏婉的去向至今成谜。

反倒是有一天，他走在街上，看到了两个熟悉的身影在前面有说有笑地走着，那是许丽丽和儿子乔其剑，乔其剑的个子有一米八几了，长得英俊斯文，志武快不认识了，那一刻，他的眼泪夺眶而出……

志文和方云娜历经了这么多年，方云娜在新鲜食品外包装项目完成后，没有再回广本总部，而是留在了志文身边，一直倾尽全力地辅佐帮助志文，而乔天放如愿考上北大，现正在读研究生。

小莲依旧，不哼不哈，不哭不闹，与世隔绝，刘淑珍走到哪儿她就跟到哪儿，倒仿佛又回到了童年时代。

小娇是一个人回来的，谎称公司那边朱大军脱离不开。

自从接手青云集团后，公司发展顺利，一切都在向更好的方向发展。

志文本要订一家好的酒店庆贺，不想，乔师傅和刘淑珍说什么都不依，说是在饭店吃没有在家吃的气氛好，于是，从饭店要一桌菜，轰轰烈烈地摆上了桌。

乔师傅坐在正中间，他放眼望去，刘淑珍、志文、乔天放、志武和小娇、小莲。他在心底不无遗憾地叹了口气，老乔家应该比现在人多啊！但今天是他八十大寿，孩子们都欢天喜地地给他庆贺，他不能把心底的遗憾表现出来，他要高高兴兴的。

他率先举起杯："我很高兴，八十了，有这么多孩子围在身边儿，这就是我和你妈的福分，人家都说，儿女要知父母恩，我们这做父母的，也知道儿女恩，我这杯，敬孩子们！"

大家碰了杯子。

志文手机短信响，他看了一眼，走出去。

门厅外，志文看着手机里方云娜留给他的短信：感谢你，美好了我的人生岁月，明天我要回日本了，希望未来，你诸事顺意，岁月安宁。

志文合上手机，闭上了眼睛。

门铃声响了起来。

乔天放到门口打开门，许丽丽和乔其剑出现在门口。

乔天放高兴地上前拥住乔其剑："其剑，你来了！"

哥儿俩激动相拥。

乔志武听到其剑的名字，一下愣在了那儿，志文碰了志武一下："还愣什么，还不赶紧上门口去接？"

志武连忙站起来，向门口奔去。

乔师傅和刘淑珍对望一眼，众人都向门口奔去。

乔志武走到许丽丽和乔其剑身边，他望着许丽丽，许丽丽也望着他，两人对视。

"你们——回来了？"好半天，志武吐出一句。

"回——回来了。"许丽丽说。

"哎哟我的大孙子哟!"乔师傅上前搂住乔其剑,老泪纵横,其他人也都跟着红了眼圈儿。

"回来了就好,回来了就好啊!"刘淑珍不断地说着。

乔志武望着许丽丽,眼眶湿了。

"你们这趟远门出的,时间可不短啊!"乔师傅说。

乔师傅一句话,把众人都说笑了,笑了的同时,鼻子都酸酸的。

"快进屋吧,外面再好,它也不如家暖和呀!"刘淑珍说。

许丽丽的眼泪一下掉了下来。

一时间众人都感慨万千地站在那里。

乔师傅亲自为许丽丽倒上酒,他手有些颤抖地举起酒杯:"丽丽,不知我这张老脸还值钱不?"

"爸,您别这么说。"许丽丽赶紧说。

"我今儿就豁出这张老脸,替志武向你谢罪!"乔师傅说。

"爸,您这是干什么?!"许丽丽惊讶地说。

"爸,不用您谢罪!"志武夺过乔师傅的酒杯,"要谢也是我来谢。"志武一扫往日的玩世不恭,他很真诚地望着许丽丽:"我曾经走过一段弯路,也不能说是弯路,只能说是曾经迷失过,邪恶过,直到现在,经历了这么多,才知道,什么是最珍贵的,我这一杯,不单纯敬你,也敬我们老乔家所有的人,我是一个逆子,一个不孝子,甚至可以说是一个败类,可现在,我明白了人生的真谛,我知道人活在这世界上,不能只为自己,因为你身上还有责任,你要为所有爱你的人负责,我不知道现在认识到这一点还来不来得及……"志武望着许丽丽。

乔其剑上前紧紧地搂住许丽丽和志武的脖子:"我要妈妈,也要爸爸,我要一个完整的家!"

乔其剑和志武及众人都带着期盼的目光望着许丽丽,许丽丽只是微笑,笑里却并没有明确含义,所有的只是一片风轻云淡。

但乔其剑的话一落地,所有的人几乎都落泪了。

就在这时，门铃声再度响了起来……

众人互相望望，这又是谁呀？

乔天放走到门口，打开了门，朱大军风尘仆仆地出现在门口。

"二姑父！"乔天放叫着，冲着屋里喊，"二姑父回来了！"

小娇的脸色一下变了，她愣怔地坐在那里。

"哎哟，看来我这个快进棺材的人还真有号召力呀，说回不来的都回来了！快快，小娇，把大军的行李接过来呀！"

小娇没动地方，朱大军走到小娇身边，小声说："过两天就是你的生日，我在咱们家门前给你重新搭建了一个房子，一个你一直念念不忘的窝棚。"

"我已经忘了，"小娇深深地望着朱大军，"对不起。"

朱大军沉吟了一下，尴尬地转向乔师傅："爸，我先敬您一杯，祝您福如东海，寿比南山！祝您和妈在我们这些不成气的子孙的包围中，度过您幸福的晚年！"朱大军一仰脖儿干了。

"好啊，这回人全了！"乔师傅举目四望，有些伤感，他倒上酒，"这杯酒还是要敬给已经离开的人，小宝、关静堂和秀梅……"

乔师傅把酒洒在了地上。

众人向窗外望去，赫然看见在雪中邓韬奋正为站在那里痴望远方的小莲撑起一把伞……

纷纷扬扬的雪花大片大片地从天而降，仿佛已故之人在天有灵，所有的人都望着窗外漫天飞舞的大雪，三十几年的人生岁月就这样过去了，对于任何一个如乔师傅一家一样的普通人也都在经历着各自的阵痛，但岁月的车轮永远向前，人生却终将难以圆满，不是所有的破镜都能重圆，时间也不能治愈所有的伤痛，因为我们毕竟还要有所坚守，某种意义上讲，世界虽然冰冷，但你还是要心怀一团火，唯其如此，才能感到一丝温暖；人生虽然残酷，但你更要独立坚强，唯其如此，才能行稳致远，把生命之悲凉变得有温度有气度……